MICHAEL HEGER

1919
Es ist doch eine neue Zeit jetzt

MICHAEL HEGER

1919
Es ist doch eine neue Zeit jetzt

Roman

GMEINER SPANNUNG

Personen und Handlung sind frei erfunden.
Ähnlichkeiten mit lebenden oder toten Personen
sind rein zufällig und nicht beabsichtigt.

Im Ehnried 5, 88605 Meßkirch
Telefon 07575/2095-0
info@gmeiner-verlag.de

1. Auflage 2019

Lektorat: Claudia Senghaas
Herstellung: Mirjam Hecht
Umschlaggestaltung: U.O.R.G. Lutz Eberle, Stuttgart
unter Verwendung eines Fotos von: © ullstein bild – Heinrich Hoffmann
Druck: GGP Media GmbH, Pößneck
Printed in Germany
ISBN 978-3-8392-2384-0

Für meine Kinder

Gehört zu den Aufrechten,
habt ein Herz,
seid dankbar,
lebt!

BAMBERG, 7. APRIL 1919

Gustav erkennt ihn sofort. Der Mann steht breitbeinig im Eingang der Gaststätte und sieht sich nach einem freien Platz um, in der Linken einen Lederkoffer, in der Rechten einen Regenschirm, den grauen Homburg tief in die Stirn gezogen. Gustav steht am anderen Ende des Raumes hinter der Theke, gerade hat er dem alten Nickel einen Bierwärmer in den Krug gehängt und das volle Tablett aufgenommen, um den Stammtisch hinten im Eck zu bedienen. Jetzt aber starrt er wie versteinert auf den Mann. Er kann es nicht glauben, er will es nicht glauben. Der hier? Dann reißt es ihm plötzlich beide Augen weit auf, sein Kopf zuckt nach links, die Finger versteifen sich und schon rauscht das Tablett mit sieben vollen Bierkrügen senkrecht nach unten. Die Krüge zerspringen mit einem dumpfen Knall, Tonscherben und Bier verteilen sich über die hellen Kacheln am Boden. Mit dem Knall geben auch Gustavs Knie nach. Er fällt, von Zuckungen geschüttelt, zu Boden und stößt mit dem Kopf gegen das Spülbecken. Mistkerle, jetzt haben sie uns erwischt, Achtung, noch ein Einschlag, zurück in den Graben! Duckt euch, runter, runter, Granaten überall, die decken uns zu mit ihren Geschossen. Es blitzt, ich muss in Deckung. Einschläge, links und rechts. Johann, wo bist du? Kein Schutz, nirgends, alles überflutet, nur Schlamm. Willy, komm! Hier, dieser Bretterverschlag, besser als nichts, mach dich so klein wie möglich! Sie schreien von überall her, die Elenden. Bin ich auch verletzt? Im Kopf, da wummert es, die Hand ist nass, ich blute, Mist. Das Ende? Alles bebt, Blitze im Kopf, jemand rüttelt mich, schreit mich an, ein Schlag, schon wieder getroffen, nein, das war … kein Geschoss …, das war …, alles gut …, das war eine … eine Ohrfeige, nur ein Backenstreich. Der reißt mich an den Haaren, zerrt mich aus dem Loch, schubst mich, tritt mich, der Bretterverschlag öffnet sich, hindurch, am Boden, nur weg von hier, weg von den donnernden Einschlägen. Sie werden leiser. Wer schreit denn da so? Hans, Kaspar, seid ihr verletzt? Nein, nein, es ist … es ist nur der Vater, der schreit, der so schreit, der Vater, ich bin zuhause, es ist nichts. Nichts. Der Krieg … der Krieg ist nicht mehr, aus ist er. Aber ich kann meine Hände nicht halten, sie zittern, unaufhaltsam. So hilf mir doch einer.

Er hängt über einem Stuhl in der Stube, Babette kniet neben ihm und hält ihn fest, der Vater steht über ihm, schimpft, eine Kanonade an Beschimpfungen, verletzend, gemein, derb. Aber es sind nur Worte. Die töten nicht, die treffen ihn nicht. Nicht mehr. Allmählich verringert Babette den Druck, lässt ihn wieder los, die Zuckungen gehen zurück, der Körper beruhigt sich, der Geist kehrt langsam wieder. Der Vater stampft zurück in die Gaststätte, wutentbrannt, schimpfend, kopfschüttelnd.

Der Mann. Dieser Mann. Das …, das war er doch. Oder nicht? Das kann nicht sein. Wieso hier? Der hat überlebt? Dieses Schwein? Wieso überleben immer die Falschen? Wenn jetzt der Kaspar da wäre, oder der Willy, und Hans. Die würden Augen machen. Die Haare stimmen nicht, und der kleine Schnauzer, aber dieses feiste Gesicht, unverkennbar, der Schmiss an der Schläfe, der protzige Gang, der gedrungene Körper, alles wie damals. Nur am falschen Ort. In der falschen Stadt. Und zur falschen Zeit. Nachkriegszeit. Und der lebt. Das Schwein lebt, immer noch.

»Alles wieder gut?«, fragt Babette, seine Frau, und tupft ihm mit einem Tuch das Blut vom Gesicht, nur ein kleiner Kratzer. »Musst halt doch mal wieder rauf in die Irrenanstalt, zur Behandlung.«

Nach St. Getreu? Nein, nicht schon wieder. Es wird ja doch nicht besser. Davon nicht. Es blitzt noch einmal durch das Hirn, er reißt die Augen wieder auf, ein letzter, ferner Einschlag, dann ist es endgültig still in ihm.

»Da war … da war dieser Mann, Babette, der gerade reingekommen ist. Hast du den gesehen?«

Babette öffnet die Tür zur Gaststube einen Spalt weit und linst hindurch. »Den vorne am Fenster? Volles braunes Haar, ziemlich dick, ziemlich klein, rotes Gesicht, Brille, Schnauzer? Was ist mit dem?«

»Der …, im Krieg, war der, der hat den …, weißt du, das war … unser …, also, ich glaube, das war einer von damals, von denen.«

Babette stöhnt und schlägt die Hände über dem Kopf zusammen. »Ach, Gustav, du kannst doch nicht bei jedem, den du im Krieg mal gesehen hast, gleich zusammenbrechen. Dein Vater war wieder fuchsteufelswild, der hätte dir die kaputten Bierkrüge und sein heiliges Bier am liebsten gleich noch obendrauf geschmissen, als du unter der Theke gelegen bist. An den Haaren hat er dich hier rüber gezerrt. Er schämt sich so vor seinen Gästen. Gustav, wie soll das weitergehen? Du bist schon dreißig, so überschreibt er uns die Brauerei nie. Der Krieg ist vorbei. Wann ist er denn endlich auch bei dir vorbei?«

»Ich muss ihn noch einmal sehen. Lass mich schauen.«

Dem Mann ist der ganze Lärm offenbar entgangen, er hat sich in aller Ruhe einen freien Platz gesucht und sich ans Fenster, nahe der Tür gesetzt. Gustavs Vater bringt ihm gerade ein Bier. Als Gustav den Mann durch den Türspalt noch einmal ansieht, verschwindet der letzte Zweifel. Er ist es. Auch wie er dasitzt, mit weit gespreizten Beinen, düster dreinblickend, beide Ellbogen aufgestützt, wie er gierig trinkt und sich mit dem Ärmel den Schaum vom Mund abwischt, genau wie damals. Wie ein böser Traum. Das Schwein. Es lebt.

Gustav schließt die Tür. Er schwitzt. Sein Rücken ist nass. Ihn friert. »Ich kann da nicht raus, Babette. Ich muss weg, weg. Ich kann den nicht treffen, das geht nicht.«

Er reißt sich die Schürze vom Leib, wischt sich das Gesicht damit ab, hängt sie an den Haken und stürzt zum Hinterausgang.

»Und was soll ich deinem Vater wieder erzählen, wo du hin bist?«, ruft ihm Babette hinterher, aber er hört sie schon nicht mehr. Weit weg sind seine Gedanken, weit weg sein Körper, er spürt die Kälte der feuchten Erde, der Magen verkrampft sich, das Hungergefühl und dieser bestialisch süßliche Gestank nach nasser Erde und den Verwesenden, sie wühlen seine Gedärme auf, es drückt nach oben, er lehnt sich gegen die Hauswand im Hinterhof und kotzt vor sich auf den Boden. Noch während es ihn würgt, beschließt er, ihm zu folgen. Er muss wissen, was er hier will. Er muss es wissen. Und dann muss er den anderen Bescheid geben. Hans, Kaspar und Willy. Die müssen das wissen, dass der lebt. Die müssen …, das geht nicht, dass der lebt, das darf nicht sein.

Gegenüber der Domstern-Brauerei ist das Weiße Lamm. Ohne zu grüßen und ohne den Eingang zur Brauerei aus den Augen zu lassen, rückt er sich einen Stuhl ans Fenster, zieht den Vorhang zur Hälfte zu und bestellt einen Kaffee.

»Alles in Ordnung, Gustav?«, fragt die Bedienung. »Du bist ja ganz weiß im Gesicht, wie wenn du ein Gespenst gesehen hättest.«

»Ich wünscht, es wär so, Anna, ich wünscht, es wär so«, murmelt Gustav.

Er muss fast eine halbe Stunde warten. Der Kaffee beim Weißen Lamm ist sogar echter Kaffee, kein Gerstenkaffee oder Muckefuck, wie ihn seine Mutter seit Kriegsbeginn kocht. Entsprechend peitscht der heiße Kaffee seine Sinne so auf, dass er gespannt ist wie die überzogene Saite einer Geige, die jeden Augenblick zu reißen droht. Als der Mann endlich rauskommt, ist Gustav völlig verschwitzt. Er fährt sich mit der Hand über den Kopf, die Haare, kurz und grau seit dem Krieg, sind tropfnass, seinen Hut hat er in der Brauerei vergessen. Kalter Schweiß läuft ihm unterm Hemd den Rücken hinunter, der Schnurrbart klebt platt auf der Haut. Er erhebt sich, bewegt sich schwerfällig Richtung Tür, wie im Fiebertraum, wirft Anna, die ihn besorgt ansieht, ein paar Groschen in die Hand und tritt vorsichtig hinaus. Der Mann ist nach links abgebogen und geht die Königstraße Richtung Theuerstadt entlang. Erst jetzt sieht Gustav, dass er einen Koffer dabeihat, einen braunen Lederkoffer mit Metallbeschlägen, edles Material, von besseren Leuten. Er trägt einen langen Mantel und einen Seidenschal, den schicken Homburg und gepflegte Lederschuhe. Auf einmal fällt Gustav auf, dass sich ungewöhnlich viele Menschen in der Stadt bewegen. Sie scheinen vom Bahnhof zu kommen und streben der Stadt zu. Alle sind vornehm gekleidet und tragen Koffer, auch die Pferdedroschken und Automobile sind voll besetzt, haben riesige Kofferaufbauten auf dem Dach, auf den Droschken sitzen Kofferjungen mit auf dem Bock. Kommen denn die Leute jetzt schon zur Sommerfrische nach Bamberg? Mitten im April? Leichter Nieselregen vergällt den Besuchern wohl den ersten Eindruck, sie betrachten die vierstöckigen Stadthäuser links und rechts mit ihren abblätternden Fassaden mit kaum verhohlener Hochnäsigkeit. Wohl eher Großstadt gewöhnt, diese Besucher. Gleichzeitig fallen ihm die vielen Soldaten auf, die in kleinen Gruppen durch die Stadt schlendern, Patrouillen, irgendein Freikorps in feldgrauen Uniformen. Das war doch gestern noch nicht so?

Verwirrt und verschwitzt stolpert Gustav dem Mann hinterher. An der Kreuzung zur Luitpoldstraße bleibt er stehen und sieht sich ein Schaufenster an. Gustav duckt sich schnell in den Hauseingang einer Bäckerei.

»Gott zum Gruße, Herr Grüner!« Ausgerechnet jetzt muss der Alte von der Brauerei Fässchen vorbeikommen. Gustav späht zu seinem Mann, aber der steht immer noch vor dem Schaufenster, hat sogar seinen Koffer abgestellt und blickt sich in aller Ruhe genüsslich um. Gustav drückt sich noch näher in den Hauseingang und ist jetzt Schulter an Schulter mit dem alten Lutz.

»Na, wollen Sie sich auch ein bisschen die Flüchtlinge aus München ansehen? Lauter honorige Leute, Minister, Ministerialbeamte und Staatsräte, die hier anreisen. Bei uns übernachten auch einige, das ganze Haus ist voll. Wir haben sogar eine Sonderzuteilung an Fleischmarken erhalten, damit wir den Herrschaften was Ordentliches kochen können. In fünf Minuten soll übrigens der Ministerpräsident ankommen, mit dem 16.20 Uhr Zug. Der hat sich gestern erst einmal in Nürnberg die Truppen gesichert. Aber die Bamberger werden sich auch nicht lumpen lassen und ihm ihre Loyalität schwören, da bin ich sicher. Der Garnisonsrat hat gleich ein paar der übleren Subjekte unter den Soldatenräten verhaften lassen, damit da nichts schiefgeht, wie ich gehört habe. Sollen ja bei uns nicht solche Zustände herrschen wie in München. Völlig außer Kontrolle dort, die Revolution. Aber ist zweifellos eine große Ehre für unsere Stadt. Wo die Bewerbung für die Nationalversammlung schon nicht geklappt hat, kommt jetzt immerhin die bayerische Regierung zu uns. Der Oberbürgermeister ist schon vorbeigefahren zum Empfang am Bahnhof, mit schwarzem Zylinder. Muss sein Büro im Alten Rathaus räumen für den Ministerpräsidenten Hoffmann, das hätte er sich auch nicht träumen lassen, der Wächter. Aber …«

Gustav nickt und lächelt gequält, hört kaum zu. Auf einmal nimmt der Mann seinen Koffer wieder auf und schlendert weiter Richtung Luitpoldstraße. Gustav lässt den alten Lutz grußlos stehen, was der mit einer hochgezogenen Augenbraue quittiert, bevor er seinen Redefluss einfach auf die Dame überträgt, die ebenfalls im Hauseingang dem Regen entflohen ist.

Gustav quert die Königstraße, muss zwei Automobilen und einer Droschke ausweichen, rempelt einen Weichensteller, der ihn wüst beschimpft, und übersieht die herannahende Trambahn, die ihn wild anbimmelt, so dass er zurückweichen muss und seinen Mann kurze Zeit aus den Augen verliert. Er springt hoch und sieht ihn durch die Fensterscheiben gerade noch in die Luitpoldstraße einbiegen. Als er hinter der Tram auf der gegenüberliegenden Straßenseite ankommt, halten ihn zwei Soldaten an. Einer stößt ihn an der Schulter, während der andere den Lauf seines Gewehrs auf ihn richtet.

»Wohin so eilig? Weisen Sie sich aus, mein Herr! Hier ist Sicherheitszone. Wir müssen alle verdächtigen Subjekte überprüfen, und Sie machen sich äußerst verdächtig, indem sie mit übergroßer Eile die Straße überqueren und dabei den Verkehr behindern. Also los, Ausweis!«

Gustav kramt panisch in seinen Taschen – der Mann ist außer Sichtweite – und fördert nur seinen verkrumpelten Entlassungsschein zutage. Der allerdings wirkt Wunder. Die beiden Soldaten beruhigen sich und klopfen ihm auf die Schulter. »Kamerad, du hast gedient wie wir, 5er, die wir hier alle stehen. Wir wollen nur sicherstellen, dass uns keiner die Früchte unserer Hände Arbeit stiehlt, und schützen die Regierung. Wenn du kannst, tritt wieder bei. Wir brauchen noch viele wie dich zum Schutze der gewählten Regierung.«

Der andere Soldat dreht Gustav den Rücken zu und flüstert dem ersten Soldaten etwas ins Ohr. Da gibt ihm der seinen Schein zurück, schneller als notwendig, und sagt, schon im Gehen, er möge sich doch weiter seiner Genesung widmen, das würde schon wieder werden, sie könnten nur einsatzfähige Soldaten gebrauchen.

Gustav achtet gar nicht auf ihn, überhört die Demütigung und stolpert blindlings, den Entlassungsschein noch in der Hand, zur Kreuzung. Sein Mann ist fort. Einen kurzen Moment zittert die linke Hand, pendelt hin und her, er nimmt sie in die rechte und donnert sie gegen die Hauswand. Blutig geschürft vom rohen Stein steckt er die zitternde Hand in die Rocktasche und rennt die Luitpoldstraße hinauf. Als er in die Gerade auf den Bahnhof zu einbiegt, sieht er ihn wieder, ganz vorne, er muss einen gehörigen Zahn zugelegt haben. Gustavs Beine drohen einmal mehr nachzugeben, er rennt im Zickzack, stößt mit den Platanen zusammen, mit den Hauswänden, mit Fußgängern, die ihn einen Hammel schimpfen. Jetzt sacken die Knie wieder weg und er fällt auf das Pflaster. Die Einschläge kommen näher, Geschützartillerie von rechts vorne, Knattern und Rattern. Sind das Tanks? Oh nein, bitte nicht! Tanks sind mörderisch, die fahren über dich drüber, Johann, die zermalmen zu Brei, was noch übrig ist von dir. Granate, Deckung! Er wirft sich ins Gebüsch, während die dunklen Tanks an ihm vorbeidonnern, neben ihm zwei Menschen, die »Hoch« rufen und Fähnchen schwenken. Was machen die da? Runter, Mann, runter! Er springt auf, reißt die beiden um und zieht sie in das Gebüsch.

»He, was soll das? Sind Sie irr? Man wird ja wohl noch dem Ministerpräsidenten aus München zujubeln dürfen. Gemeingefährlich, Mann, sowas sollte man einsperren.« Die beiden rappeln sich wieder auf, putzen sich ab und rennen den Tanks hinterher. Es sind Automobile, schwarze, die knattern, mit Menschen mit Zylinderhüten drin, schwarzen Anzügen und Zylindern. Ja, sie winken sogar. Keine Tanks. Gustav sitzt auf der Erde unter dem Busch, die Finger in den Boden gekrallt, Speichel fließt aus seinen Mundwinkeln. Er sieht den Fahrzeugen hinterher. Es ist der Korso des bayerischen Ministerpräsidenten, der soeben bei strömendem Regen am Bahnhof vom Bamberger Oberbürgermeister Adolf Wächter empfangen wurde und nun mit ihm zur Kaserne des Infanterieregiments fährt, um rund tausend Soldaten auf die einzig legitime, nämlich seine, Regierung einzuschwören. Von Bamberg aus will er den Kampf gegen die Räterepublik mit ihrem Zentralrat, die München kurzerhand übernommen hat, führen.

Der Mann, wo ist er hin? Gustav kriecht aus dem Gebüsch, die Leute starren ihn an, er versucht, in den aufrechten Gang zu gelangen, zieht sich am Stamm einer Platane hoch, wie betrunken. Das Zittern, immerhin, ist wieder weg, die Sicht ist noch vernebelt, aber er läuft weiter Richtung Bahnhof, Augen nach vorne, auch wenn er selbst immer wieder seitwärts schlenkert.

Anzügliche Bemerkungen von Passanten, Gelächter und Fingerdeuten bemerkt er nicht, dafür sieht er seinen Mann wieder. Er biegt nach links ab. Schnell einen Schritt zugelegt, laufen, schneller, hier muss es gewesen sein, Heiliggrabstraße. Er blickt angestrengt die Straße hinunter, aber sein Mann ist weg. Er ist doch links runter. So viel Vorsprung hat er nicht gehabt. Sollte er …? Direkt hier an der Ecke ist Liebs Hotel National. Klar, er hat doch einen Koffer gehabt.

Gustav geht die paar Stufen zum Hoteleingang hinauf, keuchend beugt er sich langsam, tastend, um die Flügeltür, da sieht er ihn auch schon. An der Rezeption. Besser gesagt, er sieht den Koffer und ein paar Beine mit braunen Lederschuhen und den Saum eines dunklen Mantels. Er wendet sich schnell wieder ab, taumelt um die Ecke und lehnt sich mit dem Rücken gegen die Hauswand. »Gute Verpflegung – mäßige Preise« wirbt das Hotel auf einem Schild über seinem Kopf. Gustav schließt die Augen und schnauft tief ein und aus – das sagen sie immer in St. Getreu, wenn alles andere wieder mal nicht geholfen hat, die Anfälle veratmen, an was Angenehmes denken, im Kopf schon das Zittern bekämpfen. Er versucht, an etwas Schönes zu denken, hat aber nur das Gesicht des Mannes vor sich, den er bis hierhin verfolgt hat. Und dahinter, hinter dem Gesicht, ist die verdreckte Welt des Schützengrabens, das breiige Braungrau des Todesstreifens, von Stacheldraht und Panzersperren durchsetzt, hier ein Arm, da ein Bein, die durchwühlte Welt, von innen nach außen gestülpt, ja ausgespien. Dann, allmählich erst, kommen die Köpfe seiner Kameraden ins Sichtfeld, erst Willy, der Rotschopf, er lacht und hat ein Brot und eine Flasche Wein unterm Arm, dann Hans, der Pferde-Michel, wie er auf einem Baumstumpf hockt und sein Pfeifchen pafft, Kaspar, der Tastenheini, mit geschlossenen Augen, den Kopf hin und her wiegend, ganz in seine Musik versunken, und schließlich Johann, der Johann, sein Johann. Er steht direkt vor Gustav und lächelt ihn an, in einer Korona des Lichts, er reicht ihm die Hand, geht auf ihn zu. Dann reißt das Bild ab, und Gustav öffnet die Augen, sackt nach unten und bleibt auf dem Gehsteig sitzen, den Kopf in die Hände gestützt.

»Alles gut, Kamerad?« Eine weitere Patrouille hält bei ihm, geht aber weiter, als er den Kopf schüttelt und sie mit den Händen wegwischt, weiterwinkt.

Fünf Minuten sind vergangen, er hat sich jetzt wieder völlig im Griff. Gustav Grüner steht auf, streicht sich die Hose glatt, säubert die Hände an seinem Schnäuztuch, kratzt sich mit dem Taschenmesser die Erdreste aus den Fingernägeln, und wischt sich die Schuhe sauber. Erhobenen Hauptes stolziert er ins Hotel National, sieht sich unbefangen um, als ob er jeden Tag hier ein und ausgehen würde, und wendet sich an die Rezeption.

»Sagen Sie, junger Mann, war dieser Herr, der sich hier eben angemeldet hat, nicht der … na, wie heißt er doch gleich … der …«

Gottlob fällt der Mitarbeiter auf seine plumpe Falle herein und entgegnet: »Sie meinen den Herrn Staatsrat Walter Rupp von der SPD? Ja, das war er. Herr Staatsrat Rupp logiert in unserem Hause, solange die Regierung in Bamberg weilt. Soll ich Sie melden?«

»Nein, nein«, entgegnet Gustav schnell und überspielt sein Erstaunen. »Aber Sie meinen schon den eher kleinen, dickeren Herrn mit dem geröteten Gesicht, dem Schmiss an der Schläfe, braune Haare, kurzer Schnauzer, heller Hut?« Er kann es nicht glauben, will auf Nummer sicher gehen. Rupp? Wieso Rupp? Was soll das? Der Rezeptionist sieht ihn nun genauer an und ist sich offenbar im Unklaren, ob er diese Information überhaupt hätte geben dürfen. »Wer sagten Sie doch gleich, dass Sie sind?«

»Ist schon gut, ich wollte nur sicher gehen, dass es wirklich der Walter Rupp ist. Vielen Dank für die Auskunft.«

Gustav Grüners Abgang ist deutlich weniger souverän als sein gespielter Auftritt, er verpasst die zweite Stufe, strauchelt und fällt direkt in die Arme der Soldaten von vorhin.

»Holla, Kamerad. Gemach, gemach!«

»Schon wieder der! Jetzt wird es mir aber zu bunt. Erst dieses wilde Gerenne und jetzt ist er vor einem Hotel, das Teile der Regierungsmitglieder beherbergt. Und wie der ausschaut! Los, du kommst jetzt mit auf die Wache, das muss geklärt werden. Soldat Schultz, führen Sie ihn ab!«

Als ihn Babette am Abend von der Hauptwache abholt, reden sie kein Wort miteinander. Schweigend gehen sie an den zahlreichen Patrouillen vorüber, an den kleinen Grüppchen von Menschen, die alle paar Meter beisammenstehen und die Köpfe zusammenstecken, wild diskutieren und gestikulieren. Auf den Litfaßsäulen hängen Anschläge der Regierung des Freistaates Bayern, gezeichnet von Ministerpräsident Hoffman, der bekräftigt, dass die nun in Bamberg ansässige mehrheitssozialistische Regierung die einzige Inhaberin der höchsten Gewalt Bayerns sei und ihre Anordnungen und Befehle zu vollziehen seien. Es sei mitnichten wahr, dass die Regierung Hoffmann zurückgetreten sei.

»Ob sie das in München auch so sehen, die Herren von der Räterepublik?«, versucht Babette, das Eis zu brechen.

Als Gustav weiter schweigt, fragt sie: »Was war los heute Mittag? Das war doch mehr als bloß ein Kamerad von damals.«

Erst als sie schon fast die Brauerei erreicht haben, fragt Gustav: »Wie lange hat das Telegraphenamt offen? Ich muss den Hans kontaktieren. Und den Kaspar. Und den Willy. So schnell wie möglich.«

Hans. Kaspar. Willy. Und er. Das geht nur sie etwas an. Der Schwur. Ihr Schwur.

BAMBERG, 12. APRIL 1914

»Nein, nein, und nochmals nein! Alles bleibt wie es ist! Die Gaststätte hat noch all unseren Vorfahren gereicht, und uns reicht sie auch. Damit ist die Domstern-Brauerei seit 224 Jahren ausgekommen, und ich gedenke nicht, das zu ändern!«

Der Vater schlug mit der flachen Hand – und es war eine große Hand, mehr eine Pranke – auf den Tisch, dass die Bierkrüge in die Höhe sprangen und Sekundenbruchteile nach dem Aufschlag ein weiteres bedrohliches Scheppern verursachten.

»Aber Vater«, versuchte Gustav es noch einmal, »sieh doch! Der Eckenbüttner mit seinem großen Saal, der ist andauernd voll, und im Schützenhaus haben sie zwei große Säle, sogar der Erlanger Hof am Bahnhof hat einen Festsaal. Und wir? Haben nur diesen einen Raum. Nebenan, die Kunzes wollen verkaufen, das ist doch eine riesige Gelegenheit. Da könnten wir einen zweiten Gastraum eröffnen, gerade jetzt, wo es überall diese Vereinssitzungen gibt und so politische Sitzungen, und eine Kultur gibt's, Kabarett und Salons und Vorträge, da kommen die Leute …«

»Sallonns und Vorträge! Wenn ich das schon höre«, unterbrach ihn sein Vater schroff. Den französischen Salon sprach er bewusst falsch aus, um seiner Verachtung für diese Art gesellschaftlicher Zusammenkünfte Nachdruck zu verleihen. »Ich weiß gar nicht, wer sich all diese Vooorträge andauernd anhören soll. Und diese Parteien und ihre sogenannten Politiker, die kommen mir schon gleich dreimal nicht ins Haus. Schwatzbasen sind das. Wollen König und Kaiser dreinreden und gescheit daherreden! Ja, wer sind wir denn? Ein Vereinslokal? Ist es das, was du willst? So ein Lokal? Nur über meine Leiche! Wir sind eine Brauereigaststätte. Hier gibt es unser gutes Domstern-Bier und sonst nix. Und so war es und so ist es und so wird es auch bleiben. Wir sind noch immer gut gefahren in den letzten Jahren. Und den Kunzes werfe ich schon gleich dreimal kein Geld in den Rachen!«

Gustav Grüner seufzte und nahm einen tiefen Zug aus dem Steinkrug, der vor ihm auf dem grob gezimmerten, über die Jahre blank gewienerten Eichentisch in der Stube stand. Ein Fehler. Denn so kam er nicht einmal in Vaters Pause dazwischen, bevor der seine Tirade einfach fortsetzte. Sein Vater, Braumeister in der siebten Generation, und mit seinen 55 Jahren noch so fest im Sattel, dass er keine ihm fremden Ideen dulden wollte. Und noch so rüstig, dass er es auch nicht musste.

»Du wirst schon noch sehen, die Leute wollen keinen so Firlefanz, wie du dir das vorstellst. Diese Sitzungen. Und dann noch Kabarett? Womöglich noch mit einer Bühne? Und die ganze Technik mit Elektrizität, wer soll denn das bezahlen? Das kommt doch nie und nimmer wieder rein. Ruinieren willst du uns mit deinen neumodischen Ideen! Ruinieren! Was wir und unsere Vorfahren zur Seite gelegt haben, das willst du in Bausch und Bogen aus dem Fenster werfen. Lieber enterbe ich dich, als dass ich dir mit solchen Hirngespinsten die Brauerei einmal übergebe! Nein, nein, nein, mit mir nicht! Jetzt sag doch auch mal was, Kunigunde!«

Er wandte sich an seine Frau, die mit am Tisch saß, aber noch kein Wort gesagt hatte, den Blick starr nach unten in den Schoß gerichtet, wo sie die Hände mit ihrer Schürze zu verkneten schien.

»Na ja, der Bub« – sie nannte Gustav immer noch »Bub«, aber er mochte das. Ihm wurde immer ganz warm ums Herz, wenn sie ihn so nannte, vor allem da sein Vater, der cholerische Patriarch, seinen Vornamen sonst immer mit einer Vehemenz wie ein Pistolenschuss auswarf, Gusstaff – »der Bub hört sich halt auch ein wenig um bei seinen Freunden und er ist viel in der Stadt unterwegs und da hört er halt so manches, was vielleicht auch für uns intere…«

Weiter kam sie nicht, denn Heinrich Grüner sprang auf und schob den Tisch ruckartig nach vorne.

»Genau, verteidige ihn auch noch! Diesen verlorenen Sohn, der nachts um die Häuser zieht und bei der Konkurrenz zecht! Der einfach nach Nürnberg verschwindet und erst Tage später wieder hier auftaucht. Und da soll der gute Ideen mitbringen? Ausgerechnet der? Bei einem solchen Lotterleben? Mutter, ich glaube, du gehst jetzt besser wieder in die Küche!«

Sofort stand Gustavs Mutter auf, strich mit den Händen die Schürze glatt und warf Gustav schulterzuckend einen wohl tröstlich gemeinten Blick zu. Sein Vater sprach jetzt stehend weiter, wie vor einem Tribunal: »Statt, dass er sich in der Brauerei blicken ließe. Oder in der Wirtstube mal Hand anlegt. Aber nein, der feine Herr muss ja in die Großstadt. Hier in der Provinz ist es ihm zu öde. Mit uns Bauern an einem Tisch zu sitzen. Wahrscheinlich ist er ja was Besseres, und wie man so einen Betrieb zu führen hat als Braumeister in der achten Generation, das lernt man ja ganz nebenbei, im Handumdrehen. Na klar.«

»Vater, jetzt hör mich doch nur einmal an! Ein einziges Mal!« Jetzt war es Gustav, der versuchte, zur Lautstärke seines Vaters aufzuschließen, und ebenfalls aufsprang. »Du weißt genau, dass ich unsere Brauerei liebe wie du, und dass es mir immer um unsere Brauerei geht, und ich verdammt nochmal genau deswegen will, dass wir uns für die Zukunft rüsten!« Auch Gustav schlug jetzt mit der Faust auf den Tisch, was ihm aber gründlich misslang, denn er traf seinen Bierkrug, der ins Schlingern geriet, umfiel und einen Schwall Braunbier über die Tischkante beförderte. Wie Blut lief das sämige Bier Tropfen für Tropfen direkt vor Gustavs Füße.

Heinrich Grüner würdigte seinen Sohn keines Blickes mehr und verließ den Tisch, griff sich den Schlüsselbund und drosch die Tür zur Gaststube auf. Wortlos stürmte er davon.

Gustav blieb alleine in der Wohnstube zurück. Ihm war kalt. Es roch nach dem verschütteten Bier, aus der Küche strömte der Geruch von Sauerkraut und Knöchla. Er beobachtete das Bier, wie es von der Tischplatte auf die roten und die schwarzen Steinplatten tropfte. Sosehr er sich auch bemühte, er vermochte nicht, die Tropfen von der Tischkante mit den Augen zu verfolgen, sobald sie ihr Fallgewicht erreicht hatten und hinunterfielen. Erst im Augenblick des Auftreffens hörte er das Aufklatschen und sah den Ring winziger Tröpfchen, die sich bei jedem Aufschlag um die Pfütze herum verteilten.

Über ihm hing die Lampe mit dem Hirschgeweih, das ihn als Kind immer so fasziniert hatte, ein echter Zwölfender – angeblich von seinem Ururgroßvater höchst selbst geschossen – und damit ein Heiligtum, denn sein Ururgroßvater Friedrich war es gewesen, der der Brauerei Domstern mit seinem neuen Rezept für ein Braunbier zum großen Durchbruch verholfen hatte. Hinter ihm die Ahnengalerie seiner Vorfahren, honorige Leute allesamt, Brauer, Büttner, Brauer, Geschäftsleute, Brauer und noch mehr Brauer. Gegenüber, in Gold gerahmt, König Ludwig, daneben ein Abreißkalender, für jeden Tag ein Bibelspruch. Das war sein Weihnachtsgeschenk für seine Eltern gewesen heuer. Der Kalender zeigte den 30. März 1914 an. Nun ja, schien auch nicht wirklich gut angekommen zu sein, der Kalender.

Weg, einfach nur weg! Der Vater war unbelehrbar. Immer weiter so, immer weiter. So haben wir es immer gemacht und so machen wir es weiter. Dass die anderen Brauereigaststätten ihnen allmählich den Rang abliefen, das wollte der Vater einfach nicht sehen. Vielleicht konnte er es nicht sehen. Vor lauter Ahnen und Hirschgeweihen und Geld, das ihm seine vergreisende Stammklientel noch einbrachte. Aber voll war es woanders. Da, wo die Jungen übernommen hatten, beim Grasser, beim Großkopf, den Maex', den Schlegels. Die holten das Geschäft ins Haus. Jeden Abend waren da mittlerweile Parteisitzungen, von den Sozialisten, von den Katholiken im Zentrum, den Konservativen, den Vereinen für Fürsorge, den Kriegervereinen, den Königstreuen, den Wandervögeln. Und die hatten alle Zulauf, die brauchten große Säle. Die paar Stammtische, die noch bei ihnen stattfanden, in der Gaststube ins Eck gezwängt, die konnte man an einer Hand abzählen. Und das waren nur noch die alten Kartler, die tranken alle Stunde ein Bier, und dazwischen vielleicht mal einen Schnaps, wenn's hoch kam. Aber das Geschäft machten die anderen. Was bei diesen politischen Sitzungen gesoffen wurde! Die redeten sich die Köpfe heiß und merkten gar nicht, wie sehr sie andauernd ihren Durst stillen mussten. Und in Nürnberg erst, die ganzen Arbeitervereine, die Gewerkschafter, die trugen am Monatsanfang ihren halben Lohn in die Gaststätten. Aber das hatte er alles schon so oft an seinen Vater hingeredet.

Die Tür der Gaststube ging auf und seine Frau Babette kam herein.

»Klang nicht gut!«

»Nein. Nicht gut. Der sture Bock ist nicht ansprechbar. Keine Chance. Babette, hier kommen wir nicht weiter. Vielleicht müssen wir doch weg von hier. Da könnten wir uns was Eigenes aufbauen. Ein ganz modernes Lokal. Bis der Alte tot ist. Dann übernehmen wir hier.«

»Nicht mit mir, Gustav. Ich geh nicht weg von Bamberg. Wieso, meinst du, hab ich dich geheiratet? Nein, nein, nein! Diese Brauerei hier – das ist unsere Zukunft! Hier machen wir was draus.«

»Aber wenn der Alte noch zwanzig Jahre lebt? Sollen wir so lange warten, bis sich hier mal was ändert? Schau, Babette, in Nürnberg, da läuft was, da schießen die Fabriken wie Pilze aus dem Boden, da gibt es Arbeiter ohne Ende. Und Arbeiter trinken nun mal gerne. Jetzt, wo sie auch mal frei haben, erst recht. Hier, in Bamberg, die Bürger, die trinken doch nur solange der Pfarrer nicht guckt, und hier gibt's verdammt viele Pfarrer, in Nürnberg dagegen …«

»Das tät dir so passen, ha, Nürnberg! Noch näher zu deinen

Männern? Reichen dir deine Ausflüge nicht mehr, oder was? Musst du einen Druck haben!«

»Psst! Bist du wahnsinnig? Die Mutter ist gleich nebenan in der Küche.«

»Na und? Wenn du dich mehr um die Brauerei kümmern würdest, statt immerzu nach Nürnberg zu fahren, dann müsste ich nicht immer deine Alten aushalten, alles erklären und vertuschen. Und die ganze Arbeit hab sowieso ich! Wenn es sich wenigstens lohnen tät! Aber wenn dir deine Bekanntschaften wichtiger sind …«

»Bist du jetzt ruhig, Babette! Das tut gar nichts zur Sache. Du kennst unsere Abmachung, also halt dein loses Mundwerk. Und wirf du mir nicht vor, dass ich nichts in der Brauerei mache. Reicht schon, wenn der Vater so denkt. Den Biergarten, den habe ich eigenhändig wieder aufgebaut letztes Jahr nach dem Brand. Wirst schon sehen, der läuft prächtig heuer!«

»Ja, sehr schön, Herr Grüner, und wer hat das Sagen auf dem Keller? Und wer behält die Einnahmen? Der Herr Papa! Nein, Gustav, wir haben gesagt, dieses Jahr werden Nägel mit Köpfen gemacht. Und wenn du es nicht schaffst, dass uns dein Vater wenigstens den Garten überschreibt, dann sind deine Besuche in Nürnberg gestrichen, sag ich dir!«

»Babette!«

Wie lange hielt ihr Abkommen jetzt schon? 1914 …, Emma ist 1913 geboren …, 1911 geheiratet, dann kannten sie sich jetzt schon über 4 Jahre. »Sag mal, bin ich wirklich so hässlich oder machst du dir nix aus Frauen, Gustav Grüner? So lange musste ich ja noch nie an ein Mannsbild hinbenzen, bevor der es endlich begreift!« Als Gustav damals in der Braustube nicht schnell genug widersprochen hatte, redete sie einfach weiter, leiser, so dass nur er es hören konnte. »Ich seh doch, dass du die ganze Zeit zu dem feschen Otto da hinten schaust. Aber mach dir keine Hoffnungen, der ist längst vergeben.« Dann neigte sie den Kopf noch näher zu Gustav, bis ihm ihr aufdringliches Maiglöckchen-Parfum in die Nase stieg und er, wollte er ihr nicht ins Gesicht sehen, unweigerlich in ihren Ausschnitt blicken musste. »Ich mache dir ein Angebot, Gustav Grüner. Wenn das hier rauskommt, bist du tot und erledigt. Das ist dir klar, und mir auch. Du interessierst dich also eher für Mannsbilder, aber du liebst auch deine Brauerei hier, richtig?« Er hielt sich ganz still und vermied weiter jeden Blickkontakt zu ihr, gespannt was jetzt folgen würde. Noch hatte ihm in seiner Heimatstadt niemand auf den Kopf zugesagt, dass er sich nicht für Frauen interessiere. Auf das, was jetzt kommen würde, war er nicht vorbereitet. »Weißt du was? Mir geht es genauso. Ich interessiere mich auch eher für die Mannsbilder und liebe diese Brauerei. Da sind wir doch schon zwei mit den gleichen Vorlieben. Bei so viel Übereinstimmung könnte man doch meinen, dass das eine gute Grundlage ist für ein wunderbares Geschäftsmodell!«

»Geschäftsmodell«, genau, so hatte sie das genannt damals, ein »Geschäftsmodell«.

Zwei Tage später schon trafen sie sich erstmalig im Hain auf einen Spaziergang und tranken einen Kaffee im Theresienhain. Sie war ihrer Arbeit in der Schneiderei überdrüssig und wollte unbedingt in eine Brauerei einheiraten, was nicht so einfach war. Da hatten Brauereltern meist andere Vorstellungen. Sie war tüchtig, ehrgeizig und schlagfertig und trotz ihrer Körperfülle, die ihre selbst genähten Kleider nicht zu kaschieren versuchten, wusste sie sich mit ihrem kastanienbraun gewellten Haar, meist mit einem breitkrempigen Hut verbandelt, in Szene zu setzen.

Sie bot ihm die Chance, in Ansehen und Würde Teil der Bamberger Gesellschaft zu bleiben und irgendwann die Brauerei zu übernehmen. Und dabei dennoch nicht auf seine Liebeleien zu verzichten, derentwegen er meist bis nach Nürnberg fuhr, um der Gefahr einer zufälligen peinlichen Begegnung so weit wie möglich zu entgehen. Sie würde sein Alibi sein, seine Vorzeigegattin, mit der Vorzeigefamilie. Seht her! Alles in Ordnung, der Junge hat einen Stammhalter gezeugt, er ist der würdige Nachfahre von Friedrich Grüner, dem Erfinder des Domstern-Braunbieres, die achte Generation ist bereit und hat für die neunte gesorgt.

Gut, bisher ist es nur eine Emma geworden, aber Babette würde schon noch einmal schwanger werden, so genau wollte er es nie wissen, sie fragte ja auch nie nach, mit wem er in Nürnberg so verkehrte.

Und jetzt? Nutzte sie ihre Abmachung, ihr Geschäftsmodell, um Gustav unter Druck zu setzen. Das war gemein. Sie wusste doch, wie schwierig der Vater war. Jetzt stand er zwischen zwei Fronten, eine so gefährlich wie die andere. Der Vater, der ihm nichts zutraute, nichts ändern wollte und die Zukunft der Brauerei aufs Spiel setzte, und Babette, die ihn jederzeit ins gesellschaftliche Aus katapultieren konnte. Sein rechter Schuh stand nun direkt in der Pfütze, rundherum das verschüttete Braunbier auf den Kacheln, die schwarzen glänzten, die roten wirkten dreckig.

Aber sie hatte ja Recht, er musste sich irgendwann einmal durchsetzen. Er war jetzt 26, und auch wenn sein Vater es nicht so sah, er war Braumeister, er kannte sich aus, er konnte ein ordentliches Braunbier brauen und ein gutes Kellerbier. Wie gerne würde er sich mal an einem Weizenbier probieren. Das schmeckte den Leuten, und es gab noch nicht viele Bamberger Brauereien, die eines brauten, und er hatte Ideen.

»Babette, wenn er doch so gar nicht zugänglich ist! Was soll ich denn machen?«

»Mach ihm den Biergarten madig, noch vor der Kellersaison. Mach ihm klar, dass er zu viel Arbeit hat damit, dass er nichts abwirft, dass die Gärten und das Draußen-Sitzen keine Zukunft haben, die Sommer immer kälter werden, es so weit oben am Berg ist, was weiß ich. Erzähl es ihm so, dass es ihm leichtfällt, den Keller loszuwerden, damit er sich auf die alte Gaststube hier unten konzentrieren kann. Vielleicht sieht er ja auch eine Chance, dich reinrasseln zu lassen, um dir mal wieder zu beweisen, was für eine Niete du bist. Lass dir halt was einfallen!«

»Ja, der Garten wäre schon ein schöner Anfang. Wir zwei im Biergarten! Eine gute Mischung. Noch eine ordentliche Küche da oben, dann läuft das. Das Bier kommt direkt aus dem Keller und der Blick, jetzt wo die Papsthardts die Eschen unten gefällt haben, ist einer der schönsten der Stadt.«

»Sag ich doch. Und dann die Remise hinten im Garten! Wenn wir die noch ausbauen, kriegst du endlich deinen Saal!«

Gustav hielt inne. »Babette, du bist ja eine Wucht! Die Remise, na klar! Da gehen gut und gerne 120 Leute rein, eine gute Größe, eine gute Größe. Die könnten wir sogar das ganze Jahr über bewirtschaften und den Garten halt im Sommer nur. Ja, das könnte klappen.«

»Siehst du? Wir wollen doch das Gleiche. Immer schon. Also halt dich ran! Noch in diesem Jahr muss das über die Bühne gehen!«

Aus der Stube nebenan hörte man Kindergeschrei.

»Oh, Emma hat Hunger. Gehst du rüber in die Gaststube, Gustav? Tisch 12 kriegt noch einen Viertel Weißen und zwei Braunbier.«

BAMBERG, 28. JUNI 1914

Der Abspann zu »Im Banne der Leidenschaft« lief noch, das Orchester spielte ein letztes Mal das Hauptmotiv in d-Moll mit dem pathetischen Solo der Klarinette. Helene spielte im Stehen und bewegte sich verführerisch im Takt ihrer Töne, das enganliegende rote Kleid betonte ihre Figur und Kaspar hatte nur Augen für sie. Beinahe hätte er die Schlusskadenz verpasst, rettete aber das verwirrte Orchester, indem er am Klavier noch ein paar Harmonien und ein kurzes Solo als Brücke einflocht, bevor er dann die Kadenz richtig einläutete. Applaus, Verbeugung, Stimmengewirr, Aufbruch, Abgang. Das Lichtspielhaus am Grünen Markt leerte sich, die Musiker des Salonorchesters Mohrs Melodien packten ihre Instrumente ein, als Emil Dotterweich auf Kaspar Mohr zukam, Zigarre im Mund und ein Papier in der Hand.

»Sehr schön, sehr schön. Vor allem die Klarinette war wie immer eine Wucht, in jeder Hinsicht Augenweide und Ohrenschmaus.« Sein Blick umgarnte Helenes Körper und er riss sich nur los, um ihr schwärmerisch in die Augen sehen zu können, gefolgt von einem tiefen Seufzer und einem zugeworfenen Kussmund.

»Wenn du nicht aufpasst, fallen dir die Augen aus dem Glubschkasten, Emil. Wenn du nur halb so viel Energie für deine Henriette aufbieten würdest, wie du an mich verschwendest, wärt ihr schon längst verheiratet.« Helene schulterte ihre Klarinette und hakte sich bei Kaspar Mohr unter.

»Wer sagt denn, dass ich sie heiraten möchte? Vielleicht kommt ja nochmal ein Angebot von anderer Seite …«

»Vergiss es, Emil! Deine Avancen sind so durchsichtig, wie es die Gläser deines Lokals bedauerlicherweise nie sind.«

Emil machte demonstrativ kehrt. »Na, wenn das so ist, dann nehme ich meine Aufträge für das zweite Halbjahr eben wieder mit und suche mir eine andere Augenweide.«

»Nichts da!« Kaspar Mohr entriss Dotterweich das Blatt Papier, mit dem er in der Luft gewedelt hatte, und überflog den Inhalt, während dieser die Gelegenheit nutzte, Helene noch einmal näherzukommen.

»He, das sind ja doppelt so viele Termine, wie wir vereinbart hatten.«

»Ja, ja, zu meinem allergrößten Leidwesen kommen die Leute nicht nur wegen der herausragenden Filme, die ich zeige, sondern besonders gerne dann, wenn wir ein großes Orchester zur musikalischen Begleitung haben, nicht nur das Klavier. Mohrs Melodien trifft den Ton der Zeit. Daher habe ich euch für alle Sonntagsvorführungen bis Oktober eingebucht, wenn es recht ist. Und ein paar Mal für einen Tanznachmittag im Café.«

»Bis Oktober? Vergiss es! Im September haben wir eine Tournee in Frankreich und in England. Alles schon festgezurrt und Reisepläne gemacht. Tut mir leid. Da wirst du dir jemanden aus der zweiten Garde suchen müssen. Frag doch mal den Reinhard!«

Mit diesen Worten schloss Kaspar den Klavierdeckel, rauschte mit Helene am Arm an dem verdutzten Emil Dotterweich vorbei und trat hinaus in die Dunkelheit der Nacht, auf die Straße. Kaum war die Tür hinter ihnen geschlossen, legte Helene die Arme um Kaspar und drückte ihn gegen die Hauswand. Unter dem Schein der Laterne küsste sie ihn wild auf den Mund und fuhr ihm mit den Händen durch das dunkle lockige Haar. Ein Bein schob sie seitlich bis zu seiner Hüfte hinauf, ihr ganzer Körper drückte sich gegen seine verschwitzte Brust. Kaspar Mohr, Kopf und Seele des Salonorchesters Mohrs Melodien, war immer völlig durchnässt am Ende seiner Aufritte. Auswärts hatte er stets Wechselkleidung dabei, nur bei Engagements zuhause ließ er es bleiben. Helene war die einzige, die ihn davon abhalten konnte, sofort nach Hause zu eilen, um sich umzuziehen und frisch zu machen. Er erwiderte ihre Küsse und drückte sie mit einem festen Griff an sich.

»Fahren wir wirklich nach England, Kaspar?«, hauchte sie ihm ins Ohr, das sie bei dieser Gelegenheit gleich völlig mit dem Mund verschlang und mit der Zunge bearbeitete.

»Ja, alles unter Dach und Fach«, stöhnte er, unter ihren Liebkosungen kaum in der Lage zu reden. »Walter Goetschi hat mir gestern die Verträge aus London geschickt.«

Helene riss sich schlagartig los, fasste seine Hand und zog ihn mit sich fort. »London! Fantastisch! Das muss gefeiert werden. Lass uns noch was trinken gehen! Irgendwo wird schon noch was los sein!«

Immer wenn Kaspar Mohr und Helene Spiegel in einem Lokal auftauchten, drehten sich alle Köpfe nach ihnen um. Kaspar mit seiner schwarzen Lockenmähne, beethovengleich den Künstler mimend, groß gewachsen und schlank, mit einem bubenhaften Gesicht, und Helene mit ihrem frechen Kurzhaarschnitt, den breiten muskulösen Schultern, schmaler Taille und Brüsten, die sie durch ihre modische Kleiderwahl gerne betonte. Aber es war mehr als ihr Aussehen. Die beiden waren eine Einheit, nicht nur musikalisch, ihr ganzer Auftritt nahm Menschen für sie ein und begeisterte allein durchs Hinsehen. Helene war mitreißend und trug eine Zuversicht vor sich her, die ansteckend wirkte. In ihnen spiegelte sich die Zukunft, ein ganzes Leben voller großer Momente.

Manchmal konnte Kaspar sein Glück gar nicht fassen. Er hatte Erfolg mit seinem Salonorchester, ja, mehr als das, er war zum gefragten Musiker geworden. Geschickt arrangierte er die verstaubten Tanzstücke neu und verwob die populäre Marschmusik mit Elementen, die hierzulande keiner kannte. Ein Amerikaner hatte ihm vor zwei Jahren in München einige Stücke vorgespielt, die er Rag genannt hatte, oder Jass. Diese wollten Kaspar nicht mehr aus dem Kopf gehen. Er baute sie in seine Arrangements ebenso ein wie die Klarinettensoli von Helene, die häufig die traditionellen Melodien ihrer jüdischen Vorfahren aufgriff. In Bremen hatte Kaspar einem ukrainischen Auswanderer ein paar Mark gestiftet, die ihm noch zum Preis seines Schiffsbillets nach Übersee gefehlt hatten. Als Dank hatte der ihm einen Haufen Noten überlassen, die ihm im Koffer für die Überfahrt den Platz stahlen. Klezmer war seitdem ein Zauberwort für Kaspar – und jüdische Hochzeiten waren gefragte Engagements, sie waren lang, gut besucht und feuchtfröhlich. Den Leuten gefiel es, die Aufträge und Auftritte purzelten nur so herein. Nur deswegen konnte er es sich leisten, mit Emil Dotterweich so umzugehen. Noch vor ein paar Jahren wäre er für jeden dieser Termine froh und dankbar gewesen, aber heute? Konnte er frei auswählen. Nach den Sternen greifen. Er wollte jetzt unbedingt ins Ausland, sich vergleichen, die Musikkulturen anderer Länder kennen lernen und aufsaugen, gebrauchen, verarbeiten. Daher hatte er sich erstmals einen Agenten genommen. Und der hatte ihm diese Tournee aufgetrieben. Ja, er fühlte sich gut. Er hatte seine Musik – und er hatte seine Helene. Seine Helene, die schöne Helene, die Göttin der Klarinette, seine Muse, seine Geliebte, seine Musikerkollegin, sein Ein und Alles. Sie beflügelte ihn, sie war ihm ebenso wichtig wie seine Musik und war der stete Antrieb seiner Schaffenskraft.

Auf dem Tisch im Eckenbüttner, wo tatsächlich noch Musik aus dem hinteren Saal in die große Gaststube hinüberklang, breitete Kaspar vor Helene die Reisepläne aus.

»Wir reisen natürlich in großer Besetzung, alle 16 sind dabei. Hier, schau! Zuerst spielen wir in ein paar Orten in Deutschland, das eine ist eine zweitägige Adelshochzeit von irgendeinem Grafen in Heidelberg, dann ein ›Tanz am Sommerabend‹ in Baden-Baden, da sind auch andere Orchester dabei, Straßburg und Metz im Elsass. Dann geht's rüber nach Frankreich: Nancy, Verdun, Reims und dann Paris, dort haben wir gleich zwei Konzerte. Von dort über Rouen und Dieppe nach Le Havre und rüber nach Portsmouth. In England spielen wir in allen großen Seebädern, die haben tolle Seepromenaden da, mit grandiosen Music Halls: Poole, Bournemouth, Brighton, Eastbourne und Southend-on-Sea. In London spielen wir zwei Konzerte in kleineren Hallen und zum Abschluss geht es nach Glastonbury, wo zum ersten Mal ein Musik-Festival stattfindet. Das wird dir gefallen, von einem echten Sozialisten organisiert, aber da müssen wir was Klassisches spielen.«

»England!« Helenes Augen blickten verträumt in die Ferne. »Hast du gewusst, dass die Frauen in England schon lange richtig militant auf die Barrikaden gehen, um dem männlich dominierten Herrschaftssystem mehr Rechte abzutrotzen?«

»Und schließlich sind wir noch in Cambridge, bevor wir den Rückweg … Was?«

»Ja, ja, in England sind die Frauen schon viel weiter als wir, besser organisiert vor allen Dingen. Vorletztes Jahr haben sie über 200 Schaufenster im Einkaufsviertel Londons zerstört, um zu protestieren. Und letztes Jahr hat sich eine Frau geopfert und sich vor das Pferd – oder war es die Kutsche? – des englischen Königs geworfen.«

»Tot?«

»Ich glaube schon, ja. Für die Sache gestorben. Welch ein mutiger Einsatz.«

»Und? Hat sich was geändert?«

»Noch nicht. Aber diese Frauen werden etwas verändern, wart's nur ab! Die Spießbürger nennen sie Suffragetten und wollten sie damit ursprünglich abwerten, aber die haben einfach den Spieß umgedreht und tragen den Titel nun mit Stolz. Denn letztlich geht es ja genau ums Wahlrecht, suffrage. Jetzt, wo die Parlamente immer mehr Macht bekommen, wollen wir gefälligst auch mitreden, wer da drin hockt und Politik macht! Als Mitglied der SPD will ich doch mitbestimmen.«

»Ja …«

»Wenn die Bamberger Frauen nur nicht so verdammt bürgerlich wären, wir hätten hier schon viel mehr erreicht. In unseren Frauenvereinssitzungen lenken die immer wieder von den politischen Themen ab und dann geht es nur noch um ihre Männer, um das liebe Essen, um die kleinen Bälger und um den Haushalt. Viel zu feige, die Weiber hier! Ich werde mich in England mal umsehen, vielleicht kann ich ja noch was lernen da.«

»Ja, vielleicht. Auf jeden Fall sind wir am 29. September wieder in Bamberg … und haben auch gleich wieder … irgendeinen … Tanzsalon, glaube ich …« Kaspar wollte sich partout nicht schon wieder auf Diskussionen mit Helene einlassen. Politisch kamen sie nicht auf einen Nenner. Genau genommen konnten sie keinen haben, denn Kaspar hatte schlichtweg keine politische Haltung. Helene hingegen war 1908 sofort in die SPD eingetreten, als es Frauen erlaubt wurde. Seitdem tummelte sie sich innerhalb der Parteistrukturen und in weiteren Vereinen für Mädchenbildung und für das Wahlrecht. 1911 hatte sie ihm sogar einen Konzerttermin abgesagt, weil sie als Delegierte zur sozialdemokratischen Frauenkonferenz nach Jena gegangen war. Das hatte Kaspar gar nicht verstanden. Wie konnte man nur auf ein Konzert verzichten, für so etwas! Nach ihrer Rückkehr war es zum ersten großen Krach zwischen den beiden gekommen. Ihm ging die Musik über alles. Er war nur insofern politisch, als er keine nationalen Grenzen für Musik sah. Deswegen war ihm diese Tournee so wichtig, denn er hatte wohl mitbekommen, dass die Stimmung zwischen den Völkern, oder zumindest der jeweiligen Eliten, nicht zum Besten stand. Musik war aber doch eine Sprache, die man überall verstand, verstehen musste.

Als er Helene die einzelnen Bahnfahrkarten und die Karten für die Schiffspassage nach Portsmouth zeigte, vergaß sie ihre Politik wieder und wollte alles genau ansehen. Sie bestellten noch ein Bier und machten auf mehreren Bierdeckeln Pläne zum Repertoire für die einzelnen Auftritte. Für jeden Ort einen Bierfilz. Am Ende hatten sie einen ordentlichen Stapel Bierdeckel, so dass die Bedienung pikiert die Nase rümpfte, als sie sich eineinhalb Stunden und drei Bier später anschickten, das Bierlokal mit den Pappdeckeln zu verlassen. Sie lachten über das missmutige Gesicht der Kellnerin, gaben ihr ein Trinkgeld und freuten sich auf die Reise. Nur noch gut zwei Monate, dann würde es losgehen. So eine Reise, zumal ins Ausland, war eine große Sache, nicht nur musikalisch, nein, auch das Zusammensein mit den Musikern bedeutete ihnen viel. Mit dem großen Ensemble spielten sie sonst nur selten, das würde eine Gaudi geben. Das schweißte zusammen. Aber auch für ihr Miteinander versprach es die große Freiheit. Zusammen, ohne die Blicke der Bekannten, zusammen, ohne die Kontrolle der Nachbarn und Neider, zusammen, ohne dass es jemandem gegen den Strich ging, dass sie nicht verheiratet waren.

Kaspar packte die Bierdeckel, nahm Helene an der Hand und stürmte mit ihr zum Ausgang. Sie küssten sich im Gehen, und so sahen sie den Zeitungsjungen nicht, den kleinen Burschen mit Schiebermütze und kurzen Hosen, der im gleichen Augenblick hereinkam. Inniglich in Umarmung mit Helene verschlungen, stieß Kaspar noch in der Tür mit ihm zusammen und stolperte die Stufen hinunter nach draußen, wo ihm alle Bierdeckel auf die Straße fielen. Helene half ihm auf, während der Junge drinnen lauthals seine Schlagzeile ausrief: »Attentat in Sarajevo. Erzherzog Franz Ferdinand samt Gemahlin ermordet. Thronfolger Österreich-Ungarns tot. Der Kaiser ist empört.« Kaum einer beachtete den Jungen, nur wenige hoben den Kopf, die meisten unterhielten sich einfach weiter und legten nicht einmal ihre Karten zur Seite. Nur zwei Zeitungen brachte er an den Mann.

Draußen knieten Kaspar und Helene auf der Straße und sammelten die Bierdeckel, die ihre Reise mit ihrer Musik abbildeten, einen nach dem anderen ein und hielten sie fest umklammert in den Händen.

BAMBERG, 3. JULI 1914

Im eleganten Salon des Bamberger Hofes saßen zur Mittagszeit nur wenige Gäste. An einem Tisch in der Mitte hockte ein Mann, ziemlich kräftig, klein, ondulierte braune Haare, gepflegter Schnurrbart und Nickelbrille. Auf den freien Stuhl neben sich hatte er eine rote Ledertasche gestellt, leicht abgewetzt und ausgebeult. Er wählte eine exquisite Speisenfolge: Prinzessinnensuppe, Lammrücken auf ungarische Art, Parfait von der Gänseleber und Mokkakuchen. Einzig das Bier zum Essen ließ den Demichef de rang etwas stutzen, hatte der Maître d'hôtel ihm doch ein paar erlesene Weine empfohlen. Aber gut, der Kellner servierte, der Mann aß, zu dem Mokkakuchen kamen noch eine kleine Käseauswahl sowie eine Tasse Kaffee hinzu. Als der Mann schließlich nach der Rechnung verlangte, die, wie in diesem Hause üblich, auf einem Silberschälchen unter einer Serviette gebracht wurde, beobachtete der Kellner, wie der Mann sich die Rechnung ansah, an seine Rocktasche griff und auf einmal stutzte. Panisch klopfte er alle verfügbaren Taschen ab, öffnete die rote Ledertasche, kramte darin herum und ließ sich, offenbar erfolglos, gegen die Lehne seines Stuhls plumpsen. Mit dicken Backen stieß er die Luft aus. Der Demichef de rang sah den Zeitpunkt gekommen, nach dem Gast zu sehen.

»Stimmt etwas nicht mit der Rechnung, mein Herr?«, fragte der Kellner in dem süßen Ton überheblicher Freundlichkeit.

»Nein, nein, die Rechnung stimmt, das passt alles. Allein …«, er klopfte noch einmal alle Taschen ab, kramte in seiner Tasche, »allein, ich muss meine Geldbörse im Hotel liegen gelassen haben. Es tut mir leid, ich kann Ihnen die Rechnung gerade nicht bezahlen.«

Dem Kellner blieb die Luft weg – ein Zechpreller! Die hatte

er gefressen. Erst letzte Woche hatte er für einen Teil des Verlustes durch ein solches Subjekt geradestehen müssen. Aber es gelang ihm, die Contenance zu bewahren, und er presste ein: »Warten Sie, ich hole den Maître d'hôtel«, hervor. Noch bevor er die Küche erreicht hatte, rief er nach dem Maître, etwas lauter und heftiger als nötig.

Der kam ihm schon entgegen und mahnte zur Ruhe. »Was geht hier vor?«

Nachdem der Mann seine Geschichte noch einmal erzählt hatte, wurde jedoch auch der Maître unwirsch und sagte dem Mann auf den Kopf zu, dass er ihn für einen Betrüger halte.

»Aber wenn ich Ihnen doch versichere, dass ich mein Geld lediglich im Hotel vergessen habe. Ich war vorhin in der Stadt unterwegs und habe einige interessante Einkäufe getätigt, zog mich danach im Hotel noch einmal um, und da muss ich die Geldbörse wohl in meinem Mantel vergessen haben. Es tut mir ja auch leid. Kann ich Ihnen vielleicht etwas zur Sicherheit dalassen, damit ich sie rasch holen kann?« Er öffnete seine Tasche und brachte ein Kistchen mit einem Satz kunstvoll geschnitzter Schachfiguren aus Elfenbein hervor, ein altes Buch, einen Kerzenständer aus Messing – die beiden Kellner schnaubten nur verächtlich – und schließlich einen goldenen Becher mit einem Ziffernblatt obenauf.

»Sie müssen wissen, ich handle mit alten Dingen, An- und Verkauf. Das hier, diese alte Uhr, eine Becheruhr, die könnte ich Ihnen als Sicherheit dalassen. Sehen Sie? Sie ist zumindest vergoldet. Alt muss sie auch sein, irgendwie, man kann das Gehäuse hier abmachen, darunter ist ein ganz köstliches altes Uhrwerk. Da ist sogar eine Inschrift, ich kann sie nicht lesen, aber der Wert dieses kleinen Schätzchens sollte den des Essens um ein Vielfaches übertreffen, will ich meinen. Was halten Sie davon? Ich bin ja in einem Viertelstündchen wieder da, meine Herren.«

Die beiden Kellner drehten und wendeten die klobige Uhr in Dosenform mit dem offenen Ziffernblatt und flüsterten kurz miteinander, bevor sie den Hotelbesitzer kommen ließen, Herrn Kommerzienrat Adolph Kemmnath, ein feister, barock anmutender Mittvierziger mit allen Allüren des gesellschaftlich etablierten Erfolgsmenschen versehen. Der hörte sich die Geschichte an, besah sich die Sachen, dann den Mann, um mit einem beifälligen Wischen der rechten Hand zuzustimmen. Allerdings müsse er alle Dinge dalassen, sie könnten ja schwer einschätzen, ob sie die Sachen für die geschuldeten 6 Mark 30 auch tatsächlich wieder losbrächten.

Der Mann zeigte sich äußerst dankbar, ergab sich in Ehrerbietungen und ging regelrecht rückwärts buckelnd aus dem Lokal. Während sich der Maître wieder in die Küche zurückzog und der Demichef sich dem Abräumen des Tisches widmete, bugsierte Kemmnath die Sachen nach hinten.

Er hatte sie kaum abgelegt, als auch schon ein gut gekleideter Herr mit Anzug, Weste und Taschenuhr an ihn herantrat. Es war ein anderer Gast, der bereits bezahlt hatte und im Begriff war zu gehen. Mit leiser, näselnder Stimme und französischem Akzent fragte er: »Tut mir leid, wenn ich Sie störe, aber ich konnte nicht umhin, der Konversation mit diesem Herrn beizuwohnen, und habe dabei auch diese köstliche Uhr gesehen, die er Ihnen als Sicherheit geboten hat. Dürfte ich mir die einmal ansehen?«

Kommerzienrat Kemmnath stutzte. Das war jetzt schon der zweite Gast, der nicht so funktionierte, wie er sich das vorstellte – nämlich unauffällig kommen, unaufdringlich essen, unaufgefordert zahlen und unauffällig wieder gehen. Dennoch händigte er dem fremden Mann den Uhrenbecher aus.

Der führte die Uhr ganz nah an sein Auge heran, drehte sie auf den Kopf, besah sich die Inschrift, öffnete das Behältnis und legte das Uhrwerk frei. Dann nahm er eine kleine Uhrmacherlupe ans Auge und besah sich noch einmal die Inschrift. Auf einmal schüttelte er den Kopf. »Nein, nein, es kann nicht sein.« Er drehte die Uhr, hielt sie gegen das Licht und sah durch seine Lupe jede Ziffer, eine nach der anderen genauestens an. Er atmete aus, einmal tief ein und nochmal aus, bevor er sagte: »Wie ich es mir gedacht hatte, gleich als ich sie gesehen habe. Meine Herren«, der Maître und der Demichef waren mittlerweile wieder dazugestoßen, »diese kleine Becheruhr ist mit hoher Wahrscheinlichkeit – und diese Wahrscheinlichkeit darf ich als Emile Gaulthière, Uhrenhändler aus Strasbourg in der vierten Generation, als in der Tat sehr hoch einschätzen – das lange als verschollen gegoltene zweite Exemplar der sogenannten Henlein-Uhr, der ältesten Taschenuhr der Welt, vom berühmten Nürnberger Uhrenmachermeister Peter Henlein. Diese Uhr stammt aus der Zeit um 1510. Sehen Sie die Inschrift unten am Boden der Dose? Da steht es genau. Meine Herren, diese Uhr ist ein kleines Vermögen wert. Verkaufen Sie sie mir! Bitte! Ich muss sie haben. Ich gebe Ihnen 2.000 Mark, 3.000!«

Beinahe sprachlos murmelte Kemmnath: »Aber die gehört doch dem Herrn, der gleich wiederkommt. Den müssen Sie fragen, ob er sie Ihnen verkauft.«

»Ah, solange kann ich nicht mehr warten, mon Dieu. Meine Droschke steht schon vor der Tür, sehen Sie? Ich muss zum Bahnhof, ich habe heute noch einen wichtigen Termin in Coburg. Ich zahle Ihnen 4.000 Mark, ja? Bitte! Hier, sehen Sie, ich habe das Geld dabei.«

Der Demichef bekam große Augen und redete auf den Maître ein, dieser wiederum auf den Hotelbesitzer. Der wog die Taschenuhr in der Hand und schickte mit einem »Haben Sie nichts zu tun hier? Wofür bezahle ich Sie eigentlich?« seine beiden Angestellten fort, um sich wieder dem Herrn aus Strasbourg zu widmen.

»Nein, es geht nicht, ich kann Ihnen die Uhr nicht verkaufen. Sie gehört dem Herrn, der eben hier getafelt hat und seine Geldbörse holt.«

»Merde, Sie wissen nicht, wie glücklich Sie mich machen könnten mit dieser Uhr. 5.000! Bitte! 5.000! Jetzt und sofort, auf die Hand.«

Kemmnath schüttelte den Kopf. »Ich bin ein Ehrenmann, ich kann doch nicht das Eigentum dieses Herrn verkaufen.«

Gaulthière sah auf seine Uhr und kramte in seinem Portemonnaie. »Dann geben Sie dem Herrn wenigstens meine Karte. Er soll mich unbedingt kontaktieren, am besten telegraphieren. Ich kaufe ihm diese Uhr ab, unbedingt. Morgen Abend bin ich wieder in Strasbourg. Ich brauche seine Adresse. Mon Dieu, diese Uhr, in meiner Hand. Ein Traum wird wahr. Ich muss sie haben.«

Mit einem letzten Blick zur Uhr packte der Mann seinen Mantel, rauschte aus dem Restaurant und sprang in die wartende Droschke.

Als der andere Mann nach einer halben Stunde mitsamt seiner Geldbörse wieder im Bamberger Hof auftauchte, um seine Rechnung zu begleichen und die Sachen abzuholen, nahm ihn der Hotelbesitzer Kemmnath zur Seite, wohl darauf bedacht, dass seine Angestellten kein Wort verstehen konnten von seiner Konversation. Er habe sich schon lange so eine Uhr gewünscht, zwar sei sie ja recht ramponiert, was man ja sehen könne, aber er würde sie schon wieder hinkriegen. Was er denn dafür bezahlt hätte, er würde ihm das Doppelte dafür geben, und das Essen obendrein übernehmen.

Der Mann nahm zunächst die Schachfiguren aus Elfenbein wieder an sich, dann den Kerzenständer und das Buch. Schließlich besah er sich die Uhr noch einmal genau.

»Ich weiß nicht so recht, ich habe ja selbst noch nicht überprüfen können, was sie wirklich wert ist. Alt scheint sie mir ja schon zu sein.«

»100! 100 Mark für die alte Uhr. Gehen tut sie ja auch nicht mehr.«

»Und diese Inschrift da unten, wenn ich die nur entziffern könnte. Ich kann sie nur nicht erkennen ohne Lupe, aber …« Er hob seine Brille an und kniff die Augen zu, um besser sehen zu können.

»500! 500 Mark! Vielleicht ist sie ja auch gar nichts wert, und gar nicht so alt, wie sie scheint.«

»Und wieso würden Sie dann 500 Mark dafür zahlen?«

»Sie gefällt mir einfach. Ich sammle Dinge, die eine Geschichte haben.«

»Hm …«

»750! Mein letztes Wort. Höher kann ich nicht gehen. Bitte! Sie haben sie doch für einen Bruchteil davon gekauft, sicherlich, da haben Sie doch einen guten Profit gemacht.«

»Ja, aber Profit kann man nie genug machen, das wissen Sie genau wie ich, mein Herr. Sagen wir, für 1.000 Mark gebe ich sie Ihnen. Das ist Geld genug für den Fall, dass ich einen großen Fehler mache, wenn ich Ihnen die Uhr verkaufe, ohne ihre wahre Geschichte zu kennen.«

»1.000 Mark. Gut. Ja, 1.000. Warten Sie! Die nehme ich gleich hier aus der Kasse und …, nein. Warten Sie! Ich muss kurz rauf in die Wohnung, ich brauche nicht lange.«

Der Mann mit den braunen Haaren, dem Schnurrbart und der Nickelbrille steckte das Bündel Geldscheine in die Hosentasche, dann bog er um die Ecke des Bamberger Hofs und ging am Theater vorbei über den Schillerplatz, wo er sich den buschigen Schnurrbart von der Oberlippe riss. An der Regnitz setzte er mit der Fähre über, verstaute die Nickelbrille in seiner Tasche, ging den Alten Graben hoch, zog die braune Perücke vom Kopf und fing an zu pfeifen. Als er die Seelgasse hinaufstieg, leuchteten seine roten Haare wie frisch poliertes Kupfer. Am Kaulberg steckte er sich eine winzige goldene Creole ins linke Ohr und verschwand im Hauseingang eines schmalen, heruntergekommenen Fachwerkhauses. In der Wohnung im zweiten Stock unterm Dach warf er seinen Mantel auf das ungemachte Bett gleich hinter der Tür, seine Tasche auf den Boden und das kleine gerollte Bündel Geldscheine auf den Tisch.

»Zehn Blaue, Harri! 1.000 Mark. Es hat wirklich funktioniert, unglaublich! Du hättest das Glänzen in seinen Augen sehen sollen. Pure Habgier. Eigentlich schade, dass ich deinen Auftritt nicht sehen konnte. Du musst wirklich gut gewesen sein. Emile Gaulthière, der Uhrenfachmann aus Strasbourg. Göttlich, diese Idee!«

»Die Welt ist voller Narren, Willy, und Geld regiert die Welt, also zumindest die kapitalistische.«

»Er hat regelrecht geschwitzt vor Gier, da hab ich ihn nochmal zappeln lassen und bin auf die vollen 1.000 gegangen. Hätte ich nie gedacht, dass das so reibungslos funktioniert.«

»Tut es aber, Willy. Denn genau so funktionieren die Börsen der Großkapitalisten. Ist doch alles nichts anderes als eine Wette auf den Wert eines Unternehmens. Unser lieber Kommerzienrat Kemmnath, der kennt sich damit bestens aus. Und heute hat er sich nun mal verzockt.«

»Streng nach den Regeln der herrschenden Klasse sozusagen. Na, so soll es mir recht sein. Aber nur, solange wir unsere Opfer streng danach aussuchen, dass sie es verdient haben.«

»Ist alles besser, als ungesichert oben auf den Dächern der Stadt zu balancieren und denen auch noch ihre Häuser zu bauen. Wer kümmert sich denn um dich, wenn du fällst und ein Krüppel bist? Von dem bisschen Rente aus der Unfall- oder Invalidenversicherung kann doch kein Mensch leben. Wenn du überhaupt was kriegst.«

Willy hatte die Rolle geöffnet, fächerte die großen Scheine vor sich auf und wedelte damit herum. »Und wenn sie erfahren, dass du bei der Gewerkschaft bist, kriegt zufällig ein anderer den Auftrag. Hatten wir ja jetzt ein paar Mal. Das spricht sich rum in so einer Stadt. Wie sollen wir dann unser Geld verdienen?«

»Auf, gehen wir einen trinken, Willy! Diese neue Einnahmequelle der Arbeiterschicht muss gefeiert werden!«

»Und wo das so gut geklappt hat, gehen wir doch gleich beim Eisen-Erwin vorbei und geben nochmal so einen Pott in Auftrag. Der wird sich wundern.«

»Aber die Inschrift machen wir wieder selbst.«

»Da stand was von diesem Fabrikbesitzer Stengel in der Zeitung, der seine Lohnnäherinnen eingesperrt hat, bis sie die geforderte Stückzahl fertig hatten. Das wäre doch noch so ein Kandidat. Was meinst du, Harri?«

Wilhelm Reichel, genannt Willy, 24 Jahre alt, wohnhaft zur Untermiete beim Mittäter Harri Tretter am Mittleren Kaulberg 42, macht zu Beginn der Verhandlung folgende Angaben zu seiner Person:

Geboren am 31. Dezember 1890 in Regensburg als unehelicher Sohn von Marie Reichel, Wäschereiarbeiterin, Vater unbekannt. Sechs Jahre Volksschule, Tod der Mutter 1902, Aufnahme in Waisenhaus, Abbruch der Volksschule, Arbeit auf einem Bauernhof im Bayerischen Wald, Flucht zurück nach Regensburg und Rückkehr an die Volksschule mit Abschluss, Lehre als Zimmermann beim Zimmereibetrieb Holzbau Niederegg in Regensburg. Bestandene Gesellenprüfung und Beginn der Walz, drei Jahre und einen Tag in Landshut, Freising, Dachau, Starnberg, Weilheim, Memmingen, Augsburg, Neuburg, Eichstätt, Weißenburg und Nürnberg. Danach Anstellungen auf dem Bau in Höchstadt und zuletzt seit 4. April 1913 in Bamberg. Während der Winterzeit nur unregelmäßige Einkünfte, zuletzt Tätigkeiten für die Gewerkschaft des Bauarbeiterverbands und verschiedene Aushilfstätigkeiten im Dienste Bamberger Bürgerhaushalte.

Verhaftet am 8. Juli 1914, wird Wilhelm Reichel am 10. Juli 1914 zu vier Monaten Zuchthaus wegen Betrugs verurteilt. Wilhelm Reichel tritt seine Haft unmittelbar nach Verkündigung des Urteils an, da akute Fluchtgefahr besteht. Mittäter Harri Tretter ist flüchtig. Voraussichtliches Entlassungsdatum von Wilhelm Reichel: 10. November 1914.

BAMBERG, 1. AUGUST 1914

»Wohin soll's gehen, junger Herr?«

Hans Michel öffnete dem mit weißem Anzug und Strohhut bekleideten jungen Mann die Tür der Droschke und half ihm hinauf. Der Junge stank nach Bier und Schnaps, hatte ganz eindeutig zu viel getrunken und holte erst einmal Schwung, bevor er sich am Handlauf umständlich nach oben zog. Sein Spazierstock war mit einem edlen Elfenbeinknauf versehen, die Taschenuhr glänzte wie neu und die braunen Lederschuhe sahen teuer aus. In das gestreifte Band einer studentischen Verbindung hatte er eine Reichskriegsflagge eingeknotet.

»Wohin, Kutscher? Na, in den Krieg!«

Oh jemine! So ein Bürschchen und schon reif für das große Gemetzel.

»Westfront oder Ostfront?«

»Ist egal, Krieg ist Krieg! Am besten Westfront. Da kriegt jeder Franzos einen Stoß und jeder Brit einen Tritt!«

Hast schön deine Sprüchlein auswendig gelernt, Bürschchen.

»Bisher haben wir aber doch nur dem Zaren den Krieg erklärt.«

»Auch gut: Jeder Russ einen Schuss, ist mir alles recht. Hauptsache, der Feind kriegt eine aufs Dach und merkt, dass man sich mit uns Deutschen besser nicht anlegt!«

Hoffentlich kotzt er mir nicht in die Droschke. Ich muss heute ordentlich verdienen, wo so viel Volk unterwegs ist.

»Also, wohin denn nun?«

»Na, fahren Sie mich doch irgendwohin, wo noch was los ist. Hier ist ja nichts mehr los, sehen Sie doch!«

»Na, dann vielleicht zum Bahnhof, oder draußen zu den Kasernen?«

»Kasernen? Ja, Kasernen ist gut. Da wird bestimmt noch gefeiert.«

Dass den Leuten zum Feiern zumute ist. Mir ist eher unwohl. Ein Krieg? Auch wenn er schnell zu gewinnen ist, so weiß man doch nie, was er bringt. Für uns einfache Leute bringt er bestimmt nichts. Gewinnen tun ohnehin immer die Kapitalisten. Wer Geld hat, hat nach dem Krieg noch mehr Geld, und wer keins hat, hat vorher wie nachher keines. Aber vielleicht braucht man auch keines mehr, weil man sowieso tot ist.

»Haben Sie denn schon einen Marschbefehl?«

Der Mann lümmelte sich in die schwarzen, breiten Lederpolster und antwortete nicht, so dass Hans dachte, er hätte ihn nicht verstanden. »Ob Sie denn schon eingezogen worden sind?«

»Ja, ja, ich habe Sie schon gehört. Was geht Sie das an?«

Hans ließ seine Peitsche über dem Kopf seines Pferdes knallen und fuhr los. Hoffentlich hat es wenigstens ein Geld dabei, das Bürschchen. In Berlin hatte er immer die nächste Polizeiwache gekannt und war einfach im Galopp losgeprescht, sobald Kundschaft Ärger gemacht hatte. Die hatten keine Chance zwischendurch auszusteigen. Aber hier in Bamberg kannte er die Polizisten noch nicht so gut, da war das schon ein paar Mal schiefgelaufen.

»Na, ich mein doch nur. Wo Sie doch so begeistert sind!«

»Nein, leider, ich bin schon voriges Jahr untauglich gemustert worden. Zu meinem großen Bedauern, sehr großen Bedauern.«

Ach, so einer bist du. Geschwollen daherreden und Hurra schreien und dann daheimbleiben. Schön die Stellung halten, die anderen die Drecksarbeit erledigen lassen. Wahrscheinlich reiche Eltern. Student eben.

»Ach, Sie Ärmster! Dann sind Sie ja gar nicht Teil des großen Ganzen!«

»Ich würde ja so gerne in den Krieg ziehen. Das muss ein unglaublich tolles Gefühl sein, ein erhebendes Werk, so dem Feind Auge in Auge entgegenzutreten und es ihnen heimzuzahlen, ihre Hinterlist und perfide Politik dem Kaiser gegenüber. Uns Deutsche so einzukreisen, dass uns keine Luft mehr bleibt zum Leben.«

Kriegst du denn keine Luft mehr, Bürschchen? Wer genau hat dich eingekreist, welcher Franzose, welcher Engländer, welcher Russe? Also ich könnte leben ohne Krieg. Mir hat keiner was getan. Hans schwieg.

»Was würde ich dafür geben, in den Kampf zu ziehen! Meinen Mann zu stehen! Mit echten Kameraden! Sowas gibt es nur im Krieg! Aber ich werde hier an Ort und Stelle alles tun, um unsere tapferen Soldaten bei ihrem siegreichen Feldzug zu unterstützen. Das können Sie mir glauben.«

Als sich Hans das nächste Mal umsah, war der Student eingeschlafen.

Damals hatte er auch einen betrunkenen Fahrgast gehabt, der war ebenfalls eingeschlafen. Damals, als es passierte. Wenn der nicht geschlafen hätte, und wenn er nicht so besoffen gewesen wäre, dass Hans Eulerstraße verstanden hatte statt Leonorenstraße, wenn er statt Richtung Wedding Richtung Steglitz gefahren wäre, und wenn er sich nicht mal wieder Sorgen um seine Polster gemacht hätte. Dann, ja, dann wäre es vielleicht nicht passiert. Bestimmt nicht. Dann wäre er nicht hier, nicht in dieser Stadt, nicht alleine, nicht ohne seine Kinder, seine Frau, sein Berlin. Dann müsste er jetzt nicht an der Fischerei wohnen, in diesem düsteren Zimmer zur Miete, im Souterrain, wo alle paar Wochen das Hochwasser eindrang, stinkig und braun. Dann müsste er jetzt nicht täglich an seine beiden Bengels denken, sich fragen, ob es ihnen gut ging, ob sie ihn auch so vermissten. Manchmal, manchmal dachte er, er könnte doch einfach die ganze Strecke auch wieder zurückfahren. Wie lange war er gefahren? Sechs Wochen? Ein halbes Leben auf jeden Fall. Zu lang zum Umkehren.

An der Ulanenkaserne Holzhof in der Nürnberger Straße war tatsächlich reges Treiben. Es hieß, die Ulanen würden schon am nächsten Tag Richtung Frankreich verladen. Hunderte von Soldaten gingen in der Kaserne ein und aus, hunderte von Frauen mit schicken Hüten zogen die Soldaten in ihren feschen Uniformen fort, lachten, Arm in Arm. Die Ulanen galten hier als besonders vornehm. Und in der Tat hatte Michel schon so manche Fuhre gehabt mit Offizieren, den Vons und den Zus und den Von und Zus, Egloffstein, Guttenberg, Stauffenberg, Gebsattel, wie sie alle hießen. Die waren immer herausgeputzt, und ihre Weiber erst! Mit Federn im Hut und Pelzen und Hündchen. Aber sie zahlten gut und verlässlich. Trinkgeld, da konnte er nichts sagen, das war ordentlich. Und sie machten die Polster nicht dreckig, das war wichtig.

Nachdem er den verhinderten Frontsoldaten geweckt und um eine übermäßig hohe Barschaft erleichtert hatte, konnte er gleich wieder eine Fuhre in die Stadt mitnehmen. Ein Rittmeister und seine Gattin waren zugestiegen, er mit hochrotem Gesicht, sie besorgt und ängstlich wirkend, ja sie klammerte sich regelrecht an ihn, während sie fuhren, was ihm offenbar peinlich war.

»Jetzt beruhige dich doch einmal, Franziska! Bis Weihnachten sind wir doch wieder zuhause, die paar Monate wirst du doch wohl aushalten.«

»Aber unser Kind! Und wenn er nur ein paar Wochen länger dauert, dieser Krieg, dann bist du nicht da, wenn es kommt.«

»Dann nehme ich eben Urlaub. Es ist doch ein gesittetes Heer, mit Zucht und Ordnung, da werde ich schon einen Urlaub bekommen, wenn es nötig sein sollte. Und jetzt fass mich nicht so fest an, die anderen haben doch alle schon geschaut.«

Hans beschränkte sich aufs Zuhören. Bei den höheren Chargen wusste man nie, ob sie einen als Mensch wahrnahmen oder nur als Teil der Droschke.

»Und wirklich schon morgen? Ist das wahr?«

»Ja, morgen gegen Abend. Die anderen Frauen freuen sich übrigens, falls du das nicht gemerkt haben solltest. Freuen sich für ihre Männer, dass ihnen diese Ehre zuteil wird, in einem großen Kriege fürs Vaterland zu kämpfen. Und du? Jammerst und bist bange und weinerlich. Reiß dich bitte heute Abend zusammen, wenn wir auf den Bataillonsabschied gehen! Wie steh ich denn sonst vor meinen Kameraden da!«

Hans Michel musste seine Goldelse ein wenig antreiben, den Michelsberg lief sie nicht gerne hinauf, steil und rutschig mit unebenem Kopfsteinpflaster.

Die beiden sprachen kein Wort mehr, wortlos zahlte der Rittmeister seine Fahrt und wortlos verschwanden sie im Eingang eines steinernen Hauses am Berg.

Ohne Aussicht auf weitere Fuhren trabte Hans zum Schönleinsplatz zurück, seinem liebsten Warteplatz: viele große Gaststätten, große Straßen, Straßenbahnhaltestelle, und die Litfaßsäule mit den Anschlägen, die ihm die Lektüre einer Zeitung ersetzte.

Er legte seine schwarze Melone auf den Bock, kämmte sich einmal durch sein strohiges, helles Haar, gab seinem Pferd Goldelse Hafer und Wasser und spazierte o-beinig mit seinem typisch schwankenden Gang ein wenig über den Platz. Die Menge war weitergezogen, die Massen bewegten sich bei großen Ereignissen ja immer in Wellen durch die Stadt. Als Droschkenkutscher war man gut beraten, diese Wellen lesen zu können, dann hatte man keinen Mangel an Fahrgästen. Auch wenn die Straßenbahn ihm viel Kundschaft wegnahm, fanden sich doch immer wieder genügend Leute, die die Fahrt mit der Droschke bevorzugten. Die wenigen Automobile waren noch keine echte Konkurrenz, unzuverlässig und teuer. Heute Morgen waren die Menschen zu hunderten um die Litfaßsäule herum gestanden. Er war zu klein, um über die Leute hinweg sehen zu können und hatte sich auf das verlassen müssen, was die Leute laut vorlasen, weitersagten. Die Säule war heute über und über mit ein und demselben Plakat beklebt, der Bekanntgabe der Mobilmachung, vom König höchstselbst. Jetzt nahm er sich die Zeit, das Plakat in Ruhe zu entziffern, was bei ihm etwas länger dauerte, hatte er doch nicht wirklich lange die Schulbank gedrückt. Lesen und Schreiben, damals in Berlin, na ja, mit sieben schon musste er auf der Droschke seines Vaters mitfahren, die Pferdeäpfel sammeln, von Zeit zu Zeit die Pferde striegeln, wenn Kundschaft Gepäck hatte, alles bis in den vierten Stock hinauftragen, ja, da durfte er nur an ruhigen Tagen in die Schule, wenn wenig Kundschaft unterwegs war.

Alle Versuche, den Frieden in Ehren zu wahren, haben unsere Nachbarn zu Schanden gemacht. Die Ehre des Reiches und das Schicksal unseres Vaterlandes stehen auf dem Spiel und zwingen uns das Schwert in die Hand.

Unter dem Oberbefehl unseres erhabenen geliebten Bundesfeldherrn, Seiner Majestät des Deutschen Kaisers, wird auch die schon in manch schweren Tagen erprobte Bayerische Armee ihren Mann stellen, ihrer in ernster Friedensarbeit gestählten Kraft bewußt, ein würdiges Glied unseres großen Deutschen Heeres, würdig der Opfer ihrer Väter.

Mit diesen Wünschen begleite ich meine brave Armee ins Feld. Vertrauend auf den Allmächtigen Gott, der unsere gerechte Sache schirmen wird, erflehe ich seinen Segen für Bayern und des Deutschen Heeres Fahnen.

Gegeben München, den 1. August 1914
Ludwig

Ob sie ihn wohl auch ziehen würden? Er war immerhin schon Landsturm, II. Aufgebot und Jahrgang 1875. So ein Krieg, das ist doch anstrengend, da sollen die Jungen ran. Ich mit meinem Ranzen und den O-Beinen. Und nie gab es eine passende Uniform für mich, waren immer zu lang oder zu eng. Aber die Jungen, die können noch springen und hüpfen, rennen und umherjagen. Und sind ja offenbar alle so begeistert!

Hans war erst vor einem knappen Jahr von Berlin in die bayerische Provinz gezogen. Wohl hatte er sich ordentlich angemeldet, aber ob sie seine Unterlagen wirklich schon hier hatten von Charlottenburg, er hatte da so seine Zweifel, wie er die Berliner Bürokratie kannte. Zumal sie in seinem Falle von Preußen nach Bayern mehr als eine geographische Grenze überwinden mussten.

Tegelerstraße hatte sie gewohnt. Ganz oben unterm Dach. Teilte sich ein Zimmer mit einer Verkäuferin. Die kleine Charlotte war ihr einziges Kind. Gewesen. Konnte keine mehr kriegen. Mann war auch weg. Sie faltete Papierblumen, die sie nachts in den Kneipen verkaufte. Rote Nelken gingen am besten, sagte sie. Machten aber auch am meisten Arbeit. Charlotte hatte eine Nelke im Knopfloch gehabt, als er sie hinauftrug. Leblos, ganz leicht, federleicht, wie ein Engel, ein weißer. Geschrien hat die Frau, die Mutter, Marie. Nur einmal, danach nicht mehr. Er legte Charlotte, den Engel, auf das zerlumpte Bett im Eck, es roch nach Kohl und Rüben und frischer Wäsche, dann setzte er sich zur Mutter auf die Küchenbank. Sie saßen nur da und sahen sie an. Bis einer rauf kam, der sagte, sein Pferd würde scheuen. Polizei. Wache. Aussagen. Zeugen. Er hatte keine Schuld. Sie war einfach auf die Straße gelaufen. Zu schnell. Er auch schnell, klar, aber nicht zu schnell. Wollte doch den Betrunkenen loswerden. Dabei war er im falschen Distrikt! Er versprach wiederzukommen. Er wollte es gutmachen.

Der nächste Fahrgast war einer von der Oberpostdirektion. Wollte zur Bank. Sah aus, als ob ihm eine Gewitterwolke über dem Kopf hinge, trotz des Sonnenscheins rundherum. Grummelte vor sich hin, schimpfte und zwirbelte dabei seinen Bart.

»Geld in Sicherheit bringen. Das ist jetzt wichtig! Nur nicht zu lange warten! Sollten Sie auch machen! Jetzt heißt es, jeder ist sich selbst der Nächste.«

Geld auf der Bank? Er hatte doch kein Geld auf der Bank. Er war froh, wenn er ab und zu ein paar Groschen hatte, die er Marie überweisen konnte und seiner Frau, der Anna. Für die Jungs, seine beiden Bengels. Aber viel konnte er nie schicken.

Der Hafer wurde alldieweil teurer, die Miete der Scheune, sein Zimmer, die Konzession, der Hufschmied, bei dem holprigen Kopfsteinpflaster hier in der Stadt, das kam teuer.

»Und Ihr Pferd? Passen Sie mal auf, die werden Ihnen bald Ihr Pferd nehmen. Ganz sicher sogar. So ein Krieg, der braucht einen Haufen Pferde!«

Mein Pferd? Daran hatte Hans noch gar nicht gedacht. Die Goldelse. Die treue Freundin, mit der er durch dick und dünn gegangen war, die ihn so sehr an Berlin erinnerte.

»Haben doch genug Pferde, die Ulanen.«

»Ha! Haben Sie eine Ahnung! Nicht nur die Ulanen. Wer soll denn das ganze Zeug nach Frankreich schleppen? Wer soll dort die Kanonen ziehen? Etwa diese Benzindinger, diese Lastkraftwägen? Dass ich nicht lache! Die Pferde, die werden's richten. Pferde gewinnen Kriege!«

»Meinen Sie wirklich, die könnten mir mein Pferd nehmen? Aber das brauche ich doch zum Leben.«

»Na, denen wird schon was einfallen. Werden Sie halt gleich mit eingezogen, dann sind sie zwei Probleme auf einmal los.«

Vor der Bank war eine große Menschenmenge, Leute sprangen, um besser sehen zu können, drängelten nach vorne, ein Wachmann versuchte, Ordnung zu halten, und schob die Menge zurück, pfiff und schob, drückte und pfiff. Der Fahrgast warf ihm ein paar Münzen nach oben und preschte mitten hinein in die Menge.

Muss das schön sein, wenn man Geld hat. Die Sorgen hab ich nicht. Schon lange nicht mehr.

Scher dich zum Teufel und geh zu deinem Weibsstück. Andauernd bist du dort, und trägst auch noch unsere paar Piepen hin. Aber wenn ich doch ihr Kind totgefahren hab. Gar nichts hast du! Reingelaufen ist die Kleene! Haben wir doch schriftlich, schwarz auf weiß. Die hält sich bloß feil an dir. Und du gehst ihr auf den Leim. 'Nen schönen Busen hat sie wahrscheinlich. Und einen knackigen Hintern. Nicht so wie ich. Aber ich hab dir ja auch nur zwei Söhne geboren. Anna, so hör doch, ich will nur wieder gut machen, was … Weißt du was? Geh doch! Geh doch ganz! Bist ja eh kaum mehr hier. Auf dem Bock oder bei dieser Hure, immer Bock. Es tut ihr gut, wenn ich da bin, es hilft ihr. Ja, geh nur, du Menschenfreund! Ich habe nämlich auch jemand Neues, damit du's weißt. Einen Feldwebel. Bei der preußischen Armee. Für Kaiser und Vaterland tritt der ein. Der hat Schneid! Und er lädt mich auch mal zum Kaffee ein. Wir gehen am Ku'damm spazieren, einfach so, weil es schön ist. Das hast du noch nie gemacht. Das stimmt nicht, früher … Ja früher, da hast du dich noch bemüht. Aber jetzt? Geh, hau ab, lass uns in Ruhe! Wir kommen ohne dich zurecht. Die Jungs lieben den Wilhelm, die sehen auf zu ihm. Der hat es zu was gebracht. Es ist aus, Hans. Aus und vorbei!

Mehr als einmal hatte er sich erklären müssen, warum er nun ausgerechnet mit seiner Berliner Droschke quer durchs Reich fuhr, von Berlin Richtung Süden. Am Anfang war er ohne festes Ziel unterwegs gewesen, nur weg, weg war sein Ziel. Weg von dieser Frau, weg von dem Unfall, weg von den falschen Anschuldigungen, weg von der Schmach des gehörnten Ehemanns, weg von seinen Söhnen, die den anderen anhimmelten. Er war einfach auf den Bock gestiegen und losgefahren. Eine Weile hatte er sich von Kamerad Zufall leiten lassen und hatte jede Kundschaft aufgenommen, die ihn aus der Stadt führte. Nach einer Weile nahm er nur noch Kundschaft mit, die in Richtung Süden wollte. Er hatte immer schon vom Süden geträumt, wollte mal zur Sommerfrische in die Berge. Aber ist natürlich nie was draus geworden. Später ist er alleine über Landstraßen und Waldwege gefahren. Bei Sonne und Regen. Immer Richtung Süden. Mal schlief er in der Droschke, mal schlief er in Gasthöfen. Und schließlich Bamberg. Da war er so weit. Südlich genug. Wollte wieder anfangen. Leben. Also blieb er. Und lebte sein kleines Leben, mit seinem Pferd und seiner Berliner Droschke.

HINTER STRASSBURG, 8. SEPTEMBER 1914

Allerliebste Elly,

ich habe Dich gesehen, am Bahndamm, vor den Lokschuppen. Ich sah Dich winken mit dem weißen Tuch, wie verabredet. Ich rief meinen Kameraden zu: Da, das ist mein Mädchen. So war ich getröstet, dass du nicht am Bahnhof sein konntest. Glaub mir, mein Vater wird schon noch zur Vernunft kommen. Wenn er erst sieht, wie wir uns treu sind, trotz Krieg und Trennung, wird das seine Einstellung ändern, so Gott will. Wir müssen nur an uns glauben.

Zwei Tage sind wir nun schon unterwegs. Es ist eine elende Reiserei, immer wieder unterbrochen durch stundenlanges Warten an Bahnstationen und unzählige Lokwechsel, ständig halten wir mitten im Nichts, auf offener Strecke, auf Abstellgleisen, auf Rangierbahnhöfen, andere Züge kreuzen und überholen unseren Bamberger Zug, alle voller ähnlich ungeduldiger Soldaten, ja beinahe haben wir das Gefühl, man brauche uns schon nicht mehr an der Front. Der Krieg sei schon gewonnen, rief sogar einer, durch den Zug rennend, der Franzose sei auf ganzer Linie geschlagen. Stellte sich aber als Gerücht heraus. Jetzt heißt es, die Front bewege sich so schnell Richtung Frankreich, dass man noch nicht planen könne, wo wir eingesetzt werden sollen. In jedem Falle wollen wir noch rechtzeitig kommen, um uns gegen den Franzmann beweisen zu können. Zu Weihnachten sind wir alle wieder daheim, sagt unser Unteroffizier Arnold Hoffmann, der aus Coburg stammt.

Es ist schon etwas Großes, so im Zug mit vielen hundert Kameraden zu sein. Zu neunt hausen wir in diesem Abteil (für sechs), das schweißt zusammen. Ich bin unter lauter gedienten Soldaten oder solchen vom Landsturm, es sind Handwerker, Bauern, Arbeiter, gestandene Männer mit Familie. Ich habe rasch gelernt, keinen nach seiner Herkunft zu beurteilen, wir sind einander Kameraden, Deutsche, Patrioten. Nur, mit meiner kurzen Ausbildung für das Feld kann ich mich gar nicht messen mit denen. Aber mein Versetzungsgesuch hängt anscheinend noch in Würzburg, solange werde ich wohl hier im Infanterieregiment der 5er meinen Dienst tun. Aber das Sanitätsregiment würde mir doch deutlich besser schmecken. Meine ersten vier Semester Medizin in Erlangen sollen sich doch fürs Vaterland bezahlt machen. Ich verstehe nicht, wieso meine freiwillige Meldung zum Krieg nicht anerkannt wurde und ich stattdessen als Wehrpflichtiger gezogen wurde. Das muss eine unglückliche Überschneidung gewesen sein. Als Freiwilliger hätte ich mich direkt zu den Sanitätern melden können, wäre auch gleich als Gefreiter eingestiegen oder als Offiziersanwärter und wäre später Reserveoffizier. Nun denn, so tue ich eben hier meinen Dienst, bis die Sache geklärt ist.

Zwei Mann liegen abwechselnd im Gepäckfach, gerade bin ich wieder dran, daher habe ich Ruhe, Dir zu schreiben. Willst Du etwas über meine Bamberger Kameraden hier wissen? Warte, ich beschreibe sie Dir, damit Du weißt, mit wem ich unterwegs bin. Der unbestritten schönste von allen ist Kaspar Mohr, der Tastenheini. Er ist Musiker und der Kopf von Mohrs Melodien, ich meine, die haben bei Frieders Hochzeit auch gespielt letztes Jahr. Sieht aus, wie die Büste von Beethoven, die bei Tante Elfriede auf dem Pianoforte steht. Bin gespannt, wann die Mähne ab muss. Dann ist hier der Grüners Gustav, das ist der Sohn aus der Domstern-Brauerei, den nennen sie einfach nur den Bräu, ein ganz lieber, sanfter Kerl, gar nicht der typische laute Brauer. Karl Trautwein, genannt die Tram, ist Trambahnfahrer auf der Linie 1, ein langer, dürrer Kerl und ein schlichter Typ, aber ein guter Kumpel, wie mir scheint. Stanislaus Cromm ist Koch im Weiß-Taubenbräu, und wird genannt die Klöß, weil er nicht gerade der Schlankeste ist und eine arg helle Fistelstimme hat. Der Pferde-Michel ist Hans Michel, er fährt eine der Droschken in Bamberg und kommt eigentlich aus Berlin. Wieso er mit seiner Berliner Droschke ausgerechnet in Bamberg gelandet ist, weiß ich noch nicht, er redet nicht so viel und wirkt manches Mal sehr in sich gekehrt. Vielleicht will er sich aber auch nur vor der Häme schützen, die er wegen seiner Berliner Schnauze als Preuße ab und an zu spüren kriegt. August Häfner ist Lehrer an der Kaulbergschule, die Jüngeren haben wohl fast alle bei ihm die Schulbank gedrückt und haben immer noch mächtig Respekt vor seinen Fingerdratzern und verdrehten Ohren, aber hintenrum schütten sie ihm schon mal Salz in den Kaffee und verstecken sein Rauchzeug. Den Fritz Hollfelder kennst du bestimmt, von der Gärtnerei aus der Wunderburg. Der schmaucht seine Pfeife und redet andauernd nur von seiner Gärtnerei und macht sich große Sorgen, ob sie ohne ihn zurechtkommen, und heißt natürlich Grünstengel. Du siehst, es ist ein ganz bunter Haufen Bamberger hier. Die anderen sind alle vom Dorf. Ach, den Willy Reichel hätte ich fast vergessen, der gehört auch noch zu den Bambergern, aber der ist kaum je im Abteil, ist immer auf Achse und bequatscht alle, die seinen Weg kreuzen. Mir scheint, er kennt mittlerweile einen jeden aus dem Regiment. Vorhin kam er mit zwei Flaschen Rotling aus Unterhaid zurück und einem Steigerwälder Brot, so dass wir es uns recht gut gehen lassen konnten in unserem Abteil. Sie nennen ihn den Rotschopf, ich meine fast, er ist Sozialist, vielleicht ist das mehr als ein Spitzname. Ich werde ihn im Auge behalten, das wäre schlimm, wenn so einer mittut hier und uns vielleicht hinterrücks sabotiert. Aber wir sind so viele, die an die gute Sache glauben, da werden wir den schon im Zaum halten. Auch der Kaiser kennt ja nur noch Deutsche, keine Parteien mehr, so will ich mich auch dran halten.

Ich selbst habe auch schon einen Spitznamen, weiß nur nicht, ob ich ihn recht mögen soll. Seit ich einem Kameraden hier im Zug habe helfen können, der sich den Knöchel verrenkt hatte, weil er nach dem Austreten dem Zug hinterhergerannt und dabei blöde gestolpert ist, bin ich hier nur noch der Dok.

Ich denke so oft an den Sommer mit Dir. Diese Zeit war so glücklich, so unbeschwert, so frei. Ich will Dir treu bleiben, komme, was möge. Unsere Nacht unterhalb der Altenburg war himmlisch, mit dem nächtlichen Spaziergang, dem Sternenhimmel, dem Duft der Wiesen, unserem kleinen Lager mit Blick über das ganze Land. Diese Nacht werde ich nie vergessen! Solange ich lebe.

Nun muss ich meinen Platz hier oben wieder räumen, unten habe ich keine Ruhe.

Grüße die Deinen, sei herzlich umarmt und geküsst,

Dein Johann

MÜNCHEN, 7. NOVEMBER 1918

Er wollte noch näher ran, an einen der Redner, drängelte und schob, nutzte seinen massigen Körper mit den hünenhaften 1,94 Meter, um sich einen Weg durch die Menschenmassen zu bahnen. Fehlt halt die Uniform, da würden sie alle auseinanderspritzen, links und rechts, Respekt gebietend in dunkelgrün und schwarz, mit glänzenden Knöpfen und Pickelhaube, und obendrein mit meinem gepflegten Kaiser-Wilhelm-Bart. Obwohl, heutzutage ist das gar nicht mehr so sicher, dass die Leute noch Respekt haben vor der Uniform. Seit sich der Krieg so in die Länge zieht, verlieren die Leute, die Arbeiter allemal, die Ehrfurcht vor den Repräsentanten des Staates. Werden frech und aufmüpfig. Überhaupt bricht die ganze Ordnung irgendwie zusammen, seit die Politiker und die Generalität die Lage an der Front auf einmal in den düstersten Farben zeichnen. Dabei wollten sie nach der Frühjahrsoffensive doch gerade noch den Durchbruch feiern.

Heute also war er in Zivil unterwegs, Anton Edelmayer, Oberwachtmeister der Polizeidirektion München im 55. Lebensjahr und seit kurzem Kriminalinspektor der neuen Sonderabteilung Kriminalpolizei. Um diese Bewegung hier heimlich beobachten zu können, revolutionäre Umtriebe ausfindig zu machen, damit sie schon im Keim erstickt werden können, zum Schutz von Ruhe und Ordnung an der Heimatfront. Das war sein Auftrag. Ungewohnt, ohne die Sicherheit der Uniform, aber so war das jetzt in der Sonderabteilung für kriminalpolizeiliche Ermittlungen. Er solle sich dran gewöhnen, hatte der Kommandeur gesagt. Für die Sicherheit würden schon die Gendarmen sorgen. Das sind aber verdammt wenige hier! Ich dachte, da würden viel mehr patrouillieren, aber die paar Hansel, die verlieren sich ja hier auf der Theresienwiese, vor allem wenn es losgeht, dann gute Nacht.

Nur vereinzelt glänzten die Spitzen der Pickelhauben in der Nachmittagssonne, hoben sich hervor aus dem schwarzen Meer der Menschen. Auch er dunkel gekleidet, im Sonntagsstaat, Anzug, Mantel, feine Krawatte und ein brandneuer Fedora. Den Hut hatte ihm seine Tochter zum Geburtstag geschenkt, der Fedora sei schwer im Kommen, hatte sie gemeint, kannst ruhig auch mal was Modisches anziehen, hatte sie gesagt, die Lissy. Den Anzug hat er zuletzt bei Maries Beerdigung getragen. Kalt war es da gewesen, bitter kalt, im letzten Hungerwinter, als ihm die Frau weggestorben ist, und Lissy die Mutter. Seitdem gab es ja keinen Anlass mehr für den Sonntagsstaat, freie Tage gab es kaum, lohnte sich nicht. Aber heute war es angemessen, denn alle hatten sie sich fein herausgeputzt, das ganze Volk, wie zum Sonntagsspaziergang. Dienstboten und Mägde, Arbeiter und Handwerker, auch Bürger waren unterwegs, und alle im Sonntagsanzug, mit Kleid und Hut, feierlich, für den Frieden demonstrieren, Generalstreik für alle, ein einziges Gewimmel. Dazwischen viele Feldgraue. Wieso sind die eigentlich hier? Ich dachte, wir befinden uns im Krieg, und die von der Ersatzgarnison haben ausdrücklich Ausgangssperre erhalten.

»Gott zum Gruße, Herr Oberwachtmeister Edelmayer!«, rief ihm zackig einer der Gendarmen zu.

»Herrgott noch einmal, sehen Sie nicht, dass ich in Zivil bin? Verdeckte Ermittlung, Sie Hirsch! Scheren Sie sich weg«, zischte er dem jungen Polizisten zu, der ihm militärisch salutiert hatte. Einer von den Neuen. Immerhin, er hat mich erkannt. Blitzschnell wechselte er den Standort. Mist, jetzt wär ich beinahe am Redner dran gewesen. Na, versuche ich es dort drüben, das ist doch der Auer. Der ist in Ordnung, gemäßigt, achtet die Gesetze, ruft immer zu Besonnenheit auf.

Er schob sich erneut heran an das Zentrum des Menschenknäuels, nun direkt unterhalb der riesigen Bavaria. Auf der ganzen Theresienwiese hatten sich Redner verteilt. Sie standen auf hochgestellten Munitionskisten, auf Bierkästen, auf wagemutigen Holzkonstruktionen, die Bavaria wie die größte unter ihnen auf ihrem Sockel vor der Ruhmeshalle, als ob sie allen Schweigen gebieten wollte mit ihrem erhobenen Arm. Schweigt, wogende Massen, hört mich an! Was sie wohl sagen würde? Sind bestimmt mehrere Zehntausend hier. Verlieren sich trotzdem auf dem großen Platz. Mein Gott, wann war hier das letzte Oktoberfest? Das muss vor dem Krieg gewesen sein, 1913 vielleicht, 1914 war schon keines mehr. Schön war's immer, auch wenn es für die Gendarmerie Mehrarbeit bedeutet hatte. Arm in Arm mit Marie über die Wirtsbudengasse, und rein zum Augustiner, eine frische Maß Bier, herrlich. Einmal waren sie fast zwei Stunden beim Teufelsrad gewesen. Immer wieder aufs Neue gelacht, mal selbst mitgemacht, mal nur geschaut, wie sich die anderen anstellen. Marie konnte so herzhaft lachen, wenn sie den letzten von der Scheibe droschen.

Jetzt hörte er Wortfetzen von Erhard Auer, dem MSPDler: »...sofortige Beendigung des Krieges ... Verständigung mit den Kräften der Entente ... Frieden ...«

Ein Ende des Krieges, ja, das wäre schon Zeit jetzt, das ganze Land blutet doch nur noch aus. Wer wird überhaupt zurückkommen, wenn er mal aus ist, der Krieg? Mein Sohn nicht mehr. Komm doch zur Polizei, dann musst du nicht in den Krieg, kannst hier bei uns bleiben. Sogar Marie war begeistert gewesen von der Idee. Aber dann kam der Berthold zu den Feldgendarmen und war doch mittendrin, im Krieg. Erschossen haben sie ihn, die »Kräfte der Entente«, mit denen sich der Auer jetzt verständigen will. Ist denn Verständigung überhaupt möglich? Mit dem Feind, dem ewigen Erbfeind? Irgendwo bei Sedan lag sein zerschossener Sohn. Und auf dem Waldfriedhof seine Frau Marie.

»... mit Reformen müssen wir die Demokratisierung voranbringen ...«, hörte er Auer weiter. Reformen sind gut, ja, nur keine Revolution. Das bringt doch bloß wieder neues Blutvergießen unter den eigenen Leuten. Sollen sie doch den Franzmännern und den Engländern die Schädel einschlagen, aber bei Revolutionen geht's immer gegen die eigenen Leute. Sieht man doch in Russland. Die schlachten doch auch ihr eigenes Volk ab, seit sie auf Revolution machen da drüben.

Während er den Worten Auers weiter zuhörte, ließ er den geschulten Blick des Polizisten über den Platz schweifen, erkannte aber allein am Bewegungsbild der Massen, dass akut keine Gefahr drohte.

Auf einmal, er traute seinen Augen kaum, sah er seine Tochter. Mitten durch die Menge schob sie ihr Fahrrad. Sie winkte. Wieso winkt sie denn? »Elisabeth!«, der Name war ihm schneller rausgerutscht, als ihm lieb war, denn schon drehten sich alle zu ihm um und taxierten ihn erst einmal, starrten wie die Affen, merkten, dass er eigentlich fehl am Platz war, nicht dazugehörte. Jetzt nur nicht auffallen, sonst ist es aus. »Jawohl, Reformen! Wir wollen ... Reformen ...«, murmelte er halblaut und starrte zurück, bis die Leute ihre Aufmerksamkeit wieder dem Redner widmeten. Seine Tochter, die ihn gar nicht gehört hatte, rollte jetzt mit einem Fuß auf der Pedale stehend zwischen zwei Menschenknäueln hindurch. Dann sprang sie ab, warf ihr Fahrrad auf den Boden, was Edelmayer mit einem Kopfschütteln kommentierte, und sprang beherzt in die Arme eines ..., ja gibt's das denn? Ein Feldgrauer, ein stinknormaler Soldat, ein einfacher. Mit roter Armbinde. Ein Propagandist der Revolution! Meine Tochter! Er wäre am liebsten sofort hingerannt und hätte seine Lissy weggezerrt, weggeprügelt, er konnte gar nicht hinsehen, konnte aber die Augen auch nicht abwenden von dem Elend, wie ein ... ja, wie ein Liebespaar standen die zwei da inmitten der Menschen. Umarmten sich. Er drehte sie um die eigene Achse, so dass ihr Rock im großen Bogen um sie wirbelte. Die Leute lachten. Edelmayer platzte innerlich, spürte die Wut in sich aufwallen, spürte, wie sie langsam vom Bauch hinaufstieg und ihm einen dicken Hals machte. Er ballte die Hände zur Faust, stopfte sie in die Manteltaschen und sah sich selbst, wie er dem Mann, diesem Verführer, diesem Wüstling, die Faust ins Gesicht schlägt, die Knochen brechen knackend, Blut spritzt ihm ins Gesicht, der Mann geht zu Boden, er kickt ihn, er schlägt ihn, er … tat nichts dergleichen. Er konnte jetzt einfach nicht eingreifen, er war dienstlich hier und musste inkognito bleiben, so hieß das, inkognito. Ich muss in ihrer Nähe bleiben, ohne dass sie mich sieht. Auch wenn ich das Elend dann noch länger mit ansehen muss, ich muss. Wenn nachher was passiert, wenn sie doch auf Revolution machen, auf Widerstand stoßen, dann gibt es eine wüste Schießerei, und meine Tochter mittendrin. Mit diesem Kerl. Immer hinter ihr bleiben. Mehr kann ich nicht tun. Immer dranbleiben. Seine Lissy, das Ebenbild seiner Frau, seine ganze verbliebene Familie.

Plötzlich kam Bewegung in die Sache. Die Kundgebung schien zu Ende. Wie wenn sie sich abgesprochen hätten, stiegen alle Redner von ihren Podesten und die Menschen folgten einem unsichtbaren Führer. Die gehen Richtung Friedensengel, na, ich warte erst mal ab, ist ja alles noch friedlich, ich soll eh nicht eingreifen, dafür sind die Gendarmen da. Die wenigen. Edelmayer stieg die Stufen zur Bavaria hoch, wo er alles überblicken konnte. Seine Tochter schob jetzt ihr Fahrrad und ging lachend neben dem Feldgrauen. Der schwarze Pulk, ameisenhaft in Bewegung, einigte sich auf eine Richtung, ging langsam vorwärts, ruhig und friedlich. Eine seltsame Stille lag über der Masse, ein Wispern aus tausend Kehlen waberte hinauf zu ihm. Nach Revolution klingt das nicht. Gut, noch einmal davongekommen. Da nahm er aus dem Augenwinkel ein kleineres Trüppchen Menschen wahr, die sich von der großen Masse leicht entfernten, es konnten nicht mehr als tausend Männer sein, Männer und Frauen. Die sahen irgendwie anders aus. Gingen auch schneller, festeren Schrittes, die hatten ein Ziel im Sinn. Auf einmal hoben sie rote Fahnen in die Höhe. Edelmayer kniff die Augen zusammen und meinte, an der Spitze den Eisner zu erkennen, und seinen Adlatus, den Fechenbach, ganz in Feldgrau. Den Eisner, diesen Journalisten und USPDler aus Berlin, habe ich im Januar bei dem Generalstreik schon einmal mit verhaftet. Der treibt doch seit Jahren in München sein Unwesen und hetzt mitten im Krieg die Arbeiter zum Streik auf, wo sich doch alle Kräfte vereinen müssen in der Anstrengung zum Sieg. Der führt hier das große Wort der Revolution, so so. Aber er war nicht zum Verhaften da heute. Edelmayer sprang die Stufen hinunter und beeilte sich, zu dem kleinen Trupp der Bewegten aufzuschließen. Jetzt erkannte er auch Gandorfer, den Anführer des Bauernbunds, der in der USPD eine große Nummer geworden war, obwohl er schon halb erblindet war. Mein Gott, die Lissy ist auch dabei, mit ihrem Kommunisten, dem Soldaten, ganz an der Seite, er fährt auf ihrem Fahrrad, sie sitzt hinten quer auf dem Gepäckträger und hält sich an ihm fest. Ein Skandal! Wieso behält man solche Kerle nicht an der Front, wieso lassen die die nach Hause, wo sie ihre politischen Ideen propagieren können und sittsamen Mädchen den Kopf verdrehen? Wenn ich den in die Hände kriege!

»Wer für die Revolution ist, uns nach!«, hörte er mehrmals von der Spitze, als er sich in die Reihen eingefügt hatte. Alles jubelte und brüllte. Ja, Himmel Herrgott Sakrament, und die ganzen Gendarmen? Wo sind sie denn, die für Sicherheit und Ordnung sorgen sollen? Gehen beim Friedenszug mit. Wie die Schafe, schön friedlich, auf die Weide! Hat denn hier keiner Augen im Kopf? Ihr Kalbsköpfe und Weißwurstpolizisten, hier, das sind die Revolutionäre, verdammt!

Schon bald hatten sich die beiden Züge komplett getrennt, Eisner und seine Leute marschierten gen Norden, Schwanthalerhöhe, die anderen verließen die Theresienwiese in Richtung Kaiser-Ludwig-Platz. Edelmayer hatte Schwierigkeiten Schritt zu halten, so zackig ging es voran. Er blieb im hinteren Drittel und hielt Ausschau nach einem Gendarmen, dem er noch eine

Botschaft für die Direktion hätte mitgeben können. Aber da war keiner. Das geht hier richtig in die Hose, wenn die keiner aufhält. Schon hörte er das Gewisper der Revolutionäre. »Erst das Munlager, dann die Kasernen.« Sag ich's doch, die gehen auf die Kasernen zu. Das gibt ein Blutbad. Werden die Soldaten schießen? Aufs eigene Volk? Na ja, auf linke Revolutionäre meinetwegen. Aber die Lissy. Ich muss sie da rausholen, rechtzeitig. Näher ran, näher ran!

Schon bald waren sie an der Guldein-Schule, dem großen Munitionslager, schwer bewacht. Der Zug hielt an, die Menge drängte sich zusammen, alle reckten die Köpfe, Edelmayer, der Hüne mit dem gebeugten Kreuz, sah über sie hinweg, erkannte, dass Eisner und Fechenbach verhandelten, sie redeten mit den Wachsoldaten. Noch reden sie, aber jetzt geht's gleich los. Ich muss näher an Lissy heran, näher! Gleich stürze ich mich auf sie und reiße sie mit fort, im Schutze der Menge. Die vielen Menschen vor uns sind wie ein Schild, bevor sie umgemäht werden, das wird gerade reichen zum Abhauen. Da auf einmal, er war schon auf dem Sprung, nur noch zwei Meter von ihr entfernt, ging ein Jubel durch die Menge, »Hoch die Weltrevolution! Hoch Eisner!« Die Menschen riefen sich zu: »Die sind auf unserer Seite! Sie haben sich uns angeschlossen. Sind übergelaufen!« Mützen flogen in die Luft, Schüsse fielen. Jetzt doch? Nein, aus Freude, Freudenschüsse sind das. Die Menschen tanzten im Kreis, lagen sich in den Armen. Und dann ging es ganz schnell. Ein paar Feldgraue mit roten Binden und einer mit einer großen roten Flagge blieben bei der Wachmannschaft, und schon ging es weiter. Mein Gott, die haben alle auf einmal Waffen! Im Eiltempo ging es Richtung Norden, zur Marsfeldkaserne, Max II., Türkenkaserne. Es herrschte Volksfeststimmung, erwartungsvoll, erregt, bewegt. Und überall das gleiche Bild: Der Zug blieb stehen, vorne verhandelten sie, dann der Jubel der Menschenmenge, eine rote Fahne auf dem Kasernentor gehisst, und weiter. Und an jeder Station schlossen sich mehr Soldaten dem Zug an. Das ist Meuterei, darauf steht der Tod! Aber keiner hält sie auf. Die Offiziere sind festgesetzt, die Soldaten laufen alle über. Das ist das Ende. Das Ende der Welt, wie wir sie kennen.

Am Ende, es ist Abend geworden, waren sie wieder in der Stadt, am Stachus, nach diesem stillen Sieg über die komplette Münchner Garnison. Die Füße taten ihm weh, die Lederschuhe mit der harten Sohle waren nicht für solche Gewaltmärsche gedacht, sein Rücken schmerzte, ein altes Leiden, das ihm immer mehr zu schaffen machte. Die Größe, Herr Edelmayer, die Größe, sagte sein Arzt, das rächt sich irgendwann in der Wirbelsäule. Hinlegen war das einzige, was Linderung brachte, aber an Hinlegen war gerade gar nicht zu denken. Und Hunger hatte er. Haben diese Revolutionäre keinen Hunger? Brauchen die nichts? Vielleicht ist das ihre Stärke, die berauschen sich am Erfolg, brauchen keine feste Nahrung.

Eine unübersehbare Masse an Menschen traf nach und nach am Stachus ein, sie fädelten sich wie die Ameisen in den Eingang zum Mathäserbräu, einem riesigen Bierkeller für 4.000 Leute, erst wenige Jahre vor dem Krieg erbaut. Edelmayer war er zu groß für Gemütlichkeit, er kehrte selten dort ein, war vielleicht einmal da gewesen mit Marie vor dem Krieg. Er drückte sich mit rein, hatte seine Elisabeth aber komplett aus den Augen verloren, Gott sei Dank ist ja alles friedlich geblieben. Durfte er froh sein darüber? Dienstlich nicht.

Bis er das Innere des Mathäser erreichte, war drinnen die Sitzung schon voll im Gange. Reden wurden geschwungen, einer berichtete, schrie, dass auch Post, Bahnhof, alle Ministerien und das Telegraphenamt in der Hand der Revolution seien, ein anderer, dass in ganz München Patrouillen der Revolution marschierten und überall Ruhe und Ordnung herrschten. Palaver, Gerede, hitzige Wortgefechte, dann wieder Jubelschreie und Hochrufe, Eisner sei zum Ersten Vorsitzenden der vorläufig konstituierten Versammlung des Arbeiter-, Bauern- und Soldatenrats gewählt worden, hieß es. Und jetzt gehe es zum Landtag. Alles rannte und schob und drückte wieder nach draußen, auf zum Landtag, die Wittelsbacher absetzen.

Mein Gott, die machen heute wirklich alles kaputt, ist das denn die Möglichkeit? Und ich geh immer nur mit. Beobachten. Aber es scheint ja keinen zu stören, dass sie die Welt aus ihren Angeln heben. Soll ich mich in den Weg stellen? Nein, wenn das keiner mehr macht, mache ich es auch nimmer. Resigniert und benommen von dem langen Marsch quer durch die Stadt und zurück, hungrig und durstig, stakste Edelmayer der Menge hinterher und setzte sich, als sie in der Prannerstraße am Landtag ankamen, einfach auf den Gehsteig. Die werden es schon wieder nach draußen posaunen, was drinnen los ist.

Es dauerte auch nicht lange, da hallte es von drinnen wider. »Freistaat!«, »Freistaat Bayern«, »Der König ist abgesetzt!«, »Es lebe die Republik!«, »Hoch Eisner«, »Hoch der Ministerpräsident!«

So. Das war's jetzt? Kein König mehr? Eine Republik. Was bin ich denn dann jetzt? In der Königlichen Polizeidirektion? Gibt es mich dann überhaupt noch? In Treue fest? Am Ende bin ich nun diesen Herrschaften verpflichtet. Wo es doch keinen König mehr gibt. Den heute kein einziger seiner ach so treuen Soldaten verteidigt hat, nicht einer. Aber wir sind doch noch im Krieg. Wer entscheidet jetzt über Krieg und Frieden? Die da drinnen? Na pfüati, gute Nacht! Und ich? Für wen bin ich?

Na warte, bis ich heimkomme, Mädel, mit den Kommunisten Arm in Arm. Wenn ich dich heut noch erwisch, Lissy, dann aber …

MÜNCHEN, 21. FEBRUAR 1919

»Der Eisner ist tot!«

»Mausetot?«

»Mausetot!«

»Ein guter Anfang! Wurde auch Zeit!«

»Dieser selbst ernannte Ministerpräsident für Bayern.«

»Also ein Hoch auf den Grafen!«

»Welchen Grafen?«

»Graf von Arco auf Valley.«

»Der war's?«

»Der war's.«

»Den haben sie bei Thule doch rausgeworfen.«

»Ja, weil er dummerweise von einer Jüdin abstammt – Oppenheimer, muss ich noch mehr sagen?«

»Bei uns war er aber auch nicht.«

»Aber er ist von reiner Gesinnung.«

»Also ist er doch einer von uns?«

»Na klar! Jeder, der einen Bolschewisten beseitigt, ist einer von uns.«

»Ein Hoch auf Graf Arco!«

»Hoch, hoch, hoch!«

»Ein Held!«

»Ein Signal war das, für alle, die es immer noch nicht verstanden haben, dass es ein Ende haben muss mit diesen Kommunisten, die unser Vaterland ruinieren, mit ihren aus Moskau gesteuerten Räten.«

»Wieso hätten wir denn all die Jahre gegen den Russen gekämpft, wenn er uns jetzt mit seinem Kommunismus überzieht? Wo wir ihn doch sogar besiegt haben, den Russen!«

»Wenigstens den!«

»Die anderen hätten wir schon auch noch besiegt, wenn man uns nur gelassen hätte!«

»Und nicht von hinten in den Rücken gefallen wäre!«

»Jetzt sollen sie sehen, was sie davon haben, wenn sie es nicht anders verstehen.«

»Genau, führen wir den Krieg eben hier weiter.«

»Ach, der Krieg, das waren noch Zeiten!«

»Wir müssen tätig werden, meine Herren. Handeln. Jetzt.«

»Ja, ja, ich bin doch schon ganz nah dran. Gebt mir noch ein paar Wochen, dann bin ich im engsten Zirkel drin. Dann entgeht uns nichts mehr, dann wissen wir über jeden Schritt unseres Feindes genau Bescheid.«

»Und sie haben wirklich Vertrauen zu dir?«

»Unsere Männer haben beste Arbeit geleistet. Ich bin hochdekorierter Offizier mit Fronterfahrung und seit Jahren Demokrat durch und durch, ich bin ihre Idealvorstellung des neuen Politikertyps. Meine Herren, ich sage euch, manchmal muss ich abends kotzen, wenn ich mich im Spiegel ansehe. Aber es ist ja für die gute Sache.«

»Halt durch, Kamerad! Es ist ja nur bis unser Recht und die alte Ordnung wiederhergestellt sind. Dann hat dein Versteckspiel auch wieder ein Ende.«

»Ein Blutbad wird das, direkt vor ihrer aller Haustür. Es gibt ja so viele von denen. Überall sprießen sie wie giftige Pilze aus dem Boden, diese Räte. Arbeiterräte, Bauernräte, Handwerkerräte, sogar Soldatenräte – dass ich nicht lache! Bin ich etwa kein Soldat? Ich will aber keinen Soldatenrat, Kommunisten, die mir sagen, was ich zu tun habe! Ich nicht!«

»Du bist auch kein Soldat, du bist ein Offizier, das ist ja wohl etwas anderes.«

»Einen nach dem anderen werden wir uns vornehmen. Wir murksen sie einfach alle ab.«

»Unser gutes Vaterland diesen Gesellen überlassen? Nie!«

»Und mit deiner Hilfe können wir ganz oben ansetzen demnächst.«

»Wir sollten uns irgendwie mit diesem Eberhard im Norden in Verbindung setzen. Das wird eine große Sache, glaube ich!«

»Du meinst die Marinebrigade aus Wilhelmshaven? Ich glaube, der heißt Erhardt, mit dt, Hermann Erhardt, ein Kapitän seiner kaiserlichen Marine.«

»Haben mit wenigen hundert Mann eine ganze Kaserne mit tausend kommunistischen Putschisten erstürmt.«

»Die sind gut aufgestellt. Ganz militärisch, durch und durch.«

»Alles ehemalige Offiziere, erstklassige Leute, im Dienste der guten Sache, in der Verteidigung unseres Vaterlandes. Leute, die so denken wie wir.«

»Und Graf Arco! Ein Hoch auf Graf Arco!«

»Hoch, hoch, hoch!«

»Jude war der doch auch, oder?«

»Der Eisner? Ja, ja, Kommunist war ihm nicht genug.«

»Weg mit dem Ungeziefer!«

»Wer wird denn der Nächste?«

»Und wer macht's? Bedenkt, der Graf wurde gefasst.«

»Ja, Kunststück, auf offener Straße, mit drei Schüssen, unter Zeugen bei hellem Tageslicht. Das kann man doch auch anders machen.«

»Ich stelle mir das ja als großes Feuerwerk vor. Ein Knall, und alle sind weg. So müssen wir das angehen.«

»Aber vorher sorgen wir für Angst und Schrecken bei denen, das sind wir uns schuldig!«

»Wir machen eine Liste, mit allen Feinden unseres Vaterlandes.«

»Ja, und dann gehen wir systematisch vor. Einer nach dem anderen.«

»Nach dem Alphabet am besten. Damit jeder weiß, wenn er der Nächste ist.«

»Bis sie alle weg vom Fenster sind.«

»Ja, und dann haben wir das Sagen!«

»Kameraden, wenn wir das umsetzen, was wir planen, kriegen wir sie alle auf einen Schlag. Rumms und weg. Dafür mache ich doch den ganzen Hokuspokus hier!«

»Ich kann es kaum erwarten.«

»Haben wir denn Waffen?«

»Zuhauf. Wir haben Depots in der ganzen Stadt, bei verlässlichen Kameraden. Da ist alles, was der Krieg übrig gelassen hat. Versteckt, bevor sie es uns wegnehmen. Prall gefüllt. Für jeden von denen einen Schuss, ach, was rede ich, zwei, drei, zehn Schuss. Einen ganzen Krieg können wir anzetteln.«

»Wir merzen sie aus.«

»So wie Graf Arco den Eisner!«

»Ein Hoch auf Graf Arco!

»Hoch, hoch, hoch!«

MÜNCHEN, 9. APRIL 1919

Endlich draußen. Hans Michel eilt die Straße entlang, nestelt an seinem Krawattenknoten herum und streicht sich den Schnurrbart mit ein wenig Spucke zurecht. Ausgerechnet heute muss ich zum Chef. Erst verschlafen, dann das Telegramm von Gustav, dann die impertinente Wirtin, das hastige Frühstück, die Kaffeeflecken, der Schnürsenkel, und nun die drängende Frage: Wie komme ich so schnell wie möglich nach Bamberg, ohne meine Kündigung zu riskieren? Ohne Lüge, ohne Urlaub …

Seit ihm am frühen Morgen das Telegramm aus Bamberg zugestellt worden ist, hat Hans Michel noch keinen klaren Gedanken fassen können. Zunächst musste er seine Wirtin wieder loswerden, die, von brennender Neugier getrieben, nicht von seiner Seite weichen wollte, in der stillen Hoffnung, er möge das Telegramm vor ihren Augen – im Schlafanzug – laut verlesen. Hatte dieser Mieter doch in all den Monaten noch nicht einen einzigen Brief erhalten, und dann gleich ein Telegramm! Als er sie jedoch mit den Worten »Ich habe es heute sehr eilig, Frau Groß, ich brauche bloß eine Semmel und einen Kaffee. Seien Sie doch so nett und stellen Sie mir die Sachen auf den Tisch«, abschieben wollte, geierte sie noch ein paar Momente nach dem Telegramm, musste aber letztlich die Waffen strecken und von dannen ziehen. Dann riss ihm ein Schnürsenkel, und er musste doch wieder seine Wirtin rufen, die ihm gottlob aushelfen konnte – »Ich setze Ihnen die fünf Pfennige auf die Miete, Herr Michel, ist's recht?« – ja, ja, alles recht. Dann bekleckerte er sich mit Kaffee, weil er hastig im Stehen trinken wollte, was erneut Frau Groß auf den Plan brachte, die ihm – völlig umsonst – den Fleck aus dem Anzug wusch, nicht ohne noch einmal ganz beiläufig nach dem frühmorgendlichen Telegramm zu fragen. Und jetzt sitzt die verdammte Krawatte einfach zu eng. Er spürt, wie seine Haare unter dem Hut schweißnass sind. Da ist schon das Präsidium. Das Tor mit den beiden Löwen ist in Sicht, er legt noch einen Schritt zu, hechtet durch das Tor, nicht ohne den beiden Schutzpolizisten, die heute Wache haben, zu salutieren, und springt für seine Verhältnisse behände auf das Haupttor an der Ettstraße zu.

»NACH SEINEM SINNE LEBEN IST GEMEIN – DER EDLE STREBT NACH ORDNUNG UND GESETZ«, so steht es über dem prächtigen doppeltürigen Eingang mit dem Tympanon. Nach Möglichkeit geht er hier an der Ettstraße ins Präsidium, nicht an der Löwengrube, wo die Todsünden dargestellt sind, nein, die will er nicht jeden Tag sehen. Das in den Stein gemeißelte Zitat hingegen bringt ihn immer wieder zum Nachdenken. An manchen Tagen steht er völlig hinter diesem Spruch und baut sich so die Motivation für den Dienst schon beim Betreten des Hauses auf, an anderen Tagen hasst er ihn abgrundtief, wenn er sein Leben einmal wieder gerne nur so, nach seiner Façon, ganz nach seinem Sinn leben würde, ohne sich um all die anderen scheren zu müssen.

Heute ist mal wieder ein Tag, an dem sich Hans nach einem ruhigen, beschaulichen Leben sehnt, ohne Mitmenschen, ohne die Sorgen des Alltags, ohne die Tücken des Lebens, die an jeder Ecke lauern.

Was sag ich denn jetzt? Ich weiß ja gar nicht, was er von mir will, wahrscheinlich ist dann eh alles zu spät. Seit er am Tag zuvor vom Kollegen Assenmacher die Nachricht erhalten hat, dass er heute früh um 8 bei Kriminalinspektor Edelmayer zu erscheinen habe, martert er sich das Hirn, was er denn angestellt haben könnte, um einen solchen Termin zu rechtfertigen. Normalerweise heißt es »SOFORT!«, wenn der Chef etwas will, aber einen Termin auszumachen, das ist neu.

+ K. LEBT + IST IN BAMBERG + LASST UNS DIE SACHE ZU ENDE BRINGEN + GUSTAV +

waren die dürren Worte des Telegramms, das er an diesem Morgen zwar gelesen hatte, aber nicht recht glauben wollte. »K. lebt«. »K« kann nur eines bedeuten, kein Zweifel möglich, auch wenn er es nicht glauben mag. Kirchner ist also doch noch am Leben. So ist das Schicksal, die einen überleben, die anderen krepieren. Schade nur, dass immer die Guten krepieren und die Schweine am Leben bleiben. »Ist in Bamberg«. Seit wann und warum, wie lange noch, auf der Durchreise oder dauerhaft, ist es überhaupt sicher? Vielleicht hatte Gustav auch nur mal wieder einen seiner Anfälle und hatte den Krieg aufs Neue durchlebt bei einer seiner Behandlungen und ihn dabei vermeintlich gesehen. Aber, »Lasst uns die Sache zu Ende bringen«, ist unmissverständlich. Ihr Schwur, ein gutes halbes Jahr ist der her. Auch wenn Hans den Krieg so gut wie möglich aus seinem Leben gedrängt hat und meist nur nachts immer wieder in die Schützengräben zurückkehren muss, ist ihm dieser Schwur der vier damals im Zug nach Savigny so präsent wie jetzt die langen Gänge und die Steintreppen, die er auf dem Weg in sein Büro im zweiten Stock durchschreitet. Den Paternoster, den ganzen Stolz des erst kurz vor dem Krieg vollendeten Hauses, meidet er wie die Pest, lieber läuft er bis in den sechsten Stock hinauf, als einen Fuß in diese Höllenrumpelmaschine zu stellen, die in ihm immer eine latente Panik hervorruft, wenn er bloß daran vorbeiläuft und das Rumpeln und das metallische Schleifen hört. Wie damals das ferne Artilleriefeuer.

Zunächst hatte er sich, verschlafen wie er war, gefreut über das Telegramm, weil es ein Lebenszeichen von Gustav aus Bamberg war. Erst beim zweiten Lesen verstand er, was Gustav eigentlich geschrieben hatte. Er wusste sofort, dass er diesem Ruf würde folgen müssen und irgendwie nach Bamberg kommen musste.

Ein Todesfall in der Familie … Nein, das glaubt er mir nie und nimmer, so gut kennt er mich doch schon, eine Familienfeier … noch weniger, Erholungsurlaub … wird grundsätzlich nicht genehmigt derzeit. Irgendwas mit der Demobilisierung, die bevorstehende Auflösung des Regiments, das hatte er in der Zeitung gelesen, dass die Entente wohl fordern wird, dass fast alle Regimenter aufgelöst werden müssen, ja, gar keine eigene Armee mehr bestehen soll. Vielleicht könnte ich da was deichseln, bürokratische Sachen sind immer glaubwürdig zurzeit. Das könnte auch das Erfordernis eines persönlichen Erscheinens in Bamberg glaubhaft machen. Nur müsste er irgendetwas in der Hand haben, was Offizielles oder wenigstens offiziell Anmutendes. Der Vierfinger-Fabian im Lehel, dieser alte Fälscher? Den hatte er doch letztens wieder laufen lassen, weil er ihm leidgetan hatte mit seinen fünf Kindern und der schwindsüchtigen Frau. Eventuell, dass der ihm was …

Im Büro angekommen, zwei Minuten vor acht, wirft er seine Tasche und den Hut auf den Stuhl, zieht vor dem Spiegel am Waschbecken seine Krawatte endgültig zurecht und eilt mit Schreibblock und Druckbleistift ins Büro von Kriminalinspektor Edelmayer, seinem Chef bei der Kriminalpolizei.

Hans klopft und tritt ein, ohne eine Antwort abzuwarten. Wenn Edelmayer in Gedanken vertieft ist, hört er kein Klopfen und kein Rufen. Anfangs war Hans oft lange vor der Tür gestanden, ehe er sich hineingewagt hatte, nur um sich anhören zu müssen, wo er denn bleibe.

Er schließt die Tür leise, geht drei Schritte bis zum Schreibtisch und salutiert.

»Ja, ja, ist schon gut«, winkt Edelmayer ab und zeigt auf einen Stuhl. Hans deutet die Geste falsch und stellt sich neu auf, jetzt neben dem Stuhl.

»Michel, Sie haben doch in Bamberg gedient, oder?«

Worauf will der denn hinaus? Ausgerechnet Bamberg? Gustav wird doch nicht etwa schon …

»Na ja, gedient nicht direkt. Ich war im Bamberger Infanterieregiment im Krieg, aber davor hatte ich in Bamberg eine Pferdedroschke, war Droschkenkutscher, Kleinunternehmer sozusagen. Bis Kriegsausbruch habe ich ein gutes Jahr dort verbracht.«

»Letzteres wollte ich hören. Also kennen Sie sich aus in Bamberg?«

Die Frage ist einfacher zu beantworten. »Wie in meiner Westentasche, das möchte ich sagen, jawohl, Herr Inspektor. Ich bin ja tagein, tagaus durch die Straßen der Stadt gefahren.«

»Sehr gut, sehr gut, Michel, genau, was ich brauche. Nun setzen Sie sich doch endlich, Mann!«

Edelmayer geht um den Tisch, drückt Michel auf den Stuhl und bietet ihm aus einem kleinen silbernen Etui eine Zigarette an.

Zigarette? Hinsetzen? Auf was läuft das hier denn hinaus? Hans setzt sich auf die vorderste Stuhlkante und sieht seinen Vorgesetzten fragend von der Seite an. Edelmayer zündet sich mit einem Streichholz seine Zigarette an und hält es anschließend Michel hin. Rauchkringel im Raum verteilend, fängt er an zu dozieren.

»Wie Sie sicherlich wissen, hat die Regierung um Johannes Hoffmann angesichts der bedrohlichen Lage hier in München, der Ausrufung der Räterepublik und der anhaltenden Unruhen und bewaffneten Aufstände ihren Dienstsitz vor zwei Tagen vorübergehend nach Bamberg verlegt, bis sich die Lage in München wieder beruhigt. Unseren Informationen zufolge beschränkt sich die Durchschlagskraft der Räterepublik bisher hauptsächlich auf den Raum München. Außerhalb Münchens ist es ruhiger und dort ist die Revolution nicht in gleichem Maße angekommen. So auch in Bamberg nicht. Die Regierung und zahlreiche Staatsräte und Ministerialbeamte beziehen seit vorgestern Dienstgebäude in Bamberg und nehmen die Regierungsgeschäfte von dort aus wieder auf. In der Stadt werden sie von der örtlichen Gendarmerie, einem Freikorps und demnächst auch von einer noch aufzustellenden Bürgerwehr bewacht. Uns liegen Hinweise vor, dass auf die Regierung oder auf Teile der Regierung ein Attentat geplant ist. Ein Attentat größeren Ausmaßes mit verheerender Wirkung für den gesamten Staatsapparat. Ich wurde gestern zum Abteilungskommandeur gerufen und darüber unterrichtet, was es mit diesen Anschlagsplänen auf sich hat, und wie es um die Sicherheit der Regierung von Ministerpräsident Hoffmann in Bamberg steht. Die Verlässlichkeit der Quelle bedeutet, dass die Lage sehr ernst ist und die Bedrohung für die Regierung tatsächlich besteht. Der Kommandeur ist der Meinung, dass wir als Kriminalpolizei dafür prädestiniert seien, mit unseren präventiven Methoden die Attentatspläne aufzudecken und zu verhindern. Ich habe den Auftrag, eine kleine Mannschaft von vier Mann zusammenzustellen und unverzüglich nach Bamberg zu reisen, wo wir das Komplott restlos aufklären und die verdächtigen Subjekte inhaftieren oder unschädlich machen sollen.«

Vier Mann nach Bamberg? Jetzt wird's interessant. Hans Michel ist mittlerweile auf dem Stuhl weiter nach hinten gerückt, hat die Beine übereinandergeschlagen und ist auf der Suche nach einem Ascher für seine Zigarette, erspäht jedoch keinen und ascht, da ihm Edelmayer in seinem Vortrag gerade den Rücken zukehrt und aus dem Fenster sieht, während er weiterredet, einfach unter Edelmayers Schreibtisch.

»Sie haben sich letztens als schlauer Kopf erwiesen, als es um den Fall Beerbaum ging, den Sie dank guter deduktiver Fähigkeiten schnell und ordnungsgemäß mit den uns verfügbaren Methoden und Techniken aufgeklärt haben. Ich möchte Sie daher mit nach Bamberg nehmen und baue auf Ihre Ortskenntnis und Ihre Kontakte in die Bamberger Bevölkerung. Wenn Sie dann noch Ihr Berlinerisch kaschieren, können Sie dank Ihrer Ortskenntnisse gut verdeckt ermitteln und sich in die relevanten Kreise einmischen.«

Er will was? Er will mich nach Bamberg …? Genau jetzt? Unglaublich! Hans kann sich ein Lachen nicht verkneifen, und schafft es erst im letzten Augenblick, als sich Edelmayer verwundert zu ihm dreht, aus dem Lachen ein Räuspern und Schnäuzen zu machen.

»Wohl erkältet, was? Ja, für die Jahreszeit ist es noch zu kühl, könnte schon ein paar Grad wärmer sein. Sind Sie bereit für diese

Aufgabe, Kriminalsekretär Michel? Sie werden mich sowie die Kollegen Lohmann und Brandl nach Bamberg begleiten, beziehungsweise ich habe vorgesehen, Sie als Vorhut vorausfahren zu lassen, um die Aktion vor Ort vorzubereiten, wenn Sie Ihre Reisepläne entsprechend arrangieren können.«

Hans Michel kann sein Glück immer noch nicht fassen. Völlig beglückt, dass ihm die Notlüge und die Hilfe von Vierfinger-Fabian erspart bleiben, springt er auf und ruft laut: »Jawohl, Herr Inspektor!«

»Oh, solche Begeisterung sehe ich gerne im Dienst. Wir werden uns gut verstehen, Michel. Aus Ihnen wird noch ein ganz passabler Kriminaler, das sehe ich schon. Schade, dass Sie nicht noch ein paar Jahre jünger sind, dann könnte aus Ihnen direkt noch was werden hier. Wenn die Aktion von Erfolg gekrönt ist, könnte ich mich für Sie verwenden, vielleicht ist dann noch mehr für Sie drin in der Abteilung.«

Hans kommt ein Gedanke. Völlig euphorisiert, will er jetzt unbedingt beweisen, dass er ganz bei der Sache ist und mitdenkt. »Wenn ich mir eine Anmerkung erlauben darf, Herr Kriminalinspektor?«

»Nur zu, Michel, nur zu!«

»Ich für meinen Teil würde meine alte Uniform der Feldgrauen mitnehmen, das wäre eine gute Tarnung, denn sie weist mich als Teil der 5er aus, des alten Bamberger Regiments, was mir so manche Tür unauffällig öffnen dürfte. Ohnehin laufen die meisten der Kriegsveteranen heutzutage immer noch im Waffenrock umher, weil er strapazierfähig und gut zu tragen ist und auch meist das Geld für anderes fehlt.«

»Michel, ich merke, Sie haben schon viel gelernt bei uns. Hervorragende Idee, könnte von mir sein.«

Hans lockert seinen Krawattenknoten und atmet tief ein. »Vielen Dank, Herr Inspektor, für dieses Vertrauen in meine Arbeit, obwohl ich doch noch neu bin in dem Metier.«

»Michel, es kommt auf das richtige Denken an. Was nützt

mir ein gut ausgebildeter Polizist, der alle Stationen des Dienstes durchlaufen hat, wenn er nicht eigenständig denken und Schlüsse ziehen kann, Entscheidungen – im gegebenen Rahmen, versteht sich – selbstständig treffen kann, blitzschnell, wenn es darauf ankommt. Sich in den Feind hineinversetzen können, denken, wie er denkt, um ihm dann rechtzeitig zuvorzukommen, das ist der wahre Kriminaler, Michel!«

In den Feind hineinversetzen können, oh ja, das habe ich vier Jahre lang gemacht. Hat mir vermutlich mehr als einmal das Leben gerettet.

»Wenn ich früher in Berlin meine Kunden gefahren habe, wusste ich sofort, ob es denen gerade gut geht, oder ob ihnen das Wasser bis zum Hals steht. Ich wusste manchmal sogar auf einen Blick, wie sie wohnen, was sie arbeiten und was sie antreibt. Eine gute Schulung, so eine Droschke, glauben Sie's mir, Herr Inspektor! Mit so manchem Gast kommt man ja ins Gespräch, und wenn die ausgestiegen sind, habe ich mir genau vorgestellt, wie deren Leben jetzt weitergeht. Und häufig hat's gestimmt, wenn ich sie nach langer Zeit einmal wieder als Fuhre hatte. Ja, ja.«

Edelmayer ist ein wenig irritiert von dieser Redseligkeit seines Untergebenen jenseits des dienstlichen Auftrags, andererseits freut ihn der herzliche und lässige Umgang dieses Menschen, eines Menschen ohne Stallgeruch der Polizei, rund zehn Jahre jünger als er selbst, aber offenbar ebenso lebenserfahren. Aus den Akten weiß er von dem Droschkenunfall in Berlin, dem Prozess, seiner geschiedenen Frau und vom Tod seiner Söhne.

»Kriminalsekretär Michel, wir werden obsiegen in Bamberg. Wir müssen die Regierung schützen, koste es auch unser Leben. Unser schönes Bayernland muss wieder einer geregelten Ordnung zustreben, und sei es in Form dieser Republik, die wir nun haben. Wir wollen sie verteidigen, etwas Besseres haben wir nicht, und die revolutionären Kräfte von links und von rechts, die Weißen und die Roten, das gibt alles nichts, führt alles ins Verderben.«

Es klopft an der Tür.

»Herein!«

Zackig militärischer Auftritt des Kollegen Lohmann, mit Gruß und Hackenschlagen.

»Ah, Lohmann, schön, dass Sie da sind. Kennen Sie Ihren Kollegen, den Kriminalsekretär Michel? Nicht? Er wird uns beim Bamberg-Einsatz begleiten. Hat ein Jahr dort gelebt, kennt sich aus. Hans Michel, das ist Kriminalsekretär Arthur Lohmann.«

Lohmann, 24 Jahre jung, Abitur, während des Krieges Polizeidienst in der Heimat, sportlich, drahtig, kleine blitzende Augen, braune Haare, streng gescheitelt, moderner Schnurrbart im englischen Stil, steht noch in Hab-Acht-Stellung, betrachtet Michel herablassend von der Seite und quittiert Edelmayers Ankündigung mit einem Kopfnicken. Ein Reing'schmeckter, kein Bayer und kein Polizist, für Leute wie Lohmann eine Zumutung. »Weiß Kriminalassistent Brandl schon von dieser Verpflichtung?«

»Nein, aber auch der wird es in Kürze erfahren, denn wir treffen uns heute Mittag um 2 Uhr hier in meinem Büro zur Lagebesprechung. Dann weihe ich Sie ein in die Situation, die wir in Bamberg vorfinden werden, und mit welchem Gegner wir es vermutlich zu tun haben werden.«

Zu Hans gewandt fährt er fort: »Michel, wann können Sie reisen? Wir müssen so schnell wie möglich einen Brückenkopf nach Bamberg verlegen, um die Aktion vorzubereiten. Ich habe schon Zimmer in einem Brauereigasthof namens Fässchen und im Hotel Deutsches Haus sichern lassen. Etwas anderes war nicht mehr zu kriegen in dieser Stadt. Ist wohl doch ein bisschen klein für eine Regierungshauptstadt. Aber gut, ich habe mir sagen lassen, das Bier sei ganz trinkbar dort, und die Versorgungslage ungleich besser als bei uns hier in der Großstadt. Michel, können Sie schon morgen mit der Eisenbahn fahren? Schaffen Sie das?«

Hans' Vorfreude ist leicht getrübt durch die Begegnung mit Lohmann, den er bisher nur vom Sehen kennt, als einen derer, die ihn bewusst ignorieren und nicht einmal die Grüße auf dem Flur erwidern. Will wohl hier noch dick Karriere machen. Nun gut, sollen nicht meine Bohnen sein. Ich habe mir nichts zu Schulden kommen lassen und grüße ihn weiterhin freundlich. Brandl hingegen ist ein Gemütlicher, vielleicht mein Alter, dünn wie eine Bohnenstange, aber zäh, wenn es um die Arbeit geht. Der wühlt sich durch die Akten, findet Hinweise, wo kein anderer sie vermutet, hat kürzlich den einen entscheidenden Hinweis bei einem Serienmord in Laim entdeckt, der dann zum Täter geführt hat. Phänomenal, der Mann! Und bildet sich aber nichts drauf ein und steht in der Hierarchie noch unter mir.

»Jawohl, Herr Kommissar, das schaffe ich.« Und als Seitenhieb auf Lohmann ergänzt er: »Nach vier Jahren an der Front bin ich es gewohnt, in Minuten meine Zelte abzubrechen. Wenn ich also noch den ganzen Abend habe, lässt sich das alles regeln.«

Es ist dann aber doch spätabends geworden, die Sonne schon längst untergegangen, als sich Hans, todmüde durch die stundenlange Unterrichtung zur Lage in Bamberg und zu den verschiedenen Bedrohungsszenarien der Regierung Hoffmann, die Stufen des Haupteingangs zur Ettstraße hinunterschleppt. Er durchquert den Vorplatz, grüßt die beiden steinernen Torlöwen mit einem unmerklichen Nicken des Kopfes und den einsamen Schutzmann mit einem leichten Anheben des Arms zum Gruß, mehr ein Abwinken denn ein Salut. Am nächsten Tag muss er sich um 11.30 Uhr am Münchner Hauptbahnhof einfinden, wo – so Gott will – ein Zug nach Bamberg stehen wird. Zugfahrten sind gerade ein zweifelhaftes Vergnügen. Überfüllt, anfällig, stickig, lang, grölende Feldgraue und ernste Revolutionäre, Patrouillen und Hehler, Händler, Tändler, Bauern und ihre Viecher, alles ist mit dem Zug unterwegs und so wird jede noch so kurze Reise zu einem Abenteuer mit ungewissem Ausgang, zumal die

Versorgung mit Kohlen nie gewährleistet ist. Und Bamberg, das sind gut und gerne 240 Kilometer, da kann allerhand passieren.

Er quert die Neuhauserstraße und erst jetzt kommt ihm Gustavs Telegramm wieder in den Sinn. Die Sache zu Ende bringen. Heißt das, ihn jetzt noch zu ermorden? In diesen Friedenszeiten? Na ja, nach Waffenstillstand oder wie man die Zeit zwischen Kriegsende und Friedensvertrag nennen mag. Eigentlich hoffe ich ja, dass sich Gustav getäuscht hat. Dass er ihn nur verwechselt hat mit einem, der aussieht wie er. Und Kirchner eben doch noch im Krieg ein Ende gefunden hat, meinetwegen auch ein elendes. Das wäre doch einfacher irgendwie. Aber er muss ja sowieso nach Bamberg. Darf. Er muss wieder lachen über diese göttliche Fügung. Auf den Gustav freu ich mich schon, und vielleicht kommen ja tatsächlich auch Willy und Kaspar, die langjährigen Kameraden. Ich werde ja nicht der einzige gewesen sein, dem Gustav das Telegramm geschickt hat.

Immer wieder kommen Hans kleine Trupps mit Soldaten entgegen, bewaffnet, teils betrunken, teils mit jungen Mädchen im Schlepptau, teils mit roten Bannern wedelnd. Einige rempeln ihn an und versuchen ihn zu provozieren, um herauszufinden, ob er ein Vertreter des alten Systems ist. Hans hat es sich zur Gewohnheit gemacht, immer Sympathie für die jeweilig gerade vorherrschende, oben schwimmende Bewegung zu äußern, wenn er denn zu einer Äußerung gezwungen wird. Meistens funktioniert das, und bis auf eine Prügelei, in die er geriet, als er sich in Verkennung seines Gegenübers für Arbeiterräte ausgesprochen, jedoch einen Vertreter der Weißen vor sich gehabt hatte, war er damit einigermaßen heile durchgekommen. Wer an diesem Abend, zwei Tage nach Ausrufung der Räterepublik Bayern, unterwegs war, war klar zuzuordnen, da war es nicht schwierig, sich von den marodierenden Banden und Trupps mit den richtigen Parolen freizukaufen, um mit Schulterklopfen und Jubelrufen weiter auf den Weg geschickt zu werden.

Nach einem schwierigen Gespräch mit seiner Wirtin, die angesichts der unsicheren Rückkehr gleich zwei Monatsmieten im Voraus verlangt – sie wird trotzdem einen Zwischenmieter reinnehmen, da ist sich Hans sicher – zieht er sich in sein Zimmer zurück und packt seine wenigen Sachen in den schäbigen Koffer, den er direkt nach seiner ersten Ankunft in München einem Händler am Viktualienmarkt abgekauft hatte. Damals hatten seine paar Habseligkeiten noch in den Affen gepasst, den Tornister der Soldaten, den er über die Entlassung hinaus behalten hatte, ebenso wie seinen Waffenrock, den feldgrauen.

Den Dienstrevolver muss ich ja ohnehin mitnehmen, meine Mauser 1914. Und wenn die Sache mit Kirchner wirklich ernst wird? Ich kann ihn doch nicht mit meiner Dienstwaffe erschießen. Oder doch? Wer weiß, ob die anderen überhaupt eine Waffe haben? Sind ja alle Zivilisten jetzt. Er schlägt die Pistole in ein grobes Tuch und legt sie zusammen mit dem Halfter ganz unten in seinen Koffer, neben das einzige Paar Schuhe, das er außer den Dienstschuhen hat. Dann steht er vorm Schrank. Ganz hinten hängt seine feldgraue Uniform. Er steht lange davor und verliert sich schnell in roten, braunen, dunklen Farben, dumpfen Schlägen, die er in der Magengrube spürt und erinnert sich an dieses Gefühl der Schutzlosigkeit, gehetzt, gejagt, wie ehemals im Graben, ganz am Anfang. War wohl doch kein so guter Vorschlag, das mit dem Waffenrock, aber jetzt muss ich Wort halten. Wird schon wieder vergehen. Am besten schlafe ich heute gleich darin, dann fühlt es sich wieder an wie Alltag, vier Jahre lang. Bei seiner Wirtin holt er sich noch ein Bier aus der Küche, dann legt er sich früh schlafen. Heute ist ihm nicht nach seinem üblichen Abendspaziergang, mal ganz abgesehen davon, dass es im Moment nicht so einfach ist, weil man nie weiß, ob sie jetzt mal wieder eine Ausgangssperre verhängt haben oder nicht.

Er fällt in einen friedlosen Schlaf. Bamberg. Gustav. Kirchner. Seine Goldelse. Die kleinen engen Gassen. Der dreckige Fluss. Kaspar. Die Bierkeller. Willy. Die Mobilmachung. Die Rückkehr als Frontschwein. Edelmayer. Lohmann. Die Mission als Polizist. Die Sache zu Ende bringen. Wirre Träume begleiten Hans in dieser Nacht, unruhig und beunruhigend, unklar, worauf die Sache in Bamberg hinausläuft, ob die doppelte Mission gutgehen kann. Der Gegner ist stark und kennt keine Gnade, das ist ihm klar, seit Edelmayer erzählt hat, mit wem sie es zu tun haben werden. Und Willy, Kaspar, Gustav und er, sie haben einen Schwur, der sie bindet. Das Schicksal, diese alte Spielernatur, hat ihm das jetzt eingebrockt, diese Gleichzeitigkeit der Ereignisse, also wird er sich diesem Schicksal fügen, mit offenen Augen voran, alle Sinne wachsam, so wie er auch den Krieg überstanden hat.

BOIS DE BARETH, LOTHRINGEN, 10. SEPTEMBER 1914

Allerliebste Elly,

vorgestern endlich angekommen, wo wir hinsollen, ob es ein Ort ist oder ein Wald oder nur das Gehöft hier, weiß keiner von uns, es ist irgendwo in Lothringen, heißt Bois de Bareth, und wir haben es nach langem Fußmarsch mit elend schwerem Gepäck erreicht. Sind noch in Etappe, aber schon in Alarmbereitschaft. Verluste auf beiden Seiten müssen hoch gewesen sein, aber keiner rückt recht mit der Sprache raus. Nur gestern Abend sagte einer, als keine Offiziere in der Nähe waren, zu mir: Du fasst es nicht, es ist ein massenhaftes Anrennen gegen feindliches Feuer, das nicht aufhört, und sinnlos ist es obendrein, weil am Ende kein Meter Feld gewonnen ist. Ich protestierte: Aber wir sind doch schon so weit gekommen, Kamerad. Ja, sagte er, im August, da kamen wir voran, aber seit zwei Wochen beharken wir uns hier auf den immer gleichen Feldern, es ist ein rechter Krampf, kein Kampf mehr. Ich hielt dagegen: Du siehst vielleicht nur deinen Abschnitt, Soldat, es geht aber doch ums große Ganze. Er schaute mich mit einer Mischung aus Mitleid und Arroganz des alten Kämpfers an, schimpfte und verkrümelte sich zu seiner Kompanie. Dass wir Opfer bringen müssen, versteht sich, darüber sind wir uns doch alle klar.

Wegen meiner Versetzung hat mir der Spieß wenig Hoffnung gemacht, so etwas müssten die in Würzburg entscheiden. Habe insistiert, dass er den Fall nach Wü meldet. Versorgung eher mangelhaft, seit gestern kein warmes Essen gehabt, nur Kommissbrot, wir sind ja nur die Neuen, waren noch nicht im Einsatz. Mein erster Spruch von der Front: »Besser K'Brot als kaa Brot!« Wenn nicht Willy Reichel französische Zigarren aufgetan hätte, wären auch keine Rauchwaren für uns abgefallen. Mit Gustav Grüner mache ich mir den Spaß, unser bisschen Zuckerration über der offenen Flamme auf dem Löffel zu karamellisieren. Vielleicht geht es morgen schon gegen den Franzmann, so unser Hauptmann und Kompanieführer Otto Krauß, ein erfahrener Mann, vertrauenswürdig und gerecht, was ich bisher einschätzen kann.

Grüße die Deinen, sei herzlich umarmt und geküsst,

Dein Johann

BERLIN, 9. APRIL 1919

»Reichel! Wo bleibt der Artikel über den Völkerbund? Der Setzer ist da.«

»Ist in Arbeit, Chef!«

»Der Setzer braucht den Text. Jetzt!!«

»Nur noch zwei Sätze, Chef! Warst du schon mal in Genf?«

»Ich? Nein!«

»Ich weiß ja nicht, ob das der richtige Ort ist für den ständigen Sitz des Völkerbunds. Viel zu mondän, bürgerlich. Das muss als Meinung noch mit rein.«

»Genosse Reichel, ich warne dich! Das muss noch in die Mittagsausgabe, das Tagblatt und die Volkszeitung bringen das erst heute Abend, dann sind wir die Ersten.«

Wild hackt Willy in rasendem Tempo mit nur wenigen Fingern auf seine Erika ein, schneller als mancher Kollege, der das Zehnfingersystem beherrscht. Ist ja seine eigene Schuld, dass er erst auf den letzten Drücker fertig wird. Gustavs Telegramm und die Frage, wie er nun auf schnellstem Wege nach Bamberg kommen soll, ist ihm immer wieder durch den Kopf gegangen, da war die ganze Konzentration beim Teufel. Aber er hat schon eine Idee. Beim letzten Wort muss er mit einer Hand einen Papierstapel aufhalten, der umzustürzen droht im Chaos seines Schreibtisches. Türme und Stapel vorne, links und rechts, nur für die kleine Reiseschreibmaschine, mit der er so gut zurechtkommt, ist ein Stückchen Schreibtisch frei.

»Schon fertig!« Er rupft das Blatt mit einem Ruck aus der Maschine und übergibt es dem Setzer, der hinter ihm stehen geblieben ist, unter dem Portrait August Bebels. Als der Setzer das Blatt in seiner Mappe verstauen und damit abziehen will, entreißt ihm Friedrich Stampfer, Chefredakteur des »Vorwärts«, das Papier und meint: »Halt, Stopp! Wollen doch mal sehen, was unser Willy aus der Entscheidung macht, den Völkerbund in Genf anzusiedeln.« Er überfliegt den Artikel, macht eine Korrektur in Bleistift und gibt das Blatt mit einem anerkennenden Nicken an den Setzer zurück. »In einer Stunde sind die Druckfahnen hier, verstanden?«

»Geht in Ordnung, Chef!« Der Drucker zieht ab.

»So, das wäre mal wieder geschafft. Diese drei Ausgaben am Tag brechen einem manchmal das Genick.«

»Ich finde nicht die drei Ausgaben so schlimm, sondern die Vorstellung, dass alles, was wir raushauen, gleich mehr als 100.000-fach gedruckt wird. Also, wenn wir Unsinn schreiben, wird das trotzdem gleich 100.000-mal gedruckt. Wenn's einmal raus ist, ist es raus.«

»Wir schreiben aber keinen Unsinn, Reichel. Und wenn ich mir deine Artikel aus der letzten Zeit so ansehe, dann bin ich sehr angetan von deiner Arbeit, Genosse. Vor allem die Recherche zu den ariosophischen Ansichten des sauberen Herrn Sebottendorf der Thule-Gesellschaft. Sehr mutig, das, Willy! Und gut recherchiert. Wundert mich, dass wir da noch nicht mehr Gegenwind erfahren haben von den rechten Schlägern. Sonst sind die Herren doch nicht so zimperlich.«

»Danke, Friedrich, für das Kompliment!«

»Allein dein leicht ironischer Unterton in einigen Artikeln, der ist eher unprofessionell. Außerdem haben wir für die Ironie Kurt Tucholsky und Konsorten.«

»Ist gut, ja.«

»Irgendwelche Ideen für die Abendausgabe?«

Jetzt. Das war ein gutes Stichwort, um das Spiel zu beginnen. Jetzt nur nichts falsch machen. Wie damals, er erinnert sich an die komplexen Handlungsstränge seiner Hochstapeleien mit Harri Tretter, damals in Bamberg, vor dem Krieg. Immer schön langsam rantasten, den richtigen Zeitpunkt abwarten, den Köder aber schon mal bereitlegen. Die Leute müssen den Eindruck haben, sie sind selber auf die Idee gekommen.

»Na ja, in Bayern scheint es ja rund zu gehen. Das wird eine große Sache, denke ich.«

»Ja, das sehe ich auch so, da entscheidet sich das Schicksal eines ganzen Landes in diesen Tagen. Aber haben wir aktuell etwas Neues zu berichten?«

Oh, geht schon in die richtige Richtung, das Gespräch. Da kann ich ja schon den Köder auswerfen!

»Na ja, nur aus zweiter Hand, ich konnte noch nicht überprüfen, ob es stimmt. Aber es ist wahrscheinlich, dass die USPD aus der Regierung austreten wird, es ist nur noch eine Frage von Tagen.«

»Ja, die beiden Flügel treten sich immer unversöhnlicher gegenüber, das ist überall so. Haben wir eine Chance, das noch zu verifizieren bis zur Abendausgabe?«

»Ich werde mich mal umhören, aber es ist halt noch ein Gerücht, mehr nicht. Wir haben ja keinen Korrespondenten dort, der uns auf dem Laufenden halten könnte – ›Exklusivberichte aus Bayern‹ oder so. Dann wären wir nicht auf die Agenturen oder die erratischen Zulieferungen von Genossen angewiesen. Solange das Eisen heiß ist, könnte man da kräftig mitschmieden.«

»Ja, das hatte ich auch schon gedacht. Seit der Eisner ermordet wurde, ist es mir schon mehrfach durch den Kopf gegangen: Mensch, das wäre gut, da mehr berichten zu können. Eisner war ja auch mal Redakteur hier bei uns. Ein kluger Kopf, aber zu weit links für die meisten. Bayern ist wichtig für das Reich, da ist es gut zu wissen, was sich tut.«

Er wittert den Köder, umkreist ihn schon. Bisschen nachlegen jetzt: »Die Lage in München ist unübersichtlich im Moment. Und hochexplosiv. Warte es mal ab, die bayerische Regierung von Johannes Hoffmann wird über kurz oder lang die Reichswehr anfordern müssen, um da für Ordnung zu sorgen. Jetzt, wo sie nach Bamberg geflohen sind, haben sie es selbst ja noch weniger in der Hand.«

»Aber die wollen ja ihre Verfassung ausarbeiten in Bamberg, das ist sehr spannend für uns. Gleichzeitig mit den Verfassungskommissionen des Reichs. Und beides unter SPD-Regierungen! Das kann eine ganz große Zeit werden, Reichel, ich sag's dir. Wo ist eigentlich dieses Bamberg genau? Das ist doch nicht groß, oder? Hatten sich ja auch beworben als Sitz der Nationalversammlung damals, sind aber nicht zum Zug gekommen, Weimar ist einfach klassischer – und auch ruhig.«

Jetzt den Köder noch ein bisschen sanft hin und her bewegen.

»Rund eineinhalb Stunden nördlich von Nürnberg mit der Eisenbahn. Vielleicht 50.000 Einwohner, würde ich schätzen. Ich habe ja vor dem Krieg mal dort gelebt.« Und war auch im Gefängnis dort, aber das muss ich ihm ja nicht sagen … »Ich kenne das alles, wovon wir gestern berichtet haben. Die Residenz, wo die Ministerien einziehen werden, das Alte Rathaus, wo der Ministerpräsident sein Büro hat. Die Garnisonen. Auf die wird es jetzt ankommen, dass sie loyal bleiben. Sonst ist es aus, dann haben sie endgültig verloren. Und die Kommunisten gewonnen. Aber das werden sie sein, loyal, die Bamberger sind ein eher konservatives Völkchen, erzkatholisch bis ins Mark.«

Stampfer – seit 1916 Chefredakteur des »Vorwärts«, einer der erfolgreichsten und einflussreichsten Tageszeitungen, seit Kriegsende mit drei Ausgaben täglich und einer Auflage von 300.000 Exemplaren, offizielles Parteiorgan der SPD, aber auch wichtigstes Printmedium der jungen Demokratie im Wettstreit mit allen anderen Tageszeitungen – streicht sich über seinen gepflegten dünnen Schnurrbart und sieht Reichel mit funkelnden Augen an. Er schwimmt um den Haken, rundherum, betrachtet den Wurm, ihm läuft das Wasser im Mund zusammen. Beiß zu, Mann, beiß zu! Warum beißt du nicht zu? Muss nachlegen.

»Ich kenne in Bamberg noch ein paar Leute, die guten Zugang zur Politik haben, Brauer und Handwerker, einflussreiche Gewerbe. Die sind nur immer schwer zu erreichen von Berlin aus, aber da könnte ich ja mal ...« Wenn er jetzt nicht gleich anbeißt, muss ich mich wieder in Hochstapelei verstricken, aber er muss doch jetzt eins und eins ...

Stampfer blickt aus dem Fenster. Mit dem Rücken zu Willy Reichel fragt er: »Reichel. Wie lange arbeitest du jetzt schon hier?«

»Seit Dezember 1918. Direkt nach der Entlassung bin ich hierher gekommen, auf Empfehlung von Emil Jenninger.«

»Jenninger, ja, ich erinnere mich. Ein knappes halbes Jahr also. Und du hast vorher nie journalistisch gearbeitet, nicht?«

»Nein, das habe ich alles von der Pike auf bei dir gelernt, Genosse!«

»Wie alt bist du eigentlich?«

»Am 31. Dezember werde ich 30 dieses Jahr.«

»Hast du Familie hier in Berlin?«

»Nein, ich bin frei wie ein Vogel. Immer schon. Ist mein Lebensmotto! Könnte es mir gar nicht anders vorstellen.«

Jawoll, meine Herren, er steht kurz davor, er hat den Wurm schon im Maul, muss nur noch zuschnappen.

»So ein Korrespondent in Bamberg, mittendrin ... Wir könnten zum einen die Verfassungsdiskussion verfolgen, sehr wichtig für unser Blatt im Sinne der Demokratiebildung unserer Leser und mit Einfluss auf die verfassungsgebende Versammlung in Weimar, und zum anderen könnten wir die Entwicklung der Gesamtsituation in München abbilden, was für unsere Leser wichtig ist, gesellschaftlich-politisch gesehen, aber auch mit einem gewissen Unterhaltungswert durch das Hin und Her der Revolution, die Unruhen und Kämpfe.«

Jetzt?

»Sag, Willy, was hieltest du davon, wenn du für eine Weile als Sonderkorrespondent des ›Vorwärts‹ nach Bamberg gingest?«

Schnapp!

Willy Reichel fliegt die Treppe der Burg, wie sie das Redaktionshaus des »Vorwärts« in der Lindenstraße in Kreuzberg nennen, nur so hinunter. Hinaus auf die Straße und hinein in die Straßenbahn. Nach wenigen Stationen springt er aber wieder ab. Dieses lahme Dahinzuckeln hält er jetzt nicht aus. Er ist vollgepumpt mit Euphorie und Tatendrang. Euphorisch, weil er es geschafft hat, sich eine Reise nach Bamberg dienstlich einzufädeln und sogar mit einem Korrespondentenvertrag zu versilbern. Voller Tatendrang, weil es ihm tatsächlich Freude machen wird, die Geschehnisse in Bamberg zu begleiten und darüber zu berichten. Euphorisch, weil er seine Freunde aus Kriegszeiten wieder sehen wird. Voller Tatendrang, weil er nichts lieber täte, als die Sache mit Kirchner wirklich zu Ende zu bringen. Das ist die Rechnung, die noch offen ist. Eine blutige Rechnung, eine offene Wunde in seinem Leben.

Täglich ist ihm der Krieg gegenwärtig. Manchmal gelingt es ihm, seine Gedanken gezielt auf die Kameraderie und die Tage in der Etappe, die Zeit mit Johann, Hans, Kaspar sowie Gustav, ihre Gespräche und das Beisammensein umzulenken. Dann aber drängt sich immer ein Gesicht dazwischen: Kirchner! Die Erinnerung kippt und wird trüb, düster und laut, blutig, schmerzhaft und schrecklich. Wenn er dann gerade in seinem kleinen Mansardenzimmer ist, vierter Stock unterm Dach, Krausnickstraße in Mitte, muss er raus, raus auf die Straßen Berlins. Ganz in Erinnerungen versunken, für niemanden ansprechbar, geht er los, Stunde für Stunde durch die belebten Straßen, vorbei an Schaufenstern, Geschäften, Büros, Pfandleihern, Banken, Trödlern, Spelunken, Depots, Kontoren, Lagerhallen, Wettbüros, Kneipen, Pensionen, Kiosken, Mietskasernen, vorbei an Huren, Gendarmen, Zeitungsverkäufern, Hehlern, Arbeitslosen, Kriegskrüppeln, Bettlern, spielenden Kindern, feinen Pinkeln und müde vor sich hin trottenden Arbeitern. Und er kehrt nicht eher zurück in sein Zimmer, ehe er nicht sicher ist, dass ihn die Dämonen der Vergangenheit wieder losgelassen haben.

Der Gang durch die Straßen Berlins zeigt ihm jedes Mal, für welche Zeit er jetzt arbeitet, wofür er mit seinem Dasein steht. Eine neue Zeit, eine gute Zeit, die Republik. Eine Zukunft, die den tausenden und abertausenden Toten wenigstens ein Staubkorn Sinn abringt.

Gustavs Telegramm hatte ihn kalt erwischt an diesem Morgen. Fast wäre er nicht ins Büro gegangen, so sehr hatte ihn die Botschaft aus Bamberg aus seinem prekären Gleichgewicht gerissen und wieder zurück in die Gräben an der Somme katapultiert. Er war einfach los, ohne Morgenwäsche, ohne Frühstück, so rasch wie möglich laufen, wenigstens noch ein bisschen durch die Straßen der Stadt, bevor er zum Dienst musste.

Er hatte noch keinen Plan gehabt, als er im Presseviertel angekommen und durch das Hauptgebäude hindurch in die Hinterhöfe des großen Baus geschritten war. Erst im Laufe des Morgens hatte er sich wieder so weit im Griff, dass er einen klaren Gedanken fassen konnte. Es stand außer Frage, dass er Gustav zur Seite stehen musste. Er wagte sich kaum vorzustellen, wie Gustav auf eine Begegnung mit Kirchner reagiert haben musste. Das letzte Mal, dass er Gustav gesehen hatte, war nach der Entlassung im Dezember gewesen, als er noch ein paar Tage in Bamberg geblieben war, mit Hans und Gustav die Freiheit und das Leben mit reichlich Bier und Wein zu feiern. Gustav war damals ein Wrack gewesen, ein seelisches. Er hatte einen Anfall nach dem anderen gehabt und fürchterliche Therapien in der Irrenanstalt durchlitten, die augenscheinlich nicht wirklich eine Besserung brachten. Aber dann musste Hans nach München und Willy hatte sich stets geschworen, spätestens Weihnachten in Berlin zu sein. Und so hatte auch er sich irgendwann auf den Weg gemacht und war einen ganzen Tag mit der Eisenbahn nach Berlin gefahren. Zwei Tage nach seiner Ankunft war die Stelle als fester Redakteur beim »Vorwärts« fix. Und er war gut. Er konnte gut schreiben, mehr noch kam ihm aber seine Fähigkeit zugute, so schnell wie kein anderer Kontakte aufzubauen, ein

Netzwerk an Informanten zu pflegen und immer einen Ticken schneller zu sein als die Konkurrenz – und die gab es zuhauf in der Hauptstadt. Es erfüllte ihn immer mit Stolz, wenn er die Zeitungsjungen seine Schlagzeilen ausrufen hörte. Manchmal kaufte er sogar seine eigene Zeitung, um zu sehen, ob die auch wirklich das abdruckten, was er geschrieben hatte.

Und nun also zurück nach Bamberg, als Korrespondent seiner Zeitung. Willy ist zum ersten Mal seit Langem richtig aufgeregt. Wenn er langfristig Fuß fassen will als Journalist, dann ist das eine Riesenchance. Und er wird es gut machen, da ist er sich sicher. Unsicherer ist er eher in der Sache Kirchner. Kann so eine späte Rache gut gehen? Ist es überhaupt Kirchner? Und wieso ist er überhaupt in Bamberg? Hat der was mit der Regierung zu tun? Wohl kaum. Dieses Schwein in einer SPD-Regierung? Gott bewahre! Vielleicht als Packer oder Fuhrunternehmer oder Leibwächter, das könnte sein, ja. Ihr Schwur also, kommt er doch noch zum Tragen. In Friedenszeiten wäre es Mord, was sie vorhaben. Aber es ist ja eigentlich nur die Vollstreckung ihres Urteils, das noch zu Kriegszeiten gefällt wurde. Er muss nur beides unter einen Hut bringen irgendwie, die alte Zeit und die neue Zeit, die strikte Trennung, die er sich auferlegt hat, für kurze Zeit aufheben.

Mit Stampfer hat er alles geregelt. Er soll sich ein Zimmer nehmen in Bamberg und schon ab dem nächsten Tag täglich telegrafieren oder seine Berichte per Fernsprecher durchgeben. Einen Termin mit Johannes Hoffmann, dem Ministerpräsidenten Bayerns höchstselbst hat Stampfer ihm noch organisiert, ein Gespräch exklusiv für den »Vorwärts«. Das soll der Auftakt werden. Und dann werden die Regierungsarbeit, die Verfassungsausarbeitung und die Abwehr der bolschewistischen Revolution in München doch leicht eine tägliche Geschichte abwerfen. In Gedanken entwirft er schon die ersten Berichte und plant eine Serie zu den einzelnen Regierungsmitgliedern der SPD. Auf das Wiedersehen mit Gustav freut er sich, hoffentlich kommen Hans und Kaspar auch, das wird ein Fest, die alten Kameraden!

Im Centralbahnhof Friedrichstraße kauft er sich seine Fahrkarte für die Fernbahn nach Bamberg. Zweite Klasse, hat Stampfer gesagt. Nobel, nobel! Er kauft sich noch zwei Zeitungen vom Mittag – tatsächlich, wie Stampfer vorausgesagt hat, Tagblatt und Volkszeitung haben noch nichts drin vom Völkerbund – und schreitet mit großen Schritten gut gelaunt weiter, im Hochgefühl der Vorfreude. Was er nicht bemerkt, sind die drei Männer, die ihm unauffällig gefolgt sind, seit er das Verlagshaus verlassen hat. Aber jetzt schließen sie immer weiter zu ihm auf. Willy überlegt kurz, sich eine Droschke für den kurzen Rest des Heimwegs zu nehmen, entscheidet sich aber doch für die Fortsetzung seines Spaziergangs. Hab's ja nicht mehr weit. Und viel zu packen habe ich auch nicht. Meine Reiseschreibmaschine Erika, Bleistifte und das Notizbuch, Papier kaufe ich vor Ort, ein Anzug und Wäsche, das war's. Muss höchstens noch einen Brief an Jonny schreiben, ihm erklären, wo ich bin. Bis der heimkommt, bin ich schon längst weg. Willys Mitbewohner ist Betreiber des »Nachtfalters«, einer angesagten Bar in Kreuzberg, die im Grunde genommen rund um die Uhr offen hat, moderne Musik spielt und die größte Auswahl an Whiskys in Berlin bietet. Ich freue mich schon auf das erste Bamberger Bier in Gustavs Brauerei. Und auf das zweite erst recht. Und beim dritten werde ich angekommen sein.

Willy läuft pfeifend an der Spree entlang und will gerade nach links über die Brücke, als er von hinten einen mächtigen Schlag gegen die Kniekehlen spürt. Seine Beine knicken ein, die Knie schlagen auf das Kopfsteinpflaster, ein Schlag auf den Hinterkopf, schon liegt er am Boden. Instinktiv springt er sofort wieder auf, bloß nicht liegen bleiben, und hechtet in Richtung Brücke in der Hoffnung, den Schlägern zu entkommen, aber da schneiden ihm zwei Beine den Weg ab und ein dumpfer Hieb trifft ihn erneut im Nacken, so dass er ein zweites Mal zu Boden geht. Gleißend helles Licht explodiert hinter seinen Augen, ein scharfer Schmerz durchzuckt ihn vom Kopf bis zu den Beinen, als sie anfangen, auf ihn einzuprügeln. Er kauert sich zusammen und hält die Hände über den Kopf, so bietet er den Schlägern aber den Rest seines Körpers als Schlagfläche, was diese weidlich ausnutzen. Es prasselt Schläge und Tritte, mit den Fäusten und den Füßen traktieren sie ihn, feste Stiefel sind das, einer hat einen Schlagstock, der trifft mit noch mehr Schwung in die Flanke. Willy versucht sich zu wehren, greift nach den Schlägern, tritt nach deren Beinen, aber jeder Versuch scheitert an der Menge der Angreifer. Er hat keine Chance.

»So, du Sozischwein, du schreibst keinen Dreck mehr über uns! Schandmaul! Volksverräter! Bolschewistenpack! Judenfreund!« hagelt es nun auch Beschimpfungen, die Willy aber nur noch ganz entfernt erreichen, wie aus einem verschlossenen Koffer heraus hört er die Laute, dann steigert sich der Schmerz zum grellen Blitz und er verliert das Bewusstsein.

»Der ist hin! Genug, Kameraden!«

»Genug ist nie genug bei denen! Hau drauf!«

»Los, wir schmeißen ihn ins Wasser.«

»Dann sind wir ihn los.«

Die Männer packen das wund geschlagene Bündel Mensch, heben es auf die Brüstung der Brücke und rollen es einfach auf der anderen Seite ab. Als das Wasser nach dem Aufklatschen hochspritzt, lachen sie laut, klopfen sich die Hände ab und sehen sich um, aber da sind nur drei Arbeiter auf dem Weg nach Hause mit ihren Henkelmännern, die eilig vorübergehen.

»Haut bloß ab, wenn euch euer Leben lieb ist!«

Die Arbeiter legen einen Zahn zu und verschwinden um die Ecke in Richtung Monbijoustraße.

BOIS DE BARETH, LOTHRINGEN, 14. SEPTEMBER 1914

Allerliebste Elly,

immer noch keine Berührung mit dem Feind, kein Vormarsch, kein Kampf. Seit Tagen bauen wir Schützengräben und Unterstände aus. Ich kenne mich jetzt schon besser mit Zimmermannsarbeiten aus als mit dem Gewehr. So heiß umkämpft die Gegend hier war, bevor wir gekommen sind, so ruhig ist sie jetzt. Wir warten auf weiteren Nachschub, so erklärt es unser Leutnant Albert Mayer beim Appell, ein rechtschaffener Mann, wie mir scheint. Die Franzosen sind uns zahlenmäßig überlegen, sagt er. Bis zur Ankunft weiteren Nachschubs ist unsererseits nicht an Angriff zu denken, also bauen wir unsere Stellungen aus, und zwar ordentlich, wie man das von uns Deutschen erwartet.

Wir wurden also nach vorne geschickt, eine Kompanie eines Ingolstädter Regiments abzulösen und die vorderste Linie kampfbereit auszubauen. Gut und gerne zwei Kilometer mit Marschgepäck und dem ganzen Material, schweren Balken, Holz, Eisenstangen! Pferde-Michel war ganz in seinem Element, da wir viele Lastenpferde dabeihatten. Er kann wirklich gut mit Pferden, du hast das Gefühl, sie hören ihm zu, wenn er ihnen etwas befiehlt. Singend kamen wir an vorderster Front an, schweigend und grußlos verließen die anderen allesamt nach kurzer Zeit mit Sack und Pack den Graben. Wie war es denn, fragten wir, wie war es, dem Franzmann mal so richtig einzuheizen? Habt ihr's ihnen gegeben? Gezeigt, wo der Bartel den Most holt? Auf keine unserer Fragen haben sie geantwortet und konnten gar nicht schnell genug nach hinten verschwinden. Kein

Hurra, kein Lied auf den Lippen, dabei können sie doch stolz sein auf ihren Beitrag zum großen Sieg unserer Armee.

Die Ingolstädter hatten einen rechten Saustall hinterlassen. Wir waren schockiert, wie wenig Seine Königliche Armee hier an der Front auf Ordentlichkeit und Sauberkeit achtet. Wir sammelten uns kurz, dann verteilte unser Leutnant Mayer die Aufgaben. Seit diesen Tagen bin ich mit Willy Reichel vollauf versöhnt, denn der Rotschopf hat den Bau des Schützengrabens so derart gekonnt angeleitet, dass ihm selbst der Leutnant Respekt zollte. Als Zimmermann hat er natürlich Erfahrung, denn nichts anderes ist es, was wir hier machen: Zimmermannsarbeit. Unser Unteroffizier Hoffmann hat sich beim Bau eher rar gemacht, hatte ich das Gefühl. Solange der Leutnant da ist, taucht er ab, ich glaube, er wäre selbst gerne Leutnant. Wir arbeiteten bis in den Abend hinein, immer wieder holten wir Material von hinten, Holz für die Grabenwand aus Knüppeln, für den Lattenrost, auf dem man läuft, Kanthölzer für die Spreizen, die den Laufgang sichern und Sträucher und Reisig für die Wandverkleidung. Am ersten Tag bauten wir bis in die Dunkelheit hinein, bis uns die Mägen in den Kniekehlen hingen. Endlich schickte der Leutnant nach hinten, was denn mit der versprochenen Verpflegung sei. Nach einer Stunde kam der Soldat zurück, zu melden, es gäbe heute keine Verpflegung mehr, es sei nichts mehr da. Was haben wir geflucht. Die Ersten warfen ihr Werkzeug hin und schimpften, dass man so mit uns nicht umgehen könne. Die Ingolstädter hätten uns vermutlich alles weggefuttert. Kurze Zeit später ist der Spieß dann selbst gekommen und hat mit zwei Soldaten eine Ladung Kommissbrot und Dosenfleisch aus der Etappe gebracht, das hat uns ein bisschen versöhnt. Und die nächsten Tage ging's mit der Verpflegung tatsächlich besser und wir bauten mit großer Lust an unserem Graben weiter. Mit allen Schikanen haben wir ihn ausgestattet, mit gemütlichem Unterschlupf für die Mannschaft und die Offiziere, die Wachposten, mit Munitionsnischen, Schießscharten, stählernem Schutzschild und einem geschickten Beobachtungsspiegel. An einem anderen Tag haben wir nur Sandsäcke gefüllt, hunderte, ja tausende müssen es gewesen sein, die liegen obenauf, ganz entlang des Grabens. Der Horchposten am Ende eines Stichgrabens liegt dem Franzmann gefährlich nahe, ich selbst war noch nicht dort eingeteilt. Der Kompaniechef, Hauptmann Krauß war so stolz auf unseren Graben, dass er ein Schild anbringen ließ, »Bamberger Stollen K.B. 5. I.R.«

Während dieser ganzen Tage ist kaum ein einziger Schuss gefallen, weder von drüben, noch von uns. Allein die vielen Gräber hinter unseren Linien mahnen, dass es hier um Größeres geht. Der Hauptmann sagt, das sei nur die Ruhe vor dem Sturm, unsere Artillerie sei im Anmarsch, dann stünde uns ein Großangriff bevor, da müssten wir uns bewähren.

Grüße die Deinen, sei herzlich umarmt und geküsst,

Dein Johann

MÜNCHEN, 9. APRIL 1919

»Meine Herren, es ist alles wieder im Plan. Unser Mann ist in Bamberg angekommen. Ich gebe zu, die Feigheit der Regierung hat uns einen Strich durch die Rechnung gemacht, aber vielleicht ist Bamberg sogar der bessere Ort für unseren Plan. Ein einfacherer Ort. Unser Mann ist natürlich dabei, ist vor Ort und genießt das volle Vertrauen der Regierung. Er hat Zugang zu allen Ämtern und dienstlich verwendeten Gebäuden. Kameraden, unsere heimliche Abordnung ist ein voller Erfolg! Jetzt auch in Bamberg.«

»Der Mann ist gut. Dann sollten wir uns allmählich vorbereiten. Damit wir zuschlagen können, wenn er das Signal gibt.«

»Er wird uns, sobald er kann, einen Tag und eine Stunde benennen, an dem wir auf einen Schlag die ganze Bagage beseitigen können. Vier Kameraden der Operative sind auch angereist und haben vor Ort Stellung bezogen.«

»Ist auf die vier in Bamberg Verlass?«

»Absolut zuverlässige Leute, ausgezeichnete Offiziere vom alten Schlage. Zur Sicherheit haben wir es so eingerichtet, dass sie gar nicht wissen, wer unser Mann in der Regierung ist. Sie erhalten ihre Befehle über einen toten Briefkasten von ihm, ohne ihn zu kennen. Sie könnten sich also auf der Straße begegnen und würden sich nicht wahrnehmen.«

»Und können sich nicht gegenseitig verraten, falls sie gefasst werden sollten.«

»Sehr klug eingefädelt. Da sieht man halt, wenn das deutsche Militär eine Operation ausführt, dann läuft das.«

»Sie sind versorgt mit Sprengstoff, haben aber auch Feuerwaffen mit ausreichend Munition für direkte Einsätze, wenn wir das befehligen sollten.«

»Und wie kommunizieren wir mit ihnen?«

»Unsere Nachrichten und Befehle übermitteln wir an unseren Mann in der Regierung über einen Telefonanschluss, den er speziell hat legen lassen, das Telefon ist nur ihm zugänglich. Wir reden dennoch über kodierte Nachrichten. Hernach bedient er den toten Briefkasten, welcher sich in dem Abort einer Brauereiwirtschaft befindet. Musste alles innerhalb dieser kurzen Zeit organisiert werden. Perfekt gemacht.«

»Na, dann wollen wir hoffen, dass wir bald das Signal hören.«

»Das Signal, das der Welten Lauf wieder in unsere Richtung dreht.«

»Sind die weiteren Schritte denn schon durchgeplant, für wenn es so weit ist? Damit es schnell geht und alle wichtigen Posten besetzt werden und feindliche Stellen unschädlich gemacht werden.«

»Allein für diese Frage solltest du gehenkt werden. Natürlich ist es das. Vertrauen wir unserem Vorsitzenden. Er hat für alles gesorgt. Es wird laufen, wie wir es uns erträumen.«

BOIS DE BARETH, LOTHRINGEN, 16. SEPTEMBER 1914

Allerliebste Elly,

immer noch kein Einsatz gegen den Feind. Aber nachts müssen wir die Wache stellen. Das ist schon unheimlich genug im Moment, wenn du bei jedem Knacken und Rascheln denkst, jetzt kommt er, jetzt steht er gleich vor dir. Da habe ich immer Gänsehaut und reiße mein Gewehr hoch. Gut, dass man immer zu zweit auf Wache ist. In diesen Stunden großer Anspannung kommt man sich famos näher. Die leise Unterhaltung, die Augen starr nach vorne gerichtet, verhindert ja auch, dass einen der Schlaf übermannt. Wo sonst im Leben würde ich solche Leute kennenlernen: Trambahnfahrer, Brauer, Handwerker, Köche, Fabrikarbeiter … Der Karl kann köstliche Anekdoten vom Trittbrett bis zur Fahrerkabine erzählen, dank Gustav Grüners ausführlichen Schilderungen könnte ich Dir aus dem Stand heraus mittlerweile ein gutes untergäriges Bier brauen, und Stanislaus ist zwar kein großer Redner, aber herzensgut und bemüht und ich weiß jetzt, wie man den besten Eierstich macht. Alleine würde ich verrückt werden auf Wache und nach jeder Ratte schießen, die rumläuft. Und damit meine ich jetzt nicht die Franzmänner, sondern die echten Ratten, derer es hier zuhauf gibt, ekelhaft große Exemplare.

Wenn wir nicht auf Wache sind, lungern wir im Unterstand herum oder lassen uns die Sonne auf den Pelz brennen. Das Nachtmahl ist hier wirklich ein Nacht-Mahl, denn die Feldküche tritt erst spätabends auf den Plan und versorgt uns aus der Gulaschkanone mit Graupeneintopf, Erbsensuppe, Kesselgulasch, Kohlrabi und Kartoffeln. Unsere Köche sind allesamt aus Forchheim und tun ihr Möglichstes. Sogar Stanislaus meint, für die Umstände hier sei das ganz ordentlich. All das hat uns unglaublich zusammengeschweißt, die lange verheißungsvolle Fahrt, das gemeinsame Schanzen, die Wachen und das gemeinschaftliche Essen aus dem Blechnapf. Weil es auch beim Schanzen keine Drückeberger gab. Ein jeder hat angepackt, jeder hat seinen ganzen Ehrgeiz hineingelegt in dieses Werk. Wie waren wir stolz auf unseren Graben. Die wenigen Stunden im Bunker, in denen wir nicht um eine Mütze Schlaf bemüht sind, spiele ich mit dem Gustav und August Häfner, dem Pauker, Karten – ja, jetzt hat er doch auch seinen Spitznamen abbekommen, der Pauker. Mit Kaspar Mohr kann ich hervorragend Schach spielen, da wir beide ungefähr gleich gut sind. Karl und ich singen bisweilen auch Lieder, und manchmal kramt der ansonsten nach wie vor schweigsame Hans seine Mundharmonika hervor und begleitet uns.

Gleich muss ich wieder auf Wache, dieses Mal mit dem Rotschopf.

Vielen lieben Dank auch für Deine Briefe. Heute ist ein ganzer Sack für uns angekommen. Der Leutnant hat sie verteilt, unter denkbar lebhafter Anteilnahme der Kameraden bei der Verlesung der Absender … Alle haben Post bekommen, nur Hans Michel stand am Ende da und hatte keinen einzigen Brief. Er tat mir leid. Ich freue mich über jede Zeile aus Deiner Hand, sie bringen mir Heimat in die Fremde und Deine Liebe nahe trotz der Ferne. Meine Eltern haben erstmalig ein Feldpaket geschickt mit allerlei Naschereien und Rauchware. Die Schokolade und die Pfefferminzpastillen habe ich mit den Kameraden geteilt, die JUNO-Zigaretten schmecken um ein Vielfaches besser als die von der Versorgung, und den Schnupftabak kann ich horten, um ihn mal zu tauschen. Schön, dass Ihr alle so an uns hier draußen denkt!

Grüße die Deinen, sei herzlich umarmt und geküsst,

Dein Johann

SEEHAUSEN BEI MURNAU, 9. APRIL 1919

Das Gartentor quietscht beim Öffnen, der Weg zum Haus führt durch eine Wiese mit Frühlingsblühern, zwischen Krokussen und Narzissen liegen vereinzelt noch kleine Schneenester, die der Regen der letzten Tage noch nicht geschmolzen hat. So lange ist der Winter noch nicht her. Die Schönheit des Blütenmeers steigert Kaspars Scheu, er weiß gar nicht mehr, was er sich von diesem Besuch eigentlich erhofft, er zögert, aber dann schließt er das Gartentor und betritt den gekiesten Weg. Es sind immer noch seine Armeestiefel, das wärmste, was er hat, lange halten sie nicht mehr. An der Haustür angekommen, steigt er die fünf Stufen empor und zieht an der Klingelschnur.

Eines der halbrunden Turmfenster im ersten Stock öffnet sich, und eine Frau lehnt sich heraus.

»Sie wünschen?«

Kaspar schaut gegen die Sonne nach oben, hält sich die Hand über die Augen.

»Sind Sie Frau Rapp? Mein Name ist Kaspar Mohr. Ist der Günther zuhause?«

Die Frau stutzt und mustert Kaspar von oben bis unten. Mager ist er, sehr dünn, das Kokain hat schon ganze Arbeit geleistet, die Wangen sind eingefallen, die Haut fahl, jetzt nach dem langen Winter erst recht, dauernd friert er, warm ist's ihm nur, wenn er gerade eine Linie geschnupft hat. An der Hose sind die Aufschläge verschlissen, zwei Löcher am grauen Armeemantel sind mit Stoffresten geflickt. Man sieht auf den ersten Blick, dass es ihm nicht gut geht. Er spürt überall das Krabbeln von Insekten auf der Haut, elende Biester unter der Haut, vor allem an einem solchen Tag, an dem er noch gar nichts genommen hat. Aber das Geld ist alle, er ist ausgebrannt. Seine heimliche Hoffnung ist, dass er sich Geld borgen kann von einem ehemaligen Kameraden, dem Günther Rapp.

Ob Mitleid oder Neugier überwiegen? Die Frau lässt sich ein auf ihn. »Ich komme runter, warten Sie.«

Nach einer Weile öffnet sich die Tür und vor ihm steht eine gemütlich wirkende Frau, ungefähr in seinem Alter, die Haare zum Dutt hochgebunden, alpenländisch gekleidet.

»Na, dann kommen Sie mal rein, junger Mann!«

Die Stimme klingt warm und freundlich, die Frau jedoch sieht müde aus, müde und abgekämpft.

Kaspar Mohr tritt ein und wird von ihr in den Salon geführt. Die Fenster blicken zum Wald, überall hängen Bilder mit wilden Farben, starken, bunten Formen. In der Ecke steht ein Klavier, er kann die Augen gar nicht abwenden, wird magisch angezogen von dem Klavier.

»Waren Sie mit ihm im Krieg?«, fragt ihn die Frau im Stehen, noch kann sie ihn nicht einschätzen, bietet ihm keinen Sessel an.

»Nicht richtig, nein, ich habe ihn erst kennengelernt, als wir ganz am Ende in Garmisch stationiert waren. Wir sind ein paar Mal spazieren gewesen, und er hat mir seine Bilder und Skizzen gezeigt. Wir haben uns unterhalten, gut unterhalten. Unsere Konversationen waren so ganz anders. Mit ihm konnte ich mich über die Kunst unterhalten, die Musik …, neue Wege, er war ein anregender Gesprächspartner, und das nach vier Jahren Krieg. Und er hat immer erzählt von seinem Häuschen in Seehausen, und von Ihnen hat er auch erzählt. Ich hab den Winter über … immer … viel zu tun gehabt, aber heute dachte ich, ich schaue mal vorbei.« Was soll er sonst sagen? Bin zum Betteln hier?

Hedwig Rapp setzt sich in einen Sessel und lädt Kaspar mit einer Geste ihrer Hand ein, es ihr gleichzutun.

»Ich fürchte, ich habe keine gute Nachricht für Sie. So gerne ich Ihnen auch etwas anderes erzählen würde, aber der Günther, der hat sich vor drei Monaten das Leben genommen. Er war so schweigsam, als er heimkam. Hat kaum mehr was gemalt, hat sich immer mehr zurückgezogen. Vom Krieg hat er mir nie was erzählt, nur dieses eine Mal, abends, da hat er angefangen, und wollte gar nicht mehr aufhören von all dem Schrecklichen zu erzählen. Am nächsten Morgen fand ich ihn draußen im Schuppen. Erhängt hat er sich. Als ich ihn fand, war es schon lange zu spät.«

Kaspars Miene verdüstert sich augenblicklich. Das Schicksal hat einen Narren an ihm gefressen. Dauernd holt ihn die Brutalität des Krieges ein. Einer mehr von den Guten, die der Krieg auf dem Gewissen hat. Er versucht, die lästigen Insekten unter seiner Haut abzukratzen, und weiß nicht, wo er hinschauen, was er sagen soll. Er steht immer noch. Wieder eine Chance weniger, Geld aufzutreiben. Soll er sie einfach überfallen? Eine einzelne Frau schafft er vielleicht gerade noch. Ach, er hat ihr doch schon seinen Namen genannt. Untertauchen für ein bisschen Geld? Nein, so tief … Außerdem hat er es noch immer geschafft, irgendwie. Muss er halt wieder beim Bauern arbeiten, jetzt im Frühjahr wird es doch mächtig Arbeit geben. Das Klavier. Ein echtes Klavier, kein Prügel aus Holz. Die glänzenden schwarzen Tasten. Das waren ihm immer die liebsten, schmal und erhaben, der Halbton, der so leicht in eine andere Melodie führt.

»… ziemlich genau vor drei Monaten jetzt. Tut mir leid, Herr Mohr.«

Kaspar blickt die Frau ganz verwirrt an. Er hat ihr gar nicht zugehört. Das Klavier beherrscht jetzt seinen Blick. Ein Bechstein, Berliner Fabrikat. Drumherum die vielen Bilder. Wann war er zuletzt in einer richtigen Wohnung bei ordentlichen Leuten?

»Er hat mir viel von seiner Malerei erzählt. Und dann hat er mir einmal ein Bild geschenkt, ein ganz kleines, von einer Berghütte, also, er musste es mir erklären, aber dann habe ich es erkannt. Die Farben waren so anders, als was ich von Bildern gewohnt war, so einfach, so … reduziert, ich erinnere mich …, das war mutig. Sind diese Bilder alle von ihm?«

»Zum Teil von ihm, zum Teil von mir. Er hatte vor dem

Krieg ein paar Leute kennengelernt, alles Maler und Künstler, die sich zu einer Vereinigung zusammengeschlossen hatten, die sich ›Der Blaue Reiter‹ nannte. Alle Farben waren neu gemischt bei ihnen. Er konnte sich nicht entschließen, ihnen beizutreten, war aber bekannt mit einigen von ihnen. Und sie haben ihn, ja, inspiriert, sein Sehen erneuert. Er war ja auch auf der Suche nach etwas Neuem. Aber mei, so viele von den Künstlern sind gefallen. Haben Sie das Bild noch?«

»Nein, … ich habe es verkauft, ich musste es verkaufen.«

»Schade. Ich bin so froh, dass ich seine Bilder habe. Abgesehen von ein paar Photographien habe ich ja nur seine Bilder. Und seine Briefe. Und was machen Sie so? Sind Sie auch Maler?«

Kaspar schielt wieder zum Klavier.

»Spielen Sie Klavier, Frau Rapp?«

»Ab und an, ja, ich habe als Kind Klavierunterricht erhalten. Aber seit Günthers Tod spiele ich nur noch selten.«

»Oh, das sollten Sie nicht tun! Ein Klavier, das nicht bespielt wird, ist wie eine Blume, die nicht gegossen wird, sie welkt dahin, dabei wäre sie zu den schönsten Farben fähig.«

»Vielleicht sind Sie doch ein Maler?«

»Nein, Maler bin ich nicht. Ich weiß gar nicht, was ich bin. Ich war Musiker, aber das kann ich nicht mehr sein. Sehen Sie mich an!« Er hebt seine linke Hand in die Höhe, nur noch Zeigefinger und Daumen, die anderen drei Finger sind weg, einfach weg. Schnell vergräbt er sie wieder unter seinem verschossenen Waffenrock, mit dem er immer noch herumläuft. Andere Sachen hat er nicht. Die Kleider des Infernos, des Grauens passen ohnehin am besten zu seiner Lage.

»Darf ich?« Er zeigt zum Klavier.

Hedwig Rapp ermuntert ihn, sich auf den Lederhocker am Klavier zu setzen.

Kaspar nähert sich dem Instrument wie einem großen, anmutigen Tier, von dem man noch nicht weiß, ob es einen gleich anfallen wird oder ob es ruhig bleibt.

Zart streichen seine Finger über die schwarzen Tasten, senken sich in die Lücken dazwischen, fühlen das warme Elfenbein der weißen. Er lässt den abgenutzten Leinenrucksack, den er die ganze Zeit festgehalten hat, neben sich fallen und setzt sich auf den Klavierhocker. Er schließt die Augen, sieht Helene vor sich, das Orchester, die Noten und beginnt zu spielen, nur eine Melodie, mit rechts, mit seiner guten Hand. Es klingt, es klingt, wie damals, er hört die Töne, spürt das Vibrieren der Saiten, tief im Inneren des Instruments, der Klang durchdringt ihn, die Töne berühren ihn, wie sie sich halten in der Luft, erst langsam verklingen, er fühlt sich dem Himmel so nahe wie seit Jahren nicht mehr, er spielt eine einsame Melodie, sie hebt ab, trägt ihn fort, in eine Zeit vor dem Krieg, das Bierlokal, in dem sie die Tournee besprochen haben, Helene und er, die Pläne für Frankreich, er spielt, es klingt göttlich – bis er, intuitiv, ganz in sich versunken, die linke Hand ins Spiel bringt, einen Akkord spielen will, und der Akkord einfach zur Hälfte wegbleibt. Er hört ihn, er spielt ihn, aber er will nicht erklingen, die Tasten bleiben unberührt, bewegen sich nicht. Schlagartig verstummt sein Spiel, der Himmel schließt sich so schnell, wie er sich geöffnet hat. Aus. Vorbei.

Wie benommen sitzt er auf dem Hocker und starrt die Tasten an, denen er doch gerade noch eine Melodie entlockt hat. Seine rechte Hand ruht noch auf den Tasten, die linke ist nach unten gefallen.

»Im Kopf, Frau Rapp, im Kopf, da spiele ich ganze Liederzyklen durch, ich komponiere und dichte, füge Note an Note, aber wie ich hier sitze und spiele, merk ich, dass ich ein Krüppel bin, nichts als ein hundsgemeiner Krüppel, zu nichts nütze. Es ist aus mit der Musik.«

Ruckartig steht er auf, packt seinen Rucksack, murmelt »Ich habe Sie schon viel zu lange aufgehalten, verzeihen Sie!« und stolpert zur Haustür, hört nicht Frau Rapps Angebot, ihm zu helfen, hört nicht die Einladung zum Tee, fällt beinahe die Stufen hinunter und rennt mit dem Rucksack im Arm den Weg zum Gartentor zurück, und rennt und rennt, immer weiter, bis er am See endet, sich an einen Baumstumpf kauert und zitternd und von Krämpfen durchzuckt heult wie ein kleiner Bub.

Viel später macht er sich wieder auf den Weg nach Murnau, kann bei einem Bauern auf seinem Ochsenkarren mitfahren. Die ganze Nacht schleicht er durchs Dorf, jetzt ist er so weit, er hält Ausschau nach einer Gelegenheit, an etwas Geld zu kommen. Immer ist ihm kalt, so kalt, aber schlafen kann er nicht, nicht ohne Stoff. Wie im Traum wandelt er an den Rückseiten der Häuser vorbei. Endlich, ein offenes Fenster und ein übliches Versteck retten ihn – in der Zuckerdose im Geschirrschrank, diese alten Mütterchen sind doch alle gleich. Er klingelt den Koks-Konrad raus, mitten in der Nacht. »Ja, spinnst du, Franke? Weißt du wie viel Uhr es ist? Das kostet extra, dass du's weißt!« Für vier Päckchen hat es gereicht. Er hat darauf bestanden, dass er die markierten kriegt. Er weiß, da ist mehr drin, er lässt sich doch nicht betrügen. Nicht von so einem wie dem Koks-Konrad, einem schmierigen Koch im Griesbräu. Aber er hat die Macht, er ist einer der wenigen, er hat den Apotheker in der Verwandtschaft. Vor einer Stunde hat er das erste Päckchen geschnupft. Ist nicht so intensiv wie gespritzt, hält aber länger an. Und darauf kommt es ihm an. Es muss schon anhalten, so lang wie möglich. Das Elend danach ist noch länger, aber jede Minute, die es ihn später trifft, ist eine gute Minute. Durch die Lücken in der Brettertür zu seinem Kellerloch kann er sehen, dass es draußen schon wieder hell sein muss. Ist egal, hell oder dunkel, ein Tag wie der andere. Wieso nicht einfach Schluss machen mit diesem Leben, das keines mehr ist? Im Krieg war kein Leben, und jetzt, im Frieden, ist auch keines. Nicht für ihn. Kaspar liegt auf der mit Stroh gefüllten Matratze. Er friert. Auf einmal sitzt Helene an seinem Bett, sie spielt Klarinette, er sieht sie fasziniert an, ergötzt sich an dem übersinnlichen Anblick der schönen Helene, er spürt, was er für sie empfunden hat, er spürt, dass es tiefer war als alles, was er sonst erlebt hat, er weiß, es ist vorbei, aber wenigstens ansehen … Sie spielt, nur für ihn. Da mischt sich ein falscher Ton in ihre Melodie, dann noch einer, dann spielt sie schräg, quiekt wie ein blutiger Anfänger, nur noch falsche Töne. Er richtet sich auf, ruft ihr zu, »Helene, hör auf! Du kannst es nicht mehr, du spielst ja ganz falsch!« Sie dreht sich um zu ihm und grinst ihn an, und ihr fehlen die Zähne, statt ihrer Nase ist nur ein Loch in ihrem Gesicht, ihr zahnloses Lachen durchzieht ein zerfurchtes Gesicht, voller Falten und Schnitte. Kaspar erschrickt, fällt aufs Bett zurück, da ist sie weg. Auf ihrem Platz liegen drei Finger. Seine Finger, das Blut rinnt das Bett hinunter und tropft auf den Boden. Er will sie aufheben, da poltert jemand die Treppe hinunter und hämmert an seine Tür.

»Herr Mohr, Sie haben ein Telegramm, aus Bamberg. Ich leg's vor die Tür, ja?«

Wer war das? Kommen sie jetzt und holen ihn? Wo sind die Finger? Haben sie den Diebstahl bemerkt? Die Finger sind weg. Es waren meine Finger. Er zieht die dreckige Decke über seinen Kopf, hält sich ganz still. Die Schritte entfernen sich. Im Gefängnis ist es vielleicht warm, wer weiß. Schlimmer als hier unten beim Hufschmied im Keller kann es im Gefängnis auch nicht sein. Auch unter der Decke friert es ihn.

Aus Bamberg? Ein Telegramm? Bamberg? Musik. Bamberg. Vor dem Krieg. Andere Welt. Nein, verlorene Welt.

Neugier treibt ihn vom Bett. Er kriecht zur Tür, auf allen Vieren, vorsichtig, man kann nie wissen, was die sich einfallen lassen, Gas, Sprengminen, Stolperdraht. Er entdeckt noch einen Tropfen Schnaps in einer auf dem Boden liegenden Flasche, dann pult er das Blatt Papier unter der Tür hindurch, hält es in der Hand, dreht und wendet es. Versucht zu lesen. *Telegraphie des Deutschen Reichs* K LEBT *Leitung Nr.* unleserlich, *vorm. nachm.* gestrichen, *aufgenommen von* unleserlich SACHE ZUENDE BRINGEN *Amt Bamberg, befördert von* unleserlich. Was soll das? GUSTAV. Gustav? Der ist doch tot, er war doch heute bei seiner Witwe, oder war das gestern? War er überhaupt dort gewesen? Gustav? Nein, das war doch Günther, Günther ist tot. Gustav, das ist der Grüner, der Bräu aus Bamberg. Was schreibt er da? Was klebt? Ist doch alles unleserlich und ergibt keinen Sinn. Passt doch. Das macht alles keinen Sinn. Wie das ganze Leben. Die Sache zu Ende bringen. Gustav schreibt ihm, dass er die Sache endlich zu Ende bringen soll. Ja, das ist gut, die alten Kameraden kümmern sich um ihn, er soll dem Ganzen ein Ende machen. Sie haben ja Recht, die Kameraden! Sie haben so Recht. Ein Ende muss her. Er ist ein Krüppel, ein elendiger. Was soll er noch leben? Oder meint er »lebt«? Aber da steht doch »klebt«. Und ich habe noch drei Briefchen vom Konrad. Da geh ich noch nicht. Die muss ich noch auskosten. Süßes Leben, schönes Leben, diese Ruhe immer, wenn es einen durchströmt, die Freude. Vorhin, am Klavier, das war auch Freude, aber die hielt ja nicht an, bei Weitem nicht so lange. Der Konrad, der hat den Stoff, der das Leben bedeutet. Essen, Trinken, Schlafen, alles nicht so wichtig. Man lebt auch von Konrads Stoff. Diese Leichtigkeit. Die können mir gestohlen bleiben, die Bamberger. Haben mich ja alle im Stich gelassen. Ist ja keiner hier! Alle weg. Seit dem Krieg sind sie weg. Ob ich jetzt gleich noch ein Briefchen öffne? Schön ist es schon, aber dann sind es nur noch zwei. Und mehr war nicht drin im Zuckerdöschen. Ach, es findet sich noch ein Zuckerdöschen. Eines noch, oder ich frag halt doch beim Bauern nach Arbeit. Kann ich überhaupt noch arbeiten? Ich fall ja immer um. Aber nicht, wenn ich frisch geschnupft hab. Und wenn ich vom Bauern Geld krieg, kann ich ja immer schnupfen, ein selbst erhaltendes System, genial. So mache ich es.

Gedankenlos wirft er das Telegramm in den Ofen, wo die Glut noch glimmt, und holt sich das nächste Briefchen mit Kokain aus der Tasche und zieht es in einer schrägen Linie auf den hölzernen Tisch vor dem Bett.

Das Telegramm fängt Feuer, erst ein kleines Loch in der Mitte, kreisrund und braun, dann wird es größer und größer, kleine Flammen entstehen am Rand – dann ist es weg. Ein paar windleichte Aschefetzen fliegen nach oben zum Ofenrohr hinaus.

NURLU, 25. SEPTEMBER 1914

Liebste Elly,

war das ein Ärger. Man hat uns um die Früchte unserer Arbeit gebracht. Noch bevor sich unser so perfekter Schützengraben im Feindesanmarsch oder beim Angriff hätte bewähren können, haben wir Marschbefehl bekommen und mussten nach Norden verlegen. Vier Tage Fußmarsch, mit allem Gepäck, eine kurze Bahnfahrt, dann wieder Fußmarsch, an die vierzig Kilo Gepäck, Hitze und Hunger, das ist kein Spaß, da haben viele schlapp gemacht, das kannst du glauben! Unser Pferde-Michel, der war fertig, oder die Klöß, was hat der geschwitzt und geflucht. Und was uns dann erwartete! Von unserer ruhigen Kugel in Lothringen mitten in das Schlachtfeld, irgendwo an der Somme, bei Nurlu. Von Weitem schon hörte man das Donnern der Geschütze, ein dunkles Grollen, ein stetes Rollen schwerer Schläge, wie ein Gewitter im Tal. In der Etappe war weniger als eine halbe Stunde Pause, dann hieß es, wir müssten sofort an die Front. Ich versuchte dennoch, beim Stab mein Versetzungsanliegen anzubringen, wurde aber von einem Feldwebel barsch angepflaumt: Was bilden Sie sich ein, Soldat? Hier gibt es wahrlich Wichtigeres als eine Versetzung, schrie er mich an, begeben Sie sich gefälligst ins Glied zurück, sonst leisten Sie den Drückebergern da drüben am Baum gleich Gesellschaft! Er lenkte meinen Blick zu ein paar Bäumen, und stell Dir vor, hier werden Soldaten in völlig unwürdiger Weise, für welche Vergehen weiß ich nicht, mit Stricken an Bäume angebunden und müssen so für viele Stunden verharren. Alle meine Kameraden staunten ungläubig über dieses schlechte Schauspiel, aber es scheint hier eine gängige Strafe zu sein. Die Tram war den Tränen nahe und meinte: Ich kann mir nicht vorstellen, dass unser guter Kaiser das gutheißen würde. Willy Reichel empörte sich am stärksten und zischte uns zu: Ich kenne da einen Abgeordneten der SPD im Reichstag, dem schreibe ich, sobald es geht. So ein Missstand muss in der Heimat bekannt gemacht werden. Wir tun doch alle nur unsere Pflicht. So eine Schande für die kaiserliche Armee.

Nun weiß ich auch endlich, wes Geistes Kind der Willy ist, ein Sozialdemokrat also, aber mir scheint er dennoch in Ordnung.

Wir rückten also sofort weiter nach vorne. Du ahnst nicht, wie es hier aussah. Schon die Laufgräben glichen mehr einander verbundenen Löchern als einem Graben, bald pfiffen die ersten Kugeln über uns hinweg, auch Granaten schlugen vereinzelt ein, wir mussten geduckt laufen. Wenn du sie kommen hörst, mit ihrem verräterischen Pfeifen, musst du dich zur Deckung hinwerfen, dann wieder aufrappeln und weiter geht's. Uns begegnen Sanitäter mit Bahren und Verletzten, die nach hinten machten. Als wir vor einer Art Erdwall nicht weiterkamen, hieß es, dies sei die vorderste Linie. Im Geiste sahen wir unseren Schützengraben in BdB, und hier? Erde, Schlamm und Dreck, und Soldaten, die kaum von Erde zu unterscheiden waren. Die lagen bäuchlings auf der Schräge und hielten die Stellung. Tote, ja Tote lagen auch da, im Dreck, bestenfalls mit dem Gesicht nach unten, viele mit verrenkten Gliedern, einer lag halb vergraben im Schlamm, bis wir merkten, er war überhaupt nur noch halb, ein halber Mensch, der arme Teufel. Gustav Grüner übergab sich erst einmal, Karl und einigen anderen erging es nicht anders. Vielleicht bin ich als Student der Medizin in dieser Hinsicht etwas abgebrühter. Ein Leutnant schrie uns über den Lärm der Geschütze an: Was steht ihr dumm herum? Ihr seid hier nicht auf Sommerfrische. Macht euch gefälligst nützlich! Erst als er unseren Leutnant entdeckte, wurde er ruhiger und sprach unter vier Augen mit ihm. Danach hieß es: Zwanzig Mann auf Posten, zehn Mann die Toten beerdigen und der Rest Schanzen. Bis morgen früh muss das hier wieder aussehen wie ein Schützengraben Seiner Königlichen Majestät, des Königs von Bayern!

Derart angestachelt haben wir den ganzen Tag geschuftet, mit Willy Reichel wieder überragend als Meisterbauer, dieses Mal aber unter erschwerten Bedingungen, denn es gab immer mal wieder Beschuss, auch waren die Scharfschützen von drüben nimmermüde im Einsatz, eine unvorsichtige Bewegung, und sie haben dich, aus ist es, denn der Kopf ist immer oben, und die Pickelhauben halten nichts aus. Hier hat es viel geregnet und die Erde war matschig und lose, schwer zu verbauen. Aber jetzt ist die Stellung einigermaßen brauchbar. Wir sehen schlimm aus, aber es ist keine Zeit, die Uniform zu trocknen. Jetzt ist tiefe Nacht, die Feldküche gab nichts mehr her, aber wir haben eine Sonderration Bier bekommen. Unteroffizier Hoffmann hat uns befohlen, unseren letzten Willen aufzusetzen, es wird eine große Schlacht morgen. An Schlaf ist ohnehin nicht zu denken, so hängt jeder seinen Gedanken nach und raucht. Selbst die größten Schwätzer und Großmäuler sind schweigsam geworden. Tastenheini hat sich zur Feier des Tages die Mähne stutzen lassen, jetzt sieht er aus wie die meisten hier, raspelkurz, wie die Kinder aus dem Waisenhaus oder die Irren.

Ich denke an Dich und vertraue auf unseren Herrgott, dass er mich morgen behütet. Ich spüre Deine warme Hand in meiner, und wenn ich mich arg anstrenge, vermag ich den dräuenden Geruch der Verwesung, der einem einen jeden Atemzug verleidet, in den süßlichen Duft der Blumenwiese im Hain zu verwandeln, im Frühling, der schon so lange her ist.

Morgen in der Frühe geht es los. Auch wenn die Anspannung groß und die Angst vor dem Tode zum Greifen nah ist, es ist wie eine Erlösung, dass es endlich losgeht für uns. Es fühlt sich richtig an. Dazu sind wir hier. Möge Gott unsere Wege befehlen,

ich bleibe für immer,

Dein Johann

BERLIN, 9. APRIL 1919

Dumpf. Dunkel. Nichts.

Kalt. Schmerzen.

Nass und kalt. Schmerzen.

Dunkel, nass und kalt. Und Schmerzen.

Luft? Atmen. Wasser! Wasser? Luft! Nach oben, wo? Unten ist oben? Luft! Luft!

Durch den Schock des kalten Wassers ist Willy wieder zu Bewusstsein gekommen. Er schwebt unter Wasser, dreht sich, kann sich nicht orientieren, weiß nicht, wo oben ist, er versucht, seine Gliedmaßen zu bewegen, um die Richtung zu beeinflussen, schwimmen will er, alles schmerzt, er kommt nicht hoch, kriegt keine Luft, atmet Wasser ein, prustet, atmet mehr Wasser ein, reißt die Augen auf, Todesahnung. Da packt ihn eine Hand, greift ihn unter und zieht ihn nach oben. Luft! Luft, endlich an der Luft! Er prustet, rotzt und hustet, schlägt wild um sich.

»Idiot, schlag doch mich nicht, ich hab bloß nichts Besseres zu tun, als dich Tropf zu retten.«

Die anderen Männer stehen am Ufer und ziehen die beiden an Land. Willy legen sie auf die Seite und schlagen ihm auf den Rücken, bis er Wasser spuckt. Dann fällt er wieder in Ohnmacht.

»Sind die Schläger auch wirklich weg?«, fragt der Mann, der ihn gerettet hat, triefnass und sieht sich ängstlich um.

»Ja, die haben ihr Tagwerk vollbracht und sind davon.«

»Die haben ihn übel zugerichtet. Zu dritt waren sie. Ein ungleicher Kampf.«

»Hier ist doch gleich das Hedwig-Krankenhaus um die Ecke. Lasst ihn uns da hinbringen. Sollen die sich um ihn kümmern.

Ich will hier weg sein, bevor sich die Kerle doch noch einmal sehen lassen.«

Als Willy 16 Stunden später aufwacht, blickt er ins Gesicht eines Engels. Zumindest sieht das, was er durch die geschwollenen Augen erkennt, so aus wie ein Engel. Nach zweitem Hinsehen erkennt er den Habit einer Ordensschwester.

»Wo … bin ich?«

»Im Krankenhaus St. Hedwig an der Hamburger Straße.«

»Und wie … wie komme ich hierher?«

»Drei Männer haben Sie gestern Abend hierhergetragen. Sie waren durch und durch nass und wohl in eine Schlägerei und dann in die Spree geraten. Aber Sie haben Glück gehabt, die Arbeiter haben Sie aus dem Fluss gefischt. Und außer Abschürfungen, zwei Platzwunden am Kopf, Prellungen und flächendeckend blauen Flecken haben Sie, so der Arzt, keine ernsthaften Verletzungen, soweit man das im Moment sagen kann, innere Verletzungen können wir jedoch erst in ein paar Tagen beurteilen.«

Allmählich dämmert Willy, was passiert ist.

»Ich … ich bin überfallen worden. Ja …, da waren diese Männer, von hinten sind sie gekommen und haben auf mich eingeprügelt, vier oder fünf müssen es gewesen sein. Und geschrien haben sie, an das kann ich mich erinnern, ich sei ein Schwein, ein Sozi, ein Schandmaul.«

»Und? Sind Sie eines?«

»Was, ein Schwein?«

»Ja.«

»Nein.«

»Ein Sozi?«

»Ja! Ja, das bin ich, ein Sozialdemokrat bin ich!«

»Und Schandmaul?«

»Schandmaul? Nein, eher nein. Ich schreibe, ja, aber was ich schreibe, ist wahr, es geht um die Wahrheit. Und die wollen einige nicht hören.«

»Seit dem Krieg geht es der Wahrheit nicht so gut, das stimmt. Viele vertragen die Wahrheit nicht, weil sie ihnen einen Spiegel vorhält.«

»Tja, wer die Wahrheit sagt, braucht ein schnelles Pferd, wie es so schön heißt. Da habe ich wohl versagt.« Wie alt die Schwester wohl ist? Ein faltiges Gesicht sieht unter der Haube hervor, bestimmt über siebzig, aber geistig auf Zack. »Sagen Sie, Schwester, wie viel Uhr ist es eigentlich?«

»Es ist 10 Uhr am Vormittag!«

»10 Uhr? Und welcher Tag?«

»Donnerstag, 10. April.«

Willy setzt sich mit einem Ruck auf und stöhnt laut, weil ihm die Schmerzen blitzartig durch den ganzen Körper schießen. Die Schwester erschrickt und gibt einen kieksenden Schrei von sich. Willy missachtet den Schmerz und hebt die Bettdecke von sich, bemerkt, dass er nur ein weißes Flügelhemd anhat und untenrum nackt ist. Er deckt sich wieder zu.

»Schwester, wo sind meine Kleider, meine Sachen?«

»Wie, Ihre Kleider? Sie brauchen keine Kleider, Sie können ja noch nicht wieder gehen! Sie bleiben mal schön liegen, mein Herr. Wie heißen Sie überhaupt?«

»Reichel, Willy Reichel heiße ich.« Während er weiterredet, kramt er im Nachtkästchen, findet seine durchweichte Brieftasche und die Schlüssel und nimmt sie an sich. »Schwester, da gibt es einen Zug, den ich erwischen muss, und der fährt in genau zwei Stunden ab Friedrichstraße. Und jetzt sagen Sie mir bitte, wo meine Kleider sind!«

»Die waren doch ganz nass und blutig. Die sind in die Wäscherei gekommen, meine ich.«

Willy blickt sich um und erkennt jetzt erst, dass fünf weitere Betten in dem Zimmer stehen, alle belegt mit verbundenen, geschienten, gegipsten Männern, die ihn mit offenen Mündern anstarren, sofern sie den Kopf drehen können.

»Guten Morgen, meine Herren. Wäre einer von Ihnen so

nett und leiht mir eine Hose und ein Hemd? Er kann sie in der Krausnickstraße 12 wieder abholen, bei Reichel/Mutzmann, Vorderhaus.«

»Aber Herr Reichel, ich hole jetzt den Diensthabenden!«

Die Schwester eilt aus dem Zimmer. »Doktor Bouvier, Doktor Bouvier!«

»Sie sehen, meine Herren, es muss jetzt etwas schneller gehen. Hat denn überhaupt hier jemand normale Kleidung, oder tragen Sie alle nur solche losen Engelsgewänder? Mistzeug.«

Keiner antwortet. Auf dem Flur hört man Schritte und laute Stimmen nahen. Willy eilt, so wie er ist, zum Fenster, Erdgeschoss, das geht, öffnet, springt heraus, »Auf Wiedersehen die Herren, und gute Besserung!«, im Sprung bläht sich sein Flügelhemd wie ein Fallschirm, dann landet er direkt auf dem Gehsteig, vor den Füßen einer alten Dame mit Hund. Der Hund erschreckt sich mindestens so wie die alte Dame, beide rennen davon, kreischend und bellend. Himmel, diese Schmerzen. »So bleiben Sie, ich tue Ihnen doch gar nichts!« Ach, was soll's, lass sie laufen, die Alte! Er zieht sich das Flügelhemd so weit es geht über Gesäß und Geschlecht und humpelt los, nach Hause.

St. Hedwig! Was für ein Glück! Gleich um die Ecke. Wenn ich mich beeile, schaffe ich den Zug noch. Nur meine Fahrkarte? Mist, die war in der Innentasche vom Anzug. Die wird vermutlich gerade von der Wäscherei zu Papierbrei verarbeitet. Muss ich neu kaufen. Au, tut das weh. Er kann gar nicht sagen, welches Körperteil ihm nicht weh tut. Alles zieht und reißt, drückt und schmerzt, jede Bewegung, jeder Schritt ist eine Überwindung. Ja, jetzt müsste der Johann noch leben, der könnte mich dann schön gesundpflegen in Bamberg.

In der Wohnung angekommen, die er sich mit Jonny Mutzmann teilt, zieht er sich als erstes das Krankenhaushemd über den Kopf und steht nackt in seinem Zimmer. Als er sich im Spiegel sieht, erschrickt er. Oh, na, die werden sich was denken in der Eisenbahn, Preisboxer oder Kiezschläger oder was Schlimmeres.

Willy tupft sich mit einem Lappen über der Waschschüssel das Jod vom Gesicht ab, die zwei Pflaster über den Augenbrauen und den Verband auf der Stirn vorsichtig aussparend. Wird nicht wirklich besser. Ach, die Schwellungen werden schon von selbst zurückgehen, und die Flecken überall, na mit denen werde ich leben können, die sieht ja keiner. Ich wette, ich kriege ein eigenes Abteil bei dem Aussehen … Wenn nur die Schmerzen und der dröhnende Kopf nicht wären.

Er wählt seine Garderobe für die Fahrt, den beigen Dreiteiler mit Weste, neuerdings auch mit Taschenuhr, zieht sich an, holt den braunen Lederkoffer vom Schrank und wirft ihn aufs ungemachte Bett. Die verbliebene Garderobe ist überschaubar, der Koffer schnell gepackt. Danach ist der Schrank leer. Die Reiseschreibmaschine, seine Erika Nr. 1, in die Kiste, die Schreibutensilien in die Schreibertasche, wie er eine kleine Ledertasche mit langen Riemen nennt, die er sich über die Schulter quer über den Oberkörper hängt, schon steht sein Reisegepäck fertig an der Tür.

Schnell schreibt er noch einen Zettel für seinen Mitbewohner und legt ihn auf den Küchentisch.

Lieber Jonny, bin für einige Zeit als Korrespondent in Bamberg, kannst gerne jemand reinnehmen, aber schmeiß mich nicht ganz raus, ich komme wieder. Eine Anzahlung auf die Miete lege ich Dir an den üblichen Platz.

Dein Willy

Hut auf, mal sehen, wenn ich den tief ins Gesicht ziehe, na ja, den Verband sieht man nicht mehr, aber wirkt immer noch gruselig. Na ja, dann mal los. Willy hebt Koffer und Schreibmaschine an und hat die andere Hand schon beinahe am Griff, da klopft es an der Tür. Er bleibt wie angewurzelt stehen, bewegt sich keinen Millimeter, atmet nicht.

Wer kann das sein? Jonny und er bekommen kaum Besuch, vor allem keinen unangemeldeten. Können das schon wieder die

Typen sein? Wollen sie ihn jetzt gar fertig machen? Woher wissen die denn, dass ich nicht hin bin? Mist, verdammter! Jetzt bloß keinen Mucks! Es klopft noch einmal, energischer dieses Mal, länger. Was mache ich, wenn die die Tür eintreten? Wieder aus dem Fenster springen? Nein, zu hoch. Ich muss zum Bahnhof, Mensch. Da, endlich, Schritte auf der Treppe. Nur ein Mann. Ist das überhaupt ein Mann? Sehr leichter Gang, egal, Hauptsache er zieht ab. Aber wieso nur einer? Haben sie noch einen stehen gelassen, vor der Tür? Einer wartet unten, einer oben? Gestern waren sie doch mindestens zu viert.

Sachte stellt Willy seinen Koffer und die Schreibmaschine ab und schleicht auf leisen Sohlen zum Fenster, die knarzenden Dielenbretter vermeidet er. Hinter der Gardine linst er auf die Straße. Jetzt bin ich gespannt. Los zeig dich!

Die Haustür schlägt ins Schloss, auf die Straße tritt eine kleine, schmächtige Person mit Hut, nein, mit Hütchen, den kenn ich doch den Hut, das ist Fräulein Meyer, die Sekretärin vom Stampfer. Willy reißt das Fenster auf und ruft hinaus. Sie ist aber schon auf der anderen Straßenseite und hört ihn nicht. Ein ihr entgegenkommender, aufmerksamer Passant macht sie auf den rufenden, winkenden Mann am Fenster im zweiten Stock aufmerksam und deutet nach oben. Sie bleibt stehen, dreht sich um, endlich erkennt sie ihn und winkt zurück. Sie ruft ihm etwas zu – jetzt ist er es, der nichts versteht. Sie winkt ab und kommt mit kurzen trippelnden Schritten wieder über die Straße aufs Haus zu gelaufen. Willy schnappt sich seinen Koffer und seine Erika und eilt ihr die Treppe hinunter entgegen.

Henni Meyer stößt einen schrillen Schrei aus und hält sich die Hand vor den Mund, als sie ihn sieht.

»Herr Reichel, was ist Ihnen denn passiert? Sie schauen ja schlimm aus!«

»Ach, nicht der Rede wert, irgendwelche Schläger, rechte. Das bringt unser Beruf so mit sich heutzutage. Aber Unkraut vergeht nicht, alles noch heile.«

»Wann ist das passiert? Herr Reichel, Sie müssen zum Arzt!«

»Gar nichts muss ich. Gestern Abend war das. Ich war aber schon bei den Schwestern der Heiligen Hedwig, also in allerbesten Händen, und kein Arzt hat gesagt, dass ich nicht gehen darf, also habe ich mich selbst entlassen und bin auf dem schnellsten Wege gegangen, der mir zur Verfügung stand, durchs Fenster. Aber nun sagen Sie schon, was führt Sie zu mir? Ich bin auf dem Sprung, muss zum Bahnhof für meine Eisenbahn nach Bamberg. Kann ich die Rechnung für die Fahrkarte eigentlich zweimal einreichen? Meine Fahrkarte haben die Hedwig'schen Schwestern in der Wäscherei verwurstet, die ist futsch.«

»Meinetwegen können Sie zwölf Fahrkarten einreichen, aber Sie müssen sich schonen! Sie sollten nicht fahren heute, so wie Sie aussehen. Soll ich Ihnen den Verband am Kopf nochmal wechseln? Und für die Schwellungen kenne ich eine ganz famose Salbe, die hilft bestimmt. Ach, Herr Reichel, Sie dauern mich so. Was kann ich denn für Sie tun?«

»Sie können mir etwas Gutes tun, wenn Sie mir endlich sagen, was Sie wollen! Hat es sich Stampfer anders überlegt und schickt doch lieber den Lessing, diesen alten Schmierfink? Nun reden Sie doch, Fräulein Meyer!«

»Oder einen kalten Wickel für die Schwellung, Sie müssen kühlen, kühlen, kühlen.«

»Fräulein Meyer! Henni! Sagen Sie mir endlich, was los ist! Wieso sind Sie hier?«

Henni Meyer starrt Willy ins Gesicht. »Haben Sie soeben Henni gesagt? Herr Reichel, nennen Sie mich noch einmal Henni, das klingt so schön aus Ihrem Mund. Müssen Sie wirklich nach Bayern? Sie Ärmster. Kann das nicht jemand anderes machen? Ich werde Sie vermissen. Ohne Sie wird es im Büro ganz öde sein, keiner der morgens reinkommt, seinen Hut auf den Garderobehaken wirft und gute Laune verbreitet … ich brauche das. Sonst immer diese vielen Meldungen über Gewalt und Terror. Aber wenn Sie da sind, verwandelt sich unser Büro in eine Insel der Glückseligen, auch wenn ich Ihre Texte nicht immer verstehe, aber … «

»HENNI! Jetzt sagen Sie mir endlich, was Sie hier wollen! Ich muss zum Zug.«

»Ach so, ja, das hier, das ist noch für Sie. Herr Stampfer hat mich beauftragt, so rasch wie möglich zu Ihnen zu kommen, um es Ihnen vor Ihrer Abfahrt noch zu übergeben. Es ist eine Sondergenehmigung für die Kontrollen in Bamberg. Dort sei alles abgeriegelt und keiner komme mehr rein oder raus, es sei denn, er hat so einen Wisch hier. Und den hat Stampfer heute Morgen noch direkt beim Polizeipräsidenten abholen lassen. Das müssen Sie bei der polizeilichen Fremdenstelle vorzeigen oder bei der Bahnhofskommandantur, sagt er.«

Willy nimmt den Umschlag an sich und hebt seinen Koffer wieder an. »Na, dann danke ich Ihnen, Fräulein Meyer, da wäre ich ja sauber dagestanden in Bamberg, wenn ich gar nicht reingedurft hätte.«

»Aber ich mache Ihnen vorher noch die Umschläge gegen die Schwellungen, Herr Reichel, kommen Sie, wir gehen rauf zu Ihnen. Sie werden sehen, das tut Ihnen gut.«

»Das glaube ich Ihnen aufs Wort, aber ich habe keine Zeit mehr, liebstes Fräulein Meyer. Der Zug fährt in einer halben Stunde, und ich muss noch einmal meine Fahrkarte kaufen. Auf Wiedersehen, haben Sie vielen Dank für das Überbringen der Genehmigung. Und erzählen Sie Stampfer nichts hiervon, sonst macht er sich nur unnötig Sorgen.«

»Ich mache mir Sorgen, Herr Reichel. So kann ich Sie doch nicht fahren lassen.«

»Doch, können Sie!«, ruft Willy und lässt sie einfach im Hausflur stehen.

Dieses Mal nehme ich mir aber eine Droschke.

Im Nu ist er zwar am Bahnhof, aber dort ist auf dem Vorplatz eine Demonstration. So muss er aussteigen und den Rest des Weges laufen, den angewiderten Blick des Droschkenkutschers im Rücken, eilt er humpelnd über den Platz und tritt in den Bahnhof ein. Trauben von Soldaten treiben im Bahnhofsgebäude herum, schwappen auf den Bahnsteig über, steigen quer über die Gleise, lachen, schieben sich voran, zurück, zur Seite. Als der Zug einfährt, reißen sie auf der ganzen Länge des Zuges die Türen auf, stürmen die Abteile, klettern über die Fenster hinein. Willy ist einer der wenigen mit Gepäck und hat Mühe, überhaupt in den Zug zu kommen. Seine Fahrkarte im Mund, schiebt er sich mit Koffer und Schreibmaschine durch den Gang. Immer wenn er mit jemandem zusammenrumpelt, durchfährt ihn ein schier unerträglicher Schmerz. Als er endlich am Rande eines Abteils einen Platz findet, ist er so erschöpft und schmerzgeplagt, dass er halb ohnmächtig in einen tiefen Schlaf der Erschöpfung fällt, die Füße auf dem Koffer, die Erika-Schreibmaschine auf dem Schoß, darunter seine Schreibertasche, direkt vor der Brust.

NURLU, 27. SEPTEMBER 1914

Elly, meine liebe Elly,

meine allerliebste Elly, mein Gott ist der Krieg groß, so groß, fast zu groß, ein Lehrmeister ist er, die ganze Nichtigkeit menschlichen Lebens führt er uns vor Augen, die Unbedeutsamkeit des Einzelnen. Nur als Gemeinschaft siegen wir, ein jeder bringt sein Opfer, opfert sich für die Gemeinschaft, für das große Ganze, unsere heilige Nation, unser Vaterland. So viele sind tot, niedergemäht, gefallen, vom Feuer des Maschinengewehrs. Was hat er uns Kraft und Leben gekostet, dieser Sieg. Aber wir sind weiter, wir haben gewonnen, eine kleine Schlacht an der Somme, mehrere hundert Meter weiter Richtung Paris.

Idyllisch ruhig ist es jetzt hier, wo wir uns eingegraben haben. Das Donnern der Geschütze ist woanders, nicht bei uns. Eine Erholung allein schon das, diese Ruhe. Nur innendrin donnert es weiter und vereinzelt pickt sich ein Scharfschütze sein tödliches Ziel, vielleicht ist es aber auch nur eine Ratte, die einer erledigt, Munition gibt es genug. Ratten auch. Sogar eine warme Graupensuppe haben wir im Bauch, die Feldküche kocht jetzt da, wo heute Morgen noch unser Kampfgraben war. Ein kleines Wäldchen ist vor uns, es sind mehr Baumleichen, Stämme, die aus dem Boden ragen, krummgeschossen von Mörsern und Kanonen, dort steht der Feind, dorthin haben wir ihn zurückgeschlagen. Die Ruhe nach dem Sturm, oder die Ruhe vor dem Sturm, einerlei, es ist alles unecht irgendwie. Da läuft einer neben dir, im nächsten Augenblick macht es Puff und er ist nicht mehr da, nichts ist mehr von ihm da, gar nichts, außer roten Blut- und Fleischspritzern auf deinem feldgrauen Uniformrock, und du läufst weiter, denkst, du lebst, da macht es wieder Puff, du fällst, denkst, was jetzt, ich auch? Hörst die Geschütze nur noch leise, so laut macht es Puff, der Dreck spritzt um dich herum, da reißt dich ein Kamerad mit hoch und weiter geht es nach vorne, du bist noch immer da, am Leben. Das Land zwischen den Schützengräben, das ist kein Land, das ist ein Bereich zwischen Leben und Tod, eine Vorhölle, das Nichts. Es besteht aus aufgewühlter Erde, schlammigen Löchern, scharfkantigem Stacheldrahtverhau, menschlichen Kadavern, Helmen, Gewehrkolben, Wurzeln, Armen, Beinen, Ohren, Bajonetten. Die Schicht darüber besteht aus tödlichen Handgranaten, den Schrapnellen, den Schüssen und Kugeln aus tausend Gewehrläufen und Maschinengewehren, und noch darüber liegen die Flugbahnen der großen Geschosse. Erst ganz oben, ganz weit oben, jenseits unseres Vorstellungsvermögens, ist Ruhe, ist der Himmel, unerreichbar und erhaben. Man nennt dieses Land Niemandsland, wahrscheinlich weil es das ist, Niemandes Land. Wem wollte dieses Land auch gehören, wer wollte es haben? Genau genommen ist es ein Friedhof. Es beerdigt sogar seine Toten selbst, indem es sie immer wieder unterpflügt und zugleich einäschert. Und wenn du durch bist, durch das Niemandsland, dann siehst du sie, die Franzosen. Du springst ihnen an die Gurgel, schießt, lädst nach, tötest, stichst, um selbst am Leben zu bleiben. Ich kann nicht berichten davon, mir krampfen die Finger. Von der Ferne zu schießen, auf einen Schemen, ist das eine. Aug' in Aug', von Mensch zu Mensch, ist es eine andere Welt, nicht die meine. Ich bin mir nicht sicher, ob wir in dem Augenblick überhaupt Menschen sind oder nicht eher Maschinen, gut geölte Maschinen, unter Dampf.

Am Ende des Tages heißt das dann Sieg.

Im Moment warten wir, bis der Rest vom Regiment nachkommt, so lange sollen wir die Stellung halten. Wir rechnen damit, dass die Franzmänner in der Nacht angreifen, zurück in ihren Graben wollen. Wir haben nämlich ihren Wein. Es ist ihre zweite Linie, so weit sind wir gekommen. Deswegen sind hier auch die Vorräte, Rotwein, in schlichten grünen Flaschen, ohne Etikett. Es ist guter Wein, und er hilft. Leutnant Mayer hat den Wein freigegeben. Jetzt zeigt das Maschinengewehr in ihre Richtung, wenn sie kommen. Ich weiß noch gar nicht, wie viele von uns heute gefallen sind, aber ich weiß, dass sie fast alle durch das verdammte MG niedergemäht worden sind. Leutnant Mayer hatte mit unserem Zug den Auftrag, das MG über die Flanke auszuschalten. Mayer ist ein guter Zugführer, er behält den Überblick und heißt uns lieber einmal den Kopf stillhalten, statt ins offene Feuer zu laufen. Was ich gehört habe, gibt es da auch ganz andere, die die ersten Linien als Kanonenfutter betrachten, in deren Windschatten die späteren Wellen dann durchbrechen sollen. Aber gegen MGs funktioniert diese Taktik nicht, da gibt es keinen Windschatten. Nur tosenden Sturm, nie versiegend, Tod bringend. Meine engsten Kameraden sind alle noch am Leben. Allein die Klöß hat einen sauberen Anschuss am linken Arm und ist ins Lazarett nach hinten gekommen. Aber ich kenne viele, unzählige, die mit losgestürmt sind und jetzt nicht da sind. Wo sie sind? Ich habe keine Ahnung, aber ich muss annehmen, dass sie den Sturm nicht überlebt haben. Die Sanitäter konnten durch unseren großen Geländegewinn gottlob in den rückwärtigen Bereich und haben aufgesammelt, was noch am Leben war. Aber viel war da nicht. Ich habe hier vorne mein Bestes getan, die von den unseren zu verarzten, die mit kleineren Verletzungen durchgekommen sind. Ich selbst bin wie durch ein Wunder völlig unverletzt, ein bisschen taub, aber das wird sich schon wieder geben mit der Zeit. Alle sind immer sehr dankbar für meine Dienste, mit meinem Namen redet mich fast keiner mehr an, nur Gustav nennt mich noch Johann, alle anderen rufen Dok. Am Anfang habe ich mich des unverdienten Spitznamens noch geschämt, aber jetzt trage ich ihn mit Stolz. Vielleicht bringt er mich ja meinem Ziel, doch noch zu den Sanitätern zu kommen, eines Tages näher.

Gleich startet der Melder zurück in die Etappe, ich gebe ihm den Brief mit, damit Du möglichst rasch weißt, dass ich noch am Leben bin, ich weiß ja nicht, wie verlässlich die Nachrichtenlage bei Euch daheim ist, wenn von den 5ern die Rede ist.

In Gottes Hand,

Dein Johann

MÜNCHEN, 10. APRIL 1919

Als Hans Michel in Sendling schon längst seine Sachen gepackt hat, sperrt Anton Edelmayer in Bogenhausen leise und vorsichtig die Tür seines Hauses auf. Kurz nach Mitternacht, jetzt nur nicht die Lissy aufwecken. Das wird schlimm genug morgen, das Gespräch, wenn ich ihr sagen muss, dass wir für mehrere Wochen nach Bamberg verreisen. Aber ich kann sie nicht hierlassen. Gerade jetzt nicht, wo die Situation so brenzlig ist. Wer weiß, wie weit die noch gehen, die Linken, die Kommunisten. Und wann die Weißen zurückschlagen. Brandgefährlich, die Situation, ein Bürgerkrieg kann das werden, ganz blutig. Nein, München ist fürwahr kein Ort für eine neunzehnjährige Tochter aus gutem Hause. Für seine Tochter. Die ohne Mutter aufwachsen muss. Und ohne Bruder. Bis zuletzt hat er noch im Büro gesessen und über Briefen gebrütet, die geschrieben werden müssen, Depeschen und Aufträge für die heikle Mission vorbereitet, Materialausgang, Genehmigungen mit Dienstsiegel, Reisebewilligungen und mehr.

Jetzt nur noch ins Bett, alles andere morgen. Die Anni wird schon lange weg sein, mal sehen, ob sie mir noch etwas zu essen hinterlassen hat. Oh ja, kalten Braten und einen Brezenknödel und einen Zettel, dass Lissy sich mit Freundinnen trifft und erst später heimkommt. Später? Was heißt hier später? Das muss man doch präzisieren, mit Uhrzeit! Und »Freundinnen«? Na, wenn das mal stimmt. Die trifft sich womöglich immer noch mit diesem Kommunisten. Er hat ihr ausdrücklich den Umgang verboten, unter Androhung von Hausarrest. Aber weiß man, was das Mädel alles macht, wenn ich im Amt bin? Die Anni, die verpetzt sie nicht, die ist doch selber vermutlich Kommunistin. Aber woher Personal nehmen heutzutage, wenn nicht das, was man schon hat? Er ist ja froh, dass er sie hat. In einer gewissen Art und Weise ist sie auch Muttterersatz für die arme Lissy. Ich als Vater, was soll ich so einem jungen Mädchen denn noch geben, ist ja schon mehr Frau als Mädchen.

Als er nach dem Braten und einem Bier leise nach oben gehen will, ohne Licht zu machen, hört er das Türschloss. Er bleibt stehen. Ja, Herrgottsakrament, ist das etwa die Lissy? Edelmayer rührt sich nicht vom Fleck und beobachtet seine Tochter, wie sie im Dunkeln hereinschleicht, barfuß, die Ausgehschuhe in der Hand. Sachte schließt sie die Tür, sperrt zu und läuft auf Zehenspitzen zur Treppe. Vorher sieht sie noch einmal in den Salon, merkt, dass alles dunkel ist, und geht, schon beruhigt, weiter. Bis sie fast direkt vor ihrem Vater steht, der im selben Augenblick das Licht einschaltet.

Lissy lässt ihre Schuhe fallen und holt erschrocken tief Luft, fasst sich an die Brust und torkelt wie betrunken zwei Schritte zurück. Der Vater schaut sie nur durchdringend an und hofft, den Tadel schon im Blick zu haben. Aber seine Tochter gewinnt, schneller als ihm lieb ist, ihre Schlagfertigkeit zurück.

»Hallo Papa! Schön, dich auch mal wieder zu sehen. Bist ja viel im Büro in letzter Zeit. Hast du so viel Arbeit, du Ärmster?«

Edelmayer steht und starrt sie an, weiterhin tadelnd, wie er hofft.

»Was denn? Ich war mit der Marianne und der Adele im Theater, ›Belinde‹, von Eulenberg. Sehr romantisch, ach Papa, werde ich auch irgendwann mal einen Mann haben? Was meinst du?«

Lissy hebt ihre Schuhe auf und dreht sich mehrfach um die eigene Achse, die Schuhe durch die Luft wirbelnd. Edelmayer bemüht sich immer noch um seinen ernsten Blick und setzt zur Standpauke an: »Weißt du eigentlich, liebes Fräulein, wie viel Uhr es …«, wird aber von Lissy unterbrochen: »Ach Papa, groß muss er sein, und schlank, und lockiges schwarzes Haar, einen buschigen Schnurrbart zum Zwirbeln, und liebe Augen muss er haben, ganz liebe Augen!«

Sie hat sich mittlerweile bis zu ihrem Vater gedreht, umarmt ihn und gibt ihm einen Kuss auf die stachelige Wange. Sie weiß, sie hat schon gewonnen, will das Spiel aber noch ein bisschen weitertreiben. »Oder so wie du! Groß, stark, ein wenig mehr Haar obendrauf vielleicht, aber auch mit so ein paar grauen Strähnen dazwischen. Nur den Kaiserbart, Papa, den könntest du allmählich mal ändern, ist ein bisschen altmodisch. Es sind doch jetzt andere Zeiten, kaiserlose Zeiten. Überhaupt solltest du wieder mehr unter die Leute gehen. Nicht immer nur arbeiten und dich in deinem Arbeitszimmer einsperren. Geh doch mal wieder aus, so wie mit Mama, vor dem Krieg.«

»Es geht jetzt nicht um mich, sondern um dich, Lissy. Du bist neunzehn und geisterst des Nachts in der Stadt umeinander. Mein Gott, da laufen die gefährlichsten Gestalten rum derzeit, jederzeit kann irgendwo ein Schuss fallen, ein betrunkener Soldat oder was sich so schimpft auf dich stürzen. Du hast gefälligst vor Anbruch der Dunkelheit zuhause zu sein. Ich dulde es nicht länger, dass du dich mir immer widersetzt.«

»Vor Anbruch der Dunkelheit? Aber Papa, das Theater geht ja schon bis um zehn, und bis man dann noch einen Platz im Augustiner oder in der Weinstube gefunden hat, das dauert halt. Außerdem sind wir doch zu dritt.«

»Ja, und dann triffst du wieder diesen Kommunisten, diesen Mädchenschänder, diesen …«

»Papa!« Jetzt muss sie noch diese eine Kurve umschiffen – es sind ja immer wieder die gleichen Themen – dann hat sie ihre Ruhe. »Der Claus ist kein Mädchenschänder, sondern ein ganz netter Bursche. Und ich habe ihn schon seit Wochen nicht mehr gesehen, der ist auch viel zu beschäftigt, ist jetzt im Soldatenrat, Schriftführer oder sowas. Du tust ihm Unrecht, wenn du ihn nur als Kommunisten abtust, der ist ganz in Ordnung. Aber ich sehe ihn sowieso nicht mehr, kannst ganz beruhigt sein.«

Edelmayer gibt auf. Standpauken waren noch nie sein Ding.

Er seufzt müde und setzt sich auf die unterste Treppenstufe. »Ich mache mir doch nur Sorgen um dich, Lissy. Seit die Mama nicht mehr da ist, bin ich doch ganz alleine für dich verantwortlich, und da mache ich mir halt noch mehr Sorgen. Deswegen kann ich dich auch nicht alleine lassen hier, wenn ich nach Bamberg muss.« Schlagartig verstummt er. Das wollte er doch erst morgen früh besprechen, im ausgeschlafenen Zustand, friedlich, nicht nach einer Standpauke.

Lissy aber hat ausnahmsweise mal hingehört. »Wie Amberg? Du musst nach Amberg?« Lissy setzt sich neben ihren Vater auf die Treppe.

»Bamberg! Ich muss nach Bamberg, ja. Der Regierung folgen, zu ihrem Schutz.«

»Und ich? Ich bleib aber schon hier in München, oder? Was soll ich denn in Bamberg? Wo ist das überhaupt?«

»Nein, München ist zu unsicher, die Revolution kann noch ganz böse ausgehen, das kann noch ein richtiger Bürgerkrieg werden hier, ist es ja jetzt schon zum Teil. Aber wenn erst die Regierungstruppen kommen und die Ordnung wiederherstellen, dann ist hier der Teufel los. Dann ist es gut, wenn du weit weg bist, in der Provinz. Und so weit weg ist es ja auch nicht, gerade mal nördlich von Nürnberg.«

Dafür, dass sie die Standpauke strategisch aufs feinste hat abbiegen können, gerät der Abend nun doch noch zu einer unerwarteten Katastrophe für Elisabeth Edelmayer, neunzehnjährige Abiturientin, die gerade ihre große Freiheit in der Stadt genießt und ganz alleine die ersten Schritte der Abnabelung vom Elternhaus versucht.

»Nördlich von Nürnberg? Wie weit nördlich? Hamburg ist auch nördlich von Nürnberg! Und was soll ich da? Da gibt's doch bestimmt nicht mal ein Theater, oder Konzerte oder mal ein nettes Café oder eine anregende Soirée. Und meine Freundinnen sind auch nicht da. Ich kenn doch da gar niemanden.«

Edelmayer merkt, dass er sich nicht genügend auf dieses

Gespräch vorbereitet hat, und entscheidet sich für ein diskussionsbeendendes Machtwort.

»Lissy, ich habe keine andere Wahl, und ich halte es als dein Vater für das Beste, wenn du mich begleitest. Punkt. Aus. Es ist ja nicht für lange, nur solange die Regierung in Bamberg ist, vielleicht ein paar Wochen. Betrachte es als den Urlaub, den wir schon so lange vor uns herschieben.«

»Urlaub? In der Provinz der Verlorenen? Dass ich nicht lache! Du wirst den ganzen Tag arbeiten, und ich hocke daheim rum. Wo wohnen wir da überhaupt? Und was mache ich dort? Und was soll ich zum Anziehen mitnehmen? Werde ich jemanden kennenlernen von der besseren Gesellschaft? Kannst du mich da einführen?«

Als er eine Stunde später, nach endloser Diskussion und dem Abringen von vielen Zugeständnissen seinerseits, was seiner Tochter in Bamberg erlaubt sein würde und was nicht, völlig erschöpft auf der Bettkante sitzt, blickt er auf zu dem Bild seiner Frau, das auf dem Nachtkästchen steht, und seufzt. »Ach, Marie«, spricht er halblaut vor sich hin, »ach, Marie, was soll nur werden aus uns? Die Lissy ist doch bald eine junge Frau, ich hab doch keine Ahnung. Als Mädchen war ich ihr ein guter Vater, aber jetzt, wo sie eine junge Frau wird? Ich weiß doch nicht, was die jungen Leute denken, was sie träumen, was sie brauchen, was unsere Lissy jetzt von mir braucht. Wenn du doch nur noch da wärst, meine Taube.«

Er kniet sich auf die Gebetsbank, die seine Frau damals im Schlafzimmer hat aufstellen lassen, und blickt zu der Maria samt Kind auf, die gestickt und gerahmt an der Wand hängt, darunter ein kleines Brett mit einer Trockenblume, und murmelt ein Vaterunser.

»Ich kann mich immer noch nur halb freuen über den Frieden, der jetzt da ist und der eigentlich gar keiner ist. Du bist tot, meine Taube. Unser Bertel ist gefallen, und mein Bruder auch.

Die Eltern sind schon lange tot. Ich bin allein. Hab doch nur noch die Lissy. Und ihr wachsen allmählich Flügel, das merk ich schon. Ich freu mich auch für sie, klar. Du hast ja Recht. Ihr stehen jetzt alle Türen offen. Bei den Wahlen durften ja sogar die Frauen wählen, Lissy war nur gerade noch zu jung. Marie, stell dir das vor, das wär was gewesen für dich, oder? Aber ich tu mir so schwer, sie loszulassen. Sie ist doch alles, was ich noch hab von dir.«

Schwerfällig steht er wieder auf und zieht sich sein Nachthemd über und legt die Bartbinde an. Was hat Lissy gesagt? Altmodisch? Na ja, es stimmt schon, die Autorität des Bartes wie ihn auch der Kaiser trug, ist eh zum Teufel, da braucht es die nach oben stehenden Schwingen des Reichsadlers eigentlich nicht mehr. Ist den verdeckten Ermittlungen in Bamberg vielleicht auch wenig zuträglich, wer weiß, wie die Mode dort ist, in der Provinz, am Ende falle ich auf.

Morgen gehe ich zum Barbier und lasse mir den Bart stutzen.

KORTEWILDE, NÖRDLICH VON LILLE, 29. OKTOBER 1914

Allerliebste Elly,

seit Tagen sind wir immer weiter nach Norden verlegt worden. Keine zwei Monate stehen wir im Feld, aber doch kommt es mir vor, als wäre ich mein Leben lang Soldat gewesen. Bamberg, Erlangen und die Universität sind so weit weg wie die Erde vom Mond. Alles Alte ist ausgelöscht, als ob es nie gewesen wäre. Meine Kameraden sind mir Freund und Familie geworden, ja, sie sind mir näher als mir je ein Freund war oder Kommilitone, als meine Verbindungsbrüder, meine Klassenkameraden, Vettern und Basen. Für meine Kameraden gehe ich durchs Feuer. Fällt einer neben mir, hebe ich ihn auf, falle ich, so heben sie mich auf, gemeinsam gehen wir diesen Opfergang für unser Land. Vielleicht ist es auch eine Reinigung, eine Klärung unserer Position in der Welt, vielleicht steht am Ende ein Sieg der deutschen Kultur, des deutschen Wesens, über die fehlgeleiteten Freiheits- und Gleichheitsansprüche der Franzosen und das ewig englische Krämertum. Du merkst es vielleicht, wir hatten eine Predigt des Feldgeistlichen, der uns einmal mehr das große Bild aufzeigte, damit wir uns nicht im Kleinklein der einzelnen Schlachten verlieren. Er hat leicht reden. Nun hat es auch Fritz Hollfelder erwischt, ein Durchschuss am Bein, er wird ganz sicher nach Bamberg kommen. Dafür ist die Klöß schon wieder bei uns. Er sagt, er hat sich selbst entlassen und wollte wieder zu uns Kameraden zurück, in unserer Gesellschaft verheile sein Arm viel schneller.

Einen ganz anderen Krieg lernen wir kennen, seit wir hier sind, nördlich von Lille. Hier kämpfen wir Mann gegen Mann, um jedes Dorf, um Häuser, Plätze und Kirchen. Auch gefährlich, aber alles besser als der Sturm über das freie Feld des Niemandslands, mitten ins Visier der MGs, oder das zähe Warten im Graben. Hier zählt der gesunde Menschenverstand, gewinnen die Prinzipien von Strategie und Mut wieder an Wert. Man ist nicht so ausgeliefert und zelebriert jede Nische, die einen schützt, den Mauervorsprung, der Deckung bietet, als Verbündete. Natürlich gilt das für beide Seiten, Feind und Freund, aber es ist wenigstens ein fairer Kampf, offener. Unser Gegner heißt plötzlich Tommi, es sind Engländer, die hier ihren Mann stehen. Stell dir vor, letztens haben wir Gefangene gemacht, die waren aus Indien. Der Engländer spannt hier seine ganzen Kolonien mit ein, dem haben wir Deutschen natürlich nichts entgegenzusetzen, wir müssen unsere eigenen Söhne und Männer opfern.

Morgen gilt es, ein kleines, hübsches Schlösschen zu erobern, was ich durch den Feldstecher erkennen kann mit Park, Statuen, Wassergraben, Zinnen, Türmen. Beinahe tut es mir leid, aber die MG-Schützen im Turm und die Stellung als Hindernis auf dem Weg nach Paris machen es zu einem feindlichen Objekt und nehmen ihm alle Daseinsberechtigung. Bevor wir es einnehmen, wird es unter Artilleriefeuer genommen werden – das Ende des Schlösschens mitsamt seiner Geschichte.

Lange keine Post mehr aus der Heimat, wir warten sehnsüchtig, aber die Verlegungen müssen erst einmal wieder nachvollzogen werden.

Grüße die Deinen, sei herzlich umarmt und geküsst,

Dein Johann

BAMBERG, 11. APRIL 1919

Müde schleppt sich Gustav die Königstraße entlang. Er ist den ganzen Weg von St. Getreu bis in die Stadt runter gelaufen. Die frische Luft tut ihm gut. Zwei Tage haben sie ihn wieder behandelt, alles nichts Neues, und alles nicht wirklich wirksam. Immerhin versuchen sie es nicht mehr mit Zwangsexerzieren und Elektroschocks wie im Kriegslazarett nach seiner Verwundung und Johanns Tod. Selbst ihm, der wirklich wieder gesund werden wollte, war schnell klar, dass diese Methoden nichts, aber auch gar nichts bringen würden. Stundenlanges Exerzieren und Befehle schreien im Lazarett, immer dem Militärarzt hinterher, er und zwölf andere. Lächerlich und beschämend, vor allem, da es bei keinem der Kameraden etwas nützte und die meisten noch viel schlimmer dran gewesen waren als Gustav und vom Zittern nicht mehr lassen konnten, Arme, Beine, alles schlackerte und schüttelte sich ohne Ende bei denen. Bei ihm kam es ja nur schubweise, und der galvanische Wechselstrom, der vermeintlich heilende Schock bewirkte bei ihm genau das Gegenteil. Nach jeder Behandlung war es zunächst schlimmer als vorher, es hat einfach nur wehgetan bis zur Bewusstlosigkeit. Da ist die Behandlung hier in der Heimat mit Beruhigungsmitteln wie Brom und Baldrian und Ruhekuren schon besser. Gab's während des Krieges nur für die Offiziere. Aber lange werden sie das nicht mehr machen. Gustav hat das Gefühl, die Ärzte wollen die Kriegsversehrten nicht mehr sehen. Erinnert sie wahrscheinlich zu sehr daran, dass sie keine Heilungsmethode gefunden haben, dass sie versagt haben, die Herren Doktores.

Bei der Entlassung hat er einen Arzt belauscht, der sich im Nebenraum echauffierte, es sei doch vollkommen sinnlos, jetzt noch Kriegsneurotiker zu behandeln. Das sei nur betreute Gammelei. Es fehle den Patienten einfach an einem starken Willen, das sei alles.

Den Willen also, den muss ich nur stärken, und schon ..., denkt Gustav, als er endlich den Ausleger der Domstern-Brauerei mit dem goldenen Stern über den vier Türmen des Doms im Eichenkranz sieht. Jetzt habe ich erst einmal den Willen, eine ordentliche Brotzeit zu verdrücken. Und ein Bier brauche ich auch.

Am frühen Nachmittag ist es ruhig in der Gaststätte, Babette steht hinter der Theke und putzt Gläser, der Vater ist nirgends zu sehen. Am anderen Ende sitzen ein paar einsame Trinker, links am Fenster ein Herr im Anzug mit leuchtend roten Haaren, kein Kirchner zu sehen. Das ist jetzt immer das Erste, was er guckt, ob Kirchner da ist.

Aber der Herr im Anzug, der steht jetzt auf, als er Gustav sieht, ja, er springt auf, er kommt auf ihn zu. Mensch, das ist ... das ist ja der Willy! Ich werd nicht mehr, der Willy! Tränen überströmen augenblicklich sein Gesicht. »Gustav!«

Willy drückt ihn an sich, klopft ihm auf den Rücken und hält ihn fest umschlungen, während Gustav die Wiedersehensfreude kräftig durchschüttelt und er von Heulkrämpfen übermannt wird.

Schließlich setzen sie sich an Willys Tisch. »Ich freu mich so, dass du da bist, Willy. Ich weiß gar nicht, warum ich so heul, jetzt wo du da bist. Ich freu mich so, alter Kamerad und Rotschopf.«

Er wischt sich die Tränen und die Rotze in den Ärmel und packt Willy an beiden Armen vor Freude. »Mensch Willy, dass du da bist! Lass dich ansehen!«

Erst jetzt sieht er Willys Gesicht richtig. »Kamerad, was hast du gemacht? Hat dich einer deiner Geprellten von damals gleich wiedererkannt oder was?«

»Ein Abschiedsgeschenk aus Berlin. Eine kleine Auseinandersetzung mit dem politischen Gegner, aber es war leider völlig unheroisch, ich wurde schlicht und ergreifend zusammengeschlagen, ich konnte mich nicht einmal wehren, nicht einen Schlag habe ich austeilen können.«

»Dann ist Berlin also auch kein leichtes Pflaster im Moment, ja?«

»Berlin ist spannend, jeder Tag bringt Neuigkeiten mit sich, und alles bewegt sich auf eine großartige Republik hin. Wenn uns nur die Alliierten keine überzogenen Reparationen aufbrummen und wenn die Feinde von links und rechts in Zaum gehalten werden, Gustav, dann wird unser Land ein Paradies. Und wir, wir haben den Krieg überlebt und ernten die Früchte dieses Paradieses.«

»Dein Wort in Gottes Ohr, Willy. Aber du bist ja an der Quelle, beim ›Vorwärts‹. Konntest du dir frei nehmen, um nach Bamberg zu kommen?«

»Viel besser!« Willy erzählt ihm ausführlich von dem Gespräch mit seinem Chef und der vorübergehenden Korrespondentenstelle in Bamberg.

»Das heißt, du bleibst richtig lange? Das ist ja mehr als großartig. Hast du schon ein Zimmer? Seit wann bist du überhaupt hier? Hast du schon Babette kennengelernt? Warte, das muss gefeiert werden. Magst du was essen? Also ich habe einen Bärenhunger. Ich komme gerade von den Quacksalbern auf dem Michelsberg. Bin immer noch ein bisschen labil, weißt du? Warte, ich hole uns was.«

Gustav geht hinter die Theke und begrüßt seine Frau. Die nimmt ihn mit strengem Blick zur Seite, Willy ihren Rücken zuwendend.

»Gustav, was schleppst denn du wieder für Gestalten hier an? Dein Vater wollte ihn gleich wieder rauswerfen, der riecht doch förmlich nach Ärger, so wie der ausschaut. Ein Schläger und Prügelknabe wie er im Buche steht. Bloß weil er gesagt hat, er kennt dich, hat er ihn sitzen lassen. Ist wohl einer von deinen Jungs aus Nürnberg oder was? Seit wann lädst du die hierher ein? Das ist gegen unsere Abmachung! Der zieht Ärger an, sag ich dir.«

»Aber Babette, das ist der Willy. Der war doch schon mal hier, auf Fronturlaub damals. Dem habe ich telegraphiert vor drei Tagen. Willy Reichel, der Rotschopf, aus unserem Regiment. Einen besseren Freund findest du nicht als diesen, und den Hans und den Kaspar, die auch noch kommen werden, wie ich hoffe.«

»Willy oder nicht Willy, so wie der ausschaut, vergrault er uns die Kundschaft. Sag ihm das! Eine Sache, und er fliegt!«

»Babette! Sei doch nicht so! Was haben wir denn heute auf der Karte?«

»Die Küche hat zu, es ist mitten am Nachmittag. Gibt nix, alle haben sie Sonderzuteilungen an Lebensmitteln bekommen wegen der Regierungsmitglieder und der ganzen Leute, nur wir nicht. Weil sich aber auch keiner drum kümmert hier. Und du warst ja auch mal wieder weg. Haben sie dich wieder entlassen da oben? Bist du jetzt endlich geheilt?«

»Völlig sinnlos, ich denke, das war das letzte Mal, dass ich es dort versucht habe, die wissen nichts mit uns anzufangen, außer Ruhe, Hungern, Baldrian und Brom. Und das kann ich auch hier, vor allem das Hungern. Und Baldrian kriege ich in der Apotheke. Machst du uns trotzdem was warm? Und komm und sag doch mal Grüß Gott zu Willy.«

Widerwillig tritt Babette an Willys Tisch und gibt ihm die Hand.

»Schaut schlimm aus. Wer hat Sie denn so zugerichtet? Waren Sie im Bau?«

»Grüß Gott, Frau Grüner, schön Sie wiederzusehen. Ich kann das nachvollziehen, dass Sie mich nicht wiedererkannt haben. So geht's einem, wenn man in Berlin auf der Seite von Recht und Ordnung steht. Leider.«

Gustav hat mittlerweile zwei Bier gezapft und kommt zurück an den Tisch.

»Das muss gefeiert werden. Dass wir wieder beisammen sind, Mensch, Willy. Prost!«

Babette verschwindet wieder hinter der Theke und bringt Gustav einen gefalteten Bogen Papier. »Kam gestern.«

»Oh, ein Telegramm. Aus München! Ja! Er kommt, der Hans, er kommt auch! Da, lies!«

Willy nimmt das Telegramm in die Hand und liest laut vor:

»*Komme 10. April nach Bamberg. Am 11. im Domstern. Hans.* Der 11. ist heute, na dann warten wir doch hier auf ihn. Und du erzählst mir bis dahin, wie es dir ergangen ist seitdem. Hast du jetzt die Gaststätte hier? Oder den Bierkeller oben auf dem Stephansberg?«

Gustav wischt sich den Schaum vom Schnurrbart und schaut zu Babette.

»Weder noch, weder noch. Während des Krieges wollte mein Vater nicht übergeben, und jetzt? Sieh mich an, so wie es mir im Moment geht, tauge ich einfach nicht als Brauereibesitzer. Ich … bin …, ich bin noch nicht wieder ganz einsatzfähig, weißt du. Habe einfach zu oft Aussetzer und Zusammenbrüche. Der Krieg, er holt mich immer wieder zurück, manchmal ganz massiv. Und so hat mein Vater noch keine Entscheidung getroffen. Obwohl er die 60 schon überschritten hat. Im Krieg hat er ganz stark abgebaut. Vorher war er ein Bär von einem Mann, den nichts und niemand so leicht umgeschmissen hat, aber jetzt? Er hat's am Herzen, schnauft bei jeder Treppenstufe, die er nehmen muss. Lange kann das nicht mehr gut gehen, aber er kann sich nicht entscheiden. Babette macht mir schon lange die Hölle heiß, weil sie endlich zumindest den Bierkeller im Sommer selbst betreiben will, und eigentlich will sie, dass wir endlich die ganze Brauerei übernehmen. Sie ist nicht gut auf meinen Vater oder mich zu sprechen im Moment. Sie ist sehr tüchtig, sie würde das auch bestimmt schaffen, selbst mit mir als halbe Portion an ihrer Seite. Ach Willy, ich bin halt vorerst der Hansel, der aushilft, wenn es geht. Und manchmal geht es eben nicht. Wie jetzt die zwei Tage, die ich oben in St. Getreu war. Sie denken immer, ich müsse doch endlich mal geheilt werden, aber das sitzt so tief in mir drin, da kommen die Ärzte nicht ran.«

»Verstehe. Lass dich nicht unterkriegen, Gustav! Du brauchst einfach noch Zeit. Wenn du erstmal eine Weile im Frieden gelebt hast, wird sich das schon geben mit deinen Nerven. Ich träume auch oft, sehr oft noch vom Krieg. Bin immer wieder dort, und immer geht es schlimm aus. Und immer, wenn ich denke, es kann nicht mehr schlimmer kommen, taucht Kirchner in meinen Träumen auf. Also lass endlich hören, was weißt du von ihm?«

In diesem Augenblick geht die Tür auf, und ein kleiner, untersetzter Mann, o-beinig, in der feldgrauen Uniform des Krieges tritt ein, Pfeife in der einen Hand, mit der anderen nimmt er seine Mütze vom Kopf, so dass sein schütteres, strohblondes Haar zutage tritt.

»Hans!«, tönt es da wie aus einer Kehle von Gustav und Willy. Beide springen auf, sodass die Stühle mit Getöse nach hinten fliegen, und laufen zur Tür. Erst Willy, dann Gustav, nacheinander geben sie Hans erst die Hand und nehmen ihn dann mit Wucht in den Arm.

»Oh, Kirchner schon im Alleingang begegnet, Willy?«, sind Hans' erste Worte.

»Nee, nur Seinesgleichen in Berlin am Spreeufer. Ich wär beinahe draufgegangen, sag ich dir. War knapp vorm Exitus. Dann hättet ihr die Chose hier alleine machen müssen.«

»Ohne dich? Wie hätte das gehen sollen. Willy, altes Haus, schaust nicht gut aus, aber sonst alles gut? Und bei dir Gustav? Schmal bist du geworden. Mir hingegen hat die Münchener Kost etwas zugesetzt«, sagt Hans und drückt an verschiedenen Stellen in seinen nicht zu übersehenden Bauch.

»Schauen so nicht alle Bayern aus? Der lebende Beweis, dass die Lebensmittelversorgung in der Hauptstadt doch deutlich besser ist als anderswo.«

Willy fühlt Hans' alten Waffenrock zwischen den Fingern. »Aber sag, Hans, zahlen sie dir nicht genug in München oder was machst du in diesem Aufzug hier? Dass du den überhaupt noch hast.«

Hans legt seinen Zeigefinger auf die Lippen. »Pst. Geheime Kommandosache. Was meint ihr, wieso ich nach Bamberg kommen durfte? Urlaub hätte ich garantiert nicht bekommen. Gehört alles zur Tarnung.«

»Du bist bei der Kriminalpolizei, stimmt's?«, Gustav bugsiert die beiden Freunde zu dem Tisch am Fenster und ruft Babette zu: »Noch ein Bier, Babette!«

»Ja, aber hier in Bamberg bin ich inkognito!«

»Inko was?« Gustav sitzt nun am Kopfende des Tisches, seine beiden Gäste links und rechts an den Seiten. Hans stopft sich seine Pfeife, Willy zündet sich eine Zigarette an und hält Gustav sein ledernes Etui hin, der schüttelt aber den Kopf. »Macht die Nerven nur noch schlimmer.« Als Babette das Bier bringt, sagt er: »Babette, aber den Hans Michel, den erkennst du wieder, oder? Der ist auch nicht so zugerichtet wie der Willy. Frisch aus München.«

»Der Preuße war das, oder? Berlin oder so, mit der Droschke? Ja, ich erinnere mich.«

»Guten Tag, Frau Grüner. Schön ruhig haben Sie's hier in Bamberg. In München geht's gerade hoch her, ständig fallen irgendwo Schüsse, jeder, der mag und kann, veranstaltet seine eigene Revolution, die Lage ist sehr unübersichtlich. Da lobe ich mir doch die Provinz hier, seit heute früh bin ich zwar schon dreimal kontrolliert worden, aber es hat noch keiner geschossen und revolutionäre Umtriebe auf der Straße habe ich auch noch keine erlebt. Sehr erholsam.«

»Wehe, wenn Sie und diese ganze Bagage die Münchener Unruhen mit nach Bamberg bringen! Nach München würden mich keine zehn Pferde bringen. Sollen die doch erst einmal für Ruhe und Ordnung sorgen dort, damit wir einfache Bürger endlich wissen, woran wir sind mit dieser Republik. Gewählt haben wir alle, aber seitdem ist nicht mehr viel passiert.«

»Im Hintergrund, Frau Grüner, passiert eine ganze Welt«, versucht es Willy mit Optimismus. »Sobald der Friedensvertrag unter Dach und Fach ist, können wir loslegen. Eine neue Weltordnung wird herrschen, und Frieden unter den Völkern!« Leise ergänzt er: »Wenn sie uns nicht die Luft zum Atmen nehmen, die Mächte der Entente.«

»Ja, alles neu, alles gut, so reden sie in Berlin, habe ich schon mal gehört … Aber hier gibt's das Fleisch und die Eier immer noch nur auf Lebensmittelkarten und wir brauen weiter unser Dünnbier, und wenn wir mal was Gutes machen wollen, müssen wir die Gerste am Schwarzmarkt kaufen für teuer Geld, das wir nicht haben, und die Leut' sterben an einer stinknormalen Grippe. Das ist das Leben hier, in eurer neuen Welt.« Babette wird zum Zahlen gerufen und kehrt wieder hinter die Theke zurück.

»Vorgestern hat die Regierung Hoffmann in München Flugblätter abgeworfen«, erzählt Hans, »aus dem Flugzeug. Mitgeteilt, dass es sie noch gibt und sie die einzige Inhaberin der höchsten Gewalt Bayerns sei und so. Und dass der Zentralrat keine Berechtigung hat, im Namen des bayerischen Volkes zu sprechen, und dass Bayern keine Räterepublik ist. War denen vom Zentralrat aber mächtig wurscht, hatte ich den Eindruck. Der neue große Mann ist Gustav Landauer, der Volksbeauftragte, der und Dr. Levien haben es wohl als Sieg der Räterepublik gedeutet, dass die Regierung geflohen ist. Die Spartakisten haben sogar auf das Flugzeug geschossen und gleich eigene Flugblätter verteilt.«

»Wenn ich dich so reden höre, Hans, muss ich meinen Termin morgen mit dem Ministerpräsidenten verschieben, weil ich mit deinen Informationen aus München schon einen ganzen Artikel füllen kann. Ich muss gleich ein bisschen mitschreiben.«

»Aber Hans, erzähl, was machst du dann hier in Bamberg, inkognito, wenn es doch in München so hoch herzugehen scheint, dass man jeden Mann brauchen könnte?« Gustav kratzt sich am Kopf.

»Das ist alles streng geheim natürlich. Im Zweifelsfall kennen wir uns übrigens nicht, ja? Vor allem, wenn wir Kirchner ans Leder wollen. Ich bin hier, um die Regierung vor einem Attentat zu bewahren. Meine Abteilung soll einen Kreis von Verschwörern ausheben und unschädlich machen. Dafür sind wir da, zu viert, um die Verschwörung aufzudecken.«

»Aber die haben doch schon einen solchen Haufen Soldaten hier, irgendein Freikorps Döderlein ist extra für den Schutz der Regierung abgestellt, alle Einfallstraßen nach Bamberg werden kontrolliert und hier in der Innenstadt wimmelt es nur so vor Soldaten. Und eine Bürgerwehr wollen sie auch noch aufstellen, was ich gehört habe. Was wollt ihr vier denn da groß ausrichten?«

»Wir haben andere Methoden und Techniken. Die kriminalpolizeiliche Arbeit geht ganz anders an die Dinge heran als die Gendarmerie zum Beispiel. Außerdem, ein Freikorps kann nur schützen und abwehren, wir wollen die Attentäter vorher abfangen und ausheben.«

»Aber das bedeutet, wenn ich euch beide richtig verstanden habe«, fasst Gustav erfreut zusammen, »ihr seid beide auf unbestimmte Zeit hier und wir können unseren Plan in Ruhe in die Tat umsetzen?«

»Ja«, sagt Hans. »Wenn wir das wirklich noch wollen, wo doch jetzt die neue Zeit da ist und der Krieg schon lange aus ist.«

»Oh ja, das wollen wir!«, ruft Gustav und schlägt mit der flachen Hand auf den Tisch. »Für mich ist der Krieg nicht aus, solange dieser Mistkerl noch am Leben ist. Der muss weg, weg von der Oberfläche dieser Erde. Dass der noch lebt ist eine Ungerechtigkeit, die alle verhöhnt, die in den Gräbern liegen und unter die Erde gebuttert worden sind von ihm und seinesgleichen!«

»Wir haben es uns damals geschworen, Hans, erinnerst du dich?«, sagt Willy nachdenklich. »Mit Kirchner ist keine neue

Zeit möglich. Das sind genau die Leute, die der neuen Zeit, unserer Zeit, das Rückgrat brechen wollen, noch bevor sie überhaupt richtig angefangen hat.«

»Ein ausgekochtes Schwein, ja, ein niederträchtiger Menschenverächter.« Gustav spuckt mit verzerrtem Gesicht neben den Tisch auf den Boden. Babette stöhnt und stampft mit einem Spucknapf zu ihrem Tisch und pfeffert ihn mit Getöse auf den Boden.

Gustav sieht sie gar nicht, sondern setzt sich auf seine Hände, damit sie nicht zittern, und flüstert mit geschlossenen Augen: »Ich bin jede Nacht dort, dort draußen, Willy, jede Nacht wache ich schweißgebadet auf, jede Nacht schreie ich mein NEIN über das Artilleriefeuer und den Tod hinaus.« Dann sieht er Hans in die Augen. »Frag Babette! Jede Nacht, Hans, jede Nacht. Seit damals.«

»Ich sag ja schon gar nichts mehr, Gustav. Willy. Ich bin dabei, klar. Aber der Kaspar fehlt noch. Hast du dem auch telegraphiert?«

Gustav zuckt mit den Schultern. »Ich hatte nur die allererste Adresse, die er mir hat zukommen lassen. Und das war Murnau. Da, wo er ausgestiegen ist damals. Seitdem habe ich nichts von ihm gehört.«

»Geben wir ihm noch ein paar Tage, ansonsten müssen wir ihn suchen gehen. Ohne Kaspar keine Rache.«

»Ohne Kaspar keine Rache, stimmt. Wenn, dann machen wir das alle zusammen.«

Willy zündet sich eine weitere Zigarette an, beugt sich über den Tisch und wispert: »Aber jetzt lass endlich hören, Gustav, was es mit Kirchner auf sich hat. Ich kann es ja immer noch nicht glauben, dass er hier ist. Ist er es denn wirklich oder bildest du dir das nur ein?«

Gustav sieht Willy leicht indigniert an. »Willy, ich mag vielleicht ein nervliches Wrack sein, aber ich bin nicht blind. Und nach all den Jahren im Krieg hat sich mir Kirchners brutale

Visage so derart ins Gedächtnis gebrannt, dass ich keinen Zweifel daran habe. Er trägt zwar jetzt volles braunes Haar statt seinem blonden Stoppelhaar, richtig gewellt und so, mit Scheitel, ist vielleicht auch eine Perücke, und seinen Kaiser Wilhelm hat er auch nicht mehr, nur noch so einen Stummel unter der Nase, und eine Brille trägt er jetzt. Aber trotzdem, er ist es, ganz sicher.«

»Und warum ist er hier? Ist er bei der Truppe geblieben? Ist er als Leibwächter unterwegs, als Kofferträger oder als was kann so einer außerhalb vom Krieg arbeiten?«

»Nein, das ist es ja! Er heißt auf einmal Walter Rupp und ist ein Staatsrat im Landwirtschaftsministerium. Und er gehört der SPD an.«

Hans und Willy machen große Augen und starren Gustav ungläubig an. Ist Gustav einer falschen Wahrnehmung aufgesessen? Müssen sie die Sache abblasen, bevor sie überhaupt angefangen hat?

»Walter wie? Staatsrat? SPD? Das kann er nicht sein. Gustav, du musst dich getäuscht haben.«

»So wahr ich hier bei euch sitze, ich schwöre bei Gott, er ist es. Dort drüben ist er gesessen, beim ersten Mal. Ich bin ihm nach und habe ihn mehrfach gesehen, es passt alles, sein Gang, das feiste, rot aufgeschwemmte Gesicht, der Schmerbauch, der Schmiss an der Schläfe, sein ganzer Habitus, seine Haltung, selbst wie er sein Bier trinkt und sich danach mit seinem Ärmel den Schaum vom Maul wischt. Ich habe ihn bis zum Lieb Hotel National verfolgt, und der Mann an der Rezeption hat mir den Namen mitgeteilt. Ich weiß mittlerweile, dass er zum Landwirtschaftsministerium gehört und in der Neuen Residenz seinen Dienstsitz hat.«

»Aber wie kann er denn auf einmal Walter Rupp heißen und so ein hohes Tier in der Regierung sein? Da läuft doch irgendwas.« Willy schüttelt den Kopf und fährt sich mit der Hand übers Gesicht. »Das macht unsere Sache natürlich nicht einfacher. Das bedeutet ja, er gehört genau zu den Leuten, die unser Hans hier beschützen soll.«

»Jetzt, wo du es sagst, ja, stimmt.« Hans sieht gerade seine Laufbahn bei der Kriminalpolizei in München einem jähen Ende entgegengehen. »Wir wollen ein Schwein umlegen, dieses Schwein ist aber auf einmal ein schützenswertes Subjekt, und ich gehöre auch noch zu denen, die das schützenswerte Schwein schützen sollen, beziehungsweise verhindern sollen, dass solche Leute wie wir das Schwein, das ein schützenswertes Subjekt ist, umlegen. Da muss ich erstmal drüber schlafen, Kameraden, das ist mir zu hoch. Außerdem brauche ich noch ein Bier.«

»Babette! Noch drei Bier!«

»Es hilft nichts, wir müssen uns den Typen unbedingt einmal anschauen, ich muss den erst mit eigenen Augen gesehen haben, bevor ich das glaube, 'tschuldigung Gustav, aber das ist mir sonst zu abenteuerlich, sollten wir einem Hirngespinst hinterherlaufen.«

»Er ist es. Aber überzeugt euch ruhig selber. Ich würde es ja auch nicht glauben, wenn ich ihn nicht leibhaftig gesehen hätte.«

»Wisst ihr was? Ich werde morgen in Sachen Walter Rupp erst einmal nach München telegraphieren und im Präsidium Erkundigungen über ihn einholen lassen, dann wissen wir vielleicht, mit wem wir es zu tun haben.«

»Das ist eine gute Idee. Ich muss morgen früh zum Ministerpräsidenten Johannes Hoffmann. Ich habe einen Termin bei ihm für ein Gespräch für den ›Vorwärts‹. Meine erste wichtige Amtshandlung. Am Ende laufe ich diesem Kerl direkt in die Arme da oben am Dom. Bist du morgen dann auch in der Stadt unterwegs, Hans, und schleichst inkognito durch die Gassen, oder wie muss ich mir das vorstellen?«

Babette stellt drei Bier in die Tischmitte und kehrt wortlos an die Theke zurück. Die Freunde prosten sich zu. Als Hans seinen Krug absetzt, wendet er sich verschwörerisch den anderen beiden zu: »Ich sondiere die Lage, bevor mein Chef und die Kollegen am Montag kommen. Also seht euch vor, sonst setze ich euch auf die Liste verdächtiger Subjekte. Absolute Verschwiegenheit!«

Der Rest des Abends verläuft feucht-fröhlich, erst weit nach Mitternacht wanken Hans und Willy in ihre jeweiligen Quartiere, Hans in den Gasthof der Brauerei Fässchen, unweit des Domstern in der Königstraße, Willy in den Gasthof der Brauerei Kleebaum, ein Stückchen den Kaulberg hinauf. Das Zimmer hat einen eigenen Schreibtisch und die Familie Kleebaum einen Fernsprechanschluss, den er benutzen darf. Das war ihm wichtig.

BEI SCHLOSS HOLLEBEKE, 31. OKTOBER 1914

Allerliebste Elly,

Hollebeke, so hieß das Schlösschen, ja, die Vergangenheitsform ist angebracht. Zunächst pulverisierte unsere Artillerie das Schloss zu allergrößten Teilen, die restlichen versprengten Engländer kämpften bis zur letzten Patrone. Respekt. Nur drei Mann konnten wir gefangen nehmen. Wir mussten uns Meter für Meter durch den Schlosspark vorankämpfen. Zwischen gepflegten Buchshecken, steinernen Statuen und Brunnenanlagen den Tod zu finden, erschien mir so unwirklich, dass ich vollkommen ohne Angst war. Am Ende des Tages war das Schloss, oder was davon übrig war, unser. Der weitere Vormarsch wurde auf den nächsten Morgen verschoben. Hptm. Krauß verteilte Wachposten, dann hoben wir Gräber aus für die gefallenen Deutschen und ein großes Grab für die toten Engländer. Danach machten wir es uns in einem kleinen Saal gemütlich, der letzte intakte Raum im ganzen Schloss, mit Kronleuchter, großen Sesseln und Chaiselongues, Tischen und Stühlen, alles voller Putz und Mörteldreck, aber gemütlich. Wir verfeuerten, was wir an Holz fanden, im offenen Kamin, denn es war schon Abend und wurde recht frisch, aber vermutlich war das Feuer unser größter Fehler, Bruder Leichtsinn. Wir lümmelten uns wie Grafen in die Sessel und fühlten uns fast wie daheim. Da kam der Willy, wie aus dem Nichts, und hielt triumphierend einen riesigen Schinken in die Höhe, einen Sack mit Brot über dem Rücken, darin auch mehrere Flaschen Cognac. Unsere übliche Verblüffung beantwortete er wie immer mit einem Finger am linken Nasenflügel und den Worten »Gesunder Menschenverstand, mein Lieber, gesunder Menschenverstand.« Dieses Mal lautete seine Logik: »Haben die Engländer gekämpft bis zum Letzten? Ja. Hatten sie Zeit für einen geordneten Abzug? Nein. Also musste doch etwas da sein, ich musste es nur finden.« So ist er, der Rotschopf, der ist schlau und denkt immer einen Schritt weiter als wir.

Großes Stühlerücken setzte ein, eine Tafel wurde bereitet, der Hauptmann gewährte uns diese kleine Siegesfeier, hatten wir doch wirklich Großes geleistet. Der Regimentskommandeur würde das durchaus nach Berlin telegraphieren, so Krauß. Die Klöß schnitt mit seinem Bajonett den Schinken in dicke, vor Fett triefende Scheiben.

Auf einmal ruft der Kaspar: »Mensch, ich werd verrückt, ein Klavier!« Mit einer riesigen Staubwolke hob er eine Plane im Eck auf, und siehe da! Tatsächlich, ein noch intaktes Klavier! Der Hans organisierte einen Schemel und sofort legten die beiden los. Tastenheini am Klavier und Pferde-Michel auf seiner Mundharmonika.

Die beiden spielten großartig, lauter Gassenhauer, bei denen wir lauthals mitsangen, wenn wir nicht gerade den Mund voller Schinken und Brot hatten. Hans Michel taute richtig auf und ergänzte den Tastenheini mit seiner Mundharmonika perfekt. Die Cognacflaschen kreisten von Mund zu Mund, mit dem französischen Stangenweißbrot wischten sich die Kameraden das Fett von den Mündern. Der Cognac tat augenblicklich seinen Dienst, ausgelassen und fröhlich waren wir, es war ein herrliches Fest. Ehe ich mich versah, hatte mich Gustav gepackt und wirbelte mich wie eine Tanzpartnerin umher. Die Kameraden klatschten und schon fassten sich noch mehr ein Herz und bildeten Tanzpaare. Kaspar und Hans spielten wie die Derwische und ersetzten ein ganzes Orchester, so dass wir immer wilder tanzten und uns drehten, alle waren auf den Beinen, wir sangen und grölten, bis auf die, die dem Cognac etwas zu schnell zugesprochen hatten und schon in der Ecke lagen. Es war eine Stimmung wie auf dem Frühlingsball im Erlanger Hof. Wir konnten die Granate also gar nicht hören, die mit dem typischen Pfeifen auf uns zu rauschte. Erst im letzten Moment schrie einer der Wachposten »Deckung«, aber es war zu spät. Mit einem mächtigen Rumms schlug sie unmittelbar über uns ein und brachte den ganzen Rest des Gebäudes zum Einsturz. Die Stuckdecke brach ein, die Wände stürzten auf uns, Ziegel, Putz, der Kronleuchter, alles prasselte auf uns nieder, wer seinen Helm abgelegt hatte und in der Nähe der Wand gesessen hatte, war verloren, aber selbst mit Helm war es schwer, sich dem Einschlag der Steine zu entziehen, war es doch alles eine Sache von Sekunden.

Fünf Mann waren sofort tot, begraben unter den Trümmern, die Klöß mussten wir unter einem großen Balken bergen, Knochenbruch, die Tram hatte eine klaffende Wunde an der Schulter und rannte blutüberströmt und schreiend über Ziegelberge und Kameraden davon, Willys linkes Ohr war halb abgerissen, Gustav und mir war erstaunlich wenig passiert, wir hatten nur Platzwunden am Kopf. Die einzigen jedoch, die völlig unversehrt aus der Chose kamen, waren Kaspar Mohr und Hans Michel. Das Klavier lag von Steinen und Balken zertrümmert direkt vor ihren Füßen, hinter ihnen und neben ihnen waren schwere Eisenträger niedergegangen, aber Kaspar saß auf dem Klavierhocker und hatte nicht eine Schramme abbekommen, und Hans stand rechts neben ihm, völlig zugestaubt, aber auch unversehrt. Millimeterarbeit.

Der Beschuss nahm Fahrt auf, so blieb uns nichts anderes übrig, als uns außerhalb des Schlosses einzugraben, verletzt wie wir waren. Ich habe in der Zeit sogar Willys Ohr wieder angenäht, Mann, war der tapfer, es muss höllisch wehgetan haben, zum Betäuben hatte ich ja nichts, und der Cognac war schon weg. Den Rest der Nacht haben wir frierend und unter Schmerzen im Freien in Deckung rund um das Schloss verbracht. Erst am nächsten Tag kamen Truppen unseres Regiments von hinten nach und gingen weiter gegen die Engländer vor, während wir zum Sanitätstrupp humpelten. So nah sind hier Leben und Tod, Frohsinn und Schmerz, meine Allerliebste. Ich bin dem Herrgott ja so dankbar, dass ich noch einmal davongekommen bin.

In der Etappe war auch endlich wieder Post aus der Heimat. Der Spieß kam mit einem großen Sack Post, den er rund um die Feldküche ausschüttete. Hans stand wie immer abseits, die Kameraden erzählten mir kürzlich, ihm sei seine Frau mit einem feschen Leutnant davongelaufen und seine beiden Jungs stünden auch im Felde, von wem solle er also Post bekommen. Da geht es mir doch bedeutend besser: Fünf Briefe von Dir, meine Liebe, zwei von den Eltern, einer meines Bruders, der als Offizier im Osten beim Russen steht und Großes zu leisten scheint. Ich kann Dir gar nicht sagen, was es mir bedeutet, von Dir zu lesen, Deine Schrift zu sehen, das Papier in Händen zu halten, das Du beschrieben hast. Dass bei euch schon der echte Kaffee ausgeht, ist ein starkes Stück. Davon haben wir noch mehr als genug hier.

Wenn unser Vormarsch nicht bald schneller vonstattengeht oder die Mächtigen nicht bald eine Lösung finden, so wird es nichts mit dem Kriegsende bis Weihnachten. Und dann wird sich die Versorgungslage noch weiter verschlechtern, wenn alles an die Front geworfen wird. Der Vormarsch ist zäh und verlustreich, und nicht immer ist es wirklich ein Vormarsch. Und der Winter steht vor der Tür.

Aber der Herrgott scheint es gut zu meinen mit uns und ich hoffe weiter auf ein Wiedersehen mit Dir!

Grüße die Deinen, sei herzlich umarmt und geküsst,

Dein Johann

BAMBERG, 12. APRIL 1919

Punkt 8 Uhr betritt ein Zeitungsverkäufer mit hellem Lockenschopf und einer schief sitzenden Schiebermütze den Frühstückssaal von Liebs Hotel National in der Luitpoldstraße 37 – nicht ohne vorher von den beiden Soldaten des Freikorps durchsucht und überprüft worden zu sein.

Kaum dass er den Saal erreicht hat, ruft er laut: »Heute erste Sitzung des Ministerrats in der Neuen Residenz. Lesen Sie das Bamberger Tagblatt. Alles zur ersten Sitzung des Ministerrats.«

Langsam schreitet der Zeitungsverkäufer durch den Saal, hält eine Zeitung in die Höhe, ruft verschiedene Schlagzeilen aus und verkauft die Exemplare, die er im anderen Arm hält, für zehn Pfennige das Stück. Die eine oder andere Zeitung verkauft er vielleicht auch, weil er gar so abgerissen aussieht, humpelt und ein deutlich höheres Alter zu haben scheint als die meisten Zeitungsjungen. Offenbar ein Kriegsversehrter, der sich ein paar Groschen dazuverdienen muss. Den Kopf meist gesenkt, arbeitet er sich zwischen den Tischen durch den Saal, verkauft fünf Zeitungen, bevor er kehrt macht und auf anderem Wege zurück zum Ausgang schlendert, immer weiter seine Zeitung anpreisend.

Kurz vor der Tür zögert er merklich, verlangsamt seinen Schritt und bleibt an einem Tisch stehen, an dem ein beleibter Herr sitzt, Zigarre pafft und seinen Kaffee schlürft. Der Schmiss an der linken Schläfe ist nicht zu übersehen.

»Zeitung gefällig, der Herr? Ist auch ein großer Bericht drin zum Stand der Friedensverhandlungen in Paris. Nur zehn Pfennige.« Die Stimme des Zeitungsboten zittert ein wenig, auch spricht er undeutlich und brüchig, was man aber aufgrund seiner geschwollenen und geschundenen Gesichtszüge auf weitere kriegsbedingte Verletzungen zurückführen könnte.

»Na, dann geben Sie halt eine her, Bursche!« Er kramt in seiner Westentasche nach einem Groschen, wirft ihn auf die Tischkante und nimmt die Zeitung entgegen. Während des ganzen Vorgangs würdigt er den Verkäufer nicht eines Blickes. Der hingegen lässt ihn nicht aus den Augen und betrachtet ihn durchdringend und gründlich. Hätte der Mann am Tisch einmal aufgesehen, hätte er ihn für impertinent gehalten.

Kaum, dass der Zeitungsverkäufer das Hotel humpelnd verlassen hat und außer Sichtweite der beiden Soldaten des Freikorps ist, schmeißt er das verbliebene Bündel Zeitungen in die Aschentonne eines Hauseingangs und läuft – nun wieder gänzlich ohne Humpeln – durch die Stadt zurück auf den Kaulberg. Bevor er im Brauereigasthof Kleebaum verschwindet, nimmt er die Perücke ab, wuschelt seinen roten Haarschopf einmal kräftig durch und betritt den Gasthof. Eine halbe Stunde später verlässt er das Haus wieder, dieses Mal in seinem besten Anzug mit Weste und Hut, über der Schulter hängt die lederne Schreibertasche, gepackt mit einer Schreibkladde und seinem Druckbleistift – einem amerikanischen Eversharp, sein ganzer Stolz. Wiederum eine Viertelstunde später, pünktlich um 9.30 Uhr, spricht er im Vorzimmer des Ministerpräsidenten vor.

»Grüß Gott! Willy Reichel mein Name, vom ›Vorwärts‹. Ich habe einen Gesprächstermin mit Herrn Ministerpräsident Hoffmann.«

MESSINES IN FLANDERN, 12. AUGUST 1915

Liebste Elly,

bald sind wir ein Jahr hier draußen. Der Krieg frisst sich immer tiefer in das Land, in die Köpfe der Kameraden, und wie es mir scheint und ich Deinen Briefen entnehme, auch immer mehr in den Alltag daheim. Dass du mehr Zeit in den Schlangen für Brot und Eier verbringst als in der eigenen Gärtnerei, hätte ich nicht gedacht. Lebensmittelpolonaise ist ja ein schöner Begriff für Euer ewiges Schlangestehen, aber das raubt doch auch Euch letztlich die Kraft zum Durchhalten. Die elende Seeblockade der Engländer scheint ja mächtig Wirkung zu zeigen. Gibt es denn niemanden, der diesem Krieg ein Ende gebieten kann?

Seit Monaten sind wir am selben Fleck in Flandern. Mal vorne, mal hinten, mal in Ruhe, mal im Gefecht. Das eigentliche Kriegsgeschehen findet nur noch in den immer selben Gräben und im Niemandsland statt, diesem ewigen Todesbringer, dieser Vorhölle, der Knochenmühle. Unter Aufbietung von unzähligen Leibern – ja, mehr sind die neu ankommenden Soldaten nicht, Leiber in Uniform, die das Niemandsland füttern – geht es hundert Meter in die eine Richtung, und am Tag darauf geht es hundert Meter in die andere Richtung, und alle sind wieder da, wo sie vorher waren, nur, dass dem Niemandsland wieder unendlich viele Leiber geopfert wurden. Sind wir vorne, werfen wir uns dem Tod entgegen, sind wir hinten, kommt der Tod zu uns. Wir sterben im Angriff oder im Graben, aber der Angriff ist besser, da hast Du wenigstens das Gefühl, Du kannst mit dem Tod um dein Leben spielen. Aber im Graben kannst Du nur warten und der Tod kommt von oben, in Form von Geschossen aller Art, eines grausliger als das andere, durch die Luft, wenn sie Gas einsetzen von drüben, ja manchmal sogar von unten, wenn sie einen Sprenggraben zu uns durchgestoßen haben. Ich weiß gar nicht, wieso ich noch am Leben bin. Es ist ein sinnloses Sterben im Hin und Her der Angriffe. Jeder Tod ist so sinnlos, weil er zu nichts gut ist, nichts bewirkt. Unsere Opfer sind umsonst, ja eigentlich sind wir selbst die Opfer.

Im Moment kommen immer mehr blutjunge Offiziere mit ihren Kompanien blutjunger Rekruten, und die blutjungen Offiziere befehlen ihren blutjungen Rekruten ein Hurra auf die Lippen und lassen sie, kaum dass sie angekommen sind, in den Tod rennen. Mehr als einmal habe ich gesehen, wie die Offiziere dabei sogar im Graben bleiben und das Hurra nur mehr von hinten rufen. Die siebte Kompanie muss einen schrecklichen Hauptmann haben, Kirchner, ein alter Haudrauf, der sie schikaniert, wo sie gehen und stehen, ob im Kampf oder in Etappe. Die siebte ist angeblich schon seine dritte Kompanie, die vorigen sind alle komplett aufgerieben. Willy Reichel ist schon zum dritten Mal im Arrest, weil er sich schriftlich beschwert hat über solche Vorgesetzte. Noch einmal, heißt es, und er wird in eine Strafkompanie versetzt. Und wie lange man dort überlebt, wissen wir alle.

Fritz Hollfelder ist wieder da. Sie haben ihn wieder zusammengeflickt und dann war er lange in Bamberg, wie Du wissen wirst. Vor einigen Tagen ist er wieder zur Truppe gestoßen. Er ist ganz schweigsam, ist so gar nicht zugänglich. Er redet nur von seiner Gärtnerei, von den Pflanzen und was er genau jetzt, in diesem Moment, alles machen müsste. Der arme Kerl.

Auf Deine Liebe hoffend, sei herzlich umarmt.

Dein Johann

BAMBERG, 12. APRIL 1919

Als Willy und Hans am Samstagabend gemeinsam gegen sieben in die Domsternbrauerei kommen, begrüßt sie Babette überfreundlich.

»Ach, kommt rein, der Gustav wartet schon auf euch. Der Tisch am Kachelofen ist frei, war ja recht frisch heute, der Ofen ist aber befeuert, da wird's euch schnell warm. Erst einmal zwei Bier, ja? Später könnt ihr auch noch was essen, wir haben heute noch eine Krautsuppe auf der Karte, mit Speck! Wir haben nämlich jetzt auch eine Sonderzuteilung von markenfreiem Fleisch bekommen. Wegen der Regierung! Ich geb' dem Gustav Bescheid, dass ihr da seid.«

Während sie spricht, schiebt sie die beiden Verdutzten an den Tisch und drückt sie mehr oder minder auf die Stühle. Als sie hinter der Theke verschwindet, ist es Willy, der als Erster seine Sprache wiederfindet. »Mach den Mund zu, Hans, es zieht. Was war denn das? Ist das die gleiche Babette, die uns gestern hier so verächtlich hat links liegen lassen, als ob wir madenverseuchtes Taubenfleisch gewesen wären?«

»Ich glaube schon. Gestern hat sie uns behandelt, als ob wir ihr die Kundschaft vertreiben würden. Und heute begrüßt sie uns wie alte Freunde.«

»Lass uns schnell was trinken, bevor sie es sich wieder anders überlegt.«

Babette bringt drei Bier und verteilt Bierfilze unter die Krüge.

»Der Gustav kommt gleich. Er hat sich heute Nachmittag ein bisschen hingelegt, es ging ihm nicht so gut, er hatte wieder einen Anfall, aber nur einen kleinen. Ich weiß auch nicht, wie das weitergehen soll mit ihm. Die Ärzte haben ihn, so scheint's, aufgegeben. Aber jetzt geht es schon wieder. Ihr Gesicht, Willy, schaut auch wieder besser aus heute. Was tun Sie denn gegen die Schwellungen? Ich habe ein gutes Campher-Öl in der Hausapotheke, das könnte ich Ihnen mal mitgeben.«

»Ach, danke, das ist nett von Ihnen, Frau Grüner, aber es geht schon wieder. Ich habe mir ein wenig Morphium gegen die Schmerzen besorgt, und die Schwellungen gehen so oder so zurück.«

Auf einmal steht Gustav hinter seiner Frau. Sie dreht sich um, wirft ihm einen Kussmund zu und wirbelt wieder hinter die Theke.

Gustav setzt sich zu den beiden Freunden und grinst sie an.

»Gustav, du wirst uns bestimmt gleich erklären, wieso deine Frau heute eine Ausgeburt an Freundlichkeit ist, stimmt's?« Willy sieht über seine Schulter zu Babette, die gerade mit einem anderen Gast schäkert und ihm freundschaftlich den Arm um die Schultern legt. Sieht eigentlich gar nicht so schlecht aus, die Frau von Gustav. Bisschen mollig vielleicht, aber hat sich gut gehalten durch den Krieg hindurch. Das hochgesteckte braune Haar steht ihr gut. Passt zu ihrer kräftigen Gesichtsfarbe und den Sommersprossen. Komisch, dass ausgerechnet der Gustav der Einzige von uns ist, der eine Frau hat. Im Krieg hat er sich nie für die Huren interessiert, scheint ja ein sehr treuer Ehemann zu sein. Wieso habe ich eigentlich keine Frau? Ach, viel zu viel los auf der Welt. Keine Zeit. Immer nur kürzere Sachen, in Berlin auch. Ist halt so.

»Guten Abend, Freunde. Ja, das stimmt. Große Dinge haben sich getan. Ihr werdet es nicht glauben, aber nächste Woche geht der Vater mit uns zum Notar und überschreibt Babette und mir die Brauerei. Also eigentlich überschreibt er sie Babette, aber um den Schein zu wahren, lautet der Vertrag auf meinen Namen. Damit die Bamberger nichts zu reden haben. Aber er hat mir unmissverständlich klargemacht, dass Babette das Heft in der Hand hat, zumindest solange, bis meine Gesundheit wieder vollständig hergestellt ist. Seit dem Gespräch gestern Abend ist der

Vater nicht mehr aus seinem Zimmer gekommen. Ich glaube, es fällt ihm richtig schwer, dem Alten. Aber in den letzten Wochen hat er stark abgebaut, es geht ihm nicht gut, gesundheitlich.«

Willy und Hans klopfen dem Freund auf die Schultern. »Na, das sind ja Neuigkeiten. Glückwunsch, Gustav. Ihr schaukelt das schon. Und wenn deine Babette so tüchtig ist, dann lass es sie ruhig machen. Viele Frauen haben im Krieg bewiesen, dass sie genauso hart arbeiten können wie wir Männer.«

»Na, dann beginnt hier ja eine neue Zeitrechnung. Wann pinselst du deinen Namen auf die Ahnentafel in der Schwemm draußen?«

»Gemach, gemach, Freunde. Erst nach dem Notartermin. Als Erstes werden wir den Biergarten oben auf Vordermann bringen. Mit allem Pipapo. Am 1. Mai ist große Eröffnung! Ihr seid hiermit schon einmal eingeladen als Ehrengäste!«

»Klingt gut. Auf jeden Fall gefällt mir deine Babette deutlich besser, wenn sie gute Laune hat.«

Babette bringt drei Teller mit dampfender Krautsuppe. Auf dem Rand liegt je eine dicke Scheibe Graubrot. »Lasst es euch schmecken!«

Die drei beugen sich über die dampfenden Teller, atmen tief ein und äußern sich unmittelbar lobend über die nach Weißkraut, Zwiebeln und Kümmel duftende Suppe. Willy traut sich sogar, Babette noch um drei Braunbier zu bitten, die ersten seien gar zu schnell weggewesen. Gustav geht mit Babette zur Theke und zapft die Biere selbst. Willy und Hans machen sich derweil mit Heißhunger über die gehaltvolle Suppe her.

»Ihr seid aber doch nicht hierhergekommen, um mit mir über Babette und unsere Krautsuppe zu plaudern«, meint Gustav, als er mit den Bieren wieder an den Tisch kommt. »Lasst hören, was habt ihr getrieben seit gestern?«

Willy hat gerade den Mund voll, während Hans ein zerknülltes Stück Papier aus seiner Rocktasche kramt und es mit der Hand auf dem Tisch glattstreicht.

»Was hast du da?«, fragt Willy schließlich, als Hans den Zettel zugunsten eines weiteren Löffels Suppe liegen lässt, und will ihm den Zettel wegnehmen. Hans schnappt aber rechtzeitig danach und stellt seinen Bierkrug drauf.

»Informationen.«

Gustav stößt ihn in die Seite. »Sag bloß, deine Kollegen in München haben schon geantwortet?«

»So ist es, Gustav. Das Auge des Gesetzes ist allzeit im Dienst.« Er legt den Suppenlöffel zur Seite, nimmt den Zettel zur Hand und holt einen Zwicker aus der Innentasche seines alten Waffenrocks. Leise und betont liest er seine Aufzeichnungen vor:

»Walter Rupp, geboren 12. Januar 1879 in Weiden in der Oberpfalz, Landwirtschaftsmeister, Offizier der Reserve im 10. Jägerbataillon mit Standort Aschaffenburg, Eisernes Kreuz 1914 2. Klasse, Militär-Verdienst Orden 2. Klasse mit Schwertern. SPD-Mitglied seit 1908, verschiedene Parteifunktionen im Kreis Aschaffenburg, dort auch Landwirtschaftsschule und Gewerkschaftssekretär. Seit 17.3.1919 im Staatsministerium für Land- und Forstwirtschaft als Staatsrat.«

Hans hört auf zu lesen und schaut seine Freunde an. »Landwirtschaftsmeister statt Berufssoldat, kein Hererokrieg in Südwestafrika, sondern Gewerkschaftssekretär in Aschaffenburg, Jägerbataillon statt 5er Regiment, SPD statt nationalkonservativ – Gustav, es tut mir leid, aber das kann nicht unser Mann sein. Außerdem scheint er von hochgestellten Persönlichkeiten, unter anderem im Bund der Landwirte, protegiert zu sein, denn er wurde, so meine Informationen, explizit gegen den Willen Hoffmanns für den Posten als Staatsrat im Landwirtschaftsministerium vorgeschlagen und durchgesetzt. Rupp war in München bis dato nirgends politisch in Erscheinung getreten und bis zu seiner Ernennung weitgehend unbekannt.«

»Aber … er muss … er muss es sein!« Gustav ringt nach Luft, fasst sich an den Hals, seine Augen weiten sich, die Augenbrauen zucken stoßartig nach oben, er fängt am ganzen Leib an zu zittern. Röchelnd stößt er von sich: »Ich hab ihn doch, hab ihn doch gesehen …, gesehen! Verdammt, ich hab …«

Die Freunde rücken ihre Stühle so zusammen, dass man den zitternden Gustav in der Gaststätte kaum sehen kann, und halten seine Arme und Schultern fest. »Es tut mir leid, Gustav, vielleicht hat er ja Ähnlichkeit mit Kirchner, aber du musst doch einsehen, dass es kaum …«

»Nichts muss er einsehen, Hans!« Laut und entschieden tritt Willy nun Hans' Schlussfolgerung entgegen und schlägt mit der Faust auf den Tisch. »Gustav hat völlig Recht. Kirchner ist wirklich hier. Was auch immer diese Geschichte mit Rupp zu bedeuten hat, aber Kirchner ist ganz definitiv hier in Bamberg. Ich habe ihn auch gesehen!«

Jetzt ist es Hans, der Willy mit großen Augen ansieht. »Wann? Wo?«

»Heute Morgen. In seinem Hotel.«

»Und das erzählst du uns erst jetzt?«

»Na, bisher war euch ja die neue Babette, die Brauereiübergabe und die herrliche Krautsuppe hier wichtiger.«

Gustavs Zittern lässt merklich nach, so dass sich Willy zurücklehnen und ausführlich und genüsslich sein Versteckspiel als Zeitungsverkäufer erzählen kann.

»Ich habe nicht den geringsten Zweifel, dass es Kirchner ist. Er mag eine andere Frisur haben, eine Brille, er mag seinen Bart draufgegeben haben und äußerlich ganz weltmännisch wirken im feinen Zwirn, aber sein Gesicht und sein Verhalten, sein Habitus und seine Sprache verraten ihn. Über jeden Zweifel erhaben, Hans. Und der Schmiss auf der Schläfe wirkt irgendwie übermalt, geschminkt, aber er ist da, an der richtigen Stelle. Er ist es. Überzeug dich doch selbst! Ich bin auf den Tod erschrocken, als ich wirklich wieder vor ihm stand, nach all der Zeit. Er hat mich zum Glück überhaupt nicht angeschaut, ich war nur irgendein armer Tropf für ihn.«

Hans steckt den Zettel zurück in seine Rocktasche und wischt den letzten Rest Suppe mit der Brotrinde auf.

»Ist gut. Ist gut. Ich glaube euch. Ich werde ihn schon auch noch in Augenschein nehmen können in den nächsten Tagen. Aber wisst ihr, was das bedeutet? Das bedeutet, dass da irgendetwas ganz arg faul ist im Staate Dänemark.«

»Dänemark?«

»Shakespeare!«

»Wer?«

Hans winkt ab. »Vergiss es! Tatsache ist, irgendwie hat er sich eine völlig neue Identität verschafft und er hat Freunde in hohen Positionen. Das macht ihn richtig gefährlich. Für uns allemal. Aber vielleicht auch für die Regierung, wer weiß, was er mit dieser Maskerade bewirken will.«

Hans holt seine Pfeife aus der Tasche, klopft den Pfeifenkopf in den Ascher und stopft den krümeligen Tabak hinein, holt sich an der Kerze mit einem Hölzchen Feuer und verschwindet in einer großen Wolke Rauch. »Mensch, die versetzen den Tabak immer noch mit Buchenlaub, diese Gauner. Freunde, da steckt mehr dahinter bei Kirchner. Wenn ich nur wüsste was! Was bezweckt einer, der sich mit einer neuen Identität, die in so großem Widerspruch zu seinem eigentlichen Leben steht, ins politische Amt wirft? Er wechselt völlig das politische Lager und tut etwas, das überhaupt nicht sein Metier ist.«

Auch Willys politischer Instinkt ist nun erwacht. »Das muss über kurz oder lang doch auffliegen. Irgendwann wird jemand merken, dass er keine Ahnung hat von dem, was er können sollte. Und irgendwann werden ihn Leute erkennen. Trotz seiner Maskerade. So wie wir ja auch.«

»Aber die meisten Zeugen sind tot, dazu hat er ja selbst am meisten beigetragen.«

»Was ist das überhaupt, ein Staatsrat? Ist das eine politische Position?«, fragt Gustav.

»Das sind die obersten Beamten eines Ministeriums«, erklärt Willy. »Politisch? Früher ja, jetzt in der Republik nicht mehr so ganz. Mehr Beamte als Politiker. Aber jedenfalls janz hohe Jeschosse, wie unser Freund Hans sagen würde, wenn er mal berlinert. Direkt unterm Minister.«

»Sauber. Und den wollen wir umlegen? Das wäre an der Somme doch deutlich einfacher gewesen. Mist, verdammter! Ein schönes Schlamassel. Aber das hält uns doch nicht davon ab, oder, Freunde?« Gustavs banger Blick wandert von Willy zu Hans und zurück zu Willy.

»Nein, das hält uns nicht davon ab«, bekräftigt Willy, »aber es macht die Sache schwieriger. Wir müssen vorsichtiger vorgehen, abklären, mit wem wir uns da anlegen. Denn eines sag ich euch gleich: Ihn einfach abknallen auf offener Straße, das mache ich nicht. Ich gehe nicht auch noch ins Gefängnis für dieses Schwein. Unsere Geschichte glaubt uns dann ja doch keiner, und am Ende bleibt es – aus heutiger Sicht – kaltblütiger Mord.«

»Ihr müsst mich auch ein bisschen verstehen.« Hans ist ein wenig unwohl in seiner neuen Rolle in einem klassischen Zweifrontenkrieg. »Ich sitze zwischen den Stühlen, sollte sich Kirchner als irgendein Agent herausstellen, als Provokateur oder was weiß ich. Ich will ihn für uns haben, gleichzeitig muss ich aber auch darauf achten, dass er nicht irgendein krummes Ding drehen will. Wie steh ich sonst vor meinem Chef da?«

»Einverstanden, das sehe ich ein«, stimmt ihm Willy zu. »Aber letztlich sind wir doch ein perfektes Team. Du, Hans, kannst ihn von Berufs wegen beobachten und hast auch noch Zugang zu Hintergrundinformationen aus München. Ich bin als Korrespondent an allen Geschehnissen der Regierung dran – mit Verlaub kann ich nebenbei vermelden, dass ich ab Montag auch noch für das offizielle Organ der Regierung arbeiten werde, den ›Freistaat‹, was bedeutet, dass ich alles mitbekomme, was hier läuft. Und mit dir, Gustav, haben wir einen frei beweglichen Joker, der zum einen mit der Brauerei den zentralen Versammlungsort stellt und zum anderen die Beziehungen in Bamberg hat und Leute kennt.«

»Fehlt bloß noch der Kaspar!«, wirft Gustav ein.

»Stimmt, den brauchen wir noch als kühlen Planer. Der arbeitet uns aus, wie wir zuschlagen. Aber wir wissen immer noch nichts über ihn, oder?«

Hans kramt einen weiteren Zettel aus seiner Rocktasche. »Doch, ich fürchte schon. Ich habe nicht nur mit München telefoniert, sondern auch mit den Kollegen von der Polizei in Murnau. Die kannten ihn tatsächlich. Es wird euch aber nicht gefallen, was sie über ihn zu berichten wussten.«

»Jetzt schieß schon los. Was ist mit ihm? Ist er tot?«

»Nein, das nicht, aber nicht mehr weit davon entfernt offenbar. Kaspar gilt in Murnau als stark kokainabhängiger Vagabund, der auch für den einen oder anderen Einbruch verantwortlich gemacht wird. Hat schon zweimal gesessen. Hat einer alten Frau die karge Rente aus der Zuckerdose geklaut und einmal einen Opferstock aufgebrochen. Im Dorf fällt er gelegentlich auf durch Bettelei und aggressives Verhalten. In den meisten Lokalen hat er Hausverbot.«

»Klingt nicht gerade nach Robin Hood, was er so verbricht. Alte Mütterchen und einen Opferstock! Kann ihm nicht gut gehen. Weißt du, wo er wohnt?«

»Ja, ich habe alles, Adresse und Wegbeschreibung. Er wohnt bei einem Hufschmied zur Untermiete, etwas außerhalb von Murnau, Richtung Kochel.«

Eine Weile schweigen die Freunde, tief in Gedanken an den ehemaligen Kameraden versunken. Hans und Willy paffen dicke Rauchwolken in die ohnehin vom Bier, der Krautsuppe und den vielen Zigaretten, Zigarren und Pfeifen geschwängerte Luft der Gaststätte. Es ist Samstagabend und auch die letzten Fabriken haben Feierabend, der Markt ist vorbei, der Sonntag steht bevor, die Gärtner holen sich ihr Feierabendbier, die Gaststätte ist brechend voll, laut und stickig. Gustav verschwindet immer öfter hinter der Theke, um auszuhelfen, kehrt aber immer wieder an den Tisch zurück.

Kokain. In Berlin, weiß Willy, ist es gerade sehr schick, Kokain zu schnupfen. Ist ja auch nichts dabei, er hat es auch schon zweimal probiert, fand aber immer keine Zeit, sich weiter um das Zeug zu kümmern. Und außerdem hat er schon genügend Gestalten gesehen, die von dem Zeug nicht mehr wegkamen, sich aus dem Leben katapultierten, völlig aus der Bahn geworfen wurden und immer tiefer in der Abhängigkeit von dem Stoff versanken. Und Kaspar?

»Wir müssen ihm helfen. Er hat den Krieg noch in den Knochen und verliert sich da unten. Kokain ist die schlimmste Droge. Sie macht zwar erstmal gute Laune und verbreitet innerlich Sonnenschein, aber danach geht die Sonne immer wieder unter, und je öfters du schnupfst, desto schneller geht die Sonne danach unter und du brauchst wieder neues Kokain. Und das Zeug ist teuer! In Berlin leisten sich das die Großen und Schönen und Reichen. Für die anderen reicht es zum gelegentlichen Ausflug, mehr nicht. Kein Wunder überfällt er alte Mütterchen. Das heißt aber auch, er hat kein Auskommen.«

Hans nickt. »Ich würde sagen, der steckt ziemlich tief im Misthaufen. Wir müssen ihn da rausholen. Das sind wir unserem Kameraden schuldig.«

Gustav legt seine Hand auf Willys Arm und flüstert: »Außerdem brauchen wir ihn hier. Als vierten Mann!«

Willy warnt: »Aber ein Kokainwrack können wir auch nicht gebrauchen. Das ist zu gefährlich für unser Vorhaben!«

»Wir holen ihn her und pflegen ihn gesund!« Gustav strahlt optimistisch in die Runde. »Ich kenne mich da aus, mit Baldrian, Brom, Ruhe, Frischluft …«

»Und wenn er nicht mitkommt? Wenn er so abgestürzt ist, wie die Polizei das schildert, wird es sein Stolz kaum zulassen, dass wir ihn einfach mitnehmen. Seine Situation ist doch schon darauf zurückzuführen, dass er sich nicht mehr als vollwertiges Mitglied dieser Gesellschaft verstehen kann, ohne seine Finger und ohne seine Musik. Das ist doch sein Problem! Aber sein Stolz lässt es auch nicht zu, dass ihm andere dabei helfen. Erinnert ihr euch an seine letzten Worte im Zug? Er könne nicht zurück in sein altes Leben, er wolle suchen, was sein Leben noch lebenswert macht, wenn er keine Musik mehr machen kann. Er hat es wohl nicht gefunden, wenn ich mir das so anhöre.«

»Wir bräuchten einen Lockstoff ...«

»Oder einen Lockvogel ...« Willys Augen fangen an zu funkeln. Nur einmal, auf Fronturlaub, als alles noch in Ordnung war zwischen den beiden, hatte er Helene Spiegel kennengelernt. Eine charismatische Erscheinung, eine echte Persönlichkeit, Schönheit und Klugheit in einer Person, das hatte ihm gefallen. Ja, sie war eine intellektuelle Herausforderung gewesen, wie sie damals über den Krieg diskutierten, die Kriegsanleihen, die Haltung der Sozialisten, der Sozialdemokratie. Er war schwer beeindruckt gewesen von ihr. »Helene Spiegel! Sie ist die Lösung. Die muss ihn rausholen. Sie ist die einzige, die seine emotionale, seine musikalische Seite wieder zum Leben erwecken kann. Das könnte der Hebel sein. Die brauchen wir.«

»Aber die zwei haben sich doch getrennt im Krieg. Er hat doch all ihre Briefe verbrannt oder weggeworfen, nachdem sie sich auf einem Fronturlaub so zerstritten haben, ich weiß gar nicht mehr weswegen. Aber danach war es aus, einfach aus.«

»Von seiner Seite aus, ja, aber ich glaube kaum, dass sie das gewollt hat. Ich meine, er hat sich da in was hineingesteigert. Gustav, weißt du was von ihr?«

Gustav zuckt mit den Schultern. »Das Letzte, was ich von ihr gehört habe, war, dass sie sich mit Musikunterricht für die Töchter aus besserem Hause herumschlägt und ansonsten den Kommunisten nahe steht und für die Sozialistische Internationale tätig ist, was die Zahl ihrer Klienten in Bamberg sicherlich schwer überschaubar halten dürfte.«

Nun ist es Willy, der seine Hand auf Gustavs Arm legt. »Finde bitte heraus, wo sie wohnt. Wir gehen zu ihr, erklären ihr alles. Sie muss Kaspar holen. Sie wird es tun. Auch wenn sie sich damals so unschön getrennt haben.«

»Ist gut, das schaffe ich. Morgen Abend wieder hier?«

»Und ich werde versuchen, Kirchner auch einmal in Augenschein zu nehmen. Aber vorher musst du uns, Willy, noch erklären, was es mit deiner neuen Tätigkeit beim ›Freistaat‹ auf sich hat.«

Willy räkelt sich auf seinem Stuhl und freut sich über freie Bahn für eine weitere Geschichte, die er mit Genuss erzählen kann.

»Nun, Freunde, es war so, dass mich der Ministerpräsident Johannes Hoffmann am Ende unseres Gesprächs heute Morgen fragte, ob ich neben meiner Korrespondententätigkeit für das Berliner Zentralorgan der Sozialdemokratie nicht gleichzeitig für das offizielle Organ der SPD-geführten bayerischen Regierung während der Exilzeit in Bamberg schreiben könnte. Das Ding heißt ›Der Freistaat‹ und ist das offizielle Organ der Landesregierung. Die Druckerei hat sogar eine erhöhte Papierlieferung erhalten, damit man den Jungs in München ein wenig Propaganda entgegenwerfen kann. Und entgegenwerfen meine ich in diesem Fall wörtlich, da wir die Zeitung täglich über München vom Flieger aus abwerfen. Ich hatte schon ein Ferngespräch mit dem Chefredakteur aus München, Hans Dill. Er wird sein Büro im Bamberger Hof haben, unten am Schönleinsplatz. Und ich schreibe für ihn.«

»Na, du legst ja hier einen steilen Aufstieg hin, meine Herren. Warst du nicht mal Zimmermann und hast die besten Schützengräben diesseits der Somme gebaut?«

»Ach, lasst das Alte hinter euch. Zur Sonne, Brüder, zur Sonne!« Willy blickt gespielt versonnen zur Decke. »Und wisst ihr, was das Beste ist? Ich fliege morgen mit und liefere die vierte Ausgabe des Freistaats nach München aus.«

»Du fliegst? Nach München? Mit einem Flugzeug?«

»Das wird ein grandioser Bericht für den ›Vorwärts‹. Gute Nachrichten aus der Luft für die ausgehungerte, von den Bolschewisten als Geisel gehaltene Münchener Bevölkerung!«

Zufrieden mit sich und der Welt lehnt sich Willy lächelnd in seinem Stuhl zurück und bläst einen großen Kringel Rauch in die Luft.

MESSINES IN FLANDERN, 7. SEPTEMBER 1915

Liebste Elly,

Fritz ist tot. Eines Morgens, wir waren gerade im rückwärtigen Bereich in Ruhestellung, lag seine Uniform auf der Pritsche, fein säuberlich zusammengelegt, und von Fritz keine Spur. Als er fünfzehn Kilometer hinter der Front ohne Uniform, gänzlich nackt, von einer Patrouille der Siebten aufgegriffen wurde, wollten sie ihn sofort füsilieren, Hauptmann Kirchner soll ein ganz scharfer Hund sein, der nicht lange fackelt. Allein sein EK II für die Verletzung hat Fritz vor dem sofortigen Abgang bewahrt. Hat ihm aber trotzdem nichts genützt, denn am nächsten Tag wurde er vom ständigen Militärgericht zum Tode verurteilt und sofort erschossen, neben zwei anderen, die ebenfalls getürmt waren. Ich glaube, er war nicht mehr ganz bei Sinnen, darauf hätten sie Rücksicht nehmen sollen. Die Rückkehr an die Front war zu viel für ihn. Aber mit Deserteuren gehen sie im Moment ganz hart ins Gericht, da gibt es kaum Pardon, vielleicht auch, weil so viele davon träumen, jetzt, wo es gar so schlimm geht.

Morgen soll wieder Nachschub kommen, dann wird wohl wieder ein Angriff bevorstehen, die Artillerie schießt sich schon ein.

Grüß die Deinen, sei umarmt und geküsst

Dein Johann

MÜNCHEN/BAMBERG, 14. APRIL 1919

»Langsam ranfahren, langsam, Brandl! Und ja nicht den Motor ausstellen, sonst müssen wir aussteigen und kurbeln, das sollten wir tunlichst vermeiden. Aber die können uns gar nichts. Außerdem wollen wir ja raus aus München, nicht rein.«

Alfons Brandl, Kriminalassistent der Kriminalpolizei in München, mit 52 Jahren ein erfahrener, altgedienter Beamter, kann so leicht nichts aus der Ruhe bringen. Aber diese Straßensperre hier am Ortsausgang von Oberschleißheim, mit einem Trupp bewaffneter Spartakisten und aufgesetztem Maschinengewehr am Straßenrand, die gefällt ihm nicht. Zu oft hat er in den vergangenen Tagen und Wochen der Revolutionen erlebt, dass eine an sich harmlose Begegnung in eine wüste Schießerei ausgeartet ist.

»Um Himmels willen, Papa, der eine hat ja sein Gewehr auf uns gerichtet.«

Lissy Edelmayer sitzt im Fond des Autos und lehnt sich so weit vor wie möglich, um sich an ihres Vaters Arm festzuhalten, ja sie krallt sich regelrecht fest. Anton Edelmayer sitzt vorne neben dem Fahrer Brandl und hält die Ausweispapiere bereit. Ein gestern Abend noch schnell gefälschter Zettel mit vielen offiziell wirkenden Stempeln der Rotgardisten und der Unterschrift des Stadtkommandanten Egelhofer sollte bei diesen einfachen Soldaten ausreichen. Hofft Edelmayer. Die Sondergenehmigung für Bamberg hat er in die Innenkrempe seines Hutes gesteckt, das könnte Ärger geben. Muss nicht sein.

»Ja, da siehst du mal, Lissy, wie die auftreten, die Herren Bolschewisten. Martialisch müssen sie auftreten, das sind sie sich schuldig, die Herren.« Er denkt einen Augenblick an den jungen Soldaten mit der roten Armbinde, den seine Tochter so angehimmelt hatte damals auf der Theresienwiese. Sie sagt zwar, sie sehe ihn nicht mehr, aber ob das stimmt? Er weiß es nicht. Er kann sie ja nicht andauernd einsperren. Aber vielleicht sieht sie jetzt einmal, was die machen, wenn sie an der Macht sind.

»Aber da ist ja sogar eine Frau dabei. Die ist auch bewaffnet!«

Brandl bringt das Auto nun genau auf Höhe der Soldaten zum Stehen, zwei Meter vor der Barrikade, die sie aus langen Holzbalken und einem Heuwagen auf der Straße aufgebaut haben, und grüßt so leger wie möglich mit der Hand an der Mütze. »Guten Morgen, die Herren!«

Vier Soldaten im Feldgrau des Krieges und eine Frau in Zivil stehen herum, einer sitzt hinter dem Maschinengewehr. Rote Armbinden weisen sie als Vertreter der seit gestern Nachmittag siegreichen Spartakisten aus, die den Zentralrat für abgesetzt erklärt und endgültig die kommunistische Räterepublik ausgerufen haben. Drei von ihnen haben das Gewehr mit dem Lauf nach unten locker am Riemen hängen, einer richtet den Lauf grob in Richtung ihres Autos, die Frau trägt einen Gürtel über der Schulter mit Patronenhalterungen, die Männer haben je drei Stielgranaten im Gürtel, allen hängen die Zigaretten lässig im Mundwinkel.

»Zeigen Sie mal Ihre Ausweise und die Fahrgenehmigung!«

Der erste Soldat nimmt die Ausweise und das gefälschte Papier mit der Sondergenehmigung entgegen und reicht sie herum.

»Wo ist die Fahrgenehmigung?«

»Wir haben eine Sondergenehmigung vom Stadtkommandanten Egelhofer. Reicht Ihnen das nicht?«

»Nein, tut es nicht. Seit heute braucht jeder eine Fahrgenehmigung. Wir sollen verhindern, dass fahrtüchtiges Gerät aus München weggeschafft wird, unbestimmte Sondergenehmigungen gelten nicht mehr.«

»Aber die ist vom Stadtkommandanten höchstselbst gestern Abend ausgestellt, wie Sie sehen. Da konnte er vielleicht noch nicht wissen, dass er besser eine Fahrgenehmigung hätte ausstellen müssen. Gestern galten noch die Sondergenehmigungen.«

Der Soldat schiebt seine Mütze auf den Hinterkopf und kratzt sich an der Stirn. »Wo wollen Sie denn hin?«

»Wir sind im Auftrag des Stadtkommandanten und des Arbeiterrats Solln-West nach Ingolstadt unterwegs, um die dortige Stadtverwaltung und den Garnisonskommandanten über den Aktionsausschuss in München zu informieren und für die neue Regierung der Arbeiter- und Soldatenräte zu gewinnen.«

Jetzt wird es Edelmayer doch ein wenig heiß. Mit dieser detailreichen Erklärung verlässt er die mit Brandl abgesprochene Geschichte. Entsprechend verdutzt schaut der ihn jetzt auch an und nimmt die Hände vom Lenkrad, wie um anzuzeigen, ich bin unschuldig, jetzt ist es Ihr Ding, Chef. Edelmayer aber setzt voll auf seine Strategie, dass man denen einfach nur was erzählen muss und Elemente einstreut, mit denen sie was anfangen können, Namen, Orte, Funktionen. Und immer Ranghöhere erwähnen, das haben sie noch drauf vom Krieg, auch wenn sie jetzt doch ach so frei sind, aber wenn einer Rang und Namen hat, das zieht immer noch.

»Vielleicht können wir so noch verhindern, dass Ingolstadt Weißgardisten nach München schickt und die Revolution gefährdet.«

Der Soldat lacht und wirft die Ausweise ins Auto zurück. »Die sollen nur kommen, die Truppen. Die schlagen wir genauso wie das armselige Häufchen der republikanischen Schutztruppe gestern Abend. Richten Sie das den Ingolstädtern ruhig aus. Aber besser für sie, wenn sie auf unserer Seite stehen. Dann wird Ingolstadt weiterbestehen. Sonst ...« Er richtet seine geballte linke Faust in die Höhe und grinst, die anderen lachen lautstark. Einer beginnt, den Heuwagen zur Seite zu schieben.

Edelmayer gibt Brandl einen leichten Stoß gegen den Oberschenkel und deutet ihm mit einem unmerklichen Nicken des Kopfes an, dass er losfahren soll. Der legt den ersten Gang ein und will gerade langsam Gas geben, da steckt die Frau mit den Patronengürteln ihren Kopf ins Auto. Sie hatten in Erwartung der langen und schnellen Fahrt das Verdeck ihres Brennabor Typ G vor der Abfahrt geschlossen, so war Elisabeth Edelmayer kaum zu sehen gewesen bei der Personenkontrolle.

»Kameraden Genossen, das sind nie im Leben Vertreter der Arbeiter und Soldatenräte. Seht sie euch doch mal genau an. Die Frau da hinten, ein Mädchen aus höherem Hause. Zeig mal deine Hände, Süße! Na schau, wie ich es mir gedacht habe, nie gearbeitet haben die, diese Hände.«

Die Soldaten rücken näher an das Auto heran, zwei links und zwei rechts, einer bückt sich, um die Insassen des Automobils durch das Fenster einer gewissenhafteren Prüfung zu unterziehen als vorhin. Der dritte nimmt sein Gewehr von der Schulter und richtet es aus der Hüfte auf Brandl, der seine Hände sofort wieder vom Steuer nimmt.

»Meinst du? Herrschende Klasse? Die drei? Aber die Sondergenehmigung vom Kommandanten!«

»Kann man sich ja auch erschleichen. Oder fälschen! Vielleicht wollen die ja nur fliehen, sind Vertreter des Kapitals oder der abgehalfterten Regierung. Schau dir allein das feine Gepäck an hinten drauf!«

Jetzt spürt auch Edelmayer, der bisher äußerlich ruhig geblieben ist, wie ihm der Schweiß den Rücken hinunterläuft und es unter den Achseln feucht wird. Gestern Abend und während der Nacht hat es mehrere Tote gegeben, als ein versprengter Haufen republikanischer Garde gegen die selbsternannten neuen Machthaber, Leviens Spartakisten und Kommunisten, ankämpfen wollte. Denen sitzt der Finger locker am Abzug, ein falsches Wort, und die Kugel steckt zwischen den Rippen. Sie müssen hier weg. Ihm bleibt nur der Angriff.

»Kameraden, zählt denn die Gesinnung gar nichts mehr? Muss ich aus der Gosse kommen, um den aus der Gosse zu verstehen? War Lenin ein Leinenweber? Nein, Kameraden, es braucht auch uns von den intellektuellen Schichten, um der Revolution eine breite Basis zu bescheren. Waren wir nicht auch im Krieg Seit' an Seit' in den Gräben? Nur der Adel hat sich immer fein herausgehalten, und die Söhne der Industrialisten, der Ausbeuter, die haben uns bluten lassen. Aber das soll jetzt vorbei sein, deswegen lasst uns durch! So wie wir sind Vertreter aller Räte in ganz Bayern unterwegs, damit wir die Revolution vollenden können und den Widerstand im Keime schon ersticken.«

»Reden kann er«, lacht die Frau, »wie ein echter. Den Test hat er bestanden. Allein das überzeugt mich nicht. Woher hat er denn das Automobil hier? Sieht mir eher aus wie eine Dienstkarosse der ehemals herrschenden Klasse.«

Sie schlägt mit der flachen Hand auf die rote Motorhaube des Vorkriegs-Brennabors. Brandl, eigentlich ganz starr vor Angst, fällt ein Spruch ein, den er gestern auf der Straße gehört hat. In der Hoffnung, dass sie das Zittern in der Stimme nicht bemerken, zitiert er laut, mit einem frechen Unterton: »Gestern noch in den Händen des Klassenfeindes, heute fürs Volk unterwegs. So ist das in einer Revolution, so soll es sein!«

Da lachen die Soldaten und grölen ihr Einverständnis, der Gewehrlauf sinkt wieder gen Boden.

»Komm, Marie, lass sie fahren! Die sind harmlos und für die gute Sache unterwegs. Aber passt auf, nicht zu weit nach Westen, Kameraden! Es heißt, die Weißgardisten stehen gleich hinter Dachau.«

Die Frau sieht erst Brandl, dann Elisabeth und schließlich Anton Edelmayer mit zugekniffenen Augen ins Gesicht, ehe sie sich langsam, ganz langsam vom Autofenster erhebt und einen Schritt zurücktritt, während zwei der Soldaten endlich die Barrikade mit dem Heuwagen zur Seite ziehen.

Brandl gibt Gas und fährt mit starrem Blick langsam um das wirre Hindernis herum. Edelmayer grüßt militärisch und Lissy starrt der Frau im Vorüberfahren voll heimlicher Bewunderung hinterher.

Im Nu erreicht Brandl 70 km/h und sie lassen Oberschleißheim hinter sich und donnern über die leere Landstraße Richtung Pfaffenhofen.

Edelmayer steckt sich mit leicht zittrigen Händen eine Zigarette an. »19 Mark kriegen die täglich, die Rotgardisten. 14 waren es noch vorher, unter der Zentralregierung. Kein Wunder sind die alle dabei. 19 Mark!«

Er muss ziemlich schreien, um den Lärm des Motors bei dieser Geschwindigkeit zu übertönen.

Erst jetzt lässt sich seine Tochter in den Sitz zurückfallen und bläst mit aufgeblähten Backen Luft aus. Sie hält ihre Hände in die Höhe und sieht sie an: »Sie haben ja Recht, so richtig viel gearbeitet haben diese Hände noch nicht. Außer Aufsätze schreiben, schnelle Läufe am Klavier und Griegs Fingermörder-Partituren.«

»Aber bist du deswegen ein schlechterer Mensch? Lissy, die einen arbeiten mit ihren Händen in der Fabrik, die anderen mit ihrem Kopf. Und du wirst einmal eine Familie haben und den Haushalt führen für deinen Mann. Das ist auch eine ehrbare Arbeit. Genauso wenig verwerflich, wie in der Fabrik zu arbeiten.«

»Aber ich könnte auch viel mehr, Papa. Vielleicht will ich auch mal was arbeiten. Und nicht nur auf den Göttergatten warten, ihm das Essen kochen und die Kinder umsorgen. Es gibt doch jetzt auch Forscherinnen, ganz berühmte, wie Marie Curie! Oder Abenteurer wie Josephine Peary, die Polarforscherin. Ach Papa, es gibt so vieles auf der Welt, was ich spannend fände. Und stattdessen fahren wir jetzt nach Bamberg, in die tiefste Provinz. Ich wünschte, wir wären schon wieder auf dem Heimweg!«

Brandl kann sich ein Grinsen nicht verkneifen und sieht zu seinem Chef hinüber.

»Behalten Sie gefälligst die Augen auf der Straße, Brandl!« Und zu seiner Tochter gewandt fährt er fort: »Lissy, mein Schatz, können wir vielleicht später über deine Zukunft reden? Ich bin sicher, Herrn Brandl interessiert das nicht im Geringsten und er muss sich aufs Fahren konzentrieren. Schau dir die schöne Landschaft hier an und wir reden später, ja?«

Brandl grinst weiter breit und freut sich, dass seine Tochter schon unter der Haube ist und mit ihrem Mann, den vier Kindern und einer Wohnung ohne Angestellte vollauf beschäftigt ist.

Als Hans Michel an der Zimmertür mit dem ovalen 12er Messingplättchen klopft, tut sich zunächst einmal nichts. Er lauscht. Weiter nichts. Er klopft noch einmal. Nichts. Das war doch richtig, Deutsches Haus, erster Stock, Zimmer 12, Montag, 4 Uhr nachmittags. Er sieht sich um, er ist allein auf dem Hotelflur. Bordeauxroter Teppich, kleine elektrifizierte Lämpchen mit Seidenschirmen, in der Mitte des Flurs steht neben einem großen Spiegel ein stummer Diener, ein Neger in Livree und bietet aus der flachen Hand Visitenkarten des Hauses feil. Hans entfernt sich von der Nummer 12 und will später wiederkommen, da dreht sich ein Schlüssel im Schloss der Zimmertüre und der Kopf einer jungen Dame kommt zum Vorschein, die Haare mit einem weißen Handtuch zum Turm gedreht, ein Ende des flauschigen Handtuchs hängt keck über der rechten Schulter, die von einem Bademantel bedeckt ist. Sie betrachtet ihn mit einer gewissen Skepsis. Aus München kommend sieht sie in Hans' feldgrauer Uniform zunächst einmal den Unheilsboten. Dann bringt sie aber doch ein »Sie wünschen?« über die Lippen.

Hat er sich jetzt nur geirrt, oder sollte Edelmayer hier eine … nein, seine Frau ist ihm immer noch heilig, das würde er nicht … nie … Michel, unsicher, was er nun tun soll – wofür hat er sich denn über den Personaleingang eingeschlichen, wenn er jetzt mit der erstbesten Fremden ein Gespräch anfängt, wo bleibt da sein Inkognito? Aber es wäre schlicht unhöflich, die Dame, die sich auf sein Klopfen hin zur Tür bemüht hat, einfach stehen zu lassen.

»Entschuldigen Sie, Fräulein, ich muss mich in der Tür geirrt haben. Ich habe einen Bekannten erwartet, aber da muss ich wohl die falsche Zimmernummer verstanden haben. Ich gehe zur Rezeption und frage noch einmal genau nach, bitte entschuldigen Sie!«

Noch bevor sich Hans entfernen kann, ruft ihm die junge Frau zu: »Warten Sie! Vielleicht sind Sie ja gar nicht falsch und suchen nur meinen Vater, Anton Edelmayer? Wir bewohnen hier die Suite, er ist im Nebenraum und ruht sich ein wenig aus, sein Rücken, wissen Sie, nach so einer langen Autofahrt.«

Hans tritt näher an die junge Dame heran. Edelmayers Tochter? Was soll denn das jetzt? Wieso ist die denn hier? Oder hat Edelmayer sie zur Tarnung mitgenommen? Zugegeben, kein schlechter Zug, sehr unauffällig, so als Vater-Tochter-Gespann. Er schaut über beide Schultern und spricht leise: »In der Tat, Herrn Edelmayer suche ich. Hans Michel mein Name, Kriminalsekretär. Kann ich reinkommen? Wir sollten nicht so laut hier auf dem Flur …«

»Na klar, kommen Sie rein, Herr Michel! Mein Vater hat schon viel von Ihnen erzählt. Sie kommen aus Bamberg, stimmt's? Kommen Sie rein, ich wecke Vater, setzen Sie sich doch, hier drüben auf dem Canapé! Bitte!«

Hans bleibt unschlüssig hinter der Tür stehen. Zumindest in diesem Zimmer ist von Kriminalinspektor Anton Edelmayer nichts zu sehen. Dafür ist die Präsenz seiner Tochter äußerst dominant. Überall, auf den Stühlen, auf dem Sofa, ja auf dem Boden sind Kleider ausgebreitet, die Schränke stehen offen und eine Schachtel Pralinen steht auf dem Tisch, offen, halbleer, daneben eine Menge zerknüllte Papierchen. Edelmayers Tochter kommt aus dem Nebenzimmer zurück.

»Er kommt gleich, sagt er. So setzen Sie sich doch! Mögen Sie Pralinen? Ich könnte sterben für Pralinen. Und während des Krieges gab es ja kaum welche, zumindest nicht zu erschwinglichen Preisen, und gut waren sie auch nicht. Aber jetzt kann man sie wieder kaufen. Mögen Sie wirklich keine? Ach, ich habe mich ja noch gar nicht vorgestellt. Elisabeth Edelmayer. Schön, Sie kennenzulernen.«

Sie streckt ihm die Hand entgegen, Hans Michel nimmt sie zaghaft und wird von dem kräftigen Handschlag der jungen Dame überrascht. Ein forsches Mädel. Vielleicht doch noch nicht so alt, wie sie ihm zunächst erschienen ist. Vielleicht 18 oder 19, schätzt er. Für diese Zeiten ganz gut im Futter, aber nicht unattraktiv, findet er. Wann habe ich zuletzt eine Frau im Morgenmantel gesehen? Ach, ich bin schon zu alt für sowas.

Elisabeth Edelmayer ist im anderen Zimmer verschwunden und zieht sich offenbar um. Durch die angelehnte Tür redet sie weiter mit ihm. »Und Sie sind richtig aus Bamberg? Dann können Sie mir bestimmt gute Ratschläge geben, wo man hier so hingeht, wenn man noch jung ist.«

Hans steht inmitten des Zimmers und starrt auf die Tür, hinter der sich die Tochter seines Chefs gerade umzieht und murmelt: »Na ja, ich bin nicht direkt aus Bamberg, ich habe nur vor dem Krieg hier gewohnt und gearbeitet. Wie man mir unschwer anhört, bin ich ursprünglich aus Berlin.«

»Berlin?« Ein Aufschrei kommt aus dem Nebenzimmer. »Berlin! Das muss eine tolle Stadt sein. Sie müssen mir unbedingt von Berlin erzählen!«

Hans winkt ab. »Ach, ich weiß nichts mehr von Berlin. Ein Freund von mir, der ist gerade viele Monate dort gewesen, der weiß Bescheid, bestimmt. Gerade gestern hat er mir …«

Mist! Schon verplappert. Das geht ja gut los. Muss ich ihr jetzt von Willy erzählen, ich Esel? Bin doch kein guter Geheimnisträger.

»Oh, ist der hier, dieser Freund? Das würde mich brennend interessieren, Herr Michel. Stellen Sie mich ihm mal vor irgendwann?«

Wie komme ich nur wieder raus aus der Nummer? Jetzt muss ich mich schon bei der Tochter um Kopf und Kragen reden.

»Ach, ich sehe ihn nicht so häufig. Vielleicht, ja vielleicht kann ich das. Aber vielleicht ist er auch heute wieder nach Berlin zurück. Ja, ich meine, mich erinnern zu können, dass er gesagt hat, er müsse in Kürze zurück.«

Auf einmal geht die Tür wieder auf und eine ganz andere junge Frau kehrt ins Zimmer zurück, im dunkelgrünen Dirndl, prall gefüllt, die blond gelockten Haare noch nass, aber voll und üppig. Barfuß tänzelt sie über den Perser, der mittig auf dem Holzboden liegt. Im gleichen Augenblick öffnet sich am anderen Ende des Raumes eine Tür und Anton Edelmayer bückt sich unter dem niedrigen Türstock hindurch und kommt auf Hans zu.

»Grüß Sie, Michel! Verzeihen Sie, dass ich Sie hab warten lassen, aber lange Autofahrten vertrage ich einfach nicht gut. Und der Brennabor hat noch dazu keine gute Federung mehr. Meine Tochter haben Sie schon kennengelernt? Mir blieb nichts anderes übrig, als sie mitzunehmen. Ich wollte sie nicht alleine in München lassen. Die jüngste Revolution haben Sie ja gar nicht mehr mitbekommen, Michel, jetzt sind die Roten ganz und gar an der Regierung. Der Zentralrat ist abgesetzt und es herrscht so eine Art Sowjet, ein bolschewistischer Arbeiter- und Soldatenrat unter Levien und Toller. Letzte Nacht hat es mehrfach gekracht, und geschossen haben sie auch. Grässlich, dieses Volk! Ich bin gespannt, wie lange das noch gut geht, wann die Regierung Stärke zeigt und durchgreift.«

»Gell, Papa, der Herr Michel darf mir auch mal was von Bamberg zeigen, wenn er Zeit hat. Der kennt sich doch aus hier«, wird Edelmayer von seiner Tochter unterbrochen.

»Nein, das geht nicht, Lissy, der Kriminalsekretär Michel ist mein wichtigster Mann hier in Bamberg. Der hat für sowas sicherlich keine Zeit. Außer natürlich, er erbarmt sich deiner mal in einer ruhigen Stunde, was Michel?«

Edelmayer erinnert sich gerade noch an sein Versprechen, das ihm Lissy vor der Abfahrt abgerungen hat, nämlich, dass er sie irgendwie auch mal mit der Bamberger Gesellschaft in

Berührung bringt und sie sich unters Volk mischen kann. Und Hans Michel ist da vertrauenswürdig, und vielleicht kennt er ja doch noch den einen oder anderen ordentlichen Menschen hier in dieser Stadt.

Hans weiß jetzt gar nicht mehr, was er sagen soll. Aber bevor er sich eine Antwort zurechtgeschustert hat, redet Edelmayer schon wieder weiter. »Aber jetzt, Lissy, lass uns mal allein! Geh deine Haare trocknen! Und später kannst du dir einen Tee kommen lassen. Wir haben jetzt etwas zu bereden. Du weißt, wir sind hier nicht zur Sommerfrische!«

Edelmayer sieht sich in der Suite um. »Und Lissy? Das hier wird übrigens unser Büro. Deine Sachen haben hier nichts verloren, die verschwinden jetzt auf schnellstem Wege, damit wir uns recht verstehen. Dein Zimmer ist das Schlafzimmer da hinten, da kannst du deine Fraulichkeit ausbreiten, aber hier, hier wird gearbeitet.«

Edelmayer zeigt auf drei große Kisten, die unter dem Fenster stehen. »Ein halbes Büro haben wir eingepackt. Müssen ja arbeitsfähig sein, auch hier im Ausland, in Franken meine ich natürlich.«

Edelmayer setzt sich in einen der Sessel am Schreibtisch und bittet Michel, sich ebenfalls zu setzen, während Elisabeth indigniert durch das Zimmer läuft und ihre Kleider unwirsch zusammenklaubt, über den linken Arm wirft und schließlich ohne ein weiteres Wort das Zimmer verlässt. »Nun, Michel? Was haben Sie mir schon zusammengetragen, seit Sie hier sind?«

Hans hat verschiedene Sachen vorbereitet, die er nun seinem Chef übergibt und erläutert: einen Plan der Stadt, auf dem er die wichtigsten Regierungs- und Ministeriumssitze sowie die Hotels und Pensionen der wichtigsten Mitglieder der Regierung markiert hat, eine Liste der einflussreichsten Bamberger, der Strippenzieher und der Mandatsträger, eine Liste aller Lokale mit Hinterzimmern, der Orte, an denen sich die Rechten treffen, und der Orte, an denen sich die Linken treffen. »Gibt es zu diesem Hotel hier auch einen Hintereingang?«, unterbricht ihn Edelmayer. »Sind die Wirtsleute absolut vertrauenswürdig? Größtmögliche Sorgfalt, Michel, beim Betreten und Verlassen des Anwesens! Sie sind der Mann für die verdeckten Ermittlungen. Da lege ich großen Wert drauf, Michel. Notfalls lassen Sie sich vom erfahreneren Kollegen Lohmann noch ein paar Tricks zeigen, wie man sichergehen kann, dass man nicht verfolgt wird. Der kommt übrigens morgen mit der Eisenbahn an und wohnt dann ebenfalls hier, im ersten Stock allerdings. Die letzten Zimmer, die wir auftreiben konnten. Brandl logiert auch hier im Hause in einem Not-Zimmer unterm Dach. Ihr Gasthof ist in Ordnung, hoffe ich?«

Als Hans später das Hotel über den Dienstboteneingang wieder verlässt und unauffällig zwischen Rückgebäude und Elektrizitätswerk verschwindet, geht er strammen Schrittes Richtung Ludwigsbrücke, quert sie und biegt links in die Promenade ein. Sonntags spazieren hier die Bamberger, flanieren zwischen den Bäumen über den breiten Weg. Heute ist nicht viel los, aber das viele frische Grün beruhigt Hans, denn innerlich ist er aufgeregt und unsicher, wie das wird, was jetzt kommt. Er hat sich vorgenommen, das Gespräch mit Helene Spiegel nicht auf die lange Bank zu schieben, sondern heute noch zu ihr zu gehen. Willy ist schon so eingespannt in seine Arbeit, dass sie entschieden haben, Hans solle das übernehmen. Schon heute Morgen war er in ihrem Haus, sie bewohnt ein Zimmer in der Langen Straße, zweiter Stock, das hat Gustav herausgefunden. Die Wirtin sagte jedoch, sie sei nicht zuhause, am späten Nachmittag hätte er vielleicht mehr Glück. Auf vieles ist er nun gefasst, als er an ihre Türe klopft, aber nicht, sie in einem so erbarmungswürdigen Zustand anzutreffen. Er erinnert sich noch gut an einen gemeinsamen Fronturlaub mit Kaspar, als die drei oft an der Regnitz spazieren und im Hain ins Theresienhain auf einen Kaffee gegangen waren. Eine eindrucksvolle Frau, erinnert er sich, eine charakterstarke Persönlichkeit, eine famose und gepflegte Erscheinung, die sich wie eine Königin bewegte, fließend, elegant, jung, optimistisch. Aber die Frau, die ihm nun die Tür öffnet, ist nur noch ein Schatten dieser Person. Ein Schwall Kohlduft schwappt mit ihr aus dem Zimmer, ein dünnes großes Männerhemd am Leib, eine Hose, Schlappen, so hält sie sich am Türrahmen fest. Sie schaut ihn fragend an, die Haare wirr und ungepflegt, der Blick müde und abgekämpft.

»Helene Spiegel?«

»Ja.«

»Erinnern Sie sich an mich? Hans Michel, ich war ein Kamerad von Kaspar. Wir trafen uns während des Krieges mehrmals in Bamberg auf Urlaub …«

Kaum hat er Kaspars Namen ausgesprochen, kommt so etwas wie ein Leuchten zurück in ihre Augen. Sie schielt in den stumpfen Spiegel neben der Tür und fährt sich mit den Händen durchs Haar, ein Versuch, die Lockenmähne zu bändigen. Dann macht sie die Tür weit auf. »Wissen Sie was von Kaspar? Wissen Sie, wo er ist? Ja, ja, ich erinnere mich an Sie, im Theresienhain waren wir oft. Einmal war Frühjahr, wir saßen draußen im letzten Sonnenlicht des ersten warmen Tages. Was ist mit Kaspar? Wieso sind Sie hier? Ist er tot?« Sie stolpert durch das Zimmer, räumt Stapel mit Notenblättern, Zeitungen, Pamphleten, Flugblättern und Plakaten von einem kleinen Sofa, wirft alles auf den Boden und deutet Hans an, Platz zu nehmen. Sie setzt sich rittlings auf einen Stuhl und stützt sich auf die Rückenlehne. Mit großen Augen, wie aus dunklen Höhlen, starrt sie ihn an und wiederholt ihre Frage: »Was wissen Sie von Kaspar? Wie geht es ihm?«

Hans erzählt, was er von der Polizei in Murnau erfahren hat. Dann berichtet er vom Kriegsende, wie sie sich getrennt haben von Kaspar. Erst langsam, stockend, mit langen Pausen, dann immer schneller und immer mehr, angefeuert von den Fragen Helenes erzählt er schließlich auch vom Krieg, von den Tagen im Graben, von den Zeiten in Ruhe, von den Hoffnungen, von den zerstörten und den aufkeimenden, von Willy, Gustav und

Johann, von Kaspars Schicksal mit den zerschossenen Fingern, und von Kirchner. Und von ihrem Vorhaben. Ganz am Ende, es ist schon Abend geworden, sie haben kein Licht angemacht, sitzen sich im Dämmerlicht gegenüber und hören nur noch ihre Stimmen, ganz am Ende also, nachdem er alles erzählt hat, ganz am Ende, bittet er sie, Kaspar heimzuholen.

Lange ist es still in dem Zimmer. Still und schwarz. Das Fenster bietet eine nur matte Quelle diffusen Lichts, Hans bildet sich ein, einen Tropfen auf dem Dielenboden gehört zu haben. Weint sie?

Schließlich beginnt sie zu reden: »Ich habe kein Leben mehr ohne ihn. Ich bin am Leben, ja, gerade noch, Sie sehen es ja, ich halte mich irgendwie über Wasser. Aber wer will seiner Tochter schon von einer sozialistischen Suffragette die höheren Weihen des Klaviers oder gar der Klarinette beibringen lassen? Mit meiner Wirtin habe ich am Fließband zusammen gearbeitet während des Krieges, sonst wäre ich hier schon längst rausgeflogen. Ich lebe von der Hand in den Mund. Und innendrin, innendrin lebe ich schon lange nicht mehr. Seit es zum Bruch mit Kaspar kam. Mein Gott, wir wussten auch nicht, wie wir diesen Krieg schneller zu einem Ende bringen sollten. Was hätten wir denn tun sollen? Weiter Munition bauen, für immer mehr, immer mehr Kanonen? Immer mehr Tote? Aber wir haben ja ohnehin nichts erreicht. Wahrscheinlich hat er Recht gehabt. Eher haben wir unseren eigenen Männern und Vätern geschadet, als den Krieg auch nur einen Tag früher beendet zu haben. Mein Gott, hätte ich all das von Kaspar gewusst, was Sie mir erzählt haben … Er hat ja nie über den Krieg geredet. Anfangs, da haben wir uns an unseren Plänen für sein Orchester festgehalten, ja festgekrallt haben wir uns daran. Später hat er plötzlich aufgehört davon zu träumen, die Träume seien ihm ausgegangen, hat er gesagt. Er wurde immer wortkarger. Und dann, nach dem Streit, war er einfach weg. Ich hätte ja nochmal mit mir reden lassen, vielleicht hätte ich ihm auch Recht gegeben, aber er war einfach weg. Und kam nie wieder. So schlimm war der Streit gar nicht, eher eine Meinungsverschiedenheit. Es schien mir fast so, dass er auf einen solchen Anlass gewartet hätte, um endgültig seinen Abschied nehmen zu können, den er innerlich schon lange vorbereitet hatte. Er hat nicht mehr geschrieben, er hat sich nicht mehr blicken lassen, nichts! Wenn er gefallen wäre, ich hätte es gar nicht mitbekommen. Wie oft habe ich ihn in den Alpträumen meiner Nächte sterben sehen! Anfangs rief er noch nach mir, wenn er starb, später starb er schweigend. Aber jetzt sagen Sie mir, dass er lebt. Er lebt. Das ist …, das ist gut. Sehr gut. Ja, ich will es tun, ich hole ihn da raus. Ich hole ihn raus aus seinem Elend. Ich fahre nach Murnau, gleich morgen. Ich muss nur noch …« Sie fängt an zu weinen. »Wie ich aussehe! Ich weiß, wie ich aussehe, so gleichgültig bin ich nicht geworden, dass ich es nicht sehen würde, dass ich eine alte Schachtel geworden bin, ein altes, verbittertes Klageweib. Die Kameradinnen wollen mich schon gar nicht mehr dabei haben bei unseren Aktionen, weil sie meinen, ich vergraule ja die Leute. Ich muss mich irgendwie herrichten für ihn. Sonst … Das bin ich ihm schuldig. Ja, ich hole ihn. Reicht morgen früh? Aber ich weiß nicht, ob ich das alleine schaffe. Kommen Sie mit mir? Kommen Sie mit! Vielleicht will er mich gar nicht sehen. Was mache ich dann?«

Hans sitzt aufrecht, auf der vorderen Kante des abgewetzten Sofas, der Geruch von Staub und Papier, Schweiß und Kohl steigt ihm in die Nase, er muss raus, raus hier aus diesem Liebeselend! Mein Gott, die liebt ihn immer noch über alles, die braucht ihn mindestens so viel wie er sie. Zwei Menschen, die der Krieg so entzweit hat, dass sie beide am Rande der Existenz leben, sich kaputt machen, sich verlieren. Hans leidet darunter, er braucht Luft. »Darf ich das Fenster öffnen, Fräulein Spiegel?«

»Klar, warten Sie, ich mache das, verzeihen Sie!« Da sie beide gleichzeitig im Dunkeln aufstehen, streifen sie einander, berühren sich an den Handrücken, kurz. Hans spürt eine Kraft, die von ihr ausgeht, eine Seelenstärke, die ihn berührt. Sie schafft das. Sie wird es schaffen.

»Da, das tut gut. Sie haben Recht, man muss die Luft reinlassen, sonst erstickt man, man erstickt am eigenen Elend, in das man sich vergräbt. Aber nennen Sie mich nicht Fräulein! Das klingt wie Hohn. Nennen Sie mich einfach Helene, wenn Sie mögen. Und ich nenne Sie Hans. Sie haben so viel von sich erzählt. Kaspar hat immer gesagt, Sie seien so ein Stiller, damals war es auch immer so bei unseren Spaziergängen. Aber heute … Es kommt mir vor, als kenne ich dich schon lange.«

Hans ist völlig perplex, verwirrt stottert er: »Ich … es ist … es tut mir so leid, es tat mir immer so leid, als er die Briefe von Ihnen, von dir, empfangen hat und ungelesen verbrannt oder vergraben hat. Ich hätte ihn zwingen müssen, sie zu lesen, vielleicht wäre es dann nicht so weit gekommen, und Sie hätten sich, ihr hättet euch wieder zusammengerauft. Ihr braucht einander, das spüre ich. Und deswegen glaube ich auch fest daran, dass alles wieder gut wird. Wir müssen nur hin, bevor er sich mit dem Dreckszeug das Leben nimmt. Kokain ist ein Mörder. Ich habe viele an Morphiumsucht sterben sehen, die haben sich irgendwann alle wo runtergestürzt, erschossen, oder sind einfach krepiert. Wir müssen ihn retten. Nur, ich weiß nicht, ich bin im Dienst, mein Chef ist seit heute auch hier, ich wüsste nicht, mit welcher Begründung ich mich zwei Tage absentieren sollte.«

Der Willy! Der könnte es tun, der könnte mit, na klar! Der hat doch Narrenfreiheit hier.

»Ich frage den Willy, ob er dich begleitet, ja? Der kriegt das hin, bestimmt!«

Am Ende stehen sie beide am offenen Fenster und blicken auf die Straße hinunter. Die Laternen beleuchten Menschen, die nach Hause eilen, andere stolpern aus den Gaststätten, sie gehen zu Frau und Kind, zu ihren Männern, vielleicht hatten sie Glück und haben ein Stück Fleisch ergattert oder eine Kanne

Milch, zwei Eier, leuchtende Augen erwarten sie, sie genießen den Frieden und haben ihre Lieben um sich.

»Was soll ich? Nach Murnau fahren mit Helene Spiegel? Diesem Prachtweib von Kaspar?«

»Dieses Prachtweib, wie du es nennst, hat ganz schön Federn gelassen im Krieg, ich bin richtig erschrocken heute, als ich sie gesehen habe, sie ist nur noch ein Schatten ihrer selbst. Aber Willy, du bist der einzige von uns, der so frei und unabhängig ist, nach Murnau fahren zu können. Ich habe meinen Chef hier und Gustav wird in der Wirtschaft gebraucht, außerdem ist nicht klar, ob er die Fahrt schaffen würde. Du musst ran. Die wird dir gefallen. Und du kannst bestimmt famos politisieren mit ihr, sie scheint immer noch aktiv bei den Sozialisten mitzumischen, eher USPD als MSPD allerdings, also nicht ganz deine Linie, aber immerhin.«

»Daran soll es nicht scheitern. Vielleicht, ... ja, vielleicht kann ich auf einen Abstecher nach München rein und eine Reportage direkt aus dem Herzen der Revolution schreiben. Ich war ja heute mit dem Flieger drunten. Ich sag euch, die haben auf uns geschossen, glaubt ihrs? Die kennen nichts, scharf geschossen. Wir waren so über dem Hofgarten, da plötzlich, rattattattattat, der linke Flügel hat ein paar glatte Durchschüsse abbekommen, aber der Flugzeugführer hat ganze Arbeit geleistet und hat die Maschine sofort hochgezogen und zur Seite gesteuert. Wir haben unsere Flugblätter und den ›Freistaat‹ dann woanders abgeworfen, eher in den Stadtteilen. Direkt den Spartakisten das Zeug runterzuwerfen macht ja wenig Sinn, außer man trifft sie mit dem Päckchen auf den Kopf. Aber fliegen ist grandios, sag ich euch! Kein Wunder galten die Flieger im Krieg als die Könige unter den Soldaten. Erhebend. Laut zwar, und kalt, und der Wind pfeift dir um die Ohren, aber einfach unglaublich, die Welt von so weit oben zu sehen. Zum Glück kenne ich den Flugzeugführer von früher, den Harri, mit dem hab ich hier in

Bamberg so manches Ding gedreht. Der hat sich am Ende des Kriegs noch zum Flugzeugführer ausbilden lassen. Ich habe mir gleich von ihm zeigen lassen, wie das geht mit dem Fliegen. Kinderleicht eigentlich.«

Gustav kehrt mit drei vollen Bierkrügen an den Tisch zurück. »Ja, solange alles funktioniert, schon. Ich verstehe das ja gar nicht, wie so ein Ding überhaupt fliegen kann. Das ist doch sauschwer mit der ganzen Maschine und zwei Menschen auch noch und eurem ganzen Papierkram. Wieso hält sich das Ding in der Luft?«

Willy dreht sich zu Gustav und meint: »Das ist doch ganz einfach, Gustav. Durch die Schubkraft der Propeller, nee, warte, ich fange anders an, also die Propeller sind so geformt, dass …«

»Können wir mal zum Thema zurückkommen, Freunde? Eure aeronautischen Fachgespräche könnt ihr nachher fortführen, ich habe Helene versprochen, ihr heute noch Bescheid zu geben, ob jemand mitfahren kann. Was ist jetzt, Willy, kannst du das einrichten?«

Willy dreht seine unangezündete Zigarette zwischen den Fingern, klopft sie mehrmals auf den Tisch und verkündet in die gespannte Erwartung seiner Tischnachbarn hinein: »Ja, das lässt sich schon an. Beim ›Vorwärts‹, das ist keine Sache, die haben jetzt erst einmal das Gespräch mit dem Ministerpräsidenten, die brauchen nichts vor Mittwoch. Und dafür habe ich ja schon die Geschichte rund um den Flug. Und wenn ich den Abstecher nach München machen kann, dann habe ich ja schon wieder was. Und der Dill, der Chef vom ›Freistaat‹, wird eh erst im Laufe der Woche in Bamberg erwartet. Solange schreiben das die anderen Reporter. Also gut. Ich mach's.«

Drei Bierkrüge erheben sich und stoßen geräuschvoll aneinander. »Auf Kaspar und Helene!« Das war Hans Michel.

FLANDERN, 5. OKTOBER 1915

Liebste Elly,

noch rasch ein paar Zeilen, morgen soll es den Durchbruch geben. Es sind über Wochen so viele Truppen zusammengezogen worden, lauter junge Kerle stehen sich in den rückwärtigen Gräben die Füße platt, aber auch erfahrene alte kommen dran. Wir sollen in der dritten Angriffswelle dabei sein und weit ins gegnerische Gebiet vorstoßen und die Stellung halten. Seit Tagen deckt unsere Artillerie die Franzosen mit allem ein, was die heimische Rüstungsindustrie so hergibt. Wir haben jetzt auch eine Dicke Berta in der Artillerie, die macht einmal Rumms, und dann geht ein Riesending auf der anderen Seite nieder, da wächst kein Gras mehr. Die Krater sind an die drei, vier Meter tief. Grässlich ist es, diese Feuerwalze über sich ziehen lassen zu müssen, die Luft über einem so voller Todesbringer. Mancher hier zittert sich durch den Artilleriebeschuss, andere beten, wieder andere trinken ihre Sonderration Schnaps gierig und hastig. Ich möchte immer gegen die Granaten anschreien, so laut ich kann, aber es würde ja doch keiner hören, mein lautester Schrei wäre wie der Flügelschlag eines Schmetterlings im tosenden Orkan. Ich denke auch an die Soldaten auf der Gegenseite und fühle mit ihnen. Da kann kein Stein mehr auf dem anderen stehen. Beinahe können sie einem leidtun, so wenig kann noch leben dort.

Gott mit uns!
in Liebe,

Dein Johann

BAMBERG, 15. APRIL 1919

Hans Michel öffnet die Augen einen Spalt weit. Was er sieht, kommt ihm nicht bekannt vor. Das ist nicht mein Zimmer im Fässchen. Dann dämmert es ihm, ach ja, es ist spät geworden gestern. Hans war erst wieder gegen halb zehn bei Helene Spiegel aufgetaucht, um ihr mitzuteilen, dass Willy sie am nächsten Tag nach Murnau begleiten würde, Kaspar zu suchen und heimzuholen. Schon als sie ihm die Tür öffnete, merkte er, dass sich etwas verändert hatte. Sie strahlte und vermittelte eine ganz andere Botschaft als am Tag zuvor, ihre Persönlichkeit war auf einmal wieder da. Aufgeräumt hatte sie, gelüftet, sie hatte ein Kleid an, die Haare schienen frisch gewaschen und wippten bei jedem ihrer Schritte, als sie ihn hereinbat. Auf dem Tisch vor dem Sofa standen zwei Gläser und eine Flasche Wein.

Die Nacht hatte er auf dem Sofa verbracht. Was vom Abend übrig geblieben war, waren sie beieinander gesessen, hatten über Kaspar geredet, über Helenes Kriegsjahre, über Hans' gefallene Jungs, seinen Unfall in Berlin, Marie und die tote Kleine, über Musik und den Krieg, den Frieden und die Demokratie. Sie hatte Angst vor dem Treffen mit Kaspar, große Angst. »Bleib bei mir! Ich will nicht allein sein, nicht jetzt, wo ich meinen Kaspar wiederfinden soll, wo die Hoffnung in mir keimt. Wenn ich alleine bin, stirbt die Hoffnung allzu schnell wieder, ich kenne mich. Dann kann ich morgen nicht aus dem Bett. Bleib bei mir heute Nacht, Hans! Bitte!« So hatte sie geredet, so hatte er entschieden, dass er bleibt.

Am Bamberger Bahnhof müssen sie zunächst zur Kommandantur, um sich einen Freischein ausstellen zu lassen, damit sie auch wieder nach Bamberg hereindürfen, wenn sie zurückkommen. Hans Michel ist so geistesgegenwärtig, gleich einen Passierschein für Kaspar mit ausstellen zu lassen – einmal mehr helfen ihm seine Uniform und die Vergangenheit bei den 5ern. So unter Kameraden geht das schon mal, wenn der Vorgesetzte gerade wegsieht.

Willy wartet auf Gleis 2 und hat schon einen Zweierplatz mit seinen Sachen belegt, seine Erika Nr. 1 allerdings trägt er in der linken Hand. Mit der rechten begrüßt er Helene Spiegel freundlich und bugsiert sie in das Abteil. Nach einer halben Minute springt Helene noch einmal aus dem Waggon und umarmt den auf dem Bahnsteig stehenden Hans, lange und fest. »Danke!«, flüstert sie ihm ins Ohr. »Danke, dass du geblieben bist. Das hat mir gutgetan!«

»In zwei Tagen sind wir wieder da, Hans«, ruft Willy aus dem Fenster des Abteils. »Mit Kaspar! Versprochen!«

Bis Nürnberg mag kein rechtes Gespräch aufkommen. Helene ist angespannt. Nervös. Andauernd nestelt sie an ihrer Handtasche, holt ihren kleinen Spiegel heraus und zupft an ihren Haaren herum. Die Mitreisenden im Abteil gucken verstohlen zu ihr hin. Groß und schlank, in einem schlichten Kleid, etwas zu weit, aber dennoch an ihr elegant, leicht geschminkt, so dass sie etwas Farbe im Gesicht gewonnen hat, und mit ihrem kleinen, schräg sitzenden Hut ist sie wieder ein wahrer Hingucker. Auch wenn ihre Wangen noch eingefallen sind, die Schminke die tiefen Augenhöhlen nicht ganz retuschieren kann und sie dünner ist als schicklich, so strahlt sie doch schon wieder und nimmt jeden ein, der ihrer gewahr wird.

In den nächsten Zug müssen sie sich regelrecht hineinboxen. In Nürnberg steigen viele Soldaten in den Zug nach München, alle noch im Feldgrau des Krieges, manche mit rotem Armband, andere ohne, der Bahnhof ist ein einziges Gewimmel an Menschen, Koffern und dampfenden Loks, schreienden Gepäckträgern und Verkäufern mit ihren Bauchläden, die die Gleise entlang gehen. Große Säcke werden durch die Fenster gereicht, manch einer steigt selber durch das Fenster ein, die Abteile sind mehr als voll belegt. Helene und Willy halten sich an den Händen, um sich nicht zu verlieren. Um durchzukommen, ruft Willy wahlweise »Lasst uns durch, wir bringen die Kohlen für die Lok, so machen Sie doch mal Platz da, wir müssen nach vorne!« oder »Macht Platz für Gunilla Birgitta Lindström, die Abgesandte des schwedischen Arbeiter- und Bauernrates! Wer ihr Platz macht, dem singt sie später eine beliebte schwedische Hirtenweise.« Helene genießt die Aufmerksamkeit und die Blicke und lacht sich kringelig über Willys Sprüche. Als sie endlich einen Sitz und eine Armlehne erobert haben, fragt sie ihm Löcher in den Bauch über seine Zeit als Trickbetrüger, zumal sie einige der Betrogenen aus der Bamberger Gesellschaft kennt. Damit es nicht alle hören können, flüstert er ihr die Geschichten ganz nah an ihrem Ohr zu. Ihr spontanes Lachen an den besten Stellen beflügelt seine Fabulierlust. Ab München ist der Zug leerer, den Abstecher in die Stadt verschiebt Willy auf die Rückfahrt, und so gelangen sie nach vielen Stunden endlich nach Murnau.

Als der Zug den Murnauer Bahnhof keuchend und fauchend, Dampfschwaden ausstoßend verlässt, stehen die beiden auf dem Bahnsteig, stellen ihre Taschen neben sich ab und atmen tief ein.

»Diese Luft hier! Einmalig! «

»Vor allem nach dem Knoblauchbrot der beiden Bäuerinnen.«

»Mit zwei Dutzend rohen Zwiebeln!«

Sie lachen und bewundern das Bergpanorama, das sich jenseits der Gleise majestätisch erhebt.

»Und jetzt?«, fragt Helene.

»Jetzt? Jetzt nehmen wir uns ein Zimmer in einem Gasthof und dann suchen wir den Schmied, bei dem Kaspar hoffentlich noch wohnt. Auf geht's!« Willy fasst Helene an der Hand und läuft los. Sie lässt es geschehen und hält Schritt mit seinem Tempo.

»Dieser Bursche? Der ist seit zwei Wochen nimmer hier gewesen. Keine Ahnung, wo der hin ist. Manchmal ziehen sich die ja wie die Tiere in ein stilles Eckerl zurück, um in Ruhe sterben zu können. Sind Sie verwandt mit ihm? Er schuldet mir noch die Miete für März und April. Sonst lass ich ihn noch einbuchten. Am besten, Sie nehmen gleich seine Sachen mit. Viel ist es ja eh nicht.«

Helene und Willy gehen die Stufen hinunter und öffnen den Verschlag zu Kaspars, ja, wie soll man es nennen, Zimmer?

Helene hält sich ein Taschentuch vor die Nase. Es stinkt modrig und feucht nach Urin, Erbrochenem, Vergammeltem. Sie müssen erst eine Weile warten, bis sich ihre Augen an die Dunkelheit gewöhnen und sie etwas erkennen. Der Geruch bleibt. »Dafür will der eine Miete?«, regt sich Willy auf. »Frechheit! Ein Loch ist das, ein Loch für Ratten und Gewürm, aber doch nicht für Menschen! Unwürdig! Der arme Kaspar. Komm, wir gehen ihn suchen! Ich sehe hier nichts, was es wert wäre, mitgenommen zu werden.«

Helene steht unschlüssig in dem kleinen, höhlenartigen Verschlag. Sie setzt sich auf das Bett, eine Strohmatratze auf einigen Brettern, und legt ihre Hand auf das löchrige, verschmierte Kopfkissen. Eine Kartoffelkiste dient Kaspar offenbar als Nachttisch. Sie hebt die Kerze an, die darauf steht, darunter ein zerlesenes Buch, Tolstois »Krieg und Frieden« und ein kleines Pamphlet der Murnauer Sektion der Bayerischen Volkspartei. Doch darunter ist noch etwas, dünn, abgegriffen, die Schrift kommt ihr bekannt vor. Sie erkennt einen ihrer unzähligen Briefe an die Front, die er nie beantwortet hat und laut Hans doch immer vernichtet habe. Hat er doch einen aufgehoben! Er ist vom November 1916, genau nach ihrem unseligen Streit. Der erste danach. Warum nur, warum hat er nie mehr geantwortet? Sich nie mehr gemeldet? Da war doch so viel mehr gewesen als nur dieser eine dumme Streit. So viel mehr, so tief, so groß. Warum?

»Komm, wir gehen, Helene!« Willy drängt es aus dem Verschlag, er will nicht länger mit ansehen, wie sein Freund hier gehaust haben muss. Im Rausgehen drückt er dem Schmied zwanzig Mark in die Hand. »Das wird ja wohl reichen für die Miete für dieses Drecksloch da unten. Ich lasse Sie anzeigen, wegen Mietwuchers, wenn Ihnen das nicht reicht. Da hatten wir es ja im Krieg schöner.« Ohne ihn eines weiteren Blickes zu würdigen, lassen sie den grobschlächtigen, kantigen Mann stehen und kehren auf die Straße zurück.

Helene laufen die Tränen übers Gesicht, als sie wieder an die frische Luft kommen. In der Hand hält sie den vergilbten Brief, ihren Brief.

»Oh, Wilhelm, meinst du, er lebt noch? Oder kommen wir zu spät?«

»Der lebt noch, glaub's mir! So wie der im Krieg alles überlebt hat, der ist wie eine Katze mit neun Leben. Und wenn wir das ganze Dorf hier durchkämmen müssen.«

Es ist schließlich der Hinweis des Dorfpolizisten Angerbauer, der sich als hilfreich erweist. Mohr sei bis zum vorigen Samstag im Knast gesessen und nur gegen die Auflage täglicher Vorsprachen auf der Polizeiwache entlassen worden. Bisher sei er brav jeden Tag vorbeigekommen, meist gegen Abend, wenn es dunkel wurde, auf der Wache nichts mehr los war und nicht mehr so viele Menschen unterwegs waren, außer den Nachtschwärmern und Seinesgleichen, zwielichtiges Gesindel also, Morphiumsüchtige, Kokainschnupfer und Opiumabhängige, Huren und so Geschwerl, wie er sich ausdrückt. Am heutigen Dienstag sei er noch nicht da gewesen.

»Na, dann machen wir es uns doch in der Gaststätte da drüben gemütlich und warten einfach auf ihn«, schlägt Willy vor. »Bevor wir den halben Ort auf den Kopf stellen und ihn am Ende doch nicht finden …« Während sich also Helene im Gasthof Griesbräu, wo sie sich zwei Zimmer gemietet haben, frisch macht, übernimmt Willy die erste Schicht am Fensterplatz des Gasthofs gleich gegenüber der Polizeiwache und bestellt ein Bier. In seiner Schreibkladde fasst er ihre Erlebnisse der Reise zusammen, gewissermaßen als ersten Teil seiner Reportage, mit der er die Reise seinem Chef gegenüber rechtfertigen wird. In der Reportage endet die Reise natürlich in München. Er baut darauf, dass er diesen Abstecher noch machen kann auf der Rückreise. Wenn Kaspar mitkommt, hätte Helene ja eine Begleitung, dann könnte er einen Tag später fahren.

Um ihn herum, in der düsteren, dunklen Gaststube, deren einziger Schmuck unzählige große und kleine Geweihe und zwei Hinterglasbilder von Heiligen an den holzvertäfelten Wänden sind, sitzen Männer in Lederhosen und spielen Karten, trinken und diskutieren lautstark über die Entwicklung in München, ja sie schimpfen über die linke Brut, die sich da in der Stadt eingenistet hat, und wünschen den Spartakisten einen schnellen Tod, so der generelle Tenor der Wortfetzen, die Willy versteht.

Als Helene zwei Stunden später zurückkehrt, hat Willy schon acht klein beschriebene Seiten fertig und drei Halbe Bier getrunken. Ausnahmslos alle Köpfe drehen sich um, als Helene das Lokal betritt und sich in der Schummrigkeit der Stube nach Willy umsieht. Der traut seinen Augen kaum, als er sie sieht. Herausgeputzt ist sie wie für einen Auftritt auf der großen Bühne. Willy gibt sich bemüht lässig, als ob es das normalste der Welt wäre, dass sich eine Frau dieses Kalibers an seinen Tisch setzt und ihn mit einem Kuss auf die Backe begrüßt. Es dauert eine ganze Weile, ehe das Stimmengewirr der Gaststätte wieder seine ursprüngliche Lautstärke erreicht.

»Fesch, sagen die Bayern dazu, glaube ich. Steht dir unheimlich gut. Freut mich, dich wieder so lebendig zu sehen.«

»Ich wusste nicht recht, wie ich Kaspar gegenübertreten sollte, aber vielleicht erinnert er sich an unsere gemeinsamen Zeiten, wenn er mich so sieht. Dieses Kleid habe ich oft getragen, wenn wir Konzerte hatten. Ich gebe zu, ich hätte es noch umnähen müssen, um den geänderten Umständen Rechnung tragen zu können, aber dazu war keine Zeit mehr. Der Krieg ist auch an mir nicht spurlos vorübergegangen.«

»An wem ist er das schon«, murmelt Willy und blickt zum Fenster hinaus. »Also, bisher hat er sich nicht blicken lassen, der Kaspar. Nur alte Mütterchen und gestandene Bayern, die ihre Polizei aufsuchen in Murnau. Ich fürchte, wir müssen noch ein bisschen warten.« Das Fenster bietet freien Blick zum Eingang der Wache. Mittlerweile ist es dunkel geworden, nur eine Gaslaterne erleuchtet den Vorplatz. Leichter Nieselregen setzt ein, so dass sich das Licht der Laterne auf den glattpolierten Hauben des Kopfsteinpflasters spiegelt.

Helene legt ihren Hut auf die Bank, den Mantel über eine Stuhllehne, setzt sich direkt ans Fenster und wendet den Blick kaum mehr von der Wache gegenüber. Sie redet mit Willy, ohne ihn anzusehen.

»Nein, ich kann nichts essen jetzt, ich habe keinen Hunger«, erwidert sie abwesend auf seine Frage, ob sie etwas essen möchte. Willy bestellt sich Brot und Wurst und ein weiteres Bier, schiebt die entsprechende Menge Lebensmittelmarken über den Tisch und fragt sich, was die Leute jetzt von ihrem neuen Liebespaar denken, wenn er sich mit Bier und Brot befasst und sie kaum zu einem Gespräch in der Lage ist, weil sie ihren Blick andauernd abwendet. Helene ist angespannt, spielt mit der Krempe ihres Huts, knetet den Vorhang zwischen den Fingern und nimmt schließlich dankbar die Zigarette an, die ihr Willy anbietet. Rauchend und schweigend sitzen sie nebeneinander. Willy hat das grobe Bauernbrot mit Leberwurst und eingelegter Gurke verspeist und ist beim fünften Bier angekommen, als Helene laut aufschreit: »Da!«

Sie hält sich die Hand vor den Mund. Willy steht sofort am Fenster, drückt die Nase an die Scheibe und schirmt das Licht der Gaststube mit der hohlen Hand ab. Nur noch von hinten sieht er die Gestalt, die auf ihrer Straßenseite unter dem Fenster vorbeigelaufen sein muss und nun die kleine Straße zum Vorplatz der Polizeiwache quert. Helene steht ganz nah bei ihm, er spürt, wie sie am ganzen Körper zittert.

»Er ist es! Ich habe seine Augen gesehen, ganz kurz nur, aber er ist es.«

Als sich die Gestalt im Schein der Laterne vor der Polizeiwache kurz einmal zur Seite wendet, erschrickt Willy. Er könnte es wirklich sein. Er hat ihn zwar größer in Erinnerung, doch geht er gebückt, kauernd, als hätte er Leibschmerzen. Wilde Haare und ein regelrechter Rauschebart, der eines Eremiten würdig wäre, umgeben das schmale, kreidebleiche Gesicht. Die löchrige Hose wird durch einen Strick gehalten, der mehrfach um eine äußerst schmale Taille geschlungen ist. Über der Schulter hängt eine graue Armeedecke, deren Enden der Mann vor der Brust mit beiden Händen zusammenhält. Dann verschwindet die Gestalt in der Polizeiwache.

»Mein Gott, du meinst, das war Kaspar?«

Helene nickt.

»Und jetzt? Was machen wir? Gehen wir einfach rüber und sagen ›Hallo Kaspar, schön dich zu sehen‹? So wie der ausschaut, schlägt der um sich und macht was weiß ich alles, statt uns schön artig zu begrüßen.«

Willy fährt sich durchs Haar und zündet sich eine weitere Zigarette an. »Bist du sicher, dass er es ist? Ich meine, der sah nicht wirklich aus wie der Kaspar, den ich kenne.«

»Er ist es. Es geht ihm nicht gut. Gar nicht gut. Willy, ich habe seine Augen gesehen, sie sind erloschen. Und so wie er dahinschleicht, ist er auch körperlich am Ende. Wir müssen ihn hier rausholen, Willy! Wir müssen!«

»Das sehe ich auch so, dafür sind wir hier. Aber, Helene, vielleicht ist es besser, wir überfallen ihn nicht gleich hier auf offener Straße. Wir gehen ihm erst einmal nach und finden heraus, wo er wohnt. Dann können wir den geeigneten Zeitpunkt abwarten und gehen dann auf ihn zu. Wer weiß, wie er sonst reagiert. Vielleicht ist er auf Kokain oder auch gerade nicht.«

Willy geht an den Tresen und bezahlt seine Zeche, dann postieren sie sich im Vorraum hinter der Tür und öffnen diese einen Spalt, um die Polizeiwache im Blick zu behalten.

Nach einigen Minuten verlässt Kaspar die Wache und schlurft die Straße entlang. Mit kurzer Verzögerung verlassen sie den Gasthof und schleichen ihm im Schatten der Gebäude hinterher. Es regnet, erst schwach, dann immer stärker. Quer durch den Ort geht es, Kaspar bleibt oft stehen, hält sich an Bänken, Gartenzäunen, Laternenmasten und Mauern fest, sein Gang ist langsam, schleppend, unstet. Seine beiden nächtlichen Verfolger ducken sich immer wieder in Hauseingänge und hinter Hecken, aber er dreht sich nicht einmal um. Überrascht stellen sie fest, dass er vor ihrem eigenen Gasthof, dem Griesbräu am Obermarkt, in eine Seitengasse einbiegt und an der Hintertür der Küche klopft. Eine Person, offenbar der Koch, zu erkennen an seiner weißen Haubenmütze und der Schürze um den Wanst, öffnet, sieht sich rasch um und zieht ihn grob am Ärmel hinein.

»So wie der aussieht, hat er hier kein Zimmer, das kann ich mir beim besten Willen nicht vorstellen.«

»Vielleicht arbeitet er in der Küche?«

»Am besten, wir warten, er wird schon wieder hier rauskommen. Ich glaub kaum, dass sie ihn durch die Vordertüre lassen.«

Sie stellen sich unter ein Dach, um dem Regen für kurze Zeit zu entfliehen. Feucht und klamm sind ihre Kleider, ihnen wird kalt, sie klammern sich aneinander und versuchen, sich gegenseitig zu wärmen.

Und tatsächlich, nach kurzer Zeit, die Kirchenglocken schlagen gerade die volle Stunde um neun Uhr, geht die Tür mit einem Ruck wieder auf und Kaspar wird mit einem heftigen Tritt in den Rücken vom Koch rausgeworfen und stürzt auf dem Innenhof in eine Pfütze neben den Mülltonnen. Helene unterdrückt einen kleinen Schrei und will aufspringen, aber Willy hält sie zurück. »Warte!«

Kaspar rappelt sich auf und klopft heftig an die Tür, die aber bleibt verschlossen. Er schreit und heult und tritt mit dem Fuß gegen die Tür, schließlich schlägt er mit seinem Kopf gegen den Türrahmen, ehe er schluchzend aufgibt und in die Gasse zurückkehrt. Ganz nah schlurft er an Willy und Helene vorbei. Hätte sie ihren Arm ausgestreckt, hätte sie ihn berühren können. Mit Tränen in den Augen nehmen sie ihre schweigsame Verfolgung wieder auf. Durch viele Seitengassen, Hinterhöfe und Wirtschaftswege gelangen sie schließlich zu einem Bauernhof am Rande der Ortschaft. Kaspar umrundet ihn und verschwindet in einem Bretterverhau an der Rückwand des Schweinestalls.

»Ich fürchte, das ist wohl eher seine Herberge als der Griesbräu«, flüstert Willy, völlig durchnässt. Der Regen tropft laut auf eine Plane, die quer über schräg gegen die Stallwand gestellte Bretter gespannt ist und den Verschlag nach oben und nach vorne abdichtet. Helene steht mit ihren feinen Schuhen im Matsch des Hofs, die Feder ihres Hutes hängt traurig nach unten, tropfnass auch sie.

»Und was machen wir jetzt? Wir müssen zu ihm.«

»Ja, ja, das sehe ich ein. Besser als noch länger im verdammten Regen herumzustehen ist das allemal. Wir riskieren es jetzt, auf!«

Langsam gehen sie auf den Bretterverschlag zu, noch fünf Meter, noch drei, noch zwei, da wird die Plane zur Seite geschlagen und Kaspar tritt, nur mit einer Unterhose bekleidet, nach draußen, einen Eimer in der einen Hand, eine Schaufel in der anderen.

Er geht zwei Schritte auf die beiden zu, ehe er sie bemerkt, und steht unmittelbar vor ihnen, keine Armeslänge von ihnen entfernt.

Willy und Helene bleiben wie angewurzelt stehen, Kaspar auch. Helene versteinert und blickt den zum Skelett abgemagerten fast nackten Kaspar ungläubig an.

Eine kleine Unendlichkeit regiert nur der Trommelwirbel der Regentropfen, die in dem Hinterhof auf unzählige Resonanzkörper, Holzstapel, Fässer, Blechwannen und Dächer niederprasseln. Kaspar lässt den Eimer fallen, nimmt die Schaufel in beide Hände.

»Kaspar?«

»Kaspar! Wir sind's! Es wird alles gut! Alles wird ...«

Ehe Helene zu Ende sprechen kann, hebt Kaspar die Schaufel in die Höhe und schreit sie an: »Was habt ihr hier verloren? Schert euch zum Teufel, wo ihr herkommt! Hure Babylon, du Schlangenbrut, hau ab! Haut ab! Alle beide! Verschwindet! Lasst mich in Ruhe, ich brauche euch nicht! Verschwindet! Oder muss ich euch Beine machen?«

Mit diesen Worten fuchtelt er mit der Schaufel durch die Luft, und hätte Willy Helene nicht zur Seite gestoßen, hätte er sie damit am Kopf getroffen. Helene kann sich nicht fangen und fällt in den Dreck. Bis ins Mark trifft Willy ihr Schrei, sie heult und vergräbt ihr Gesicht in den dreckigen Händen. Willy stößt Kaspar gegen die Brust und entreißt ihm die Schaufel, wirft sie in hohem Bogen fort. Krachend landet sie an der Stallwand.

»Bist du verrückt geworden, Kaspar? Ich bin es, Willy, dein alter Kamerad! Wir haben den Krieg durchlebt, du und ich. Wir sind Kameraden! Erinnerst du dich nicht? Kaspar!«

»Ich kenne dich nicht. Dich nicht und diese Hure dort, dieses Weib, auch nicht. Schaff sie fort! Ich will sie nicht sehen.«

Ganz irr flackern Kaspars Augen, rot umrandet, mit riesigen Pupillen. Er fährt mit den Händen durch die Luft, als wollte er Fliegen verscheuchen.

»Schert euch fort! Ich will nichts zu tun haben mit euch. Wenn euch der Konrad geschickt hat, ich zahl ihn morgen. Morgen kriegt er sein Geld. Und jetzt haut ab, geht mir aus den Augen, lasst mich in Ruhe! Höllenbrut!«

Noch einmal versucht es Willy: »Kaspar! Kaspar Mohr! Der Rotschopf, ich bin der Rotschopf! Erinnere dich! Der Pferde-Michel, der Bräu, der Dok und du, der Tastenheini! Gemeinsam lagen wir vor den Franzosen, gemeinsam lagen wir im Graben. Und gemeinsam ging es gegen Kirchner, den Knochen-Kirchner.«

Kaspar macht kehrt und rennt schreiend und Haken schlagend kreuz und quer über den Hof. »Hol euch der Teufel! Hätte ich noch eine Granate, nur noch eine, ich steckte sie euch in den Arsch. Und wumm und weg! Haut ab! Ihr kriegt mich nicht, rettet euch, sonst fressen euch die Raben!« Kaspar rennt kreischend davon und verschwindet in einem Wäldchen hinter dem Hof. Dann ist es wieder still. Der Regen hat aufgehört. Es tropft nur noch von Dachvorsprüngen und Bäumen, darüber hört man Helenes leises Schluchzen. Willy kniet neben ihr und wischt ihr mit seinem weißen Taschentuch den Dreck aus dem Gesicht. Dann hilft er ihr vorsichtig auf und sie gehen, ohne ein Wort zu sagen, zurück in den Ort.

Das zweite Zimmer im Griesbräu bleibt leer in dieser Nacht. Die ganze Nacht über betrachtet Willy die schöne Helene, die auf ihrem Bett liegt, eingeigelt wie ein Embryo. Er hat ihr das nasse und dreckige Kleid ausgezogen, sie mit einem Tuch abgewaschen und getrocknet und ihr eine Decke übergeworfen. Sie hat ihn gewähren lassen, kraftlos, willenlos, sprachlos. Später hat er sich selbst quer über das Fußende des Bettes gelegt. Am frühen Morgen schläft auch er ein.

MESSINES IN FLANDERN, 7. OKTOBER 1915

Allerliebste Elly,

dieses Mal hat es uns böse erwischt. Wir waren die dritte Angriffswelle des Großangriffs, der endlich den Durchbruch schaffen sollte. In Erwartung unseres Angriffs aber haben die Belgier die Schleusen geöffnet und das ganze Land überflutet. Da laufen die Gräben voll, du watest in hüfthohem Wasser und Matsch, alles schwimmt davon, die Munition, die Vorräte, die Ratten, alles ist nass, du kommst nicht mal mehr raus aus dem Graben, weil alles rutscht. Der Angriff war von Anfang an zum Scheitern verurteilt, es war ein einziges Durcheinander, vor, zurück, Angriff und Rückzug in einem, gleichzeitig Sturm und Flucht. Versunken sind wir, die Stiefel blieben im Lehm stecken. Den einzigen Halt boten Kameraden, die vor uns raus sind, deren Leiber am Boden als Planken lagen. Die Klöß hat es mittendrin erwischt, ich war direkt neben ihm, rattattatt, ich konnte mich gerade noch hinwerfen, da lag auch schon sein Arm neben mir, nur ohne die Klöß dran. Bevor ich zu ihm robben konnte, ist der Rest von ihm durch den Volltreffer einer Granate ausgelöscht worden. Weg war Stanislaus. Unser Unteroffizier Hoffmann ist auch tot, er starb zusammen mit dem ganzen Horchposten, der im Vorfeld der Schlacht von etwas Großkalibrigem getroffen wurde. Stoffl haben sie das halbe Gesicht weggeschossen, er lebte noch, ich weiß nicht wie, aber sie haben ihn nach hinten gebracht. Am Ende ist gar unser Hauptmann Krauß gefallen. Noch inmitten der Schlacht wurden wir Hauptmann Kirchners Kompanie zugewiesen, von dem wir nur Schlechtes gehört haben. Krauß war immerhin ein Mensch. Es war aussichtslos, aber Kirchner warf noch einmal die ganze Truppe nach vorne, er stand hinten und brüllte uns an und drohte mit Kriegsgericht und Erschießung, wenn wir nicht augenblicklich wieder ausrückten. Am Ende verbrachte ich einen halben Tag in einem Granattrichter voller Wasser und sah meinen Tod vor Augen, denn das Wasser stieg und stieg und ich konnte mir ausrechnen, wann ich mit dem Kopf aus dem Loch schauen würde, um zur Zielscheibe für das gegnerische Feuer zu werden. Eine zweite Granate rettete mich, indem sie neben meinem Loch einschlug, sodass sich das Wasser verteilte. Kurze Zeit später sprang Gustav Grüner, auf dem Rückzug und voll unter Beschuss, zu mir. Ich war noch nie so froh, einen vertrauten Menschen zu sehen. Wir legten uns nebeneinander, den Blick starr nach oben in den Himmel gerichtet, und rührten uns nicht vom Fleck, Granaten und Minen flogen über uns hinweg, wir lagen starr und still, bewegungsunfähig. Wir warteten die Nacht ab, bevor wir auf allen vieren zurück in unseren Graben robbten, vorbei an den Toten, fremden und eigenen, bekannte und unbekannte Gesichter oder was davon übriggeblieben war. Einen Kameraden, er war erst seit kurzem bei uns, wollten wir noch mitschleppen, er lebte noch, aber kaum, dass wir ihn bewegt hatten, fuhr er auf und spuckte Blut und verschied in meinen Armen. Nass, dreckig, blutend, zitternd fielen wir in unseren Graben zurück und trafen die überlebenden Kameraden an. Allen war Ähnliches widerfahren. Kaspar war Stunden zwischen toten Franzosen und Deutschen gelegen, die ihm als Bollwerk gedient hatten gegen den Kugelhagel, der Rotschopf und die Tram waren sogar in einem aufgelassenen französischen Graben gewesen, flohen aber, als sie merkten, dass keiner nachkommen würde, als die Franzosen wieder auf sie zu rückten. Der Rotschopf wäre aber nicht der Rotschopf, wenn er sich nicht noch im Abzug eine Flasche Rotwein geschnappt hätte, die er später unter uns Kameraden hat kreisen lassen. Einige hier sind nach so einem Erlebnis ganz irr. Sie zittern am ganzen Körper und reden wirres Zeug, einer kratzt sich blutig, der andere schlägt seinen Kopf gegen die Balken des Grabens. Es ist zu viel zu ertragen für einen Menschen. Die Zitterer müssen sich sogar von den Kameraden die Zigaretten anzünden lassen. Wie kleine Kinder schmiegen wir uns aneinander, Gustav ist so einer, auch August, andere sondern sich ab. Hans zum Beispiel, der sitzt dann einfach da, raucht und schweigt. Kaspar hat seine Musik, er schnitzt sich eine Klaviertastatur in einen Balken und spielt im Kopf seine Melodien, manchmal summt er dazu. Allein dieser Kirchner, der schrie uns an und machte uns rund, weil wir keinen Geländegewinn geschafft hatten. Er verdonnerte uns sofort zum Schanzen und Ausbessern des Grabens. Den Zitterern verpasst er gerne einen Schlag mit dem Gewehrkolben, das sei die einzige Therapie, die wirke, sagt er und lacht dabei und schlägt die armen Teufel gleich noch einmal. Wenn der uns bleibt als Hauptmann, dann gute Nacht! Willy schreibt fieberhaft einen Brief nach dem anderen an seinen Abgeordneten in Berlin. Vielleicht hat er ja Einfluss, sein Abgeordneter. Das muss doch ein Ende nehmen hier. Durch den Kampf wird keines kommen. Kannst du in Bamberg mit Leuten reden, dass sie einwirken, dass Frieden wird? Aber wie du schreibst, sind die Leute in der Heimat immer noch der Meinung, der Krieg sei so gut wie gewonnen. Sag ihnen doch, dass das nicht der Fall ist. Nicht so. Nicht hier.

Ich muss zusehen, dass ich einen Urlauber erwische. So kommt mir der Brief nicht durch die Zensur. Aber wenn es doch wahr ist.

In Liebe,

Dein Johann

MURNAU, 16. APRIL 1919

Erst am nächsten Morgen beim Frühstück finden sie wieder Worte.

»Es hat keinen Sinn. Der ist hin, verloren. Ein weiteres Opfer dieses verdammten Krieges. Nicht mehr lange und er ist tot. Tief innendrin ist er das vielleicht schon.« Willy kippt eine Tasse schwarzen Kaffee hinunter und reißt einen Kanten Brot vom Laib. »Das Brot ist gut. Du musst was essen, Helene!«

»Ihn aufgeben? Nein! Nein, das kann ich nicht! Er hat mich nicht erkannt. Er kann mich nicht erkannt haben. Das war nicht Kaspar. Nicht der Kaspar, der Musik gemacht hat wie König David, das war nicht der liebevolle, der lustige, der lebenshungrige Kaspar, der einmal in Bamberg mit mir gelebt hat.«

»Helene, den gibt es nicht mehr! Der Kaspar, den du kanntest, der ist auf den Schlachtfeldern Lothringens und Flanderns geblieben, endgültig als er seine Finger verloren hat, und mit seinen Fingern starb seine Musik. So und so, Kaspar ist tot, wir müssen uns damit abfinden.«

»Und wer war das gestern Abend? Nein, er ist nicht tot! Er lebt, nur weiß er es nicht mehr, weil ihm das Kokain das Hirn zerfressen hat.«

»Läuft das nicht auf das Gleiche hinaus?«

»Er weiß nicht mehr, wer er ist. Deswegen wusste er auch nicht mehr, wer wir waren. Ich werde noch einmal zu ihm gehen. Heute. Bei Tageslicht. Ohne Regen.«

»Helene, er hat dich beinahe erschlagen mit seiner blöden Schaufel. Er ist gefährlich, unberechenbar, ein wildes Tier. Und er braucht den nächsten Schuss, wer weiß wozu er imstande ist, wenn er nach seinem Stoff giert!« Willy kaut missmutig mit gesenktem Blick auf einem Stück Brot herum, dann tunkt er den Rest in den Kaffee und isst es. Schließlich hebt er den Kopf und schaut Helene in die Augen. »Gut, ist ja gut. Wir gehen gemeinsam hin. Um des alten Kameraden willen. Aber ich glaube nicht, dass wir mehr erreichen als gestern. Wenn er überhaupt noch da ist.«

Willy sollte Recht behalten. Als sie wieder auf den Hof kommen, ist der Bretterverschlag leer und verlassen. Der Eimer und die Schaufel liegen noch genau da, wo sie gestern gelandet waren. Der Bauer beäugt sie misstrauisch, ein Hund bellt, es stinkt nach Schweinemist und Moder, ein heruntergekommener Hof ist das, der Bauer spricht kein Wort mit ihnen, als sie den Vorplatz überqueren. Wenigstens regnet es nicht mehr, im Gegenteil, die Morgensonne kommt sogar hinterm Stall hervor.

»Er ist weg. Geflohen. Vor sich und vor uns. Was machen wir jetzt?«

»Wieder vor der Polizei warten? Suchen? Durchfragen?«

Als sie vor dem Hoftor stehen und unschlüssig in alle Richtungen sehen, bemerken sie eine Gestalt, die mitten auf dem Weg steht, ortsauswärts, etwa hundert Meter von ihnen entfernt. Es ist Kaspar.

Helene ruft: »Kaspar!«

Er rührt sich nicht.

Noch einmal ihr Ruf: »Kaspar!«

Er hebt eine Hand ganz leicht, wie zum Gruß, bewegt einen Fuß nach vorne, man könnte es einen Schritt nennen. Helene geht langsam auf ihn zu, Willy bleibt stehen. Kaspar setzt jetzt einen Fuß vor den anderen, geht vorwärts. Helene beschleunigt ihren Schritt. Schließlich stehen sie voreinander, ganz nah. Sie berühren sich nicht. Sie sehen sich an, lange. Willy kneift die Augen zusammen, um besser sehen zu können. Sie scheinen miteinander zu reden. Und zu schweigen. Nach einer Weile fasst sie ihn an, nimmt seine Hand in ihre, ganz zaghaft und leicht scheint diese Berührung zu sein, was er aus der Entfernung sehen kann. Er lässt es aber mit sich geschehen. Komm Junge, gib deinem Herzen einen Stoß, sie liebt dich! Dann bewegt sich Kaspar, er fällt, nein, es ist ein Schritt, ein Schritt vorwärts. Und Helene dreht sich um und geht mit ihm, sie fällt in seinen Schritt ein und Seit' an Seit' kommen sie auf Willy zu.

Zwei Meter vor ihm bleiben sie stehen, Helene lächelt. Zum ersten Mal seit der Zugfahrt, denkt Willy. Schön ist ihr Lächeln.

»Hey Rotschopf! Schaust gut aus«, kommt es aus Kaspars Mund.

»Was man von dir nicht behaupten kann, Tastenheini!«

»Charmant wie eh und je. Wie habt ihr mich gefunden?«

»Na, im Fernsprechbuch von Murnau bist du nicht gestanden, aber glücklicherweise verkehrst du ja nur in den besten Kreisen dieses Ortes, da kennt dich ein jeder.«

»Und was wollt ihr von mir?«

Helene fasst ihn am Arm, er zuckt merklich einmal kurz und tritt einen kleinen Schritt zur Seite. »Wir wollen dir helfen, Kaspar. Wir holen dich heim. Nach Bamberg. Damit du wieder ein richtiger Mensch wirst. Ein Mensch unter Menschen.«

Kaspar lacht kurz auf. »Einen richtigen Menschen wollt ihr wieder aus mir machen? Na, da werde ich euch enttäuschen müssen. Ein richtiger Mensch, das war ich einmal, vor vielen Jahren, bevor man uns ein Gewehr in die Hand gedrückt hat und unsere Leiber im Kanonendonner unter die Erde gepflügt hat. Davor war ich einst Mensch, ja, ich erinnere mich ganz dunkel. Ich weiß nicht, ob ich euch diesen Gefallen tun kann, ob es einen Weg zurück gibt für mich. Es ist so lange her, … so lange.« Kaspars Blick verdüstert sich und seine Augen blicken starr auf den Horizont am Ende der Straße.

»Aber der Krieg ist vorbei, Kaspar«, sagt Helene mit ihrer sanftesten Stimme, »schon lange vorbei und jetzt können wir wieder leben, Kaspar.« Jetzt geht sie aufs Ganze: »Und die Musik ist auch wieder da, überall ist Musik, Kaspar. Die Leute lechzen nach Musik, guter Musik, moderner Musik. Musik, wie du sie gemacht hast, Musik, wie wir sie zusammen gemacht haben. Kaspar, komm wieder ins Leben zurück! Wir machen wieder Musik, du und ich.«

Kaspars Blick wandert nach unten zu seiner linken Hand. Der verkrüppelten Hand. Er zieht eine Grimasse und schnauft. Helene erschrickt, als sie erstmalig seine zerschossene Hand sieht.

»Musik? Helene, meine Hand macht keine Musik mehr. Nie mehr. Das ist vorbei. Wie so vieles.«

»Kaspar, deine Musik war doch mehr, viel mehr als das, wozu du die linke Hand brauchst.« Jetzt sprudelt es nur so aus ihr heraus. »Es gibt doch heute Ärzte, die können Gliedmaßen wieder restaurieren, es gibt Instrumente, die man umbauen kann, wir könnten wieder ein Orchester gründen, du bist der Direktor, in Bamberg warten sie nur auf dich, und ich bin doch auch noch da, ich lebe doch auch kaum mehr, ohne dich. Ich dachte, du bist tot, aber ich liebe dich noch wie am ersten Tag, mehr noch, seit ich dich gestern wiedergesehen habe, Kaspar, Kaspar, ich liebe dich! Ich brauche dich! Ich brauche dich wie früher die Musik und wie die Luft zum Atmen, ich brauche dich, damit ich wieder leben kann, jetzt wo alle wieder leben, im Frieden, Kaspar, lass uns neu anfangen, wir zwei. Kaspar, versuche es wenigstens, gib dem Leben eine Chance!«

Willy sieht, wie Kaspar eine Träne die eingefallene Backe hinunterläuft. Er wischt sie schnell weg.

»Ihr wart gestern schon bei mir, stimmt's? Mir dämmerte es irgendwann, als ich über das Land gelaufen bin die ganze Nacht. Ich habe gespürt, dass mich etwas berührt hat, irgendetwas aus meiner Vergangenheit, aber erst gegen Morgen habe ich wieder klarer gesehen und habe euch erkannt. Da bin ich zurückgekehrt und nun seid ihr hier. Aber ich fürchte, es ist zu spät. Diese lichten Momente wie jetzt habe ich nur noch ganz selten. Ich wache auf und frage irgendwen, welcher Tag es ist, und mir fehlen wieder zwei Tage, manchmal mehr. Ich irrlichtere durch die Welt, giere nach Kokain, tue Dinge, die ich nie machen dürfte, um an Geld zu kommen, das ich schmierigen Typen hinterherwerfe, um ihnen den teuren Stoff abzukaufen. Ich bin am Ende. Ich bin es schon lange. Und ich bin müde, ich habe nicht mehr viel Kraft in mir und denke, ich werde die mir verbleibende Zeit am besten alleine verbringen.«

Auf einmal fängt er an zu schluchzen, es schüttelt ihn, er fällt auf die Knie und stammelt: »Ich kann nicht mehr, ich kann nicht mehr! Seit dem ersten Kriegstag bin ich nicht mehr ich, ich habe es vom ersten Tag an gehasst, jeder Morgen war ein Grauen, jeder Abend vielleicht der letzte Tag, 1.530 Tage, an denen man geschlagen, gedemütigt, beschossen, erschossen, gefoltert wurde. Ich schlafe nicht mehr, ich lebe nur noch für die kurzen Phasen mit Kokain, und kann das Glück damit dennoch nicht erzwingen, im Gegenteil. Aber ich habe keine Kraft mehr in mir, dagegen anzukämpfen, und wenn ich nicht wie jetzt bin, will ich es auch gar nicht, dann will ich nur noch in den Rausch, ich nehme, was ich kriege, Opium, Morphin, Kokain, Alkohol, alles egal, nur das trägt mich weg von mir, von den letzten Jahren. Ich kann nicht mehr. Eigentlich habe ich vor ein paar Tagen in meinem letzten lichten Moment beschlossen, mich vom Berg zu stürzen, um dem Ganzen endlich ein Ende zu setzen. Aber ich hatte nicht mal mehr die Kraft, auf einen Berg zu gehen. Und jetzt kommt ihr daher und redet von Leben und Liebe, Musik und …«

»Kirchner! Über Kirchner muss ich auch mit dir reden!«, fällt ihm Willy ins Wort. Jetzt ist er am Boden, vielleicht reichen seine Urinstinkte noch, um ihn zu bewegen. Rache ist ein starkes Gefühl. Wenn, dann jetzt die Keule. »Jetzt muss auch das auf den Tisch, Kaspar. Denn eigentlich haben mich Gustav und Hans geschickt. Ich soll dich holen, denn wir brauchen dich, um unseren Schwur endlich in die Tat umzusetzen. Kirchner, das Schwein lebt. Und er ist in Bamberg. Wir sind alle in

Bamberg, und wir wollen zu Ende bringen, was uns im Kriege verwehrt worden ist.«

Kaspar steht mühsam auf und hält sich an Willys Arm fest. Seine Augen flackern wild, er spricht schnell. »Kirchner? Kirchner. Kirchner ist noch am Leben? Und ihr seid sicher? Habt ihr ihn gesehen?«

»Mit den eigenen Augen. Er ist es, und er ist in Bamberg.«

Kaspar steht unsicher auf den Beinen und schließt die Augen. »Kirchner … Kirchner, die Ratte, lebt!« Er torkelt, so dass ihn Helene und Willy stützen, dann setzen sie sich zu dritt auf einen Mauervorsprung am Straßenrand.

»Kaspar, wir helfen dir«, versucht es Helene noch einmal. »Gemeinsam schaffen wir das. Du kommst los von den Drogen, deinen Aussetzern und diesem … diesem Leben hier, das keines ist. Alles ist besser als das hier.« Helene streicht ihm übers wirre, wilde Haar. Er lässt es geschehen. Schließt die Augen.

»Ich habe Schulden.«

»Wie viel?«

»Zweihundert Mark.«

Willy pfeift durch die Zähne und schluckt. »Ich gehe morgen auf die Bank und lasse mir das Geld schicken.«

»Ich werde sehr aggressiv, wenn ich in meinem Rausch bin und wenn ich ihn erzwingen will.«

»Das haben wir gesehen gestern. Ich werde dich fesseln, bevor es losgeht. So wie du im Moment gebaut bist, kommst du nicht an gegen mich.«

»Ich bin nicht mehr der alte Kaspar!«

»Wir sind alle nicht mehr dieselben wie vor dem Krieg. Der Krieg hat uns alle verändert, Kaspar. Uns, die wir im Felde waren, und auch die, die daheim gehungert und gelitten haben, die ihre Lieben einen nach dem anderen verloren haben. Aber ist das nicht genau unsere Aufgabe jetzt, eine neue, friedvollere Welt aufzubauen vor dem Hintergrund dieses Grauens, das uns so sehr verändert hat, Kamerad?«

»Deinen Lebensmut möchte ich haben. Ein Zehntel deiner Kraft würde mir reichen, um mit euch nach Bamberg zurückzukehren.«

»Das Zehntel sollst du haben. Ein Zehntel macht genau 200 Mark, die du mir hiermit schuldest.«

Helene hält es nicht mehr auf der Mauer. Sie will fort von diesem Hof, fort von dem Kaspar, den sie gestern hier erlebt hat, hin zu dem Kaspar ihrer Erinnerung, der wieder greifbar nah zu sein scheint. »Und jetzt nimmst du bei uns im Griesbräu ein Bad. Und wir kaufen dir einen neuen Anzug.«

»Ein Besuch beim Haarschneider scheint mir ähnlich angebracht, wenn ich das mal so anmerken darf«, wirft Willy ein und steht ebenfalls auf. Kaspar sitzt als letzter auf der Mauer. Er schaut die beiden an, blinzelt in die Morgensonne. Dann reicht er ihnen seine Hände. Sie ziehen ihn hoch und gemeinsam verlassen sie den Hof.

»Kirchner!«, zischt Kaspar leise. »Ich fasse es nicht, dass der lebt. Na warte, du Schwein!«

Wohlduftend und mit gestutzter Haarpracht verlässt ein äußerlich neuer Kaspar Mohr am frühen Nachmittag den Friseursalon am Untermarkt. Der Rezeptionist hatte die Nase noch gerümpft und zunächst Rücksprache mit der Geschäftsleitung gehalten, bevor er Kaspar als Gast des ehrwürdigen Gasthofs Griesbräu aufnahm. Gutes Zureden der eleganten Helene Spiegel und des weltgewandten Willy Reichel und ein kleiner Schein beschleunigten den Prozess der Wiederaufnahme ins bürgerliche Leben.

»Den Bart habe ich mir ein wenig stehen lassen, so als Zeichen des Übergangs«, verkündet Kaspar stolz und betrachtet sich mit scheuer, aber aufkeimender Eitelkeit im Schaufenster eines Trödlers.

»Und ich war auf der Bank. Morgen ist das Geld hier, dann zahlen wir deine Schuldner aus und dann geht es zurück nach Bamberg. Und jetzt feiern wir Wiedersehen!«

Hand in Hand schreiten sie über den Markt und steuern die nächstbeste Brauerei an. Helene steht den Mannsbildern in dem nun folgenden wüsten Gelage in nichts nach und hält vor allem bei den Schnäpsen locker mit. Sie schwelgen in Erinnerungen und erzählen sich von früher. Der Abend ist fröhlich und manchmal melancholisch. Nur einmal, als Kaspar nach dem achten Bier unflätig und unbeherrscht auf eine Bemerkung Willys zur Jazzmusik reagiert, denkt sich Helene, dass der Alptraum vielleicht doch noch nicht ganz vorüber ist und erinnert sich an Kaspars Worte desselben Morgens »… ich nehme, was ich kriege, Opium, Morphin, Kokain, Alkohol, alles egal …« Kurz darauf gibt sie beim unausgesprochenen Wettstreit der Trinkfestigkeit freiwillig den Verlierer und mahnt zum Aufbruch.

Zurück im Hotel zahlen sie beim von Kaspars neuem Aussehen sichtlich überraschten Portier die Übernachtungen und bitten, um 8 Uhr morgens geweckt zu werden. Eigentlich ist die Idee, dass die beiden Männer in dem einen Zimmer übernachten und Helene in dem anderen, sie albern aber noch so lange gemeinsam herum, dass sie letztlich alle auf dem großen Doppelbett in Helenes Zimmer einschlafen, eng aneinandergeschmiegt.

MESSINES IN FLANDERN, 19. OKTOBER 1915

Allerliebste Elly,

August Häfner, der Pauker, ist nun auch tot. Er hatte irgendwie eine Flasche Schnaps gebunkert und sprang volltrunken in einer Gefechtspause vor zwei Tagen aus dem Graben, schrie dabei: »Lasst mich gehen, ich muss den Kindern die Hefte zurückgeben, sie müssen noch ihre Verben lernen!« Er rannte übers Niemandsland, kam erstaunlich weit. »August!«, rief ich noch, denn ich hatte Wache, aber er hörte mich nicht. Er rannte, torkelte und fiel, rappelte sich wieder auf, rannte weiter durch die öde Trichterlandschaft, ein graues Irrlicht im Braun des Niemandslands. Bis ihn schließlich ein Schütze von drüben erwischte. Sein Pech war, dass er nicht sauber erwischt wurde, sondern schwer verletzt in einen Trichter stürzte, wo er, augenblicklich ausgenüchtert, erbarmungswürdig um Hilfe schrie. Zwei Tage lag er dort und schrie, jammerte und schrie, bis er immer leiser wurde, und heute wohl endlich starb. Es war grässlich, aber nach jedem solchen Kampf, wenn sie keine Sanitätstrupps rausschicken können, sind es die Schreie der Elenden und Verwundeten, die einem den Rest geben, wenn man ihrem Verfall und ihrem Sterben zuhören muss, ohne ihnen helfen zu können. Ganz selten gibt es Vereinbarungen, dass jede Seite ihre Toten und Verletzten bergen kann, ohne dass geschossen wird. Meistens lauschen wir noch viele Stunden und Tage nach einem Angriff den Schreien der Verzweifelten und Elenden und erdulden und, ja so ist es, ersehnen ihren Tod, ihre Erlösung. Bei August waren wir sogar so weit, dass wir die besten Werfer in der Kompanie beknieten, dass einer von ihnen eine Handgranate in seinen Trichter wirft, um ihn zu erlösen, aber keiner wollte es machen. Jetzt hat er Ruhe, die ewige. Gott, oder wer auch immer es sein mag, der das hier zulässt, sei seiner Seele gnädig.

Hauptmann Rudolf Kirchner aus Ingolstadt ist jetzt endgültig unserer. Entsetzlich. Da ist der Frontgraben noch besser als eine Minute mit ihm. Seit er bei uns ist, können wir uns nicht einmal mehr in Etappe erholen. Stell Dir vor, was seine ersten Worte beim Appell waren: »Soldaten des Kaisers! Das Leben der deutschen Rasse steht auf dem Spiel. Die minderwertigen Völker, die uns eingekreist haben, wollen uns vernichten, und uns ihre sogenannte Zivilisation aufzwingen. Aber ich sage: Nieder mit den Feinden des deutschen Reiches! Schlagt sie, wo sie stehen! Dieses Pack da drüben wird ausgemerzt, und wenn es das Letzte ist, was wir tun für unser deutsches Vaterland.«

Dann erzählte er noch von seiner Zeit in Deutsch-Südwestafrika 1904, wo er dem Neger ordentlich gezeigt habe, wer hier auf dieser Erde ein Recht zu leben habe, und wer nicht. Es sei eine ekelhafte Zumutung für den deutschen Soldaten, gegen Neger-Regimenter kämpfen zu müssen. Menschen gegen Affen, sagte er, sei kein Kampf, sondern eine Jagd. Und deswegen würde unsere Kompanie ab sofort auch unbarmherzig gegen den Gegner vorgehen und keine Gefangenen mehr machen. Mit ihm an der Spitze dieser Kompanie würden wir keine Gefangenen mehr machen. Wir sollen sie ausmerzen, bevor sie uns besudelten mit ihren verachtungswürdigen Ideen und ihren Negern.

Widerlich, der Mann! Wir halten uns fern von ihm, so gut es geht, aber er zwingt uns andauernd zum Exerzieren wie auf dem Kasernenhof. Drill, Marschieren, Singen, Exerzieren, Präsentiert das Gewehr, Schuhe putzen, stell dir das vor, Schuhe putzen, hier draußen! In den wenigen ruhigen Tagen hinter der Front! Und wer sich verweigert, kriegt Sonderschichten! Willy Reichel war schon zweimal eingelocht, einmal angebunden, von dem weiß er, dass er der SPD angehört und immer für die Kameraden eintritt, wenn es ungerecht zugeht. Hans Michel hat Dauerdienst bei den Latrinen, den hat er auf dem Kieker, einfach weil er Preuße ist. Aber der Hans beschwert sich nie und reizt ihn somit erst recht bis aufs Blut. Er stopft sich einfach immer sein Pfeifchen und macht sich an die Arbeit, und sei sie noch so sinnlos oder unangenehm. Kaspar Mohr hat er schon mehrfach seine kunstvollen Schnitzklaviere zerstört, alles Musikalische ist ihm fremd. Vor allem vorne bei Beschuss geht er rum, und wenn er Kaspar mit seinem Klavierholz entdeckt, nimmt er es und schreit, das habe hier vorne nichts zu suchen, und schlägt es am Querholm kaputt, aus purer Lust an der Zerstörung. Kaspar will ihm dann immer an die Gurgel, aber das ist es ja genau, was er will, damit er drakonische Strafen verhängen kann. Wir halten Kaspar immer zurück und helfen ihm, bei nächster Gelegenheit ein neues geeignetes Holz zu suchen. Und Gustav Grüner hat er irgendwie auch gefressen, den redet er immer schwach von der Seite an und schimpft ihn einen warmen Bruder, als wäre Gustav ein zimperliches Mädchen und ein Schwächling, und gibt ihm extra schwere Arbeiten, die alleine kaum zu bewältigen sind. Mich hat er schlicht als Student und renitent abgestempelt, weil er in den Unterlagen gesehen hat, dass ich studiert habe und mich mehrfach wegbeworben habe zu den Sanitätern. Kürzlich meinte er: »Niedermaier, Sie kommen hier erst weg, wenn die Hölle gefriert, Sie kriechen hier solange durch den Schlamm Flanderns, bis Ihnen der Gedanke an das Sanitätsregiment aus dem Arsch furzt.« Ja, so hat er sich ausgedrückt. Es ist ja gar nicht so, dass ich noch weg will, ich habe hier meine guten Kameraden und kann schon auch in meiner Korporalschaft Gutes tun. Aber er hat mich als Student gebrandmarkt und hasst mich, glaube ich, abgrundtief, obwohl ich ihm nichts getan habe.

Eigentlich hasst er uns alle. Nur die Jungen hängen an seinen Lippen, und die Tram. Sie glauben an das, was er erzählt, sie gewinnen seinen Überzeugungen einen Sinn ab und gehen für ihn durchs Feuer. Und ins Feuer lässt er gehen, fürwahr. Wo bei Hauptmann Krauß das Hirn saß, wabert bei Kirchner unglaubliche Ignoranz gepaart mit maßloser Selbstüberschätzung, eingebettet in brandheißen militärischen Ehrgeiz wie am ersten Tag. Eine gefährliche Mischung, ein gefährlicher Mann. Wenn wir nicht unseren Leutnant Mayer hätten, wäre es schon längst um uns geschehen. Der Krieg an sich hat sich wenig verändert. Es geht immer noch hin und her, als neue Waffe haben wir mittlerweile ein paar Mal Gas eingesetzt, ekelhaftes Zeug, das den Gegner beim Einatmen töten oder zumindest kampfunfähig machen soll. Aber es hat noch nie wirklich funktioniert. Einmal musste sogar ein Regiment aus Würzburg geschlossen ins Lazarett, weil der Wind das vermaledeite Gas auf einmal zurück geweht hat. Dann schon lieber eine Kugel hinüber jagen. Die kommt nicht mehr zurück.

Wir haben die zwei Tage in Etappe nichts gemacht wie Exerzieren und Übung. Neuer Unteroffizier für unsere Korporalschaft ist Berthold Schuster aus Litzendorf, ein etwas grober Klotz, aber kein so Drückeberger wie Hoffmann. Mit etwas Glück kriege ich demnächst Urlaub genehmigt, der Spieß deutete so etwas an, für uns alte Hasen, die wir seit Beginn dabei sind. Ach, wäre das schön!

In Liebe,

Dein Johann

BAMBERG, 16. APRIL 1919

»Und jetzt noch die Hotels. Drei Kronen?«, »Ja«, »Bamberger Hof?«, »Ja«, »Deutsches Haus?«, »Ja«, »Liebs Hotel National?«, »Ja«, »Bahnhofhotel Erlanger Hof?«, »Ja«, »Hotel Baumann?«, »Äh, warten Sie, ja, hier, ja«, »Eisenbahnhotel Grosch?«, »Ja«, »Deutsches Reich?«, »Ja«, »Brauerei Fässchen?«, »Ja«, »Brauerei Kleebaum?«, »Ja«, »Elephantenhaus?«, »Ja.«

»Gut, dann haben wir alle. Zusammen mit den Pensionen und den gemeldeten Fremdenzimmern, die derzeit vermietet werden, haben wir also alle Meldezettel vorliegen. Brandl, Sie nehmen die Meldungen der Polizeilichen Fremdenstelle und der Garnisonskommandantur am Bahnhof und der Kontrollposten an den Einfallstraßen. Michel, hier sind die Listen der Ministerialbeamten und aller Mitarbeiter der Minister und Parteien. Lohmann, Sie protokollieren die Zusammenfassung aller Namen in der großen Liste! Na, dann mal los!«

Kriminalinspektor Anton Edelmayer sitzt im gediegenen Lehnsessel am Schreibtisch seines Zimmers im Hotel Deutsches Haus, ihm gegenüber sitzen seine drei Mitarbeiter Arthur Lohmann, Alfons Brandl und Hans Michel auf gepolsterten Stühlen, um sie herum sind große Papierstapel mit Listen, Zetteln und Bögen auf dem Boden, auf dem Sofa und auf einer Kommode verteilt.

»Und nach was genau suchen wir jetzt?«, fragt Brandl sicherheitshalber noch einmal nach, bevor sein Chef mit dem ersten Namen auf einem Meldezettel beginnt.

»Brandl, das hier ist zunächst die Bestandsaufnahme. Wir überprüfen alle Fremden, die nach Bamberg gekommen sind und an einem der Kontrollposten oder über die Garnisonskommandantur und die Fremdenstelle am Bahnhof registriert wurden, und alle, die in der Stadt Logis bezogen haben, und führen diese zwei Listen zusammen. Dann sortieren wir zunächst einmal die aus, die als vertrauenswürdig gelten können, da sie zum großen Tross der Ministerialbürokratie, der Politik, der Parteien oder der Minister gehören. Tauchen sie nicht auf der Liste aller Regierungsangehörigen auf, gehören sie zum Kreis derer, die wir genauer überprüfen werden.«

»Aber«, grübelt Brandl, »das ist doch nur ein kleiner Teil der Leute, die in Frage kommen für ein Attentat auf die Regierung. Im Grunde genommen könnte das doch ein jeder sein. Wie sollen wir die alle überprüfen?«

Lohmann stöhnt und schaut Brandl von oben herab an – tatsächlich ist er einen Kopf größer als sein Kollege und nutzt diesen Größenunterschied immer wieder für verächtliche Blicke, die dem Rangniedrigeren signalisieren sollen, wer hier das Sagen hat. »Herr Kriminalassistent Brandl, Sie ignorieren den offenkundig für uns günstigen Umstand, dass keiner vorhersehen konnte, dass die Regierung nach Bamberg flüchten würde. Also müssen die Attentäter der Regierung folgen und können nicht bereits vorher in diesem Kaff gewesen sein!«

Edelmayer haut mit der flachen Hand auf den Schreibtisch. »Lohmann, besser hätte ich es auch nicht sagen können. Herr Brandl hat natürlich insofern Recht, als wir nicht zu hundert Prozent ausschließen können, dass sich Täter auch aus dem Kreise der Bamberger rekrutieren lassen könnten. Da kenne ich den gemeinen Bamberger noch zu wenig, um sein kriminelles Potential einschätzen zu können, was Michel? Auch können wir nicht ausschließen, dass sie unter falscher Identität eingereist sind, oder dass es die Täter irgendwie doch geschafft haben, die Kontrollpunkte an den Straßen zu umgehen. Da die Stadt aber seit Verkündigung des Regierungsumzugs festungsartig bewacht wird, können wir zunächst einmal davon ausgehen, dass die Täter ebenfalls anreisen mussten oder noch müssen, um hier Posten zu beziehen, und bei der Einreise registriert worden sind. Sobald wir die Regierungsmitglieder einmal aussortiert haben, können wir gezielt die unter die Lupe nehmen, die uns ihre Anwesenheit erst einmal begründet erklären müssen. Daher, Brandl, die Maßnahme mit den Listen der Posten und die Meldezettel seit dem 7. April, die wir natürlich täglich aktualisieren müssen.« Edelmayer wandert mittlerweile durch das Zimmer, eine Zigarette in der Hand, und genießt seine kleine kriminalistische Rede. »Versetzen Sie sich doch einmal in die Lage der Attentäter, Brandl! Sie planen dort, wo Sie sich auskennen, in München, Ihr Attentat. Dann erfahren Sie, dass die Regierung nach Bamberg umzieht. Da müssen Sie doch hinterher. Aber das erfordert einige Planung, also ist es kaum möglich, dass Sie vor der Regierung hier sind. Und wie machen Sie das, dass Sie vor Ort unbehelligt anreisen und auftreten können, um Ihre Tat möglichst unauffällig vorbereiten zu können? Sie legen sich eine zweite Identität zu, anhand derer Sie nicht auffallen. Sie können natürlich auch versuchen, unterzuschlüpfen und sich ausschließlich an geheimen Orten aufzuhalten, aber das schränkt Ihre Bewegungsfreiheit enorm ein. Dann schon lieber ein paar gefälschte Dokumente und ein ordentliches Auftreten und größtmögliche Handlungsfreiheit. Ergo können wir davon ausgehen, dass unsere Attentäter sich irgendwo in Bamberg als Vertreter, Reisende, Händler, Missionare, Handwerker oder Abgesandte ausgeben und eine ganz bürgerliche Fassade aufweisen. Genau diese Fassade gilt es aufzudecken, damit wir die Attentäter noch vor ihrer Tat unschädlich machen können. Das ist der eine Teil unserer Taktik. Jenseits dessen halten wir dauerhaft Augen und Ohren offen und ermitteln verdeckt, um weitere etwaig verdächtige Personen ausfindig zu machen. Das übernimmt zu einem großen Teil unser Herr Michel, der sich in seiner Uniform des hiesigen Regiments äußerst unauffällig unter die Leute mischen kann und sich ohnehin auskennt in den Strukturen vor Ort. Daher logiert Herr Michel auch alleine in einem Brauereigasthof, damit er nicht sofort mit uns in Verbindung gebracht wird. Aber zunächst einmal sollten wir uns mit den Listen ein Fundament schaffen, auf dem wir aufbauen können.« Edelmayer sieht zufrieden in die Gesichter seiner Mannschaft. Zumindest in seinem Geiste ist wieder Ordnung hergestellt, das beruhigt die Nerven und erleichtert das Arbeiten.

»Danke, Herr Edelmayer!« Brandl spricht seinen Chef bewusst mit seinem Namen und nicht mit dem Dienstgrad an, ein bisschen möchte er auch die neuen Zeiten willkommen heißen. Edelmayer hat ihn ja immerhin teilhaben lassen an seinen Überlegungen. Auch ein Zeichen der Zeit. Was hatte er schon für Vorgesetzte in seinem Leben bei der Polizei. Die nach oben buckeln und nach unten nur treten, von denen hat er genug gehabt, aber Edelmayer scheint einer von der neueren Sorte zu sein. Lohmann hingegen …

»Das heißt für Sie immer noch Herr Kriminalinspektor!«, unterbricht Lohmann seinen Gedankengang, aber Edelmayer winkt ab: »Ach lassen Sie das, Lohmann! Wir sind hier auf auswärtigem Einsatz, da müssen wir die Formalitäten nicht sklavisch einhalten. In der Ettstraße in Ordnung, aber hier?«

Lohmann liegt eine scharfe Replik auf der Zunge, das sehen Brandl und Hans sofort, aber Edelmayer hat sich schon wieder an den Schreibtisch gesetzt, beugt sich über die Papiere und meint: »Fangen wir an, meine Herren?« und damit ist die Situation fürs Erste entschärft.

Name für Name gehen sie die Listen durch, Edelmayer hakt ab, Hans hakt ab, Brandl hakt ab und Lohmann schreibt zu jedem einzelnen Namen die je bekannten Informationen. Ein mühsames Unterfangen, und so sind sie zur Mittagszeit erst beim 187. Namen angelangt, als Elisabeth Edelmayer ins Zimmer platzt und freudestrahlend verkündet: »Papa! Das Hotel hat eine Sonderzuteilung Kalbsfleisch bekommen und jetzt bereiten sie Wiener Schnitzel vor. Das können wir uns nicht entgehen lassen. Wie lange habe ich schon kein echtes Wiener Schnitzel mehr gegessen. Bitte Papa, geh mit mir zum Essen ins Lokal unten!« Sie springt ungestüm hinter den Schreibtisch, umarmt ihren Vater und gibt ihm einen Kuss auf die Stirn. »Bitte! Ich hab schon einen Tisch reserviert.«

Edelmayer legt seinen Stapel Meldebögen auf den Schreibtisch, seine große Hand bleibt obenauf liegen. Er seufzt, sieht seine Mitarbeiter an und meint gespielt resigniert: »Sie sehen, meine Herren, gegen die Waffen einer Frau sind wir Männer einfach ohne Gegenwehr, allemal wenn es die eigene und einzige Tochter ist. Machen wir eine Pause? Sagen wir bis drei Uhr? Gut, ich sehe keinen Widerspruch, also bis später, meine Herren.«

Edelmayer zieht seinen Janker über das graue Hemd und hakt seine Tochter unter. So verlassen sie den Raum, sodass die drei Mitarbeiter nicht recht wissen, was sie jetzt tun sollen. Still blättern sie noch ein wenig durch die Papierstapel, aber dann knurrt Hans der Magen und er fasst sich ein Herz: »Gehen wir auch etwas essen? Mich würde das Bratwurstglöcklein an der Promenade unten einmal reizen, was meinen Sie, Kollegen?«

Mit einem spöttischen Lächeln auf den Lippen erhebt sich Lohmann und geht zur Tür: »Ich für meine Person halte nicht viel von fettigem Mittagessen, ich werde einen sportlichen Lauf entlang des Kanals machen. Als Polizisten sind wir auch der Bewegung an der frischen Luft verpflichtet. Wir sehen uns ja wieder um Punkt 15.00 Uhr, in alter Frische.«

»Ja, lassen Sie uns Ihre Bratwurstglocke probieren«, überlegt der Kollege Brandl. »Vielleicht sind die ja auch an den Sonderzuteilungen beteiligt und sie haben mal einen höheren Fleischanteil in ihren Würsten. In letzter Zeit gab es in München ja auch kaum mehr Würste, die nicht aus Kleie, Sägespänen und Wasser bestanden. Das Fleisch musste man mit der Lupe suchen. Das wäre eine feine Sache. Gehen wir, Herr Michel, und lassen Herrn Lohmann sporteln, wenn er es vorzieht.«

Bis zum Abend haben sie es geschafft, alle offiziell registrierten und gemeldeten Personen durchzugehen, zu kategorisieren und in verschiedene Gruppen der Dringlichkeit einzuteilen. Alles ist minutiös in Lohmanns fein säuberlicher Handschrift in Spalten und Zeilen notiert, jedem Namen folgen Vermerke, Adressen, Haken und Fragezeichen. Schließlich werden sie jeder mit einer Liste von je 80 Personen für den nächsten Tag entlassen mit der Maßgabe, bereits am Morgen mit der Überprüfung dieser Personen zu beginnen. Die Suche nach der Nadel im Heuhaufen beginnt also, denkt sich Hans.

Er wagt zum Abschied noch die Frage: »Wenn wir aber die Personen überprüfen, sind die Täter, sollten sie unter den zu Überprüfenden sein, natürlich gewarnt, dass wir ihnen auf der Fährte sind. Ist das nicht schlecht für unsere weiteren Ermittlungen?«

Edelmayer streicht sich über seinen Bart, ehe er mal wieder merkt, dass da nichts mehr ist, er war ja noch beim Barbier gewesen in München. Nichts mehr Kaiser Wilhelm. Ist ja auch tatsächlich weg, der Kaiser. Also streicht er sich über das harte, jetzt schon wieder stoppelige Kinn. »Da haben Sie Recht, Michel, aber wir machen uns den Vorteil zunutze, dass sie dann vielleicht nervös werden. Und wer nervös ist, der macht Fehler. Und dann haben wir sie. Oder sie trauen sich gleich gar nichts, wenn sie wissen, wir haben sie im Visier! So einfach ist das. Guten Abend, meine Herren!«

Während Brandl und Lohmann nur ein beziehungsweise zwei Stockwerke höher gehen müssen, um zu ihren Zimmern zu gelangen, verlässt Hans das Deutsche Haus wie üblich über den Dienstboteneingang nach hinten zum Elektrizitätswerk und arbeitet sich gedankenverloren über die Seitenstraße zur Königstraße. Ein bisschen zusammengefahren ist er schon, als der Name Walter Rupp gefallen ist und als Staatsrat einfach durchgewunken wurde von Edelmayer. Regierung. Vertrauenswürdig. Haken. Aber irgendwas muss da faul sein, hat aber vielleicht auch nichts mit dieser Untersuchung zu tun. Aber den behalte ich ja sowieso im Auge.

Am Vorabend hatte er ihn auch endlich selbst gesehen. Willy war in den Domstern gekommen und hatte ihn zu einer Bierwirtschaft in die Judenstraße, den Polarbären, geschleppt. Sie saßen an einem Tisch in einer dunklen Ecke der Wirtsstube, umringt von einer amüsanten Raritätensammlung aus vergangenen Zeiten. Obwohl sie aus dem Eck heraus einen guten Blick in alle Richtungen hatten, konnte Hans ihn nur von der Seite sehen. Er war sich zunächst nicht ganz sicher, konnte sich nur schwer vom neuen Aussehen lösen, der anderen Frisur, der Haarfarbe, der Brille, der feinen Kleidung, er vermochte nicht, den alten Kirchner dahinter zu entdecken. Aber der Gang, als er aufs Klo ging, und die Art, Bier zu trinken, und vor allem die Stimme, als er die Bedienung quer durch die Gaststätte polternd rief und unfreundlich anmaulte, da war auch er von Rupps wahrer Identität überzeugt.

Als Hans die Straße überquert, mit Kirchner vor seinem inneren Auge, stößt er beinahe mit einer Pferdedroschke zusammen. »Heda! Hast du keine Augen im Kopf? Trottel!« Für einen Augenblick glaubt Hans in dem Pferd, das vor ihm ausschert, seine Goldelse zu erkennen. Goldelse? Kann das sein? Ach nein, das Pferd hier hat einen weißen Streifen unter den Augen. Die gute alte Goldelse. Die ganzen Jahre in Berlin, und dann der ganze Weg hierher, immer treu zu Diensten, für ein paar Haferkörner und Wasser und ein bisschen Striegeln. Und dann am Ende? Kanonenfutter! Es war genau eingetreten, was ihm der Fahrgast am Tag des Kriegsausbruchs vorhergesagt hatte. Kaum hatte er seinen Einberufungsbefehl erhalten, schon flatterte auch die kriegsbedingte Requirierung der Goldelse in den Briefkasten. Kriegswichtige Transporteinheit verstärken oder so, hieß es damals in dem Schreiben. Und schon am nächsten Tag war sie weg. Mein Gott, hatten die Pferde ein Hundeleben an der Front. Durch Dreck und Schlamm das verdammte Zeugs schleppen, die Artillerie, den Nachschub, Holz, Kohle, ziehen, reißen, schleifen, immer geschunden von einfachen Soldaten, die keine Ahnung hatten von Pferden. Er hatte immer ein Auge auf die Pferde geworfen, wenn wieder mal ein Train-Bataillon vorüberzog, aber seine Goldelse war nie dabei gewesen. Er hatte auch nie einen Bissen runterbekommen, wenn die Kameraden mal wieder ein Pferd geopfert hatten, um an Essbares zu kommen. Seine pferdelose Droschke hatte er vor dem Abmarsch einem Kommerzienrat und Hotelier aus Ebermannstadt verkauft, der seine Gäste mit der Droschke vom Bahnhof abholen wollte. Der hatte wohl keine Probleme bekommen und seine Pferde behalten dürfen.

»Hans?« Ganz in der Vergangenheit versunken, merkt er gar nicht, dass die Droschke, die ihn beinahe überfahren hat, wenige Meter die Straße runter stehen geblieben ist. Der Kutscher reckt sich über die Kabine und schaut zu ihm zurück. »Hans Michel? Bist du's? Bist du's wirklich?«

Erst jetzt erkennt Hans den Kutscher und kramt eine der vergrabenen Vorkriegserinnerungen zutage. Das ist doch ein ehemaliger Kollege, mit dem er häufig am Bahnhof gestanden war, mit dem er so manchen Plausch abgehalten hatte, wenn es keine Kundschaft gab. Wie hieß der doch gleich, Felix, Christian, Max … »Hugo! Ich bin's, der Schusters Hugo!«

Hans umrundet die Droschke, und als er vorne am Bock ankommt, ist Hugo Schuster auch schon abgesprungen und umarmt ihn leidenschaftlich. »Du lebst ja! Hans, du lebst! Und ich hab immer gedacht, die hätten dich geschafft. Nie habe ich was von dir gehört, einfach weg warst du, als sie dich gezogen haben. Aber Todesnachricht hing auch nie nirgends nicht. Sag, warst du die ganzen vier Jahre im Krieg? Mensch, der Hans! Das muss gefeiert werden. Ich mach Schluss für heute. Welch ein Wink des Schicksals, dass wir just vor dem Fässchen gelandet sind. Hast du Zeit? Na, dann lass uns einen trinken gehen. Der Hans lebt, das ist ja ein Ding!«

Hans kann sich gar nicht erinnern, dass sie so vertraut gewesen wären vor dem Krieg – die Bamberger Kollegen waren 1913, als er seine Lizenz bekommen hat, alle etwas voreingenommen gewesen gegen die plötzlich aufgetretene preußische Konkurrenz, aber der Hugo, der war in Ordnung gewesen. Auch wenn man mal etwas mundfaul war, solange man mit Hugo unterwegs war, wurde es lustig. Der hatte immer was zu erzählen und kannte Gott und die Welt, ja seine guten Kontakte hatten ihm vermutlich auch geholfen, irgendwie um den Kriegsdienst herum zu kommen. Dabei war er sogar zwei Jahre jünger als Hans.

Über Gott und die Welt unterhalten sich die beiden denn auch im Verlauf des Abends in der Gaststube. Es bleibt nicht bei einem Bier, nein, es werden derer gleich sieben, und Hans erfährt viel Neues über die Lage in Bamberg, über die Kriegsgewinnler aus den großen Industriellenfamilien der Stadt, über Familie Makuscheit aus dem Sandgebiet, die vier Söhne verloren hat im Krieg, über den ehemaligen Frontkoch der Ulanen, Alexander Kolnieczky, in der Kaimsgasse, bei dem man immer etwas zu Essen kriegt, auch ohne Marken, aber pssst, über die schikanösen Kontrollen für die Droschkenkutscher, seit die Regierung in Bamberg ist, über komische Fahrgäste, billige Absteigen, die nirgends gemeldet sind, oder auch wo die Huren heute stehen. Hugos Redeschwall ist kaum zu bremsen. Er freut sich diebisch über die Aufmerksamkeit, und dass er endlich mal wieder jemanden hat, der seine Geschichten der vergangenen vier Jahre nicht schon ein Dutzend Mal gehört hat.

Beim Stichwort Fahrgäste und nicht gemeldeten Absteigen wird Hans hellhörig und merkt trotz des beginnenden Rausches, dass er diesem Gespräch noch einiges mehr als nur Unterhaltung abgewinnen kann. Er lenkt das Gespräch nun gezielter, bohrt nach und hinterfragt die Geschichten mit den unangenehmen und mit den offensichtlich sehr national gesinnten Fuhren – das kommt Hugo sehr entgegen, immer schon strammer SPD'ler gewesen, da kommt ihm die Galle hoch bei solchen Fuhren. Hans geht weiter die illegalen Absteigen mit ihm durch, eine nach der anderen, und verschwindet zwischendrin auf dem Abort, um sich heimlich Notizen machen zu können. Er erfährt, wo man sonst noch für wenige Mark unauffällig nächtigen kann und zapft Hugos Wissen über alle verdächtigen Fremden der letzten Woche an. Hugo schöpft keinerlei Verdacht, dass er ausgekundschaftet wird, spätestens seit dem sechsten Bier redet er ohne Punkt und Komma, ab dem siebten lassen sich seine Gedankengänge beim besten Willen auch nicht mehr lenken. Gegen Mitternacht torkeln die beiden aus dem Fässchen und verabschieden sich wort- und gestenreich, so dass im oberen Stockwerk ein Fenster aufgeht und ihnen ein »Ruhe da unten!« entgegengeschleudert wird. Hugo geht links zu seiner Droschke, entsichert die Bremse und lässt sein Pferd langsam übers laute Kopfsteinpflaster die nur von wenigen Laternen erleuchtete Königstraße entlang nach Hause trotten. Hans geht nach rechts ab, einmal um den Block herum, macht sich im Schein einer Laterne die letzten Notizen, und als Hugo über die Kreuzung zur Luitpoldstraße verschwunden ist, betritt er das Fässchen von der anderen Seite, um über die schmale Treppe in den zweiten Stock auf sein Zimmer zu gehen. Muss ja nicht gleich jeder wissen, wo ich wohne. Bin ja zum Ermitteln hier, als Kriminalsekretär!

Mit dem Handtuch über der rechten Schulter kehrt er aus dem Bad auf dem Flur in sein Zimmer zurück und betrachtet sich im Spiegel. Geht doch, die neue Zeit. Hans lacht. Vom Droschkenkutscher zum Kriminaler bei der Polizei, wer hätte das gedacht. Nach dem Gespräch mit Hugo Schuster ist er zuversichtlich, dass er dazu beitragen wird, dass die Attentäter gefasst werden, bevor sie zuschlagen können. Die Lokalitäten, die Hugo genannt hat, die Fahrgäste der letzten Tage, die Absteigen wird er gleich ab morgen abarbeiten. Er will wirklich die Regierung schützen. Er spürt, dass er diese Aufgabe verinnerlicht hat. Dass es wichtig ist, die demokratisch gewählte Regierung, die er selbst erstmals mitgewählt hat, zu schützen. Es ist seine Aufgabe. Er mag diese Aufgabe. Hans ist überrascht, dass sich seine Rachegefühle gegen Kirchner in Grenzen halten, obwohl er, als er ihn gestern gesehen hat, sofort wieder den Gefechtslärm gehört hat und von einer Ahnung von Todesangst überwältigt worden war. Aber ihn zu ermorden? Das ist jetzt in diesen Zeiten ein anderes Kaliber. Was hat sich nicht schon alles getan, bewegt, verbessert für den deutschen Michel. Klar, der Krieg war eine Riesenschweinerei, aber er ist gottlob vorbei, und natürlich geht es ihnen bei Weitem noch nicht wieder gut, die politische Situation ist alles andere als gefestigt, und »satt« ist ein Begriff aus grauer Vorzeit. Aber es geht alles in die richtige Richtung. Sagt doch der Willy auch immer: »Kinder, wir leben in einer großen Zeit!«. Und da einen Mord begehen, der sie wieder in den Krieg zurückreißt? Die Hände gleich in der neuen Zeit wieder dreckig machen? Für so ein Schwein?

Ein Plan keimt in Hans auf. Er ist nur zu müde und betrunken, um ihn klar zu durchdenken jetzt. Aber so könnte es funktionieren. Er würde sich damit zwar zwischen alle Stühle setzen, aber es ist die einzige Chance, mit halbwegs sauberer Weste aus der Geschichte herauszukommen, ohne die Freunde zu verlieren, den Schwur zu verraten oder seine Aufgabe zu gefährden. Die Chance, der neuen Zeit nicht gleich wieder ins Gesicht zu spucken.

Er lässt sich aufs Bett fallen, die Federn ächzen unter seinem Gewicht. Auf dem Rücken liegend, mit verschränkten Armen hinterm Kopf, starrt er an die Decke. Ja, so könnte es gehen. Einen Versuch ist es wert. Dann schläft er ein.

AUF DER HÖHE VON AACHEN IM ZUG, 12. DEZEMBER 1915

Allerliebste Elly,

es tut mir alles so leid, liebste Elly, es tut mir so leid. Das war schändlich von meinem Vater, dich so zu behandeln, so herablassend, es war erniedrigend. Allein schon die Fragen, die er stellte. Als ob es ein unehrbarer Beruf sei, Gärtner zu sein und sich in Gottes guter Erde die Hände schwarz zu machen. Und das in Bamberg mit seinen vielen Gärtnersdynastien, wovon Eure nicht die schlechteste ist. Er wird zur Vernunft kommen, liebste Elly, er ist ja nicht aus Bamberg und weiß die Gärtnerszunft nicht so zu schätzen, wie das den Bambergern gemäß ist. Als Ministerialrat legt er nun mal großen Wert auf standesgemäße Verbindungen, und da ist er halt verwöhnt von meinen Geschwistern. Mein Bruder Wilhelm, selbst Offizier, hat die Tochter eines Offiziers der Ulanen geheiratet, ein Chevauleger, sowas beeindruckt ihn. Na, und Marias Verbindung mit dem Sohn des Bankiers Wassermann steht kurz vor der Verlobung. Ich gebe die Hoffnung nicht auf, er wird schon einlenken irgendwann und unserer Verbindung seinen Segen geben. Mich hat er ja tagelang zur Schnecke gemacht, weil ich nicht stärker dagegen aufbegehre, immer noch einfacher Soldat zu sein. Wieso ich denn nicht längst befördert worden sei, was ich denn angestellt hätte? Solange ich mich so renitent zeige, würde er sich auch nicht für mich verwenden. So ging das immerfort, ich war letztlich froh, als ich wieder aus dem Haus war.

Den Besuch bei deinen Eltern hingegen habe ich noch in bester Erinnerung. Auch wenn ich wenige der Pflanzen, die dein Vater mir zeigte, auf Anhieb erkannte, so möchte ich meinen, habe ich keinen schlechten Eindruck hinterlassen. Und den Kuchen deiner Mutter habe ich doch ausreichend gewürdigt, oder?

Sei nicht bös, dass ich so häufig im Wirtshaus mit den Kameraden saß. Gustav hat nun mal die Braugaststätte, und Kaspar, Willy, Gustav und Hans, wir teilen dieselben Erfahrungen, dieselben Wunden, sahen den gleichen Tod. Es war so anders daheim, so gänzlich anders als hier draußen im Feld. Die Leute hatten andere Sorgen als wir, teils gar keine Sorgen. Feiste Männer stolzierten durch die Stadt, sonnten sich im Glanze ihres Wohlergehens, Kriegsgewinnler, kampfbegeisterte Nichtkämpfende prahlten mit ihrem Wissen um die Schlachten und Taktiken der Front – und wir, verletzt an Seele und Körper, lieferten ihnen nicht die Heldengeschichten, die sie hören wollten, also ließen sie uns links liegen. Wir fanden keinen Zugang mehr zu diesem Leben, zu den alten Leuten. Es ist nicht unser Leben, nicht mehr. Es wird sicher wieder besser, glaub's mir, liebste Elly, wenn erst einmal der Krieg aus ist. Und zu tun hatten wir auch nichts daheim. Besuche hier und da, daheim rumsitzen, ja, mit Dir, das war natürlich schön, traumhaft schön, die Bootsfahrt im Hain, der Ausflug zum Friedleinsbrunnen, natürlich unsere Altenburg, die Konzerte. Aber der Domstern, der war uns Rückzugsort und Ruhepol im Theater des Alltags. Mein Gott, die vielen Krüppel, die Zitterer, die Toten, ihr müsst doch sehen, was der Krieg aus unseren Leuten macht! Und doch geht er weiter, keiner will sehen, dass es ein End haben muss mit diesem Krieg. Keiner tut etwas dagegen.

So fahren wir wieder hin, die zweite Weihnacht im Felde zu feiern. Mein Paket habe ich sicher verwahrt, noch zwölf Tage werde ich es hüten wie meinen Augapfel.

In Liebe und Treue,

Dein Johann

MURNAU, 17. APRIL 1919

Um Punkt 8 Uhr klopft der Nachtportier an die Zimmertür im Gasthof Griesbräu. »Sie wollten geweckt werden.«

»Ja, ist gut, danke!«, ruft Willy bei geschlossenen Augen und wirft die Decke von sich. »Luft! Au, mein Kopf. So viel habe ich seit der Wahlnacht zur Nationalversammlung nicht mehr getrunken. Meine Herren!«

»Ich wusste gar nicht, dass ich so viel trinken kann, ohne das Bewusstsein zu verlieren«, murmelt Helene, die in der Mitte gelegen hat, und streckt ihre Arme zu beiden Seiten aus. Auf der einen Seite kommt ihr Arm auf der behaarten Brust von Willy zu liegen, auf der anderen Seite greift der Arm ins Leere. Sofort ist Helene hellwach. »Kaspar?« Sie richtet sich auf.

Sie muss sich erst orientieren, blickt durch das im schummrigen Licht verharrende Zimmer, springt auf, öffnet das Fenster und wirft die Fensterläden auf. Hell erleuchtet von der Morgensonne, die zusammen mit der frischen Frühlingsluft ins Zimmer strömt, ist sofort klar: Kaspar ist nicht da. Willy, der ebenfalls schlagartig wach ist, rennt auf den Flur und klopft an die Badezimmertür, wo ihn ein heller Damensopran schnell davon überzeugt, dass sich hier kein Kaspar verbirgt. Zurück im Zimmer, findet er Helene am Schreibtisch stehend, einen zweifelnden Blick im Gesicht. Sie hält seine Geldbörse in der Hand und hält sie ihm hin. Sie ist leer. »Hier, die lag auf dem Boden. Hattest du nicht gestern noch mindestens vierzig Mark nach der Zeche im Karg und den Logiskosten übrig?«

Willy reißt ihr die Geldbörse aus der Hand. »Na klar, mindestens fünfzig Mark hatte ich noch. Dieser Schuft! Alles gespielt, die ganze Versöhnung, der gute Wille, alles Mist! Und wir haben ihm geglaubt! Wie zwei Schafe dem Wolf! Mist, verdammter! Was machen wir denn jetzt?«

»Wir fragen unten den Nachtportier, der muss ihn doch gesehen haben.«

Schnell ziehen sie sich die Kleider des verzechten Vorabends an und rennen die Treppe hinunter. Der Portier allerdings sagt, er habe nichts und niemanden gesehen, alles sei ruhig gewesen in dieser Nacht. Aber ja, es gebe einen Hinterausgang, durch die Küche zum Hinterhof.

»Oh, verdammt, dass wir da nicht früher dran gedacht haben! Sein Drogenschieber arbeitet doch hier, direkt hier, wir haben ihn doch vorgestern bis hierhin verfolgt, wo er an der Hintertür geklopft hat und rausgeschmissen wurde. Ausgerechnet hier im Haus müssen wir übernachten! Das ist ja, wie wenn der Fuchs im Hühnerstall übernachten soll! Mann, sind wir meschugge!«

Willy springt behände über die Theke und packt den Portier am Kragen. »Wo wohnt der Koch? So ein kleiner Dicker? Wo der wohnt will ich wissen!«

Ängstlich angesichts dieses Gewaltausbruchs des bisher so vertrauensvoll aufgetretenen Herrn aus Franken stottert der Portier, dass zwei der Köche hier im Haus im Dachgeschoss in der Bedienstetenwohnung Nummer 3 wohnen und einer davon wohl der Beschreibung entsprechen würde. Willy stürmt die Treppe hinauf. Jenseits des Gastbereichs führt eine Tür zu einer hölzernen Treppe. Er rast wie wild hinauf, und klopft, oben angekommen, laut und bestimmend an die Nummer 3.

Kaum hat der Koch einen Spalt geöffnet, wuchtet Willy mit seiner Schulter die Tür auf, so dass es den ahnungslosen Mann gegen das Bett wirft, Willy auf ihn drauf und gleich ein Faustschlag ins Gesicht. »Dreckiger Leichenfledderer, Todbringer, Elendsprofiteur! Heraus mit der Sprache, wann war er da? Was hast du ihm verkauft? Wo ist er hin? Los, antworte endlich, sonst hagelt es Schläge!«

»So lass ihn doch antworten, du würgst ihn ja zu Tode, Willy!«

Helene ist nun auch in der kleinen Dachkammer angekommen und schnauft heftig nach der wilden Jagd über vier Stockwerke nach oben. Im anderen Bett sitzt ganz zusammengekauert im hintersten Winkel unter der Dachschräge der andere Koch, offenbar ein Lehrling, jung und blass, und zieht sich die Bettdecke bis an die Nasenspitze hoch.

Als Willy locker lässt, richtet sich der als Koks-Konrad bekannte Koch auf und gibt den Empörten.

»Von wem reden Sie denn, mein Herr? Ich weiß überhaupt nicht, was Sie wollen. Hat Ihnen das Essen nicht geschmeckt?«

Für diese Antwort gibt ihm Willy einen weiteren Faustschlag gegen die rechte Backe, dass es den Koch nur so gegen die Wand schmettert. Blut läuft ihm aus der Nase und über sein weißes Nachtgewand. Willy schlägt seinen Kopf gegen die Wand und stranguliert ihn mit der rechten Hand am Hals. »Du weißt genau, wen ich meine, den Kaspar Mohr meine ich, meinen Kameraden, meinen Freund.«

»Hey, ist ja gut«, würgt Konrad hervor. »Einen feinen Freund habt ihr da. Was wollt ihr denn von ihm? Braucht ihr Stoff? Ich habe nichts mehr. Er hat alles mitgenommen und ausnahmsweise mal gezahlt. Und weg war er. Ich habe nichts mehr!«

»Wo ist er hin?«

»Woher soll ich das wissen! Bin ich sein Kindermädchen? Wer seid ihr überhaupt? Polente?«

»Rück das Geld wieder raus! Auf der Stelle.« Willy drückt wieder fest zu, so dass der Koch stöhnt und mit den Armen rudert.

Koks-Konrad zeigt röchelnd auf einen Wandschrank. Willy hält seinen Hals im Würgergriff, während Helene zum Schrank geht. Ein kleines Lederetui liegt unter einem Stapel Hemden. Sie greift hinein und zieht über sechshundert Mark heraus und reicht sie Willy. Der zählt mit seiner freien Hand fünfzig Mark ab und steckt sie in seine Hosentasche. Dann zählt er zweihundert Mark ab und stopft sie dem verblüfften Konrad in den

Mund. »Da hast du das Geld, das dir Kaspar schuldet. Erstick dran! Seine Schulden sind hiermit bezahlt, verstanden? Sonst kannst du dir schon mal eine Henkersmahlzeit zubereiten, wenn ich deine Visage noch einmal sehen sollte. Und wenn du Kaspar noch einmal was von deinem Zeug verkaufst, komme ich höchstpersönlich und brate dich auf kleiner Flamme gar. Am Spieß! Arsch rein, Mund raus! Haben wir uns verstanden?«

Willy schubst den Koch zurück aufs Bett und wirft den Rest der Scheine quer durchs Zimmer.

»Komm, wir gehen! Ich will keine Minute länger bei einem solchen Menschen bleiben. Verkauft den Tod und lebt davon! Unfassbar!«

Auf der Straße blicken die beiden verzweifelt den morgendlichen Markt hinauf und hinab. Marktfrauen sitzen hinter ihren Ständen und ratschen miteinander und tändeln mit ihren Kunden, Bauern ziehen mit Ochsenkarren durch die Straße, Geschäftsleute öffnen ihre Rollgitter und kehren den Gehsteig.

»Schöner Mist! Der Kaspar hat erstmal genug Stoff, der kann überall abgetaucht sein. So ein Käse aber auch. Wir hätten die Tür zusperren sollen, aber wir waren einfach zu betrunken, um klar denken zu können. Da hatte uns Kaspar etwas voraus.«

Helene seufzt. »Ich brauche jetzt erst einmal einen Kaffee. Und Wasser. Viel Wasser.«

Sie sitzen an einem Tisch in der Gaststube und starren Löcher in ihre Kaffeetassen, als sich eine Person unauffällig zu ihnen an den Tisch an den äußersten Rand der Sitzbank setzt. Es ist der blasse Kochlehrling von oben. Er knetet seine Kochmütze in den Händen, spricht schnell und mit dem starken Akzent des Oberlands. »Ich wusste gar nicht, dass der Kaspar heißt. Der Konrad nennt ihn immer nur den ›kranken Franken‹, und lacht sich dann schlapp. Wurde Zeit, dass dem jemand mal zeigt, was er anrichtet mit den Menschen. Ich weiß, dass Ihr Freund sich häufig unten im Moos in die alte Ramsachkirche, das Ähndl, zurückzieht, wenn er Stoff hat. Der Pfarrer ist ihm wohlgesonnen. Vielleicht ist er ja dort. Viel Glück!« So unauffällig, wie er gekommen ist, verschwindet der schmächtige Junge wieder in der Küche.

Idyllisch liegt die kleine Kapelle auf einer Erhebung vor der erhabenen Kulisse des Hochmoors, dahinter die Berge des Wettersteins, noch immer schneebedeckt.

Die alte Holztür quietscht, als sie eintreten. Eine kleine Kirche, ein paar Bänke links und rechts, ein verwittertes Deckengemälde, der Geruch nach Feuchtigkeit und Weihrauch, auf dem Bild des Hochaltars tötet Georg den Drachen, darunter flackert das ewige Licht. Die Kirche ist leer. Willy horcht an der Tür zur Sakristei schräg hinter dem Altar. Er versucht die Klinke. Die Tür bewegt sich ganz geringfügig, dann spürt er einen Widerstand und hört leises Gemurmel.

»Kaspar? Bist du da drin?«

»Er weiß, was für ein Gebilde wir sind. Er gedenkt, dass wir Staub sind. Geht weg! Haut ab! Ja, Staub sind wir. Menschen waren wir, Staub sind wir, Tote in Menschenleibern, Gewurm durchdringt schon unsere Eingeweide, Lucifer wacht über unseren Verfall, er freut sich, wir sind sein, sein sind wir! Ich kratze und kratze, bis Blut kommt, aber keine Läuterung erlöst mich, keine Heilung. Fahrt! Fahrt, ich komme nicht mit! Es hat keinen Sinn. Es ist zu spät. Zu spät!«

Helene lehnt an der Tür, mit ihrem ganzen Körper, ihre Lippen berühren das Holz, als sie spricht: »Es ist nicht zu spät. Kaspar, hörst du? Es ist nie zu spät, neu anzufangen. Ich liebe dich, Kaspar, und ich will dir helfen. Komm zurück mit uns, du gehörst zu den Lebenden. Ich will mein Leben mit dir leben, viel zu lange schon sind wir getrennt, dabei gehören wir …«

An dieser Stelle hämmert es von innen an die Tür. »Verschwinde, du Schlange, Hure und Tochter einer Hure, du falsches Stück, kein bisschen lieb ich dich, nie habe ich dich geliebt, ich hasse dich, nein, ich kann dich nicht einmal hassen, so wenig bedeutest du mir, du bist mir egal, völlig egal! Verschwinde aus meinem Leben, dem bisschen was ich noch habe, scher dich zum Teufel! Ertränk dich doch!«

»Kaspar!« Helenes verzweifelter Schrei erstirbt in einem tiefen Schluchzen, langsam sackt sie an der Holztür herab, um schließlich am Boden zu kauern, wo sie Kaspars letzter Wutausbruch trifft: »Verrecke, verrecke mitsamt deiner Liebe, deiner verlogenen. Verrecke!«

Helene und Willy sitzen auf der steinernen Stufe vor der Kapelle, die Sonne steht hoch am Himmel, Helene hat ihren Kopf auf Willys Schulter gelegt, sie hat die Augen geschlossen, die Tränen getrocknet.

Auf einmal kommt ein Pfarrer von der Straße hinauf zur Kirche, im schwarzen Anzug mit Römerkragen und schwarzem Hut. Er öffnet das Törchen zum Garten und erreicht die beiden nach wenigen Schritten. Willy und Helene haben keine Kraft aufzustehen, so setzt er sich schweigend neben sie auf die Stufe. Weißes, schütteres Haar, vielleicht siebzig Jahre, wettergegerbte, faltige Haut, klein und drahtig.

»Ich werde Ihnen helfen«, sagt er schließlich.

Helene und Willy schauen ihn an.

»Die Sakristei ist nur über die eine Tür erreichbar, sie hält dem ärgsten Widersacher stand. Ich selbst habe sie einbauen lassen. Unten ist eine Klappe. Sie reicht, um etwas Essen und Wasser durchzuschieben. Ich bin der einzige, der einen Schlüssel hat. Es dauert erfahrungsgemäß vier bis fünf Tage, bis sie wieder ansprechbar sind, dann noch einmal drei Tage, dann können sie unter strenger Aufsicht wieder normal leben. Wenn sie die Kraft haben. Oder jemanden haben, der die Kraft für sie aufbringt. Ich spüre, dass Sie diese Kraft haben, Fräulein …?«

»Spiegel. Helene Spiegel. Woher wissen Sie das alles?«

»Ich habe Augen und Ohren, und wir sind ein kleines Dorf. Ich habe auf diesem Wege schon drei junge Männer vor dem sicheren Tod bewahrt, alle kamen sie aus dem Krieg zurück und waren nicht mehr in der Lage, an das Gute im Leben zu glauben. Mir haben sie sich in ihren lichten Momenten anvertraut. Und wenn ich das Gefühl hatte, dass ein Funken Hoffnung besteht, habe ich sie hier aufgenommen. Die Gemeinde kennt das. Wegen Renovierung geschlossen, heißt es dann. Der Mesner ist eingeweiht. Jetzt kommen die Osterfeiertage, da finden die Messen ohnehin alle oben im Dorf statt. Die Mauern sind dick und wir sind weit vom Ort entfernt, hier können sie schreien und wüten, so viel sie wollen und müssen.«

»Und wie viele haben es nicht geschafft?«, fragt Willy.

»Auch drei«, sagt der Pfarrer.

Helene nickt bedächtig. »Eine faire Chance!« Sie nimmt die Hand des Pfarrers in ihre und hält sie fest umklammert. »Danke!«

Willy fährt sich mit der Hand über das Gesicht und holt seine Zigaretten aus der Tasche. »Helene, ich kann nicht so lange bleiben. Ich muss zurück. Ab morgen ist der neue Chefredakteur des ›Freistaats‹ in Bamberg, ich soll für ihn schreiben. Und der ›Vorwärts‹ erwartet auch meine Artikel. Ich muss zurück.«

Willy spielt mit seinem Zigarettenetui. Helene wuschelt ihm mit der Hand durchs wirre rote Haar. »Geh du nur. Ich schaffe das. Wir schaffen das. Auch wenn er mich gerade zum zweiten Mal aufs Wildeste verflucht hat. Ich komme mit Kaspar nach Bamberg, sobald er es hinter sich hat.«

Der Pfarrer nickt. »Es ist furchtbar, was diese Menschen durchleiden, wenn sie so auf diesen Stoff angewiesen sind. Vor allem an den ersten beiden Tagen. Aber wenn er die übersteht, schafft er es. Allerdings hatten die anderen ihre Entscheidung selbst getroffen. In Kaspars Fall, nehme ich an, hat er wieder nur Zuflucht gesucht hier? Nun gut, nehmen wir das als Zustimmung. Er wird schreien, jammern, klagen, betteln, winseln, heulen, anklagen, verfluchen. Sie müssen sehr hart bleiben, Fräulein Spiegel. Waren Sie auch im Krieg, junger Mann?«

»Ja, ja, war ich. Zusammen mit ihm. Vier lange Jahre. Ist es so schlimm?«

»Vergleichbar, nehme ich an. Ich war weder im Krieg noch habe ich je Drogen genommen, wenn man von der jährlichen Überdosis Weihrauch zu Ostern und Weihnachten absieht. Glauben Sie an Gott?«

Willy sieht zu Boden und klappt das Etui mit seinen Zigaretten wieder zu. »Es fällt mir schwer, Herr Pfarrer. Ich habe mich immer gefragt, wo er war, als wir zermörsert und zerschmettert wurden und lebendig und unschuldig zum Tode verurteilt im Niemandsland verreckten.«

Der Pfarrer sieht Willy in die Augen. »Ich kann Gott nicht dafür verdammen, dass er uns Menschen den freien Willen gegeben hat, denn er muss als eigentlich allmächtiger Gott nun mit all dem leben, was der Mensch mit eben jenem freien Willen anstellt. Aber wenn Sie mich fragen, glaube ich, dass auch Gott manchmal weint.«

»Ein Gott, der weint? Das macht ihn aber sehr viel kleiner, als was uns als Kindern beigebracht wurde.«

»Kleiner vielleicht, aber er hält Wort. Und bleibt sich und den Menschen treu!«

Helene geht ein paar Schritte vor die kleine Mauer, die den Kirchgarten umgibt, und blickt zu den Bergen. Willy bietet dem Pfarrer eine Zigarette an, die dieser zu seinem Erstaunen annimmt. Schweigend sehen sie zu Helene und rauchen. Als sie wieder zurückkommt, stehen sie auf und alle drei reichen sich die Hände.

»Willy, schickst du mir meine Lebensmittelmarken hierher? Ich habe nur für ein paar Tage Marken dabei.«

»Fräulein Spiegel, ich bin Priester auf dem Land. Ich glaube, ich kann Sie mitversorgen und Kaspar auch. Wir Landpfarrer sind in der glücklichen Lage, viel Zuwendung in Form von Naturalien zu bekommen, selbst in diesen schweren Zeiten. Die Bauern haben halt immer noch etwas übrig, wenn auch vielleicht kein Geld, aber Brot und Mehl und Eier und ab und zu ein Schwein, das ist immer da. Sparen Sie sich also Ihre Marken für später. Außerdem stehen die Osterfeiertage an, da ist es besonders üppig. Und Kaspar wird außer Wasser nicht viel brauchen in den ersten Tagen.«

Helene umarmt Willy und bemüht sich um ein zuversichtliches Lächeln. »Dann ist es also entschieden. Willy, fahr du zurück nach Bamberg und sag es den anderen. Kaspar wird kommen.« Und zum Pfarrer gewandt verspricht sie: »Herr Pfarrer, kann ich in der Kirche schlafen? Eine Decke würde mir reichen, ich kann fast überall schlafen, und ich möchte bei ihm sein, wenn es hart wird. Wenn uns auch noch eine Holztür trennt.«

»In Ordnung, Fräulein Spiegel. Ich bringe Ihnen später eine Decke und ein wenig Stroh. Dem Herrgott reichte das auch zum Leben. Aber der Schlüssel bleibt bei mir. Ich komme jeden Tag, nach Ihnen zu sehen.«

Und so gehen Willy und Helene zurück ins Dorf, während der alte Pfarrer in die Kirche geht und die Tür zur Sakristei mit einem großen eisernen Schlüssel zweimal zusperrt. Von innen kommt nur ein kurzer schriller Schrei wie von einem waidwunden Tier.

BEI DEÛLÉMONT, 21. NOVEMBER 1916

Allerliebste Elly,

es ist unvorstellbar, aber der Krieg wird immer noch schlimmer. An manchen Tagen sitzen wir im Graben, tragen Gasmasken, werden beschossen, 300 Minen und Granaten in der Minute sind keine Seltenheit, es wummst und bummst die ganze Zeit, der ganze Boden wackelt, die Gräben stürzen ein, du gräbst die Kameraden wieder aus, da bricht er weiter vorne ein, dann ein Volltreffer, du kannst die Glieder und Fetzen der Leiber aufsammeln oder warten, bis sie vom nächsten Treffer vergraben werden. Und jetzt kommen noch die Tommies mit ihren Tanks, schwere Dinger mit Ketten, Fahrzeuge, die gepanzert übers Niemandsland rollen, allein das Geräusch verbreitet Angst und Schrecken, wenn du es von der Artillerie auseinanderhalten kannst. Denn die Dinger kommen und rollen über dich drüber, zermalmen den Graben und alles, was darinnen steckt. Und wenn du zu fliehen suchst, so zersägen sie dich in Stücke mit ihren Kanonenläufen oder den aufgebockten MGs. Zum Glück bleiben sie oft stecken und brennen schnell aus, wenn man sie mit einer Granate voll trifft oder auf die Ketten zielt. Nein, es ist kein Spaß hier draußen.

Aber es gibt auch immer wieder die schönen Stunden, wenn man hinten liegt, genug zu essen hat, eine doppelte Ration Bier, was zu rauchen, in einem Bauernhof einquartiert ist, halbwegs trockenes Stroh als Bettstatt hat und einen Willy Reichel, der unermüdlich Dinge auftreibt, die uns das Leben für eine kurze Zeit versüßen. Meistens sind wir fünf beisammen, der Hans, der Kaspar, Gustav, Willy und ich, wir fünf Bamberger. Eigentlich komisch, in Bamberg sind wir uns nie über den Weg gelaufen, wären wir nie Freunde geworden, aber der Krieg, der hat uns zusammengebracht. Gustav weicht seit Monaten nicht mehr von meiner Seite, selbst wenn ich ein Himmelfahrtskommando kriege, er meldet sich freiwillig dazu. Und zusammen stehen wir es dann auch durch. Er ist ein richtiger Freund, wenn er mich auch in seiner Sorge um mich fast ein bisschen an meine Mutter erinnert. Der Hans, der ist richtig aufgetaut mit uns, mich stört nicht einmal mehr seine Berliner Schnauze, er ist ein grundguter Kerl, nur hat er's als Preuße nicht leicht bei den Vorgesetzten, die lassen ihn immer die Drecksarbeit machen, aber er nimmt's gelassen, ein ganz Duldsamer ist der. Letztens kam unser Rotschopf mit belgischer Schokolade an, stapelweise, echte Schokolade. Uns war so schlecht am Ende, aber gut war's. Sogar ein Fahrrad hat er einmal gebracht. Ich fuhr an einem ruhigen Nachmittag mit Gustav über die Felder, er saß hintendrauf. Du, das war schön. Beinahe konnte ich vergessen, wo ich war und konnte mir für kurze Zeit einbilden, dass es Deine Arme seien, die ich spürte, und nicht die meines Kameraden, als ob Du hinten auf dem Gepäckträger gesessen hättest. Wie damals, bei unserem Ausflug nach Seehof!

Ja, in solchen Augenblicken sind der Tod und die Ratten weit weg, und damit meine ich auch unseren Hauptmann, der uns das Leben jenseits der Front zur Hölle macht. Gustav sagt immer: »Jetzt haben wir die Hölle an der Front, aber der Teufel ist hinter der Front.« Er ist ein ausgemacht hinterhältiges Schwein. Er schikaniert uns, wo er geht und steht, oft ist er bis in die Haarspitzen besoffen und es hagelt sinnlose Befehle. Wenn wir endlich Ruhetage haben, lässt er uns antreten zum Gewehrappell, Kleider und Ausrüstung reinigen, dann wieder im Matsch exerzieren, dann wieder Kleider reinigen und dann Appell und wehe, einer hat auch nur einen Funken Dreck an seiner Uniform, dann verteilt er en gros Arresttage, der zwei, der drei, der einen, Hauptsache, die Ruhetage sind futsch.

Stell dir vor, Kaspar Mohr hat sich während eines Heimaturlaubs mit seiner Freundin zerstritten. Sie erklärte ihm wohl voller Stolz, dass sie mit ihren Kolleginnen in der Rüstungsfabrik extra die Munition sabotieren würden, damit der Krieg bald ein Ende nehme. Kaspar war außer sich. Was sie sich da einbilde, sie setze doch das Leben all seiner Kameraden und sein eigenes aufs Spiel. So könne man den Krieg nicht verhindern, wenn man uns armen Schweinen die Chance aufs Überleben nimmt. Sie meinte, das hätte ihr sozialistisches Kollektiv so entschieden, und überhaupt, auf der sozialistischen Frauenkonferenz sei man sich einig gewesen, mit allen Mitteln für den Frieden kämpfen zu müssen. Er ist sofort von daheim abgereist und hat die letzten Tage seines Urlaubs alleine unten in den Bergen verbracht. Er ist am Boden zerstört, armer Kerl. Ich glaube, die Helene war seine große Liebe, und sie haben immer zusammen Musik gemacht.

Wir bleiben uns treu, liebste Elly, ja? Jetzt haben wir schon so lange durchgehalten. An solchen Tagen wie diesen, weit hinten in der Etappe, denke ich immer, ach, es wird schon noch gehen, irgendwie kommen wir durch.

Ach ja, und Gustav ist zum zweiten Mal Vater geworden, ein Emil, ein Stammhalter für die Brauerei. Auch da hatte Kirchner wieder nichts Besseres zu tun, als ihn anzuschreien, das Kind sei doch eh nicht von ihm, was er denn überhaupt wolle, und nein, er kriege keinen Sonderurlaub, er werde den Bastard schon früh genug zu Gesicht bekommen, wenn er denn noch am Leben sei. So ist Kirchner, genau so, durch und durch dumm und gemein. Aber der Willy hat dem Spieß später noch eine Sonderration Bier aus den Rippen geleiert und so konnten wir auf Gustavs Jungen gebührend anstoßen. Nun aber genug für heute.

Gehab dich wohl, in Liebe,

Dein Johann

BAMBERG, 17. APRIL 1919

Mit schwerem Kopf und noch schwereren Gliedern macht sich Hans am nächsten Tag nach seinem Trinkgelage mit Hugo Schuster um 7 Uhr auf den Weg, seine Liste mit den zu überprüfenden Fremden abzuarbeiten. Das Frühstück lässt er ausfallen, ihm ist nicht nach Frühstück, und es ist ohnehin nicht gerade üppig im Fässchen, der Kaffee ist noch immer mit Zuckerrübenschnitzeln versetzt, das Brot ist zwar nahrhaft, aber der Butterersatz, der Kunsthonig und die kaum fleischhaltige Wurst erinnern ihn zu sehr an die karge Kost an der Front.

Ich mache jetzt so schnell wie möglich ein, zwei Hotels, damit ich später etwas vorzuweisen habe. Und dann kümmere ich mich um Hugos Adressen. Seine Wahl fällt zunächst auf das Elephantenhaus in der Habergasse. »Israelitisch« steht auf dem Schild. Er kommt gerade noch rechtzeitig und erwischt die meisten Gäste beim Frühstück. Im Gegensatz zu den Ostjuden, die die Straßen rund um das Hotel mit Hut, Bart und schwarzer Kleidung klar dominieren, residieren im Hotel eher die schon lange assimilierten deutschen Juden. Zwei Gäste sind kriegsamputiert, einer trägt die kaiserliche Uniform, mit Ehrenzeichen. Die Gespräche sind rege, kaum einer sitzt alleine am Tisch. Mit dem Besitzer geht Hans seine Liste durch, er kennt ihn schon vom Einsammeln der Meldezettel und muss sich nicht mehr ausweisen, betont erneut, dass es eine Routineuntersuchung sei zugunsten der Sicherheit der Regierungsmitglieder. Der Hotelier geht mit ihm die Gästeliste durch und begleitet Hans von Tisch zu Tisch, von Gast zu Gast. Da es so gut wie keine Juden in der Regierung gibt, sie also alle auf seiner Liste stehen, muss er fast die gesamte Gästeschar befragen. Die meisten sind Hopfenhändler und Handelsreisende, ein Rabbiner aus Fürth zu Besuch bei der hiesigen Synagoge für das Pessachfest, eine Familie mit zwei kleinen Kindern aus Antwerpen auf Reisen in Bayern, ein Einkäufer für Bett- und Tischwäsche, ein Verlagsvertreter, ein Arzt, ein Architekt auf Baustelle. Alle haben sie einen schlüssigen Grund, in Bamberg zu sein, alle geben bereitwillig Auskunft. Hans notiert die Stellen, bei denen ihre Aussagen überprüft werden können, bei keinem sieht er jedoch ein konkretes Verdachtsmoment. Die gesamte Liste erhält einen Haken, als er das Haus verlässt. Beim Drei Kronen in der Langen Straße, einem der besseren Häuser, tut er sich schon schwerer. Zwar sind in den 37 Zimmern zahlreiche Mitglieder der Ministerialbürokratie untergekommen, so dass es nur noch um ein gutes Dutzend Gäste geht, die er überprüfen muss, aber die meisten sind schon außer Haus. Diejenigen, die er noch antrifft, sind harmlose Zeitgenossen, die ihm kurz und knapp Rede und Antwort stehen: zwei Bankiers, die in Bamberg und Coburg Geschäfte tätigen, ein Chirurg zur Hospitation im hiesigen Krankenhaus, und eine Unternehmergattin, die in der Schuhindustrie tätig ist und den Einkauf fürs Unternehmen in Heilbronn tätigt. Die bekommen alle einen vorläufigen Haken. Bei den anderen muss er sich fürs Erste damit begnügen, den Portier an der Rezeption zu befragen und vermag einige Bemerkungen in seine Liste einzutragen, was das Verhalten und die Tätigkeiten der Fremden anbetrifft. Im Gegensatz zum Elephantenhaus bleiben hier durchaus ein paar Personen ohne Haken: Zwei Männer aus München zum Beispiel, die aufgrund ihrer Herkunft schon von Edelmayer mit einem Ausrufezeichen versehen worden waren. In ihrem Zimmer seien politische Schriften verstreut, Flugblätter und Aufrufe, habe das Zimmermädchen berichtet. Zugleich seien die beiden oft mehrere Stunden in der Restauration des Hauses gesessen und hätten verschiedene Besucher empfangen, keine feinen Herren, nein, mehr Arbeiter, auch Frauen seien darunter gewesen. Nachdem die Hotelbesitzerin, Frau Bernreuther, am Vorabend die beiden Herren auf den nicht ganz passenden Verkehr in ihrem Hause angesprochen habe, seien sie heute Morgen mit zwei schweren Koffern aus dem Haus gegangen. Nein, die Zimmer seien noch bezogen, er wisse nur nicht, wo sie nun ihr Tageslager aufgeschlagen hätten, leider. Zwei weitere Einzelpersonen wecken Hans' Interesse: eine Dame, die zwar vornehm gekleidet sei, aber von ihrer Sprache her eher dem Arbeitermilieu zuzuordnen sei, die sich heute Morgen explizit nach dem Sitz des Finanzministeriums erkundigt habe. Und ein junger Herr, der sich die ersten zwei Tage überhaupt nicht aus dem Zimmer heraus bewegt hätte, Speisen aufs Zimmer bekommen habe, immer viel Besuch von Personen mit Koffern und Taschen habe und mindestens ein Dutzend Telefonverbindungen nach München, Berlin und Ulm verlangt hätte.

Hans lässt sich die Rufnummern nennen und kündigt an, am Abend wiederzukommen, um die Herrschaften persönlich befragen zu können, und verabschiedet sich. Im Schützenhaus am Schönleinsplatz gönnt er sich einen Kaffee und vervollständigt seine Liste mit Notizen. Dann schreitet er mit großen Schritten zurück zu seinem Gasthof in der Königstraße und holt seine alte Uniform hervor. Das, was er jetzt überprüfen will, nämlich Hugos interessantesten Hinweis, kann er am besten mit einem Auftritt als Feldgrauer. Zurück geht es erneut über die Regnitz, über den Markt, er überquert die Obere Brücke, biegt rechts in die Dominikanerstraße ab und läuft durch die Sandstraße. Eine schmale Gasse mit drei- und vierstöckigen Häusern, durch die sich auch noch die Trambahn quetscht, einige Bierwirtschaften links und rechts, Wäsche hängt kreuz und quer aus den oberen Stockwerken, es riecht feucht und modrig von der Regnitz her. Am Ende, links ab, in der Schrottenbergsgasse ist das Haus, in dem, so Hugo, vier Männer abgestiegen seien, die er vom Bahnhof hierher gebracht hatte, alle mit Schmiss im Gesicht, alle offensichtlich militärisch geschliffen, alles finstere Gesellen, so Hugo. Und mit großem Gepäck, wie wenn sie auf Weltreise gehen wollten. Er habe kaum alles auf das Dach seiner Droschke bekommen. Und zugesehen haben sie bis zum Schluss, nichts davon auch nur eine Sekunde aus den Augen gelassen.

Hans bleibt zunächst an der Ecke der Sandstraße stehen und schätzt das Haus ein. Die enge Gasse liegt still da, die Häuser schief und krumm, ein Hauch bunter Farbe liegt auf den Kassetten zwischen dem Holz des Fachwerks, auch das eher alt und verrottet als gut gepflegt. Das besagte Haus ist nur ein Stockwerk hoch, die Traufe hängt fast unmittelbar über den drei kleinen Fenstern und einer niedrigen Tür.

Nachdem die nächste Trambahn an ihm vorbeigerumpelt ist, geht er in den kleinen Laden an der Ecke gegenüber, kauft eine Zeitung und versucht, mit der Besitzerin ins Gespräch zu kommen.

»Viel Fremde hier seit die Regierung da ist, oder?«

»Ach herrje, ja, man kommt ja kaum mehr durch die Straßen, ja, da haben Sie Recht, was uns das bringen soll, weiß ich auch nicht!«

»Kein Geschäft für Sie, all die Fremden?«

»Ach herrje, ja, die wohnen ja alle in den besseren Häusern der Stadt, die brauchen doch keinen Lebensmittel- und Krimskramsladen wie meinen, wo denken Sie hin!«

»Sind denn auch hier Fremde untergebracht, in dieser Ecke von Bamberg?«

»Ach herrje, nun ja, hier gibt's ja keine feinen Hotels und so, ein paar Wirtshäuser mit Zimmern, Pensionen und ein paar Leute vermieten halt auch so ein Zimmer oder zwei, kommt viel Verwandtschaft von Leuten, die im Krankenhaus sind, ist ja gleich um die Ecke, unten an der Regnitz. Die können sich keinen Gasthof leisten oder so ein Hotel. Aber bei uns in der Nachbarschaft, da kommt man schon unter, ja.«

»Stimmt, vom Krankenhaus, ja, gerade gestern habe ich vier Herren gesehen, die kamen von dort und sind hier in die Schrottenbergsgasse eingebogen, die sahen mir eher aus wie Pfleger, bisschen grob, wie wir sie bei den Sanitätern im Krieg auch hatten, aber gut.«

»Waren Sie auch im Krieg? Ach herrje, ja, mein Ludwig auch, aber der ist nicht mehr zurückgekommen. Sie scheinen ja Glück gehabt zu haben, ist noch alles dran. Der Ludwig, der hatte einen Bauchschuss, kam noch bis Schweinfurt und ist auf dem letzten Stück Weg nach Hause gestorben. Und seitdem mache ich das alles alleine hier, aber ich hatte ja schon vier Jahre Übung. Ich komme über die Runden.«

»Aber die Fremden, die hier Zimmer beziehen, die kommen doch bestimmt auch zu Ihnen, wie die vier Herren da vom Krankenhaus zum Beispiel.«

»Ja, die meisten kommen schon mal rein und kaufen eine Kleinigkeit. Aber ich brauche Leute mit einer Liste, die richtig was kaufen, nicht nur Kleinigkeiten, wissen Sie? Ach herrje, ich komm schon über die Runden, macht zwölf Pfennige, Ihre Zeitung.«

Noch einmal kann ich nicht direkt fragen, so blöd ist die Alte auch nicht. Was mache ich denn jetzt, wenn ich nicht noch was kaufe, muss ich gehen. Ich muss im Gespräch bleiben, das Gespräch noch einmal auf die Zimmer lenken.

»Ich wohne auch in einem der Gasthöfe derzeit, aber eigentlich ist mir das auf Dauer zu teuer, wissen Sie, so gut dran bin ich als Kriegsheimkehrer ja auch nicht. Wissen Sie denn hier in der Ecke von einer, die Zimmer vermietet an solche wie mich mit schmalem Geldbeutel, muss ja auch nicht mit Meldeschein sein und so.«

»Ach herrje, nun, die Schmidt vom Ottoplatz, aber die hat zwei Dauermieter seit Langem, und die Kellermann von gegenüber, die hat, glaube ich, alles voll gerade. Das sind die vier Herren, von denen Sie gesprochen haben. Die haben mit dem Krankenhaus übrigens nichts zu tun. Ich weiß nicht, was sie zu schaffen haben, aber mit dem Krankenhaus auf alle Fälle nichts. Die haben ganz was Schmissiges an sich, so wie die Jungs, als sie anno dazumal im August '14 ausgezogen sind, mit Hussa und Blumen im Gewehrlauf, an jeder Seite ein fesches Mädel. So kommen die mir vor. Aber da sie zu viert sind, kann die Kellermann keinen Platz mehr haben, die vermietet ja nur die beiden Zimmer ihrer verstorbenen Söhne, Martin und Robert, beide schon '15 gefallen, tragisch war das. Was soll die gute Frau denn machen, auch noch Abgaben zahlen auf die paar Mark für die Zimmer? Ach herrje, was rede ich denn, am Ende sind Sie vom Stadtmagistrat und brummen ihr eine Strafe auf.«

»Na, jetzt aber! Sehe ich so aus, als wenn ich von der Stadt wäre? Nein, nein, ich danke Ihnen für den Hinweis. Vielleicht frage ich dennoch mal an bei Frau Kellermann, irgendwann ziehen die Herren ja sicherlich auch wieder aus. Mir eilt es ja nicht. Hier gleich gegenüber, sagen Sie?«

Die alte Frau geht mit Hans zur offenen Tür und zeigt auf das krumme Fachwerkhaus in der Gasse. In demselben Augenblick geht dort die Haustür auf und vier Männer schieben sich aus dem niedrigen Durchgang nach draußen. Drei große Kerle und ein Kleiner sind es, die sich lachend und gegenseitig stoßend unter dem Türstock durchzwängen und auf die Straße treten.

»Ach herrje, das sind sie ja, da können Sie sie ja gleich fragen, ob sie alle Zimmer belegt haben.«

Einer der Männer, der Kleine von den Vieren, mit Stiftelkopf und breitem Schnauzer hört die weinerlich schrille Stimme der alten Frau und nimmt Hans sofort wahr, ihre Augen treffen sich für einen kurzen Augenblick. Hans wird ganz heiß im Gesicht, er schiebt die Ladenbesitzerin schnell wieder in ihren Laden zurück und murmelt: »Ich habe ganz vergessen, ich brauche auch noch Seife, Kernseife, ja, eine Kernseife hätte ich gerne noch. Und Stiefelwichse, schwarz, brauche ich auch.« Aus dem Augenwinkel beobachtet er die Männer durch das Fenster in der Ladentür. Der Stiftelkopf redet auf die anderen ein, die lachen aber nur, geben ihm einen Klaps auf den Kopf und stolzieren mit geschwellter Brust breitbeinig in Richtung Stadt, am Laden vorbei, wo Hans gerade seine Kernseife und Schuhwichse in Papier eingeschlagen bekommt. Nur der kleine Stiftelkopf reckt den Hals, um besser in den Laden sehen zu können. Hans dreht sich noch ein wenig weiter ab. Am Ende sieht er sich nervös die Warenauslage an, bis die Verkäuferin sich noch einmal bemüßigt fühlt zu fragen, ob er noch etwas brauche, dann erst wagt er sich hinaus.

Von den Männern ist nichts mehr zu sehen. Hans geht zu dem Haus und überprüft den Namen an der Tür. Kellermann, wie die alte Frau gesagt hat. Dann geht er unauffällig weiter die Gasse hinauf und über den Ottoplatz wieder hinunter in die Sandstraße. Von den Männern ist nichts mehr zu sehen. Wo sie wohl hin sind? Ich glaube, dieser Tipp von Hugo Schuster war Gold wert. Was die hier nur zu suchen haben. So wie die aussahen und gegangen sind, haben die auf jeden Fall was Militärisches. Erinnern mich an die Freikorps-Mitglieder in München, die treten auch immer so martialisch und selbstbewusst auf. Aber die hier haben ganz normale Anzüge an, keine Uniform. Er geht auf gleichem Weg zurück, bleibt vor der niedrigen Holztür mit der abblätternden Farbe stehen, dieses Mal klopft er an der Tür. Dreimal muss er klopfen, dann macht eine Frau auf, vielleicht Mitte 50, blaue Kittelschürze, die ergrauten Haare unter einem Tuch zusammengebunden, dünn und hager.

»Ja?«, fragt sie vorsichtig, skeptisch aus dem Türspalt spähend.

»Sind Sie Frau Kellermann?«

»Ja«, weiterhin skeptisch.

»Mein Name ist Becker, Arnold Becker. Ich habe gehört, dass man bei Ihnen eventuell noch ein Zimmer mieten kann, nur für ein paar Tage, solange ich hier in Behandlung bei Doktor Derlien bin. Es darf nicht viel kosten, ich bin etwas knapp bei Kasse. Aber ich kann Ihnen einen Vorschuss geben.«

»Ach, Herr Becker, ich würde Ihnen ja gerne helfen, aber ich vermiete keine Zimmer, da müssen Sie sich getäuscht haben. Tut mir leid.«

Schon will die Frau die Türe schließen, da setzt Hans noch einmal nach.

»Aber ich weiß von guten Kameraden, dass sie bei Ihnen untergekommen sind, vielleicht sind sie ja sogar gerade hier, dann könnte ich sie kurz sprechen?«

»Ach Sie kennen den Herrn Müller und den Herrn Schmitz und die anderen zwei? Das ist natürlich etwas anderes. Aber ich habe trotzdem kein Zimmer frei, mehr als die zwei Zimmer habe ich nicht. Die vier teilen sich meine zwei Zimmer.«

»Ja, bleiben die vier denn noch lange? Ich dachte, die müssen zurück.«

»Nein, nein, die Herren haben mir schon einen Vorschuss gegeben für den ganzen April. Mit ganz neuen Scheinen. Das wird sie aber freuen, wenn sie hören, dass sie ein alter Freund besuchen möchte. Seit sie aus München gekommen sind, hatten sie noch keinen Besuch.«

»Nein, nein, verraten Sie nichts! Ich will sie überraschen. Wir haben uns seit Kriegsende nicht mehr gesehen und jetzt habe ich erst erfahren, dass sie hier sind. Ich weiß gar nicht, was die in Bamberg eigentlich machen.«

»Also mir haben sie gesagt, sie haben hier bei der Kaliko zu tun, gleich am Fluss gegenüber. Sind von ihrer Firma in München abgeordnet, müssen hier eine neue Maschine aufbauen.«

»Ach so, na dann wird mir einiges klar. Haben Sie vielen Dank. Dann schaue ich später noch einmal vorbei. Wissen Sie, wann sie zurück sein werden?«

»Nein, aber normalerweise sind sie immer nur für ein paar Stunden weg, haben wohl nicht so viel zu tun, wie mir scheint. Und die Abende sind sie meist in der Blauen Glocke, hier gleich in der Sandstraße. Da treffen Sie sie bestimmt auch an.«

»Sie haben mir sehr geholfen, Frau Kellermann. Auf Wiedersehen. Und nichts verraten, gell, es soll ja eine Überraschung sein.«

Hans sieht sich um und geht erneut den Umweg über den Ottoplatz rauf zum Domplatz und von dort durch die Stadt zurück ins Fässchen, um sich wieder umzuziehen, raus aus dem Feldgrau der Vergangenheit. Aber ist wirklich sehr unauffällig, die Uniform. Die Leute sind das noch so gewöhnt. Dabei ist der Krieg schon seit einem halben Jahr aus. Aber Textilien sind teuer, und die Qualität der frühen Kriegsware hat gepasst, da gibt's nichts zu meckern. Später erst, da waren die Uniformen miserabel, aus irgendeinem Faserstoff.

Am Nachmittag überprüft er noch ein gutes Dutzend Personen im Hotel Baumann an der Luitpoldstraße, um abends noch einmal im Drei Kronen den Personen nachzugehen, deren Anwesenheitsgrund am Vormittag nicht lupenrein zu klären war. Aber die beiden Herren mit dem Koffer stellen sich als Gewerkschaftsvertreter heraus, die im offiziellen Auftrag den erstmaligen Gedenk- und Feiertag zum 1. Mai vorbereiten und Mitstreiter der hiesigen Textilfabriken zum Mitmarschieren gewinnen sollen. Der Herr, der sein Zimmer kaum verlassen und sehr häufig telefoniert hat, ist Auktionator, der für eine Auktion in Ulm entsprechende Stücke hier in Bamberg akquiriert – daher die Besucher mit Taschen und Koffern – und mit seinen Niederlassungen in München, Berlin und Ulm in regem Austausch stehen muss, um die Auktion vorzubereiten. Und die Dame mit den feinen Kleidern und dem unfeinen Akzent erklärt ihm, sie sei als Vertreterin der Münchener Sektion der Gesellschaft für soziale Reform hierhergeschickt worden und sei beauftragt, im Sinne der Stärkung der Arbeiterrechte in der bayerischen Verfassung Einfluss auf die Politik zu nehmen.

Hans macht seinen Haken an den letzten Namen, schaut auf seine Taschenuhr und verlässt das Hotel in Richtung Deutsches Haus zur Lagebesprechung um 6 Uhr. Hoffentlich dauert es nicht zu lange, ich will doch rechtzeitig zum Feierabendbier bei Gustav im Domstern sein.

Die Kollegen haben jeder ihre vier bis fünf Hotels abgearbeitet und so übertragen sie ihre Recherchen des ersten Tages in Lohmanns große Liste. Hans erwähnt seine vier aus der Schrottenbergsgasse nicht, die will er vorerst noch für sich haben und weiter beobachten. Einige der Grenzfälle sprechen sie durch, zwei Personen wollen sie sofort observieren lassen. Abgesehen von einigen klaren Fällen mit doppeltem Haken – »alte Mütterchen, reisende Priester und senile Greise«, wie sich Edelmayer ausdrückt – werden von allen verbliebenen Personen am nächsten Tag die Begründungen für ihr Dasein überprüft. Brandl erhält dazu exklusiven Zugang zum Telefon des Hauses in einem Separee nahe der Rezeption. »Wenn einer behauptet, für einen Verlag als Vertreter unterwegs zu sein, wird bei seinem Verlag angerufen; sagt einer, er ist hier, weil er für die Firma Mehlmann und Söhne Stoffe einkauft, wird die Firma Mehlmann und Söhne angerufen, ob sie aktuell einen Vertreter nach Bamberg geschickt haben. Verstanden, Brandl?« Brandl nickt. Edelmayer verteilt weiter die Aufgaben. »Brandl übernimmt also den Innendienst. Sie, Lohmann und Michel, machen mit den Befragungen in den Unterkünften weiter. Michel, vergessen Sie nicht, nebenher auch noch verdeckte Ermittlungen anzustellen. Ich selbst werde mich beim hiesigen Polizeidirektor melden lassen, um entsprechende Polizisten zu gewinnen, die eine Observation der auffälligsten Personen übernehmen können. Angesichts der aktuellen Lage in Bamberg und des bevorstehenden Aufrufs zur Bildung einer Bürgerwehr, den der Bürgermeister nach Ostern per Anschlag verkünden will, mache ich mir allerdings wenig Hoffnung, dass wir hier ausreichend Personen kriegen werden, die uns zuarbeiten könnten. Insofern, meine Herren, machen Sie sich darauf gefasst, dass Sie alle nach Beendigung der Sichtung und Überprüfung auch in die Observation einsteigen müssen. So, und nun entlasse ich Sie für heute Abend. Morgen ist Karfreitag, aber wir sind nun mal im Dienst hier und stehen unter Zeitdruck. Die Attentäter machen auch keinen Feiertag. Sofern Sie an einem Gottesdienst teilnehmen wollen, sei Ihnen dies jedoch selbstverständlich gestattet. Ich denke, Bamberg bietet eine ausreichende Auswahl an Kirchen in fußläufiger Distanz zu Ihrem Einsatzort. Herr Michel, noch auf ein Wort, bitte. Guten Abend, meine Herren.«

Eine hochgezogene linke Augenbraue, gefolgt von einem verächtlichen Seitenblick zu Hans, ist Lohmanns einziger Gruß beim Gehen. Die gesonderte Einladung an Hans zu bleiben, schmeckt ihm nicht, die Bevorzugung des reingeschmeckten Neulings geht ihm gegen den Strich. Brandl gibt allen die Hand zum Abschied und verlässt hinter Lohmann das Hotelzimmer.

Hans weiß nicht so recht, ob er stehen bleiben oder sich wieder setzen soll, als Edelmayer anfängt, umständlich nach den richtigen Worten zu suchen. »Setzen Sie sich, Michel! Ich will Sie gar nicht lange aufhalten, aber ich muss, ja, ich muss ein, wie will ich sagen, ein Versprechen einlösen, und mir fehlt die nötige Gelegenheit. Wie soll ich es ausdrücken, also, sagen wir so, als ich meine Tochter ebenso schnell wie Sie damit überfiel, dass wir für eine Zeit nach Bamberg gehen werden, musste ich ihr versprechen, dass sie auch einmal ausgehen kann in Bamberg. Nun bin ich kein besonders geselliger Mensch, seit meine Frau verstorben ist, und auskennen tue ich mich hier schon gleich doppelt nicht, nun und da dachte ich an Sie, lieber Michel, ob Sie bereit wären, meine Elisabeth einmal in eine der besseren Bierwirtschaften mitzunehmen, die Sie unzweifelhaft kennen werden, wenn ich mich nicht ganz in Ihnen getäuscht haben sollte.«

Hans sieht sein Feierabendbier mit Gustav und Willy in Gefahr und überlegt fieberhaft, ob er es sich leisten kann, dieses Ansinnen seines Chefs noch abzubiegen.

»Nun, Sie schweigen, Herr Michel? Darf ich dies als Zustimmung werten? Das würde mich außerordentlich freuen. Mein Vertrauen zu Ihnen ist in dieser Hinsicht grenzenlos, und Sie würden mir einen sehr großen Gefallen tun.«

Und schon zu spät, warst mal wieder nicht schnell genug beim Denken, Hans, die Entscheidung ist ja schon gefallen, eigentlich war es ja gar keine Frage, sondern ein Befehl. Komm ich für heute mit einer Ausrede, nagelt er mich für morgen fest, sag ich heute nein, fragt er mich morgen wieder. Schöner Mist! Wofür soll ich mir eigentlich die Mühe machen mit meinem ewigen Hintertür-Entrée? Wenn ich dann doch mit der Tochter vom Kriminalinspektor durch die Stadt bummle …

»Nein, natürlich, es wäre mir eine außerordentliche Ehre, Ihr Fräulein Tochter einmal in die eine oder andere Bierwirtschaft mitzunehmen, gerne. Auch wenn ich vom Alter her sicherlich nicht ihre Traumbegleitung bin. Kollege Lohmann wäre da sicherlich die bessere Wahl einer Begleitung.«

»Ach, Michel, sie hat Sie doch dieser Tage schon umgarnt, dass Sie sie einmal mitnehmen möchten. Lohmann hat kein Interesse an leichter Unterhaltung, außerdem ist mir Ihre Lebenserfahrung und Ihre Kenntnis der Bamberger Verhältnisse ganz sympathisch, Michel. Und unter uns«, er kommt ganz nah an Hans heran, »für Ihr Inkognito ist doch so eine junge Dame nicht schlecht, oder? Ach, da kommt sie ja.«

In diesem Augenblick geht die Tür des Nebenzimmers auf und eine fröhlich gelaunte Elisabeth Edelmayer stürmt ins Zimmer und begrüßt Hans überschwänglich wie einen alten Bekannten. Fast könnte man meinen, sie habe an der Tür gelauscht, denkt sich Hans im Aufstehen und gibt ihr förmlich die Hand.

Edelmayer steht ebenfalls auf und kommt hinter seinem Schreibtisch hervor, gibt seiner Tochter einen Kuss auf die Stirn und schiebt sie sanft in Hans' Richtung.

»Ja, mein Engel, mein Schatz, Herr Michel hat eingewilligt, dir einmal eine der Bierwirtschaften zu zeigen. Gleich heute, Herr Michel? Gleich jetzt? Prima. Mach dich fertig, dann seid ihr um spätestens 9 Uhr wieder hier. In Ordnung?«

Was, gleich jetzt? Ich muss Willy und Gustav irgendwie Bescheid geben. Das muss ja nicht sein, dass die beiden sie auch noch kennen lernen. Reicht schon, wenn ich aufpassen muss, dass ich mich nicht verplappere, wenn ich zwischen den Stühlen sitze in meiner Rolle. Nein, das darf nicht passieren, am besten einen großen Bogen um den Domstern machen. Wohin gehe ich denn dann mit ihr?

»Oh, Herr Michel! Sie wissen gar nicht, welche Freude Sie mir da machen! Als junge Dame kann man ja nicht einfach in eine dieser Bierwirtschaften gehen, das ziemt sich nicht. Aber in Begleitung eines Kavaliers ist das etwas anderes. Und mein Vater ist ja sooo langweilig. Der kennt ja noch nicht mal in München mehr als seine eine Stammkneipe ums Eck. Wenn ich nicht meine Freundinnen hätte … Ich freu mich. Geben Sie mir noch fünf Minuten, dann bin ich fertig.«

Mit diesen Worten entschwindet Elisabeth im Nebenzimmer und zwingt Hans und seinen Chef noch zu einer Viertelstunde leichter Plauderei.

»Neun Uhr!«, ruft Edelmayer den beiden noch hinterher, als sie schließlich das Zimmer verlassen. Lissy Edelmayer hat wieder ihr bayerisches Dirndl angezogen und sieht darin gleich ein paar Jahre reifer aus als neunzehn. Das Dekolleté ist nur locker geschnürt, die Brüste prall, am Hals hängt eine Kette mit allerlei Anhängern, so genau möchte Hans nicht hinschauen, die Gefahr, dass sein Blick weiter nach unten wandert, möchte er gar nicht aufkommen lassen. Sie hakt sich bei Hans unter und plappert fröhlich und ungestüm drauf los. Hans biegt aus dem Deutschen Haus links ab, nur jetzt nicht am Domstern vorbei, dann erneut links ab in die Kettenbrückstraße, über die Ludwigsbrücke. Hans schlägt vor, zunächst ein wenig am Fluss entlang zu promenieren und nach einem kleinen Spaziergang die Wilde Rose in der Keßlerstraße anzustreben, ein angenehmes Haus mit gutem Bier und den etwas besseren Schichten. Elisabeth stimmt begeistert zu. Um die weitere Konversation muss sich Hans nicht groß kümmern, sie schüttet ihm bereits auf der Brücke ihr ganzes Herz aus, über die Langeweile im Hotel, ihr Heimweh nach München, dass ihr Vater sie kaum alleine in die Stadt lasse, dass ihre ganze Lektüre aus München schon ausgelesen sei, dass sie noch kein einziges Mal ein Telefonat nach München zustande bekommen habe, also gar nicht wisse, wie es ihren Freundinnen Annerl, Marie, Gudrun und Mathilde gehe, und so geht es in einer Tour fort.

Auf einmal ruft es »Hans!« von der Seite und bevor er reagieren kann, kommt Willy winkend auf sie zugesprungen, die Schreibertasche unter den Arm geklemmt, eine unangezündete Zigarette lässig im Mundwinkel baumelnd.

»Grüß dich, Hans, und … ich bitte um Entschuldigung, mein Fräulein, kennen wir uns?«

Elisabeths Gesichtsfarbe nähert sich dem Rot ihres Mieders an, sie haucht ein leises »Nein«, vollzieht einen verschämten Knicks und hängt sich noch enger in Hans' Arm ein.

Dem ist ganz elend zumute angesichts der Katastrophe, dass der Versuch, seine zwei Welten strikt zu trennen, schon nach wenigen hundert Metern gescheitert ist. Verzweifelt versucht er, Willy mit einem strengen Blick und einem Augenrollen und Kopfnicken zum Verschwinden zu bringen, aber Willy hat nur noch Augen für Elisabeth. Alles andere, als sie jetzt vorzustellen, wäre wohl grob unhöflich. Muss mir nur noch rasch was einfallen lassen, ihn danach elegant loszuwerden. Aber Willy ist mal wieder schneller und lässt auch diese Überlegung scheitern.

»Na, dann mach uns doch mal bekannt, Hans. Eine so hübsche junge Dame mitten in Bamberg im bayerischen Dirndl, ich muss sagen, in solch galanter Begleitung habe ich unseren Hans schon lange nicht mehr gesehen, eigentlich noch nie, wenn ich es mir recht überlege. Mein Name ist Reichel, Willy Reichel. Gehen Sie mit zum Domstern? Ich war gerade auf dem Weg dorthin und wollte mich mit just diesem Herrn dort treffen. Gleichwohl ich mit Bedauern feststellen muss, dass ihr in der falschen Richtung unterwegs seid.«

Hans möchte ihm am liebsten gegen sein Schienbein treten, reißt sich aber zusammen und versucht, ruhig zu bleiben.

»Fräulein Edelmayer, das ist ein ehemaliger Kamerad von mir, der im Moment hier in Bamberg für die Presse arbeitet. Willy, das ist Elisabeth Edelmayer, Tochter meines Chefs, des Kriminalinspektors Anton Edelmayer, derzeit ebenfalls aus München nach Bamberg geflohen.«

So, das sollte ihm doch klarmachen, welche Gefahr in dem jungen Ding steckt. Willys Mundwerk stockt auch für einen kurzen Augenblick, ein Hauch der Erkenntnis liegt in dem Blick, den er Hans zuwirft, aber sollte ihm dabei gekommen sein, dass er sich mit seinem forschen Ansinnen, den Abend weiter gemeinsam zu verbringen wohl keinen Gefallen getan hat, lässt er sich dies nicht anmerken. Im Gegenteil, er setzt noch einen drauf.

»Ach, kommen Sie doch mit! Geflohene aus München sind uns willkommene Gäste. Sie können mir bestimmt einiges erzählen, wie die Stimmung so ist in München, wie es war, im Herzen der Revolution zu leben. Ich habe gerade ein Stück geschrieben für den ›Vorwärts‹ in Berlin über die Arbeiter- und Soldatenräte, die jetzt in München an der Macht sind, noch, muss man schon fast dazu sagen, denn die Schlaufe zieht sich Tag für Tag enger zusammen für die kommunistischen Putschisten. Also was ist, kommt ihr mit? Ich habe vielleicht einen Durst jetzt. Das Bier im Domstern ist vorzüglich, selbst in diesen Zeiten des Dünnbieres. Trinken Sie überhaupt Bier, Fräulein Edelmayer?«

Ach, daher weht der Wind. Willy will gleich wieder Profit schlagen aus dieser Begegnung, Hintergründe für seine Artikel. Ein Schlawiner ist er schon, immer gewesen. So hat er auch im Krieg immer gleich alle Menschen eingebunden, ausgequetscht und vernetzt. Ein kurzer Seitenblick zu seinem Schützling bestätigt Hans, dass er sowieso alle Hoffnung fahren lassen kann, noch einmal aus dieser Nummer herauszukommen. Elisabeth hängt an Willys Lippen, ihr Griff an Hans' Arm hat merklich nachgelassen, ihre Augen leuchten. »Na, hören Sie mal, mein Herr! Ich komme aus München, da werde ich doch wohl Bier trinken. Oh, Herr Michel, können wir mitgehen in diesen Domstern? Bitte, bitte! Die Wilde Rose können wir ja auch ein anderes Mal besuchen.«

Er zuckt mit den Schultern, ein letzter Blick zu Willy, dann deutet Hans mit der Hand in die Richtung, aus der sie gekommen sind. »Gehen wir!«

Elisabeth Edelmayer tänzelt zwischen Hans und Willy und hängt sich gleich bei beiden ein. In diesem Dreiergespann laufen sie oberhalb des rechten Regnitzarms zurück zur Ludwigsbrücke. Als Hans kurz in einem Tabakgeschäft an der Hauptwachstraße Pfeifentabak und Zigaretten kauft, schlendern die beiden langsam weiter, sie hängt an seinem Arm und an seinen Lippen, schaut auf zu ihm und fragt und lauscht. Und Willy genießt es. Mit großen ausladenden Gesten erzählt er im Gehen und mit jedem Schritt schwillt die Brust ein wenig weiter an, hat Hans das Gefühl. Er bleibt ein paar Schritte hinter ihnen. Sollen sie doch miteinander plaudern, mir soll's recht sein. Willy ist ja auch 15 Jahre jünger als ich, ich könnte ja direkt ihr Vater sein. Das habe ich dem Edelmayer aber auch gesagt. Wird schon gut gehen. Ein schönes Paar eigentlich. Nur, ob die ihm intellektuell gewachsen ist? Die ist doch gar nicht politisch, die Tochter vom Chef, so ein junges unschuldiges Ding. Na, wir werden sehen.

Nach einer kurzen Vorstellungsrunde im Domstern für Gustav und Babette nehmen sie an ihrem üblichen Tisch Platz. Gustav jedoch zupft Hans an der Jacke und zieht ihn recht unsanft vom Tisch weg, raus, durch die Tür, in die Schwemm. »Hans, bist du wahnsinnig? Die Tochter von deinem Chef hierherzubringen? Du weißt schon noch, weswegen wir hier zusammen sind, oder?« Gustav zittert ganz gehörig und drückt seinen zappelnden linken Arm mit dem ganzen Gewicht seines Körpers gegen die Wand.

»Es war Willy, der sie eingeladen hat. Ich wollte bloß spazieren gehen mit ihr und dann in die Wilde Rose, weit weg von hier. Es war quasi ein dienstlicher Auftrag von meinem Chef, Gustav. Er nennt es Gefallen, es ist aber ein Befehl. Ich war ja schon auf der drüberen Regnitzseite, aber dann musste uns ausgerechnet der Willy über den Weg laufen. Der wittert eine gute Quelle für Nachrichten aus München, will sie für einen Artikel ausquetschen, glaube ich. Der hat sie einfach eingeladen, ich konnte ihn nicht mehr bremsen. Müssen wir uns halt zusammenreißen und vorsichtig sein.«

»Ach, Hans. Die erzählt ihrem Vater doch von uns allen, wer wir sind, was wir machen. Dann sind wir schon mal alle registriert bei dem. Na, Gratulation! Beste Voraussetzungen für einen Mord an einem Staatsrat. Dann kann ja nichts mehr schiefgehen. Mit Protektion von ganz oben! Toll habt ihr das gemacht, ihr Helden!«

Hans zuckt erneut mit den Schultern. »Wir schaukeln das Kind schon. Um neun muss sie ja schon wieder daheim sein. Vielleicht können wir das Ding auch rumdrehen, und sie kann uns nützlich werden. Wart's mal ab!«

»Einen Blödsinn kann die uns werden. Grüß Sie Gott, Herr Kommerzienrat Landskron, gnädige Frau, guten Abend!«

Erst als die beiden Stammgäste die Tür zur Wirtschaft hinter sich geschlossen haben, zischt Gustav weiter: »Saugefährlich wird dieses Spiel. Reichst ja du schon mit deiner Arbeit als Kriminaler, mitten unter uns.«

»Den Spagat krieg ich schon hin, lass das mal meine Sorge sein!«

»Ja, und wenn's schief geht, sind wir alle dran. Ihr seid ja beide nicht von hier. Ich muss das dann hier in Bamberg ausbaden, den Rest meines Lebens. Bin doch eh schon gezeichnet für den Rest meines Lebens. Bloß weil der saubere Herr aus München seinem Chef keinen Gefallen abschlagen kann und der Herr Oberschlau aus Berlin eine gute Reportage wittert.«

»Gustav, jetzt beruhig dich doch mal! Komm, wir gehen wieder rein. Ist doch nur für den einen Abend.«

Gustav kickt mit dem Fuß gegen eines der leeren Domstern-Fässer, die in dem Durchgang stehen und den Stehgammlern als Tisch dienen, aber Hans ist schon auf dem Weg nach drinnen. Grummelnd folgt ihm Gustav und ruft ihm leise hinterher: »Aber ich verzieh mich heute, das sag ich dir. Seht ihr zu, wie ihr mit dem jungen Ding hier den Abend verbringt!«

Die Frage der weiteren Abendgestaltung bedarf allerdings keiner Klärung, wie ein Blick zu ihrem Tisch unmissverständlich deutlich macht. Willy sitzt im Eck auf der Bank und redet großspurig ohne Punkt und Komma, beide Arme auf der Lehne ausgebreitet, die Beine übereinandergeschlagen, während Elisabeth Edelmayer auf der Vorderkante ihres Stuhles sitzt und sich, weit vornübergebeugt, mit den Ellbogen auf dem Tisch aufstützt und an Willys Lippen hängt. Sie saugt ihm regelrecht die Worte aus dem Mund, merkt gar nicht, dass Hans an den Tisch zurückkehrt. Erst als er sich direkt neben sie setzt und sich räuspert, dreht sie sich mit leuchtenden Augen und roten Backen zu ihm um.

»Herr Michel, wussten Sie, dass Herr Reichel fast jeden Tag nach München fliegt? Das ist ja so aufregend. Mit einem echten Flugzeug, einem ausrangierten Weltkriegs-Abklarer.«

»Aufklärer! Die Albatros war meist als Aufklärer unterwegs«, korrigiert Willy sie. »Die Albatros C.XII wurde erst '17 eingeführt und war, wie auch schon ihre Vorgänger, viel zu schwer, um ordentlich Bombenlast mitnehmen zu können, und wurde deswegen eher für Aufklärungsflüge eingesetzt. Bei der Albatros, die wir nach München fliegen, haben wir extra die beiden MGs abmontiert, damit sie leichter wird und wir mehr Flugblätter und ›Freistaat‹ mitnehmen können. Was meinen Sie, was all das Papier so wiegt.«

»Und das werfen Sie dann einfach so einzeln ab oder in Bündeln?«

»Ach, je nach Lust und Laune, oder wo wir gerade sind. Aber wenn wir viele Menschen auf einem Haufen sehen, werfen wir sie meist in losen Stapeln ab, dann segeln sie schön zu Boden und die Kinder springen und greifen danach und rennen dann herum und drücken jedem Passanten ein Blatt in die Hand. Und das machen wir an vier oder fünf Standorten und dann müssen wir auch schon zurück. Mehr Zeit haben wir nicht. Das Ding kann mit einer Tankfüllung nur ungefähr 600 km weit fliegen, und auf dem Hinweg sind wir ja richtig schwer. Mit 175 km/h Spitze reizen wir die drei Stunden und ein bisschen Flugzeit immer ziemlich aus. Einmal sind wir über dem Bamberger Dom schon in den Segelflug übergegangen und haben es gerade noch zur Breitenau raus geschafft. Da hab ich vielleicht geschwitzt, das kann ich Ihnen sagen!«

Hans prostet Willy zu. »Aber du fliegst das Ding nicht selber, oder? Oder bist du jetzt auch noch unter die Flugzeugführer gegangen?«

»Ach, das ist gar nicht so schwer. Der Harri hat es mir schon mehrfach gezeigt. Im Notfall muss ich die Kiste ja auch heimbringen können, wenn ihm was passiert. Einmal haben die Spartakisten schon auf uns geschossen. Wenn ihm da was passiert, muss ich das Steuer übernehmen können. Aber ich traue es mir schon zu, ja.«

Elisabeth hält sich die Hände vor den Mund und schaut nach oben. »Das täte mir auch mal gefallen. Fliegen! Kreuz und quer durch den Himmel. Abgehoben. Unter den Wolken hängen …« Sie lehnt sich mit geschlossenen Augen, Kurven nachahmend, nach rechts und nach links und breitet ihre Arme aus wie Flügel. Bei ihrer letzten Rechtskurve fällt sie beinahe vom Stuhl und wird von Willy aufgefangen. Elisabeth lacht, ein wenig zu laut, ein wenig zu schrill – und Willy hält sie ein wenig zu lange im Arm, bevor er sie wieder auf ihren Stuhl bugsiert. Sie nimmt einen weiteren Schluck aus ihrem Bierkrug und wischt sich den Schaum mit dem Handrücken vom Mund.

»Also in München trinke ich ja immer Augustiner. Manchmal auch ein Spaten. Das hier schmeckt ganz anders als unsere

Münchner Biere. Aber auch gut. Mit weniger Blubber. Süffig, würde meine Freundin, das Annerl, sagen. Ach, das wär was, wenn ich mit dem Flugzeug über den Straßen Münchens fliegen würde, und unten stehen das Annerl, die Mathilde, die Marie und die Gudrun. Denen würden die Augen aus dem Gesicht fallen, wenn die mich sehen täten.«

»Ja, leider, Fräulein Edelmayer, ist die Albatros nur ein Zweisitzer. Das wird sich schwerlich machen lassen mit dem Mitfliegen. Sonst würde ich Sie ja direkt mal mitnehmen und Ihnen Ihre Heimat von oben zeigen. Das ist schon toll!«

Hans winkt ab. »Also, mich kriegen keine zehn Pferde in so ein Ungetüm. Ich brauche den festen Boden unter meinen Füßen. Und wenn ich die Dinger schon höre, kriege ich das kalte Grausen, weil sie mich an den Krieg erinnern. Wenn die so über uns drüber gedonnert sind und ihre Bomben abgeworfen haben, oder du wusstest genau, jetzt haben die Aufklärer gesehen, wo wir liegen, dann geht's gleich los mit der Artillerie, nein, nein, nicht schön.«

»Aber Hans, die Luftfahrt geht doch gerade erst los. Du wirst sehen, das wird ein Riesending, wenn die Leute irgendwann die Wahl haben, ob sie mit dem Flugzeug in einer Stunde in München sind oder sich lieber einen halben Tag über die Straßen quälen in ungemütlichen, schlecht gefederten Automobilen, oder über die Eisenbahn mit ihrer Holzklasse und den wenig verlässlichen Loks. Wirst sehen, das wird ein Verkaufsschlager. Dann gibt es Flugtaxis, so wie du früher mit deiner Droschke, da gibt es dann Flugführer, die bringen dich überall hin, in Nullkommanichts, im Handumdrehen.«

Als Hans Punkt 9 Uhr die Tochter seines Chefs wieder im Hotel Deutsches Haus abliefert und sich verabschiedet, schwant ihm schon, dass sie diese Dame nicht mehr so schnell loswerden. Zu sehr hat sie Willy angehimmelt, zu sehr hat es ihm gefallen, angehimmelt zu werden, zu sehr hat Willy eine dankbare Zuhörerin gefunden für all seine Abenteuer. Dabei hat er ihr noch gar nichts von Berlin erzählt, was sie doch unbedingt hören wollte. Eine Wiederholung ist also zwangsläufig. Und wenn sie ihrem Vater von Willy erzählt, will der diesen Herrn Reichel sicherlich auch einmal persönlich in Augenschein nehmen, und dann haben wir den Salat. Alle im gleichen Netz, obwohl er doch dieses Netz und jenes Netz streng trennen wollte. Ein Mist ist das, ein mistiger! Er geht an diesem Abend nicht noch einmal in den Domstern zurück, hat keine Lust auf die Auseinandersetzung mit Gustav, sondern verzieht sich auf sein Zimmer im Fässchen. An der Theke lässt er sich ein Bier zapfen und geht damit auf sein Zimmer, setzt sich auf den Stuhl am Fenster und legt die Füße hoch. Gegen 3 Uhr morgens wacht er in genau dieser Position auf und legt sich, wie er ist, ins Bett.

BEI DEÛLÉMONT, 23. JANUAR 1917

Liebste Elly,

der arme, arme Kaspar. Erst die Sache mit seiner Helene, und jetzt hat er wegen Hauptmann Kirchner drei seiner Finger verloren. Als Musiker, stell Dir das mal vor! Und wegen nichts! Wegen einem seiner sinnlosen Befehle! An der linken Hand nur, immerhin, aber weg sind sie dennoch. Kleiner Finger, Ringfinger und Mittelfinger. Und nach Hause kommt er erst nicht, und die ganze Geschichte hat ihm sogar noch ein Verfahren wegen Selbstverstümmelung eingebrockt, das ist so niederträchtig. Aber hör zu, ich kann es Dir schreiben, wir haben wieder jemanden auf Heimaturlaub, da wird der Brief nicht geprüft.

Es kam so: Wir hatten einen Haufen junger Rekruten bekommen, alle ganz frisch, Drei-Wochen-Lehrgang in Würzburg und ab an die Front. Die kamen zu uns in den vordersten Graben. Eigentlich war es ruhig, keine Artillerie, keine Scharmützel, aber die Scharfschützen sitzen immer am Drücker, auf beiden Seiten. Das mit den Scharfschützen erzählt der Kirchner denen gerade, wir alten stehen alle auf Posten, da befiehlt er dem Kaspar, er solle mal herkommen, mit seinem Krätzchen, der Feldmütze. Er solle sie mal hochhalten. Der Kaspar tut's. Höher! Der Kaspar tut's. Noch höher! Der Kaspar zögert. Höher, Soldat! Der Kaspar tut's. Über den Graben, höher, und zwar zack zack! Wir alle zu ihm hin: Herr Hauptmann, die Scharfschützen! Der Kaspar, ganz weiß im Gesicht, hält sein Krätzchen hoch, Kirchner schreit: Ich lasse Sie wegen Befehlsverweigerung erschießen, Mann, höher! Wir feige, schweigen, Kaspar schiebt das Krätzchen an den ausgestreckten Fingern Centimeter für Centimeter höher, da plötzlich, baff, ein Schuss! Das Krätzchen fliegt nach hinten, Blut spritzt, Kaspar schreit, er runter in den Graben, ich zu ihm, sehe sofort, die Finger sind weg, bis zum letzten Glied, nix zu machen. Kaspar schreit vor Schmerz, blutet stark, Gustav hatte gleich Verbandszeug ausgepackt, ich hab getan, was ich konnte, aber Finger annähen, das ist dann doch zu viel des Guten, abgesehen davon waren keine Finger mehr da, die man hätte annähen können. Und was macht Kirchner? Redet einfach weiter, setzt seine Belehrung für die Rekruten fort, als ob nichts geschehen wäre! Die haben vielleicht geschaut, alle waren ganz weiß im Gesicht. Ich also schnell zu Lt. Mayer, Erlaubnis erbeten, mit Kaspar ins Lazarett zu gehen. Die haben seine Hand gerettet, aber ihm bleiben nur Zeigefinger und Daumen, nur noch Pinzettengriff links. Kaspar hat mich auf dem Weg nach hinten dauernd angebrüllt in seinem Schmerz, ich soll aufpassen, dass sie nicht die ganze Hand amputieren. Nicht die Hand, hat er immer wieder gerufen. Und es war in der Tat gut, dass ich dabei war, denn sonst hätten sie es vielleicht getan. Kaspar war fünf Tage im Lazarett. Und dann das Tollste: Die Feldgendarmen kommen eines Morgens, zerren ihn raus und bringen ihn, noch im Krankenkittel, in die Arrestzelle. Und nun hör zu, das wirst Du nicht glauben: Er wurde angeklagt, sich durch Selbstverstümmelung dem Dienste im Feld zu entziehen! Dafür gibt's bis zu drei Jahre. Irgendwer muss ihn angezeigt haben, und wir wissen auch schon wer. Das ist ein starkes Stück. Wir alle natürlich sofort zum Lt., was sollen wir tun, das geht doch nicht, ihn bedrängt. Der schickt uns mit Erlaubnis zum Bataillonskommandeur, wir sollen Stellung beziehen, aber keinen beschuldigen, auf Feindeinwirkung eingehen. Wieder feige gewesen, aber Kaspar kam frei. Gottlob. Beim Bataillonskommandeur mal wieder gesehen, wie die es sich gutgehen lassen, während wir in unseren Schlammlöchern sitzen. Elly, wenn ich mal oben sein sollte als Arzt, erinnere mich nur immer daran, dass ich die Unteren nicht missachte. Wein aus Glaspokalen wurde dort serviert, eine Obstschale stand auf dem Tisch, kleines Gebäck, alles fein herausgeputzt. Gerade, dass er uns angehört hat, angesehen hat er uns nicht, ja ein feines Tüchlein vor die Nase gehalten hat der, und reden ließ er seinen Adjutanten …

Nochmal zehn Tage, und unser Tastenheini war wieder da. Wenn Blicke töten könnten, dann wären beide gleich tot umgefallen, als er beim Appell wieder vor ihm stand. Das kann nicht mehr lange gutgehen. So viele, die ihm den Tod an den Hals wünschen, aber er gibt die Befehle, und wir müssen raus, stürmen tut der schon lange nicht mehr. Er müsste schon was von oben abkriegen irgendwie …

Post war auch wieder da. Kaspar hatte drei Briefe von seiner Helene. Er hat sie alle ungelesen in den Ofen geworfen. Sei bedankt für das Paket, es kam gerade rechtzeitig zu Kaspars Wiederkehr, da hatten wir Schokolade und Kaffee zum Feiern, nach einer ganzen Woche Brot mit Kraut war das eine große Sache für uns! Ich weiß, es ist auch für Dich nicht leicht, die Sachen abzuknapsen, aber sei gewiss, wir wissen das sehr zu schätzen. Wahrscheinlich bist Du über Stunden angestanden für die Sachen. Ich habe es ja gesehen beim letzten Urlaub, wie knapp Ihr auch in der Heimat dran seid mit Nahrung. Frag nur immer nach bei meiner Mutter, sie gibt Dir gerne ab, bestimmt. Sie hat es mir versprochen. Vormittags ist der Vater im Kgl. Bauamt, da kannst Du getrost kommen.

In Liebe,

Dein Johann

BAMBERG, 19. APRIL 1919

Hans hat schon wieder drei Hotels geschafft, mit mäßigem Erfolg, viele scheinen den Karsamstag mit strahlendem Sonnenschein für einen Ausflug oder zumindest einen ausgiebigen Spaziergang zu nutzen, denn die wenigsten der Fremden sind im Hotel anzutreffen. Als letztes konnte er in einer Pension soeben eine ganze Familie abhaken, die aus Bremen stammt und zur Studienreise in Bayern unterwegs ist. Gerade als er aus der Tür tritt, bemerkt er zwei Gestalten auf der anderen Straßenseite, einer groß, der andere klein. Das sind doch ... Ja klar, das sind doch zwei von denen aus der Schrottenbergsgasse. Die gehen aber sehr zielstrebig. Wäre doch interessant zu sehen, wo die wohl hingehen. Hans beschließt, ihnen zu folgen. Mit der Pension hat er sein Vormittagsprogramm erledigt, er kann sich guten Gewissens einen Abstecher leisten. Die Männer sind ohnehin in seinem Visier, denn schon am frühen Morgen hat er vom Fernsprecher der Poststelle bei der Bamberger Kaliko angerufen und sich erkundigt, ob derzeit auswärtige Monteure in Bamberg arbeiten, was die Dame in der Zentrale nach Rücksprache mit dem Prokuristen aber verneinte. Also verdächtig in jedem Fall, wenn sie ihrer Wirtin keinen reinen Wein einschenken. Unauffällig fällt er in die Marschrichtung der beiden mit ein und bleibt ihnen in einem Abstand von vielleicht dreißig Metern auf den Fersen. Er muss sich oft in Hauseingänge ducken oder an Schaufenster stellen, denn die beiden drehen sich häufig um. Das ist ungewöhnlich. Wieso drehen die sich dauernd um? Die führen doch was im Schilde! Mich können sie aber noch nicht gesehen haben. Gut, dass ich heute den Anzug trage und nicht den alten Waffenrock. Sicherheitshalber vergrößert Hans dennoch den Abstand ein wenig, aber er darf sie im Gewühl der vielen Leute an diesem herrlichen Frühlingstag auch nicht verlieren. Man promeniert, man stolziert, führt den besten Anzug aus, wer weiß, ob morgen, an Ostern, das Wetter auch noch so schön ist. Die Männer haben keinen Blick für die Schönheiten dieses Tages und keinen Spaziergang im Sinn. Sie queren die Regnitz am Rathaus und biegen nach rechts in die Lange Straße ein. Hans nutzt die Deckung einer Litfaßsäule, die über und über mit dem Aufruf zur Bildung einer Bürgerwehr plakatiert ist. Im Pulk der Menschen, die sich um die Anschläge auf der Säule gruppieren und angeregt diskutieren, bleibt er eine Weile stehen und kann die beiden weiter beobachten. Auf einmal verschwinden sie nach rechts in einen Gebäudeeingang. Mist, wo sind sie hin? Zum Steinernen Haus? Ja, da muss es sein. Er verlässt die Deckung der Litfaßsäule und eilt mit beschleunigtem Schritt die Straße entlang, den Eingang zur Wirtschaft stets im Blick. Kurz bevor er auf Höhe des Eingangs ist, verlassen die beiden die Wirtschaft wieder und laufen ihm direkt entgegen. Er kann nicht mehr ausweichen, das wäre zu auffällig, und so geht er einfach mit gesenktem Blick und einem leichten Seitwärtsschritt an ihnen vorbei, ohne erkennen zu können, ob sie ihn ansehen. Er geht gut und gerne zweihundert Meter die Lange Straße weiter um die langgezogene Kurve ehe er anhält, sich vor ein Schaufenster stellt und sich so unauffällig wie möglich umsieht.

Von den beiden weit und breit nichts zu sehen. Und nun, Hans? Was mache ich jetzt? Was können die so kurz da drin gewollt haben? Er kehrt um und läuft die Straße wieder in die andere Richtung hinunter. Ich muss mich dort umsehen. Ich werde das Gefühl nicht los, dass das die Leute sind, derentwegen wir hier sind. Ich muss verdammt aufpassen. Wenn ich sie für meine Zwecke einspannen will, muss ich gleichzeitig darauf achten, dass sie nicht schon etwas Anderes, Schlimmeres im Schilde führen. Zwei Herzen schlagen, ach, in meiner Brust. Wenn sie es denn überhaupt sind.

Hans geht langsam, im Karsamstagstempo schlendernd, die Straße zurück und bleibt vor dem Steinernen Haus stehen, bewundert die Fassade und studiert die Anschläge am Eingang. Dann geht er ein paar Schritte in den Eingangsbereich hinein, die ehemalige Schwemm der Brauerei. Kein Mensch zu sehen, drei große Fässer, die als Stehtische und Abstellfläche dienen. Hans blickt sich um, keiner beachtet ihn. Er untersucht die Fässer, befühlt die Oberflächen, sucht nach, ja, wonach suche ich eigentlich? Weiß ich doch nicht, aber wenn ich es sehe, wird es mir schon auffallen. Schließlich entdeckt er die Tür zum Pissoir am hinteren Ende, vor dem Torbogen nach hinten. Die Tür ist offen, im Vorraum liegt ein Fass am Boden, an der Wand hängen Bilder mit Zeichnungen aus dem Simplicissimus. Auch hier untersucht er alles, was ihm unter die Finger kommt. Als er das große Fass, das in der Ecke am Boden liegt als Ablage für Handtücher und Seifenschale, näher beklopft, fällt ihm auf, dass der hintere Teil anders klingt als der vordere. Zwei Handbreit kann man hinter dem Fass hantieren, und siehe da, der Deckel, der nach hinten zur Wand zeigt, lässt sich eindrücken, und dahinter entdeckt er ein kleines, nur wenige Zentimeter tiefes Fach, gerade groß genug, um eine kleine Schatulle hineinzulegen oder einen Brief. Das könnte es sein, ein toter Briefkasten für die Kommunikation mit einem Informanten. Das ist brisant, hochbrisant! Wenn ich hier mal zur rechten Zeit bin und eine Nachricht abfangen kann, dann wäre ich einen gehörigen Schritt weiter. Nicht auszudenken. Aber in jedem Falle sind diese Männer hochverdächtig. Rasch baut er den Deckel wieder ein, untersucht noch den Rest des Pissoirs, inklusive Fenster, das nach hinten in einen Lichtschacht führt, findet aber nichts weiter, was seine Phantasie so angeregt hätte wie das zu öffnende Fass im Vorraum. Er verlässt den Raum und kehrt wieder in die Eingangshalle zurück. Immer noch ist keiner zu sehen, und so kehrt er auf die Straße zurück und läuft über den Grünen Markt, um sich einen Apfel zu kaufen, einen runzligen Boskop aus dem letzten Herbst, aber trotzdem in diesem Augenblick eine willkommene Erfrischung.

Das würde heißen, dass die Männer gerade eben eine Botschaft empfangen haben. Sonst hätte ich etwas gefunden. Natürlich kann es auch sein, dass sie nur regelmäßig nachsehen, ob etwas da ist. Eigentlich bräuchte ich jetzt einen Burschen, der das Pissoir beobachtet und Bescheid gibt. Aber erstens bringt das wenig, denn so ein Pissoir einer Gaststätte wird zwangsläufig von vielen Leuten besucht und zweitens kann es Tage dauern, bis wieder eine Botschaft hinterlegt wird. Der Posten müsste ja nach jedem Klienten den Vorraum betreten und nachsehen, das ist nicht zu machen. Schwierig. Ich werde es selbst im Auge behalten. Liegt ja ganz gut mitten drin, da komme ich öfter vorbei. Also weiter mit meinem Tagwerk.

Die Nachbearbeitung und Abgleichung der Listen mit Brandls Recherchen am Abend in Edelmayers Hotelzimmer dauert lange. Von Hans' Personen bleibt nur die Frau aus dem Hotel Drei Kronen übrig, die vorgab, für die Gesellschaft für soziale Reform unterwegs zu sein. Sowohl die Zentrale in Berlin als auch die Sektion München leugnen, eine Dame mit besagtem Namen überhaupt zu kennen, noch irgendjemanden in ihrem Auftrag zu Verhandlungen nach Bamberg geschickt zu haben. »Auch eine Frau kann terroristische Neigungen hegen, meine Herren, so sind die Zeiten nun einmal. Ich war bei Eisners Revolution in München dabei, Sie ahnen ja nicht, wie viele Frauen damals mit zu den Kasernen gezogen sind, zum Teil sogar bewaffnet, beängstigend. Michel, das war Ihr Kontakt, das wird Ihr erster Besuch morgen sein. Aber warten Sie bis Nachmittag! Morgen ist Ostersonntag, da können wir den Hoteliers nicht gleich morgens kommen. Fühlen Sie der Frau auf den Zahn. Zur Not bestellen wir sie ein, ich habe gestern beim Polizeidirektor einen kleinen Raum für Vernehmungen versprochen bekommen. Die Unterstützung für Observationen hat er mir erwartungsgemäß nur halbherzig zugesagt, aber mit drei Leuten können wir vermutlich rechnen. Wir warten die nächsten Tage ab. Falls es zu viele Fälle werden, fordern wir Hilfe aus München an.« Auch Lohmann hat zwei Personen, die erneut überprüft werden müssen, und Brandl soll die Observation eines Mannes übernehmen, gegen den eine Aussage vorliegt, dass er sich schon öfters lautstark gegen die Regierung ausgesprochen hat und androht, das weitere Regierungswirken in Bamberg zu unterbinden. Allerdings ist es ein Einheimischer, daher sieht Edelmayer keine Gefahr im Sinne der großen vermuteten Verschwörung, notfalls könne man den Mann auch der örtlichen Polizei übergeben, sollte sich seine Gesinnung bestätigen und die Gefahr einer Tat bestehen. Am Ende bedankt sich Edelmayer noch persönlich bei Hans, weil seine Tochter an dem Donnerstagabend ganz euphorisch heimgekehrt sei und ihm von den interessanten Bekanntschaften vorgeschwärmt habe. Er würde gerne bei Gelegenheit nach Ostern wieder auf Michels Dienste zurückgreifen und seiner Tochter einen weiteren solchen Abend gönnen, wenn es Herrn Michel recht wäre, ja? Vielen Dank, er baue da ganz auf ihn, dass es vertrauenerweckende Bekanntschaften seien, die seine Tochter da machen würde. Selbstverständlich, Herr Kriminalinspektor.

Mit rauchendem Kopf und müden Beinen schleppt sich Hans gegen 10 Uhr aus dem Hotel Deutsches Haus, wie immer über den rückwärtigen Eingang, um im Domstern nachzusehen, ob die anderen noch beim Bier zusammensitzen. Er ist noch nicht aus der Tränkgasse wieder auf der Königstraße, als er einen schweren Schlag gegen den Kopf verspürt und in die Knie sackt. Kaum ist er am Boden aufgeschlagen, kommen die Prügel. Von allen Seiten, er weiß gar nicht, wie er sich wehren soll, von oben, hinten, vorne, Stiefelspitzen bohren sich in seine Seite, ein Knüppel saust auf seinen Rücken nieder, immer wieder, bis schließlich ein schwerer Stiefel Nacken und Kopf gegen den kalten Boden drücken und eine die Dunkelheit der Nacht und die Blitze des Schmerzes durchschneidende Stimme spricht: »Misch dich nicht in Dinge ein, die dich nichts angehen! Wir sind eine Nummer zu groß für dich.« Eine Hand fasst Hans Haare, zieht den Kopf nach hinten und knallt ihn gegen die Steine der Straße, Hans spürt Blut in seinem Auge, überall auf seinem Gesicht ist es warm und feucht. »Das ist übrigens deine erste und deine letzte Warnung! Das nächste Mal endest du in der Drecksbrühe da unten mit einem Gewicht um deinen Hals. Überleg es dir gut!« Er versucht, den Männern hinterherzusehen, die auf einmal von ihm abgelassen haben und den Weg runter zum Fluss rennen, aber er sieht nichts, nur Blut in seinem Auge.

Er stöhnt leise und rollt sich auf den Rücken. Ganz still ist es in dieser Gasse. Die Pflastersteine sind kalt, sein rechter Arm berührt feuchte Erde und Gras am Rand der kleinen Gasse. Er befühlt seine Knochen, kramt ein Taschentuch hervor und tupft sich die geplatzte Augenbraue ab. Das Taschentuch ist im Nu blutdurchtränkt. Immerhin kann ich wieder sehen. Ist bestimmt nur eine Platzwunde. Die alten Knochen, so scheint es mir, haben sie intakt gelassen. Was der Mensch alles aushält. Aber morgen wird's schlimm, das weiß ich jetzt schon. Ob ich da aus den Federn komme? Wie sehe ich wohl aus? Muss ich mir eine gute Ausrede einfallen lassen. In den Domstern gehe ich jetzt besser nicht mehr. Mal sehen, ob ich aufstehen kann. Letzte Warnung, die meinen es ja ernst. Umso mehr Beweis, dass ich mit denen einen Volltreffer gelandet habe und auf der richtigen Fährte bin. Können natürlich auch Schwarzhändler sein oder Drogenhändler oder Schmuggler, was weiß ich, aber Dreck am Stecken haben sie allemal. Nein, nein, das sind meine Leute, ganz sicher. Au, na ja, sitzen tu ich schon mal. Ein bisschen schummrig ist mir im Kopf. Hier ist ein Baum, an dem ziehe ich mich mal hoch.

Hans bringt sich in die Senkrechte und steht wacklig an einem Baum, einen Arm auf dem Oberschenkel, den anderen am Baumstamm, und schnauft einmal tief ein und aus. Blut tropft seine Wange hinunter, die Blutung ist noch nicht gestoppt. Er kramt nach einem weiteren Taschentuch, findet keines und reißt einen großen Teil seines Unterhemdes ab. Damit tupft er sein Gesicht ab und drückt es gegen die pulsierende Augenbraue. Wie schaue ich denn sonst aus, kann ich so auf die Straße raus? Das Fässchen ist ja nicht weit, nur über die Straße und fünfzig Meter nach links. Das schaffe ich. Ade Domstern, meine Freunde, heute ganz ohne mich.

Im Fässchen ist noch Hochbetrieb, zum Glück, keiner beachtet ihn, auch den Zimmerschlüssel kriegt er ausgehändigt, während der Wirt schon wieder Gäste bedient, so schafft er es zunächst in das Gemeinschaftsbad auf dem Flur, wo er sich wäscht und peinlichst darauf achtet, dass er alles sauber hinterlässt. Er nimmt ein weiteres Handtuch mit aufs Zimmer, legt sich flach auf den Boden und hält es weiter gegen die Stirn. Eine Stunde später, er ist tatsächlich einmal weggedämmert, geht er erneut ins Bad und erledigt eine gründlichere Wäsche. Au ja, das Auge schaut schlimm aus. Muss eine Schlägerei gewesen sein. Und weshalb? Um eine Frau? Glaubt mir keiner. Um Geld? Schon eher, aber wem sollte ich hier Geld schulden? Beleidigung? Das könnte gehen, ja. Das muss es sein, jemand hat mich beleidigt oder die Ehre meiner Mutter, zur allergrößten Not muss ich meine Jungs ins Spiel bringen, das ist am glaubhaftesten, da wissen sie, dass ich schnell emotional werde.

Die Blutung hat endlich aufgehört. Die Schmerzen am Leib hingegen fangen jetzt erst richtig an. Er legt sich auf sein Bett, dreht sich auf die Seite, auf den Rücken, auf den Bauch, die andere Seite, alles Mist. Gegen halb vier fällt er in einen leichten Schlaf und wird nach 5 Uhr vom Glockengeläut der Auferstehungsmessen geweckt, die ganz Bamberg einen stundenlangen Klangteppich aus Glocken überstülpen. Mit Erleichterung erinnert er sich gerade noch daran, dass Edelmayer für den Ostersonntag einen späteren Dienstbeginn befohlen hat, so dass er gegen 8 Uhr noch einmal für einige Stunden wegdöst. Letzte Warnung. Wie kriege ich das hin, dass ich meinen Auftrag nicht verrate und meine Kameraden nicht verrate. Ich muss es tun, es bleibt an mir, nur an mir. Ich bin so nah dran, so nah!

MÜNCHEN, 19. APRIL 1919

»Meine Herren, ich bitte um eure Aufmerksamkeit!«

»Oh, gibt es etwas Neues aus Bamberg?«

»Geht es endlich los?«

»Lass hören!«

»Seid doch ruhig und lasst ihn reden!«

»Meine Herren, die Stunde ist gekommen, die Stunde unserer Rache an den Volksverrätern. Unser Mann in Bamberg hat uns drei Termine genannt und um Auswahl gebeten. Drei Termine mit maximaler Zerstörungskraft, drei Gelegenheiten von so diabolischer Gemeinheit, dass ich nicht umhinkomme, innerlich zu lächeln, wenn ich mir vorstelle, wie es wird, wenn alles so läuft, wie wir uns das vorstellen.«

»Wann denn? Spann uns nicht länger auf die Folter! Wann geht es los, wann steigt das Fest?«

»Hört zu! Er hat drei Termine ausgemacht, die ihm geeignet erscheinen, die hohe Signalwirkung haben, aber auch all die Personen liquidieren, die wir treffen wollen. Das eine ist eine geplante Demonstration zum 1. Mai, diesem unsinnigen Tag der Arbeit für das Proletariat. Bei dieser Demonstration werden sowohl der Ministerpräsident selbst als auch der Justizminister und der Landtagspräsident mitmarschieren und weiter zahlreiche Mitglieder des Landtags, vornehmlich aus der sozialistischen Ecke. Es ist öffentliches Gelände, es herrscht Gedränge, und wer an einem solchen Tag der linken Arbeiterschaft mitmarschiert, ist garantiert ein Feind unseres Volkes und somit auch unser Feind. Eine gut platzierte Bombe würde hier große Verwüstung anrichten. Ein großes Signal, das durch die Welt gehen würde.«

»Nicht schlecht, nicht schlecht. Hoffmann und Endres auf einmal, gefällt mir. Und der zweite Termin?«

»Der zweite Termin ist weitaus grandioser, aber auch schwieriger vorzubereiten, da er in einem geschlossenen Gebäude stattfindet, das unter steter Beobachtung und Benutzung sein wird. Es handelt sich um die Eröffnungssitzung des Landtags am 15. Mai. Hier werden alle Volksverräter in einem Saal versammelt sein. Die komplette Regierung und der komplette Landtag, weitere Honoratioren, um die es aber nicht schade sein dürfte, und Presse, um die es auch selten schade ist, wenn sie nicht mehr da ist. Dieser Eröffnungstermin ist allerdings für die sogenannte Neue Residenz geplant, einen barocken Prachtbau mitten auf dem Domplatz, in dem sich aktuell viele Ministerien befinden, Räume also, die sich in höchster Sicherheitsstufe befinden und Tag und Nacht bewacht werden. Aber der dritte Termin scheint mir persönlich der reizvollste zu sein. Sechs Tage später treten erneut Regierung und Landtag zusammen, dieses Mal aber wird es wohl in der Harmonie stattfinden, einem Veranstaltungssaal unweit des Theaters. Auch an diesem 21. Mai werden wir die komplette Regierungsmannschaft und die sogenannten Volksvertreter der Parteien antreffen. In einem einzigen Raum versammelt, präsentiert sich hier ein Panoptikum auf dem Silbertablett. Ein Bombenanschlag, gut vorbereitet und an mehreren Stellen des Raumes gezündet, würde verhindern, dass auch nur ein einziger dieser Verräter am Leben bliebe. Wenn wir uns bald entscheiden, könnte man diesen Raum auch schon weit im Vorfeld der Sitzung vorbereiten, solange die Sicherheitsmaßnahmen noch nicht so streng sind. Nun, Kameraden, ich eröffne die Diskussion.«

»Da gibt es nichts zu diskutieren. Wieso nur einige der Köpfe treffen und dafür riskieren, dass unschuldiges Blut vergossen wird, wenn wir am 1. Mai im öffentlichen Raum zuschlagen, wenn man die ganze Bagage auf einem Haufen haben kann und sie auf einmal erledigen kann. Eindeutig Termin Numero drei.«

»Ich schließe mich an, wobei es mir einerlei wäre, ob der 15. oder der 21. Mai. Aber wenn der 21. Mai besser vorzubereiten ist, so votiere ich ebenfalls für den 21.«

»Ha ha, allein dieses göttliche Wortspiel, die Harmonie. Wir stören die Harmonie in der Harmonie. Welche Fügung des Schicksals, mein Gott, ist das pathetisch. Eine Bombe in der Harmonie. Allein aus diesem Grunde bin auch ich für den 21. Mai.«

»Auch mir gefallen die beiden Sitzungstermine am besten. Zwei Anmerkungen allerdings habe ich:

Erstens: Unter den Parlamentariern befinden sich durchaus einige honorige Personen unserer eigenen Couleur, in der Bayerischen Volkspartei oder bei den Deutschnationalen. Es müsste uns also gelingen, einen Anschlag so zu takten, dass die uns gewogenen Abgeordneten kurzzeitig den Saal verlassen. Das wäre sicherlich im Sinne unserer Akzeptanz im weiteren Verlauf. Womit ich zu meinem zweiten Punkt komme: Ein solcher Anschlag ist nicht mehr lediglich ein Stachel im Fleisch der Demokratie, nein, meine Herren, wir müssen uns im Klaren darüber sein, dass ein Anschlag dieser Größe bereits der Auftakt zur Übernahme der Staatsmacht wäre. Das wäre mehr, als wir je zu denken wagten bisher. Wir müssten zeitgleich die Diktatur der Spartakisten hier in München unterbinden und dann so schnell wie möglich alle wesentlichen Institutionen des Staates mit unseren Leuten besetzen. Und das erfordert Planung, meine Herren! Haben wir diese Zeit?«

»Das Problem mit den Spartakisten wird sich in einigen Tagen selbst erledigt haben. Ich weiß aus gut unterrichteter Quelle, dass die Regierung bereits Verhandlungen führt mit einem Freikorps und Regierungstruppen aus Berlin. Die Weiße Garde wird also bald marschieren, dann ist Schluss mit den Roten und der Spuk hier in München hat endlich ein Ende. Sofern die Regierung nicht sofort wieder nach München zurückkehrt, haben wir eine einzigartige Gelegenheit, die Geschäfte hier in München nahtlos zu übernehmen.«

»Und was ist, wenn die Regierung doch früher zurück nach München zieht? Oder wenn das Reich einschreitet?«

»Die Regierung Hoffmann bleibt solange in Bamberg, bis sie ganz sicher sein kann, dass in München keine Gefahr mehr herrscht. Eine neuerliche Flucht würde sie politisch nicht überstehen. Und das Reich wird nicht einschreiten. Im Gegenteil, unsere Tat wird für unsere Verbündeten in Berlin das Signal sein, dass auch sie zur Tat schreiten. Wir werden den Sturm entfachen, der all das Neue, all das Undeutsche hinwegfegt und Platz schafft für ein neues Volk! Falls notwendig, werden wir uns also zu gegebener Zeit mit der Reaktion des Reichs auseinandersetzen.«

»Ich fasse zusammen: Der 21. Mai ist der von uns allen präferierte Zeitpunkt. Bis zu diesem Tage müssen wir zudem einen Plan haben, wie wir gedenken, nahtlos die Regierungsgeschäfte hier in München zu übernehmen und die Staatsgewalt in unsere Hände zu bringen, sobald der Anschlag geglückt ist. Gegenstimmen? Keine? Dann ist es abgemacht. Am 21. Mai 1919 verschwinden die Volksverräter in Regierung und Landtag von der Oberfläche dieser Erde, und unsere Zeit beginnt.«

BAMBERG, 21. APRIL 1919

Hans bemüht sich um einen aufrechten Gang, obwohl ihm dabei immer noch der ganze Rücken, die Schultern und der Nacken höllisch weh tun, von Armen und Beinen ganz zu schweigen. Aber er möchte sich nichts anmerken lassen, gerade jetzt nicht, denn er steht vor der Blauen Glocke, dem vermeintlichen Stammlokal der vier. Er hat lange überlegt, wie er es anstellen soll, ist aber zu keinem anderen Ergebnis gekommen, als dass er in die Offensive gehen muss. Heute Abend muss er alles auf eine Karte setzen. Die Schmerzen am ganzen Körper und die aufgerissene Augenbraue erinnern ihn daran, dass diese Aktion auch mächtig schiefgehen kann, wenn er es falsch anpackt.

Seinem Chef gegenüber hat er sich auf eine Wirtshausschlägerei herausgeredet. Mit dieser Erklärung für sein lädiertes Gesicht war er am Ostersonntagabend im Deutschen Haus ins Rennen gegangen, die restlichen Blessuren am ganzen Körper versuchte er durch möglichst wenig Bewegungen zu verbergen. Ganz nebenbei verband er mit dieser Erklärung die heimliche Hoffnung, dass es Edelmayer danach vielleicht nicht mehr gar so leichtfallen würde, ihm seine Tochter noch einmal anzuvertrauen. »Es war eine, na ja, wie soll ich sagen, politische Diskussion. Das Wort Preuße ist gefallen, und dann haben sie zuletzt das Andenken meiner gefallenen Söhne in den Schmutz gezogen, da führte ein Wort zum anderen und am Ende sprachen eben die Fäuste. Es war aber auch eine üble Wirtschaft in der Nähe der Kasernen im Nordosten, ich war zur Recherche dort, weil die verdächtige Dame aus dem Drei Kronen dort verkehren sollte, wie mir der Portier mitteilte. Tat sie aber nicht. Bis ich dies in Erfahrung gebracht hatte, war ich jedoch schon in das verhängnisvolle Gespräch verwickelt.« Lohmann konnte sich ein Grinsen nicht verhehlen, und Edelmayer zeigte sich in der Tat enttäuscht, dass sich ein Mitglied seiner Sondereinheit so leichtfertig in eine Schlägerei verwickeln ließ. Soll er denken, was er will, Hauptsache, er glaubt mir.

Zwei Männer verlassen torkelnd und laut lallend die Blaue Glocke und fallen fast vor einer Elektrischen aufs Gleis. Wenn Hans nicht den einen am Kragen geschnappt hätte, wäre eine Kollision nicht zu vermeiden gewesen. »Hoppla!«, ist dessen einziger Kommentar, während der andere ausfällig wird und Hans anbrüllt, er solle seinen Kumpel loslassen. Fällst halt das nächste Mal gegen die Tram, Idiot. Soll nicht mein Schaden sein.

Aber nun zu euch, ihr vier. Er stößt die Tür zur Wirtschaft auf. Unfassbar dichte, tabakgeschwängerte Luft und ein Lärm, der einer Bahnhofshalle würdig wäre, schlagen ihm entgegen. Er schließt die Tür hinter sich und muss erst seine Augen an das schummrige Licht gewöhnen, aber er hat sie schon ausgemacht. Seine Anwesenheit ist von den vieren allerdings auch nicht unbemerkt geblieben. Einer der vier Männer schiebt sofort seinen Stuhl nach hinten und steht angriffsbereit zwischen ihrem Tisch und Hans. Damit haben sie mir schon mal bewiesen, dass sie es tatsächlich waren vorgestern, die mich vermöbelt haben. Jetzt bloß keine Unsicherheit zeigen, die sollen nicht denken, sie hätten mich mit ihren Schlägen in die Knie gezwungen. Beim ersten Schritt verspürt er einen stechenden Schmerz in seinem linken Knie, aber er verzieht keine Miene und tritt in gemäßigtem Tempo auf die vier zu. Derjenige, der aufgestanden ist, will ihm entgegentreten und ballt schon die Fäuste, wird aber von dem Kleinsten der vier mit einer unmerklichen Handbewegung zurückgepfiffen. Habe ich's mir doch gedacht, dass der Kleine der Anführer ist.

Einer spontanen Eingebung folgend, schnappt er sich einen leeren Stuhl vom Nachbartisch und dreht ihn so, dass die Lehne zu den vieren zeigt. Er setzt sich breitbeinig direkt an ihren Tisch. Jetzt gehe ich aufs Ganze. Das ist an Dreistigkeit nicht zu überbieten, sich einfach dazuzusetzen. Entsprechend sprachlos sind die vier auch, so dass Hans das erste Wort bekommt, lange vorher eingeübt: »Ich muss mich bedanken, meine Herren, für diesen überdeutlichen und auch, so gebe ich unumwunden zu, durchaus schmerzhaften Beweis dafür, dass ich die richtigen Männer gefunden habe.«

»Du bist tot, Mann!«, zischt ihm der Große zu, der immer noch sprungbereit vor dem Tisch steht, jetzt aber, da Hans am Tisch sitzt, einen schlechteren Stand hat. »Tot!« Er macht mit dem Zeigefinger eine schneidende Bewegung entlang seiner Kehle.

»Ihr habt gehandelt, wie wir es alle im Krieg gelernt haben: erst schießen, dann die Fragen stellen. Aber einen Fehler habt ihr vorgestern trotzdem gemacht. Ich bin kein Feind. Ich bin ein Freund. Der Feind, der ist um uns herum, mitten in unserem guten Vaterland. Aber wir, wir müssen zusammenhalten und diesen Feind im Inneren bekämpfen, wo es auch geht.«

»Was faselt er da, Ulli? Freund, Feind, Vaterland? Kann ich ihn jetzt endlich umlegen?«

Der Mann namens Ulli schüttelt nur ganz leicht den Kopf, schnippst mit den Fingern und zeigt seinem Kumpel an, dass er sich setzen soll. »Lass ihn reden. Umbringen können wir ihn später immer noch. Das hat keine Eile. Red weiter, Dicker!«

»Meine Herren, ich darf Ihnen selbstverständlich nicht sagen, woher meine Informationen stammen, aber ich weiß über Ihren Auftrag Bescheid. Ich weiß, dass Sie Gesinnungsgenossen sind, und ich weiß, dass ich Ihnen helfen kann, Ihre Zeit in Bamberg bis zum großen Knall sinnvoll zu nutzen. Ich verfüge über Beziehungen zum engsten Zirkel der Regierung. Ich darf Ihnen verraten, weil ich Sie auf meiner Seite weiß, dass mich mein tägliches Wohlwollen vortäuschendes Versteckspiel und meine Tätigkeit inmitten der Volksverräter ein Vielfaches an Überwindung kostet, als seinerzeit, die degenerierten schwarzen Affen der Franzosen in einem Massengrab hinter der Front zu verscharren. Dank dieser Beziehungen aber kann ich Ihnen und unserer Bewegung Personen ausliefern, die aus unserer Sicht besonders, wie soll ich sagen, ausschaltenswert sind. Weil sie zu starken Einfluss ausüben, weil sie diese Demokratie mit ihrer Funktion und ihrer Person fördern und ihr volksgefährdendes Gedankengut aussäen und somit unser Ziel, ein starkes, nationales Deutschland aufzubauen, ohne Juden, ohne Bolschewisten, ohne Sozialisten und ohne Demokratie, zu stark gefährden.«

»Red weiter, Dicker! Du gefällst mir. Aber sag mir, wieso sollen wir dir glauben, was du hier vom Stapel lässt? Dass du einer von uns bist? Ich kenn dich nicht, und die Unseren haben nie etwas von einem weiteren Mann in Bamberg gesagt. Jetzt setz dich doch endlich mal hin, Martin!« Erst jetzt setzt sich der vierte zögernd zurück an den Tisch, lässt aber Hans nicht aus den Augen. Der Kleine mit dem raspelkurzen Haar, dem pockennarbigen Gesicht und dem Schmiss an der rechten Schläfe schaut Hans durchdringend an und bläst ihm den letzten Rauch seiner Zigarette ins Gesicht, ehe er sie lang und breit im Aschenbecher ausdrückt. »Ich denke, wir sollten unsere Unterhaltung ohne Zeugen fortführen, wenn es interessant wird. Also los, hau ab, Dicker! In einer halben Stunde unten am Fluss, unter der Markusbrücke, auf dieser Seite.«

Hans raucht eine Zigarette nach der anderen und spaziert am Fluss entlang, Richtung Gaustadt. Er geht denselben Weg zurück, als es Zeit wird. Sieben Zigaretten hat er geraucht, er ist zittrig, aber ganz klar im Kopf. Er weiß, was er will, und er weiß, wie er es ihnen verkaufen kann. Fragt sich nur, ob ich da lebend wieder rauskomme.

Er steht unter der Markusbrücke in einer dunklen Ecke unter der gusseisernen Konstruktion und beobachtet alle, die auf dem Nachhauseweg sind, die sich jetzt in ihre eigenen vier Wände zurückziehen, zu Frau, Mann oder Kind, ins gemachte Bett legen und morgen wieder zur Arbeit gehen. Ob ich morgen noch lebe? Nun ja, ich werde es erleben. Er lacht innerlich über dieses Wortspiel und in genau diesem Augenblick ist er abgelenkt und vergisst seine Umgebung, und schon hat er einen Sack über dem Kopf und wird von zwei starken Armen um die Taille gehalten, hoch gehoben, eine Schlinge zieht sich um seine Beine, dann wird er auf den Boden geworfen. Die Arme binden sie ihm auf dem Rücken zusammen, die Seile schneiden ihm die Gelenke ein. Dann werfen sie ihn auf einen Karren, er spürt das Gerumpel der Räder auf Steinen. Völlig lautlos ist alles geschehen. Ist das mein letztes Stündlein? Habe ich mich zu weit gewagt? Mich mit den falschen Leuten eingelassen? Auf einmal schnappen sie sich seine Füße, ein weiteres Seil wird verknotet, viele Hände packen ihn – der Leichteste ist er ja nicht – dann hängt er kopfüber in der Luft, er baumelt, und schon klatscht er im Wasser auf. Mein Gott, die bringen mich wirklich um! Er windet sich und dreht und streckt sich, er ist schon unter Wasser, kriegt keine Luft, das Seil an den Füßen ist schlapp, er ist komplett im Wasser, treibt mit der Strömung ab, schon droht ihm der Schädel zu platzen, Atemnot, er schnappt, schluckt Wasser, da strafft sich das Seil an den Füßen wieder und er wird mit einem Ruck hochgezogen, schwingt wie ein Pendel. Kaum dass der Kopf über Wasser ist, schnappt er nach Luft, prustet, hustet, aber sofort wird er wieder eingetunkt. Noch einmal komplett unter Wasser, er stößt mit dem Kopf gegen einen Stein, verliert fast das Bewusstsein vor Schmerz, aber er hat immerhin Luft dieses Mal, konnte die Lunge einmal vollmachen, das Seil an den Füßen zieht ihn, nein, nicht wieder hoch, seitwärts, sie ziehen ihn hin und her, schon wieder ist die Atemnot akut. Jetzt ist es aus, es lief so gut gerade, schade, aus, aus, am End'. Er atmet die letzte Luft aus, die Augen knallen aus dem Kopf, da wird er wieder hochgezogen, und mit Schwung auf etwas Hartes geworfen, kein Wasser mehr, kein Wasser. Er atmet tief ein, es rasselt, er spuckt Wasser und mehr, sein Kopf tut weh, aber er scheint auf festem Boden zu liegen. Sie packen ihn an

Schultern und Füßen und werfen ihn ebenso unsanft wie vorhin zurück auf den Leiterwagen. Eine Stimme kommt ihm ganz nah: »Freu dich auf das nächste Mal! Wenn es nach mir geht, bleibst du dann unten. Aber der Chef will mit dir reden.«

Und weiter geht es auf holprigem Boden. Er ist wieder ganz da, versucht, sich Geräusche einzuprägen, falls er den Weg einmal nachvollziehen müsste, irgendwelche besonderen Bodenerhebungen, Löcher, die Wegbeschaffenheit, aber nach einer Viertelstunde gibt er auf. Wenn sie mich hätten umbringen wollen, hätten sie mich einfach im Fluss gelassen. Aber sie haben mich ja wieder rausgeholt. Sie wollen mich bloß einschüchtern, ja, das wollen sie. Aber nicht mit mir. Ich werde mir mehr Höflichkeit erbitten. Nein, höflich sind sie nicht, das muss an dieser Stelle festgehalten werden. Geht alles auf das Minuskonto von diesem Mistkerl Kirchner. Er kann schon wieder lachen, zumindest innerlich.

Nach schier endloser Fahrt auf dem Karren geht es eine weiche Böschung hinauf, eine knarzende Tür wird geöffnet und er wird unsanft auf den Boden ausgekippt, wie ein Mehlsack. Sie hieven ihn auf einen Stuhl und binden seine Beine an die Stuhlbeine und seinen Oberkörper an die Lehne. Dann ziehen sie ihm den nassen Leinensack vom Kopf. Als Nächstes kriegt er eine schallende Ohrfeige verpasst. Er spürt, wie seine Augenbraue wieder blutet, sich Blut mit Wasser vermischt und ihm das Gesicht hinunterläuft.

»So, Kamerad, jetzt schenkst du uns mal reinen Wein ein. Was für ein Vogel bist du eigentlich? Und was willst du von uns?« Der kleine Mann von den vieren sitzt ihm gegenüber auf der Tischkante. Zwei stehen um den Tisch herum, der Schläger sitzt in Armeslänge Entfernung direkt neben Hans. Als ob ich in der Verpackung hier irgendwem gefährlich werden könnte. Für einen Moment hört man nur die Tropfen und Rinnsale, die sich in einer großen Pfütze unter seinem Stuhl sammeln.

»Bist du ein Polizist?«, herrscht ihn der Kleine an.

Hans hat sich das lange vorher überlegt. »Ja, ich bin ein Polizist.«

Der Schläger springt auf und verpasst ihm eine Rechte gegen die Backe, so dass er rückwärts samt Stuhl auf den Boden fliegt.

Wieder genügt ein Wink mit dem Kopf und die zwei anderen heben Hans auf und stellen ihn an den Tisch zurück. Der redet einfach weiter, als sei nichts geschehen. Die Klamotten hängen tropfend nass und schwer an ihm herunter, aus den Haaren läuft ihm immer wieder Wasser übers Gesicht. »Ich bin bei der Kriminalpolizei und wir sind hier, weil wir Hinweise auf eure Pläne erhalten haben, schon in München. Irgendwo muss also in eurer Organisation ein faules Ei sitzen, ein Vogel, der plaudert. Wir sind zu viert und überprüfen alle Fremden, die in die Stadt gekommen sind. Riesige endlose Listen, irgendwann würden auch eure Namen auftauchen, aber ich habe sie zurückgehalten. Wenn mir allerdings etwas passieren sollte, gehen meine Kollegen meine Listen durch, und da steht ihr mit einem dicken, fetten Ausrufezeichen ganz obenauf. Dann fliegt ihr auf. Wenn wir zusammenarbeiten, bleibt ihr unter Verschluss und keiner weiß was von euch.«

»Was weißt du über unsere Organisation und woher?«

Jetzt muss er bluffen, volles Risiko. »Nichts Genaues. Ich weiß, dass ihr ehemalige Militärs rein deutscher Abstammung seid und die rechte Gesinnung habt. Ihr glaubt auch, dass der Krieg nicht so hätte beendet werden dürfen. Ihr seid gegen die Herrschaft des Volkes, solange das Volk aus großkapitalistischen Juden besteht, aus Bolschewisten, Bürgerlichen, Sozialdemokraten und Sozialisten. Ihr wollt, wie ich auch, eine nationale Regierung, damit wir in den Verhandlungen mit den feindlichen Mächten nicht über den Tisch gezogen werden und notfalls noch einmal zu den Waffen greifen, wenn es darum geht unsere nationalen Interessen zu wahren.«

Der Kleine streicht sich seinen Schnurrbart aus. »Und zu wem gehörst du, Dicker?«

»Ich vertrete einen kleinen Kreis Gleichgesinnter in München, wir haben uns noch niemandem angeschlossen, sind aber entschlossen, dem Ungeist der herrschenden Regierungsordnung mit Macht und Tat entgegenzutreten. Ich hatte das Glück, über meinen dienstlichen Auftrag nach Bamberg zu gelangen, wo wir das Übel an der Wurzel anpacken und Nägel mit Köpfen machen können.«

»Was für Nägel sind das, die ihr euch so vorstellt?«

»Unauffällige Nägel. Es soll gar nicht auffallen, dass ihre Reihen gelichtet werden. Wie ein Unfall soll es aussehen, das ist unsere Methode. Erinnert ihr euch an den tragischen Tod des USPD-Sekretärs aus Giesing? Der in seine Zeitung vertieft vor die Tram gelaufen ist vor drei Monaten? Das waren wir. Einer weniger von denen, und keiner merkt, dass er gezielt um die Ecke gebracht worden ist. Der Gewerkschaftssekretär und Jude Meerbusch vor zwei Monaten, ertrunken im Müllerschen Volksbad, ihr erinnert euch? Nun ja, er ist nicht ganz freiwillig ertrunken, aber alle Welt glaubte es. Und wieder einer weniger, und keiner schöpft Verdacht, keiner ermittelt gegen uns. Wir sind frei, weiterzumachen.«

»Und wieso erzählst du uns das alles, Dicker? Wer sagt dir denn, dass wir so sind, wie du denkst, dass wir sind?«

»Ich spüre das, und ich sehe das. Ihr macht es einem aber auch nicht schwer, so wie ihr durch die Gegend lauft. Da schreit das stramm Militärische und die Verachtung für die Regierung aus jedem eurer breiten Schritte. Und wieso ich euch das erzähle? Na, weil wir noch mehr erreichen wollen, und weil ich hier alleine bin, vorerst, und alleine funktioniert unser System nicht so gut.«

»Und das sollen wir jetzt hier auch machen, meinst du? So Kleckerles-Arbeit? Kleine Würstchen beseitigen?«

»Kleine Würstchen verderben auch das Essen, wenn sie am Kopfe stinken und den Leuten die falschen Dinge indoktrinieren! Gerade die kleinen Würstchen. Ein kleines Würstchen, und der ganze Eintopf ist infiziert mit linkem Gedankengut. Uns geht es um die gut Vernetzten, um die mit großem Bekanntenkreis, die ihre bolschewistischen Ideologien am Stammtisch in die Köpfe der Leute bringen. Die, die den Leuten einreden, dass die Juden normale Menschen sind. Dass die sozialistischen Politiker nur unser Bestes wollen. Die sind manchmal wirksamer als die großen Politiker. Klar, die Großen müssen auch weg, euer Ziel ist ehrbar und gut, am besten in einem großen Knall, aber die Kleinen beeinflussen das Denken unserer guten deutschen Seele, träufeln das Gift durch ihre klugen Worte und ihr vermeintliches Gutmeinen in die Köpfe der deutschen Nation. Das sind die Leute, die auch weg müssen, Kameraden! Und am besten, bevor es zu spät ist! Bevor ihre Worte zu den Leuten dringen und sie anstecken.«

Dem Schläger ist das zu viel Gerede. Er läuft in der Hütte auf und ab. Hans ist durch mit seiner ersten Runde Munition. Jetzt gilt es, den Gedanken sacken zu lassen. Die Hütte scheint eine Art Gartenlaube zu sein. An der einen Wand stehen Gerätschaften für Garten und Hof, Werkzeuge hängen geordnet an der gegenüberliegenden Wand. Eine alte Matratze liegt mit ein paar Decken in einer Ecke und zeugt von gelegentlicher Übernachtung. Das einzige Fenster ist mit einem alten Sack verhängt.

»Du sprichst nicht schlecht. So jemanden wie dich könnten wir gebrauchen, obwohl du ganz bestimmt kein Offizier warst im Kriege, das würde ich dir nicht abnehmen, aber das hast du ja auch nicht behauptet. Was ist mit den anderen Kriminalpolizisten hier in Bamberg? Wie stehen die dazu?«

»Leider alle schon infiziert vom Ungeist der Zeit. Unsichere Kantonisten, zu nichts zu gebrauchen, glauben an Recht und Ordnung, wie man es ihnen eingetrichtert hat von oben seit Kriegsende. Nein, ich bin alleine hier. Deswegen suche ich ja Anschluss!«

»Und du gehst da oben am Domberg ein und aus und kennst die ganzen Volksverräter?«

»Viele. Wie gesagt, ich habe keinen Zugang zu den ganz Großen, aber ich spreche mit den Leuten und ich erfahre, wer von Bedeutung ist, wer gut vernetzt ist, wer ein großer Redner ist und für das einfache Volk überzeugend für die Demokratie einsteht. Und ich weiß von deren Gewohnheiten, ich kenne ihren Aufenthaltsort, und ich habe für einen jeden von ihnen schon einen kleinen Plan eines tragischen Unfalls in der Domstadt Bamberg.«

Der Anführer legt den Kopf schief und schaut über Hans hinweg an die Decke, dann wiegt er den Kopf hin und her.

»Soll ich ihn jetzt umlegen, Chef?«

Der Anführer verpasst dem Schläger eine Kopfnuss und schimpft: »Hornochse! Überlass das Denken mir. Nein, wir bringen ihn jetzt noch nicht um.« Und zu Hans gewandt sagt er: »Ich überlege mir das. Wir melden uns wieder, wenn wir uns entschieden haben. Du hörst so und so von uns. Entweder, weil du dann nochmal in der Regnitz landest, dann aber mit einem Gewicht um den Hals, oder weil wir mit dir gemeinsame Sache machen. Wir bringen dich jetzt zurück.«

Auf seinen Wink hin stürzen sich die beiden Schlägertypen erneut auf Hans, stülpen ihm wieder den stinkigen, feuchten Sack über den Kopf, binden ihn vom Stuhl los und werfen ihn auf die Karre. Dann geht es rumpelnd den ganzen Weg zurück. An der Markusbrücke angekommen, werfen sie ihn vom Karren und binden ihm am Boden liegend die Hände los. Die Schritte entfernen sich und Hans bleibt alleine liegen. Er zieht sich den Sack vom Kopf und wirft ihn in die Ecke unter der Brücke und bindet sich die Füße los. Nein, ausgesprochen höflich sind sie wirklich nicht. Das kann man nicht behaupten. Immerhin, ich bin noch am Leben. Nass, aber noch am Leben.

Die Jungs wären schon genau richtig.

AUDENARDE, 27. JUNI 1917

Liebste Elly,

so ist es auszuhalten. Aus dem Urlaub in der Heimat kam ich direkt in die Etappe zu den Kameraden, die allesamt noch am Leben waren. Mit großer Begeisterung wurden Dein Kirschkuchen und die 50 g echter Kaffee, die ich von meiner Mutter mitbekommen hatte, begrüßt. Versteht sich, dass ich geteilt habe mit Willy, Hans, Gustav, Kaspar und Karl, der sich neuerdings auch öfters zu uns gesellt. Wir wurden vor einigen Tagen in einem belgischen Dorf einquartiert. Von den Häusern stehen nicht mehr viele, die wenigen Einwohner, die noch hier sind, sind alt und verbittert, aber ausnehmend höflich uns gegenüber. Wir sechs sind bei einer alten Bauersfrau untergebracht, Madame Leonard. Ihr Häuschen war in einem erbarmungswürdigen Zustand, aber Karl, Willy und Hans haben den Stall repariert, in dem noch zwei magere Ziegen stehen, und Gustav und Kaspar haben mit Brettern und Schindeln das löchrige Dach neu gedeckt. Ich bin hier ein wenig in die Rolle des Landarztes geschlüpft. Nachdem ich einer Nachbarin bei einer eitrigen Beinwunde helfen konnte, trauen sich nun spätabends immer mehr Leute aus dem Dorf zu uns und bitten um Hilfe. Ein Arzt scheint hier schon lange nicht mehr gewesen zu sein. Ich tue, was ich kann, auch wenn es natürlich verboten ist, mit unserem Material Zivilisten zu verarzten. Madame Leonard bewirtet uns nach ihren Möglichkeiten und vermag immer etwas zu zaubern aus den Dingen, die wir mitbringen. Unser Nachschub funktioniert aber nur sporadisch, und selbst Willy hat im Moment Schwierigkeiten, ordentliche Ware zu besorgen. Das Land ist völlig ausgeblutet und leer, öd und wüst, jetzt ist schon Mai, und nirgends wächst was, kein Wunder, es konnte ja keiner säen oder pflanzen – Dir als Gärtnersfrau würde das Herz bluten, sähest Du dieses Land. Die Menschen, denen ich bei ihren Krankheiten helfe, lassen es sich trotzdem nicht nehmen, wenigstens irgendetwas mitzubringen, ganz bescheiden, eine verschrumpelte Kartoffel, eine runzelige Kohlrübe, ein Ei, ganz rührend ihr Vertrauen. Aber die beste Nachricht, die mich hier erwartete, war, dass Hptm. Kirchner auf Lehrgang ist, so dass Lt. Mayer aktuell die Kompanie anführt, paradiesische Zustände also. Man könnte meinen, es herrsche Frieden, wäre da nicht das ferne Gewummer der Artillerie, wäre da nicht die Gewissheit, dass anderswo, nicht weit von hier, weiter gestorben und verreckt wird. Kirchner hat offenbar einen völlig fehlgeleiteten Angriff befehligt in meiner Abwesenheit, wo die Hälfte unserer Männer draufgegangen sind, lauter junges Zeug, unerfahren bis hinter die Ohren, blindes Vertrauen in den Hauptmann, und keine Alarmglocken der Erfahrung, die sie vor diesem Einsatz gewarnt hätten. Wir hoffen und beten, dass er nach dem Lehrgang woanders hinkommt. Vielleicht haben Willys Briefe nach Berlin doch etwas bewirkt. Seit dem Angriff muss er immer schon mittags sternhagelvoll gewesen sein und blind um sich geschlagen und gewütet haben. Sein Bursche wurde irgendwann tot aufgefunden, seitdem hält keiner länger als drei Tage durch bei ihm, die Jungen wechseln jetzt durch, er merkt es eh nicht, wer ihm die Stiefel putzt.

Hans musste hingegen einen schweren Schlag verkraften vor ein paar Tagen. Die Post kam und Lt. Mayer ließ es sich nicht nehmen, sie persönlich zu verteilen. Normalerweise wird der Sack einfach ausgeschüttet und der Spieß wühlt sich durch und kommentiert so manchen Brief, vor allem die der holden Weiblichkeit, mit einem dummen Spruch. Ich erzählte Dir ja schon, dass Hans noch nie eine Post bekommen hat. Von seiner Frau in Berlin ist er geschieden, und seine beiden Jungs hat sie mit ihrem Neuen gegen ihn aufgehetzt, so dass sie auch den Kontakt völlig abgebrochen haben; Eltern hat er auch keine mehr, also wer soll ihm schreiben? Aber vorgestern, da war doch tatsächlich ein Brief für ihn dabei. Der Leutnant ahnte wohl schon etwas, weil er ihm die Post sehr bedächtig und als letztes übergab. Hans stand ganz verdutzt mit dem Brief in der Hand da und drehte und wendete ihn und lachte noch laut, wer ihm alten Liederjan wohl schreiben wolle. Kaspar rief, er solle mal dran schnuppern, vielleicht sei er parfümiert. Wir alle zogen uns zurück, ein jeder mit seiner Post, und der Hans setzte sich in meiner Nähe auf ein Mäuerchen, holte seinen Zwicker aus der Tasche und riss den Umschlag auf. Leise murmelte er das Geschriebene vor sich her. Aus dem Augenwinkel sah ich, dass er den Brief ganz langsam sinken ließ, ein tiefer, arg schwerer Seufzer entfuhr ihm, dann fing er an zu schluchzen, erst einmal, dann ein zweites Mal und dann in einem fort. Seine ganze Leibesfülle zitterte und bebte. »Meine Jungens, meine Jungens, meine beiden Bengels!«, stöhnte er laut und schrie auf gen Himmel, dann sank er in die Knie und hielt sich Schreiben und Hände vors Gesicht und weinte. Vorsichtig trat ich zu ihm hin und legte meinen Arm um seine Schultern. Ich weiß gar nicht, wie lange wir so dasaßen, bis er anfing zu reden. »Beide tot, beide sind sie tot. Meine Jungens, tot, am gleichen Tag gefallen, meine Bengels, Wilhelm und Friedrich. Und ich hab sie schon so lang nicht mehr gesehen. Nun sind sie tot. Ach, war das immer schön, wenn sie auf dem Kutschbock mitgefahren sind, die Kleinen, der Friedrich hat immer die Pferdeäpfel verkaufen können, der hatte ein Talent dafür, konnte die Leute für sich gewinnen, in der Gaststube hat der Wilhelm immer den Schaum vom Bier geschleckert, und mich dann angegrinst mit seinem weißen Schnurrbart. Das waren die besten Momente, auf dem Kutschbock, ich und meine kleinen Männer.« Er seufzte furchterregend, so tief wie ein ganzer Ozean nicht sein kann, das konnte ich gar nicht gut haben. »Ach, meine Jungs!« Ich warf einen Blick auf den Brief, er war wohl von seiner Frau, kurze knappe Sätze in kleiner Schrift, die mitteilten, wann und wo sie gefallen waren, ein förmlicher Gruß, nichts Verbindliches, nichts Nettes am Ende, nichts. Wie vom Amt geschrieben. Ich sagte noch zu Hans, du, Tournai, das ist ja gar nicht weit von hier, das ist nur ein wenig südwestlich, vielleicht zwanzig, dreißig Kilometer.

Er sah mich an, dann starrte er lange auf den Brief und sagte kein Wort mehr. Am nächsten Morgen war er weg. Wir beratschlagten uns, was wir tun sollten. Wenn das rauskommen würde, wäre er dran, Kriegsgericht, denen ist das wurscht, wieso einer geht, Fahnenflucht ist Fahnenflucht. Ich sagte, ich denke, ich weiß, wohin er ist, und er wird wiederkommen. Wir müssen ihn nur ein paar Tage decken. Solange wir hier in der Etappe sind und Kirchner nicht da ist, könnte es doch funktionieren. Wenn wir wieder vor müssen, hat er verloren, aber so? Ich habe einen Plan aufgestellt, wie wir ihn vertreten und habe dafür gesorgt, dass immer einer von uns im Haus anwesend ist, damit wir einschreiten können, sollte es brenzlig werden. Und es hat funktioniert. Seit heute ist er wieder da. Er hat Abschied genommen, genau dort, wo seine beiden Jungs gefallen sind. Er hat ein Zigarrendöschen voll Erde mitgebracht von dort, das hütet er seitdem wie einen Schatz. Abschied auf seine Art. Er redet nicht darüber und ist noch ruhiger als sonst, aber er hat seinen Frieden geschlossen mit den Jungs, die ihm gleich doppelt abhandengekommen sind.

Wie viele werden es noch sein, liebste Elly? Wir gehen bald ins vierte Jahr Krieg, irgendwann wird mein Glück auch aufgebraucht sein. Manchmal erscheint die eine Granate, die eine Kugel, die für mich bestimmt ist, wie eine Erlösung. Aber wenn wir dann wie hier in der Etappe sitzen, dann will ich schon noch leben. Es ist so ein Gefühl, ein komisches, ich habe nur schon so viele Kameraden neben und vor mir, hinter mir und unter mir krepieren sehen, und immer bin ich davongekommen. Ich hoffe, das Schicksal bleibt mir gewogen, ich möchte doch so gerne ein Leben haben, ein Leben mit dir, als Arzt, als Vater, Ehemann. Ich weiß es nicht, die Sache mit Hans hat mich arg aufgewühlt, er tut mir so leid.

In Liebe,

Dein Johann

BAMBERG, 21. APRIL 1919

»Du findest wohl allmählich Gefallen an den Geschäften in Bamberg? Ich bin ja froh, wenn du tagsüber ein wenig Beschäftigung hast. Ich weiß nicht recht, ob ich Kriminalsekretär Michel noch einmal fragen soll. Immerhin hat er eine Wirtshausschlägerei vom Zaune gebrochen, das ist eigentlich nicht der rechte Umgang für dich. Obwohl ich ihn doch eigentlich für recht integer halte. Da bin ich froh, wenn du dir am Tage die Stadt ansiehst und durch die Geschäfte bummelst. Hier hast du noch 20 Mark, falls dir etwas Schönes unterkommt.«

Edelmayer drückt seiner Tochter zwei Scheine in die Hand, die sie in ihrer Handtasche verräumt. Dass sie fast eine ganze Stunde im Bad verbracht hat, nur um durch die Stadt zu bummeln, ist ihm natürlich nicht aufgefallen, sie weiß genau, was bei ihrem Vater Verdacht erregt und was nicht, was sie sich also leisten kann.

»Ach Papa. Du bist lieb, vielen Dank. Aber ich gebe ja meistens gar nichts aus. So toll sind die Auslagen hier dann auch wieder nicht, kein Vergleich mit München. Außerdem ist heute doch Ostermontag. Aber ich schaue halt so gern. Und manchmal setze ich mich auch nur auf eine Bank und sehe den Leuten beim Promenieren zu. Oder ich gehe noch ins Lichtspielhaus, vielleicht kommt wieder ein Film mit Charles Chaplin, mal sehen. Aber mit Herrn Michel war es schon schön unlängst. Das möchte ich unbedingt noch einmal machen, Papa! Ich bin sicher, die Schlägerei war nicht seine Schuld.«

»Na ja, ich werde es mir überlegen. Und wenn dann dieser junge Mann wieder dabei ist, von dem du erzählt hast? Schickt sich das für eine junge Dame aus München?«

»Ach Papa, sei doch nicht so altmodisch! Dein Bart ist doch

auch ab, jetzt komm mal an in den neuen Zeiten. Es ist ganz normal heutzutage, dass man sich unterhält und zusammen ein Bier trinkt, auch wenn Männer und Frauen gemischt sind. Ich kann schon auf mich aufpassen, keine Sorge!«

Edelmayer nickt und reicht seiner Tochter die Hände. Sie kommt herangesprungen, er gibt ihr einen Kuss auf die Stirn. »Na, wenn du meinst, dann können wir Kriminalsekretär Michel ja mal wieder fragen dieser Tage. Vielleicht gibt es ja auch mal ein Standkonzert oder eine Soiree oder so etwas.«

»Ja, ja, Papa, pfüati, ich muss jetzt. Bin am Nachmittag wieder da.«

Edelmayer winkt und verzieht sein Gesicht als er den Arm hebt. Seit gestern hat er wieder massive Rückenschmerzen, die sich bis in die Arme ziehen. Das lange Sitzen in diesem Hotelstuhl hat ihm, der schon lange unter chronischen Rückenschmerzen leidet, nicht gut getan. Er steht auf, hält sich den Rücken mit der rechten Hand und stützt sich mit der linken auf die Tischplatte des Schreibtisches. Es klopft an der Tür und Brandl kommt herein. »Chef, noch einer, der gelogen hat. Der Enzyklopädievertreter im Bamberger Hof. Den hat Lohmann befragt. Der ist schon lange entlassen bei der Firma. Hat falsch abgerechnet. Da ist also kriminelle Energie da. Auf die Liste der Observationen, Chef?«

»Mal langsam, Brandl, wir haben doch kaum Leute für die Observierung. Lohmann soll nochmal hingehen und ihn mit der Wahrheit konfrontieren, mal sehen, was er sich dann einfallen lässt. Brandl, können Sie mir in einer Apotheke ein Schmerzmittel auftreiben? Am besten so ein Aspirin. Ich muss mich ein wenig hinlegen. Der Rücken, Sie wissen.«

Als er später auf dem Bett liegt und auf die betäubende Wirkung des Aspirins wartet, geht ihm seine Tochter wieder durch den Kopf. Vielleicht sollte ich drauf drängen, diesen Herrn kennenzulernen, mit dem sie offenbar länger gesprochen hat im Wirtshaus. Sie hat so begeistert erzählt. Strammer Sozialdemokrat, wie es scheint, na ja, immerhin besser als der Kommunistenbursche aus München, Redakteur und ganz nah dran an der Regierung. Aber lebt in Berlin normalerweise. Das ist weit weg. Sehr weit weg von München.

Ach Marie, unsere Lissy. Wie soll ich sie halten? Soll ich sie halten? Du hast ja auch dein Heimatdorf im Sauerland verlassen und bist ins Ruhrgebiet gegangen. Ganz alleine, als junge Frau. Und später sogar nach Bayern. Stark, ja, so stark warst du, vielleicht hat sie diese Freiheitsliebe von dir. Ich bin eher an meiner Scholle in München hängen geblieben. Ja, ja ich weiß, mit dir bin ich schon auch rumgekommen. Aber jetzt, mit 55 trau ich mich kaum mehr aus dem Haus. Wenn ich nicht meinen Beruf hätte, ich würde mich nur noch daheim verkriechen und meine Bücher sortieren und den Gemüsegarten pflegen.

Die Wirkung des Aspirins setzt ein, Edelmayer dämmert ein wenig davon und träumt von seinem Garten in München, er sitzt auf der Bank hinterm Haus, mit seiner Frau Marie, sie beobachten die kleine Lissy, vielleicht sechs oder sieben Jahre alt, wie sie fröhlich auf dem Hof mit einem Steckenpferd spielt.

Die neunzehnjährige Elisabeth enteilt der väterlichen Kontrolle schneller als er denkt. Sie will mitnichten alleine durch die Geschäfte bummeln, sie will auch nicht wirklich alleine ins Kino oder auf einer Bank im Park sitzen. Nein, sie hat sich mit Willy Reichel verabredet. Mit ihm will sie am Kanal entlang spazieren und weiter seinen Geschichten lauschen und ihm von ihrem Leben in München erzählen, das ihr aber so viel ereignisloser vorkommt als sein aufregendes Leben in Berlin oder selbst hier in der Provinz, wo er so nah dran ist an dem politischen Geschehen der Regierung. Aber er hat gesagt, er will mehr aus München wissen. Deswegen hat sie gestern extra mit ihrer Freundin Gudrun telefoniert, um die Neuigkeiten aus München brühwarm weitererzählen zu können. Das Telefonat war erstaunlich schnell zustande gekommen und wurde nur ein einziges Mal unterbrochen. Gudrun hat erzählt, dass man in München gar nicht viel von der Revolution mitkriege. Die meisten wüssten nicht wirklich Bescheid über die Regierung in Bamberg. Mehr als einmal habe sie kein Flugblatt aus Bamberg ergattern können, die würden zwar hernach schon im Bekanntenkreis kursieren, man sei aber eher belustigt darüber, dass die Regierung geflohen ist. Alle würden sich wundern, dass nicht schon lange Regierungstruppen einmarschiert seien, um die chaotische Räteregierung wieder rauszuschmeißen. Viel mehr als dass sie überall Straßenbarrikaden aufbauten und jeden und alles ständig kontrollierten und aufhielten und manchmal aus unerklärlichen Gründen durch die Gegend ballerten, wäre von denen gar nicht zu bemerken. Die Münchner würden ihrem Alltag nachgehen und sich bemühen, was zu Essen auf den Tisch zu kriegen, Brennholz und Hamsterfahrten ins Umland seien selbst für Gudruns Familie an der Tagesordnung.

Am Brückenpfeiler am Heinrichsdamm wollen sie sich treffen, hat er gesagt. Zur vereinbarten Zeit ist er noch nicht da. Elisabeth rümpft die Nase. Kein Gentleman, der eine Dame warten lässt. Aber er hat bestimmt Wichtigeres zu tun, vielleicht musste er ja zum Ministerpräsidenten oder in eine Redaktionssitzung, eine dringende …

Als er schließlich mit zehn Minuten Verspätung ankommt, ist er ganz außer Atem.

»Fräulein Edelmayer, ich bin die ganze Strecke aus der Redaktion hergerannt. Sie ahnen es nicht. Der Harri Tretter, unser Flugzeugführer von der Albatros, ist krank. Der hat Magenkrämpfe und windet sich und ist schier am Sterben, wie seine Frau meint, die vorhin bei uns reingeschneit ist. Wir haben zwar dieser Tage schon einen Aufruf gestartet, Flugzeugführer zu gewinnen für die Flüge nach München, aber wir haben noch niemanden als Ersatz für Harri. Und ausgerechnet heute haben wir die Ausgabe, die den Münchnern Hoffnung bringen wird, mit der Nachricht der Befreiung Augsburgs von den Bolschewisten durch bayerische und württembergische Truppen am Ostersonntag. Das Blatt muss unbedingt nach München! Jetzt habe ich gesagt, ich kann das Ding fliegen, und der Dill, unser neuer Redakteur, hat zugestimmt. Ich muss sofort los. Die Blätter kommen in einer Stunde aus dem Druck und werden direkt an die Breitenau geliefert. Ich muss nach dem Flugzeug schauen. Also seien Sie mir nicht böse, aber ich muss unseren Spaziergang leider verschieben. Kommen Sie doch heute Abend wieder in den Domstern! Dann reden wir weiter, wenn Sie mögen, aber jetzt muss ich. Adieu!«

Elisabeth Edelmayer ist ganz verstört von der überraschenden Absage und den Neuigkeiten, die Willy verkündet. Sie hält ihre Handtasche in beiden Händen und bringt zunächst nur ein leises »Ach so …, na ja …, das ist klar«, über die Lippen. Als sich Willy mit einem Handschlag von ihr verabschieden will, fasst sie sich aber doch ein Herz. Sie wittert eine einmalige Chance, ein richtiges Abenteuer. Sie lässt seine Hand einfach nicht los und fragt aufgeregt: »Aber Herr Reichel, wer kümmert sich denn dann um die Flugblätter, wenn Sie das Flugzeug führen müssen? Sie haben ja dann auch keinen Beisitzer oder wie man das nennt, Mitfahrer, Mitflieger.«

Willy stutzt und bleibt abrupt stehen. »Verdammt! Entschuldigen Sie, aber Mist! Sie haben Recht. Ich habe keinen Beobachter. Na, da wird sich hoffentlich am Flugplatz jemand finden. Irgendein Mechaniker wird schon da sein, und wenn es der Tankwart ist.«

»Herr Reichel, gibt es eigentlich irgendwelche Vorschriften, welches Geschlecht so ein Beobachter haben muss?«

»Bitte? Äh, nein, natürlich nicht, soweit ich weiß. Aber ich muss jetzt wirklich eine Droschke organisieren und mich auf den Weg machen. Auf Wiedersehen!«

Sie will ihn weiter an der Hand festhalten, er aber reißt sich los, läuft zwei Schritte, da ruft sie mit so viel Begeisterung und

Zuversicht in ihrer Stimme wie möglich: »Aber dann könnte ich doch mitfliegen!«

Willy stolpert fast und bremst seinen Schwung mit einem Arm am Laternenmast ab und dreht sich wieder zu ihr um.

»Wie? Sie?«

»Ja, ich! Warum denn nicht? Ich fliege ja nur mit und kann Ihnen dann behilflich sein, wenn es darum geht, die Flugblätter hinauszuwerfen.«

Willy kriegt erneut nur ein »Sie?« heraus, bevor er sich besinnt und anfängt, darüber nachzudenken. Wenn er am Flugplatz niemanden findet, kann er nicht fliegen. Er müsste das Steuer irgendwie festbinden, nach hinten klettern … nein, unmöglich. Er braucht jemanden im Beobachtersitz hinter sich. Aber diese junge Dame, noch dazu die Tochter von Hans' Chef? Er hat sich schon genug Ärger eingehandelt mit Gustav und Hans, als er sie so großherzig in ihre Domstern-Runde aufgenommen hat. Aber andererseits hat er niemanden sonst dafür. Wenn alles gutgeht, sind sie in vier Stunden wieder da. Wenn keiner auf sie schießt, wie beim vorletzten Mal. Fliegt er halt nur die ruhigeren Stadtviertel an. Wobei, das weiß man nie, wo die Soldaten der Räteregierung wieder ihre Posten aufgestellt haben und ihre Abwehr organisieren.

»Sie?«, fragt er noch einmal, dieses Mal aber nur noch rhetorisch, denn eigentlich hat er sich schon entschieden. Wird schon gut gehen. Ist ja noch immer gutgegangen bisher. Warum sollte ausgerechnet heute was passieren. »Und Ihr Herr Vater, der Herr Kriminalkommissar?«

»Inspektor, wenn ich bitten darf, immer noch Kriminalinspektor für Sie, Herr Reichel!«, macht sich Elisabeth lustig über Willy und lacht. »Der? Der muss ja auch nicht immer alles wissen, außerdem erwartet er mich nicht vor heute Nachmittag wieder im Hotel. Er meint, ich sitze meine Stunden im Kino ab.«

»Also gut, gut, ja, kommen Sie! Da vorne steht eine Motordroschke, nehmen wir die.« Er nimmt Elisabeths Hand und sie rennen zum Hauptwacheck.

»Zum Flugplatz an der Breitenau, aber so schnell es geht, wenn ich bitten darf!«

Der Chauffeur des eleganten Vorkriegs-Dixis salutiert salopp – offenbar durch die vielen Militärs in der Stadt angesteckt – schnappt sich die Kurbel und bringt mit wenigen Drehungen den Motor zum Laufen, springt in die Fahrerkabine und tuckert los Richtung Breitenau.

Der Mechaniker wirft den Propeller an und springt zur Seite, dann schaltet Willy die Zündung. Der Sechszylinder-Mercedes-Motor springt ohne Murren an und kommt sofort auf Touren. Soweit Willy das einschätzen kann, sind alle Geräte am Schaltbrett vor ihm in Ordnung und zeigen die korrekten Werte an: Drehzahlmesser, Öldruckmesser, Benzindruckmesser, Geschwindigkeitsanzeige, Höhenmesser und die Benzinuhr. Auch der neben ihm eingehängte Kompass sowie die Borduhr und das Barometer scheinen in Ordnung, die Steuersäule mit den hölzernen Griffen liegt gut in der Hand, die Seitensteuerung reagiert, alles bestens. Die Landkarten hat er in eine Seitentasche von Harris Fliegerjacke gesteckt. Bisher hat er sich als Beobachter im hinteren Sitz immer an markanten Punkten orientiert, das plant er auch auf diesem Flug, auch wenn er jetzt selbst der Flugzeugführer ist. Die frisch gedruckten Flugblätter sind pünktlich geliefert und verstaut worden, Benzin, Öl und Kühlwasser sind aufgefüllt, ausreichend für den Flug nach München und zurück, allerdings ohne viel Spielraum für Umwege und Zwischenfälle. Der Mechaniker gibt die Erlaubnis zum Abflug und so manövriert Willy die Albatros über die kurze Strecke zum Anfang des Rollfelds. Er dreht sich zu Elisabeth um. Die sitzt starr und steif im hinteren Sitz. Als sie ihre wilde Haarpracht links und rechts unter die Fliegermütze zu stopfen versucht, schenkt sie ihm noch rasch ein Lächeln, zaghaft, aber entschlossen, dieses

Abenteuer mitzunehmen. Dann kann sie ihren Freundinnen was erzählen. Das macht ihr so schnell keine nach. Innerlich hat sie Angst wie noch nie in ihrem Leben, aber sie überspielt ihre brüchige Stimme mit einem lauten »Los!«, danach kann er ihre vor sich hingesprochenen Stoßgebete ohnehin nicht mehr hören unter dem Motorenlärm, und das Zittern in ihren Beinen merkt er auch nicht. Also signalisiert sie ihm mit dem erhobenen Daumen noch einmal, dass sie bereit ist.

Willy betätigt den Gashebel und schon macht das Flugzeug einen Sprung nach vorne und schwänzelt mit dem hinteren Ende über die Rollbahn. Willy spürt einen unbändigen Stolz, dass sich der Apparat unter ihm auf seine Befehle hin bewegt und sich gleich durch sein Zutun in die Lüfte heben wird. Er fühlt sich mächtig und gut. Die Fliegerbrille drückt auf seine Augen, die Kappe riecht nach Leder und Schweiß. Willy gibt Vollgas, der Motor schnellt auf die höchste Drehzahl hoch. Die Beschleunigung geht beängstigend langsam, der Geschwindigkeitsanzeiger zittert sich nach oben, der Wald am Ende der Rollbahn ist schon sichtbar, seine Finger am Gashebel sind weiß, weiter geht es nicht, er spürt den Schweiß auf seiner Oberlippe, da, endlich zieht die Albatros die Nase nach oben gen Himmel und auf einmal verschwindet der Lärm der Gummireifen auf dem groben Asphalt der Rollbahn und weicht dem Brausen des Windes. Von hinten hört Willy ein »Juchuuhh!«, während er das Flugzeug weiter nach oben zieht und über den Wald lenkt und dann eine lang gezogene Rechtskurve fliegt, um südliche Richtung einzuschlagen.

Die Kirchtürme der Stadt unter ihnen, die Flussläufe der beiden Arme der Regnitz, große rote Backsteingebäude der Brauerei Maisel und der Mälzerei, dann der Luitpoldhain, der Theresienhain, ja selbst die Bierkeller am Stephansberg kann man noch erkennen. Und dann ist Bamberg schon hinter ihnen. Bis Nürnberg kann sich Willy gut am Ludwig-Main-Donau-Kanal orientieren, dann geht es, mittlerweile auf 2.000 Metern

Höhe, mitten über die Kaiserburg, und anschließend muss er dem Kompass immer nach Südsüdosten folgen. Er dreht sich zu Elisabeth um. Sie hält sich krampfhaft am Rand ihres Sitzes fest und ist ziemlich bleich im Gesicht. Sie bemüht sich um ein Lächeln, das ihr aber zur krampfhaft grinsenden Grimasse gerät und ihr Unwohlsein deutlich verrät. Sie nickt ihm noch zu, ehe sie sich wieder ihrem drehenden Magen zuwendet. Starr nach vorne richtet sie ihren Blick, in die Ferne. Über Bamberg hat sie sich noch über die Seite hinausgelehnt, um etwas sehen und entdecken zu können von dieser Stadt, die sie noch gar nicht richtig kennt, aber jetzt traut sie sich nicht mehr, direkt nach unten zu sehen. Hinter ihr, unter ihren Füßen und vor ihr liegen die Packen mit Flugblättern. In der Tasche hat sie ein Messer, um sie über München aufschneiden zu können. Willy hat ihr eingeschärft, dass der Abwurf schnell gehen muss. Jeweils einen ganzen Packen in drei bis vier Portionen, sobald er ihr das Zeichen dazu gibt.

Einmal muss er doch auf die Karte schauen, als er die Donau quert, denn Ingolstadt ist nirgends zu sehen und bei Harri war das immer sein Orientierungspunkt auf halber Strecke. Nun weiß er nicht, ob er zu weit östlich oder zu weit westlich geflogen ist. Er entscheidet sich für eine Korrektur nach Westen und reckt den Hals über die Cockpitwand, um etwas Bekanntes zu erkennen, er dreht die Karte hin und her, er weiß, dass er sich keinen langen Umweg leisten kann, weil sonst das Benzin nicht reicht und sie schon irgendwo hinter Nürnberg runtergehen. Aber unten sind nur kleine Dörfer und Siedlungen, nichts Markantes, nichts, was ihm auf der Karte auffallen würde. Nach endlosen zehn Minuten entdeckt er ein Kloster, eine große Anlage mit vier Flügeln, ein solitärer Kirchturm und weitere Gebäudeteile daneben. Er juchzt innerlich, denn er weiß, dass es Kloster Scheyern ist. Auf seiner Walz damals als Zimmermann ist er für einige Nächte bei den Benediktinern eingekehrt, sie hatten aber nur wenige Ausbesserungsarbeiten für ihn, so musste er nur Tage später wieder weiterziehen. Die ruhige Atmosphäre im Kloster hatte ihn ohnehin rasend gemacht. Innerhalb der Klostermauern zu leben, das war nichts für ihn gewesen. Aber immerhin, er erkennt die Anlage auf Anhieb. Und Scheyern ist gut, denn nun muss er nur noch direkt nach Süden fliegen, dann kommt er über Dachau nach München rein. Er versucht, auszurechnen, wie groß wohl sein Umweg war, aber er verdrängt den Gedanken an das Benzin und den Rückflug und sieht sich nach Elisabeth um, die wieder etwas Farbe im Gesicht hat und sich gefangen hat. Sie lächelt Willy an und wagt den einen oder anderen Blick über die Bordwand in die Landschaft.

Nach einer guten Stunde Flugzeit schreit er nach hinten: »Da vorne ist München!« Er zeigt mit dem Finger in die Richtung. Tatsächlich kann man schon die große Stadt erahnen. Dachau lässt er rechts liegen und fliegt gen Osten, damit er zentral von Norden nach München reinkommt, nur so kennt er sich aus. Beide bestaunen den Ausblick auf die Alpenkulisse, die sich scheinbar unmittelbar hinter der Stadt von der Sonne erleuchtet auf ganzer Breite aufbaut.

Als er ihr zum ersten Mal das Zeichen gibt, hat sie schon das Messer in der Hand. Er fliegt immer tiefer und segelt so langsam wie möglich über den Dächern Schwabings nach München ein. Als er eine Menschenansammlung auf einem Platz sieht, gibt er ihr das Zeichen zum Abwurf. Sie nimmt eine Handvoll Blätter und wirft sie zur Seite weg von Bord. Der erste Packen wird vom Heck des Flugzeugs völlig verwirbelt und so weit abgelenkt, dass die einzelnen Blätter deutlich an der Menschenmenge vorbeisegeln, auf Dächern zu liegen kommen und in den Hinterhöfen landen. »Nach unten! Sie müssen sie nach unten werfen!«, schreit er nach hinten und zeigt senkrecht nach unten. Er dreht in engem Bogen und fliegt den Platz ein zweites Mal an. Die Leute stehen und recken die Hälse nach oben.

Den zweiten Packen wirft Elisabeth mit Schwung senkrecht nach unten und tatsächlich schaffen es die Blätter, dem Wirbel des Flugzeugs zu entkommen und sich erst weiter unten auszubreiten und elegant zu Boden zu segeln.

Willy dreht die Maschine und zeigt Elisabeth an, dass sie warten möge. Er fliegt eine belebte Straße im Lehel an und gibt wieder sein Zeichen. Er sieht Kinder, die dem Flugzeug zuwinken, er verringert die Flughöhe und fliegt in die Straßenschlucht. Elisabeth wirft planmäßig ab. Als er sich umblickt, sieht er, wie die Kinder die Flugblätter auffangen und durch die Straßen rennen und sie an die Leute verteilen. Er zieht die Maschine wieder hoch und fliegt weiter in die Stadtmitte. Als er den Stachus erkennt, geht er wieder weit runter und Elisabeth ist schon bereit und schafft es, im Überflug ganze drei Handvoll loszuwerden.

Auf einmal knackt es am linken Flügel, zweimal, dreimal, viermal. Willy wirft den Kopf zur Seite, dann erst hört er den Knall der Schüsse. Er zieht die Maschine zur Seite und nach oben, während er aus dem Augenwinkel die Maschinengewehrstellung am Boden ausmacht. Direkt am Karlstor Richtung Bahnhof. Er hätte besser von Osten kommen sollen. Elisabeth schreit und duckt sich in das Flugzeug. Er spürt eine feuchte Stelle an seinem linken Unterschenkel und sieht ein Loch im Flugzeugboden, direkt unter sich. Er befühlt sein Bein und stellt fest, dass es blutet. Er nimmt sein Messer aus der Tasche und schlitzt das Hosenbein an der roten Stelle auf. Nur ein Streifschuss, ein leichter länglicher Schnitt. Aber wo ist die Kugel hin, wenn sie von schräg unten kam? Diese Idioten. Er dreht ab. Der Viktualienmarkt, klar, der muss sein. Der Abwurf dort ist immer ein voller Erfolg. Hier zwischen den Marktständen ist kein Platz für MGs, keine Soldaten, aber viele Leute, die in langen Schlangen an den Ständen stehen. Elisabeth schafft vier Handvoll, während er den Markt in einem großen Bogen überfliegt. Die meisten Leute bleiben in ihren Schlangen stehen, wieder sind es Kinder, die die Blätter aufsammeln und an die Menschen verteilen. Weiter Richtung Au und nach Haidhausen, auf die andere Seite der Isar. Hier sind viele Soldaten zu erkennen, also weiter. Über einer eher ruhigen Straße geht er runter und gibt Elisabeth wieder das Zeichen. Sein Bein schmerzt jetzt doch ziemlich. Das Hosenbein ist rot eingefärbt. Er presst die linke Wade gegen die Wand des Cockpits. Weiter noch nach Sendling und zurück zum Bahnhof. Elisabeth hat jetzt Übung, wirft die Blätter gekonnt ab und verfolgt sie mit den Augen, wie sie hinuntersegeln. Manche landen sanft, andere klatschen noch in Stapeln am Boden auf. Am Bahnhof ist alles schwarz und grau, alles voller Menschen, alles Feldgraue, ein ganzes Bataillon, wie es scheint. Willy bleibt weit oben und fliegt den Vorplatz vom Bahnhofsgebäude aus an, damit sie ihn nicht so schnell orten können. Elisabeth wirft ab und schon peitschen erneut Schüsse durch die Luft. Willy fliegt in einer steilen Linkskurve Richtung Norden. Kein Tack-Tack am Flugzeug. Vorbei, vorbei, ätsch, kein Zielwasser getrunken, was? Elisabeth klopft ihm auf die Schulter und deutet ihm an, dass alles verteilt ist. Für diesen Tag ist ihre Mission erfüllt.

Knapp hinter Forchheim bemerkt Willy, dass der Tourenzähler des Motors rapide nach unten geht. 1.400, 1.300, 1.200. Schnell duckt er sich nach unten in den Fußraum, überprüft die Pumpen und steckt fest, was er an Schläuchen findet. Auf einen technischen Notfall ist er nicht vorbereitet, dafür hat er doch zu wenig Ahnung von der Maschine. Kurzzeitig erholt sich der Tourenzähler nach der Aktion und sinkt nicht mehr ab, Willy will schon fast aufatmen, dann aber fällt er wieder. Der Motor fängt an zu stottern, auf einmal spritzt ihm von vorne Wasser ins Gesicht, auch Elisabeth kriegt etwas ab, so dass sie panisch aufschreit. 1.100. Mist! Haben wohl doch was getroffen, die Idioten in München, vielleicht das Kühlwasser, nach Benzin riecht es nicht. Der Motor wird immer schwächer, Willy bleibt nichts anderes übrig, als auf die verbliebene Höhe von 2.000 Metern zu setzen, die der Höhenmesser anzeigt, und eine lange Gleitflugstrecke anzupeilen. Unweigerlich nimmt mit der niedrigeren Tourenzahl und dem schwächer werdenden Motor auch die Höhe ab. Dort vorne ist in der Nachmittagssonne schon die Altenburg auszumachen. Flieg, Albatros, flieg! Intuitiv stemmt sich Willy mit den Füßen aus seinem Sitz, als ob er den Vogel damit leichter machen könnte. Elisabeth klopft Willy auf die Schulter. Sie schaut ängstlich und fragend. Er schreit: »Keine Sorge, wir haben genügend Höhe für einen Gleitflug bis Bamberg!«

»Was?« schreit Elisabeth.

»Im Gleitflug bis Bamberg!«, schreit er zurück. »Das Kühlwasser ist getroffen.«

An Elisabeths Reaktion merkt er, dass sie ihn verstanden hat. Er versucht, sie mit einem Lächeln und einer beschwichtigenden Handbewegung zu beruhigen. Sie fasst ihn aber mit beiden Händen an der Schulter und lässt eine ganze Weile nicht los.

Da sind schon die Domtürme zu erkennen, die Drehzahl ist allerdings auch schon bei 600, der Motor gibt allmählich seinen Geist auf, der Höhenmesser zeigt noch knapp 1.000 Meter an. Von der Richtung her passt es, sie sind genau auf Kurs für die Landebahn. Er muss noch über die Bamberger Hügel kommen, 700 Meter, der Motor verstummt, die Propeller drehen sich nicht mehr, 600 Meter, 500 Meter, über den Bahnhof, 300 Meter, da vorne ist der Flugplatz, unter ihnen nur noch Gärtnerland, Felder, Ackerland, zur Not, geht's auch da, zumindest nehmen wir die Domspitzen nicht mehr mit. 200 Meter, 150, da ist die Rollbahn, genau auf Kurs, auf einmal ist sie zu schnell da, er muss noch die Klappen an den Flügeln nach oben richten, die Maschine plumpst jetzt regelrecht runter, er schreit »Achtung!« zu Elisabeth, dann kommen sie auf, hart am Rande der Rollbahn, das Flugzeug ächzt und kracht, aber es rollt, es bleibt unten, er bremst, das Heck bricht aus, sie rollen nach rechts weg, er bremst so stark er kann, aber die Kurve ist zu steil, die Maschine kippt, der linke Flügel berührt den Boden und schleift quer zur Rollbahn entlang, das Flugzeug dreht sich um die Flügelspitze, er lockert die Bremse und wirft sein Gewicht nach rechts, schnell sind sie ja zum Glück nicht mehr, sie werden überleben, das weiß er jetzt, er hält weiter verkrampft an der Steuersäule fest, und kann jetzt nichts mehr tun, bis die Maschine endlich, endlich steht. Einmal noch ächzt das Skelett der Maschine, der Flügel, auf dem sie aufliegen, knarzt, dann ist es plötzlich still. Ganz still. Lediglich ein gemurmeltes »Gegrüßet seist du Maria« ist von hinten zu hören. Elisabeth hat die Augen geschlossen, die Hände haben sich an den Seitenwänden festgekrallt. Willy schnallt sich ab, dreht sich zu ihr um, steht auf und streckt sich über den Sitz nach hinten. Er nimmt ihr Gesicht in seine Hände, sie nimmt ihn gar nicht wahr, betet weiter mit geschlossenen Augen, »… jetzt und in der Stunde unseres Todes. Amen.« Er ist ihr ganz nah, Stirn an Stirn, hält ihr Gesicht immer noch in Händen. Elisabeth schweigt jetzt, nur noch ihre Lippen bewegen sich mechanisch. Während die Leute vom Flugplatz angerannt kommen, flüstert Willy beruhigend auf sie ein: »Es ist alles gut. Es ist alles gut. Wir sind unten, Elisabeth. Wir haben es geschafft. Du kannst die Augen jetzt wieder aufmachen.« Dann küsst er sie auf den Mund.

IM ZUG NACH LIGNY, 13. APRIL 1918

Liebste Elly,

wieder einmal werden wir verlegt, von einem Schlammloch ins nächste, von Belgien nach Lothringen, von Lothringen nach Flandern, von Flandern nach Lothringen, und nirgends wird es besser, nur immer schlimmer. Wir sind so müde, erschöpft und hungrig, wir nutzen jede Gelegenheit und pennen ein, wo wir gehen und stehen, und fressen auch die verschimmelten Rüben und das härteste Brot und klauen den Pferden den wenigen Hafer, den sie kriegen. Nur der Schlaf bietet die Chance auf Frieden. Ich versuche immer, an Dich und an die Heimat zu denken, bevor ich einschlafe, und will so einen schönen Traum erzwingen, aber der Krieg schleicht sich viel zu oft auch in die Träume ein. In letzter Zeit hat es mich im Traum oft erwischt, es tut gar nicht weh, es geschieht immer ganz friedlich, ich sehe die Kugel, wie sie auf mich zukommt, ganz langsam, und ich kann nicht ausweichen, ich bin wie gelähmt, und dann Treffer und aus ist es, der Traum schaltet auf stumm. Elly, ich habe so eine böse Vorahnung, in mir drin ist's ganz düster, düster und leer. Unsere erregten Gespräche von einst unter den Kameraden sind fast ganz eingeschlafen, nur Willy hält dagegen und entwirft neue Welten für die Zeit nach dem Krieg, redet von Demokratie und Republik, bis wir alle erschöpft abwinken und ihm um der lieben Ruhe willen Recht geben. Heute, auf der Bahnfahrt, erzählte er mir ein bisschen von seiner Vergangenheit. So viele Jahre nun kämpfen wir Seit' an Seit', und heute erfahre ich, dass er schon mal im Zuchthaus gesessen hat, wegen Betrugs, und eigentlich nur hier ist, um seiner weiteren Haftstrafe zu entgehen. Na, wenn er da mal nicht lieber noch länger im Zuchthaus geblieben wäre …

Karl, die Tram, hat es jetzt auch erwischt. Bis zuletzt glaubte er an den Sieg und den Kaiser, unverbrüchlich, trotz all dem, was wir erlebt haben. Kurz bevor er auf Wachposten musste, hat er noch gesagt, die Dicke Berta und der gute Kaiser würden es schon richten, sein Standardspruch. Keine fünf Minuten nach diesem Spruch gab es kein Stück mehr von Karl Trautwein, das größer gewesen wäre als ein Handteller. Volltreffer. Er und ein Neuer. Von denen, die Anfang September 1914 mit uns ausgerückt sind, sind vielleicht noch zwölf Mann dabei. Alle anderen sind tot oder schwer verletzt zuhause, ohne Arme, ohne Beine, mit einem halben Gesicht oder verrückt geworden. Wir fünf, der Willy, der Hans, der Gustav, der Kaspar und ich, wir sind noch da. Wer ist der Nächste?

Kirchner wird immer schlimmer. Sein Hass und seine Verachtung für uns sind noch größer geworden. Wessen Nase ihm nicht passt, den schickt er mit sinnlosen Meldungen durchs Sperrfeuer, wer nicht kuscht, wird auch im schlimmsten Artilleriefeuer angebunden, obwohl das von oben schon längst verboten ist, seit Jahren. Wer das ein paar Stunden im heftigsten Feuer aushalten muss – und überlebt – der ist ohnehin gebrochen, der ist nur noch ein Häuflein Elend und geht beim nächsten Angriff drauf. Auch hat er schon etliche füsilieren lassen, wegen Befehlsmissachtung, Desertion oder Überlaufens. Alle greifen jetzt hart durch, weil so viele sich aufgegeben haben und alles riskieren, um sich davonzumachen.

Grüße mir die Heimat, die ferne, und bete für mich!

In Liebe,

Dein Johann

MURNAU, 21. APRIL 1919

Die Sonnenstrahlen brechen sich im Glas der Kirchenfenster und bescheinen bunt die weiß gekalkten Wände der kleinen Kapelle. Die Kirchenglocken vom Dorf schlagen sieben Uhr. Es klopft. Mit einem langgezogenen Knarzen öffnet sich die Kirchentür. Helene wirft die Decke von sich, steht rasch auf, klopft sich das Stroh vom Körper und geht dem Pfarrer entgegen, um ihn mit Handschlag zu begrüßen.

»Ein gesegnetes Osterfest, Fräulein Spiegel.«

»Guten Morgen! Auch Ihnen ein frohes Osterfest! Habe ich eigentlich schon erwähnt, dass ich aus einer jüdischen Familie stamme, Herr Pfarrer?«

»Ach, jüdisch sind Sie. Na dann haben Sie ja mit unserem Herrn Jesus schon etwas gemeinsam. Es tut mir leid, dass ich gestern nicht kommen konnte, aber am Ostersonntag ist ein Pfarrer derart eingespannt, dass keine Zeit mehr bleibt, auch nur einmal hier herunter zu wandern. Von wegen Osterspaziergang … Wie geht es ihm? Ist er schon ruhiger geworden?«

Helene zuckt mit den Schultern. »Er redet nicht mit jedem. Mit mir zum Beispiel im Moment gar nicht. Aber er scheint seine Geister da drin zu haben. Mit denen führt er so manches Selbstgespräch. Und die gehen ganz schön hart ins Gericht mit ihm, was ich aus seinen Antworten heraushöre.«

Der Pfarrer lacht. »Ja, die Geister, die er rief, die sind es, die ihm das Leben in dieser Phase schwer machen. Die körperlichen Symptome lassen allmählich nach, aber je mehr sein Geist entgiftet ist, desto mehr nimmt er seine gegenwärtige Situation wieder bewusst wahr und hadert damit. Und die Lebensmittel haben gereicht? Ich habe heute ein paar gekochte Eier dabei und einen halben Laib Brot sowie Schinken und Speck. Es ist

Ostern, sogar ein Salz habe ich dabei. Da lassen sich die Bauern nicht lumpen an Ostern. Das ist Tradition hierzulande.«

»Oh, haben Sie vielen Dank, Hochwürden. Wir kommen zurecht. Er isst nach wie vor nicht viel. Ich komme mir vor wie eine Rabenmutter, die ihrem Sohn alles wegfrisst, aber er hat mir gestern das Brot wieder aus der Klappe herausgeworfen. Mein Entzug kommt übrigens auch gut voran, ich brauche gar keinen Kaffee mehr am Morgen, das frische Quellwasser aus dem Brunnen draußen wirkt Wunder, jeden Tag.«

»Ja, unser Wasser ist gut. Kommt ja auch aus den Bergen. Aber Kaffee, das kriege ich einfach nicht hin, dazu müssen Sie halt ab und an mal in den Ort gehen. Das hält der Kaspar schon aus. Er wird sich schon melden, wenn der Appetit wiederkommt. Aber etwas anderes, Fräulein Spiegel. Der Bischof hat mich nach Augsburg bestellt, ich werde heute direkt nach der Messe dorthin reisen müssen, und da ich nicht recht weiß, worum es geht, weiß ich auch nicht, ob ich heute noch oder erst im Laufe des morgigen Tages wieder zurückkehren werde. Ich würde Ihnen aber zur Sicherheit den Schlüssel zur Kirche und zur Sakristei hierlassen, also, sofern Sie sich das schon zutrauen, diese Verantwortung.«

Helene schluckt kurz, nickt aber dann mit dem Kopf und nimmt die Schlüssel entgegen. »Wenn Sie sie mir zutrauen, dann werde ich sie wohl tragen können, die Verantwortung. Danke!«

»Ich komme wieder, Fräulein Spiegel, keine Sorge. Ich lasse Sie nicht alleine, nur vorübergehend. Ändern Sie nichts an der Konstellation, wie wir sie derzeit haben. Ich denke, er ist auf einem guten Weg.«

»Keine Sorge, ich werde den Weg nicht ändern. Gute Reise Ihnen!«

Helene tritt mit dem Pfarrer vor die Tür und blinzelt in die Morgensonne. Sie schirmt ihre Augen mit der rechten Hand ab und blickt zu den Bergen. Als der Pfarrer wieder auf dem Weg ins Dorf ist, geht sie zum Brunnen und wäscht sich. Mit nassen Haaren kehrt sie in die Kapelle zurück, setzt sich in die vorderste Bank und schlägt ein blassblau gefärbtes Ei auf, das der Pfarrer mitgebracht hat. In die Stille des Kirchenraumes hinein fragt sie: »Willst du nicht auch ein Osterei, Kaspar? Ganz putzig bunt sind die. Es ist Ostern. Erinnerst du dich an Ostern 1913? Da haben wir auf einer Hochzeit gespielt, von so einem Adligen im Rheinland, der wollte unbedingt an Ostern feiern, und da wollte kein anderer spielen. War eine einträgliche Nummer, doppelte Gage als Feiertagszuschlag. Und du hattest ein Auge auf die Braut geworfen, fast zwei, die war wirklich hübsch gewesen. Du hast sogar einmal mit ihr tanzen wollen und hast uns alleine spielen lassen. Ich habe dann extra außer Takt gespielt, weil ich eure Harmonie nicht ertragen habe. Du kamst erzürnt zurück auf die Bühne und hast mir gedroht, du würdest mich rausschmeißen und so. Einer frisch verheirateten Frau an die Wäsche zu wollen! Kaspar, Kaspar, das waren Zeiten. Wild und schön. Besonders die Nacht in dem Hotel nach der Feier war schön. Als ob du etwas gutzumachen gehabt hättest. Also was ist, willst du ein Osterei?«

Totenstille hinter der Tür zur Sakristei.

Helene schneidet sich eine Scheibe des groben Bauernbrotes ab und kaut nachdenklich auf einem Stück Brot herum, während sie die Sonnenstrahlen bewundert, die in die kleine Kirche fallen, von den Glasscheiben gebrochen werden und über die Bänke wandern.

»Ich wollte dich nur eifersüchtig machen damals. Ich wollte gar nichts von der blöden Geiß von dem Vonundzu. Und ein Wasser hätte ich gerne. Mein Krug ist leer. Bitte!«

Die kleine Klappe am unteren Ende der Holztür zur Sakristei öffnet sich. Kaspars Hand schiebt sich hindurch und stellt den leeren Wasserkrug davor. Mit maximalem Abstand dazu stellt er die zum Nachttopf umgewidmete Blumenschale ebenfalls nach draußen.

Auf dem Boden kauernd hält er mit einem Arm die Klappe

offen, als Helene sich niederbeugt, um die beiden Gefäße aufzuheben. Er muss seinen Arm weit herausstrecken, damit er die Klappe, die sich nach außen öffnet, offen halten kann.

»Nicht verwechseln, bitte!«

Helene lacht. »Ich bemühe mich. Wirst es schon schmecken, wenn es mir nicht gelingt.«

Als sie wieder da ist, hält er immer noch die Klappe offen. Auf dem Boden liegend kann er sie sehen. Er beobachtet, wie sie sich mit ihrer alten Selbstsicherheit durch den Kirchenraum bewegt, mit einer Eleganz, die ihrer äußeren Erscheinung spottet, dem schlichten Gewand, einem groben Leinenhemd und einem Hosenrock, zerknittert, das Haar wirr und wild nach allen Seiten hängend, noch nass von der morgendlichen Wäsche.

»Ach, ist der Herr heute etwa mal zu einem Gespräch aufgelegt? Nicht nur mit deinen Dämonen, sondern auch mit mir, deiner treuen dummen Dienerin? Der Hure Babylon?«

Sie stellt ihm den Krug vor die Klappe und hält sie von ihrer Seite, damit er den Krug reinholen kann. Auf einmal fängt Kaspar an zu weinen.

»Es tut mir alles so leid, Helene. Was ich gesagt habe, als ich nicht bei Sinnen war, das, das war nicht ich, glaub's mir, das war das Kokain. Du kannst dir nicht vorstellen, wie es da in deinem Hirn aussieht, wenn es von den Drogen umnebelt ist. Alles knallt, alles ist wirr, alles tut weh und dröhnt und dreht sich. Ich habe nie aufgehört, dich zu lieben, Helene. Ich konnte nur nicht mehr. Dieser Krieg, weißt du, dieser verdammte Krieg und die Liebe, das ging nicht mehr zusammen. Der allgegenwärtige Tod und so etwas Schönes wie Liebe, deine Liebe allzumal, das war nicht möglich, das konnte nicht sein. Und nach unserem Streit, da ist diese letzte Gewissheit in mir zerbrochen, da war mir klar, dass Krieg und Liebe nicht einhergehen, nicht mehr.«

Helene liegt mittlerweile auch auf dem Boden vor der Klappe. Sie hat den Nachttopf so unter die Klappe gestellt, dass sie keiner aufhalten muss. So liegen sie sich Kopf an Kopf und Aug in

Aug gegenüber, getrennt von zwei Armlängen und einer schweren hölzernen Tür.

Kaspar weint bittere Tränen.

»Ach Kaspar, wir hätten doch über alles reden können damals. Hätte ich nur weiter von dir gehört, dann hätten wir uns nicht so lange aus den Augen verloren. In meinem Herzen bist du immer geblieben. Es sind immer kleine Stückchen ausgebrochen, aus meinem Herzen, je länger du geschwiegen hast. Ich habe mich in die Verbandsarbeit gestürzt, mich mit meinen Kolleginnen überworfen, weil ich die Sabotage der Munition nicht länger mitmachen wollte, ich dachte bei Tag und bei Nacht an dich. Und du? Du hast geschwiegen. Das war nicht leicht. Nicht leicht!«

»Ich will alles wieder gut machen, Helene. Wir können es doch einfach noch einmal versuchen, wir beide, du und ich.«

»Nichts täte ich lieber als das, mein Herz!«

Helene reicht ihre Hand durch die Klappe, sie will sein Gesicht berühren, nur einmal berühren. Er lässt ihren Arm ein, sie spürt seinen Atem auf ihrer Hand, da springt er auf und zerrt ihren Arm mit tierischer Gewalt durch die Luke. Helene schreit auf vor Schmerz, er zieht an ihrem Arm bis ihre Schulter an die Holztür stößt. Ein schwerer Gegenstand kracht auf ihre Finger, Helene sieht gleißendes Weiß, der Schmerz durchschlägt ihre Schädeldecke, als Kaspar zischt: »Die Schlüssel! Gib mir die Schlüssel. Ich weiß, dass du sie hast, ich habe es gehört. Gib mir die Schlüssel oder ich hacke dir die Finger zu Brei.«

Helene wimmert und schreit: »Nein, Kaspar, nein!« Kaspar erhöht den Druck auf ihre Hand, Helene jault auf, ihre Schreie hallen wider in der kleinen Kirche und brechen sich an Kaspars kalter Forderung: »Die Schlüssel! Gib mir die Schlüssel!«

In ihrem rasenden Schmerz, nicht nur von den Fingern, nein, auch in ihr drin, weiß sie sich keinen Rat mehr und fingert mit der freien Hand in ihrer Tasche, zieht die Schlüssel heraus und schiebt sie Kaspar zwischen Arm und Holz durch die Luke.

»Na also!« Augenblicklich lässt er ihre Hand los, springt auf und steckt den Schlüssel in das Schloss. Helene kriecht heulend hinter den Altar und kauert sich, ihre wehe Hand knetend, auf den Boden. Mit dem Rücken zur Sakristeitür sieht sie nicht, wie Kaspar aus der Tür kommt, sie nur eines kurzen Blickes würdigt und zur Kirche hinausrennt. Mit ungelenken Schritten, wie ein waidwundes Tier, torkelt er hinaus ins Licht und schlägt die Tür hinter sich zu.

Vier Stunden später, um die Mittagszeit herum, sitzt Helene auf den Stufen vor der Kirche. Ihre Finger sind rot und wund, aber nicht gebrochen. Sie hat ihren Schlafplatz in der Kirche geräumt, das Stroh hinter der Kirche in der Wiese verstreut, ihr Koffer ist gepackt und steht drinnen neben dem Altar.

Nur noch ein bisschen sitzen. Dann gehe ich. Es ist so schön hier. Was soll ich woanders? Hier war mein Platz. Hier war meine letzte Chance auf ein bisschen Glück im Leben. Aber diese Chance ist mir auf die Hand getreten und hat mich angelogen und ausgespielt und dann ist diese Chance aus der Tür gegangen und wohl auch endgültig aus meinem Leben. Mistkerl! Muss ich wieder weiter die verzogenen Gören verzogener Bamberger Bürger für ihre mittelmäßige Musikalität loben. Lohnt es sich dafür überhaupt, nach Bamberg zurückzukehren? Ich könnte auch einfach hierbleiben. Oder gleich nach München oder nach Berlin gehen. Verzogene Gören eingebildeter Bürger gibt es schließlich überall. Ein neuer Anfang. Ganz neu. Alles besser, als ohne Kaspar zurück nach Bamberg. Ich muss Willy und Hans telegraphieren. Dass ich nicht komme. Und Kaspar auch nicht. Der Mistkerl! Wieso eigentlich nicht ohne ihn? Wenn ohnehin alles auf Null gesetzt ist, und ich nichts zu verlieren habe, wieso versuche ich es dann nicht auch mit der Musik, mit einer eigenen Kapelle, einem Orchester? Einem Frauenorchester. Nur Frauen! Was man so von Berlin hört, da geht alles, da gibt es die tollsten Sachen. Ja, ich gründe mein eigenes Orchester, wieso nicht? Ich versuche es wenigstens. Eine Annonce in der Zeitung, ein paar Musikerinnen, ein Saxophon, ein Klavier, ein Schlagwerk, ein Bass, ich die Klarinette, Gesang, ja Gesang ist jetzt ganz groß, eine rauchige, tiefe Frauenstimme dazu. Oder ich spiele das Klavier, dann kann ich besser gleichzeitig das Orchester leiten. Willy ist ja auch in Berlin, dann kenne ich wenigstens schon einen Menschen in der großen Stadt. Ich gehe zurück nach Bamberg, breche meine Zelte dort ab, und wenn Willy nach Berlin geht, gehe ich mit ihm. So mache ich es.

Helene steht auf und betritt noch einmal die kleine Kirche, um ihren Koffer zu holen. Die Tür zur Sakristei sperrt sie zu, die Kirche wird sie auch zusperren, den Schlüssel will sie im Pfarramt in den Briefkasten werfen, der Pfarrer wird sich seinen Teil denken. Sie steht mit dem Rücken zur Tür, da spürt sie die Gegenwart eines anderen Menschen im Raum. Im Umdrehen sagt sie: »Es hat nicht sein sollen, Herr Pfarrer, die Dämonen haben …« Da stockt sie mitten im Satz. Es ist nicht der Pfarrer. Es ist Kaspar. Er steht im Türrahmen, leicht vornübergebeugt, sie sieht nur seine Silhouette, sein Gesicht sieht sie nicht.

»Mach Platz! Ich möchte gehen«, sagt sie und ergänzt scharf und zischend: »Und wage ja nicht, mich noch einmal anzufassen!«

Kaspar tritt einen Schritt in die Kirche und zwei zur Seite. Der Weg ist frei. Helene nimmt die Schlüssel, hebt ihren Koffer auf und geht durch den Mittelgang zur Tür. Ohne ihn anzusehen, geht sie an ihm vorbei, nach draußen.

»Helene?«

Sie geht weiter.

»Helene!«

Sie bleibt stehen, dreht sich aber nicht um.

»Bitte! Bleib!«

»Mistkerl! Nenne mir einen Grund, einen einzigen, wieso ich bleiben sollte!«

Lange schweigt Kaspar, Helene steht auf dem Weg im Garten vor der Kirche, den Koffer in der Hand, den Rücken zu ihm gekehrt. Er tritt heraus aus der Kirche und bleibt in der Pforte stehen, hält sich am Türstock fest.

»Sperr mich wenigstens wieder ein! Ich weiß nicht, was ich dir sagen kann, damit du glaubst, dass ich es ehrlich meine. Tief, ganz tief in mir drin, da gibt es noch einen kleinen Teil des alten Kaspars, glaube mir, Helene! Aber er ist schwach, dieser alte Kaspar. Er verliert immer noch die meisten Kämpfe mit den Dämonen seines armseligen Daseins. Sperr mich ein, damit ich noch ein paar mehr Kämpfe wenigstens gewinnen kann! Ich bin hier geblieben damals, vor vielen Monaten, um mich wieder zu finden, nach den grauenvollen Jahren des Krieges, nach den musiklosen Jahren, nach den Jahren der Entmenschlichung. Aber der alte Kaspar war so tief verschüttet, ich fand ihn einfach nicht. Und dann habe ich mich verloren auf dieser Suche, ja, ich habe aufgegeben zu suchen. Habe mich den schnellen Tröstern hingegeben, die dir für eine kleine Spanne Zeit das große Glück vorgaukeln. Geh! Ich kann es dir nicht verdenken, ich würde mich ja selbst anspucken und gehen, wenn ich es nur könnte. Also geh, aber sperr mich vorher wieder ein! Bitte!«

»Hast du wieder neuen Stoff geholt?« Helene dreht sich zu Kaspar, um ihm bei dieser Frage in die Augen sehen zu können. Mehrere Meter trennen die beiden voneinander.

»Nein, Koks-Konrad hat gedroht mich umzubringen. Ihr scheint ihm ja einen schönen Schreck eingejagt zu haben. Und wie der aussah! Dann bin ich runter an den See. Ich wollte mich ersäufen. Aber dort war ein Kiosk, mit Musikpavillon und vielen Leuten, die einen Frühschoppen genossen. Dort war eine Kapelle, nur Blechbläser. Die waren so schlecht und haben so stupide gespielt, dass sie mir selbst den Freitod vermiest haben. Aber Helene, ich habe eines gemerkt: Es hat mich irrsinnig gestört, dass die so schlecht spielen. Ich merkte eine Regung in meinem Innersten, ob du's glaubst oder nicht, ich habe den alten Kaspar gespürt. Es wühlte mich auf, dass die so mies spielen und ich ihnen nichts entgegenzusetzen habe. Ich verspürte den Drang, Musik zu machen, es besser zu machen als diese Stümper und den Menschen gute Musik zu bieten. Und genau daran habe ich gemerkt, dass der alte Kaspar noch nicht ganz tot ist. Und deswegen bin ich wieder hier. Und deswegen sperrst du mich jetzt bitte wieder ein. Danach kannst du gehen. Ich schaffe das, der Pfarrer wird schon wiederkommen. Aber ich habe kein Anrecht mehr auf dich.«

»Ein Anrecht hattest du nie, Kaspar Mohr! Liebe ist etwas anderes als ein erworbenes Recht, Liebe ist eine Angelegenheit des Herzens.«

»Und genau das ist mir im Krieg abhanden gekommen, Helene. Ich wünsche mir nichts sehnlicher, als dass alles wieder so wird wie es einmal war, denn ich erinnere mich, dass es schön war, sehr schön.«

»Das ist nicht möglich, so wird es nie mehr werden. Wir haben uns alle verändert, Kaspar. Und es sind andere Zeiten. Aber wenn wir es zulassen, können wir unsere Herzen wieder singen lassen und dann können wir auch wieder auf sie hören. Ich weiß, was mein Herz singt. Nur mein Kopf, der sagt flieh, geh, bevor er dir wieder weh tut. Aber mein Herz …«

»Mein Herz redet so verdammt leise, dass ich es kaum höre. Aber wenn es noch da ist, so wird es immer noch für dich schlagen. Denn in diesem Zustand habe ich es vergraben, tief in mir, als es noch für dich schlug, um es zu schützen vor der Unmenschlichkeit, vor der Barbarei.«

»Dein Herz hat schon immer für die Musik geschlagen, Kaspar. Für die Musik und für mich, ja, das mag ich dir glauben. Nun hast du eine Regung für die Musik ja wiederentdeckt. Soll ich nun hoffen, dass es den Teil, der für mich schlug, auch noch gibt?«

»Ich bin auf dem Weg und so nah wie noch nie, seit ich hier bin. Aber ich merke auch, ich bin noch nicht so weit. So wahr ich hier stehe, ich will dir nie wieder weh tun, Helene. Sperr mich wieder ein! Ich will zu dir zurück, wenn du mich wieder nimmst, aber dazu muss ich mein Herz wieder ganz freilegen, damit es singen kann, mit deinem und mit unserer Musik. Komm, sperr mich wieder ein!«

Helene blickt Kaspar lange an. Von der verordneten Rundumerneuerung vor fünf Tagen beim Haarschneider ist nicht mehr viel zu sehen, sein Äußeres hat in den letzten vier Tagen wieder schwer gelitten. Abgemagert und hohlwangig vermag er kaum ruhig zu stehen, schwankt von einer Seite zur anderen und klammert sich ans Holz der Tür. Ist es derselbe Mann, den ich einst so geliebt habe, den ich bewundert habe für seine Musik, seinen Mut, seinen Optimismus, seinen Humor, seinen Willen, seine Stärke?

Sie denkt an Berlin und an das Frauenorchester, sie denkt an Freiheit und Neuanfang, sie denkt, dass sie es alleine schaffen kann, und sie glaubt daran, dass sie die Kraft dazu hat. Jetzt wieder.

Und sie beschließt dennoch, zu bleiben.

ARMENTIÈRES, 3. MAI 1918

Liebste Elly,

nach harten Kämpfen in der Knochenmühle sind wir für wenige Tage mal wieder in Ruhe, hinter der Front. Jetzt ist es geschehen, unser Leutnant Mayer ist tot, der einzige Offizier, der noch zur Gattung Mensch gehörte. Auch war er der einzige, der Kirchner wenigstens manchmal noch die Stirn und uns einen gewissen Schutz vor dessen blindem Hass und seiner Willkür bot. Er wurde mit einem Häuflein Soldaten vollkommen aufgerieben, nicht ein einziger kam zurück, nicht ein einziger! Wir sollten eine Anhöhe, den Kemmelberg, erstürmen, waren Teil eines lange geplanten Großangriffs in unserem Abschnitt und Kirchner hatte es sich in den Kopf gesetzt, den Durchbruch zu schaffen, koste es was es wolle. Ein zentraler Vorstoß sollte von einer Flanke begleitet werden. Wie üblich feuerte die Artillerie aus allen Rohren, aber nach viel zu kurzer Zeit setzte der Granatenhagel aus. Während wir uns alle noch wunderten, befahl Kirchner Mayers Vorstoß über die Flanke – als Ablenkungsmanöver für den Franzosen – obwohl klar war, dass die feindlichen Geschütze noch lange nicht ausgeschaltet waren durch das bisschen Beschuss. Mayer hinterfragte den Befehl und forderte den Funker nachzufragen, was Sache sei. Kirchner schrie ihn an, er solle sich seinen Befehlen nicht widersetzen, Mayer schrie zurück, das sei Wahnsinn, die Artillerie sei doch gewiss noch nicht beendet, aber Kirchner schrie und drohte ihm mit Kriegsgericht wegen Befehlsverweigerung, wenn er nicht sofort vorstoße, er verhindere hier den entscheidenden Durchbruch des deutschen Heeres. Also stürmte Mayer, mit einer Hundertschaft meist junger Soldaten über die rechte Flanke, während wir mit Unteroffizier Schuster in Hab-Acht-Stellung in den Gräben warteten. Die Kameraden kamen zunächst fast unbehelligt voran und waren schon kurz vor dem französischen Graben, als die MGs ihre tödliche Arbeit aufnahmen. Aber das war nicht das Schlimmste, denn kurz danach brach die Katastrophe über sie herein: Die eigene Artillerie, unsere, setzte auf einmal wieder ein, und die Granaten schlugen mitten in Mayers Vorstoß ein; eine katastrophale Fehleinschätzung von Kirchner! Mayer und seine Mannen warfen sich augenblicklich auf den Boden oder drehten um, als sie die tödliche Falle bemerkten, waren aber schon so nah am Feind, dass sie die volle Ladung abbekamen, unerbittlich – von den eigenen Leuten! Kirchner hätte sofort melden müssen, dass Soldaten im Zielgebiet der Artillerie liegen, aber dann wäre sein Fehler ja rausgekommen. Er tat nichts. Vereinzelt sprangen weiter vorne welche aus dem Graben, um Verwundete auf den letzten Metern zu holen, aber es war schnell klar, dass es keine Hoffnung mehr gab für diese Männer. Als wir zwei Stunden später unseren eigentlichen Angriff starteten, war Mayer schon längst in belgischem Boden untergepflügt. Was wird daheim für ein Aufhebens gemacht um die Gräber und die Grabpflege. Was machen die Familien eigentlich mit all den Brüdern und Vätern und Söhnen, von denen nicht ein Teil jemals wieder in die Heimat gelangen wird, weil ihre Leiber in Gänze vernichtet wurden?

Wir eroberten dann tatsächlich die vermaledeite Anhöhe samt dem Hospiz, das da mal gestanden hatte, und hielten uns unter einem enormen Blutzoll einige Tage dort, ohne Nachschub, ohne Essen, mit nur noch wenig Munition – Gustav und ich waren sogar mal nach hinten gekrochen, um Munition anzufordern, bekamen aber nichts. Gegessen haben wir, was wir aus den Trümmern der französischen Feldküche wieder ausbuddelten, unsere wenigen Rauchwaren streckten wir mit Krümeln aus Heu. Und vor drei Tagen mussten wir die Stellung, völlig ausgeblutet, beim ersten nennenswerten Gegenangriff der Franzosen wieder aufgeben. Am Abend fanden wir uns in den eigenen Stellungen wieder – auch wenn wir sie nach dem Beschuss der französischen Artillerie kaum wiedererkannten. Ein Volltreffer im Mannschaftsbunker hat unsere ganzen Sachen zerrissen. Der Wiederaufbau kostete uns ganze zwei Tage, zwei Tage, die uns vom Verlust des besten Mannes, der uns vom ersten Tag an begleitet hatte, ablenkten. Noch selten haben wir das Ruhequartier so nötig gehabt wie jetzt. Gustav hat ein Streifschuss erwischt, Hans verdankt sein Leben seinem Stahlhelm und ist mit einer großen Kopfwunde und einem dröhnenden Schädel davongekommen, Kaspar hat einen verstauchten Knöchel, Willy hat viel Blut lassen müssen, als er im Stacheldrahtverhau hängen geblieben ist, da hatte er Glück, das ist normalerweise das Ende, da man so eine schöne ruhende Zielscheibe abgibt, aber zwei Kameraden haben ihn in Nullkommanichts freigeschnitten. Und mir geht es leidlich, ich höre nur kaum etwas, weil eine Granate direkt neben mir einschlug, aber das wird sich geben, wie auch die paar Kratzer links und rechts. Kirchner hat sich seitdem nicht mehr sehen lassen. Unteroffizier Schuster hat es auch erwischt. Er war aus Litzendorf, kannte meinen Bruder und war nicht der Schlechteste, kein Drückeberger. Und? Was hat's ihm gebracht? Nüscht, wie unser Hans sagen würde. Insofern ist Unteroffizier Claus Rasch aus Scheßlitz jetzt gerade Ansager, Kirchner nicht da, der Spieß irgendwo hinten und kein neuer Leutnant in Sicht.

Wir liegen wie tot herum und sind als Lebende doch immer noch die Glücklichen. Um uns herum, Du kannst es Dir nicht vorstellen, schlimmer kann es nach der Apokalypse auch nicht aussehen. Wenn nichts, aber auch gar nichts mehr heile ist, nicht die Häuser, nicht die Bäume, nicht einmal der Boden, kein Grashalm mehr wächst, kein Strauch, kein nichts, wenn um dich nur Tote, Schreiende, Stöhnende, Ächzende, Blutende, Sterbende, Verwesende, Zerfetzte, Verstümmelte, Verbundene, Torkelnde, Zitternde, Heulende sind, dann kann es nach der endzeitlichen

Entscheidungsschlacht in Harmagedon nicht anders aussehen. Nur stellt sich hier die Frage, wer eigentlich die Guten und wer die Bösen sind. Wir haben alle nichts getan, und ich denke mir immer, die französischen und die englischen Burschen, die wir massakrieren, und die uns massakrieren, die haben bestimmt auch nichts getan. Wenn das also alles noch nicht Teil der endgültigen Schlacht zwischen Gut und Böse war, dann steht uns das Schlimmste noch bevor, aber etwas, das schlimmer ist, als was wir erleben, das sprengt mein Vorstellungsvermögen.

Liebe Elly, ob ich sterben oder leben werde, ich weiß es nicht. Wenn ich sterbe, kann es nicht mehr lange hin sein, das spüre ich. Wenn ich lebe, dann ist es dennoch kein Leben mehr, sondern ein gestorbenes Leben, denn tief innendrin bin ich tot, auch wenn ich äußerlich noch lebe. Elly, einen lebenden Toten will ich Dir nicht zumuten, da hast Du etwas Besseres verdient, denn Du lebst, und Du sollst auch weiter leben. Lebe Du für uns zwei, lebe mein Leben mit, so lebendig wie damals auf der Altenburg, unsere Nacht auf der Wiese. Das war Leben, in Fülle, aber das wird es nicht mehr, nie mehr, geben, ich glaube nicht mehr an eine Wiederkehr. Ich entbinde Dich von allen Pflichten, die Du mit unserer Verbindung eingegangen bist. Entscheide Dich fürs Leben und vergiss mich! Ich liebe Dich, vergiss mich! Wende Dich den Lebenden zu! Lebe Du für uns zwei!

In Ewigkeit Dich liebend,

Dein Johann

BAMBERG, 22. APRIL 1919

Willy steht auf und schnappt sich seinen Mantel. »Freunde, ich habe Lissy versprochen, sie noch für einen Abendspaziergang auf der Promenade abzuholen, ich muss.«

Gustav ruft von hinten: »Oh Willy, ich hör dein Liebchen locken. Hört ihr es auch alle? Wiiiilly! Wiiilly! Wo bleibst du?«

Es ist ein ruhiger Donnerstagabend, kaum Gäste im Domstern. Eine dünne Graupensuppe nur konnte Babette den Freunden servieren, mehr gab die Versorgungslage heute nicht her, die Marktstände waren leergefegt am Morgen, außer Rüben, Kohl und alten Kartoffeln gab es kaum etwas Erschwingliches.

Hans steht auf und geht nah an Willy heran: »Na, du traust dich was. Hat dir Vater Edelmayer etwa das fliegende Selbstmordkommando nach München samt höherer Tochter schon wieder verziehen, oder wirst du Kieselsteinchen ans Fenster werfen müssen?«

»Ach, Hans, dein Anton Edelmayer ist doch ein wahrer Gentleman, großherzig und jederzeit zur Versöhnung bereit. Wir haben uns gestern Abend bei einer Tasse Tee ausgesprochen, so von Mann zu Mann, und er hat das Strahlen in den Augen seiner Tochter gesehen und darauf bestanden, dass wir morgen gleich wieder fliegen!«

Hans schaut Willy mit großen Augen ungläubig an.

»Schmarrn, er hat natürlich gedroht, mir den Kopf abzureißen und mich für den Rest meines Lebens hinter Gitter zu bringen, wenn ich nur einmal noch mit seinem Töchterlein so etwas Waghalsiges, Unverantwortliches und Verbotenes unternehme. Er hat mir gedroht, mich anzuzeigen, er hat Lissy gedroht, sie zu ihrer alten Tante Mia in den Harz zu schicken, nein, er war nicht angetan.« Willy lächelt schelmisch.

Gustav wirft die Tagesausgabe des Bamberger Tagblatts auf den Tisch. »Lass mich raten, der Artikel in der Zeitung heute Morgen hat ihn dann aber doch ein klein wenig umstimmen können. Unser Held! Unser Flieger für die Demokratie, eingesprungen für den kranken Kollegen, zum ersten Mal geflogen, die gute Nachricht zu den ausgehungerten Völkern Münchens gebracht, schwer verletzt und bis zum letzten Propellerdreh gekämpft und schließlich nach Bamberg eingesegelt und heile angekommen. Ein reparabler Schaden an der Maschine und morgen will er gleich schon wieder fliegen. Ein echter Held unserer Tage! Unser Willy!«

Hans fragt mit erhobenem Zeigefinger: »Du hast nicht zufällig etwas mit diesem Artikel zu tun, Willy? So ein klein bisschen nachgeholfen? Dem Redakteur einen Wink gegeben, du ich brauch da was?«

Willy grinst. »Schon heute Mittag hatte ich eine Nachricht aus dem Deutschen Haus in der Redaktion, ich möge doch noch einmal vorbeikommen, wenn es meine wertvolle Zeit erlaube. Zur Wiedergutmachung muss ich heute Abend flanieren gehen mit ihr. Ganz gesittet, Arm in Arm, im Gleichschritt unter den Bäumen, leichter Konversation frönend, hier und dort mal grüßend, wie es die Bamberger eben Abend für Abend machen. So Freunde, jetzt wisst ihr, was ich heute noch vorhabe. In diesem Sinne: Gustav, doch noch ein letztes Bier, bitte!«

Hans lacht. »Willy, ich werde das Gefühl nicht los, du nimmst diese Liaison nicht ernst. Fräulein Elisabeth ist die Tochter meines Chefs und ich erwarte von dir, dass du sie respektvoll behandelst. Ich habe dich schon einmal gewarnt. Aber ich bin ja selber schuld, ich habe sie angeschleppt. Sie ist ein armes Geschöpf. Seit ihre Mutter im Hungerwinter 1917 an Typhus gestorben ist, lässt der Alte sie nicht aus den Augen. Aber das geht doch gar nicht bei so einem jungen Ding. Gib Obacht, Willy, dass nichts passiert! Ich verlass mich auf dich!«

»He, mehr ist da nicht! Ist doch viel zu jung für mich. Ja, ich finde sie ganz nett. Sie ist sehr natürlich und begeisterungsfähig. Ich will ihr heute mal etwas von der Sozialdemokratie erzählen, ausloten, wie es um ihren Intellekt steht. Wir brauchen junge Frauen in der Politik.«

»Ach, Frauen für die Politik werben, so heißt das heutzutage? Im Krieg warst du nicht so diplomatisch, wenn dir ein hübscher Rockzipfel unter die Finger kam. Pass nur auf, du!«

»Ich weiß schon, was sich gehört in den besseren Kreisen. Außerdem ist das lange her, der Krieg. Das war kein normales Leben.«

Gustav spürt, wie ihm eng wird um die Brust, und seine Füße wippen unkontrollierbar auf und ab. Schnell zündet er sich mit zittrigen Fingern eine Zigarette an und lenkt stotternd vom Thema ab. »Sag mal, sag, Hans, wie … wie weit seid ihr eigentlich mit euren Ermittlungen? Habt ihr schon, habt ihr erste Ergebnisse und Verdächtige? Leben die Attentäter mitten unter uns?«

Hans räuspert sich und überlegt, was er sagen kann und wie er es formulieren soll. »Na ja, wir haben schon etliche hundert Personen überprüft und einige, die als verdächtig gelten, unter Observation gestellt. Auch sind wir noch auf der Suche nach Personen, die nirgends gemeldet sind, obwohl sie bei der Einreise nach Bamberg registriert worden sind. Außerdem haben wir ein paar inoffizielle Quellen, denen wir nachgehen.«

Willy lacht. »Also sprich, ihr tappt noch völlig im Dunkeln und wisst weder wen, noch was ihr sucht, noch wann sie zuschlagen wollen.«

»So drastisch wollte ich es nicht schildern, aber im Grunde genommen hast du Recht, Willy. Wir haben einfach noch nichts Konkretes. Die meisten Verdachtsmomente lösen sich bei näherer Überprüfung in Nichts auf. Mein Chef steht schon ganz schön unter Druck. Mittlerweile muss er täglich einmal mit dem Abteilungskommandanten in München telefonieren, um den Stand der Ermittlungen durchzugeben. Der hat schon angedroht, höchstpersönlich nach Bamberg zu kommen, um die Ermittlungen selbst zu leiten.«

»Aber nun haben sie doch ohnehin die Bürgerwehr gegründet hier in Bamberg. Meint ihr nicht, dass eine solche Truppenstärke die Regierung ausreichend sichern kann?«

»Ich hoffe es, ich hoffe es. Aber sag, Willy, wirst du nicht erwartet? Ich würde mal mit Pünktlichkeit glänzen bei deinem Schwiegervater in spe, darauf legt er großen Wert.«

»Blödmann, von wegen Schwiegervater. Ich geh ja schon, bis später dann. Ich finde übrigens, dass es Zeit wird, dass Kaspar kommt. Jeden Tag sehe ich den Kirchner und muss seine Fratze aushalten und seine Arroganz und seine gewalttätige Präsenz, wenn er einen Raum betritt. Außerdem weiß ich nicht, wie oft ich ihm noch begegnen kann, ohne dass er mich erkennt. Bisher konnte ich immer noch ausweichen oder schnell abtauchen, aber dafür bin ich jetzt zu oft in der Residenz, als dass das noch lange gutgehen kann. Dill verlangt tägliche Berichte aus den Ministerien, es ist nur noch eine Frage der Zeit, bis ihm auffällt, dass ich das Landwirtschaftsministerium immer außen vor lasse.«

Gustav nickt vehement. »Ja, Helene Spiegel könnte sich ja mal melden irgendwie, wenigstens mal ein Telegramm oder ein anderes Lebenszeichen schicken. Vielleicht sind die beiden auch durchgebrannt und machen sich eine schöne Zeit in Bayern und wir warten hier vergeblich auf Kaspar.«

Willy schüttelt den Kopf. »Nein, Gustav, das ganz sicher nicht. Hättest du Kaspar gesehen und erlebt, würdest du das nicht sagen. Eine schöne Zeit machen die zwei sich ganz sicher nicht.«

»Aber wenn er nicht bald kommt, müssen wir alleine losschlagen. Kirchner darf uns nicht entkommen. Er muss sterben!«

Willy wischt sich den Rest Bierschaum vom Mund, zieht sich den Mantel an, den er für das letzte Bier gar nicht mehr aus der Hand gelegt hat, grüßt und geht. Hans begleitet ihn nach draußen und verschwindet auf dem Pissoir. Als er an der Rinne steht, merkt er, dass hinter ihm die Tür aufgeht und er nicht mehr alleine ist. Er rückt einen Schritt zur Seite, wird aber plötzlich von hinten gegen die Wand gedrückt, so dass sein Gesicht gegen die kalten, feuchten Fliesen klatscht. Sein rechter Arm wird ihm hinter den Rücken gedreht, so dass er laut aufstöhnt. Die Stimme, die er schon kennt, säuselt in sein Ohr: »Du kannst von Glück reden, dass du noch am Leben bist, Dicker. Und ich hab mich schon so drauf gefreut, deine Gliedmaßen einzeln abzuschneiden und den kläglichen Rest von dir verpackt und verschnürt in der Regnitz zu versenken. Aber unser Chef will nochmal mit dir reden. In einer halben Stunde bei den Gaswerken. Wir finden dich!«

Zum Abschied ziehen sie ihm die Füße zur Seite weg, so dass er sich nicht mehr halten kann und mit dem Hintern auf den Boden des Pissoirs rutscht. Als er sich umsieht, sind die beiden Männer schon wieder weg.

Nein, nett sind sie wirklich nicht. Welch entzückende Einladung. Aber ich werde sie wohl annehmen. Wenn er mich sprechen will, wird er mir auch zuhören wollen. Er sieht auf die Uhr. Fast halb acht. Die Gaswerke? Irgendwo Richtung Hafen. Ich muss mich sputen. Er steht auf und wischt sich die eingesauten Klamotten ab. Gustav wird er erzählen, dass er ausgerutscht ist und sich für den Abend zurückzieht.

Er muss sich sputen. Bis zu den Gaswerken ist es ein Stück Weg, und er will nicht auf den letzten Drücker kommen. Als er vor den großen Gastanks am Margarethendamm ankommt, rechtzeitig, ist keine Menschenseele zu sehen. Er stromert auf und ab, läuft die Gasfabrikstraße entlang, kehrt um, blickt zum Fluss runter, wendet sich wieder den Gaswerken zu, und zack, hat er plötzlich, wie aus dem Nichts, wieder einen Sack über dem Kopf, die Beine werden ihm unter den Füßen weggezogen, er knallt erneut in den Pritschenwagen, mit dem Kopf gegen den

Rahmen, aber er hält sich ruhig. Sie wollen mit mir reden, nicht morden, nur reden. Heute gilt's.

Wieder sind sie in einem verlassenen Schuppen. Als sie ihm die Kappe vom Kopf ziehen, sieht er sich den drei Männern gegenübersitzen, die er schon kennt, der Schlägertyp steht in Reichweite schräg vor ihm.

»Also Dicker, du bist immer noch am Leben, und uns hast du auch nicht auffliegen lassen bisher, das heißt, wir wollen mit dir ins Geschäft kommen. Unser großer Tag ist noch in weiter Ferne, was sollen wir da so lange rumsitzen und Däumchen drehen, wenn wir bis dahin auch ein gutes Werk tun können.«

Hans sitzt und schweigt. Sie haben mich nicht einmal an den Stuhl gefesselt heute. Er nickt langsam. Nachdem der Anführer der Vier nichts mehr sagt, hebt er an: »Kameraden, ich kann euch gar nicht sagen, wie sehr mich das freut. Also verlieren wir keine Zeit! Ich weiß auch schon genau, mit welchen Personen wir beginnen. Ich habe da exakt drei im Blick. Nicht ganz oben an der Spitze, aber gut vernetzt in Regierungskreisen und mit enormem Einfluss auf die Presse und die Leute hier in Bamberg und auch in München. Beim nächsten Treffen nenne ich euch den ersten Namen und Zeit und Ort, wo ihr zuschlagen könnt. Danach sollten zwei oder drei Tage vergehen, bis ihr den Nächsten erledigt. Und es darf nicht jedes Mal der gleiche Unfall sein, hört ihr?«

»Du hältst uns wohl für Stümper, Dicker, wie? Wir steigen auf eure Methode mit ein. Sie ist weniger spektakulär als mir lieb ist. Ich habe es lieber, wenn es rumst und bumst, aber effektiv ist eure Methode auch, das muss ich zugeben. Ich habe mir auch schon Gedanken gemacht. Wir hätten einmal den tragischen Unfall mit einem Fuhrwerk, wir haben den Sturz in die Regnitz und wir haben den Tod in der Badewanne, auch ein Sturz von der Altenburg könnte ganz charmant sein, natürlich nur, wenn vorher das Bier in Strömen geflossen ist.«

»Ich sehe, ihr seid lernfähig. Es ist weniger spektakulär, aber dennoch habt ihr die Genugtuung, wenn ihr bei der Tat den Opfern in die Augen sehen könnt. Wenn ihre lächerliche Hoffnung auf die ach so schöne neue Zeit im Angesicht ihres Todes jäh zunichte gemacht wird und ihr in genau dem gleichen Augenblick wisst, jetzt ist wieder ein Feind weniger am Leben, ein Linker weniger. Dann neigt sich das Gleichgewicht der Kräfte wieder um eine Seele zu unseren Gunsten.« Hans hat sich richtig heißgeredet und bremst abrupt seinen Redefluss. »Also sagt, wie kann ich euch erreichen?«

»Du kennst doch die Blaue Glocke? Wir sind jeden Abend dort. Komm zur Tür herein und wenn du siehst, dass wir dich gesehen haben, gehst du wieder runter zur Markusbrücke und wir kommen nach.«

»Aber eure ausgesuchte Freundlichkeit des Begrüßungsrituals könntet ihr mir nun einmal ersparen, ja? Ich bin schließlich auch nicht mehr der Jüngste. Vier Jahre Front hinterlassen ihre Spuren, Kameraden.«

Der Anführer nickt und schaut den Schläger an. Der guckt böse zu Hans und zu seinem Anführer, zuckt einmal mit den Schultern, wendet sich ab und trollt sich nach hinten in den Schuppen.

An diesem Abend lassen sie ihn einfach aus der Türe treten. Er sieht sich nicht um, er geht geradeaus aus der Laubenkolonie heraus und folgt den Nebengleisen bis zur Gasfabrik zurück, wo er sich auskennt.

Als er wieder in die Königstraße einbiegt, pfeift er ein Lied, *Ich hatt einen Kameraden …*

Na bitte! Warum nicht gleich so!

MÜNCHEN, 24. APRIL 1919

»Meine Herren, es tut mir leid, dass wir das Risiko einer so kurzfristigen Sitzung eingehen mussten, aber die Sache duldet keinen Aufschub.«

»Um Himmels willen, was ist los? Ist etwas passiert in Bamberg?«

»Kameraden, wir sind noch nicht vollzählig, einer fehlt noch in unserem Kreise. Lasst uns noch warten.«

»Nein, wir können beginnen! Ich weiß, dass er nicht kommen wird heute.«

»Also gut, dann spann uns nicht länger auf die Folter!«

»Ich habe eine schlechte und zwei gute Nachrichten. Ich beginne mit der schlechten: Wir sind verraten worden. Es gibt eine ganze Abteilung der Kriminalpolizei aus München, die bereits in Bamberg ist und unsere Männer auszuheben versucht aufgrund eines gezielten Hinweises. Es müssen an die zwei Dutzend Beamte sein, die schwarmartig ganz Bamberg durchkämmen. Wir müssen also damit rechnen, dass unsere Leute irgendwann auffliegen werden, wenn wir das Spiel zu lange treiben, gleichwohl ihre Tarnung an sich perfekt ist. Die Warnung kam von unserem Sprengtrupp selbst, sie haben unserem Mann an der Spitze die entsprechende Botschaft zukommen lassen, und er hat mich gestern Abend informiert. Aber sie sagen, sie seien weiterhin sicher. Sie haben einen Kontakt in Bamberg und vertrauen ihm. Aber, meine Herren, für mich ist das ein Signal, dass die Zeit drängt. Wir können unmöglich mehr so lange warten, wie wir ursprünglich gedacht hatten. Der 21. Mai birgt ein großes, ein zu großes zeitliches Risiko. Diesem Risiko sollten wir weder die Sache noch unsere Männer aussetzen.«

»Was ist das für ein Kontakt? Sind die Männer autorisiert, eigene Kontakte aufzubauen?«

»Nein, eigentlich nicht, die Befehle waren klar. Aber sie sind seit über zwei Wochen in Bamberg. Und nach aktuellem Plan hätten sie noch mehr als drei Wochen auszuharren. Es fällt ihnen vielleicht schwer, so lange Zeit völlig abzutauchen, wenn sich eine gute Gelegenheit zu einem nützlichen Kontakt oder einer sinnvollen Aktion ergibt.«

»Aber sie dürfen auf keinen Fall unser Ziel gefährden und aus den Augen verlieren durch eigenmächtige Entscheidungen und Aktionen.«

»Ich werde sie entsprechend instruieren, Kameraden. Ich habe volles Vertrauen in die vier. Es sind unsere besten Männer! Die gehen kein Risiko ein, das sie nicht überblicken können.«

»Hm, wenn du meinst.«

»Aber du sagtest, es gibt auch zwei gute Nachrichten. Lass hören!«

»Ja, in der Tat. Angesichts der Gefährdung der Geheimhaltung hat unser Mann an der Spitze bereits einen neuen, deutlich früheren Termin ausgespäht und stellt ihn uns zur Entscheidung anheim.«

»Hört, hört, der Mann ist gut!«

»Es gibt eine Ministerratssitzung am Abend des 30. April. Da sind alle Minister und der Ministerpräsident zugegen, zwar auch wieder in der Neuen Residenz, aber wir haben schon einen Plan, wie wir unseren Sprengtrupp zur Vorbereitung in die Residenz einschleusen können. Unser Mann in Bamberg hat sein Netzwerk bereits so ausgebaut, dass er nun Zugriff auf Passierscheine für den Sicherheitsbereich am Domplatz hat. So kann unser Sprengtrupp problemlos ein- und ausgehen dort.«

»Das klingt doch gut. Das ist ja schon am kommenden Mittwoch, grandios. Wenn ich ehrlich sein darf, fand ich den 21. Mai schon immer arg weit weg. So haben wir drei Wochen weniger diese Volksverräter an der Macht, das sind drei gute Wochen! Ich kann es kaum mehr erwarten.«

»Am 30. April also. So soll es sein. Wer ist dafür? Danke meine Herren.«

»Aber das gibt uns nur noch wenig Zeit für die Vorbereitung hier in München, wo wir die Regierungsgeschäfte übernehmen müssen. Das müsst ihr bedenken. Ist das zu schaffen?«

»Du grinst schon so. Kann es sein, dass das mit der zweiten, der guten Nachricht zusammenhängt, die du uns noch schuldig bist?«

»Ganz recht, Kamerad, so ist es. Es freut mich außerordentlich, euch mitteilen zu können, dass ich das gesamte Freikorps Epp für unsere Sache gewinnen konnte. Meine Gespräche mit dem Befehlshaber sind so weit gediehen, dass ich keinen Zweifel mehr an seiner Zusage habe. Eine Rückeroberung Münchens durch bayerische und württembergische Truppen – und selbst ein preußisches Regiment soll dabei sein – steht unmittelbar bevor. Das Epp'sche Freikorps würde sich aber, wenn es zum Schwur kommt und die Regierung, unter welchen Umständen auch immer, nicht mehr handlungsfähig sein sollte, auf unsere Seite schlagen. Nach einem in den nächsten Tagen noch auszuarbeitenden Plan würden Epps Mannen und unsere unmittelbar nach dem 30.4. sich der Sicherung aller wesentlichen Institutionen und Schalthebel der Macht hier in München annehmen und diese in unsere Gewalt überführen.«

»Ich bin ganz benommen. Das heißt, wir stehen unmittelbar vor einem Sieg, einem Sieg auf ganzer Linie?«

»Einem Sieg des deutschen Vaterlandes und des bayerischen Reichs rein deutscher Gesinnung, ja.«

»Mittwoch, der 30. April 1919! Ein Tag, der in die Geschichte eingehen wird.«

»Ein dreifaches Hurra, Hurra, Hurra!«

»Kameraden! Seid noch einmal still! Und was ist mit dem Verrat? Wie konnte die Kriminalpolizei von unserem Vorhaben erfahren? Darum müssen wir uns doch noch kümmern.«

»Diese undichte Stelle ist bereits ausgemacht und eliminiert.«

»…«

»Doch nicht etwa?«

»Du meinst …? Deswegen ist er heute nicht da?«

»Du hast es ja anfangs erwähnt, dass er nicht kommen würde, aber da dachte ich im Leben nicht daran, dass er …«

»Ein starkes Stück! Wieso? Kennt man den Hintergrund?«

»Ich konnte ihm keine Fragen mehr stellen, es musste schnell gehen. Er war bereits auf dem Weg in die Ettstraße.«

»Sind wir auch in Gefahr?«

»So weit ist er nicht gegangen, so viel Ehre hatte er doch noch. Er wollte wohl hauptsächlich die Sache in Bamberg aufhalten, wie mir scheint.«

»Dennoch gehen wir auf Nummer sicher und ändern die Losung für unsere Treffen. Habe ich alles schon vorbereitet. Hier! Auswendig lernen und vernichten, meine Herren! Auch unser Treffpunkt wird sich ändern. All das mit der ersten Benachrichtigung. Und nun gute Nacht, meine Herren!«

»Noch sechsmal schlafen! Dann ist es so weit!«

»Das ist ja wie Warten auf Weihnachten!«

»Auf gutes Gelingen!«

»Ja, auf gutes Gelingen!«

BAMBERG, 25. APRIL 1919

Gustav bringt drei Krüge mit Bier an den Tisch und setzt sich zu Willy und Hans. Willy schreibt einen letzten Satz, nickt zufrieden, packt sein Notizbuch zusammen und legt es zur Seite, Hans faltet die Zeitung und legt sie auf den Nachbartisch. Sie prosten sich zu und nehmen jeder einen tiefen Schluck.

»Freunde, könnt ihr euch eigentlich noch erinnern, wie echtes, richtiges Bier geschmeckt hat?«, fragt Gustav in die Runde. »Nicht dieses Dünnbier, dieses Kriegsbier? Ein Bier mit voller Stammwürze, von reinstem Malz, mit bestem Hopfen!«

»Du meinst das Bier, das es in einer Zeit lange vor unserer Zeit mal gab? Kaum!«, antwortet Willy. »Wahrscheinlich können wir das gar nicht mehr trinken, weil wir seit Jahren nichts anderes kriegen als dieses Dünnbier hier. Nichts gegen dein Bier, Gustav, unter den Dünnbieren ist es eines der besten!«

»Nein, nein, darauf will ich ja gar nicht hinaus. Ich wollte nur stolz verkündigen, dass wir am 1. Mai, dem Feiertag, wenn wir den Bierkeller eröffnen, wieder ein echtes Braunbier ausschenken werden. Ich habe mir gerade vorhin im Keller ein Zwickel gezogen, und ich sage euch, das ist ein Bier, ein Traum! Ich habe ja selber schon so lange keines mehr probieren können, aber das? Das wird einschlagen, das sage ich euch!« Willy und Hans nicken wohlwollend und klopfen Gustav auf die Schulter. »Siehst du, es geht aufwärts.«

In diesem Augenblick geht die Tür auf und Helene Spiegel betritt die Stube. Sie schleppt ihren Koffer hinter sich her, sieht die Freunde, winkt halbherzig, ohne die Miene zu verziehen, schleppt sich heran und lässt sich auf den freien Stuhl neben Willy plumpsen.

Alle drei schauen sie an. Keiner vermag ein Wort zu sagen.

Keiner traut sich, die Frage zu stellen, die allen auf den Nägeln brennt. Helene wischt sich eine Haarsträhne aus dem Gesicht und schließt die Augen, sackt in sich zusammen und atmet schwer durch die Lippen aus.

Willy ahnt es als Erster. »Also nicht?«

Sie schüttelt den Kopf und holt Luft. »Nein. Er ist verloren. Endgültig. Den Kaspar, den wir in Murnau aufgestöbert haben, den gibt es nicht mehr. Aus und vorbei. Ich hatte keine Chance.«

Alle starren in ihre Bierkrüge, keiner weiß etwas zu sagen. Nur Gustav überbrückt die Stille und fragt: »Magst du was trinken?«

Helene schüttelt wieder den Kopf. »Später. Ich muss erst einmal heim in meine Wohnung, mich frisch machen nach der Reise. Die Eisenbahn ist wirklich ein Abenteuer im Moment. Allein vor Nürnberg sind wir drei Stunden gestanden, weil sie weder in Pfaffenhofen noch in Eichstätt oder Ingolstadt Kohlen für die Lok auftreiben konnten. Ein Alptraum! Aber wartet, ich habe euch ja noch was mitgebracht.« Schwerfällig steht sie auf, geht langsam zur Tür und kommt nach einem kurzen Moment wieder herein – mit Kaspar an der Hand. Jetzt strahlt sie übers ganze Gesicht, alle vorgetäuschte und auch die echte Müdigkeit ist von ihr gewichen, sie tanzt regelrecht durch den Raum. Gustav und Hans erkennen ihn gar nicht, so sehr hat er sich verändert, aber Willy springt auf und rennt auf ihn zu, ruft: »Mensch, Kaspar!« und umarmt ihn so stark, dass sie beinahe umfallen. Er hüpft mit ihm durch die Gaststätte, auf und ab, man meint, die Knochen klappern zu hören bei Kaspar, dem immer noch mächtig Substanz fehlt an seinem ausgemergelten Körper.

Helene lacht laut auf. »Ich habe euch was viel Besseres mitgebracht als den Murnauer Kaspar. Ich habe euch den alten Kaspar mitgebracht, den echten!« Helene grinst von einem Ohr zum anderen und sieht zu Kaspar, der sich immer noch kaum des Klammergriffs von Willy erwehren kann. Aus dem Tanz heraus lächelt er Gustav und Hans schüchtern zu, die nun auch aufgestanden sind und um sie herumstehen. Vorhin war es einen Augenblick ganz still geworden in der Gaststube, aber jetzt hat das übliche Stimmengewirr wieder seine normale Lautstärke erreicht.

Willy lässt ihn endlich los und hält ihn auf Armeslänge an beiden Armen fest. »Mensch Kaspar, du schaust ja schon fast wieder aus wie ein Mensch. Helene, du bist ein Pfundskerl! Wie hast du das geschafft? Aus diesem hoffnungslosen Wrack wieder einen Menschen zu machen!« Jetzt springt Willy auf Helene zu und umarmt auch sie, nimmt ihren Kopf in seine Hände und drückt ihr einen Kuss auf die Stirn, auf die Nasenspitze und zum Abschluss auf den Mund. Hans guckt verstohlen zu Kaspar, den aber scheint das nicht zu stören.

»Ich hätte dich fast nicht erkannt, Kaspar, ist lang her das alles«, überspielt Hans die Situation. »Ich habe gedacht, die Leute fahren immer wegen der guten Bergluft nach da unten in die Sommerfrische. Du musst da was falsch verstanden haben, Kamerad.«

»Ja, so kann man es auch ausdrücken. Freunde, ich kann euch gar nicht sagen, wie ich mich freue, wieder bei euch zu sein. Gustav, lass dich ansehen! Du schaust gut aus. Keine Anfälle mehr? Nur wenige noch, na das ist doch schon was. Hans, altes Haus, was prügelst du dich denn noch rum in deinem Alter? Überlass das doch den jungen Burschen! Aber sonst schaust du gut aus. Hast du ein Liebchen bei der Fleischversorgungsstelle? War nicht bös gemeint, wolltest doch damals schon Bayer honoris causa werden und so ausschauen wie alle, die was auf sich halten da unten. Und Willy, du bist fleißig wie eh und je, rund um die Uhr im Dienst, oder? Hast gerade noch was geschrieben, stimmt's? Ich habe schon eine Weile beim Fenster reingeschaut. Wollte mich ein bisschen auf euch vorbereiten.«

Sie holen noch einen Stuhl heran, und als sie alle sitzen und ein Bier vor sich haben – Kaspar trinkt, nach einem Seitenblick zu Helene, nur ein Wasser – fragen sie sich gegenseitig Löcher in den Bauch. Immer wieder stoßen sie miteinander an, am Ende hat auch Kaspar ein Bier vor sich stehen und leert es in einem Zug.

»Jetzt will ich es aber auch sehen, das Schwein. Jetzt sofort. Freunde, das duldet keinen Aufschub. Daran habe ich mich festgehalten die letzten Tage, und glaubt mir, die waren nicht schön, die Tage.«

Ein leichtes Räuspern neben ihm und ein Knuff von Helene in die Seite lassen ihn schnell ergänzen: »Nein, das ist nicht richtig, es gab auch Schönes, ja, sehr Schönes! Eine holde Maid ist nach Murnau gekommen, den Murnauer Drachen zu besiegen und den Ritter zu befreien, eine phantastische Umkehr der Legende. Das war schön. Aber dass Kirchner lebt und in Bamberg frei herumläuft, dieses Schwein, das hat mich umgehauen. In meinen Phantasien habe ich mir vorgestellt, wie er vor mir im Dreck liegt und um sein Leben winselt und wir endlich, endlich Rache nehmen können an ihm. Wenn er nicht gewesen wäre und seine hundsgemeinen Hinterfotzigkeiten und Quälereien, wäre ich nie da gelandet, wo ich gelandet bin. Dann wäre ich jetzt ein anderer, noch der alte Kaspar Mohr, ich hätte längst wieder ein Orchester, hätte meine Musik und mein Leben zurück. Aber so? Also, wo ist das Schwein? Wer kann ihn mir präsentieren, in persona?«

»Fragen wir doch mal unseren Regierungsredakteur, Herrn Reichel«, meint Gustav. »Herr Reichel, können Sie uns etwas sagen über den aktuellen Aufenthalt des Staatsrats im Landwirtschaftsministerium, Herrn Doktor Walter Rupp?«

Willy lehnt sich zurück, bläst einen Zigarettenkringel gegen die mit Ochsenblut geschwärzten, dunklen Holzbalken an der Decke des Domstern, kneift sich mit den Fingern an der Nasenwurzel und schließt die Augen.

»Wenn ich es mir recht überlege, Freunde, stand heute noch eine abendliche Sitzung in der Neuen Residenz von Landwirtschaftsministerium und Finanzministerium an, bei der es um die Frage der Durchsetzungsfähigkeit der Zwangsbewirtschaftung geht, um bei allem Mangel und den zu Ende gehenden Kartoffelvorräten trotzdem genügend Material zur Aussaat zu haben. Ja, da müsste er dabei sein.«

»Mit so etwas beschäftigt der sich jetzt? Das könnt ihr doch eurer Großmutter erzählen, aber nicht mir! Der Kirchner in einer Besprechung, wo es wirklich um etwas Inhaltliches geht? Wie schafft der das?«

»Er hat fähige Mitarbeiter, das ist alles. So ein Staatsrat muss ja nur die anderen anleiten, und wenn die gut sind, kommt er schon durch damit.«

»Dann lasst uns gehen, die Sitzung kann jederzeit zu Ende sein.«

Plötzlicher Aufbruch, allgemeines Stuhlgeschiebe, eiligen Schrittes verlassen sie die Wirtschaft – alle bis auf Helene, die sich entschuldigt und nach der langen Woche auf dem Kirchenboden in Murnau Sehnsucht nach ihrem Bett hat. Sie verabschiedet sich mit einem langen Kuss von Kaspar, umarmt Hans und Willy und gibt Gustav die Hand. »Ich lass die Tür offen, Kaspar. Zweiter Stock, dritte Tür auf der rechten Seite. Die Haustür geht mit einem Fußtritt unten rechts auf.«

Lautes »Oooooh!«, begleitet vom schelmischen Grinsen seiner Freunde quittiert Kaspar mit einem indignierten »Ja, wo soll ich denn sonst schlafen? Hat mir etwa einer von euch sauberen Kameraden Obdach angeboten? Da gehe ich doch lieber zu meiner holden Maid, die sogar gegen Drachen zu kämpfen weiß. Die wird schon auf mich aufpassen.« Er pustet ihr noch einen Handkuss hinterher, dann wendet er sich zum Gehen. »Aber jetzt zu Kirchner, dem Schwein!«

Sie kommen nur bis zur Kontrolle am Domberg. Vor der Neuen Residenz ist Stacheldraht ausgelegt, grimmige Feldgraue im Stahlhelm bewachen das Gebäude, MGs sind aufgepflanzt, schon der Posten an der Karolinenstraße beäugt sie kritisch, als sie den leichten Hügel ansteigen.

»Daran hatte ich ja gar nicht mehr gedacht«, flucht Willy, »nur ich komme tagsüber mit meinem Passierschein von der Garnisonskommandantur auf den Domberg. Der ganze Platz ist Sperrgebiet, und die Kameraden am MG sind nicht zimperlich da oben. Außerdem fallen wir auf. Drehen wir um, bevor sie uns ansprechen.«

Die vier Männer machen kehrt.

»Das kommt mir gerade recht, Kameraden, mir geht die Puste aus. Körperlich bin ich noch nicht auf der Höhe der Zeit, quer durch die ganze Stadt, das macht mein Schnaufer nicht so einfach mit, im Moment noch nicht.«

»Ja, dann lasst uns mal hier unten bleiben und die Lage besprechen. An denen da oben kommt man nicht vorbei, die sind auf Zack, auch die Kontrollposten. Für die Wache vor der Neuen Residenz machen sie ja sogar eine richtige Wachablösung hier oben, jeden Tag, mit Tschingderassabum und so. Ganz zackig militärisch, wollen den Bambergern wohl auch mal was Hauptstädtisches bieten. Aber das soll uns nicht stören, denn Kirchner muss eigentlich entweder hier die Karolinenstraße herunterkommen oder den Katzenberg hinabsteigen. Und wenn er zu seinem Hotel will, muss er entweder über die Obere oder über die Untere Brücke.«

Kaspar überlegt: »Wir müssen ihn also abpassen, bevor er über eine der beiden Brücken am Rathaus geht. Denn ab da gibt es zu viele mögliche Wege, dann entwischt er uns.«

»Wisst ihr was?« Willy tippt Kaspar mit dem Finger auf die Brust. »Ich gehe nochmal hoch in die Residenz und kläre, wie lange die noch tagen. Und ihr sucht derweil einen geeigneten Ort unten zwischen den beiden Brücken, wo wir die beste Sicht haben und dennoch gut versteckt sind.«

»Und wenn das Versteck gut gewählt ist«, fällt ihm Gustav ins Wort, »werden wir dich entdecken, wenn du zurückkommst, du uns aber nicht.«

Willy nickt, macht kehrt, geht die Karolinenstraße wieder bergauf und streckt dem Posten schon von weitem seinen Passierschein entgegen.

Hans sieht ihm hinterher und beobachtet, wie Willy ohne Probleme an dem Kontrollposten vorbeikommt. »So einen Schein muss mir mein Chef auch auftreiben. Das ist recht praktisch. Wer weiß, ob die mich durchlassen würden mit meinem lumpigen Polizeiausweis.«

Gustav legt den Kopf schief und fragt: »Sag mal, Hans, hast du eigentlich eine Dienstwaffe bei dir?«

Hans schaut Gustav verschwörerisch durch enge Augenschlitze an, sieht sich, die Schultern hochziehend, vorsichtig um und hebt seine linke Anzugseite leicht an, so dass Gustav einen ledernen Tragriemen sehen kann, in dem die Mauser 14 steckt. »Immer im Dienst. Und Bamberg ist wirklich ein gefährliches Pflaster, lauter potentielle Mörder und Totschläger. Überall. Selbst die honorigsten Leute, Wirte und Polizisten, gehören hier dazu.«

Als Willy vom Domberg zurückkommt, hält er Ausschau nach seinen Freunden. Er entdeckt sie aber erst, als er schon fast am Torbogen des Rathauses angekommen ist und sie ihm hinterherpfeifen und ihn heranwinken. Kurz vor Beginn der Brücke geht an der Seite eine steinerne Treppe zur Regnitz hinunter. Hier haben sie sich postiert und ducken sich hinter das Geländer. Wie die Bremer Stadtmusikanten gucken sie nach rechts zur Unteren Brücke und nach links zur Oberen Brücke, Hans ganz unten, Gustav ganz oben, Kaspar in der Mitte.

»Die sind gleich fertig da oben, kann nicht mehr lang dauern«, berichtet Willy.

Keine fünf Minuten vergehen, und der erste Herr in dunklem Anzug kommt des Weges. Die Nase in der Zeitung überquert er in forschem Tempo die Obere Brücke.

»Das ist schon einer vom Landwirtschaftsministerium, irgend

so ein Schreiberling. Niedere Charge, erkennt man auch daran, dass er keine Leibwache dabeihat. Da, da, schaut hin, das ist der neue Finanzminister, der Haller von Hallerstein, na, und der hat natürlich einen Gorilla dabei, da, der Typ im beigen Zweireiher, das ist ein Kaliber, meine Herren.«

»Haben die alle Leibwachen?«

»Nein, nur die Wichtigen, eigentlich nur die Minister und der Ministerpräsident und manche Staatsräte. Kirchner hat auch einen.«

Kaspar kann es kaum erwarten, Kirchner zu sehen. Den Mann, dem er den Lauf einer Pistole an die Schläfe halten und ihm beim Abdrücken in die Augen sehen möchte. Den Mann, an dem er endlich Rache nehmen will, Rache für ein vergeigtes Leben, nein, für all die vielen Leben, die er genommen hat, und für die vielen, die er zerstört hat, mutwillig und bösartig.

»Da! Das muss er sein!« Willy reißt Kaspar aus seinen Gedanken und zeigt in Richtung einer Gruppe von Männern, die eiligen Schrittes aus der Richtung des Dombergs aufs Rathaus zulaufen. Kaspar reckt den Hals, stützt sich auf Gustavs Schultern und sucht in den Gesichtern der Herannahenden Kirchner. Ist es dieser? Oder der dort? Kaspar bleibt die endgültige Beurteilung von Kirchners Identität jedoch verwehrt, denn in genau diesem Augenblick drängt sich eine Trambahn zwischen ihr Versteck und den Tross Männer. Quälend langsam schiebt sich die Elektrische voran und im gleichen Moment schreit Gustav: »Das Schwein! Das Schwein!« Ihm knicken die Beine weg. Er kann seine Füße nicht mehr kontrollieren und fällt rückwärts die Treppe hinunter. Willy kann ihn gerade noch am Arm festhalten und Kaspar springt drei Stufen nach unten und fängt ihn vollends auf. »Das Schwein! Das Schwein!« Kaspar versucht, Gustav den Mund zuzuhalten, so laut schreit er. Alles zuckt und blitzt, es donnert und bebt, Gustavs Muskeln schleudern seine Gliedmaßen in alle Richtungen, er spuckt Flüche aus. Willy nimmt ihn in den Schwitzkasten. Endlich lässt sich Gustav auf ein durch die Zähne gestoßenes Flüstern mäßigen: »Jede Nacht sehe ich ihn schießen, jede Nacht knallt es in meinem Traum, das Blut fließt, Kirchner lacht, alles andere ist ruhig, nur der eine Schuss! Das Schwein muss weg! Auf die Schlachtbank muss er! Er hat es nicht anders verdient!«

Hans hat währenddessen die Männer weiter im Blick behalten. Dabei ist ihm nicht entgangen, dass Kirchners Leibwächter – groß, breitschultrig, in Uniform, zwei Meter hinter Kirchner – den Tumult um Gustav aus dem Augenwinkel heraus mitbekommen hat, als die Tram vorüber war.

Allmählich beruhigen sich Gustavs Zuckungen. Hans steht oben an der Straße. Kaspar ruft ihm zu: »Sind sie weg? Ich habe ihn nicht gesehen, verdammt!«

Hans winkt sie heran. »Da vorne ist er. Auf, Kameraden! Ihm nach«

»Geht's wieder, Gustav?« Willy klopft ihm auf beide Schultern und hilft ihm auf die Beine. Gustav nickt, und schon laufen die vier die Straße entlang und sind bald wieder auf fünfzig Meter herangekommen. Die vier Freunde nutzen jede Deckung, die sie kriegen, jagen von Hauseingang zu Hauseingang und kauern sich hinter Litfaßsäulen und Fuhrwerke. Einmal, ein einziges Mal dreht sich Kirchner zur Seite und redet mit einem Passanten, so dass ihn Kaspar im Profil aus vielleicht zehn Metern Entfernung sehen kann. Er wendet sich schnell wieder ab, lässt sich mit dem Rücken gegen die Anschlagstafel fallen und schließt die Augen. »Ich erkenne ihn wieder. Andere Haare, anderer Bart, in feinem Zwirn, mit Brille, famos. Aber Mistkerl bleibt Mistkerl. Allein schon wie er geht, dieses leichte In-den-Schritt-fallen, aber auch der Blick. Ganz sicher, Kameraden, habt ihr Recht, es besteht überhaupt kein Zweifel.«

Sie wollen die Verfolgung abbrechen, es genügt. Auch Kaspar hat ihn nun erkannt. Da sieht Hans auf einmal, wie Kirchner in den Eingang der Gaststätte zum Steinernen Haus einbiegt. Hans wird ganz heiß im Gesicht. Der wird doch jetzt nicht …?

Da waren doch die Attentäter auch, das ist deren toter Briefkasten. Aber es ist vielleicht nur ein Zufall, gewiss. Aber doch, das würde ja alles erklären, Kirchner … Kirchner ist … mein Gott, Kirchner ist deren Mann! Das muss er jetzt noch sehen. Hans nimmt die Verfolgung wieder auf und hastet zum Steinernen Haus. Die Freunde stutzen erst, laufen ihm dann aber hinterher. Doch kurz bevor sie bei der Wirtschaft ankommen, stapft Kirchner auch schon wieder heraus und setzt seinen Weg Richtung Sophienstraße fort. Sie können sich gerade noch hinter eine Litfaßsäule retten, sonst hätte er sie gesehen.

»Was war das jetzt für ein Manöver, Hans?«, fragt Willy.

»Ich wollte …, ich wollte sehen, was er da treibt. Ich dachte, er geht immer direkt ins Hotel.«

»Na, auf ein Bier kann er nicht gewesen sein, das schafft nicht einmal Kirchner in der kurzen Zeit. Vielleicht war er auf dem Pissoir.«

Ein bisschen zu schnell sagt Hans: »Na ja, der hat es sich halt anders überlegt. Will doch kein Bier von hier.«

»Wundert mich nicht, die Brauerei hat ja auch vor einem halben Jahr zugemacht. Die servieren jetzt Bier aus Forchheim«, so Gustav mit spürbarem Groll in der Stimme. »Aber sagt mal, wo ist eigentlich sein Gorilla? Der war doch immer zwei Meter hinter ihm.«

»Ich sehe ihn nicht mehr.«

Kaum hat Kaspar das ausgesprochen, donnert hinter ihnen eine Stimme wie ein Gewittergrummeln und Gustav und Kaspar werden am Kragen gepackt und gegen die Hauswand in die Höhe gedrückt.

»Hab ich euch, ihr Mistkäfer! Was wollt ihr hier? Wieso folgt ihr uns?«

Gustav und Kaspar zappeln, ihre Füße kommen nicht mehr an den Boden heran, der Mann hält sie wie frisch geschossene Beute an die Wand. Gleichzeitig behält er Hans und Willy im Blick. »Los, los, redet! Was habt ihr hier zu suchen?«

»Lassen Sie uns los, Sie Unmensch! Was wollen Sie denn von uns? Wir haben nichts getan!«, schreit Kaspar aus vollem Leibe, so dass die Leute von der Straße schon aufmerken.

»Lassen Sie die beiden los!«, redet Hans mit ruhiger Stimme auf ihn ein. »Wir sind unbescholtene Bürger auf dem Weg durch die Stadt.«

»Gar nichts mache ich, bevor ich nicht weiß, wieso ihr uns hinterherlauft.«

Hans tut ganz überrascht. »Was, wir? Hinterherlaufen? Na ja, in der Tat, wir haben uns lediglich gefragt, ob das der Staatsrat Rupp ist und wollten uns vergewissern. Wer sind Sie überhaupt?«

»Doktor Rupp steht unter meinem persönlichen Schutz und solche Schießbudenfiguren wie euch lass ich nicht an ihn ran.«

»Ach, ein Leibwächter sind Sie. Ja, und wo ist der Herr Staatsrat jetzt? Und wo sind Sie? Ts, ts, ts. Kein guter Leibwächter. Gar nicht gut. Jetzt läuft der Herr Staatsrat ja mutterseelenallein durch die Straßen Bambergs. Und Sie kümmern sich um vier unbescholtene Bürger der Stadt, die sich einfach mal ihre Regierungsvertreter ansehen wollen. In der Zeit könnte wer weiß was passieren.«

Der Leibwächter versucht, um die Hausecke zu linsen, dazu hat er aber Gustav und Kaspar zu weit hinten in der Schwemm festgehalten.

»Ist bestimmt noch ein Neuling in dem Geschäft. Die Uniform ist ja auch noch ganz neu.«

»Stimmt, die riecht ja noch nach Fabrik. Brandneu, hä? Hat er überhaupt gedient? So wie die Uniform ausschaut, nicht. Nehmen Sie mal Haltung an, Mann, Sie haben es hier mit Kriegsveteranen zu tun. Vier Jahre Front! Und jetzt will er uns weismachen, wir würden einen Vertreter unserer neuen Regierung verfolgen?« Hans gibt sich entrüstet.

»Also, hat er jetzt gedient, oder nicht?« Willy geht ganz nah an den Mann heran. Der lässt Gustav und Kaspar langsam zu

Boden sinken und ist ganz verwirrt ob des plötzlichen Rollentauschs. »Ich … ich habe … ich war noch zu jung für den aktiven Dienst, ich war …«

»Aaaach, schau einer an, zu jung! Dabei haben sie doch die Jungs alle frisch von der Schulbank gezerrt, Abschluss oder nicht, und in die Uniform gesteckt. Und er? War zu jung! Protektion vom Herrn Papa, denke ich eher, was? Also keine militärische Ausbildung? Schwach, sehr schwach!«

»Und sowas will Leib und Leben unserer Regierung schützen. Das muss man doch melden, ein Skandal!«

Jetzt mischt sich auch Kaspar ein, der wieder mit beiden Beinen auf dem Boden steht und seine Jacke zurecht zupft. »Spute dich mal, und sieh zu, dass du deinen Staatsrat wieder einholst, bevor was passiert! Los, hau ab! Tu was für dein Geld!«

»Unser Geld, Kameraden. Der wird doch aus Steuermitteln bezahlt, der Kerl.«

Der Leibwächter stolpert auf die Straße. »Ich …, ich … behalt euch im Auge! Wenn ich euch nochmal beim Schnüffeln erwische in meiner Nähe, melde ich euch der Polizei.«

»Ja, Polizei ist gut, dann melden wir mal, wie er seinen Dienst versieht hier. Drückeberger!«

Der Mann rennt jetzt die Lange Straße entlang, um Kirchner einzuholen, der schon außer Sichtweite ist.

Willy klopft Hans auf die Schultern und lacht aus voller Kehle. »Hans, das war bühnenreif.« Willy steht stramm, salutiert und drückt seinen Rücken derart durch, dass er fast nach hinten fällt. »Hat er überhaupt gedient? Nehmen Sie Haltung an, Mann! Der olle Drückeberger, der dreckige! Sagenhaft, Hans. Wo hast du das gelernt?«

»Das ist doch die einzige Sprache, die diese Kerle verstehen.«

»Also gut«, Willy wischt sich die Tränen aus den Augen. »Was nun? Wie gehen wir weiter vor?«

Kaspar sieht dem Leibwächter hinterher und sagt trocken: »Wir planen unsere Tat!«

»Domstern?«
»Domstern.«

Nach einer halben Stunde sind sie fertig. Der Plan ist so einfach wie gefährlich:

Sie entführen Kirchner, bringen ihn in einen der Stollen der Brauerei am Stephansberg, konfrontieren ihn dort mit seinen Taten und halten Kriegsgericht über ihn. Das Urteil ist schon gefällt, Tod durch Erschießen. Die Leiche wird im Bruderwald vergraben.

Für die Entführung verwenden sie das Brauereigespann der Domstern-Brauerei, mit Hans auf dem Bock. Gustav hat bereits beobachtet, dass Kirchner jede Nacht gegen elf Uhr das Hotel noch einmal verlässt – ohne Leibwächter – und zielstrebig ein Etablissement mit zweifelhaftem Ruf in der Rosengasse aufsucht, wo er eine Stunde, manchmal mehr, verbringt, ehe er alleine in sein Hotel zurückkehrt. »Jede Nacht?« – »Jede Nacht!« Diesen nächtlichen Gang wollen sie nützen, um ihn zu chloroformieren und auf die Kutsche zwischen die Fässer zu hieven. Die Kutsche fährt im Galopp quer durch die Stadt auf den Stephansberg, wo Gustav den Lagerraum für Spirituosen mit verschließbarer Tür am hinteren Ende des Stollens vorbereitet hat. Die Pistole stellt Hans. Willy bereitet im Bruderwald ein Loch als Grab vor.

Als sie beim Verscharren der Leiche in einem Erdloch im Bruderwald angelangt sind, verstummen sie. Leise hört man das Gemurmel der Gäste aus der Gaststube. Sie hatten sich zur Beratung in die Buchhaltung zurückgezogen, ein kleines, miefiges Büro voller Papier, Ordner, Akten und Mappen, zwei Schreibmaschinen, einer großen Rechenmaschine und dem Tresor. Nur eine dünne Wand trennt sie dort vom Gastraum, aber die Abgeschiedenheit des Separees schien ihnen für die Planung einer solchen Tat angemessener als der Trubel eines Wirtshauses. Aufgeschrieben haben sie nichts. Nur keine Beweise. Aber jetzt, da sie alles durchdacht und die Aufgaben verteilt haben und nur noch Details zu klären sind, kehren sie wieder in die beinahe leere Gaststube zurück. Ausgelaugt und ermattet finden sie nicht mehr zu der heiteren, leichten Stimmung des frühen Abends zurück, als sie Kaspars Wiederkehr gefeiert haben. Und so trinken sie pflichtbewusst jeder noch ein Bier, verabreden sich für den nächsten Abend, wenn jeder seine Hausaufgaben aus dem verabredeten Plan gemacht hat, und dann geht jeder seiner Wege: Gustav zu Babette hinter die Theke, Willy und Hans in die kargen Zimmer ihrer Gasthöfe, und Kaspar macht sich auf die Suche nach Helenes Wohnung in der Langen Straße, die er noch nicht kennt, wo er noch nie war, wo er aber an sein altes Leben in Bamberg anknüpfen möchte. Er wird Helene schlafend vorfinden, er wird sich seiner Kleider entledigen und sich so, wie er ist, neben sie auf das schmale Bett quetschen und die ganze Nacht kein Auge zu tun. Um vier Uhr früh wird er aufstehen und eine Stunde durch die leeren Straßen der Stadt wandern, unten am Kranen einige Steine in den Fluss werfen, sich ans Ufer setzen und die Strömung beobachten, dann wird er wieder zu Helene zurückkehren und gegen Morgen endgültig in einen unruhigen Schlaf versinken.

ACHIET-LE-GRAND, 22. AUGUST 1918

Kurz vor Mitternacht kam der Alarm. Seit einer Woche war das 5. Infanterieregiment in heftige Kämpfe verwickelt. Erneut waren sie 10 Stunden mit der Bahn nach Norden verlegt worden, um an diesem Frontabschnitt an der Somme die Abwehr zu verstärken und einen drohenden Durchbruch der Franzosen zu verhindern. Zusammengeschrumpft auf wenige hundert Mann – »zu Schlacke ausgebrannt«, wie es die Soldaten nannten – mussten sie dennoch einen langen Teil der Front übernehmen. An diesem Abend war es zum ersten Mal, seit sie hier eingesetzt waren, in ihrem Abschnitt ruhig. Einmal mehr hatte Gustav es so eingerichtet, dass keine Schlafstelle mehr frei war, als sie vom Einsatz zurückkamen und er sich zu Johann mit auf die Pritsche quetschen konnte. Die Vertrautheit unter den langjährigen Kameraden machte es leichter, keiner ahnte, wie ihn die Nähe zu Johann körperlich aufwühlte und erregte, emotional beruhigte und innerlich befriedete. Er hörte seinen Atem, spürte seine Körperwärme, sog den Duft seines Schweißes auf, dies war sein Stückchen Paradies mitten in der Hölle. Vorsichtig legte er seinen Arm auf Johanns Brust, ließ ihn im Auf und Ab von Johanns Brustkorb mitschwingen und brachte seine eigene Atmung in Gleichklang. Johanns Unterhemd war klatschnass, es war heiß hier unten unter der Erde, außerdem waren sie übermüdet und erschöpft, seit einer Woche im Dauereinsatz.

Als der Alarm erklang, war Gustav gerade eingeschlafen, wähnte sich daheim im Bett, endlich einmal ein schöner, bettlakenweißer Traum. Johann schüttelte ihn ab und warf ihn von der Pritsche. »Auf, Bräu! Alarm ist!« Gustav warf sich den Rock über und rückte das Koppel zurecht, stolperte über Willy, der seinen Stahlhelm suchte und stieß mit Hans zusammen, der schon in voller Montur am Ausgang stand und hinausspähte. »Bah, mitten in der Nacht, das kann nichts Gutes geben, die müssen doch auch mal schlafen, die Franzen, oder nicht?«

»Wieso ist überhaupt Alarm?«, fragte Kaspar. »Ist doch totenstill da draußen, nix los!«

»Totenstill! Sei doch froh, wenn die Toten mal still sind«, raunzte Willy ihn an, während er sein Gewehr schulterte.

»Greifen wir an oder die uns?«, fragte ein junger Soldat, der sich eben noch vorschriftsmäßig den Rock bis zum obersten Knopfloch zuknöpfte.

»Helm oder Krätzchen?«, fragte ein anderer.

Kaspar verdrehte die Augen. »Helm, du Hirsch! Bist doch auch schon ein paar Tage hier, oder? Kein Wunder krepiert das junge Gemüse immer sofort. Helm oder Krätzchen? In vorderster Linie, meine Fresse!«

»Aber die Frage, wer eigentlich wen angreift, ist berechtigt«, befand Johann und starrte mit Hans aus der bretterverschlagenen Tür in den dunklen Nachthimmel. Bis auf die Alarmglocke war es nach wie vor ruhig. Aber dann geschah alles in schneller Folge: Hoch oben am Himmel zündete eine Leuchtrakete und warf gespenstisch gleißendes Licht in den Unterstand, drinnen ging die Lampe aus, so dass Hans und Johann unheilvoll wabernde Schatten in den Unterstand warfen. Im blitzartigen Takt eines Maschinengewehrs schlugen die Granaten ein, der Boden warf sich auf und nieder, Dreck und Splitter spritzten durch den Graben, ohrenbetäubendes Getöse herrschte über die Nacht.

»Los, los, los, alle Mann raus!« Unteroffizier Rasch rannte durch den Graben, glockenläutend, »Bajonett aufpflanzen, Gewehr bereit und spannen! Angriff und Gegenangriff! Der Feind ist in der Dunkelheit schon vorgerückt und lauert circa 100 Meter vor uns. Nur kleine Artillerie, das Feuer wird nicht lange andauern.«

Die Männer drängten so schnell es ging durch die enge Tür des Unterstands, hinter dem letzten Mann brach nach einem Volltreffer die Decke ihres Unterstands ein. »Die Schweine, Mistkerle, verfluchte!«, schimpften die Soldaten. Der Himmel war hell erleuchtet, einzelne Geschosse konnte man sogar sehen, wie sie über die Linien flogen, sie pfiffen und zischten auf ihrem todbringenden Weg, heulten und jaulten. Jeder einzelne Einschlag krachte und wummerte, jedes Mal bäumte sich die Erde auf und warf sich klatschend nieder, jedes Geschoss war ein Faustschlag in die Magengrube, dumpf und heftig. Gustav stand auf dem schlammigen Grabenboden mit dem Gesicht zum Erdwall und versuchte die Granateneinschläge zu zählen – jeder Einschlag, den er zählen konnte, war ein guter Einschlag, denn es bedeutete, dass er noch lebte. Aber sie kamen schneller, als er zählen konnte. Zwischen je zehn Mann standen die Leitern zum Ausfall.

»Maschinengewehr besetzen! Reichel und Mohr, sofort in die Stellung!« Kirchner war wie aus dem Nichts im Graben erschienen und übertönte mit seinen donnernden Befehlen sogar noch den Artilleriebeschuss. »Was pissen Sie sich denn jetzt schon in die Hose, Soldat?«, schrie er einen schlotternden Jungen mit Nickelbrille an, dessen Hose sich im Schritt dunkel gefärbt hatte, »schauen Sie lieber mal nach, wie weit der Franzose noch weg ist!« Er scheuchte den Soldaten eine Leiter hinauf und stand dabei unmittelbar hinter ihm. »Na? Sehen Sie schon das Weiße in ihren Augen?« Statt einer Antwort fiel der Soldat wie ein Geschoss nach hinten, der Leib stürzte auf Kirchner herab, der Kopf, durch einen großen Schrapnell vom Rumpf getrennt, polterte dumpf in den Schlamm des Grabenbodens. Kirchner wurde von dem toten, kopflosen Soldaten gegen die rückwärtige Wand des Grabens geschleudert, zwei Soldaten schrien laut auf, als der versehrte Kopf zwischen ihnen landete. Ein dritter übergab sich. Weiter drüben landete kurz danach eine Granate mitten im Schützengraben, so dass Erde, Schlamm, Körperfetzen und Holzsplitter zu den Soldaten hinüberflogen und sie übersäten und auch den Soldatenkopf zur Unkenntlichkeit bedeckten.

»Sobald die Franzosen-Scheiße aufhört, rücken wir aus, Mann gegen Mann«, schrie Kirchner über den Gefechtslärm hinweg. »Die feindliche Infanterie ist schon vorgerückt, wir haben also nicht viel Zeit. Drüben sind Neger mit dabei, also keine falsche Bescheidenheit, meine Herren, die Affen werden vernichtet. Wir werden keine Gefangenen mehr durchfüttern!«

Die Männer standen und warteten. Johann Niedermaier sprach ein Gebet, auch wenn er sich schon lange nicht mehr sicher war, ob es diesen Gott geben konnte, zu dem er sein Leben lang gebetet hatte, und Gustav war bei 1.000 angekommen und fing wieder bei 10 an – er fasste die Einschläge jetzt immer gleich in Zehnergruppen zusammen.

So schnell wie der Granatenhagel begonnen hatte, so schlagartig hörte er auch wieder auf. Der kurze Moment der Stille bot den geschundenen Menschen auf diesem Flecken Erde Gelegenheit, sich noch einmal als lebendige Wesen wahrzunehmen, bevor sie sich, wie sie aus Erfahrung wussten, maschinenartig und entseelt, rein als körperliche Hüllen, gleich über das Niemandsland bewegen würden, um das ihnen angetragene fremde Werk zu verrichten.

Kirchner hatte schon die Trillerpfeife im Anschlag und schrie: »MG-Stellung, Entfernung zum Feind?«

Willys Antwort war einerseits beruhigend, da die Kameraden wussten, auch sie hatten die Feuerwalze überstanden, andererseits bedeutete seine Botschaft »100 Meter, auf ganzer Front!«, dass diese Nacht wieder einen hohen Blutzoll fordern würde. »Auf was wartet ihr noch, ihr Schlappschwänze? Feuer frei!«

Das animalische, männertiefe Kampfgeschrei der Franzosen erscholl und wurde nach den ersten MG-Salven um die schrilleren Schreie der Getroffenen erweitert. Die gefühlte Ewigkeit bis zum unmittelbar bevorstehenden Gegenstoß Mann gegen Mann, versuchte ein jeder auf seine Art zu überbrücken. Es bedeutete eine unheimliche Kraftanstrengung für die Soldaten, auch in diesen Momenten des Wartens ihre Gedanken zu sammeln und gen Heimat zu schicken, es war aber ihre Überlebensstrategie. Johann Niedermaier dachte an den alten leuchtenden Globus in seinem Zimmer; Gustav sah sich im Sudraum stehen, die erste Probe eines neuen Bieres ziehen; Willy Reichel saß im Geiste auf dem First eines neu gedeckten Hauses mit Blick über die Dächer der Stadt; Hans Michel saß mit seinen Jungs auf dem Kutschbock und fuhr durch die Straßen Charlottenburgs; Kaspar Mohr improvisierte an einem alten Klavier in einer schummrigen Kneipe.

Als der Pfiff ertönte, ergoss sich aus Kirchners feistem Mund ein unendlicher Schwall geschriener Flüche und Beschimpfungen, es war seine Art, die Männer in den Kampf zu schicken. »Ihr Hurenböcke, Hosenscheißer, ich reiß euch den Arsch auf, wenn auch nur ein einziger französischer Gorilla hier in den Graben kommt! Bewegt euch, bewegt euch, zack zack zack! Wie kann man nur so lahmarschig sein? Das grenzt ja an Befehlsverweigerung! Raus hier, raus, raus, raus!«

So ging es ununterbrochen, während die Soldaten einer nach dem anderen die Leitern hinaufkletterten und aus dem Graben sprangen und sich sofort mit den ihnen entgegenstürmenden Franzosen konfrontiert sahen. Gustav war schon beinahe draußen, Johann als Letzter auf der dritten Sprosse der Leiter direkt hinter ihm, als Gustav getroffen wurde. Er schrie auf und stürzte gegen Johann und fiel mit dem Gesicht in den Schlamm und Dreck des Grabens. Johann sprang von der Leiter zu ihm hin, drehte ihn um und schrie ihn an: »Gustav! Gustav! Sag doch was!« Er sah die Verletzung an der Schulter, wo sich das Geschoss durch die Uniform gebohrt hatte und nun ein dunkler Blutfleck erschien. Er fühlte den Austritt auf dem Rücken und war beruhigt, ein Durchschuss. Wenn er Hilfe kriegt, wird er überleben. Gustav sah ihn mit großen, angsterfüllten Augen an und öffnete seinen Mund, ohne dass ein Ton herauskam. »Warte,

Gustav, ich mach das. Hab keine Angst! Alles wird gut! Bloß ein Durchschuss, ganz glatt. Damit kommst du nach Hause, garantiert.« Johann hatte sich neben Gustav gekniet, seine Uniformjacke an der Schulter aufgerissen und griff zu seinem Verbandszeug. Da tauchte Kirchner hinter ihm auf. »Was machen Sie hier, Niedermaier? Raus mit Ihnen, Sie Drückeberger, Sie studentisches Kameradenschwein! Der krepiert doch eh und Zeit ist es geworden. Raus jetzt! Zack zack!« Als sich Johann weiter um Gustav kümmerte, ohne den Hauptmann auch nur eines Blickes zu würdigen, wurde Kirchner wild. Er riss Johann am Kragen hoch und schlug ihm ins Gesicht. »Soldat, wenn Sie nicht bei drei draußen sind, lasse ich Sie standrechtlich erschießen! Eins … Zwei …«

»Geh, Johann! Geh!«, rief Gustav heiser mit letzter Kraft.

»Nein, ich kümmere mich um diesen Menschen hier!« Johann fuhr auf und schrie den Hauptmann an und spuckte dabei nur so um sich. »Wenn ich eines gelernt habe in vier Jahren Krieg, Kirchner, dann ist es, dass das Leben eines Menschen hier draußen weniger wert ist als ein Kanten hartes, verschimmeltes Brot. Und bei Ihnen sogar noch weniger! Ein Dreck sind wir für Sie! Nur Dreck! Aber ich spiele euer mieses Spiel nicht mehr mit. Dieser Mensch ist mir mehr wert als ein Kanten Brot. Und wenn ich ein einziges verdammtes Leben retten kann, dann habe ich in eurem elenden Krieg endlich mal was Gutes getan.«

Kirchner war puterrot angelaufen, seine Halsadern angeschwollen, die Augen platzten ihm beinahe aus dem Gesicht, blitzend, blutunterlaufen. Er packte Johann vorne am Kragen, zog ihn ganz nah an sein Gesicht heran und zischte voller Verachtung: »Wie reden Sie denn mit einem Offizier? Sie lächerliche Figur, Sie lebensunwertes Ungeziefer! Jetzt haben Sie verschissen, Niedermaier! Dieses Mal sind Sie zu weit gegangen.«

»Ich bin noch längst nicht so weit gegangen, wie ich schon lange hätte gehen sollen, Sie aufgeblasener Menschenverächter! All diese Kriegstreiber in der Heimat und ihre Handlanger hier draußen haben so viele in den Tod geschickt, dieser Knochenmühle immer wieder Futter zugeführt, aber jetzt reicht es endlich! Merken Sie denn nicht, dass es den Menschen reicht? Allen Menschen? Auf allen Seiten? Wir sind Menschen! Menschen! Menschen sind wir!«

Gustav schrie laut auf, als er sah, dass Kirchner mit seiner rechten Hand den Revolver gezogen und entsichert hatte, während seine linke Hand nach wie vor Johanns Kragen fest umklammert hielt und Gesicht an Gesicht zwang.

Als der Schuss fiel, hob sich Gustavs lang gedehntes, unmenschlich lautes »NEIN!« weit über die Gräben hinweg und stieg zum Himmel empor, brach sich dort mit dem Lärm der sterbenden Seelen dieses Kampfes und fiel zu Boden zurück, so dass selbst Kirchner, über und über vom Blut und den Fleischfetzen und der Hirnmasse des Erschossenen besudelt, erschrak über die Wucht dieses Schreis.

Hans Michel, mehr als fünfzig Meter von der Szene entfernt, zog sein Bajonett aus dem toten Franzosen unter ihm und hielt inne, verschwand für den Bruchteil einer Sekunde, mitten im Orkan des Kampfes, in einem geschlossenen Kokon der nur durch dieses »NEIN!« durchbrochenen Stille.

Das »NEIN!« erreichte auch Willy und Kaspar, die gerade nachluden und sich für einen kurzen Moment ansahen, tief innendrin merkten, dass etwas gebrochen war, ein Band, ein Halt, eine Verbindung, es war nicht näher zu fassen, und im nächsten Augenblick riss sie das Feuer ihres MGs auch schon wieder aus diesem Moment heraus.

Gustav lag unter Johanns Körper, das warme Blut lief ihm übers Gesicht, über den Hals, durch die Haare. Er hielt Johann mit beiden Armen von hinten umfasst, eng umschlungen und küsste seinen Hinterkopf, eine letzte Umarmung, eine letzte, lang ersehnte Liebesbezeugung im Angesicht des Todes. Er spürte noch das Pulsieren des Herzens, das Blut nachschoss, schon ahnend, dass es vergebens war, weil es nicht wieder zurückkehren würde wie seit mehr als 23 Jahren, seit dem ersten Schlag im Leibe der Mutter. Johanns Blut vermischte sich mit Gustavs Tränen. Beides zusammen versickerte in der dunklen Erde Frankreichs. Dann verlor Gustav das Bewusstsein.

BAMBERG, 28. APRIL 1919

»Meine Herren, sind Ihnen diese Namen schon einmal untergekommen?« Kriminalinspektor Anton Edelmayer durchstöbert mit seiner Hand diverse größere und kleinere Stapel auf seinem übervollen Schreibtisch, hebt schließlich ein Telegramm in die Höhe und wedelt damit durch die Luft. Es ist Abend, alle vier Kriminalpolizisten sind von ihren Observationen, Recherchen und Befragungen wieder in der Zentrale in Edelmayers Hotelzimmer. »Mir wurde aus München eine Liste mit fünf Namen durchgegeben, die mit hoher Wahrscheinlichkeit unsere Attentäter sind. Mehr haben die Münchener nicht rausgerückt, als ich später eine Leitung zu den Kollegen zustande bekommen habe. Offenbar ist die Quelle versiegt, noch bevor sie weitere Details liefern konnte. Dennoch schätzen die Kollegen die Information als sehr vertrauenswürdig und sicher ein. Nur eines scheint bekannt zu sein: Es sind alles ehemalige Offiziere des Heeres. Also meine Herren, aufgemerkt, hier sind die Namen: Martin Müller, Alwin Pöhner, Ulrich Schmitz, Paul Curt und Rudolf Kirchner. Schon mal gehört?«

Lohmann, Brandl und Michel schauen sich gegenseitig an, werfen die Stirn in Falten und schütteln schließlich einer nach dem andern langsam ihre Köpfe. Brandl blättert sofort in seinen Listen, Lohmann schlägt den großen Folianten mit der Gesamtliste auf und geht mit dem Finger die mehreren hundert Namen durch. Hans knetet seine Finger und schwitzt aus allen Poren. Er kann sich nicht bewegen, sitzt wie erstarrt da. Kirchner! Jetzt hat er es schwarz auf weiß. Kirchner gehört dazu. Er ist ihr Mann in der Regierung. Die Situation ist brandgefährlich. Der weiß ja alles, jede Bewegung, hat Zugang zu den Ministerien, zu den Ministern, zum Ministerpräsidenten selbst, mein

Gott! Und die anderen vier sind meine neuen Freunde. Wie hatte Frau Kellermann zwei von ihnen genannt? Müller und Schmitz, ja so war es. Und Ulli und Martin, so haben sich zwei von denen einmal angeredet in der Hütte, ganz sicher. Also nicht vier, sondern fünf Attentäter. Meine Schlägertypen und Kirchner selbst. Aber sie kennen sich nicht. Sonst würden sie nicht über einen toten Briefkasten miteinander in Kontakt stehen, das wäre unsinnig. Dann wäre mein ganzer Plan ja hinfällig, wenn sie sich kennen. Nein, das kann nicht sein. Sie sind getrennt hier. Aber sie sind hier. Und ich weiß es und decke sie. Und jetzt sind wir dran an ihnen. Wir, die Kriminalpolizei. Ich, die Kriminalpolizei. Mein Gott, auf wessen Seite stehe ich eigentlich? Ich habe nicht mehr viel Zeit. Ich muss schnell machen, ich darf keine Zeit mehr verlieren. Sobald alles gelaufen ist, werde ich sie ja ausliefern.

Edelmayer winkt ab. »Die Listen habe ich heute Nachmittag bereits durchgesehen, meine Herren, da tauchen sie nicht auf. Wir müssen also davon ausgehen, dass sie unter falscher Identität nach Bamberg eingereist sind und entweder zu dem kleinen Kreis der Personen gehören, die wir noch nicht ausfindig machen konnten, weil sie nirgends offiziell gemeldet sind, oder sie rekrutieren sich tatsächlich aus dem Kreis derer, die wir bereits observieren lassen. Oder aber, auch das ist möglich, sie haben es doch geschafft, die Kontrollen zu umgehen, und sind untergeschlüpft. Das alles macht die Sache nicht einfacher, denn wir haben nur ihre echten Namen. Wir wissen, dass sie zu fünft sind und als ehemalige Offiziere ihren militärischen Habitus sicherlich nicht zur Gänze verleugnen können. Die Kollegen in München bemühen sich aktuell, Fotografien der Männer und weitere Informationen zu beschaffen und uns hierher zu schicken per Boten. Dann hätten wir wenigstens etwas in der Hand und könnten eine intensive Personensuche beginnen. Solange wir nur die Namen haben, hat es wenig Sinn, denke ich. Ich habe schon entsprechende Informationen an die Residenzwache, die Ortspolizei und die Bürgerwehr weitergegeben, damit die Wachen verstärkt werden können und alle aktiven Soldaten Bescheid wissen.«

»Gehen wir doch einmal die Liste derer durch, die wir observieren lassen oder dafür vorgesehen haben. Vielleicht haben wir sie ja schon im Visier.«

»Ja, Michel, da haben Sie Recht. Gehen wir die Personen durch, zumindest können wir sie von ihrem Auftreten her auf das Militärische überprüfen.«

Lohmann lacht. »Na, Ihre Freundin aus dem Drei Kronen dürfte damit flachfallen, Michel, was? Weibsbilder haben ja per se etwas eher Unmilitärisches an sich. Diese Domäne werden sie uns Männern wohl nie wegnehmen. Stellt euch das nur vor, Weibsbilder an der Front.«

Edelmayer legt den Kopf schief. »Bedenken Sie, Kriminalsekretär Lohmann, dass unsere Frauen während des Kriegs sehr wohl ihren Dienst fürs Vaterland geleistet haben: In den Lazaretten und in den Rüstungs- und Munitionsfabriken, bei der Versorgung der Zivilbevölkerung und durch die Übernahme all der Berufe, die von ihren im Kampfe stehenden Männern verwaist waren.«

Lohmann grummelt ein »Ja, aber trotzdem, meine ich …«, ehe Hans ergänzt: »Die Dame aus dem Drei Kronen mit dem Arbeiterdialekt und dem bürgerlichen Auftritt steht doch schon gar nicht mehr auf der Liste, Herr Kollege. Die habe ich beim letzten Gespräch so weit bearbeitet, dass sie mir alles gestanden hat. Sie erwartet ein Kind von einem Beamten im Finanzministerium, einem verheirateten Beamten, muss ich dazu sagen, und nun sucht sie seine Nähe hier in Bamberg, um ihre Chancen auf eine Zukunft auszuloten. Kein Wunder also, dass sie mir zunächst zwei andere Geschichten erzählt hat.«

»Auch könnten wir die hiesigen Bierwirtschaften abklappern und die Wirtsleute nach einer Gruppe von fünf ehemaligen Offizieren ausfragen, vielleicht kommen wir so weiter. Die können sich vielleicht verstecken, aber ohne Bier kommen ehemalige Offiziere nicht aus«, schlägt Brandl vor.

»Auch ein mögliches Vorgehen, allerdings ebenfalls ziemlich aussichtslos angesichts der vielen Soldaten, die sich hier in Bamberg befinden – und nicht weniger dem Bier zugetan sind als ihre ehemaligen Offiziere. Aber dennoch müssen wir verschärft versuchen, die inoffiziellen Quellen anzugehen, die Sie, Herr Michel ja schon regelmäßig kontaktieren. Zapfen Sie auch noch einmal Ihre besten Quellen an. Meine Herren, wir knöpfen uns morgen unsere Hauptverdächtigen nochmal vor und gleichzeitig befragen wir die Wirtsleute, die Droschkenfahrer, Straßenbahnschaffner, Geschäftsleute, Marktkaufleute, überall da, wo sich Personen aufhalten und ein- und ausgehen. Teilen wir die Gebiete wieder unter uns auf, auch wenn wir die Ochsentour, sobald wir Bilder haben, noch einmal werden machen müssen. Aber wir dürfen jetzt nichts unversucht lassen. Dazu ist die Information zu brisant.«

Ohne groß aufzufallen, schafft es Hans, sich die Zunft der Droschkenkutscher unter den Nagel zu reißen, ebenso die Wirtsleute im engeren Umfeld der Königstraße. Der Gustav, der dreht durch, wenn einer von denen zu ihm reinkommt und nach Rudolf Kirchner fragt. Der kriegt einen Anfall oder springt ihm an die Gurgel. Beides ist nicht gut. Und Hugo ist meine Quelle, der Vogel hat für mich gesungen. Aber jetzt heißt es schnell sein.

Kaum, dass sie von Edelmayer mit einem knappen »Bis morgen!« entlassen wurden, eilt Hans in die Blaue Glocke. Aber sie sind nicht da. Unschlüssig steht er vor der Tür. Er überlegt, ob er es wagen soll, noch einmal in die Schrottenbergsgasse zu gehen. Ich muss sie jetzt sprechen. Ich muss ihnen so schnell wie möglich meinen Mann nennen. Sie haben versprochen, sie tun es. Und vielleicht verplappern sie sich ja, wenn ich mit ihnen rede, und ich kriege einen Hinweis, der mich auf die richtige Fährte setzt, was ihren Plan für den Anschlag betrifft. Mein Gott, ich mag mir gar nicht ausdenken, wenn die einen

Anschlag verüben, und ich habe es nicht verhindert! Nur weil ich sie selber brauch! Ich bin doch dazu da, die Regierung zu schützen. Muss das denn aber auch alles so zusammenlaufen jetzt? Verdammt! Ich geh hin.

Vorsichtig klopft er in der Schrottenbergsgasse an die niedrige Tür bei Kellermann. Nach einer Weile fragt eine Stimme: »Ja? Wer ist da?«

Oh, Mist! Wie habe ich mich nochmal genannt bei der Frau? Müller? Meier? Nein, Hecker, Becker, ja Becker war's.

»Äh, hier ist Becker, entschuldigen Sie bitte die späte Störung! Erinnern Sie sich? Ich bin ein Freund von Ihren Mietern, ich muss sie nur kurz sprechen.«

Die Tür geht immer noch nicht auf. Mit gedämpfter Stimme spricht die Frau weiter von innen: »Die Herren sind abgereist, schon seit einigen Tagen, sie haben gesagt, ihr Auftrag hat sich schneller erledigt als gedacht. Aber sie haben mir die ganze Woche Miete noch bezahlt. Tut mir leid.«

»Ach so, ja, und Sie wissen nicht zufällig, wo die Herren hin sind?«

Schweigen hinter der Tür, dann: »München, sie sind zurück nach München, haben sie gesagt. Auf Wiedersehen, Herr Becker.«

»Auf Wiedersehen, Frau Kellermann.«

Hans grübelt ein wenig ob dieser geringen Redseligkeit der Frau, mit der er sich doch das letzte Mal ganz gut unterhalten hat. Lassen sie sich nur verleugnen, oder sind sie wirklich weg? Haben sie ihr verboten, mit jemandem über sie zu sprechen? Was heißt denn, ihr Auftrag sei erfüllt? Steht das Attentat etwa unmittelbar bevor? Mein Gott, ich muss sie aufhalten! Aber vielleicht sind sie auch ganz weg. Vielleicht wurde es ihnen zu heiß hier. Vielleicht waren wir ihnen zu nah dran.

Erneut schaut er in die Blaue Glocke, aber sie sind immer noch nicht da. Er fragt den Wirt am Tresen, ob die vier, die üblicherweise dort in der Ecke sitzen, heute noch nicht dagewesen seien, aber der schüttelt nur den Kopf, »Heute noch nicht gesehen, gestern auch nicht, glaub ich, nein.«

Mist, verdammter, wo es doch gerade so gut gelaufen ist. Muss ich sie doch gleich auffliegen lassen, und Edelmayer die Kellermann liefern? Die wird schon mehr wissen, als sie mir sagt. Wenn sie noch in Bamberg sind. Dann kann ich sie einbuchten lassen. Aber was ist dann mit meinem Plan?

Auf dem Rückweg in die Königstraße geht er noch den Umweg zum Steinernen Haus, bevor er in den Domstern geht. In den letzten Tagen ist er öfters hier vorbeigekommen, um nachzusehen, hat aber bisher nie etwas gefunden, so dass er schon an der Existenz des toten Briefkastens zweifelt. Aber heute hat er Glück. Er bestellt wie jedes Mal ein Bier in der Durchreiche zur Schwemm und wartet, bis er sicher ist, dass keiner mehr auf dem Pissoir ist. Dann lässt er sein Bier stehen und schließt die Tür hinter sich. Blitzschnell fasst er hinter das umgelegte Fass und tatsächlich, dieses Mal ist es nicht leer. Ein kleiner Zettel liegt in der Vertiefung. Er nimmt ihn heraus, faltet ihn auf und erschrickt.

Bestätige Lieferung am 30. April, 7.30 Uhr abends, Neue Residenz, Großer Sitzungssaal.

Lieferung! Mein Gott, der Anschlag. Jetzt ist es so weit. 30. April, das ist Mittwoch. Heute ist Montag. Noch zwei Tage. Zwei Tage Zeit für meinen Plan, für deren Plan. Zwei Tage.

Er faltet den Zettel fein säuberlich zusammen, steckt ihn wieder hinter das Fass und verlässt das Pissoir. Er vergisst sein Bier und geht wie in Trance auf die Straße. Zwei Tage, zwei Tage. Hans, jetzt gilt es, einen kühlen Kopf zu bewahren. Es kann nichts passieren, solange ich meinen Plan als Erstes durchziehe. Dann habe ich immer noch genug Zeit, sie auffliegen zu lassen und den Anschlag zu verhindern. Meiner Pflicht nachzukommen. Aber ich muss die vier sprechen. Ohne das geht gar nichts.

Im Domstern leert sich die Gaststube allmählich, Willy und Kaspar sitzen am Tisch, Gustav steht hinter dem Tresen und zapft Bier. Als Hans eintritt, zapft Gustav zwei weitere Bier, nimmt die Schürze ab und kommt mit zwei Krügen an den Tisch.

Willy erzählt Kaspar gerade von der großen Truppenansammlung, die er am Nachmittag im Raum Dachau gesehen hat, als er wieder nach München geflogen ist, um Flugblätter und den »Freistaat« abzuwerfen. »Da braut sich was zusammen. Ich glaube, die Tage der Räterepublik in München sind gezählt. Wir waren zu weit oben, um Gattung oder Einheiten zu erkennen, aber es sind viele, sehr viele.«

Gustav stellt die Biere ab und setzt sich. Er fängt sofort an. »So, jetzt sind wir alle beisammen. Du bist spät, Hans. Und, ist alles bereit? Habt ihr eure Hausaufgaben gemacht? Im Keller ist alles vorbereitet. Ich habe den hintersten Lagerraum genommen. Der ist so tief, dass uns keiner hören kann, und es sind zwei verschlossene Türen bis dorthin. Es sind sogar zwei Eisenringe in der Decke, die halten das Schwein aus, wir können ihn richtig schön abhängen. Er soll ruhig ein bisschen leiden vorher. Auge um Auge und Zahn um Zahn. Wie oft hat er dich anbinden lassen an der Front, Willy?«

Der winkt ab. »Ach, so oft, dass ich es gar nicht mehr gezählt hab.«

»Und womit sühnen wir deine Finger, Kaspar? Gleiches mit Gleichem?«

»Langsam, Kamerad. Erstmal müssen wir ihn haben. Dann schauen wir, was wir mit ihm anstellen, bevor wir ihn umlegen.«

»Na gut, dann geht's weiter. Hans, das Brauereigespann steht abends vor dem Stall, hier auf dem Hof, du musst allerdings noch die Pferde anschirren, mein Kutscher weiß Bescheid, dass du damit losfährst, er denkt, es geht um eine Vergnügungsfahrt für ein paar verrückte Gäste aus München. Ein paar Fässer lasse ich drauf stehen, als Deckung. Du musst die Kutsche bis morgens wieder abgeliefert haben. Du gibst einfach dem Stallmeister Bescheid. Im Keller sind vier Stühle, ein Tisch, Schnüre und Seile und alte Malzsäcke. Kaspar, hast du das Chloroform?«

»Das war gar nicht so leicht, sage ich euch. Bei den Apothekern kriegt man das nicht einfach so. Ich musste mich an eine Schwester am Krankenhaus ranhängen, ihr schöne Augen machen, keine Ahnung, wieso sie da mitgemacht hat, wenn ihr so eine Vogelscheuche wie ich den Hof macht. Aber am Ende hatte ich mein Fläschchen Chloroform. Das passt.«

»Und du, Willy, hast du schon eine Stelle im Bruderwald auserkoren zum Verscharren?«

Willy guckt auf, er hat sich in einige Papiere vertieft und nur mit einem Ohr zugehört. »Was, ich? Im Wald, das Loch? Nein, habe ich noch nicht. Muss ich noch machen. Aber die Schaufel habe ich besorgt, die liegt schon im Zimmer. Ich mache es morgen Nachmittag. Ach nein, da treffe ich mich mit Lissy im Café. Ach, morgen Abend dann halt. Das muss ja nicht tief sein, nur so, dass er nicht gleich stinkt und wir ihn nicht weit schleppen müssen, wenn eure Kutsche nicht mehr weiterfahren kann.«

Gustav nimmt einen tiefen Schluck von seinem Braunbier und haut den Krug mit Getöse auf den Tisch. »Dann geht es jetzt nur noch um den Termin. Wann soll Kirchners letztes Stündchen schlagen? Morgen schon? Oder erst am Mittwoch?«

»Was? So bald schon?«, entfährt es Hans mit ein wenig zu viel Panik in der Stimme. Er muss Zeit gewinnen. Erst müssen die vier Attentätter für mich zuschlagen, dann hat sich alles Weitere erledigt. Aber die müssen zuerst meinen Plan in die Tat umsetzen, bevor wir zu unserem kommen. »Und was ist mit dem 1. Mai? Das ist doch auch schön, ein Feiertag heuer, passt das nicht?«

»Am 1. Mai ist eine große Demonstration geplant, sogar der Ministerpräsident geht mit. ›Versöhnung‹ lautet die Parole«, weiß Willy und schaut wieder von seinen Papieren auf.

»Na also, ›Versöhnung‹ ist doch ein gutes Stichwort für Kirchner«, fasst Hans nach.

Gustav haut mit der Hand auf den Tisch. »Versöhnung? Der? Das hat der bestimmt noch nie gehört, das Wort. Außerdem ohnehin unmöglich, am 1. Mai feiern wir unsere Kellereröffnung.«

»Na dann eben nach dem 1. Mai, nehmen wir doch den 2. Mai«, hakt Hans sofort ein. »Auf die paar Tage kommt es nun wirklich nicht mehr drauf an.«

»Man könnte meinen, du willst nicht mehr so recht, Hans, so locker, wie du Kirchner, diesem Mistkerl, immer noch einen weiteren Tag Leben gönnst«, sagt Kaspar ungewohnt gehässig.

»Jeder Tag, den das Schwein länger lebt als Johann, ist ein schlechter Tag«, flüstert Gustav. »Außerdem mache ich das nicht mit. Am Tag der Kellereröffnung beginnt ein neues Leben, bis dahin muss es vorbei sein, das sage ich euch. Da möchte ich nichts mehr von Kirchner hören oder sehen.«

Willy legt Hans die Hand auf die Schulter. »Er hat Recht, Hans, wieso sollen wir es noch auf die lange Bank schieben? Lasst es uns so rasch wie möglich hinter uns bringen. Der 30. April ist so gut wie jeder andere Tag. Das lässt uns noch zwei Tage Vorbereitung und Kirchner noch zwei letzte Auftritte bei seinen Huren in der Rosengasse. Und am 1. Mai können Gustav und wir alle die Kellereröffnung feiern. Da möchte ich auch keinen Kirchner mehr um mich haben. Stellt euch vor, der geht zur Eröffnung!«

»Was für ein unerträglicher Gedanke.« Kaspar spuckt über die Schulter auf den Boden, mit einem schuldbewussten Blick zu Babette, die es aber nicht gesehen hat. »Ich bin auch für den Mittwoch. Helene und ich haben morgen und übermorgen noch ein paar wichtige Gespräche, da kann ich noch einen klaren Kopf gebrauchen, aber Mittwochnacht klingt gut in meinen Ohren.«

Alle drei blicken auf Hans. Der überlegt fieberhaft, ob er noch etwas Glaubhaftes gegen den Mittwoch einwenden kann, ist aber gar nicht mehr in der Lage, klar zu denken, so vieles schwirrt ihm gleichzeitig im Kopf herum. Schließlich gibt er klein bei. »Ist recht, ich beuge mich der Mehrheit, wir leben ja jetzt in einer Demokratie. Dann eben der Mittwoch.« Ist ja erst nachts, denkt er sich im Stillen. Die andere Geschichte ist bis dahin schon gelaufen. Hoffentlich.

Willy fasst zusammen: »Also gut, dann treffen wir uns am 30. April abends spätestens gegen 10 Uhr hier im Domstern. Und ab halb elf stehen wir auf Posten. Hans, reicht dir das für die Pferde? Du stehst dann mit der Kutsche auf Höhe der Post mit Blick zum Hotel National, Kaspar und ich irgendwo zwischen dir und dem National. Sobald er losläuft, fährt Hans mit rechts heruntergeklappter Seite los, so dass wir ihn spätestens auf Höhe des Tabakgeschäfts in der Kurve eingeholt haben. Wenn Hans auf gleicher Höhe neben ihm fährt, passen wir den richtigen Moment ohne Zeugen ab, und dann kommen wir von hinten, Chloroform über die Fresse, und zack, liegt er auf der Pritsche. Das muss echt schnell gehen, Kaspar. Hans, du achtest auf Passanten. Sollte wider Erwarten noch jemand unterwegs sein um die Zeit, vor allem Patrouillen, dann pfeifst du die ›Berliner Luft‹. Gustav, du bist dann schon oben am Keller und wartest auf uns.«

»Und dann?«

»Und dann? Binden wir ihn an den Stuhl und wecken ihn wieder auf, ganz sanft versteht sich.«

»Und dann?«

»Dann machen wir ihm den Prozess.«

»Und dann?«

»Schreibt er einen Brief, in dem er seinen Selbstmord ankündigt, den wir ans Ministerium schicken.«

»Ah, das ist neu. Aber gut. Das lenkt die Polizei ab, wenn er auf einmal verschwunden ist. Gustav, wir brauchen noch Papier und einen Bleistift.«

»Ist notiert. Und dann?«

»Legen wir ihn um.«

Als alles besprochen ist, wendet sich Hans so unbefangen wie möglich an Willy und fragt: »Sag mal, was ist denn an dem Tag abends um halb acht noch für eine Sitzung in der Residenz? Ist das was Wichtiges?«

»Am Mittwoch, also am 30. …, ah, ja, da hat der Ministerpräsident den Ministerrat einberufen zu einer Sondersitzung, ich nehme an wegen des bevorstehenden Angriffs auf München.«

Hans schluckt. »Ministerrat, aha. Und das sind dann …?«

»Der Ministerrat? Das sind alle Minister und ihre Staatsräte und der Ministerpräsident.«

»Alle?«

»Außer es lässt sich jemand entschuldigen, aber an sich sind Ministerratssitzungen Pflicht, zumindest für die Minister, ja. Ach, du meinst, dann ist Kirchner doch auch dabei? Ja, aber bei Johannes Hoffmann sind die abendlichen Sitzungen nie lang. Der Kirchner hat sein Rendezvous noch nie ausfallen lassen müssen, auch wenn lange Sitzung war.«

»Noch nie?«

»Noch nie!«

Hans winkt ab und stopft sich schnell eine Pfeife, um seine zittrigen Finger mit etwas zu beschäftigen. Oh mein Gott, die ganze Regierung auf einmal! Und ich? Spiele ein Spiel mit dieser Information. Ein gefährliches Spiel, nur damit … Nicht auszudenken, was passiert, wenn alles schief geht! Aber noch bin ich auf Kurs. Noch kann alles klappen. Ich habe ja noch Zeit. Alles wird genau so laufen, wie ich es mir denke. Hauptsache, ich finde die Bande morgen noch rechtzeitig. Und wenn es funktioniert …

SAVIGNY IN DER CHAMPAGNE, 26. SEPTEMBER 1918

»Wie bitte? Erschossen?«

Gustav war nach fünf Wochen Lazarett wieder zum Regiment zurückgekehrt. Neben seiner Schulterverletzung hatte er noch mehrere Nervenzusammenbrüche erlitten, immer wieder Krampfanfälle und Zitterattacken bekommen, also hatten sie ihn noch eine Weile in einem Speziallazarett für Nervenkranke zur Beobachtung untergebracht. Da die hungrige Front aber nach Nachschub gierte, schimpfte man ihn dort nach vielen erfolglosen und schmerzhaften Behandlungen bald einen Simulanten und schickte ihn wieder zu seinem Regiment zurück. Seit Johanns Tod wuchsen Gustav nur noch graue Haare nach, sein helles, braunes Haar verschwand peu à peu und war nach einem Besuch beim Haarschneider vor der Rückreise zur Gänze Vergangenheit. Sein schwerstes Marschgepäck aber, mit dem er am 25. September wieder zum Regiment vorstieß, waren ein leichtes dauerhaftes Zittern und nervöse Angstzustände, die ihn zu jeder Zeit und an jedem Ort heimsuchen und aus der Bahn werfen konnten.

Das Regiment war durch die Kämpfe an der Somme so stark dezimiert worden, dass es immer wieder Gerüchte gegeben hatte, es werde aufgelöst. Aber am 26. September wurden sie stattdessen mit der Eisenbahn in die Champagne verlegt. Im Zug kamen die Freunde endlich wieder zusammen. Sie hatten sich in einem Abteil verschanzt und hörten Gustav ungläubig zu.

»Ja, erschossen, vor meinen Augen. Mit aufgesetztem Revolver!«

»Ich glaube es nicht. Und wir dachten, jetzt hätte ihn der

Franzmann doch noch erwischt. Dabei hat dieser Mistkäfer Kirchner unseren Johann auf dem Gewissen.«

»Der hat kein Gewissen. Er hat ihn kaltblütig erschossen. Aber war ja nicht der Erste, wahrscheinlich hat er es schon längst vergessen«, meinte Hans resigniert.

»Das können wir ihm nicht mehr durchgehen lassen. Wie viele Briefe und Eingaben habe ich nach Würzburg und Berlin geschrieben? Jedes Mal habe ich drei Tage im Karzer gesessen dafür. Oder er hat mich anbinden lassen für irgendein vermeintliches Vergehen. Aber jetzt muss endgültig Schluss sein.« Willy stand auf und trat ans Fenster und betrachtete die vorbeifahrende Landschaft, zerstörte Höfe, kaputte Dörfer. »Hat er eigentlich mitbekommen, dass du wieder da bist, Gustav?«

»Er muss meinen Rückkehrerschein ja gesehen haben.«

»Wir hätten ihm schon lange das Handwerk legen sollen, diesem Menschenschinder.«

»Die französischen Kameraden haben doch auch schon einmal gestreikt, die haben sich alle verweigert, haben einfach nicht mehr mitgemacht.«

»In der Marine oben im Norden haben sich auch schon heimlich Soldatenräte gebildet, habe ich gehört. Das ist der richtige Weg! Wir einfachen Soldaten müssen das Ruder rumreißen. Nur so wird sich etwas ändern. Wir müssen selbst ran, wenn endlich Frieden werden soll.«

»Dann müssen aber auch solche Menschenschinder wie Kirchner weg.«

Kaspar lehnte sich vor und flüsterte: »Und wenn wir ihn auch erschießen?«

Die Runde schwieg. Kaspar sah sie einen nach dem anderen an, aber sie starrten auf den Boden des Abteils und lauschten dem regelmäßigen Rattern des Zuges.

Gustav hob schließlich den Kopf und sah Kaspar in die Augen, spürte die Vorboten eines Anfalls in sich aufsteigen und stotterte noch rasch heraus: »Wie er den Johann? Aug in Aug?«

Dann fühlte er den Schweiß auf der Stirn, die Finger zuckten spastisch, er musste die Augen aufreißen, immer wieder weit auf, da hörte er auf einmal Gefechtslärm, ganz leise erst, dann lauter, das schnelle Klackern der Gleisschwellen wurde zu Gewehrsalven, das Rauschen des Zuges zu Trommelfeuer, lauter, immer lauter wurde es, er war im Graben, wieder im Graben, er warf sich auf den Boden, Johann, Kirchner über ihm, der Revolver, der Schuss, er hielt sich die Ohren zu, warf den Kopf zur Seite, presste die Arme vor die Augen …

Die anderen hatten es oft genug bei den Kameraden erlebt. Hans war näher an Gustav gerückt und hielt ihn fest und ließ erst los, als sich Gustavs Muskeln nach ungefähr einer Minute wieder entspannten. »Alles gut, Gustav, wir sind da, du bist in Sicherheit! Alles gut, ganz ruhig!«, murmelte er ihm ins Ohr. Es sah aus wie die zärtlichen Gesten eines Liebespaares.

Als Gustav wieder klar im Kopf war, nahm Kaspar das Gespräch erneut auf: »Aug in Aug, ja. Ich möchte ihm dabei in die Augen sehen. Wenn er versteht, dass es ein Ende hat mit ihm.«

»Aber das ist Mord!«, warf Hans ein.

»Hans, wir haben vier Jahre gemordet! Millionenfach! Lauter unschuldige Menschen! Und dieses eine Mal würde es endlich einen Schuldigen treffen. Also ich kann das mit meinem Gewissen vereinbaren. Das wäre meine erste sinnvolle Tat in diesem Krieg.«

Willy blies den Rauch seiner Zigarette an die Decke. »Aber sind wir dann nicht wie sie?«

»Seh ich nicht so, Willy. Das ist wie ein Kriegsgericht im Namen des Volkes, des einfachen Volkes. Und wir sind doch dieses Volk. Er hat eindeutig gegen das Recht verstoßen durch die Ermordung eines Kameraden und wir verurteilen ihn, weil es kein anderer tut und uns keiner Recht geben würde, aber nicht, weil wir im Unrecht wären, sondern nur weil wir einfache Soldaten sind, und er ein Offizier ist!«

»Wir tun es für Johann und für all die jungen Soldaten, die er sonst noch umbringen wird durch seine sinnlosen Befehle, seine taktischen Fehler, seinen Wahnsinn, seinen Hass. Der macht doch einfach weiter sonst!«

Hans und Willy schwiegen. Dann nickte Hans leicht und meinte: »Ja, für Johann und für die vielen, die wir dadurch retten! Das hat Sinn!«

»Also, wie steht es mit euch, Kameraden? Wer ist dafür?«

Einer nach dem anderen hob die Hand, zuerst Kaspar selbst, dann Gustav und Willy und schließlich auch Hans. Zum Schwur legten sie die Hände aufeinander.

»Noch diese Woche, Kameraden. Die Tat duldet keinen Aufschub. Das Schwein soll sterben!«

Sie wollten ihn nachts, wenn er ausreichend gesoffen hatte, in den Graben locken, ganz nach vorne, und dort eigenhändig erschießen und anschließend aus dem Graben werfen, in der sicheren Hoffnung, dass die Scharfschützen von drüben ausreichend alert sein würden, das dargebotene Ziel unter Feuer zu nehmen, und so den Mord zu vertuschen. Sie konnten sich nicht vorstellen, dass irgendeiner ihrer Kameraden seinen Tod hinterfragen würde. Aug in Aug sollte es sein.

Als sie in Savigny ankamen und von der Station in die Etappe marschierten, hielten sie Ausschau nach Kirchner, wurden aber zunächst nur von Unteroffizier Rasch befehligt und in Marsch gesetzt.

Die Etappe befand sich in einem erstaunlich gut erhaltenen Straßendorf außerhalb von Savigny, in dem ganze Häuserzeilen noch intakt waren. Die besten Häuser waren zwar alle von Offizieren, dem Generalstab und verschiedenen Korpstruppen belegt, es blieben aber ausreichend Gebäude übrig, die den Neuankömmlingen einen Luxus boten, den sie schon lange nicht mehr gesehen hatten. Willy, Hans, Kaspar und Gustav wurde zusammen mit sechs weiteren Gemeinen ein Haus am Ortsrand zugewiesen. Das große Doppelbett im ersten Stock wurde an zwei junge Kameraden verlost, die anderen kamen in die Küche, Kaspar, Willy, Hans und Gustav machten es sich im ehemaligen Salon mit frischem Stroh, Decken und Teppichen gemütlich. Dann machten sie sich auf die Suche nach Essbarem. Ihre Brotbeutel waren seit der Abfahrt leer, eine eigene Feldküche hatten sie seit Armentières nicht mehr. So schlenderten sie mit dem Kochgeschirr in der Hand die Dorfstraße hinunter und hielten hungrig Ausschau nach den Anzeichen einer Feldküche. Willy kündigte an, sich ein wenig umhören zu wollen, und bog bei der ersten Gelegenheit in eine der wenigen Seitengassen ab. Sie waren noch nicht einmal ganz durch das Dorf gekommen, als er sie wieder eingeholt hatte und mit einem breiten Grinsen in Richtung einer alten Scheune bugsierte, deren Dach auf der einen Seite eingebrochen war. Tatsächlich befand sich dort hinter der Mauer eine Feldküche mit dampfender Gulaschkanone. Willy trat an den Koch heran, redete ein paar Worte mit ihm, dann winkte er seinen Kameraden und sie bekamen alle einen vollen Topf nahrhafte, kraftspendende Gemüsesuppe, sogar mit Fleischeinlage. So opulent hatten sie seit Wochen nicht gegessen. Danach legten sie sich ins hohe Gras hinter der Scheune und starrten den Wolken hinterher, die gen Osten segelten.

»Guckt mal, die Wolken fliegen in die Heimat.«

»Ja, ja, die Heimat!«

Gustav sprach in den Himmel: »Werden wir jemals wieder ein normales Leben führen, Freunde? So richtig, auf Dauer in einem Bett schlafen, nicht nur, wenn man die Verlosung gewonnen hat, und auch dann nur für eine Nacht oder zwei, mit Frühstück am Tisch, mit Serviette und Porzellantellern, einem Ei und Kaffee, echtem Kaffee, abends in der Gaststätte Karteln mit Freunden, Witze reißen, ein gepflegtes Bier trinken oder zwei, sonntags spazieren gehen, die Promenade entlang flanieren …«

»Ach Gustav, haben wir uns an den Krieg gewöhnt, werden wir uns auch wieder an den Frieden gewöhnen, wenn er kommt.

Du hast doch eine Familie. Hast Kinder und eine Frau.« Willy legte seine Hand auf Gustavs Arm. »Du gehst einfach in die Brauerei und kannst wieder ein ganz normales Leben führen, sobald du dich eingewöhnt hast. Wenn ich mir dagegen die Lage für mich daheim anschaue, meine Herren, ohne Familie, ohne Wohnsitz, ohne Arbeit? Schon mal gesessen noch dazu. Bis es Deutschland wieder so gut geht, dass es auch mir wieder gut geht, das wird dauern!«

»Was soll ich denn sagen? Ein Musiker, der seinen Beruf nicht mehr ausüben kann, ein Krüppel, ein Musikkrüppel. Von meiner Kapelle ist wahrscheinlich keiner mehr am Leben. Und Helene, die gibt es auch nicht mehr.« Kaspar schüttelte den Kopf und sah seine verstümmelten Finger an, als sähe er sie zum ersten Mal.

Hans zuckte mit den Schultern. »Lass mal erst Frieden werden, Kaspar, dann renkt sich das mit Helene schon wieder ein, wirst sehen. Mit Droschkenfahren kann ich jetzt auch kein Geld mehr verdienen, wo immer mehr Automobile kommen und die Elektrische und so moderne Gefährte. Muss wohl auch umsatteln.«

»Wir werden alle umdenken müssen, neu anfangen. Aber dazu muss sich auch in der Gesellschaft was ändern. Unter dem Kaiser wird sich nichts ändern. Der muss als Erstes weg!« Willy geriet sofort in Rage. »Genau wie Kirchner und seine Konsorten. Der Kaiser hat uns das alles doch eingebrockt, der Kaiser und seine feine Verwandtschaft! Diesen ganzen Krieg, diesen Weltenbrand, den die ausgelöst haben.«

Hans reckte den Hals und sah sich instinktiv um, um sicherzustellen, dass sie nicht belauscht wurden, denn auf Majestätsbeleidigung stand Zuchthaus oder Schlimmeres.

»Aber der Kaiser wird's schon richten, hat doch unser Karl immer gesagt!«

»Der Kaiser und die dicke Bertha!«, riefen alle wie aus einem Munde. Einen Moment lang lachten sie, hielten inne und dachten an den gefallenen Kameraden.

Aus der Entfernung waren vereinzelte Kanonenschüsse zu vernehmen.

»Ich habe gehört, dass der Krieg verloren ist. Auf dem Balkan und bei den Österreichern geht gar nichts mehr zusammen, die brechen auf ganzer Front ein, und wir haben auch nur noch Verluste, vor allem seit die Amerikaner mit eingestiegen sind. Und über deren Tanks muss ich wohl kein Wort verlieren, oder?«

»Was machen wir dann noch hier? Im letzten Augenblick krepieren? Dann lass uns Kirchner umbringen und dann abhauen, irgendwo unterkriechen, bis es vorbei ist. Hier gibt es doch wenigstens noch Unterschlupf, nicht wie in Flandern oder an der Somme, wo es nur noch rohe Erde gibt und zerfurchte Fläche, so weit das Auge reicht. Oder wir schlagen uns durch bis Bamberg!«

»Desertieren? Jetzt noch? Und am Ende wird man garantiert füsiliert, hier oder daheim. Nein danke, da bleib ich lieber noch bis zum Schluss und habe eine faire Chance.«

»Außerdem haben wir jetzt erst einmal was vor. Kirchner muss weg! Das zuerst, dann schauen wir weiter!«

»Ja, Kirchner muss weg. Für Johann!«

»Für Johann!« Die Freunde saßen jetzt im Kreis und gaben sich die Hand, ehe sie sich wieder mit dem Rücken ins Gras legten und den Wolken nachsahen, mit ihren Gedanken bei einem Leben nach dem Krieg.

Später am Abend, zurück in der Unterkunft, platzte Willy mit einer Neuigkeit herein.

»Stellt euch vor, Kirchner war wahrscheinlich gar nicht im Zug. Rasch sagt, er habe ihn seit Armentières nicht mehr gesehen, er wisse auch nicht, was los sei. Ich habe überall nach ihm gefragt, der Spieß weiß nichts, keiner hat ihn mehr gesehen seit der Zugabfahrt. Keiner.«

»Nein! Das darf nicht wahr sein!«

»Der ist getürmt!«

»Weil er dich gesehen hat, Gustav!«

»Sollte er etwa doch so etwas wie ein Gewissen haben?«

»Der? Nie und nimmer. Vielleicht ist er desertiert, abgehauen?«

»Oder es ist uns jemand zuvorgekommen.«

»Wo wir ihm endlich ans Leder wollten! Mistkerl, elendiger! Als ob er's geahnt hätte.«

»Unser feiner Plan, zunichte gemacht. Ich habe schon eine Kugel poliert, extra für ihn!«

»Hoffentlich krepiert er trotzdem, wo auch immer er hin ist.«

»Eine Granate, ein Schuss, ein Splitter, ein Schrapnell, irgendwas muss ihn doch mal erwischen, verdammte Gerechtigkeit!«

»Und nun?«, fragte Hans in die Runde.

Achselzucken und Kopfschütteln.

»Was sollen wir denn machen? Ihm nach? Zurück nach Armentières? Oh, Herr Feldwebel, wir müssen unseren lieben Hauptmann Kirchner suchen. Denn wir wollen ihm eine Kugel in den Schädel jagen. Dürfen wir, oh bitte, bitte, dürfen wir? Kannst dich genauso gut gleich aufhängen, von hier kommst du nicht weg, nur als Deserteur. Und dann krepierst du auch.« Kaspar warf sich in die mit Stroh ausgekleidete Ecke des Zimmers und deckte sich mit einem Stück Teppich zu.

In diesem Augenblick stieß ein Soldat die Tür des Quartiershauses auf und brüllte: »Alles antreten, gefechtsmäßiges Marschgepäck, wir rücken an die Front!«

BAMBERG, 29. APRIL 1919

Den ganzen Tag haben sie zu viert öffentliche Stellen abgeklappert, Geschäfte, Marktstände, Droschkenfahrer, Bettler, Portiers, Wirtsleute, Kellner, Schuhputzer, Lumpensammler, Polizisten. Gefragt, erklärt, nachgefragt, nachgehakt, hinterfragt.

»Keinen Schritt kann ich mehr tun, Herr Kriminalinspektor«, jammert Brandl, als sie sich am Abend wieder in Edelmayers Hotelzimmer und Büro treffen und ihre Erkenntnisse des Tages austauschen. »Ich glaube, ich muss meine Schuhe morgen neu besohlen lassen. Die sind durch.«

Lohmann und Hans hängen auf den Stühlen und strecken die Beine von sich. Edelmayer selbst schmerzt sein Rücken, er legt sich auf das Sofa und redet von dort aus. »Meine Herren, wir können zusammenfassend feststellen, dass solche kleinen Gruppen durchaus beobachtet worden sind, vor allem in den Gaststätten rund um das Sandgebiet, zwischen Markusbrücke und Katzenberg. Jedoch waren es nie fünf. Wenn jemand meinte, eine solche homogene Gruppe gesehen zu haben, dann war er sich sicher, dass es immer nur drei oder vier gewesen sind. Mehrheitlich haben wir eine Personenbeschreibung von einem kleinen Mann und mehreren starken, muskulösen Männern von größerer Statur. Interessant ist allerdings, dass viele gesagt haben, dass sie sie seit zwei Tagen nicht mehr gesehen hätten. In dem Viertel mit den meisten solcher Meldungen, im Sandgebiet, setzen wir morgen wieder an und gehen notfalls von Haus zu Haus die Straßenzüge durch. Ich rechne damit, dass wir morgen aus der Ettstraße Bilder erhalten, offenbar nur Skizzen, aber immerhin haben wir dann mehr Anhaltspunkte. Für heute muss ich Sie im Liegen entlassen. Wenn Sie mir die Schmerztabletten dort drüben auf der Kommode reichen würden, Brandl, bitte mit einem Glas Wasser. Dann bin ich bis zum Abendessen wiederhergestellt, sofern die Küche heute etwas hergibt. Gestern Abend war das Essen grauenhaft fad.« Edelmayer schluckt eine Tablette, bevor er seine Rede abschließt: »Aber es nützt alles nichts, ich muss Sie bitten, heute Abend auch noch einmal loszuziehen und die entsprechenden Gastwirtschaften abzuklappern. Vielleicht haben wir ja abends eine Chance, sie aufzuspüren. Aber keine Aktionen im Alleingang! Die Männer sind gefährlich. Beobachten, notieren und notfalls verfolgen, aber nichts unternehmen!«

Ein Stöhnen geht durch die Runde der Polizisten. »Ich weiß, ich weiß, meine Herren, aber die Sache ist mir zu heiß, als dass wir uns leisten könnten, irgendetwas unversucht zu lassen. Stromern Sie ein bisschen durch die Gassen und die Wirtschaften, vielleicht fallen sie Ihnen ja auf! Ich entbinde Sie für heute auch Ihrer Pflicht, keinen Alkohol im Dienst zu konsumieren, wenn Ihnen das ein wenig entgegenkommt.«

Hans verschiebt sein Abendbrot und eilt aus dem Deutschen Haus direkt zurück in die Sandstraße, um auf jeden Fall vor Lohmann und Brandl loszuziehen. Die scheinen sich ihrer Sache ja sehr sicher zu sein, wenn sie sich tatsächlich so oft offen zeigen und zechen, so viele Rückmeldungen wie wir bekommen haben. Sehr unvorsichtig, sich im gleichen Gebiet rumzutreiben, wo man übernachtet und einen Anschlag plant. Aus der Blauen Glocke können die Hinweise nicht stammen, denn dort war Hans selbst, um den anderen zuvorzukommen. Aber die Beschreibung mit einem Kleinen und den Größeren trifft es schon. Mein Gott, was mache ich denn, wenn ich sie heute Abend auch nicht antreffe? Dann muss ich sie aufgeben und Edelmayer alle Informationen preisgeben. Dann läuft die Sache mit Kirchner, so wie wir sie geplant haben. Und ich bin dabei, wenn wir einen Menschen ermorden! Denn Mord ist es, daran besteht kein Zweifel. Auch wenn sich alle in die Tasche lügen und es so zurechtbiegen, dass es noch zum Krieg gehört. Aber Mord bleibt Mord. Ich muss sie einfach finden. Und das, noch bevor Lohmann oder Brandl zufällig in die Blaue Glocke geraten.

Seine Erleichterung ist riesengroß, als er sie bereits durchs Fenster erspäht. Zu viert, wie üblich, sitzen sie am Ecktisch in der dunkelsten Ecke der Blauen Glocke und stecken die Köpfe zusammen. Papiere liegen vor ihnen auf dem Tisch, der Kleine schreibt Zettel und gibt sie an die anderen weiter. Die sind an der Detailplanung wie mir scheint.

Er geht rein, setzt sich an die Theke und bestellt ein Bier. Sie sind so in ihr Gespräch vertieft, dass sie ihn eine ganze Weile nicht entdecken. Erst als er sein Bier schon halb getrunken hat, bekommt er Blickkontakt zu einem der beiden Schläger. Der knufft den Kleinen in die Seite, der sieht auf und nickt Hans unmerklich zu. Wie der Kleine wohl heißt? Ulrich Schmitz oder Paul Curt? Der Schläger heißt bestimmt Alwin Pöhner. Ich kannte mal einen Alwin in Berlin, das war ein Charakter …

Er trinkt in Ruhe sein Bier aus, dann verlässt er die Gaststätte und läuft zum Fluss hinunter, zum vereinbarten Treffpunkt unter der Brücke.

Nach zehn Minuten kommt der Kleine alleine den Weg neben der Brücke zum Leinritt hinunter. Von der anderen Seite der Brücke nähert sich einer der beiden Schläger. Aha, dieses Mal kein Überraschungseffekt, keine Höflichkeitsfloskeln mit Eintunken, dieses Mal vielleicht Verhandlung auf Augenhöhe. Er will dem kleinen Stiftelkopf einen Schritt entgegengehen, da sieht er auf einmal zwei weitere Gestalten, die am Leinritt langsam in seine Richtung laufen. Ein Mann und eine Frau, eng umschlungen. Der Schläger hat sie schon entdeckt, der Stiftelkopf kann sie noch nicht sehen, da er die Hausecke noch nicht erreicht hat. An einer Haustreppe bleiben die beiden stehen und küssen sich. Jetzt erkennt Hans sie, kein Zweifel möglich. Um Himmels willen, es sind Willy und Lissy! Was machen die denn jetzt hier, verdammter Mist? Der Stiftelkopf merkt, dass Hans etwas gesehen hat, das ihn beunruhigt, und sucht augenblicklich die Umgebung nach der Ursache ab. Da hört Hans sie auch schon rufen: »Herr Michel! Juhu!! Herr Michel!«

Lissy Edelmayer winkt und ruft, jetzt fängt sie an zu laufen, mit Willy an der Hand. Der Stiftelkopf ist alarmiert und bleibt stehen, duckt sich an die Hauswand und fasst mit der rechten Hand in seine Jackentasche und verharrt in dieser Haltung. Der Schläger ist nicht mehr zu sehen, doch, da hinter dem Brückenpfeiler, auch er hat seine Hand in der Hosentasche und zieht beinahe unmerklich eine Pistole hervor.

Die werden doch nicht … Verdammt, müssen die beiden ausgerechnet jetzt hier herumturteln? Ich muss sie so schnell wie möglich loswerden.

Nichtsahnend laufen die beiden am Stiftelkopf vorüber, der seinen Kopf abwendet und sich in das Dunkel der Hauswand drückt. Lissy grüßt Hans überschwänglich: »Herr Michel, guten Abend, wie schön, Sie zu sehen. Ich hoffe, es geht Ihnen gut, oder setzt Ihnen mein Vater arg zu? Der kann ja nie aufhören zu arbeiten, war immer schon so, ich sag immer zu ihm, du, Papa, das magst du für dich vielleicht so machen können, aber das kannst du von den anderen nicht auch verlangen, dass sie nur noch den Dienst kennen.«

Hans schüttelt ihre Hände und linst verstohlen nach den beiden Männern, die sich wohl zurückgezogen haben, zumindest sind sie nirgends mehr zu sehen.

»Ihr geht spazieren, wie … nett!«, ist das einzige, was ihm einfällt. Ich muss sie loswerden! Hoffentlich sind die beiden Ganoven noch nicht ganz weg, nein, das darf nicht sein. Jetzt, wo ich sie endlich gefunden habe.

Willy ist die Situation sichtlich peinlich. Hatten sie sich nicht gerade noch geküsst? »Stehst du schon länger hier?«

Hans nickt.

»Ja, ja, es hat sich so ergeben, dass wir noch ein bisschen

frische Luft schnappen wollten, Lissy hat mir heute geholfen, zwei Artikel zu tippen, und das hat ein bisschen länger gedauert. Warst du schon im Domstern, Hans?«

»Was? Domstern? Nein, war ich noch nicht, ich komme später, kann noch ein bisschen dauern, ich bin noch dienstlich unterwegs.«

»Ich wusste doch, dass er Sie zu sehr rannimmt. Ich werde mich bei ihm beschweren und ein gutes Wort für Sie einlegen. So ein Einsatz, so spät am Abend noch, Herr Michel!«

»Nein, nein, es ist alles gut, sagen Sie ihm nichts! Aber lasst euch doch nicht aufhalten, es ist so ein schöner Abend, hier am Leinritt ist es sehr romantisch, und man ist meist alleine abends, ich will euch nicht weiter stören, guten Abend! Willy, ich komme später noch in den Domstern, auf jeden Fall.«

Er wendet sich demonstrativ ab, geht einige Schritte zurück Richtung Sandstraße und dreht sich noch einmal um, um freundlich zu winken, sollte sein Abschied ein wenig abrupt ausgefallen sein. Aber die beiden bummeln schon wieder weiter, Hand in Hand am Flussufer entlang. Nur Willy dreht sich noch einmal kurz um und sieht seinem Kameraden hinterher. Er macht sich Sorgen um Hans, der sichtlich unter Spannung steht und sie unmissverständlich schnell loswerden wollte.

Hans bleibt hinter der nächsten Hausecke stehen und wischt sich mit seinem Taschentuch den Schweiß von der Stirn. Er lehnt sich mit dem Rücken an die Hauswand und atmet einmal tief ein. Ich warte jetzt ein paar Minuten, damit sie ein bisschen Land gewinnen können, aber bei dem verliebten Bummeltempo kann das dauern. Nein, nein, ist doch viel zu jung für mich, mehr ist da nicht, waren das nicht Willys Worte noch vor wenigen Tagen? Ein feiner Kamerad. Die Tochter vom Chef!

Egal, Hauptsache, die Typen sind noch da. Ich geh wieder runter, hoffentlich sind sie nicht ganz fort.

Am Flussufer angelangt, sieht sich Hans um. Erneut kommen Spaziergänger. Ja, ist denn das hier die Hauptstraße jetzt?

Er wartet, unauffällig über das Wasser blickend, bis das nächste Liebespaar vorbei ist, dann tigert er unter der Brücke auf und ab. Als nach zehn Minuten niemand kommt, geht er noch einmal in die Blaue Glocke, aber da sind sie auch nicht mehr. Schnellen Schrittes eilt er wieder unter die Markusbrücke, setzt sich auf einen Poller und zündet sich eine Zigarette an. Ich habe keine andere Möglichkeit, sie zu kontaktieren. Sie müssen wiederkommen. Als er bei der dritten Zigarette angelangt ist, wird er von hinten erfasst, zu Boden gerissen und bäuchlings mit einem Knie im Rücken auf den Asphalt gedrückt.

»Was sollte das denn schon wieder? Wenn du uns noch einmal in so eine Situation bringst, knallen wir dich ab, und deine süße Freundin gleich mit!«

»Hey, was kann ich dafür? Das ist eine kleine Stadt, da trifft man nun mal Bekannte. Wählt halt einen besseren Treffpunkt, als diesen Ku'damm für Turteltauben!«

Der Druck auf dem Rücken lässt nach, sie drehen ihn wieder um, er kann sich aufsetzen. Ganz hinten, vor dem Krankenhaus, ist schon wieder ein Pärchen zu erkennen.

»Lass uns gehen, hier ist wirklich zu viel los. Verdammte Flaniermeile! Komm mit!«

Der Kleine zieht ihn hoch und deutet ihm an, dass sie hoch auf die Brücke gehen. Schweigend gehen sie nebeneinander über die Markusbrücke und auf der anderen Seite des Flusses am Schiffsbauplatz Richtung Norden weiter. Der Schläger ist nicht mehr zu sehen. Nur der Stiftelkopf und er.

»Hör zu, Kamerad, wir können nur noch einen deiner Leute erledigen, und es muss heute Nacht noch geschehen. Wir können kein großes Risiko mehr eingehen. Aber ich will den Spaß einer kleinen Nummer nicht missen, und deswegen: Nenn uns einen Namen und wo wir ihn finden, und wir machen ein gemeinsames Ding nach deiner Art!«

Hans denkt an den bevorstehenden Anschlag in der Neuen Residenz und erzählt dem Stiftelkopf alles, was er wissen muss.

Er verrät alles genau so, wie es Gustav und Willy, Kaspar und er geplant haben, verlegt es nur um einen Tag nach vorne. Heute Nacht, elf Uhr, Luitpoldstraße, ohne Leibwächter, Staatsrat Rupp, SPD, alleine auf dem Weg vom Hotel National in die Rosengasse. Er beschreibt ihm, wie er aussieht, seinen Gang, seinen Anzug, seinen Namen.

Der Stiftelkopf nickt zufrieden. »Klingt gut. Gut ausgekundschaftet, Kamerad.«

Hans muss dreimal schlucken. Jetzt habe ich Kirchners Todesurteil unterschrieben. Aber das habe ich ja schon lange. Nur vollstrecken muss ich es nicht mehr selbst. Das ist gut so.

Der Stiftelkopf bleibt plötzlich stehen und packt Hans am Kragen. »Und das ist auch sicher einer von den Schlimmsten?«

»Das ist ein ganz scharfer linker Hund, ja. Mich wundert's dass der noch in der SPD ist. Wahrscheinlich will er noch was werden, und bei den Kommunisten schaut's gerade schlecht aus mit Posten. Aber ja, das ist einer der absoluten Meinungsführer der Linken, und er hat Einfluss bis hinauf in die höchsten Kreise, und er bringt sein bolschewistisch-jüdisches Gedankengut subtil unters Volk, getarnt als SPD-Staatsrat. Muss unbedingt weg! Bevor er noch mehr Schaden am Vaterland anrichtet.«

Der Stiftelkopf nickt. »Klingt so, ja. Ich verlass mich auf dich! Wenn alles gut geht, sollten wir uns in München auch mal treffen, sobald diese Provinzposse hier vorbei ist und wir wieder festen Boden unter den Füßen haben. So Leute wie dich können wir brauchen. Und Angst scheinst du ja auch keine zu kennen.«

Wenn du wüsstest, wie sehr ich mir in die Hosen geschissen habe, als deine sauberen Freunde mich in die Regnitz getaucht haben. »Nach vier Jahren Todesnähe hat vieles seinen Schrecken verloren.«

»Warst du dauernd an der Front, Kamerad?«

»So gut wie. Frontschwein durch und durch. Einer von vielleicht einem Dutzend des ganzen ursprünglichen Regiments.«

»Respekt!«

Eine Weile laufen sie schweigend nebeneinander her. Um sie herum nur noch Schuppen und Lagerräume des Hafens und der Textilfabriken. Außer ihnen ist kein Mensch hier unterwegs.

»Ein Letztes noch. Leider. Ich hab ein gutes Gefühl bei dir. Aber wir müssen uns absichern. Auch aus Achtung unseren Auftraggebern und unserem großen Ziel gegenüber. Und daher muss ich dich bitten, dass du heute unser Gast bist, bis die Sache gelaufen ist. Nur zur Sicherheit, verstehst du?«

Nein, Hans versteht nicht sofort, und ehe er ahnt, was der Stiftelkopf damit meint, springt ihn einer von der Seite an, aus einem dunklen Durchgang zwischen zwei Baracken, und reißt ihm die Füße weg. Er kann sich gerade noch mit den Händen abfangen, da sind auch schon vier Hände über ihm, drehen ihm die Arme auf den Rücken, binden ihm die Füße zusammen und die Arme auch, knebeln ihn und stülpen einen Sack über seinen Kopf. Hans kann sich kaum mehr bewegen und liegt hilflos am Boden, da packen ihn die zwei an Schultern und Füßen und schleppen ihn einige Meter weit, ein Tor öffnet sich und schließt sich wieder, es ist dunkel. Sie legen ihn auf den Boden, verknüpfen seine Fesseln mit einem Eisenträger am Boden, Füße und Arme, Oberkörper und Hals. Dann hört er die Stimme des Kleinen ganz dumpf, wie aus der Ferne: »Tut mir leid, Kamerad, ich erwähnte es schon, wir können kein Risiko eingehen. Wir lassen dich morgen Abend wieder frei, sobald alles gelaufen ist, aber bis dahin wirst du dich gedulden müssen. Jetzt schauen wir erst einmal bei deinem Freund vorbei. Hab Vertrauen in uns. Es wird dir gefallen, was bis morgen Abend hier noch alles passiert. Wir erzählen es dir dann auch. Versprochen. Adieu!«

Türenknarzen, Schlüssel im Schloss, Schritte. Stille.

Jetzt ist alles aus. Oh, hätten sie mich doch nur gleich in der Regnitz versenkt. Die lassen nichts anbrennen und sperren mich weg, bis sie ihren Anschlag verübt haben. Ich bin aber auch blauäugig, ein Volltrottel! Das hätte ich mir doch denken können, dass die auf Nummer sicher gehen! Alles zu spät. Zu spät. Ich bin ein schlechter Mensch, ein katastrophaler Kriminaler, ein Verräter, an der Demokratie, an meinen Freunden, an der neuen Zeit. Und ich decke die auch noch, verdammt! Ich wollte es doch nur richtig machen und nicht mehr selber morden. Danach wären sie doch noch drangekommen. Und jetzt? Jetzt morden die, und gleich en gros. Erst Kirchner und dann die ganze bayerische Regierung. Immerhin, Kirchner beißt als Erster in Gras, aber das große Ding, das wollte ich doch verhindern, musste ich doch verhindern! Verdammt! Ich kenne die Attentäter und keiner außer mir weiß was. Aber vielleicht kriegen die Kollegen ja morgen Bilder aus München. Das wäre noch ein Hoffnungsschimmer. Dann schnappen sie sie noch, vielleicht. Hans versucht, sich zu bewegen, aber die Fesseln sind eng, alles fest verzurrt, er spürt den Stahlträger im Rücken. Keine Chance. Es ist aus. Aus. Alles aus.

GARMISCH, 30. NOVEMBER 1918

Ohne Kirchner, unter dem Befehl fremder Offiziere stehend, überlebten die Freunde auch noch die letzten drei Wochen Fronteinsatz mit ihrem völlig ausgebluteten Regiment, bevor sie zunächst nach Lothringen verlegt wurden, um am 6. November des fünften Kriegsjahres nach Bayern zurückzukehren. Ihr Auftrag lautete, in Tirol am Alpenhauptkamm den befürchteten Angriff der Italiener gegen die zusammengebrochene k.u.k. Monarchie abzuwehren. Am Tag der Revolution in München, dem 7. November, fuhren sie just durch die revolutionsschwangere Stadt, wurden aber in München-Pasing sofort auf die Strecke nach Garmisch weitergeleitet. In München selbst hätten sie die jubelnden Soldaten sehen können, die tausend roten Fahnen, die Friedensdemonstration auf der Theresienwiese, ja beinahe wären sie dabei gewesen, als Eisner und seine Mannen der Monarchie in Bayern den Todesstoß versetzten.

So aber fuhren sie mit aufgestecktem Grün, Wimpeln und bayerischem Weiß-Blau geschmückt mit dem Zug durch Pasing und weiter nach Garmisch, wo die Soldaten von der örtlichen Bevölkerung in intakten Dörfern, heilen Häusern, frisch gereinigten Stuben aufgenommen, einquartiert und verköstigt wurden. Von Tirol war auf einmal keine Rede mehr. Für sie war der Krieg vorbei.

In Kiel hingegen meuterten die Matrosen, in Berlin wurde die Republik ausgerufen, der deutsche Kaiser Wilhelm II. dankte ab und ging ins niederländische Exil, in einem Salonwagen im Wald von Compiègne unterzeichnete Matthias Erzberger, Zentrumspolitiker und Verhandlungsführer im Auftrag der neuen Reichsregierung, den Waffenstillstand. Die verantwortlichen Militärs stahlen sich davon, bereiteten im Hintergrund die Legendenbildung vor, dass sie, von den Zivilisten und der Heimatfront im Stich gelassen, durch einen Dolchstoß gewissermaßen am bevorstehenden Sieg des deutschen Heeres gehindert worden seien. Dabei waren sie es doch selbst gewesen, die den Politikern gegenüber ihre Niederlage eingestanden hatten.

Das Inkrafttreten des Waffenstillstands am 11. November 1918 erlebten Hans Michel, Gustav Grüner, Kaspar Mohr und Willy Reichel in einer ganz anderen Welt – auf der gedrechselten Bank eines Bauernhauses in Garmisch, mit Blick auf die stille Erhabenheit der Berge. Woanders ging auch an diesem letzten Tag das Sterben weiter, tausende Soldaten starben bis zur letzten Minute, ehe um 11 Uhr die Kirchenglocken läuteten, wo sie noch hingen und nicht eingeschmolzen waren, um daraus Kanonen zu gießen.

Das letzte glaubhafte Gerücht, das sie von Rudolf Kirchner hörten, war, dass er versetzt worden war und bei der Verteidigung an der Maas noch im aktiven Einsatz gewesen sei. Ein anderes besagte, er sei in der Heimat als Kriegskrüppel mit einem Stützrad gesehen worden und habe bei einem Angriff beide Beine verloren. Letzteres Gerücht hielt sich lange und wurde ausschweifend ausgeschmückt weitererzählt, Kaspar jedoch hielt es für eine Latrinenparole, zu schön, um wahr zu sein. Keines der Gerüchte bestätigte sich jemals, alle Erkundigungen zu Kirchners wahrem Verbleib, selbst von Willy, versandeten im Nichts.

Es war meist Gustav, der seine Kameraden immer wieder daran erinnerte, das Ziel nie aus den Augen zu verlieren. Man sieht sich immer zweimal im Leben, war seine Devise. Und er wollte vorbereitet bleiben auf die zweite Begegnung mit Kirchner.

Ohne Befehle und Aufgaben waren sie in Garmisch oft alleine unterwegs, jeder verarbeitete auf seine Art und Weise die vergangenen vier Jahre Krieg. Kaspar entdeckte seine Liebe zu den Bergen und lief im ausgehenden Herbst die Gebirgswege ab, über Almen und Gipfel und Grate entlang. Oft übernachtete er in Hütten und half den Bergbauern beim Instandsetzen von Zäunen und Heuschobern. Hans freundete sich mit einigen Einheimischen an, die ihn in die höheren Weihen des Schafkopfens einführten. Die Garmischer Gaststuben und ihre Kartelrunden wurden ihm zur zweiten Heimat. Ansonsten lebte er in den Tag hinein und bemühte sich, so wenig wie möglich an den Krieg zu denken. Gustav tat sich bei den Garmischer Brauereien um, wo er alles über die dort üblichen Biere lernen wollte. Willy hingegen machte es ganz krank und nervös, dass überall die Revolution ausbrach, nur nicht hier, wo er war, aber nicht wegkonnte. Er beteiligte sich am Aufbau eines Soldatenrats in Garmisch und wurde – eloquent und tatkräftig und widerborstig gegen die alten Eliten – schnell Wortführer der revolutionären Kräfte im Oberland.

So hatten sie sich eine ganze Zeit lang ein wenig aus den Augen verloren. Erst jetzt, nach dem lang ersehnten Marschbefehl, zur Entlassung nach Bamberg zurückzukehren, hatten sie im Zug Zeit, sich auszutauschen, wie früher in der Etappe. Wieder einmal hatten sie sich ein Abteil für sich gesichert.

»Und du, Hans? Was wirst du machen?«

»Ich kaufe mir als Erstes eine Lederhose und werde Bayer. Wenn ich so an mir runter sehe, dann scheint man als Bayer ganz gut leben zu können.« Hans schlug sich lachend auf den Bauch. »Gewisse Teile von mir haben schon wieder Friedensstärke erreicht. Aber nein, im Ernst, wenn ich Glück habe, kann ich auf eine Anstellung bei der Polizei in München hoffen. Ich habe da einen kennengelernt, vom Polizeipräsidium, der hat mir versprochen, bei seinem Chef vorzusprechen und sich für mich zu verwenden. Da gibt es eine neue Abteilung, Kriminellenpolizei oder so. Mit der Droschkenfahrerei hat es ohnehin ein Ende. Immer wenn ich ein Pferd sehe, muss ich an die armen

Viecher an der Front denken, wie sie sich gemüht und geplagt haben, nur um doch im Granatenhagel elendig zu krepieren oder vor Hunger zu sterben und von unsereiner aufgefressen zu werden. Wenn ich bloß dran denke, dass dieses Schicksal auch meiner Goldelse zuteil geworden ist … Aber das ist eine interessante Sache bei der Polizei, jetzt, wo die neue Zeit anbricht. Für Recht und Ordnung zu sorgen in einer Republik, das ist doch eine gerechte Sache. Mal sehen, ob der Kamerad Wort hält und sich in München etwas auftut.«

»Und du, Willy? Wirst Revolutionär?«

»Die Revolution ist doch nur der Weg zur Macht. Wir müssen an allen Fronten arbeiten, um die Revolution zum Erfolg zu bringen. Ich habe ein ansprechendes Angebot, nach Berlin zu gehen für die MSPD und für die Regierungszeitung ›Vorwärts‹ zu arbeiten. Das kann ich mir gut vorstellen. Für die Arbeit hoch oben auf dem Dach bin ich nicht mehr zu verwenden, kriegsgealtert um hundert Jahre. Das sollen Jüngere machen.«

»Altes Haus, was hast du für Schützengräben gebaut, Willy! Mit allen Schikanen, das waren wahre Meisterleistungen.«

»Ja, und keine dieser Meisterleistungen steht mehr! Manche waren doch schon wenige Stunden nach dem Richtfest wieder zu Schutt gebombt! Wer soll mir bei solchen Referenzen jemals wieder sein Haus anvertrauen? Dann doch lieber mit der Macht des Wortes streiten. Gustav, und du? Erwarten sie dich daheim? Kannst du die Brauerei wieder übernehmen?«

»Übernehmen? Du bist gut. Mein Vater wird es sich dreimal überlegen, mir Kriegszitterer die Verantwortung für die Brauerei zu übergeben. Nein, der sitzt noch fest am Steuer, auch wenn ihm die Kriegszeit stark zugesetzt hat. Aber vielleicht können Babette und ich den Bierkeller übernehmen, das wäre ein Traum von uns. Mal sehen, was wird. Erstmal muss ich wieder ganz gesund werden. Sonst wird nichts mit mir, nicht mal Wirt!«

Nun blickten die drei zu Kaspar, der sich selten schweigsam zurückgezogen und mit noch keinem Wort an der Unterhaltung beteiligt hatte. Kaspar blickte auf, sah kurz von einem zum anderen und seufzte.

»Ich freue mich für euch, ehrlich. Ihr seid so voller Pläne, guten Mutes, scheint Kraft für zehn zu haben, habt ein Ziel. Aber ich muss sagen, mir hat die Zeit in Garmisch gezeigt, dass ich nicht zurück kann in mein altes Leben, ich muss brechen mit allem. Ich bin Musiker durch und durch, aber ich kann es nicht mehr sein. Tastenheini haben mich alle immer genannt, aber nun? Nun bin ich nur noch ein Tastenkrüppel. Ich kann euch nicht sagen, was wird, aber was ich sagen kann, ist, dass ich nicht mehr mitkomme, ich pfeif auf die Entlassung in Bamberg und bleibe hier. Das Einzige, was für mich noch einen Sinn gemacht hätte, wäre die Rache an Kirchner gewesen, aber das hat ja nicht sein sollen. Also sehe ich keinen Grund, länger bei der Truppe zu bleiben. Ich bin nur nochmal gekommen, um euch Adieu zu sagen, Kameraden. Ich steig am nächsten Bahnhof aus. Ich bin noch nicht fertig mit dem Krieg, ich kann das nicht so abschütteln wie ihr. So zurück ins Leben. Ich … hadere noch, was das Leben für mich noch bedeuten kann. Vier Jahre nicht gestorben heißt noch lange nicht leben.«

Der Zug wurde langsamer. Alle redeten gleichzeitig auf ihn ein. »Komm doch mit nach Berlin, Kaspar! Dort tobt das Leben, Musik, Clubs, Tanz, es müssen alle toll sein dort. In Berlin fängt die neue Zeit an!« »Oder komm mit mir nach München, es ist doch eine spannende Zeit, da wird sich was ergeben, garantiert, Kaspar!« »Ich könnte dir eine Arbeit verschaffen, bei uns in der Brauerei, bestimmt, dann hast du erstmal was und kannst immer noch suchen, wie du dein Leben ordnen willst.« »Was ist mit Helene? Geh doch wieder auf sie zu, jetzt wo Frieden ist!«

Kaspar schüttelte vehement den Kopf, war schon während der Beschwörungen seiner Kameraden aufgestanden, jetzt holte er seinen Marschrucksack vom Gepäcknetz, drückte Hans sein

Gewehr in die Hand und hob die Hand zum Gruß. »Hans, nimm den Prügel, gib ihn für mich ab! Ich dank euch für euer Bemühen, mich zu überreden, mit euch zu gehen, das ehrt mich, aber mein Entschluss steht fest, Kameraden! Ich dank euch. Vergessen werde ich euch nie! Bessere Freunde habe ich mein Lebtag nicht gehabt, das ist sicher. Gehabt euch wohl!«

Sie sahen, dass sie nichts mehr unternehmen konnten, um Kaspar umzustimmen. Hans umarmte ihn als Erster, er ließ ihn gar nicht mehr los. Eine Träne lief ihm die Wange hinunter, er wollte noch etwas sagen, konnte es aber nicht und wendete sich ab und wischte sich das Gesicht mit dem Ärmel des Uniformrocks ab. Der Zug fuhr langsam durch den Bahnhof von Murnau. Gustav drückte Kaspar an sich und musste auf einmal schluchzen. Mit brüchiger Stimme brachte er noch ein schnelles: »Pass auf dich auf, Kaspar!« hervor, schob ihn von sich weg und zog sich in eine Ecke des Abteils zurück. Willy sah Kaspar in die Augen und reichte ihm die Hand. Lange schüttelten sich die beiden die Hände, schließlich umarmten auch sie sich. »Viel Glück, Kaspar! Wir sehen uns wieder, irgendwann. Ich bin sicher.«

Jenseits des Bahnhofs, gerade noch bevor der Zug wieder an Fahrt gewann, links und rechts des Bahndamms hohe Büsche, öffnete Kaspar die Tür nach draußen, ließ sich sanft nach unten gleiten, um den letzten halben Meter springen zu können. Schnelle, kurze Schritte fingen den Schwung des fahrenden Zuges ab, bevor er seinen Lauf verlangsamen konnte und schließlich zurückfiel, bis ihn die Kameraden nicht mehr sehen konnten. Hans hing noch lange am Fenster und blickte zurück, zu den Bergen, spürte den Fahrtwind und die Kälte. In diesem Augenblick hatte er auf einmal das Gefühl, dass er gerade aufwachte, aufwachte aus einem bösen Traum. Er spürte die tröstende Gewissheit des Schweißgebadeten im Moment des Erwachens, dass der schreckliche, schrecklich echte Traum ein Ende hat und das Leben wieder seinen Gang gehen wird. Er würde noch einmal neu anfangen müssen, mit 43 Jahren. Ein neues Leben leben lernen.

»Morgen ist erster Advent, Kameraden«, verkündete er schließlich, als er das Fenster schloss. »Erster Advent 1918, und der Krieg ist aus. Nach vier Jahren Weihnachten im Schützengraben.«

BAMBERG, 30. APRIL 1919

Die linke Hand ist frei. Aber zu welchem Preis! Die Haut ist auf der ganzen Fläche abgeschürft, roh und blutig, er sieht Wundsekret und Blut herausschießen, als er sich den Leinensack vom Kopf zieht. Der Daumen könnte auch gebrochen sein. Mit zitternder Hand zieht er sich den Knebel vom Mund und leckt seine Hand ab, spuckt Blut und Sekret aus. Wie ein zuckendes Stück Fleisch liegt sie auf dem dreckigen Boden der Halle. Er ist einer Ohnmacht nahe, lässt sich fallen, treibt wie im Fieberwahn dahin. Er kann nicht mehr, er hat die ganze Nacht nicht geschlafen, hat Stunden gebraucht, diese eine Hand aus den engen Fesseln zu ziehen, zu quetschen, zu martern. Vielleicht werde ich auch sterben heute, vielleicht ist es soweit. In diesem schmerzerfüllten Augenblick, da das Ergebnis seiner nächtlichen Arbeit vor ihm liegt und blutet, fallen ihm seine Jungs ein, seine beiden. An Gott hat er schon lange nicht mehr gedacht, aber war das nicht das Versprechen, dass wir uns alle im Himmel wiedersehen? Ach, wär das schön ... Wilhelm und Friedrich, die beiden Racker, wie sie auf mir rumgeklettert sind im Bett, als sie klein waren, und später stolz wie Bolle auf dem Kutschbock mitfahren durften, die Spaziergänge im Tiergarten, Baden in der Spree, der Ausflug an den Wannsee, Besuche bei den Onkeln in Caputh, die Bilder von früher laufen wie ein Lichtspiel durch seinen Kopf, er gibt sich ihnen hin, genießt die Erinnerungen und ist auf einmal ganz weit weg im Kopf. Meine Jungens.

Am Ende reißt ihn der Gedanke, dass seine beiden Söhne in diesem Krieg gefallen sind, dass beide Söhne so sinnlos gestorben sind, aus der Erinnerung. Er weiß, dass ihr Tod nur durch etwas Neues, das auf den Trümmern des Krieges wachsen wird, im Nachhinein mit Sinn versehen werden kann, und dieser Gedanke gibt ihm auf einmal Kraft. Ein letztes, ein allerletztes Aufbäumen des geschundenen Körpers und der tieftraurigen Seele.

Er ist jetzt wieder ganz da, im Hier und Jetzt. Er sieht sich um. Eine Lagerhalle. Stoffe liegen gestapelt in den hohen Regalen, Rohware für die Textilverarbeitung. »Qualität für unsere Truppen« steht auf einem vergilbten Plakat an der Wand. Der Morgen ist schon angebrochen, Licht kommt durch wenige Ritzen der groben Holzlatten der Wände. Wie spät es wohl schon ist? Ich darf nicht zu spät kommen. Ich muss das verhindern! Kirchner ist jetzt egal. Es geht ums Ganze. Ich muss!

Die Hand zittert und zuckt, wieder ist sie vollkommen überzogen mit Blut und wässriger Flüssigkeit, das Gemisch tropft auf den Boden. Er leckt sie noch einmal ab, spuckt aus und zwingt sich dann, die erreichbaren Knoten zu bearbeiten. Die rechte Hand müsste sich doch eigentlich einfach befreien lassen jetzt, die waren doch gemeinsam in einer Schlinge. Aber nein, sie haben beide Hände einzeln abgesichert. Sehr fachmännisch. Muss doch was dran sein an der Offiziersausbildung. Vielleicht waren sie auch in der Marine. Seemannsknoten!

Die rechte Hand kommt mit Quetschungen davon. Er konnte die Knoten so weit lockern, dass die Hand ohne weiteres Martyrium freigekommen ist. Jetzt geht es schnell. Halsschlinge, Oberkörper, immer wieder muss er weit hinter den Eisenträger greifen, um an die Knoten zu gelangen. Aber mit jedem Seil, das er löst, wird es besser. Schließlich fehlen nur noch die Füße, aber mittlerweile ist seine linke Hand so schlapp, dass er es kaum mehr schafft. So braucht die rechte Hand alleine noch eine weitere halbe Stunde, ehe er endlich befreit ist. Er greift in seine Rocktasche nach der Taschenuhr, aber die zeigt halb fünf an. Stehen geblieben! Verdammt, ich muss hier raus! Er steht auf, ächzt und stöhnt, das macht es irgendwie leichter, streckt sich und sucht unter den Stoffen, die hier lagern, nach einem geeigneten Lappen, mit dem er seine linke Hand verbinden kann.

Er stöbert durch die Regale und findet sogar etliche Säcke mit unverarbeiteter Schafswolle. Er nimmt sich eine Handvoll, verteilt sie über die wunden Stellen seiner Hand und umwickelt sie dann mit einem langen Stück feldgrauen Leinenstoffs.

Er tastet sich an der Wand entlang. Auch wenn es nur Bretter sind, dick sind sie allemal, da breche ich mir eher meine Knochen, als dass die nachgeben, wenn ich dagegenspringe. Er rüttelt an der Tür. Sicherheitsschloss! Nicht nur ein Riegel oder ein Vorhängeschloss. Solide zu. Da erspäht er an der Decke einen Lichtschimmer. Eine Lüftungsluke nach oben. Nach draußen. Gerade groß genug für einen Mann. Na ja, könnte knapp werden bei mir, aber eine Hoffnung ist es. Sofort leert er ein Regal, indem er die Stoffe und Tücher einfach nach hinten durchschiebt, wo sie auf den Boden fallen. Er zieht das Regal direkt unter die Luke, klettert hinauf und drückt. Die Luke gibt nicht nach, keinen Millimeter. Er klettert noch ein Brett weiter hinauf und stemmt sich mit seinem ganzen Gewicht dagegen. Keine Chance. Mist! Er springt wieder runter. Irgendwo muss es doch einen Ausweg geben. Das ist doch kein verdammtes Haus, sondern nur ein Schuppen. Feuer, abbrennen, einen Brand legen, bis die Holzwände brennen und durchbrechen. Nein, ehe die durchgebrannt sind, bin ich längst erstickt. Aber vielleicht sieht ja einer den Brand und die Feuerwehr kommt. Er läuft in alle Ecken des Lagers, vielleicht ist ja irgendwo der Schlüssel. Eine größere Holzkiste dient wohl als Schreibtisch. Er durchwühlt die Unterlagen und Stapel, findet aber nichts. Die Lüftungsluke! Mensch, vielleicht lässt die sich ja nach innen ziehen. Das wäre noch eine Idee! Sofort greift er sich eines der Seile, mit denen er angebunden war, und klettert wieder auf das Regal, verknotet das Seilende mit den Gitterstäben, bindet es sich zweimal um das Handgelenk der rechten Hand und schwingt sich vom Regal zu Boden. Ehe er sich versieht, landet er auf dem Hintern, und auf ihn kracht die ganze Lüftungskonstruktion, er kann sich gerade noch die Hände über den Kopf halten, so dass ihn die scharfkantigen Metallteile nicht verletzen. Seine linke Hand schmerzt und pocht, die rechte räumt die Reste weg. Es ist hell im Raum, Licht, Tageslicht strömt durch das Loch in der Decke in den Lagerschuppen. Er verliert keine Zeit, klettert das Regal erneut nach oben und fasst mit den Händen durch das Loch. Schon ist er bis auf Brusthöhe durch, er muss sich hochstützen, die linke Hand aber versagt, er fällt nach links auf das Dach, verliert den Halt auf dem Regal, stößt es mit den Füßen zur Seite, hört, wie es krachend auf den Fußboden donnert, er strampelt mit den Füßen im Leeren. Mit der guten Rechten drückt er sich vom Rand des Lochs ab und windet sich wie ein Wurm immer weiter nach oben, bis er schließlich ganz auf dem Dach liegt.

Erschöpft und mit wütend brennender, schmerzhaft pochender linker Hand steht er auf und springt auf einen neben dem Schuppen errichteten kleinen Mauervorsprung und dann mit einem beherzten Satz nach unten.

Ha! Ich mit meinen 44 Jahren! Gehöre wohl doch noch nicht ganz zum alten Eisen. Das war eine Glanzleistung sportlicher Art. Euphorie durchströmt seinen Körper. Jetzt wird alles noch gut. Ab in die Stadt. Retten was zu retten ist. Er weiß immer noch nicht, wie viel Uhr es ist. War das unwirkliche Gespräch mit dem Attentäter erst gestern Abend? So weit weg. Aber sie wollten Kirchner noch in derselben Nacht, also gestern, erledigen. Ich muss wissen, ob sie das Schwein wirklich getötet haben, ob sie uns tatsächlich die Drecksarbeit abgenommen haben. Dann läuft der Plan doch wieder. Kirchner ist hin, und sie sind dran, allesamt. Das gibt ein Wiedersehen, wenn ich die Kerle mit verhafte!

Halb rennt er, halb geht er, in Richtung Hotel National. Ich muss wissen, ob sie es getan haben. Und dann zu Edelmayer. Bin ohnehin schon wieder zu spät für den Dienst. Muss mir eine gute Ausrede einfallen lassen. Auch für die Hand. Am Weidendamm trifft er erstmals auf einen Menschen und fragt ihn nach der Uhrzeit. Halb zehn. Noch zehn Stunden Zeit. Er bleibt auf dieser Seite des Flusses, damit er nicht am Deutschen Haus vorbei muss und Gefahr läuft, auf Lohmann oder Brandl oder gar Edelmayer selbst zu stoßen. So geht er vor bis zur Luitpoldstraße und verlangsamt seinen Schritt erst, als er in Sichtweite des Hotels National ist. Sind das Polizisten dort? Feldgraue? Bürgerwehr? Eine normale Patrouille? Oder nur verstärkte Wachen? Oder sind sie wegen Kirchner da? Er schlendert jetzt, so gut er mit den Schmerzen in der Hand kann, mit neutralem Gesichtsausdruck am Eingang vorbei.

»Irgendwas los hier, Kameraden?«

»Gehen Sie einfach weiter! Hier gibt es nichts zu sehen.«

Er versucht es bei einem Mitglied der Bürgerwehr, das an der Ecke steht, noch einmal. »Ist irgendwas passiert, Kamerad?«

»Ja, ja, ist doch so ein Staatsrat verschwunden. Den suchen sie jetzt überall. Das ist passiert, Kamerad! Aber sag, geht's dir gut? Du siehst sehr blass aus. Alles gut mit deiner Hand da? Die ist ja ganz blutig!«

»Ich danke dir! Ja, ja, altes Kriegsleiden, bricht immer wieder auf, ist aber keine große Sache.«

Hans geht außer Sichtweite um die Ecke und lehnt sich gegen die Mauer, ihm ist schwindelig, er lässt sich niedersinken und atmet mehrfach tief durch. Es ist geschafft. Sie haben ihn umgelegt. Wo sie ihn wohl hingeschafft haben? In die Regnitz? Dann finden sie ihn vielleicht am Wehr oder unten am Leinritt angeschwemmt in ein paar Tagen. Im Wald verscharrt? Oder sie haben ihn gleich ganz verschwinden lassen, aus der Stadt raus, was weiß ich, was echte Attentäter so machen. Mensch, heiß ist es hier! Oder ist nur mir so heiß? Er fasst sich an die Stirn und merkt, dass er schwitzt. Fieber, ich habe Fieber. Hoffentlich entzündet sich die Hand nicht. Ich hätte mir noch was von der Wolle mitnehmen sollen, zum Wechseln.

Er rafft sich auf und geht mit großen, aber unsteten Schritten zu seinem Zimmer im Gasthof. Wenn die Schmerzen an der Hand nicht wären, könnte ich diesen Augenblick ja richtig genießen. Es ist geschafft. Kirchner ist tot, und umgebracht haben ihn die eigenen Leute. In der eigenen Suppe zu Tode gekocht. Das muss mir erst einmal jemand nachmachen. Als er den alten Verband und die Wolle abnimmt, fällt er beinahe in Ohnmacht vor Schmerz. Er muss ins Bad auf dem Flur, dort wäscht er seine Hand ab, das Waschbecken färbt sich rot. Er wäscht die Wolle aus und die Tücher, dann verbindet er seine Hand neu damit. Besser nasse Wolle als gar keine. Und was sag ich Edelmayer jetzt? Sofort die ganze Wahrheit? Alles auf einmal? Nein, ich muss es dosieren, sonst flieg ich auf. Leichte Hinweise zuerst, dann immer mehr. Ich will meine Stellung behalten, ich mache das gerne. Was soll ich sonst auch noch kriegen, wo schon so viele auf der Straße stehen?

Er zieht sich ein neues Hemd an und kämmt sich Wasser durch die Haare, das muss an Schönheit reichen jetzt.

Fünf Minuten später klopft er an Edelmayers Zimmertür. Auf zum letzten Schritt, dann ist alles wieder gut, dann kann das Leben endlich weitergehen. Brandl öffnet und zieht ihn sofort hinein. »Kommen Sie, kommen Sie! Wir haben uns schon gefragt, wo Sie bleiben. Notstand! Wissen Sie es schon? Staatsrat Rupp von der SPD ist verschwunden. Seit heute Nacht ist er weg und keiner weiß, wo er hin ist. Es gibt aber keinen Hinweis auf ein Verbrechen bisher. Wir wollen noch vom besten Falle ausgehen. Aber dem Abteilungskommandanten reicht das natürlich nicht.«

»Ach, Michel, kommen Sie!« Edelmayer spricht gerade mit einem Herrn, der ihm am Schreibtisch gegenübersitzt und Michel den Rücken zugewandt hat. »Ich verhöre gerade den Leibwächter von Herrn Doktor Rupp, Adolf Kohstall. Er hat ihn gestern gegen 7 Uhr abends zuletzt gesehen. Da ist er auf sein Hotelzimmer gegangen und wollte sich dem Aktenstudium widmen. Habe ich Recht, Herr Kohstall?«

»Ja, ganz recht!«, sagt der Leibwächter und dreht sich kopfnickend zu Hans um. Augenblicklich blitzt etwas in seinen Augen und Hans wird es siedend heiß. Das ist doch der Mann, der sie im Steinernen Haus gestellt hat! Hans will sich schnell abwenden, aber der Mann ist schneller. Er greift ihn am Arm und ruft: »Aber das ist doch einer von denen, die den Rupp letztens verfolgt haben! Ja, ganz sicher, ich erinnere mich genau.«

Edelmayer stutzt und blickt von Hans zu Adolf Kohstall und zurück zu Hans. »Na ja, Herr Michel ist Kriminalsekretär, er wurde in letzter Zeit zu einigen Observationen eingesetzt, das ist schon möglich, dass Sie ihn …«

»Aber die waren zu viert und sind ganz auffällig hinter dem Rupp hergelaufen. Und als ich sie gestellt habe, kamen sie mir mit fadenscheinigen Ausreden, von wegen, dass sie sichergehen wollten, dass es der Staatsrat ist und so. Das ist er, einer der Wortführer noch dazu!«

Jetzt blickt Edelmayer fragend zu Hans. »Herr Michel, wollen Sie uns vielleicht kurz aufklären, Herrn Kohstall und mich, was es mit dieser … Begegnung auf sich hatte?«

Hans will sich mit der linken Hand den Schweiß von der Stirn wischen, besinnt sich eines Besseren und nimmt stattdessen die rechte Hand.

»Und was haben Sie mit Ihrer Hand gemacht? Schon wieder eine Rauferei mit der einheimischen Bevölkerung, Michel? Sie überraschen mich immer wieder!«

»Nein, ein kleiner Unfall … mit dem Tauchsieder …«, er stockt. Ich kann mir jetzt nicht zwei Geschichten auf einmal ausdenken, ich muss mich auf den Leibwächter konzentrieren, noch ein bisschen schwafeln, abschweifen. »Wir haben uns in der Tat schon kennengelernt, der Herr, wobei ich Ihren Namen nicht erfahren habe. Ich fürchte, das Ganze war ein fürchterliches Missverständnis.«

»Ein Missverständnis?« Adolf Kohstall springt jetzt auf und deutet mit seinem Zeigefinger auf Hans. »Dieser Mann ist dem Staatsrat mit seinen Kumpanen hinterhergeschlichen. Fragen Sie ihn doch mal, was er da gemacht hat! Fragen Sie ihn doch, was er mit Herrn Doktor Rupps Verschwinden von heute zu tun hat!«

»Ja, das fragen wir ihn ja gerade, was es mit der Begegnung mit Ihnen auf sich hat«, beruhigt ihn Edelmayer, »so lassen Sie ihn doch ausreden! Michel, ich höre!« Das »Michel, ich höre«, ist so schneidend, wie es Hans sonst nur aus Vernehmungen von Edelmayer kennt. Höchste Gefahrenstufe. Am besten, ich gehe wieder volles Risiko, ein Körnchen Wahrheit garniert mit einem Bouquet schmückenden Beiwerks. Kirchner ist ja weg, jetzt fliegt dann ohnehin bald alles auf.

»Herr Edelmayer, ich muss zu meiner Schande gestehen, dass es ein ungebührliches Verhalten war, das zu diesem Missverständnis geführt hat. Ich hatte im Rahmen einer Befragung einen Hinweis von dritter Seite erhalten, dass es auch ein oder zwei Mitglieder der Regierung gebe, die der Überprüfung würdig seien. Eine ungeheuerliche Behauptung, die ich zunächst nicht wahrhaben wollte. Aber als ich von einem zweiten Kontaktmann dieselbe Behauptung erfahren habe, fühlte ich mich verpflichtet, dem Hinweis nachzugehen, und Herr Doktor Rupp war, zu meinem größten Bedauern, leider einer der beiden Namen, die gefallen waren.«

Bei diesen Worten springt der Leibwächter wieder auf und schwingt seine Faust gegen Hans, der nur durch die Tatsache, dass er immer noch steht, für seine Verhältnisse schnell zur Seite springen kann.

»Infam, eine infame Lüge ist das!«, schreit Adolf Kohstall. »Doktor Rupp war ein, ist ein ehrenhaftes Mitglied der Regierung und kein Verbrecher.«

»Jetzt beruhigen Sie sich, Herr Kohstall«, schreitet Edelmayer ein, »es hat ja nicht geheißen, dass er einer ist, sondern nur, dass ein Verdacht ausgesprochen wurde, von einer dritten Person.«

»Ein Verdacht, der aber, da er von zwei Seiten kam, von der Kriminalpolizei verfolgt werden muss«, ergänzt Hans, woraufhin er sich dennoch eine Rüge von seinem Chef einfängt.

»Das hätten Sie uns aber mitteilen müssen, Michel! Mensch, so etwas ist doch ein Politikum ersten Ranges, das muss ich doch wissen, Herrschaftszeiten!«

Lohmann steht an der Wand, die Arme verschränkt, und schüttelt den Kopf.

»Ich wollte erst mehr herausfinden, bevor ich die Pferde scheu mache.«

»Erstens bin ich kein Pferd, und zweitens werde ich nicht gleich scheu, und drittens erwarte ich, dass mir berichtet wird, wenn etwas Gravierendes vorfällt, Michel. Wofür treffen wir uns denn jeden Abend hier?«

Die Standpauke habe ich sowieso verdient, zwar nicht dafür, aber immerhin glaubt er mir die Geschichte.

Lohmann verlässt auf einmal seinen Logenplatz an der Wand und kommt ein paar Schritte auf den Tisch zu und fragt Kohstall: »Sie sagten aber doch, es waren mehrere Leute, richtig? Nicht nur Herr Michel.«

Lohmann grinst wieder und tritt zurück in den Hintergrund. Kohstall nickt. »Ja, ja, so ein kleiner Rotschopf, ein ganz Magerer mit lockigem Haar und einer mit braunen Haaren und akkuratem Schnauzer. Zu viert waren sie. Und lustig haben sie sich über mich gemacht, ja, das haben sie.«

»Wer waren die anderen, Michel? Ich dachte, Sie waren auf offizieller Mission? Wie können Sie da mit anderen, Zivilisten gar, unterwegs sein?«

Oh, oh, wird immer schlimmer, vielen Dank auch, Kollege Lohmann! Die Stellung kann ich vielleicht doch vergessen jetzt. Dabei hatte ich doch alles drangesetzt, hier durchzukommen und weiter ein guter Kriminaler zu sein. Ich wollte jetzt endlich die Attentäter auffliegen lassen. Mist, doppelter! Droschkenkutscher bleibt Droschkenkutscher. »Nun, ich war ja schon außer Dienst, und wir hatten schon ein paar Bier getrunken, und da kam Doktor Rupp des Weges, so dass ich die Gelegenheit beim Schopfe ergreifen wollte, aber meine Kameraden ließen sich nicht abschütteln. Und so kam das eine zum anderen. Ich gebe zu, ich wollte auch ein wenig angeben. Einen echten Einsatz, eine Observation zeigen. Aber wie man sieht, ist sie gründlich misslungen, denn der aufmerksame Leibwächter hat uns ja gestellt.«

»Lüge! Alles Lüge! Die haben ihn ausspionieren wollen, und jetzt haben sie ihn …«

Edelmayer drückt den Leibwächter wieder in den Sitz zurück und versucht sich an einer Beschwichtigung. »Also, Herr Kohstall, Herr Michel ist seit … ist ein vertrauenswürdiger, absolut vertrauenswürdiger Mitarbeiter der Kriminalpolizei und agiert im offiziellen Auftrag hier in Bamberg und ist selbst über jeden Verdacht erhaben. Wenn er sich zu so einer Verfolgung hat hinreißen lassen, so hat er durch die Mitnahme von Zivilisten grob fahrlässig gehandelt, aber andererseits hat er in gutem Recht und Glauben gehandelt und ist nun mal einem Hinweis nachgegangen. Auch wenn er dabei Grenzen überschritten hat. Das wird für ihn auch Konsequenzen haben, das dürfen Sie mir glauben. Können Sie die Sache für jetzt dabei bewenden lassen? Gehen wir doch lieber noch einmal den gestrigen Abend durch, Herr Kohstall. Als Sie Herrn Doktor Rupp gestern nach der Arbeit in der Residenz bis ans Hotel zurückbegleitet haben, ist Ihnen da etwas aufgefallen? Oder war Herr Doktor Rupp selbst anders als sonst? Nervös, aufgeregt, besonders vorsichtig? Hat er jemanden gegrüßt, gesprochen, hat er gesagt, dass er noch etwas vorhabe? Der Portier meinte, er sei jeden Tag gegen elf noch einmal aus dem Haus gegangen und habe explizit immer eine Begleitung abgelehnt, nur gestern sei er bereits um zehn aus dem Haus gegangen. Aus dem Büro des Ministerpräsidenten haben wir heute früh erfahren, dass von Rupp eine Entschuldigung für die heute Abend stattfindende Sitzung des Ministerrats vorliegt. Können Sie sich das erklären?«

Ha, der Hundling! Der letzte Beweis, dass er mit den Attentätern unter einer Decke steckt. Er weiß, was heute Abend passieren soll, und hat sich schon mal abgemeldet. Aber das tut nichts mehr zur Sache, Herr Hauptmann Kirchner, nichts mehr.

Der giftige Blick des Leibwächters ruht immer noch auf Hans, aber dann konzentriert er sich doch auf Edelmayers Fragen und so geht das Gespräch ohne weitere Zwischenfälle zu Ende, ohne dass er weiter erhellende Informationen beisteuern kann.

Edelmayer blickt nach Kohstalls Abgang auf seine Taschenuhr, dann zu Hans: »Michel, ich erwarte noch einen ausführlichen Hintergrund, erstens für diese Verdächtigungen gegen den Staatsrat, zweitens für Ihr gewöhnungsbedürftiges Vorgehen in dieser Sache, und drittens für Ihren neuerlichen Unfall da. Mir scheint, Sie sind nicht ganz bei der Sache und erkennen die Brisanz der aktuellen Lage nicht. Wir haben immer noch keine Bilder aus München und wissen nicht, wann und wo die Attentäter zuschlagen, und jetzt ist auch noch der Abteilungskommandeur im Anmarsch und wird heute noch aus München hier eintreffen wegen der Geschichte. Ich habe jetzt deswegen einen Termin beim Bamberger Bürgermeister Wächter. Wenn ich zurückkomme in zwei Stunden, erwarte ich Ihren Bericht. In der Zwischenzeit schwärmen Sie alle drei wieder aus und befragen Bewohner, Geschäftsinhaber, Wirte und alle Menschen, die sich im Umfeld des Hotels National befinden, ob sie etwas zum Verbleib des Doktor Rupp aussagen können. Auf geht's, meine Herren! Dies ist eine große Bewährungsprobe für uns alle! Das gilt ganz besonders für Sie, Michel. Sehen Sie zu, dass es nicht Ihre letzte ist!«

Hans hat jetzt gar keine Lust, sich näher mit Lohmann zu befassen, der ihn beim Hinausgehen anrempelt und ihm zuzischt: »Das war's dann hoffentlich für Sie. Sie werden die längste Zeit bei der Kriminalpolizei gewesen sein, Sie Dilettant!«

Wart's ab, wart's ab, Kollege Lohmann! Er zögert beim Hinausgehen, damit er sieht, welche Richtung Lohmann einschlägt, um dann bewusst in die entgegengesetzte zu gehen.

Die Gaststätte ist geschlossen. Er klopft und hämmert gegen die Tür, bis er endlich Schritte hört. Willy öffnet.

»Hans, da bist du ja. Wo warst du? Wir haben dich überall gesucht. Du bist gestern nicht mehr gekommen, und du warst auch nicht im Fässchen! Die ganze Nacht nicht! Was ist los?«

Willy sperrt die Tür hinter Hans zu und führt ihn durch die dunkle Gaststätte – selbst die Fensterläden sind zu. Hinten im letzten Eck, wo sie immer sitzen, jeden Abend, seit Wochen, wartet Kaspar.

»Setz dich erstmal, Hans, wir haben dir was zu erzählen. Dem Gustav, dem geht's übrigens gar nicht gut. Der hat einen Anfall nach dem anderen. Kaum zu stoppen. Wir haben ihn oben mit einer doppelten Dosis Baldrian ruhiggestellt. Alles zuckt und ruckt, er fällt um und schlägt um sich, schlimm, der arme Kerl.«

Hans setzt sich zu Kaspar an den Tisch, der mit einem arkadischen Lächeln im Gesicht dasitzt. Willy setzt sich dazu und will anfangen zu reden, da fährt ihm Hans dazwischen: »Halt, ich zuerst. Wir müssen unsere Aktion abblasen. Kirchner ist verschwunden! Habt ihr es schon gehört? Er ist weg, und keiner weiß, wo er ist. Man vermutet, dass er tot ist. Aber keiner weiß was.«

Kaspar und Willy schauen sich an. Dann lachen sie, ja sie prusten los und boxen sich gegenseitig gegen die Schultern. »Doch, wir!«

»Wir wissen, wo er ist.«

Hans fällt das Kinn runter, mit offenem Mund sieht er seine Kameraden an: »Wie?«

Die beiden lachen weiter.

»Wollt ihr mir das vielleicht mal erklären? Was gibt es denn da zu lachen? Was ist denn jetzt mit unserem Plan?«

»Was hast denn du da an der Hand? Verletzt?«

»Tut jetzt nichts zu Sache, sagt mir jetzt bitte endlich, was los ist!«

»Du warst ja nicht da gestern Abend. Sonst wüsstest du auch, wo Kirchner jetzt ist. Also eigentlich kannst du es dir doch denken, wo er ist. Wir wissen es.«

Hans schüttelt ungläubig mit dem Kopf. »Nein. Nein, das kann nicht sein, er ist schon tot. Er ist tot, ganz sicher. Ihr lügt.«

Kaspar und Willy schütteln die Köpfe und halten die Hände zum Schwur in die Höhe.

»Ihr wollt mir nicht weismachen, dass ihr ihn habt? Dass er im Keller ist?«

»Oh doch, genau das wollen wir dir weismachen! Er ist im Keller. Schön verschnürt, verpackt, gebunden, gefesselt, geschlagen – nur ein bisschen. Sack überm Kopf, am Stuhl, im Dunkeln. Und jetzt wird er vielleicht wieder wach sein und sich fragen, was los ist. Aber er kann sich nicht am Kopf kratzen, weil er gefesselt ist, der Arme.«

Das darf nicht wahr sein, das kann nicht sein! Die wollten ihn doch erledigen, die vier Trottel, diese vermeintlichen Offiziere! Wieso ist Kirchner denn …? »Wie, was jetzt,warum? Erklärt mir hier mal endlich einer was, ihr zwei?«

Kaspar lehnt sich zurück und zündet sich eine Zigarette an.

»Ich hab gedacht, du rauchst nicht mehr, von wegen Drogen und so«, schimpft ihn Hans.

»Keine Gefahr. Ich brauch keine Drogen mehr. Jetzt hab ich ja Kirchner.«

Willy lehnt sich zu Hans und fängt an zu erzählen: »Hör zu! Es war gestern Abend. Wir sitzen hier im Domstern und warten auf dich. Lissy und ich hatten dich ja kurz zuvor noch getroffen – du schienst mir recht angespannt gewesen zu sein – aber du hattest gesagt, du würdest später nachkommen, also haben wir uns keine Sorgen gemacht. Und als wir da so sitzen, in trauter Runde – Gustav, Willy, Lissy und ich, selbst Babette kam manchmal dazu –, was meinst du, wer da hier hereinstolziert ist? Wie ein Gockel, ein großer, dicker, fetter. Der feine Herr Staatsrat, Herr Doktor Walter Rupp.«

»Nein!«

»Doch!«

»Das gibt's doch nicht! Der war doch seit seinem ersten Tag nicht mehr hier, als ihn Gustav das erste Mal gesehen hat.«

»Ja, aber gestern war ihm wohl nach einem Braunbier vor seinem Besuch bei den Rosen der Rosengasse. Denn er stolzierte an die Theke, bestellte bei Babette ein Bier und blieb gleich da sitzen, damit er ihr ab und zu auf den Hintern und in den Ausschnitt gucken konnte, der Schweinebär. Was aber gut war, denn so saßen wir in seinem Rücken.«

Kaspar setzt die Geschichte fort: »Wir natürlich in heller Aufregung, Gustav ist ganz fahl im Gesicht geworden und hat sich in die Ecke da verkrochen. Aber zunächst war da ja noch Fräulein Edelmayer. Das war Willys Aufgabe, sie elegant, aber deutlich hinauszubefördern, was ihm mehr deutlich als elegant gelungen ist. Aber nach zehn Minuten war er wieder da, leicht zerzaustes Haar, Lippenstift am Hals …«

»Lenk jetzt nicht ab, Kaspar, bleib bei der Sache!« Hans hat sich mittlerweile seine Pfeife gestopft und zündet sie unter großer Rauchentwicklung an, hustet und schimpft: »Wenn nur das Kraut, das die einem hier als Tabak verkaufen, endlich wieder nach Tabak schmecken würde. Weiter, Kaspar!«

»Auf jeden Fall saßen wir so da und konnten unser Glück kaum fassen. Wir müssen das Schwein gar nicht einfangen – gefährlich, risikoreich, mitten in der Stadt. Nein, das Schwein ist zu uns gekommen, direkt zu seinen Schlächtern reinspaziert. Und weiß es gar nicht. Das ist unsere Chance, haben wir gesagt. Wir haben kurz abgewogen, ob wir das ohne dich machen dürfen, sind aber zu dem Schluss gekommen, dass das deutlich geringere Risiko das Fehlen eines Mannschaftsmitglieds aufwiegt.«

Jetzt fällt ihm Willy wieder ins Wort: »Also haben wir Kaspar zu Helene geschickt, das Chloroform zu holen. Und Helene ist auch gleich mitgekommen. Gustav haben wir nach hinten geschickt, die Pferde anzuschirren und den Wagen fertigzumachen, und als Kirchner dann mal pissen musste, waren wir schon bereit. Und dann war alles ganz einfach.«

Kaspar lacht wie ein kleines Kind. »Helene stand Wache und hat alle Männer, die aufs Pissoir wollten, in ein Gespräch verwickelt und in der Gaststätte aufgehalten, Willy ist rein und hat ihn von hinten beim Pissen chloroformiert, nicht mal sein Ding konnte er wieder einpacken.«

»Sehr unappetitlich war das …«, wirft Willy feixend ein.

»Ich stand im Vorraum, und dann kam Gustav mit der Kutsche, Tür auf, Kirchner raus, Tür zu, Klappe auf, Kirchner hoch, Klappe zu, und ab ging die Post!«

»Spannend war nur noch die Patrouille, die uns weismachen wollte, dass man so spät abends nicht mehr mit dem Brauereigespann durch die Gegend fahren dürfte. Aber das waren zum Glück Bamberger. Die haben uns natürlich verstanden, als wir sagten, dass wir uns in einer Notsituation befänden, da uns das Bier ausgegangen sei und wir augenblicklich für Nachschub sorgen mussten. Das haben sie eingesehen und uns sogar noch einen Passierschein ausgestellt. Mit Stempel, dank eines mobilen Stempelkissens! Ein ganz akkurater Kamerad! Na, und von da an war es ein Kinderspiel. Über die Fassrutsche haben wir ihn runtersausen lassen …«

»Keine Angst, Füße voraus! Wir wollen doch nicht, dass er seine letzten Stunden nicht bei vollem Bewusstsein genießen kann …«

»Unten haben wir ihn dann in den von Gustav so liebevoll vorbereiteten Keller gerollt und dann haben wir ihn gefesselt, auf dem Stuhl festgebunden und über den Haken in die Höhe gezogen.«

Hans' Pfeife ist längst wieder ausgegangen, er kommt nicht dazu, hält die Pfeife in der Hand und starrt auf seine Freunde. Erst jetzt spürt er seine Hand wieder, sie pocht und schießt Nadeln durch seinen Arm. »Und … da hängt er jetzt?«

»Und da hängt er jetzt. Und wir haben ihm wirklich noch nichts angetan, versprochen, Hans. Das wollen wir zusammen machen. Wir können ihn auch einfach hängen lassen. Aber ich bezweifle, ob es sich bei Kirchner wie bei einem guten Schinken verhält. Ich glaube eher, der wird immer schlechter, je länger man ihn hängen lässt.«

»Schlechter und saurer!«

»Ja, ich finde, wir sollten ihm einen Besuch abstatten. Ich denke, er ist mittlerweile wach und wird sich fragen, wie er in diese missliche Lage gekommen ist. Aber dann müssen wir alle zusammen hin. Und dazu muss es Gustav erst wieder gutgehen.«

Da wird Hans seine bedrohliche Lage bei Edelmayer wieder bewusst. »Ja, also ich muss erstmal wieder zurück, eigentlich. Mein Chef wartet auf mich, erwartet mich nachher.« Er hört auf zu sprechen und weiß nicht mehr weiter. Wie soll ich denn jetzt fortfahren? Ich muss bis heute Abend die Attentäter aufhalten und Edelmayer einweihen und überzeugen. Aber jetzt ist Kirchner da unten. Wir haben ihn da, wo wir ihn immer haben wollten, in unserer Gewalt. Und jetzt, jetzt müssen wir den letzten Schritt tun. Ich habe weiß Gott alles versucht, aber es hat nicht sollen sein. Meine Freunde gehen jetzt vor. Wir müssen das zusammen durchziehen. Ich muss mit meinen Freunden gehen, egal was mit Edelmayer ist. Dafür sind wir doch alle hier, deswegen sind wir zusammengekommen, das ist unser Abschluss mit dem elenden Krieg, unser ganz persönlicher Abschluss. Das geht vor, ja, das geht vor. Das Attentat ist doch erst für heute Abend geplant. Ausreichend Zeit, Edelmayer alles zu erklären und die Regierung zu schützen. Davor kann ich so oder so nichts machen.

Mitten in Hans' Überlegungen geht die Tür zur Wohnung auf und Gustav wankt in den Raum. Langsamen Schrittes und leicht wackelig kommt er auf die drei Freunde zu.

»Na, Hans, was sagst du nun? Das Schwein … ist … in der Falle.« Seine Sprache ist stark verlangsamt, an seinen Armen sind zahlreiche blaue Flecken, am Kopf eine blutig vertrocknete Schramme. »Wollen wir gehen? Ich bin wieder da. Ganz da. Langsam, aber da, vor allem im Kopf bin ich da, und das ist das Wichtigste. Ich will es bewusst erleben, wie das Schwein seinem Tod ins Auge sieht.«

»Großartig, dann geht es also los. Worauf warten wir noch? Lasst uns endlich zu Ende bringen, was wir vor über sieben Monaten schon hätten tun sollen.« Kaspar springt auf, ist wieder ganz der Alte, schwungvoll, zuversichtlich, energiegeladen. »Hans, kannst du uns fahren? Wir nehmen die Kutsche. Dann kann sich Gustav noch ein bisschen erholen.«

Hans denkt ein letztes kurzes Mal an seine Pflichterfüllung und seinen Auftrag und das bevorstehende schwierige Gespräch mit Edelmayer sowie an den drohenden Verlust seiner Stellung, aber er wischt die Gedanken hinweg und nickt. »Ja, ja, klar kann ich fahren.« Das ist jetzt wichtiger. Hier geht es um meine Freunde. Hier geht es um Johann. Hier geht es um den letzten, den allerletzten Kriegstag. Das Schicksal will es wohl so, ja, im Grunde genommen war es Kirchner selbst, der das Schicksal in diese Bahnen gelenkt hat. Musste er auch an seinem letzten Abend in den Domstern kommen, statt wie üblich direkt zu seinen Huren zu gehen? So ist Hans in Gedanken vertieft, während er mit seiner guten Hand das Geschirr der Pferde, die Deichsel und die Riemen überprüft, den beiden Tieren auf die Seite klopft, sie zärtlich streichelt, auf den Kutschbock steigt und die Zügel in die rechte Hand nimmt. Gustav öffnet das Tor, Willy steigt zu ihm auf den Kutschbock, Kaspar sitzt hinten zwischen den Fässern, Gustav springt auf und setzt sich zu Kaspar nach hinten.

Sie biegen nach links in die Königstraße ein, Hans fühlt sich wohl auf dem Bock. Fühlt sich wie ein bisschen Heimat an, fast wie früher. Aber ich hatte immer nur ein Pferd, meine Goldelse. Und die war spritziger als diese beiden Brauereigäule zusammen. Gerade will er in die Kettenbrückstraße einbiegen, um den Fluss über die Ludwigsbrücke zu überqueren, da sieht er Lohmann an der Straßenecke stehen. Der ist im Gespräch mit einem fliegenden Händler. Hans zieht seinen Hut tiefer ins Gesicht und schaut nach rechts, aber es ist zu spät. Lohmann redet zunächst weiter mit dem Mann, sieht Hans aber bereits, dreht seinen Kopf zur Kutsche, hört auf zu reden und bleibt mit offenem Mund stehen. Völlig entgeistert, dann entrüstet schaut er zu Hans auf den Kutschbock, dann nimmt er alle vier Männer auf der Kutsche wahr. Er schüttelt den Kopf, dann zieht er eine Grimasse und grinst, ein breites, zufriedenes Grinsen. Hans bleibt nichts anderes übrig, als direkt an ihm vorbeizufahren. Keine zwei Meter ist er weg von Lohmann, als dieser ihm zuruft: »Das kostet Sie endgültig Ihren Kopf, Michel. Er wird Sie in der Luft zerreißen und verhaften lassen. Das ist Befehlsverweigerung!« Als sie schon auf der Brücke sind, schleudert er ihm noch mehr hinterher: »Hochverrat! Niedertracht! Amtsmissbrauch! Verrat! Verrat!«

Hans sagt kein Wort, treibt die Pferde an. Eine Träne der Wut läuft ihm die Backe hinunter, dann folgt eine aus Selbstmitleid, dann eine aus Verzweiflung. Ausgerechnet der selbstgerechte Lohmann. Diesen Sieg gönnt er ihm nicht.

»Kanntest du diesen sympathischen Herrn?«, fragt Willy und sieht, dass Hans weint. »Oh, tut mir leid. Bringen wir dich in die Bredouille? Willst du umdrehen? Verlierst du deine Stellung jetzt?«

Hans schüttelt den Kopf und fährt einfach weiter, über den Markt, durchs Rathaus, immer den Gleisen der Elektrischen nach, bevor er mit den Pferden den Umweg über den Kaulberg fährt, zu steil ist ihm der Weg über den Stephansberg.

Je näher sie zum Eingang des Kellers der Domstern-Brauerei kommen, desto angespannter sind sie. Hans hat sowieso den ganzen Weg geschwiegen, die beiden auf der Ladefläche haben irgendwann das Feixen eingestellt, und Willy sagt jetzt auch kein Wort mehr.

Als ob er sein Lebtag nichts anderes gemacht hätte, rangiert Hans die Kutsche am Eingang des Bierkellers vorbei nach hinten in den Hof und dreht eine große Schleife und bringt die Kutsche direkt vor dem Eingang zum Felsenkeller zum Stehen. Ein großes Schild preist die Eröffnung am 1. Mai an. Ab drei Uhr. Gustavs und Babettes ganzer Stolz, der Biergarten auf dem Berg, neu eröffnet nach einem vierjährigen Dornröschenschlaf. Aber heute, heute ist hier noch einmal Krieg. Tief unter dem Garten. Ab morgen ist Zukunft, heute ist Vergangenheit. So hoffen sie alle. Ein Kapitel, das sie noch zu Ende schreiben wollen. Hans stellt die Bremse fest, versorgt die Pferde und wendet sich schließlich den Freunden zu, die am Eingang auf ihn warten.

Sie stehen im Kreis vor dem Eingang. Kaspar schaut ihnen allen nacheinander in die Augen, dann streckt er seine Hand in die Mitte, Gustav legt seine obenauf, Willy darauf und am Ende, nach einem leichten Zögern, legt auch Hans seine Hand auf die von Willy.

»Für Johann!« »Und für all die anderen Toten, die er auf dem Gewissen hat!« »Für die Verstümmelung meiner Hand!« »Für sein menschenverachtendes Mahlen der Knochenmühle!«

Gustav holt den Schlüsselbund hervor und öffnet die Tür. Dahinter führen dreißig Stufen hinunter, tief in den Berg hinein, in die Stollen, geschlagen vor vielen hundert Jahren, seit mehr als hundert Jahren von der Brauerei Domstern genutzt zur kühlen Lagerung und Reifung ihres Bieres. Gustav hat im letzten Monat sogar für elektrisches Licht gesorgt, Kabel sind gelegt, bis in die letzten Winkel der Stollenanlage. Schweigend gehen sie hintereinander Stufe für Stufe nach unten. Der Stollen führt geradeaus, links und rechts sind zahlreiche Seitenstollen voller Fässer und am Ende ist eine verschlossene Tür. Gustav rasselt mit dem Schlüsselbund, dreht den Schlüssel im Schloss, da hören sie ihn schon, gedämpft wohl durch Knebel und Sack, ein Stöhnen und dumpfes Protestieren, animalische Laute.

»Mein Gott, wie stinkt das hier!«

»Dass man hier aber auch kein Fenster aufmachen kann.«

»Mir scheint, das Schwein hat in die Hose gemacht.«

»Ekelhaft, dieser Gestank!«

Ein Raum von der Größe einer kleinen Kapelle, links entlang, auf einem Podest, liegen an die zwanzig Fässer, in der Mitte ist der Raum höher, dort stehen ein Tisch und fünf Stühle. Dem Tisch gegenüber hängt einen Meter über dem Boden der verschnürte Kirchner. Die Hände nach hinten über die Lehne gebunden, die Füße einzeln an die Stuhlbeine gefesselt und der Oberkörper stramm umwickelt, eins mit der Stuhllehne. Unter der Sitzfläche sind vier Schnüre angebracht, die sich über Kirchner in die Höhe winden und an der Decke durch eine eiserne Öse führen, von dort wieder gen Boden, wo sie an einer weiteren Öse festgeknotet sind. So schwebt der Stuhl mitsamt Kirchner über dem Boden und pendelt durch seine Bemühungen, sich mitzuteilen, leicht hin und her.

»Na, du Schwein?«, fragt Kaspar und gibt dem Stuhl einen kräftigen Schubs, so dass Kirchner in Schwingung gerät. »Wie ist die Luft da oben? Besser als hier unten?«

»Hast du gut geschlafen? Ist doch wie in einer Hängematte«, spottet Gustav und merkt, wie sein linkes Bein zu zucken beginnt. Er tritt ein paar Mal fest auf den Boden, setzt sich auf einen Stuhl und streckt das Bein von sich.

Mein Gott, vor wenigen Stunden war ich selber noch so ein verschnürtes Paket, denkt sich Hans. Wie eigentümlich das gerade alles läuft. Habe ich selbst noch den Überblick? Hauptsache, ich komme hier rechtzeitig raus und kann Edelmayer schnell überzeugen. Lohmann wird schon ausreichend Gift und Galle gespuckt haben, wenn ich nicht rechtzeitig zum Treffen komme. »Kameraden, wenn wir uns mit ihm unterhalten wollen, müssen wir ihm schon den Knebel abnehmen.«

Gustav nickt und deutet auf ein niedriges Tischchen am Rande des Raums. Dort liegen grobe Malzsäcke, zurechtgeschnitten, so dass sie gerade über den Kopf passen. Alle vier stülpen sich die Säcke über, dann löst Willy den Knoten am Boden und zusammen mit Kaspar lässt er den gefesselten Kirchner langsam zu Boden. Hans zieht ihm den Sack vom Kopf und löst, umständlich mit einer Hand, den Knoten vom Knebel, den Kirchner, sobald er locker ist, mit Kraft ausspuckt. Er rotzt und spuckt ein paar Mal hinterher, hustet, röchelt.

»Gebt mir was zu trinken! Elende Verbrecher. Ich verdurste. Wer seid ihr? Was wollt ihr von mir? Wollt ihr Geld? Ich kann euch Geld geben. Ich habe Freunde, die euch auszahlen können. Habt ihr jetzt endlich was zu trinken für mich?«

Kirchner steht mit seinem Stuhl vor dem Tisch. Hinter dem Tisch sitzt Gustav, neben ihn hat sich Kaspar gesetzt. Willy und Hans stehen jeweils links und rechts vom Tisch. Alle haben die Malzsäcke über dem Kopf, Kirchner kann keinen erkennen, sie können durch die groben Maschen des Leinens leidlich sehen. Willy sieht Gustav an. Der deutet mit dem Kopf in eine Ecke des Raums, wo ein Wasserbottich steht. Willy schöpft eine Kelle voll Wasser und gibt sie Kirchner.

»Ah, das tut gut. Ihr seid also gar nicht so schlecht, wie mir scheint. Also jetzt raus mit der Sprache: Seid ihr Verbrecher oder seid ihr Politische?«

Kaspar neigt seinen Kopf nach links und rechts. »Der einzige Verbrecher, den ich in diesem Raum hier sehe, bist du!«

»Ah, also Politische! Aus welcher Richtung kommt ihr? Von links oder rechts? Ihr müsst mit mir reden, dann kann ich was für euch tun, Leute. Als Staatsrat kann ich euch Posten geben, Geld, Bezugsscheine, Lebensmittel. Was braucht ihr? Ich habe alles!«

»Ja, du scheinst wirklich alles zu haben. Vor allem hast du dein Leben. Das stört uns am meisten, du Schwein! Dass du so ein Leben hast, wo so viele gestorben sind, durch deine Hand, durch deine entsetzlich mörderische Hand.«

»Ich weiß nicht, wovon ihr redet. Ich war auch im Krieg, ja, so wie wir alle. Ihr habt es wohl auch erlebt. Oder seid ihr am Ende Agenten der Entente? Der Krieg ist vorbei. Ihr handelt doch gerade aus, wie ihr den Frieden wollt! Ihr habt gewonnen. Also was wollt ihr von mir?«

Kaspar schlägt mit der linken Hand auf den Tisch. »Gerechtigkeit! Gerechtigkeit wollen wir endlich! Für all die verdammten Seelen, die auf den Schlachtfeldern Frankreichs und Belgiens geblieben sind, die heute noch leben könnten, wenn du sie nicht in den Tod getrieben hättest.«

Kirchner blickt auf die Hand, die auf den Tisch geschlagen hat und noch dort liegt, an der drei Finger bis zur Handwurzel fehlen. Sein Blick bleibt aber leer, zumindest zeigt er keine Regung bei ihrem Anblick.

»Gerechtigkeit wollt ihr? Dann versteh ich nicht, was ihr von mir wollt. Ich bin doch auf eurer Seite, bei der SPD geht es uns doch genau darum. Dass es gerecht zugeht bei der Verteilung der Güter, der Produktionsmittel, und jetzt vor allen Dingen bei der Versorgung der Bevölkerung mit Nahrungsmitteln!«

»Ach ja. Hast du uns nicht gerade noch alles Mögliche angeboten? Ich habe da etwas von Bezugsscheinen und Lebensmitteln gehört. Scheint ja ganz gerecht zuzugehen bei euch.«

»Na ja, ich dachte halt, wenn ihr knapp bei Kasse seid oder Not leidet, dann kann ich als Staatsrat schon was deichseln für euch. Aber ihr müsst mich wieder freilassen. Sonst wird euch das hier teuer zu stehen kommen, Freunde.«

Kaspar schnellt nach vorne und verpasst ihm eine Ohrfeige. »Nenn mich nicht deinen Freund. Das bin ich nicht. Also lass das!«

Willy erhebt erstmals das Wort. »Und lass das Versteckspiel mit deiner SPD. Wir wissen, wer du bist. Du bist von der SPD so weit weg wie die Erde vom Mond. Wieso dir die ganze Welt diese Farce abnimmt, ist mir ein Rätsel. So ein Schwein wie du stinkt doch auf hundert Meter nach Schwein. Eine andere Haarfarbe, andere Frisur, dieser Stummelbart, die feine Brille, die edlen Klamotten, die Verkleidung von außen, das reicht nicht. Innendrin bist und bleibst du ein Schwein, Rudolf Kirchner!«

Nachdem er den Namen ausgesprochen hat, ist erst einmal Stille im Stollen. Nun blickt Kirchner erstmals ein wenig ängstlich vom einen zum anderen. Aber er entscheidet sich für Protest: »Wer soll das sein? Kirchner? Jetzt schwant es mir, das ist alles eine große Verwechslung. Ich bin Doktor Walter Rupp, nicht irgendein Ronald Kircher. Lasst mich endlich frei, und ich will von einer Anzeige absehen. Es handelt sich ja offensichtlich um eine Verwechslung. Das kann jedem mal passieren. Schwamm drüber, Freunde.«

Schon sitzt die nächste Ohrfeige von Kaspar, die ihn beinahe umwirft, so heftig ist Kaspars Schlag dieses Mal.

»Hör auf! Hör endlich auf! Du bist unerträglich!« Zu seinen Kameraden gewandt sagt er: »Lasst uns endlich anfangen, ich kann diesem Heuchler nicht länger zuhören. Wieso haben wir ihn nicht gleich erledigt damals? Hast du eigentlich deine Pistole dabei?«

Hans nickt.

Gustav schreit: »Wir sollten ihn besser steinigen, oder lebendig vergraben, in der Regnitz versenken. Ein Schuss ist viel zu gnädig, viel zu schnell!«

»Haltet ein, haltet ein! Macht keine Dummheiten!« Jetzt bekommt es Kirchner mit der Angst. Er bettelt: »Ihr werdet mich doch nicht umbringen wollen? Ich bin doch nur ein kleines Rädchen, völlig unbedeutend, damit könnt ihr keine Revolution anzetteln. Außerdem bin ich doch auf eurer Seite, ich bin doch bei der SPD!«

Dieses Mal ist es Willy, der ihn ohrfeigt, aber es wird mehr so ein Backenstreich, nicht besonders wirkungsvoll, so dass Kirchner gleich weiterredet: »Wie viel Geld wollt ihr? Ich kann alles auftreiben, aber lasst mich am Leben! Ich gebe euch Dollar, Sterling, Gold, was ihr wollt. Nennt mir eine Summe! Wenn ich tot bin, habt ihr doch gar nichts davon.«

»Er kapiert es nicht«, schreit Willy und geht mit großen Schritten bis zur Wand des Kellerraums, tritt gegen den Felsen und kehrt um. »Gerechtigkeit ist kein Motiv für ihn und seinesgleichen. Bei ihm zählt nur Geld und Macht und Nation. Sühnen musst du, Kirchner, sühnen für das was du so vielen angetan hast. Sühnen für die vielen Toten, Verstümmelten, Ermordeten, Getretenen, Geschlagenen. Auch wenn du nicht den Oberbefehl hattest, auch wenn du nicht die Verantwortung für den Krieg trägst, aber ein bisschen Menschlichkeit, ein Quäntchen nur, wenn du gehabt hättest, wärst du heute nicht hier in dieser miesen Lage. Dann wäre dein Leben hier und heute nicht zu Ende. Aber du hattest nie ein Gefühl, nie Mitgefühl, im Gegenteil, du hast dich am Elend der anderen geweidet, dich an ihrem Tod ergötzt, erst recht wenn sie dir nicht in den Kram gepasst haben. So war die Welt im Krieg: Die einen saßen an der Macht und haben bestimmt, dass die anderen krepieren. Aber jetzt ist Gerechtigkeit endlich keine Frage der Gnade mehr, nein, das zarte Pflänzlein wächst und gedeiht. Und dieser Gerechtigkeit verhelfen wir jetzt nachträglich für deine Untaten zu ihrem Recht. So einfach ist das, Kirchner.«

»Auge um Auge und Zahn um Zahn!«, speit Gustav ihm entgegen.

Kirchner hat lange zugehört, aber jetzt sprudelt es nur so aus ihm heraus, er erkennt, dass die Situation für ihn wirklich lebensbedrohlich ist. »Was soll das, was wollt ihr damit? Meint ihr, die Welt ist gerecht? Nein, ich sage euch, jeder ist sich selbst der Nächste. So war es im Krieg und so war es vor dem Krieg und so wird es jetzt nach dem Krieg auch wieder sein. Wir haben alle getan, was wir mussten. Das Deutsche Reich war bedroht, der Kaiser hat entschieden, die Oberste Heeresleitung hat alles verantwortet. Und der eine krepiert, und der andere überlebt. Ihr habt doch auch überlebt. Findet ihr das gerecht? Wieso ausgerechnet ihr? Gerechtigkeit, wer kann sich denn sowas leisten? Soll jeder sehen, wo er bleibt. Und wer zu nichts kommt, um den ist es nicht schade. Tut unserer Nation ohnehin besser, wenn die Nichtsnutze und Schmarotzer auf der Strecke bleiben. Dann bleibt das Gute, das Reine, das wahre Deutsche, das Starke übrig und kann eine gesunde neue Nation aufbauen, die dann die Vorherrschaft in Europa endgültig …«

An dieser Stelle schlägt ihm Kaspar erneut ins Gesicht, dieses Mal mit der Faust. »Kann jemand dieses Schwein endlich mal zum Schweigen bringen? Das ist ja nicht mit anzuhören, dieses Geschwafel von Nation und dem gesunden Deutschen, ekelhaft!«

»Aber endlich benimmt er sich wieder so, wie wir ihn kennen, der gute alte Kirchner. Durch und durch ein Unmensch.«

Kirchner blutet aus der Nase. Das Blut läuft in dicken Tropfen wie Wachs in den kleinen Schnurrbart und lässt ihn dunkel glänzen.

Hans holt seine Dienstpistole aus dem Halfter unter der Jacke und legt sie auf den Tisch. Er dreht sie an, sie dreht sich einmal, zweimal, und bleibt mit der Mündung auf Kirchner liegen.

»Paff!«, sagt Gustav. »Genau wie damals. Ein Schuss, aus nächster Nähe. An der Schläfe aufgesetzt.«

Kirchner kneift die Augen zusammen und schaut ihnen allen genau dorthin, wo ihre Gesichter sind. »Wer seid ihr? Kenn ich euch? Feiges Pack, traut euch ja nicht mal, eure Gesichter zu zeigen! So wart ihr im Krieg wahrscheinlich auch, feig und zu blöde, dem Feind die Stirn zu bieten. Solche wie ihr sind schuld, dass wir den Krieg verloren gegeben haben. Jammerfritzen, Schwarzmaler, Defätisten, Feiglinge. Zeigt eure Gesichter, zeigt wer ihr seid! Dann rede ich weiter mit euch.«

Der nächste Schlag kommt von Hans dieses Mal, er hat bisher gar nichts gesagt, aber jetzt platzt ihm der Kragen. »Wir haben kein Gesicht. Wir vertreten die namenlosen Vielen, die gefallen sind, untergegraben, im Schlamm und im Dreck. Wir sind die namenlosen Gräber der Verstümmelten und Zermalmten. Wir sind die verlorenen Seelen aus der Knochenmühle. Wir brauchen keine Gesichter. Wir haben Millionen von Gesichtern, die keiner je mehr sehen wird, kein Vater, keine Mutter, kein Sohn, keine Tochter, kein Mann, keine Frau. Und du, Kirchner, du hast so viele davon auf dem Gewissen, die noch leben könnten, dass du mitschuldig bist.«

»Und für diese Schuld, für diese deine Schuld wirst du heute die Zeche bezahlen!«, schreit Gustav und reißt sich den Sack vom Kopf und springt auf. »Lasst ihn doch sehen, wer wir sind. Ist doch egal. Wofür das Versteckspiel? Er wird niemandem mehr von uns erzählen, er wird diesen Keller nie mehr lebendig verlassen. Na, Kirchner? Erinnerst du dich jetzt?«

Einer nach dem anderen nimmt seinen Leinensack vom Kopf und wirft ihn auf den Boden. Alle schauen zu Kirchner. Der verweigert ihnen aber die erwartete Reaktion und blickt sie teilnahmslos an. Nur sein rechtes Augenlid zuckt ein paar Mal.

Gustav zittert am ganzen Körper als er die Truppenzugehörigkeit aufsagt: »5. Infanterieregiment, 7. Infanterie-Brigade, 4. Infanterie-Division, II. Bayerisches Armeekorps, 6. Armee. Na, Kirchner? Wag es jetzt nochmal zu leugnen, wer du bist.«

Der blickt ihnen nacheinander in die hasserfüllten Gesichter und fängt fürchterlich an zu lachen. Der ganze Kellerraum wird erfüllt von seinem gehässigen, ausgelassenen Lachen, als ob er einen guten Witz am Stammtisch gehört hätte. Die vier Freunde erstarren und sind für einen Augenblick sprachlos. Dann ist es Hans, der zwei Schritte auf Kirchner zugeht und ihm zwei schallende Ohrfeigen verpasst, eine von rechts, und eine von links.

»Schweig, du Schwein! Und hör auf zu lachen!« Etwas hilflos steht Hans vor dem weiter lachenden Kirchner, der die beiden Ohrfeigen weggesteckt hat wie nichts. Prustend schreit Kirchner die vier an: »Ihr armseligen Würstchen! Ihr wisst ja gar nicht, wie komisch ihr ausseht, wie ihr so dasteht. Die ewigen Verlierer, die einzigen in der ganzen Kompanie, die es geschafft haben, über vier Jahre nie befördert zu werden, die von Anfang bis Ende einfache Soldaten geblieben sind und immer den Mist und die Scheiße machen mussten. Du da, der Berliner, ja, ich erinnere mich, dich hab ich doch immer zum Latrinenputzen geschickt. Und die Schießbudenfigur dort, das war doch der warme Bruder, der sich immer gleich in die Hosen geschissen hat. Und du, du warst der Herr Oberschlau, mit deinen ganzen Eingaben und Briefen, dich hätte man den ganzen Krieg über anbinden sollen, mitten im Niemandsland. Und der da? Warst du der Doktor, der immer wieder seinen eigenen Kopf durchsetzen wollte? Nee, falsch, du warst der Musikus, mit seinen lächerlichen Notenbrettern, mitten im Krieg, lachhaft.« Kirchner wirft seinen Kopf hin und her und lacht erneut laut auf. Als die vier einfach nicht eingehen auf seine Schmähungen, beruhigt er sich allmählich wieder und fragt am Ende: »Und was wollt ihr jetzt von mir? Ein Brief an Mami, dass ihr im Krieg echt tapfer wart? Eine Wiedergutmachung für erlittene Schäden? Daran seid ihr schon selber schuld, ihr Verlierer. Zum Kacken zu dumm, aus solchen Kanaillen werden nun mal keine echten Soldaten, keine ganzen Männer. Da kann ich euch leider nicht helfen. Also was wollt ihr? Sagt es, dann können wir endlich wieder heimgehen und mit unserer Arbeit weitermachen.«

»Deinen Kopf wollen wir«, sagt Kaspar ganz leise, als Kirchner endlich verstummt ist. »Erinnerst du dich an meine Hand? Ich sollte den Rekruten zeigen, wie gefährlich dieser Frontabschnitt ist, und meine Mütze hochhalten. Drei Finger habe ich verloren. Drei Finger und ein ganzes Musikerleben habe ich verloren. Wegen dir! Nur wegen dir. Du hast geschafft, was vier Jahre Franzosen, Engländer, Panzer, MGs und Granaten nicht geschafft haben. Das hast du völlig sinnlos verursacht. Und danach hast du mich auch noch der Selbstverstümmelung anklagen lassen.«

Hans lehnt an der hinteren Wand. »Einmal hast du die halbe Kompanie ins Feuer geschickt, und weil du deinen Fehler nicht einsehen wolltest, hast du sie alle krepieren lassen. Ein Riesengemetzel, keiner kam zurück. Auch Leutnant Mayer, der letzte vernünftige Mensch unter den Offizieren.«

Willy spuckt erst aus, bevor er redet. »Erinnerst du dich an all die Kameraden, die du hast anbinden lassen, mitten im Granatenhagel? Alle verrückt und irr im Kopf geworden, zwanzigjährige Greise und Geisteskranke sind das jetzt.«

Kaspar zählt weiter auf: »Erinnerst du dich an all die Kameraden, die du wegen Befehlsverweigerung hinter der Front erschossen hast, weil sie dein Spiel nicht mehr mitspielen, deine sinnlosen Selbstmordkommandos nicht mehr ausführen wollten? Alle tot und verscharrt, Witwen und Waisen gebärend.«

»Erinnerst du dich an Johann Niedermaier?« Gustav muss einen Arm festhalten, der zu zucken beginnt, sein ganzer Körper gerät in Bewegung, er stößt mit dem linken Bein gegen den Tisch, steht auf, versucht sich auf den Tisch zu stützen, rutscht ab und stolpert an die Wand, wo er sich mit ganzer Macht mit dem Rücken gegen den kalten Felsen stemmt. Mit zittriger Stimme wiederholt er: »Johann Niedermaier! Kannst du dich erinnern? Wie du ihn kaltblütig erschossen hast? Pistole an der Schläfe und wumm! Für dich nur ein Leben unter vielen, vielleicht hast du uns gar nicht als Lebendige angesehen, vielleicht waren wir für dich alle schon Tote und du hast uns nur erlöst. Johann Baptist Niedermaier. Gestorben, nein ermordet am 22. August 1918 in Achiet-le-Grand. Von dir, Kirchner!« Mit den letzten Worten springt Gustav zum Tisch, greift sich die Pistole und hält sie zitternd an Kirchners Schläfe. Er kann sie kaum halten, so sehr wackelt sie von Seite zu Seite. Gustav schreit: »Du Schwein, du Unmensch! Hast ihn einfach getötet. Erschossen. Diesen … diesen Menschen … diesen … feinen Kerl, einfach so! Er wollte mir helfen und du erschießt ihn, vor meinen Augen. Ich lag im Dreck und musste es mit ansehen!«

Kirchner rinnt der Schweiß übers Gesicht, obwohl es hier unten im Keller unter zehn Grad hat. Die Pistole an der Schläfe, schreit er Gustav an: »Es war Krieg! Was wollt ihr denn? Krieg ist Krieg und kein Kinderspiel. Ihr wart bei der Armee. Da gilt Befehl und Gehorsam! Dieser … Niedermaier war ein Querulant, der hat sich von Anfang an eingebildet, dass er was Besseres ist, er hat sich ständig den Befehlen verweigert. Ich hätte ihn schon lange vorher füsilieren lassen sollen. So einer gehört nicht in die Kaiserliche Armee. Du wolltest es doch bloß mit ihm treiben und er, er hat dich nicht rangelassen. Das war vielleicht seine heldenhafteste Tat, dass er so einem warmen Bruder wie dir widerstanden hat. Ekelhaft sowas. Du gehörst genauso füsiliert wie die anderen. Kastriert und eingelocht. Was meinst du, wieso ich dich so oft im Spähtrupp eingeteilt habe? Damit du endlich krepierst.«

Gustav ist immer kleiner geworden, hat unterdessen die Pistole sinken lassen und liegt nun zuckend und zitternd am Boden, Rotze läuft ihm aus der Nase, Speichel aus den Mundwinkeln. Willy kniet sich neben ihn, gibt ihm aus dem Wassereimer zu trinken, wischt ihm mit seinem Hemdsärmel das Gesicht sauber und nimmt ihm die Pistole ab. Kaspar hat sich in der Zwischenzeit auf Kirchner gestürzt, prügelt auf ihn ein und schlägt ihm mit der geschlossenen Faust in das wehrlose Gesicht, Blut spritzt und Zähne und Kiefer knacken. »Dir werde ich beibringen, meine Freunde zu beleidigen. Was erzählst du da, du Schwein? Johann war eine ehrliche Haut, ein feiner Kerl, und Gustav war sein Freund, verstehst du? Freundschaft kannst du vielleicht nicht verstehen, wer will dich schon zum Freund haben. Aber wir Freunde waren das Einzige, woran wir uns halten konnten in diesen Jahren. Wo wir uns das bisschen Menschlichkeit geholt haben, was so Leute wie du vernichtet haben.«

Gustav schnellt in die Höhe, kniet auf dem Boden und schreit: »Nein, Kaspar, es stimmt. Ich habe ihn geliebt! Ich habe ihn geliebt, wie nichts sonst auf der Welt. Mein Gott, habe ich ihn geliebt. Er war das Schönste auf dieser Welt. Auch wenn ich ihn nie haben konnte, einfach nur zu wissen, dass er da ist, dass es ihn gibt, dass ich die gleiche Luft atmen darf wie er, aus dem gleichen Napf fresse wie er, ihm nahe sein kann, das war mein Paradies, mitten in der Hölle! Ich habe ihn geliebt, ich habe ihn geliebt …« Heulend kauert er am Boden und jammert immer weiter: »Ich habe ihn geliebt, ich habe ihn so geliebt …«

Kaspar lässt ab von Kirchner und schaut verwirrt zu Gustav, dann zu Willy und Hans. Willy zuckt mit den Schultern, Hans ebenso.

Kirchner spuckt Blut und Zahnsplitter zur Seite und lacht, so laut er kann. »Meine Herren, ihr seid ja richtig gute Freunde! Merkt nicht mal, dass ein warmer Bruder unter euch ist, und lebt jahrelang Seite an Seite mit so einem. Aber wartet nur, bis wir an der Macht sind, dann räumen wir auf, dann kommen die alle weg. Und ihr solltet euch bald entscheiden, auf welcher Seite ihr dann stehen wollt.«

Willy kniet noch immer neben Gustav und sagt leise: »Keiner räumt hier auf oder irgendjemanden weg. Gustav ist unser Freund. Und wenn er Männer liebt, dann liebt er eben Männer. Wenigstens weiß er, was Liebe ist! Etwas, das du von dir nicht behaupten kannst. Du kennst nur Hass und Verachtung. Aber das kann eine Nation auf Dauer nicht zusammenhalten. Ich habe mich schon entschieden, auf welcher Seite ich stehen möchte.« Er legt seinen Arm um Gustav, der zusammengekrümmt am Boden kauert.

»Ich auch!«, sagt Hans und geht die paar Schritte zu Gustav und Willy hinüber und stellt sich hinter sie.

Kaspar steht immer noch vor Kirchner und sortiert seine Gedanken. Gustav liebte Johann? Ja, und was bedeutet das jetzt? Eigentlich nichts. Was soll es, was geht es mich an, wen Gustav liebt, Babette oder Johann. Ach, hatten wir uns nicht alle gewundert, als er das zweite Kind bekam und in besagter Zeit eigentlich gar nicht auf Heimaturlaub gewesen sein kann? Hat mich damals nicht interessiert, interessiert mich auch heute nicht. Muss er entscheiden. »Ich auch, ich weiß auch, auf welcher Seite ich stehe. Gustav, alles gut? Kommt, Freunde, wir legen ihn jetzt um, dann ist es vorbei. Soll er sein Gift doch mit ins Grab nehmen. Gebt mir die Pistole, ich mache es.«

Kaspar geht zu den Freunden an der Wand und holt sich die Pistole von Willy.

Blutverschmiert und kaum verständlich beschwört sie Kirchner noch einmal: »Kameraden, ich sag's euch, die anderen Zeiten sind sehr nahe, diese … Regierung ist angezählt. Eine neue Zeit bricht an. Lasst mich am Leben und ich helfe euch, ich lasse euch nicht hochgehen, ihr kriegt gute Posten, wenn wir an der Macht sind.«

Jetzt ist Hans' großer Moment gekommen. Er tritt direkt vor Kirchner. Der saure Geruch nach Blut, Urin, Durchfall, Schweiß steigt ihm in die Nase. Angst, Kirchner riecht nach Todesangst. Hans spuckt ihm ins Gesicht. Mit ruhiger Stimme spricht er aus, was er sich bis zuletzt aufgespart hat, um Kirchner zu vernichten, auf seine Art: »Und genau da liegst du falsch, Kirchner. Deine ganze lächerliche Wiedergeburt als Walter Rupp ist umsonst gewesen. Du hast dich umsonst mit deinen Feinden umgeben, hast umsonst geplant, hast umsonst falsch gespielt. Denn während wir hier unten den Krieg beenden, beginnen oben die letzten Stündlein deiner sauberen Kameraden aus München. Euer Attentat wird verhindert werden, der Putsch bleibt aus. Dieses Mal wirst auch du scheitern. Wir wissen Bescheid und heute Abend wird nicht die Regierung gestürzt, und niemand ermordet, nein, deine Freunde werden fallen, sie werden scheitern. Keiner fällt eurem Attentat zum Opfer. Ich weiß alles!«

Gustav, Kaspar und Willy begreifen erst langsam, was Hans da gerade gesagt hat. Sie schauen ihn ungläubig an und machen große Augen. Keiner sagt mehr ein Wort. Willy deutet Hans an, dass er ihn vor der Tür sprechen will. Kaspar legt die Pistole auf den Tisch und hilft Gustav auf die Beine. Die vier verlassen den Raum.

»Du bluffst doch nur, Preuße! Du hast keine Ahnung! Nein, nein, das kann nicht sein! Du lügst! Du lügst!«, schreit Kirchner, als sie den Raum verlassen und die Tür schließen.

Zu viert stehen sie vor der Tür zu ihrem Kellerverlies und schweigen zunächst, atmen einmal durch. Selbst Gustav kann wieder stehen, verheulte rote Augen und ein leichtes Zucken im Hals verraten noch seine Erregung. Willy fasst Hans am Arm und bedrängt ihn: »Hans, was redest du da? Was für ein Attentat? Heute noch? Auf die Regierung? Das kann nicht sein, das darf nicht sein. Sag, dass es nicht wahr ist!«

Hans versucht, ihn zu beschwichtigen. »Ich werde alles noch zu verhindern wissen. Heute Abend ist Ministerratssitzung. Da soll es passieren. Und ich kenne die Attentäter. Kirchner scheint der Spion und Mittelsmann in der Regierung zu sein. Es sind rechte Verschwörer, Nationalisten, sie wollen die Regierung töten, vielleicht mehr, ein Putsch, ich weiß es nicht.«

Willy fasst sich an den Kopf. »Und deine Leute wissen Bescheid? Die wissen, was läuft, ja? Die werden es verhindern? Dieser Typ heute Mittag in der Stadt, der dich so angeschrien hat? Hans, sag mir, dass deine Leute Bescheid wissen und der Plan vereitelt wird!«

Hans windet sich und knetet seine Finger. »Fast, ja. Ich bin … bin nur noch nicht dazugekommen, es meinem Chef zu sagen. Es war alles … zu viel in letzter Zeit. Der Kontakt zu diesen Männern, diesen Teufeln, dann haben sie uns die Namen aus München gemeldet, auch Kirchners Name war darunter, und diese anderen vier, ich war ganz nahe dran an ihnen und habe erfahren, was sie planen.«

»Hans, nochmal zum Mitschreiben: Wissen deine Leute Bescheid?«, unterbricht ihn Willy.

»Nicht direkt, also, genau genommen nein, eigentlich … Nein.«

Willy verhaspelt sich fast beim Reden, so schießt er die Worte heraus: »Und du stehst hier herum? Hans, sag doch was! Das muss verhindert werden. Was bist du denn für ein Kriminalpolizist, wenn du so etwas für dich behältst? Stell dir vor, die ziehen ihren Plan vor? Die ganze Regierung? Hans! Hans!«

»Ja, nein«, Hans ist ganz wirr im Kopf. Habe ich es schon vermasselt? Willy hat ja Recht, es ist Irrsinn, aber nein, es passt doch alles noch, es wird alles gut. »Es ist für heute Abend geplant. Wir werden ihnen noch zuvorkommen. Ich wollte euch jetzt nicht im Stich lassen. Es ist doch unser Trachten seit Wochen, die Sache mit Kirchner, und jetzt ist es so weit. Er ist hier, wir haben ihn, ich wollte nicht fehlen.«

Willy wird auf einmal ganz geschäftig. »Wir fahren sofort in die Stadt runter. Um Kirchner kümmern wir uns später. Soll er noch ein bisschen nachdenken.«

Aus dem Raum hinter ihnen hört man ein Poltern, ein Krachen und Splittern. Die Freunde schauen sich an. »Mein Gott, ich habe die Pistole auf den Tisch gelegt!« Kaspar stürzt zur Tür und öffnet sie, da fällt auch schon ein Schuss. Aber er geht ins Leere. Kirchner hat den Stuhl zertrümmert und eine Hand befreit, sich rücklings auf den Tisch geschmissen und mit der Hand auf dem Rücken die Pistole in den Griff bekommen, aber er kann nicht zielen damit, weil die Fesseln noch zu stark sind. Willy stürzt sich auf ihn, wirft ihn vom Tisch zu Boden, die Pistole fällt zur Seite, Willy schlägt ihm zweimal mit der Faust ins Gesicht. Gustav kickt ihn mit dem Fuß in die Seite, Kaspar schnappt sich eine Latte eines kaputten Fasses und schlägt auf Kirchner ein, auf die Beine, die Arme, den Rücken, und zuletzt auf den Kopf, dass es knackt. Da geht Hans dazwischen. »Es reicht, Freunde, es reicht. Lasst ihn!« Er zieht Kaspar nach hinten, nimmt ihm die Latte ab, schubst Gustav weg. Willy steht daneben und betrachtet den geschundenen Kirchner. »Das war also dein Plan, du Schwein. Was hätten wir der Menschheit erspart, hätten wir dich noch erwischt damals an der Somme.«

Kirchner reagiert nicht. Hans hält ihm einen Finger an die Schlagader. »Er lebt noch.«

»Lassen wir ihn«, sagt Willy und zieht Hans weg von Kirchner. »Wir müssen zurück in die Stadt. Hans muss seinen Dienst verrichten. Er muss verhindern, was zu verhindern ist.«

Sie ziehen die Fesseln nach und binden ihn zusätzlich an einer der Ösen fest.

Hans steckt seine Waffe zurück in den Halfter, Gustav löscht das Licht, sperrt zu, dann eilen sie den Stollen zurück Richtung Ausgang.

Willy sagt im Gehen: »Hans, ich bin heute Abend auch dabei, ich soll berichten. Wenn du mich brauchst, ich bin da. Kommst du mit deinem Kollegen zurecht? Dem von heute Mittag am Straßenrand?«

Hans wischt sich den Schweiß von der Stirn und murmelt: »Das schaffe ich schon. Den schaffe ich noch.«

Hans treibt die Pferde an, die Kutsche fliegt im Galopp den Berg hinunter, dass die Leute aufschauen. Es ist drei Uhr, die Glocken läuten. Im Domstern übergibt er Gustav die Kutsche und rennt hinüber zum Deutschen Haus. Jetzt endlich alles klarmachen, reinen Tisch, die Attentäter entlarven, das Komplott aufdecken, dann wird wenigstens das gut. Wenigstens das. Er nimmt drei Stufen auf einmal und erreicht Edelmayers Tür. Er klopft. Keine Reaktion. Er klopft erneut, dann probiert er die Klinke. Die Tür geht auf, das Zimmer liegt im Dunkeln. Er hat die Hand noch auf der Klinke, da wird die Tür von innen aufgerissen, Hans stürzt hinein und schon sind drei Männer über ihm, reißen ihn zu Boden, ein Knie drückt ihm in den Rücken, sie pressen sein Gesicht in den Teppich des Hotelzimmers und schreien ihn an: »Keine Bewegung! Sie sind verhaftet! Widerstand ist zwecklos!«

Ich würde ja gern was sagen, aber ihr haltet mir die Fresse in den Teppich. Die Männer ziehen ihn an den Armen hinterm Rücken hoch, der Schmerz in der linken Hand flammt auf, es durchzuckt Hans im ganzen Körper, auch die nach oben gezerrten Arme schleudern Blitze durch die ganze Schulter. »Ihr brecht mir die Arme!«

»Das ist noch das geringste Ihrer Probleme, Michel!«, hört er jetzt eine vertraute Stimme. Es ist Lohmann. Er tritt aus dem

Dunkel des Zimmers auf ihn zu, drei Polizisten halten ihn fest, als Lohmann ihm mit der Faust in den Magen boxt. »Oder wie soll ich Sie nennen? Rudolf Kirchner? Alwin Pöhner? Oder doch Paul Curt? Ihr Spiel ist aus! Sie haben uns lange genug zum Narren gehalten. Wir wissen, dass Sie sich in die Kriminalpolizei in München eingeschlichen haben, um aus sicherer und vor allen Dingen unverdächtiger Position einen Anschlag auf die Regierung zu planen. Ich habe Ihre Unterlagen durchgesehen. Das war sehr geschickt, sich selbst zu überprüfen, wir hatten gar keine Chance auf Ihre Fährte zu kommen. Führt ihn ab, Männer.«

Hans windet sich in den Händen der Polizisten, die haben ihn aber fest im Griff. »Ich muss mit Edelmayer sprechen! Ich muss ihn sprechen. Sie machen einen großen Fehler, Lohmann!«

»Ich mache keine Fehler, Michel, oder wie Sie heißen. Sie zu verhaften bereitet mir ein solches Vergnügen, wie ich es schon lange nicht mehr hatte. Ich wusste immer schon, dass Sie kein echter Kriminaler sind. So ein Reingeschmeckter. Aber dass Sie so falsch sind, das habe nicht einmal ich geahnt. Aber als ich Sie heute auf dem Kutschbock gesehen habe mit den anderen Männern, und nach dem, was der Leibwächter heute Vormittag von Rupp erzählt hat, war mir alles klar. Erst war ich nur empört, aber dann habe ich eins und eins zusammengezählt. Und Edelmayer hat mir glücklicherweise endlich einmal wieder geglaubt. Der ist fast in Ohnmacht gefallen, als ich ihn darauf hingewiesen habe, dass er Ihnen sogar seine Tochter anvertraut hat. Er ist schwer enttäuscht und wütend.«

»Ich muss ihn sprechen! Wo ist er?«

»Beim Abteilungskommandanten und dem Bürgermeister, den Erfolg unserer Mission vermelden!«

»Lohmann, hören Sie zu, hören Sie mir nur einmal zu! Sie haben den Falschen. Ich kenne die Attentäter, ich bin der Einzige, der sie kennt. Aber ich kann sie aufhalten, ich weiß, was sie vorhaben! Heute Abend noch! Wir müssen sie aufhalten! Lassen Sie mich mit Edelmayer reden!«

Lohmann lacht. »Ist mir schon klar, dass Sie die Attentäter kennen. Und Zeit und Ort des geplanten Anschlags. Sie sind es ja selber! Ein guter Witz! Los jetzt, ab mit ihm! Herr Edelmayer und der Kommandant werden sich morgen sicher persönlich zum Verhör bemühen.«

»Aber dann ist es schon zu spät! Wir müssen jetzt handeln, heute Abend ist der Anschlag, Lohmann! Heute Abend! So hören Sie doch.«

Lohmann winkt die Polizisten hinaus. Die legen ihm Hand- und Fußschellen an und schleifen ihn die Hoteltreppe hinunter.

Auf der Straße steht ein Polizeikraftwagen vor dem Eingang zum Hotel, mit einer Art Kasten auf der Pritsche. Als Hans auf die Straße tritt, sieht er ein weiteres solches Fahrzeug weiter unten in der Straße, vor dem Domstern. Und er hört Babette, wie sie zetert und schreit. Dann sieht er, wie Polizisten unter großer Beteiligung umstehender Passanten Gustav, Willy und Kaspar durch die offene Tür des Kastenwagens schubsen.

Oh mein Gott! Hans wird ganz flau, er ist einer Ohnmacht nahe, ihm wird weiß vor Augen, die Füße tragen ihn nicht mehr, die Polizisten heben ihn in den Wagen und werfen ihn auf eine Bank an der Seite. Er fällt auf seine linke Hand, der Schmerz zieht durch den Arm, den Rücken entlang und endet in Blitzen im Kopf. Hans verliert das Bewusstsein.

Ich liege. Ach, tut das gut. Diese Ruhe hier. Einfach mal liegen bleiben, das muss auch mal sein. War ein wenig viel in letzter Zeit. Zu viel eigentlich. Endlich mal liegen. Wie viel Uhr es wohl ist. Wie ich den Laden kenne, muss ich bald aufstehen.

Er öffnet die Augen.

Was ist denn das für ein Zimmer? Oh Gott, ich bin ja noch gefesselt im Schuppen! Nein, da bin ich doch davongekommen, aber Kirchner ist tot! Nein, Kirchner ist im Stollen, die anderen haben ihn … Lohmann, Edelmayer, mein Gott, ich bin ja verhaftet! Lohmann hat mich verhaften lassen. Das Attentat! Wie viel Uhr ist es?

Er springt auf, merkt dass seine Hände in Handschellen sind, seine linke Hand ist neu verbunden, richtig ordentlich, saubere Arbeit hier im Zuchthaus. Er springt zur Tür und schlägt mit der rechten Faust dagegen. Er schreit und ruft, klopft und hämmert. Er findet einen Blechnapf mit Wasser auf einem niedrigen Tisch, leert ihn in die Ecke und hämmert damit gegen die Eisentür, was einen durchdringenden höllischen Lärm verursacht.

Endlich hört er Schritte, die vor seiner Tür anhalten. Ein Riegel in der Tür wird zurückgeschoben, ein Gesicht erscheint, nein, mehr ein Ausschnitt von einem Gesicht. Das Gesicht schreit ihn an: »Sind Sie wahnsinnig, Mann? Hören Sie auf mit dem Radau oder ich lasse Sie in die Dunkelzelle bringen. Augenblicklich hören Sie auf, haben Sie mich verstanden?«

Hans geht ganz nah an das kleine Fensterchen heran, er möchte am liebsten durchkriechen und spricht so ruhig wie möglich: »Guter Mann. Ich muss dringend mit Kriminalinspektor Edelmayer sprechen. Bitte, bitte holen Sie ihn!«

»Kenn ich nicht, nie gehört! Und jetzt Ruhe!« Der Wärter schließt das kleine Fensterchen mit einem Ruck.

»Nein, halt, Sie müssen hierbleiben! Wie viel Uhr ist es?«

»Ich muss gar nichts, muss ich«, meldet er sich von draußen. »Aber die Uhrzeit kann ich Ihnen noch sagen. Es ist halb sechs.«

Hans knicken die Füße weg. Halb sechs und ich sitze im Zuchthaus. Um halb acht ist alles zu spät.

Er steht sofort wieder auf, schreit und schlägt mit dem Blechnapf gegen die Tür. Der Wärter ist augenblicklich zurück. »Zum letzten Mal, verdammt noch einmal, Ruhe jetzt!«

»Hören Sie, es geht um Leben und Tod!« Hans ist der Verzweiflung nahe. Das Guckloch geht wieder auf. »Guter Mann, Kamerad. Ich will ruhig sein, aber bitte, bitte, bitte, rufen Sie mir jemanden, der hier was zu sagen hat! Es geht um das Leben der Regierung. Es geht um einen unmittelbar bevorstehenden Anschlag auf die ganze Regierung. Heute Abend. Wenn Sie nicht handeln, machen Sie sich mitschuldig. Rufen Sie mir jemanden her! Jetzt sofort, es ist ganz dringend! Bitte!«

Der Mann auf der anderen Seite der Tür schweigt. Er scheint zu überlegen. »Aber es ist doch schon nach fünfe, Feierabend. Da ist keiner der Herren mehr da.«

»Was ist denn mit den Herren, die mich eingeliefert haben? Sind die noch da? Kriminalassistent Brandl, Kriminalsekretär Lohmann, Kriminalinspektor Edelmayer, im Deutschen Haus, meinetwegen auch der Bürgermeister.«

»Als ob ich jetzt den Bürgermeister hole. Drunter tun Sie es wohl nicht? Wo sind wir denn hier? Sie wissen schon, dass Sie im Zuchthaus sitzen und nicht im Hotel Imperial?«

»Ist mir schon klar. Guter Mann, jede Minute, die wir hier vergeuden, vergrößert die Gefahr, dass die Regierung dem Anschlag nicht mehr entgehen kann. Tun Sie was, holen Sie jemanden her!«

»Ist ja schon gut, ist ja gut. Ich guck mal, wen ich auftreiben kann. Aber Sie bleiben jetzt ruhig!« Klappe zu.

Hans dreht sich um und lässt sich mit dem Rücken an der Tür nach unten sinken. Zuchthaus. In zwei Stunden ist die Regierung hin, und ich bin schuld. Wo Willy und die anderen wohl sind? Auch hier? Wo auch immer ich bin. Das Zuchthaus in Bamberg, das ist doch direkt am Fluss unten. Keine zweihundert Meter von der Residenz entfernt. Aber im Moment so weit wie nochmal was. Mist! Es hätte auch alles klappen können. Aber ich habe nicht mit Lohmanns gewissenhafter Gerissenheit gerechnet. Ich kann's ihm ja nicht mal verübeln. Es spricht ja tatsächlich einiges für seine Annahme, ich sei einer der Attentäter. Aber Edelmayer wird mir glauben. Wenn doch nur der Edelmayer käme.

Die Zeit vergeht. Hans zählt die Sekunden, 300, 400, 500, das sind ja gleich zehn Minuten, wo bleibt der denn? Das kann doch nicht so schwer sein. Bei 600 steht er auf und macht wieder so viel Lärm, wie es nur geht.

Die Klappe geht auf und ein zackiger Befehl wird in die Zelle gebellt. »Gefangener, zurücktreten, an die Wand!«

Hans tut wie ihm befohlen, da geht die Zellentür auf, endlich, sie haben ihn gefunden, und herein kommt … Lohmann. Hinter ihm steht Brandl. Beide treten in die Zelle.

»Michel, was auch immer Sie wollen, ich rate Ihnen, dass es wohlüberlegt ist. Verschwenden Sie meine Zeit nicht mit Ammenmärchen und kommen Sie zur Sache! Was wollen Sie? Sie haben exakt eine Minute!«

Lohmann sieht auf seine Uhr, Brandl und er setzen sich auf die Pritsche, Hans auf den einzigen Stuhl in der Zelle.

»Danke, dass Sie gekommen sind, Sie und Herr Brandl. Hören Sie, ich weiß, dass es wirklich so ausschaut, aber es ist nicht so, bitte lassen Sie es mich erklären. Ich habe hier in Bamberg ein paar alte Kameraden wieder getroffen, mit denen ich vier Jahre durch dick und dünn gegangen bin. Aber mehr ist da nicht. Die wahren Attentäter habe ich vor Tagen entdeckt, zumindest vier von ihnen. Es war ein Tipp von einem ehemaligen Kutscherkollegen – Sie wissen, ich war vor dem Krieg hier Mietkutscher.«

»Eine halbe Minute noch!«, unterbricht ihn Lohmann kalt, während er seine Fingernägel ansieht und mit der rechten Fußspitze wippt.

»Ja doch, ja. Sie haben in der Schrottenbergsgasse gewohnt und ich habe mich ihnen vorsichtig genähert und sie observiert, ja, und jetzt habe ich sogar eine geheime Botschaft in ihrem toten Briefkasten im Steinernen Haus abfangen können, und die ist so brisant, dass Sie bitte handeln, Herr Lohmann, Herr Brandl! Wir müssen handeln! Wir müssen zur Residenz. Dort findet heute eine Ministerratssitzung statt. Da wollen sie zuschlagen. Um halb acht. Ich weiß nur nicht wie, aber ich erkenne die Leute, ich habe sie alle vier gesehen. Nehmen Sie mich mit, wir müssen sie unschädlich machen, bevor sie unfassbaren Schaden anrichten, die ganze junge Demokratie zerstören.«

»Die Minute ist um, Michel oder wie Sie heißen. Sie reden sich nur um Kopf und Kragen. Eine Räuberpistole ersten Ranges. Ich warte jetzt erst einmal die angeforderten Unterlagen zu Ihnen und zu diesen drei anderen Galgenvögeln ab, dem zittrigen Brauer, dem eifernden Reporter und dem Vagabund, der mal Musiker gewesen sein will. Dann sehen wir weiter. Die Wache in der Residenz ist ohnehin verstärkt, das hat der Abteilungskommandant schon veranlasst, ich denke, die Ministerratssitzung ist ausreichend gesichert. Kommen Sie, Brandl, zum Geschichtenanhören gehe ich lieber ins Theater.«

Lohmann steht auf und klopft von innen dreimal an die Zellentür. Die Klappe öffnet sich, dann dreht sich der Schlüssel im Schloss und die Tür schwingt auf, Lohmann schreitet hinaus.

»Und wenn er doch Recht hat, Herr Kollege?« Das war Brandl. Er ist in der Zelle stehen geblieben. »Wenn er Recht hat und noch heute Abend etwas passiert? Ich möchte nicht dran schuld sein.«

Hans fällt auf die Knie und rutscht Lohmann hinterher, er bettelt Lohmann an: »So glauben Sie mir doch! Was soll ich denn noch sagen? Sie haben mich doch in der Hand. Ich kann gar nicht aus. Wenn ich lüge, bringen Sie mich halt nachher wieder in die Zelle zurück und machen mir den Prozess. Sie sind doch viel stärker als ich. Bei Ihnen hätte ich doch gar keine Chance, auszubüchsen.«

Lohmann steht draußen vor der Tür und bellt: »Brandl, kommen Sie jetzt! Ich möchte mir das nicht länger mit anhören müssen!«

Brandl zuckt mit den Schultern, hebt die Hände und blickt Hans dabei mit traurigen Augen an.

In einem letzten verzweifelten Versuch flüstert Hans zu Brandl: »Helfen Sie mir! Holen Sie Hilfe! So schnell wie möglich. Sie müssen mir einfach glauben.«

»Brandl!« Lohmann blitzt seinen Kollegen mit den Augen

an und stampft mit dem Fuß auf. Der fügt sich und verlässt die Zelle, die Tür schließt sich, die Schritte entfernen sich. Ruhe.

Hans lässt sich auf die Pritsche fallen. Jetzt ist alles aus. Eigentlich könnte ich mir gleich den Strick nehmen. Jetzt ist doch alles schiefgelaufen. Schiefer geht's eigentlich nimmer. Selbst seine Freunde hängen jetzt mit drin. Er lässt seinen Blick durch den kargen Raum schweifen. Nichts, woran man sich aufknüpfen könnte. Er hebt sein Hemd hoch, nein, nicht mal ein Gürtel oder eine Kordel an der Hose. Aber die Hose an sich … beide Hosenbeine zusammen? Der Stoff ist dünn, da reißt die Naht doch gleich. Und wo soll ich mich denn aufknüpfen? Da oben an den Gitterstäben etwa? Alle Kraft verlässt ihn, er sinkt auf die Pritsche nieder, er zerfließt, er wird flach und flacher, es kommt ihm so vor, als sei nichts mehr unter ihm, das ihn tragen, nichts, was ihn auffangen könnte. Träge wie ein Stück totes Fleisch liegt er auf der Pritsche und starrt an die Decke.

Als eine halbe Stunde später die Klappe an der Tür mit einem Ruck aufgerissen wird und erneut der Befehl erschallt: »Gefangener, zurücktreten, an die Wand!«, ist Hans beinahe weggedöst. Jetzt springt er auf. Ganz wach. Egal, wer jetzt kommt, das ist seine letzte Chance. Wenn es eine ist. Vielleicht ist es auch nur der Wärter mit einer Suppe oder ein neuer Mitgefangener. Immerhin sind zwei Pritschen in dieser Zelle.

Er stellt sich an die der Tür gegenüberliegende Wand, da schwingt die Tür auf. Draußen steht Elisabeth Edelmayer. Sie bleibt neben dem Wärter stehen. Der sagt: »Also, guter Mann, ich weiß ja nicht, wer Sie sind, oder was Sie ausgefressen haben, aber so viel Aufruhr nach der Einlieferung habe ich noch selten gehabt, und das alles in der Nachtschicht. Ich krieg hier noch richtig Ärger wegen Ihnen. Dann werden Sie mich aber erleben, das sag ich Ihnen! Jawoll, ja. Also, was ist Fräulein? Wollen Sie jetzt alleine rein, oder soll ich mit?«

Elisabeth steht in der Tür und sieht Hans in die Augen. Er weiß nicht, wie er jetzt schauen soll. Liebevoll, flehentlich, bestimmt, väterlich? Er entscheidet sich für einen möglichst unschuldig wirkenden Augenaufschlag bei gesenktem Kopf. Es wirkt.

»Alleine!«

»Ist gut. Wenn Sie fertig sind, klopfen Sie, ich warte hier auf dem Flur. Aber nur fünf Minuten!«

Elisabeth geht zwei Schritte in die Zelle hinein, der Wärter sperrt hinter ihr zu. Sie bleibt direkt hinter der Tür stehen. »Herr Brandl hat mich im Hotel aufgesucht und mir erklärt, was passiert ist. Mein Vater hat mir heute Morgen nach dem Ärger mit diesem Staatsrat verboten, mein Zimmer zu verlassen. Und später hat Lohmann das über Sie erzählt. Dass Sie gar nicht sind, wer Sie vorgegeben haben zu sein, und dass Sie zu den Verschwörern gehören, die ein Attentat planen, weswegen wir überhaupt hier in Bamberg sind. Dass Sie uns also an der Nase herumgeführt haben und auch Willy ...«, an dieser Stelle fängt sie leicht zu schluchzen an und muss sich die Nase putzen, bevor sie fortfährt, »dass auch Willy daran beteiligt ist.«

Hans steht immer noch mit maximalem Abstand zu ihr an der Wand und bewegt sich nicht auf sie zu. »Fräulein Edelmayer, Sie sind eine der tapfersten Frauen, die ich kenne. Dass Sie es wagen, ins Zuchthaus zu gehen, und dann noch in meine Zelle. Wo ich doch der gesuchte Verbrecher sein soll, derjenige, der mit einem fürchterlichen Attentat die ganze Regierung auslöschen will. Und der seit Wochen heimlich gegen Ihren Herrn Vater gearbeitet hat.«

Elisabeth geht die zwei Schritte zur Pritsche und setzt sich.

»Glauben Sie die Geschichte, Fräulein Edelmayer? Glauben Sie, dass ich so ein übles Subjekt bin und kaltblütigen Mord plane an der gewählten Regierung, die ich per Eid geschworen habe zu schützen? Glauben Sie das?«

Die junge Frau aus München, neunzehn Jahre, Halbwaise, zum ersten Mal verliebt, fern der Heimat, fern der Freundinnen, in einem Zuchthaus in einer fremden Stadt, sitzt auf der Pritsche, schweigt und schaut zu Boden.

»Glauben Sie, dass Willy ein ebenso übles Subjekt ist, aus niederen Gründen oder nationalistischem Wahn der Regierung schaden will? Menschen ermorden will? Und sich Ihnen nur aus taktischen Gründen genähert hat? Der Kuss so falsch wie seine Absichten?« Das ist jetzt hart, aber vielleicht kann ich sie über Willy knacken. Ich habe nicht mehr viel Zeit.

Elisabeth weint jetzt dicke Tränen, schluchzt laut und ausdauernd.

»Alles in Ordnung, Fräulein?«, ruft es von draußen. Elisabeth schnäuzt sich und antwortet mit einem gerade vernehmbaren »Ja, ja.«

Jetzt hebt sie ihren Kopf und blickt Hans ins Gesicht. »Natürlich glaube ich es nicht. Ich möchte es auch nicht glauben. Sonst wäre ich doch nicht hier. Meinen Sie, es ist angenehm, so als Mädchen abends in ein Zuchthaus voller Verbrecher zu gehen? Natürlich will ich es nicht glauben! Aber was soll ich denn glauben? Erzählen Sie es mir!«

Hans geht langsam auf sie zu. »Darf ich mich setzen?«

Sie nickt.

»Ich will es Ihnen erzählen.« Und Hans beginnt: »Fünf Menschen gehen in den Krieg. Viele, viele Millionen gehen auch in den Krieg, aber diese Fünf, die verbindet im Laufe der Zeit ein besonderes Band. Vier Jahre lang schreiten sie Seit' an Seit' durch das Grauen des Krieges, sehen und erleben Dinge, die kein Mensch je sehen oder erleben sollte, sie klammern sich aneinander, sie leben füreinander, miteinander, Tag für Tag, Nacht für Nacht, Granateneinschlag für Granateneinschlag. Sie erleiden die Unmenschlichkeit des Krieges und versuchen doch, Menschen zu bleiben.«

Lissy ist jetzt ganz ruhig und sieht Hans in die Augen, während er erzählt, vom Krieg, von Kirchner, von Johann, ihrem verhinderten Mord in Frankreich, vom Kriegsende, von ihren separaten Wegen, Kirchners Auftauchen, ihrer aller Rückkehr nach Bamberg, vom gemeinsamen Plan, von seiner eigenen Doppelstrategie, vom Fehlschlag, von Kirchners Kellerverlies und schließlich von der Verzweiflung, völlig zu versagen, wenn jetzt das Attentat an der Regierung nicht verhindert wird, obwohl er doch so an die neue Zeit glaubt.

Zweimal schon hat der Wärter an der Tür geklopft und auf ein Ende gedrängt, aber Elisabeth hat ihn zweimal wieder weggeschickt. Gebannt hat sie Hans zugehört, jetzt ist er am Ende, schweigt und legt die verbundene Hand in seinen Schoß. Er fährt sich mit der guten Hand durchs Haar, übers verschwitzte Gesicht, in den Nacken und lässt sie schließlich zu der anderen in den Schoß fallen.

Elisabeth schwirren tausend Gedanken durch den Kopf. Sie sammelt sich, versucht Gefühle von Tatsachen zu trennen, sucht fieberhaft nach einem Grund, Hans nicht zu glauben, findet keinen und fasst einen klaren Plan.

»Herr Michel, ich helfe Ihnen. Ich weiß, wo mein Vater ist. Er sitzt mit dem Kommandanten aus München im Münchener Hof und isst zu Abend. Ich weiß, dass er eine Stinkwut auf Sie hat, er hat Lohmann freie Hand gegeben, mit Ihnen zu verfahren, wie er es für richtig hält. Aber ich weiß auch, dass er noch Zweifel hat. Ich kann mit ihm reden. Und vielleicht hört er auf mich. Es muss vor allen Dingen jetzt alles schnell gehen. Bis halb acht ist es nur noch ein bisschen mehr als eine Stunde. Aber wir schaffen das. Nur … ich habe eine Bedingung!«

Hans sieht sie schweigend an. Als sie ihm ihre Bedingung gesagt hat, sitzt er zunächst still vornüber gebeugt neben ihr und schaut nach vorne gegen die Wand. Dann fängt er an zu nicken, ganz leicht nur, dann immer heftiger. Bis er schließlich sagt: »Fräulein Edelmayer, Sie haben mein Wort.«

»Haben Sie einen Fernsprechapparat hier?«

Der Wärter ist ganz verwirrt. So späten Damenbesuch hat er selten. Er weiß selber nicht, wieso er die junge Dame so spät überhaupt noch ins Haus gelassen hat. Und jetzt kommt die ihm auch noch mit Sonderwünschen daher. Dennoch scheint sie ja Beziehungen zu haben, also antwortet er brav: »Ja, schon, im Direktorenzimmer.«

»Dann gehen wir jetzt ins Direktorenzimmer.«

»Aber …«

»Wir gehen jetzt ins Direktorenzimmer.«

Der Wärter zuckt mit den Schultern und weist den Weg.

Elisabeth hebt den Hörer ab und wählt.

»Den Münchener Hof in Bamberg, bitte, aber schnell!«

Zum Wärter gewandt setzt sie fort: »Und während ich auf die Verbindung warte, können Sie für Herrn Michel schon die Entlassungspapiere fertigmachen oder was man da braucht, damit er mit Herrn Kriminalinspektor Edelmayer mitgehen kann. Herr Michel wird nämlich gleich gebraucht.«

»Ja, wie, Entlassung? Das geht aber nicht, der ist doch gerade erst eingeliefert worden. Hat zwar schon Besuch für drei Monate gehabt, den kann ich nicht einfach wieder entlassen, das geht nicht, Fräulein!«

»Aber er muss heute Abend in die Residenz.«

»Ja, wenn das eine Gegenüberstellung wäre, oder sein Prozess, oder um als Zeuge auszusagen.«

»Er muss jemanden identifizieren. Heute Abend noch.«

»Na, dann wäre es eine Gegenüberstellung.«

»Na also, dann bereiten Sie die Unterlagen dafür vor. Und seine Kleider braucht er auch wieder.«

»Das wiederum ist eine Materialausgabe. Dafür gibt es auch ein Formular.«

»Dann bereiten Sie das auch vor, bitte! Und holen Sie die Sachen schon her. Es muss dann alles schnell gehen – Ja, hören Sie, bei Ihnen speist gerade ein Herr Anton Edelmayer. Bitte lassen Sie ihn ausrufen und holen ihn ans Telefon. Es ist sehr dringend!«

Die Glocken der Bamberger Kirchen schlagen sieben Uhr, ein unglaubliches Läuten, eine nach der anderen beginnt, übertönt die andere, und über allem dröhnen die großen, tiefen Glocken des Doms hinter ihnen. Noch eine halbe Stunde bis zum Beginn der Sitzung. Lohmann und Brandl stehen am Grünhundsbrunnen und warten auf ihren Chef.

»Und mehr hat er wirklich nicht gesagt?«, fragt Lohmann zum dritten Mal.

»Nein, er hat nur gesagt, wir sollen so schnell wie möglich hier am Aufgang zur Residenz auf ihn warten. Es sei sehr wichtig, er dulde keine Ausreden und keine Verspätung. Und aufgelegt. Mehr hat er nicht gesagt.«

»Vielleicht kriegen wir ja eine Auszeichnung, vielleicht hat er das eben mit dem Kommandanten besprochen.«

In diesem Augenblick kommen Edelmayer und Hans um die Ecke gewetzt. Lohmann lässt einen kleinen spitzen Schrei los, Brandl lächelt leicht.

Es platzt regelrecht aus Lohmann heraus: »Herr Kriminalinspektor, was soll denn das jetzt wieder? Was will der denn hier? Sie werden ihm doch diese Räuberpistole mit den Attentätern nicht geglaubt haben? Der sucht doch bestimmt bloß eine Gelegenheit abzuhauen und lässt seine Kumpane im Stich!«

Edelmayer wischt Lohmanns Bedenken mit seiner Hand beiseite und stürmt mit Hans im Schlepptau an ihm vorbei. »Das lassen Sie mal meine Sorge sein! Der kommt uns schon nicht aus. Und wenn, lass ich ihn jagen, mit Bluthunden! Außerdem klingt seine Geschichte plausibel.« Lohmann und Brandl fallen in das hohe Tempo mit ein und versuchen, Schritt zu halten mit den beiden.

»Und wenn er Recht hat«, fährt Edelmayer schnaufend fort, während sie an der ersten Kontrolle – drei Mann, Stacheldraht,

Straßensperren, ein MG – ihre Papiere vorzeigen müssen, »dann ist das etwas Ungeheuerliches, was wir verhindern müssen. Und wenn er uns anlügt, haben wir uns nur einen weiteren von vielen Abenden um die Ohren geschlagen, aber er, er hat dann echt schlechte Karten, dann geht es ihm richtig dreckig, dafür werde ich höchstpersönlich sorgen.«

Zu Hans gewandt sagt er: »Haben Sie gehört, Michel? Wenn Sie uns an der Nase herumführen, mache ich höchstpersönlich Hackfleisch aus Ihnen. Ich weiß doch selber nicht mehr, was ich von Ihnen halten soll. Erst machen Sie sich verdächtig und halten vermeintliche Informationen zurück, dann desertieren Sie mitten am Tag vom Dienst, dann stimme ich Ihrer Verhaftung zu, um auf Nummer sicher zu gehen, und jetzt, jetzt stimme ich wieder Ihrer Verwendung zu, und mache selbst – wie haben Sie das heute Morgen genannt – die Pferde scheu.«

Hans schnauft auch wie ein Pferd. Die Hände in Handschellen rennt er neben seinem Chef die Straße hinauf. Beinahe möchte ich wirklich wünschen, dass die vier jetzt da sind. Sonst schaut es ja schlecht aus für mich. Was tue ich denn, wenn sie ihren Plan aufgegeben haben? Dann bleib ich im Zuchthaus, bis Gras über die Sache gewachsen ist oder die Sache aufgeklärt wird. Von Kirchner habe ich Edelmayer noch nichts erzählt. Das muss ich schon noch selbst auskurieren, dieses Geschwür, wenn man mich denn lässt später. »Ich gebe Ihnen mein Wort, Herr Edelmayer, dass ich Ihnen die Wahrheit sage.«

Hinter der zweiten Sperre – fünf Mann, noch mehr Stacheldraht, Panzersperren, ein MG – eilen sie über den Platz. Als Edelmayer am Lager der Wache eine bewaffnete Patrouille mit fünf Mann sieht, ruft er sie herbei und befiehlt ihnen, sie in die Residenz zu begleiten.

Es ist zehn nach sieben, aus allen Ecken des Domplatzes strömen die Minister und ihre Leibwächter, die Staatsräte und Verwaltungsbeamten und verschwinden in der Königlichen Residenz, einem großen, langgezogenen Repräsentationsbau mit zwei im rechten Winkel zueinander stehenden Flügeln mit streng wirkenden, symmetrischen Fensterfronten. Gegenüber der romanisch-gotische Dom und die Alte Hofhaltung – ein erhabener Platz, der, seit die Regierung hier oben eingezogen ist, von Soldaten, Sperren, Stacheldraht und provisorischen Zeltaufbauten und allerlei Behausungen dominiert wird. Das kleine Grünstück um das Denkmal des Fürstbischofs von Erthal ist immer von Soldaten belagert, die Pause machen.

Als sie am Eingang ankommen, wendet sich Edelmayer zu Michel: »Ich nehme Ihnen jetzt die Handschellen ab.« Lohmann bleibt wie angewurzelt stehen und protestiert. »Herr Edelmayer, aber der Mann ist doch vielleicht selbst einer der …«

»Wie sieht das denn aus, hier in diesem hohen Hause mit einem Sträfling aufzutauchen? Nein danke, der bleibt schon bei uns. Außerdem habe ich so ein Bauchgefühl, dass er die Wahrheit spricht. Und mein Bauch hat mich noch selten im Stich gelassen, allenfalls beim achten Knödel. Also, gehen wir zum Eingang des Sitzungssaales.«

Noch zweimal werden sie kontrolliert, dann sind sie an der Tür zum Saal.

Hans geht einen Schritt hinein und sieht sich um. Nein, keiner der vier ist hier. »Das da hinten, ist das ein zweiter Eingang?«, fragt er den Saaldiener.

»Ja, es gibt neben diesem Eingang zwei weitere Eingänge, der dort hinten geht in die Küche, der andere in die Galerie.«

»Und sind die heute beide offen? Stehen dahinter Wachen?«

»Der in die Galerie müsste verschlossen sein, daher stehen dort auch keine Wachen. Dahinter sind nur leere, ungenutzte Räumlichkeiten und dann kommen die zurzeit als Büros und Wohnungen genutzten Räume, aber dorthin gelangt man nur über bewachte Eingänge. Und der Zugang zur Küche rechts wird laufend frequentiert, weil von dort die Versorgung der Herrschaften gewährleistet wird.«

Zu Edelmayer gewandt, flüstert Hans: »Besteht irgendwie

die Möglichkeit, den Saal vor Sitzungsbeginn noch unauffällig nach Bomben oder sonstigen Auffälligkeiten abzusuchen?«

»Unbemerkt kaum, aber wir sollten es wohl nicht unterlassen. Was meinen Sie, meine Herren?«

Lohmann schweigt, er ist nach wie vor entsetzt, dass Edelmayer Hans' Geschichte solches Vertrauen schenkt. Brandl jedoch stimmt zu: »Fangen wir an. Sie können dem Ministerpräsidenten ja Bescheid geben, dass wir noch eine Routineuntersuchung vornehmen. Ich gehe links herum, Sie rechts, Herr Lohmann.« Lohmann guckt ein bisschen dumm, weil er soeben einen Befehl von einem Niederrangigen erhalten hat, ein Blick zu Edelmayer allerdings zeigt ihm, dass dieser den Befehl goutiert. Die beiden treten in den Raum und gucken unter die Tische, in die Fensterlaibungen, hinter die bodenlangen Vorhänge und inspizieren größere Taschen. Edelmayer neigt seinen Kopf zu Johannes Hoffmann, flüstert ihm etwas ins Ohr und zeigt auf seine Männer. Der nickt und wendet sich wieder seinen Unterlagen zu.

Hans ist noch nicht fertig mit dem Saaldiener: »Und wie kommt man da hinten zu der anderen Tür?«

»Da zugesperrt ist, nur durch den Westflügel, ganz außen herum.«

»Und zur Küche?«

»Na, von hier oder ebenfalls außen herum, es gibt eine eigene Treppe vom Erdgeschoss dorthin.«

Plötzlich geht die Tür zur Küche auf und drei Kellner in weißer Livree treten ein. Sie schwärmen aus und verteilen Gläser und kleine Teller auf den Tischen, die in einem großen Quadrat aufgebaut sind. Durch die kurz geöffnete Tür sieht man große Geschäftigkeit in der Küche, Hans sieht nur unbekannte Gesichter, von einem nur den Hinterkopf, grobschlächtig, raspelkurze Haare. Aber bevor er mehr sieht, geht die Tür wieder zu.

»Was haben Sie, Michel? Haben Sie etwas gesehen?« Edelmayer ist wieder neben Hans.

»Ich bin mir nicht sicher, aber … da hinten in der Küche … wir sollten einmal nachsehen, glaube ich. Und dann müssen wir unbedingt beide Zugänge überprüfen. Die vier sind Militärs, Offiziere, die planen das strategisch. Ihr Ziel ist hier dieser Raum, und sie werden von einer Seite angreifen, nicht von zwei Seiten, sonst geraten sie ins Sperrfeuer. Und hier vorne ist alles zu gut bewacht. Die hinteren Türen sind ideal und unbewacht. Wir müssen außen herum, sagt der Saaldiener.«

In diesem Augenblick geht die Tür zur Küche erneut auf, und dieses Mal ist Hans sicher, er hat den Schläger gesehen. Nur kurz, durch den Türschlitz, auch in Livree. Er zuckt zusammen. Sie sind da, jetzt wird es ernst.

»Herr Edelmayer, in der Küche ist einer von ihnen, ziemlich sicher. In Livree, als Kellner eingekleidet.«

»Gehen wir hinten rum!« Zu den Soldaten, die sie draußen aufgegabelt haben, sagt er: »Zwei Mann kommen mit, drei Mann bleiben hier, zwei im Saal, einer vor der Tür. Achten Sie auf den Ausgang da hinten!«

Noch fünfzehn Minuten bis Sitzungsbeginn. Immer noch strömen weitere Regierungsmitglieder und ihre Assistenten in den Saal. Sie rennen die Treppe hinunter und suchen den Hintereingang zur Küche. Ein Küchengehilfe kommt angelaufen. Als sie ihn nach dem Weg fragen, nickt er ganz außer Atem, dass sie ihm folgen mögen. Es geht die Treppe wieder hinauf, dann verschwindet er hinter einer von vier Türen.

Edelmayer bleibt vor der Tür stehen, schaut Hans direkt ins Gesicht, eine Sekunde, zwei Sekunden, drei, dann nickt er und sagt zu einem Soldaten, auf Hans deutend: »Geben Sie ihm Ihre Pistole. Sie postieren sich hier mit Gewehr im Anschlag. Wenn einer rausrennt, knallen Sie ihn nieder!«

Hans entsichert die Pistole, schaut zu Edelmayer und sagt: »Danke!«

»Ich sag's ja: Bauch! Aber es wird nicht sofort geschossen. Ich möchte erst einen Beweis sehen, der mir und Ihnen Recht gibt.«

Hans öffnet die Tür einen kleinen Spalt und blickt hindurch. Es ist ein Vorraum. Er ist leer.

Sie gehen durch. Am Ende des Raumes befindet sich eine doppelflügelige Tür, dahinter ist geschäftiges Treiben zu hören, eine laute Stimme ruft: »Wo bleibt der Wein? Der ist ja nicht gekühlt, mon Dieu! Dilettanten, ich bin von Dilettanten umgeben! Eis! Haben wir wenigstens Eis?«

Ein junger Kellner kommt herausgerannt, direkt auf sie zu und erschrickt, als er die gezückten Pistolen sieht. Edelmayer sieht zu Hans, der schüttelt den Kopf. Edelmayer zischt dem Kellner zu: »Kriminalpolizei! Und wenn der Wein noch so warm ist, du bleibst jetzt hier. Wenn du da raus gehst, wirst du abgeknallt. Bleib hier und bleib ruhig.«

Hans ist schon an der Tür und guckt durch den Türspalt hindurch. Ja, da sind sie, tatsächlich! Es ist soweit. Der Schläger und der kleine Stiftelkopf sind hier. Der Kopf der Bande, das ist gut. Wenn wir den haben, ist das schon die halbe Miete. Aber wenn hier nur zwei sind, wo sind dann die anderen beiden? Er deutet Edelmayer mit Fingern »zwei« an. Edelmayer pirscht heran und lässt sich die beiden zeigen. Er zeigt auf den Kleinen und auf sich, dann auf den Schläger und auf Hans. Ist gut, nehm ich mal wieder den Schläger. Hab ja auch noch eine Rechnung offen mit dem Grobian. »Es sind nur zwei. Wir müssen es leise machen, sonst kriegen die anderen beiden etwas mit, wo auch immer sie sind. Ich tippe auf den anderen Flur drüben. Sie planen wohl einen Zangengriff.«

Edelmayer nickt und schaut durch den Türspalt, beide hocken angespannt am Boden, bereit zum Sprung. Die beiden Attentäter stehen zusammen und flüstern miteinander, mit dem Rücken zur Tür. Das ist der Augenblick, auf den Edelmayer gewartet hat. Er stößt die rechte Tür auf, Hans die linke, und im Nu sind sie hinter den beiden. Die stehen so nah beieinander, dass nur Edelmayer die Ausgangsposition hat, dem rechts stehenden Kleinen den Arm um den Hals zu schlingen und ihn nach hinten umzuwerfen. Hans' rechter Arm – dem linken traut er nichts zu – wird vom fallenden Stiftelkopf umgerissen, so dass er seinen Mann nicht zu packen kriegt. Dann geht alles ganz schnell. Schon im Fallen rutscht dem Stiftelkopf eine Pistole aus der Hosentasche, und zwei Stielgranaten rutschen aus einer Halterung unter der Jacke auf den Boden. Hans und Edelmayer blicken sich den Bruchteil einer Sekunde in die Augen und Hans weiß, er hat gewonnen. Bauch siegt! Im selben Augenblick fliegt ihm schon eine Faust ins Gesicht und er donnert gegen einen Küchenschrank, aus dem Tassen klirrend zu Boden fallen. Er hört, wie der Koch schreit: »Was wollen Sie in meiner Küche? Raus hier, wenn Sie sich prügeln wollen!« Der Schläger versucht, über Hans zu springen und zu fliehen, aber Hans reißt ein Bein nach oben und bringt ihn zu Fall. Er versucht, sich an einem Küchenschrank aufzufangen, reißt ihn aber komplett mit um. Der Schrank stürzt auf ihn und begräbt ihn samt Töpfen und Tellern unter sich, Arme nach vorne gestreckt. Hans springt auf, rennt über den Schrank und steigt dem Schläger mit den Schuhen auf die Hände. Der Mann stöhnt. Die Tür zum Sitzungssaal öffnet sich und Brandl schaut herein. Mit einem Blick erfasst er die Situation und springt zum Schläger, zieht ihm die Pistole aus der Hose, wirft sie in die Ecke und nimmt ihn mit der eigenen Pistole ins Visier. »Eine Bewegung und du bist ein toter Mann!« Hans stemmt den Schrank weg und entdeckt auch bei diesem Mann zwei Stielgranaten, die er ihm unter der Jacke herauszieht. Edelmayer hatte mit dem Kleinen leichtes Spiel gehabt, doppeltes Gewicht und fünfunddreißig Jahre Diensterfahrung haben gesiegt über Rückenschmerzen und Ischias und haben dem Kleinen keine Chance gelassen. Edelmayer kniet noch auf seinem Rücken und hat ihm bereits die Handschellen angelegt, die vor wenigen Minuten noch an Hans' Handgelenken waren. »Michel, holen Sie die beiden Soldaten rein!«

Brandl hat auch ein paar Handschellen dabei und legt sie dem Schläger an. Als die Soldaten reinkommen, ziehen sie die beiden Attentäter hoch und übergeben sie den Soldaten. Auf einmal schreit der Kleine so laut wie möglich: »Verrat! Schlagt zu! Los! Alwin, Paul!«, bevor ihm Hans die Hand über den Mund zwingt. Augenblicklich spürt Hans einen dumpfen Schmerz. Der Kleine hat zugebissen, er verbeißt sich regelrecht in seine Hand. Hans muss schreien und entreißt ihm die Hand. Ausgerechnet in seine gute! Vom Knebel befreit, schreit der Kleine sofort wieder los, ehe ihm Edelmayer mit dem Pistolengriff auf den Kopf schlägt und er bewusstlos zusammenbricht. »Du auch?«, fragt er den Schläger. Doch der schüttelt den Kopf und drückt die Lippen zusammen.

Der eine Soldat schleppt den Kleinen an den Füßen raus, der andere treibt den Schläger mit dem Gewehrkolben nach draußen.

»Leise war das nicht gerade«, meint Edelmayer, während Hans die blutende Hand unter den Wasserhahn hält. »Vielleicht sind die anderen jetzt gewarnt. Wir müssen so schnell wie möglich da rüber. Schauen Sie mal, wo Lohmann abbleibt, Brandl! Der soll sich mit den beiden Soldaten da drin so vor der hinteren Tür postieren, dass sie die Tür im Blick haben, und notfalls sofort schießen, sollte sie sich öffnen. Und der Ministerpräsident soll sich mit der Regierung für einen Moment vor die Tür begeben, bis wir Bescheid geben. Aber leise, ohne Ansage!«

»Jawohl, Herr Edelmayer. Wird gemacht.«

»Und wir zwei, wir gehen hinten herum zu der Tür. Wo geht's lang?«

Hans wischt sich die Hand an einem Tuch ab und deutet nach draußen.

Erst jetzt sehen sie den Koch, wie er mit wütender Miene, die Hände in die Hüfte gestemmt, dasteht und sie böse anfunkelt. Edelmayer bleibt vor ihm stehen und sagt mit ruhiger Stimme: »Sie können jetzt weitermachen, wir sind hier fertig. Ach, und der Junge, der den Wein kühlen sollte, den haben wir aufgehalten. Es ist nicht seine Schuld. Aber die Sitzung fängt sowieso nicht pünktlich an, beruhigen Sie sich. Adieu!«

Ohne eine Antwort abzuwarten, steigen sie über den Berg an Töpfen, Pfannen und Geschirr, die aus dem Schrank gefallen sind, und rennen die Treppe hinunter, den Flur entlang und eine andere Treppe wieder hinauf.

»Von wegen bewachte Eingänge, kein Mensch ist hier zu sehen, keiner kontrolliert hier, Sauerei!«, schnauft Edelmayer, während sie durch das Gebäude rennen. Es geht durch endlose Gänge, große Gemälde schmücken die Wände, die Fenster sind mit Tüchern verhängt. Überall sind Büros eingerichtet, Finanzministerium, Militärministerium, Handel, Industrie und Gewerbe kann Hans im Vorübereilen lesen, dann kommen einige als Quartiere genutzte Räume, und schließlich kommen sie zu dem Flügel, an dessen Ende die Tür sein muss. Sie werden langsamer und pirschen sich an der Innenwand entlang. An der letzten Ecke bleiben sie stehen und halten den Atem an. Es ist ganz ruhig. Aber Hans spürt, dass da jemand ist. Wie im Krieg, wenn man den gegnerischen Soldaten spürt, weil man ihm einfach so nahe ist, beim Horchstollen oder auf Erkundungspatrouille.

Er tauscht einen Blick aus mit Edelmayer, dann nehmen sie die Pistolen hoch und machen sich bereit. Edelmayer springt aufrecht in die Mitte des Flurs, Hans rollt sich zweimal zur Mitte, die linke Hand schmerzt höllisch beim Aufkommen. Direkt hinter der Tür stehen die zwei anderen Attentäter. Sie haben jeder zwei Granaten in der Hand und horchen an der Tür. »Lassen Sie die Waffen fallen! Polizei!«, ruft Edelmayer. Sofort werfen sie sich beide in entgegengesetzte Ecken des Flurs und schießen scharf. Hans rollt sich in eine Fensterlaibung, Edelmayer springt hinter die Ecke zurück. Die haben Granaten! Die sind imstande und werfen die auf uns. Dann ist es aus! Dann lieber in die Offensive gehen. Und zwar gleich, noch bevor die sich was überlegen können. Wie im Graben. Wenn Angriff ist, musst du raus. Und wenn sie dich von drüben mit Trommelfeuer eindecken. Ist ja immer gutgegangen. Ohne weiter nachzudenken, springt Hans auf und rennt mit der Pistole im Anschlag im Zickzack auf die Tür und die beiden Männer zu und feuert einmal, zweimal, dreimal, Edelmayer schießt ebenfalls, gibt ihm Deckung von hinten. Vorne sieht Hans nur das Mündungsfeuer der Pistolen, da erkennt er einen der Schläger, sieht das Weiß seiner Augen und im selben Augenblick stürzt der zu Boden, mitten in die Brust getroffen. Hans weiß gar nicht, ob er geschossen hat oder ob es Edelmayer war. Dann spürt er einen Schmerz im linken Bein, er knickt ein und fällt, schießt im Hinfallen noch auf den zweiten Mann und trifft ihn in die Seite, der schleudert stürzend seine Waffe weg, kracht gegen das Fenster und schlägt auf dem Boden auf, nur kurz nach Hans. Edelmayer springt aus der Deckung und rennt zu den beiden Männern. Ein Blick genügt ihm, die Schießerei ist ausgestanden. Aufrecht bleibt er stehen, thronend über dem verletzten, sich vor Schmerzen windenden Attentäter. Der andere ist tot. Edelmayer tastet sie nach weiteren Waffen ab, zieht zwei Granaten aus der Halterung und schiebt sie auf dem Boden weg von den Männern.

Hinter der Tür hören sie gedämpfte Stimmen: »Herr Edelmayer, Herr Edelmayer! Sollen wir kommen?«

»Alles erledigt hier«, schreit der. »Ein Täter tot, der andere verletzt und außer Gefecht. Aber ich glaube, Kollege Michel hat es erwischt. Ich mache jetzt die Tür auf, Achtung.«

Edelmayer öffnet die Flügeltür, die beiden Kollegen stürmen herein, ebenso die beiden Soldaten. Der eine kniet sich sofort zu Hans und besieht sich seine Wunde. »Das ist nicht schlimm, Kamerad. Ein Streifschuss. Warte, ich habe Verbandszeug dabei.« Er reißt Hans die Hose von unten auf und legt ihm einen einfachen Verband an. Hans lehnt sich zurück und schließt die Augen. Alles nochmal gut gegangen. Meine Herren, das war aber in letzter Minute. Er holt seine Taschenuhr hervor. Genau 7.30 Uhr.

»Mein Respekt, Michel. Gut gemacht! Sehr mutig war das. Umsichtig auch. Es war notwendig, schnell zu handeln. Ich nehme an, Sie haben die Handgranaten auch gesehen. Es wäre fatal gewesen, hätten die beiden sie gezündet. Dann wäre es aus gewesen. Aber Herr Michel, es waren fünf Namen. Wo ist der fünfte Mann?« Edelmayer kniet sich vor Hans auf den Boden und besieht sich den Verband. »Ordentlich, Soldat.« Edelmayer steht auf, reicht Hans die Hand und lächelt dabei. Hans greift zu und zieht sich unter Stöhnen in die Senkrechte.

»Der fünfte Mann, Herr Kriminalinspektor, ist außer Gefecht gesetzt. Von dem geht keine Gefahr aus.«

»Fangen Sie schon wieder an, in Rätseln zu reden, Michel? Drücken Sie sich klarer aus, sonst lasse ich Sie gleich wieder einbuchten.«

»Habe ich nicht die Wahrheit gesprochen? Habe ich Ihnen nicht alle Attentäter geliefert? Unser Auftrag ist erfüllt. Der Anschlag auf die Regierung ist verhindert, die Täter sind festgesetzt. Der fünfte Mann ist keiner der Attentäter, er ist der Mittelsmann. Sie kriegen ihn noch, ich gebe Ihnen mein Wort drauf.«

Lohmann prustet empört, aber Edelmayer gebietet ihm Einhalt. Dabei schaut er Hans ins Gesicht. Noch immer sind die Spuren der Auseinandersetzungen der vergangenen zehn Tage deutlich zu erkennen, eine Narbe, ein noch leicht geschwollenes Auge, Kratzer, rote Flecken, blaue Flecken, jetzt wieder frisches Blut, und schwere Tränensäcke – der mangelnde Schlaf macht sich ebenfalls bemerkbar.

»Michel, Ihr Wort hat zwar wieder deutlich an Gewicht gewonnen seit wenigen Minuten, aber deswegen kann ich Ihre Art und Weise, wie Sie hier die Ermittlung nach eigenem Gutdünken führen, nicht goutieren. Ich gebe zu, am Ende haben wir gewonnen, ja, aber Sie spielen nicht mit offenen Karten, Michel. Das widerspricht meiner Dienstauffassung und Ihrem Auftrag als untergeordneter Kriminalbeamter.«

Lohmann steht hinter Edelmayer und nickt.

Hans zieht entschuldigend die Schultern hoch. »Herr Edelmayer, gestatten Sie mir noch diese eine private Handlung, die einer dienstlichen Verfehlung nahekommt, aber aus meiner ganz persönlichen Geschichte heraus stammt und zu Ende geführt werden muss. Danach gehöre ich ganz Ihnen und dem Gesetz, dem Recht und der Ordnung. Wenn Sie am Ende dieses Tages sagen, dass die Schwere der dienstlichen Verfehlung des Kriminalsekretärs Hans Michel trotz allem den Nutzen seiner Mitwirkung am Gelingen unseres Auftrags übersteigt, so will ich meinen Hut nehmen. Sollten Sie aber am Ende zu dem Schluss kommen, dass ich eine Bereicherung des Auftrags war, so würde mich eine weitere Verwendung sehr freuen, denn ich arbeite gerne für Sie und für die gerechte Sache.«

Edelmayer steht vor Hans und tappt mit dem Fuß mehrmals auf den Parkettboden. Dann klopft er ihm auf die Schulter und sagt: »Michel, Sie sind mir irgendwie unheimlich. Sie haben eine Mission, der Sie alles unterordnen, sogar auf die Gefahr hin, Ihre Stellung zu verlieren. Wenn ich ehrlich sein darf, Sie imponieren mir! Also auf, gehen Sie Ihrer Wege! Und wenn Sie Hilfe brauchen, wissen Sie, wo Sie uns erreichen.« Zu Lohmann gewandt ergänzt er: »Also gut. Schließen Sie die Tür, Lohmann, und geben Sie dem Ministerpräsidenten Bescheid, dass er mit der Sitzung beginnen kann. Und dann kümmern wir uns mal um unseren Fang, diese vier, na ja, drei Halunken. Vielleicht wollen sie ja singen und erzählen uns noch ein bisschen was über ihre Hintermänner.«

Es ist schon dunkel, als die vier durch das Tor des Zuchthauses nach draußen schreiten. Als freie Menschen. Die Entlassung von Willy, Gustav und Kaspar war nur noch Formsache gewesen. Der Wärter war zwar eher ungehalten, als Hans mit zwei Soldaten und dem schriftlich verbrieften Befehl zur Freilassung aller Männer ankam, aber dann ging alles ganz flott, am Ende hat er ihnen sogar noch einen schönen Abend gewünscht.

Als sich das Tor hinter ihnen schließt, bleiben sie erst einmal stehen. Eine einsame Laterne beleuchtet die Biegung der Straße, die Trambahnschienen glänzen silbern, aus den Gaststätten der Sandstraße hört man leises Stimmengemurmel, aus einem offenen Fenster ertönt Klavierspiel. Sie gehen zum Fluss hinunter und setzen sich am Leinritt ans Ufer, direkt hinter dem Zuchthaus.

Hans muss erst einmal haargenau erzählen, was sich in der Residenz zugetragen hat, dann die Vorgeschichte, wie er überhaupt aus dem Zuchthaus gekommen ist, und dann die Vorgeschichte dazu, wieso sie überhaupt ins Visier seiner Leute gekommen sind. Seinen eigentlichen Plan mit Kirchner verrät er nicht, ist ja müßig, da ohnehin gescheitert, so erfahren die Freunde nur die halbe Wahrheit. Elisabeth Edelmayer hat er alles erzählt, aber die hat versprochen dichtzuhalten. Seine Freunde will er nicht vor den Kopf stoßen mit seinem versuchten Alleingang.

Am Ende sitzen sie schweigend am Fluss und schauen hinüber zu den Fischerhäusern, nur noch wenige Fenster sind erleuchtet. Hans hat seine Pfeife angezündet und pafft Rauchschwaden in die Abendluft, Kaspar, Gustav und Willy teilen sich Willys letzte Zigaretten.

Nach einer ganzen Weile schüttelt Willy den Kopf. »Das war ganz schön knapp, Hans. Aber eine Heldentat trotzdem. Ich glaube nicht, dass du deine Stellung verlierst. Ich glaube, er wird dich belobigen. Stell dir mal vor, die hätten das durchgezogen! Mit den Stielgranaten aus dem Krieg? In einem geschlossenen Raum? Das hätte keiner überlebt! Mit einem Schlag die ganze Regierung. Und dann womöglich in München die Machtübernahme ihrer Brüder im Geiste? Meine Fresse, da ist uns was erspart geblieben. Du hast nichts weniger als die bayerische Demokratie gerettet, Hans!«

Der klopft seine Pfeife auf einem Stein aus und rückt den Hut in den Nacken. »Na ja, tu mal nicht übertreiben. Wenn ich mein Wissen und die Hinweise zügiger mitgeteilt hätte, hätten wir sie vielleicht vorher schon abfangen können. Dann hätte es nicht gar so spannend werden müssen am Ende.«

Willy lacht und schüttelt den Kopf. »Dabei hatte ich mir im Krieg geschworen, dass ich nie mehr ins Zuchthaus gehe und immer schön artig bleibe. Und wo war ich heute? Aber gut, immerhin war ich unschuldig dieses Mal.«

Hans blickt auf und raunt nur: »Ja. Noch.«

»Wie meinst du das? Noch?«

Hans zuckt mit den Schultern und zeigt mit dem Kopf in Richtung Stephansberg.

»Der da oben?«

Hans nickt.

Gustav rotzt und spuckt in die Regnitz. »Mit dieser Schuld kann ich leben.«

Kaspar wirft einen Stein in die Regnitz. »Ich habe in der Zelle nur die ganze Zeit gedacht: Oh Mist, gerade jetzt, wo es wieder gut aussieht für unser Orchester, komme ich in den Knast. Das kann auch nur mir passieren.«

»Wie? Was ist mit deinem Orchester? Mohrs Melodien lebt?«, fragt Hans begeistert.

»Ja, Helene und ich, wir haben uns ein wenig umgehört in den letzten Tagen und haben nach dem Verbleib unserer Musiker geforscht. Und siehe da, die Frauen sind alle noch da, und von den Männern sind noch ganze sechs am Leben und zurück in Bamberg, zwar einer blind, einer ohne rechtes Bein und einer ohne linkes Bein, aber deswegen machen sie alle immer noch passabel Musik. Und das Piano übernimmt ein Neuer. Ich mache die Arrangements, die Verträge, das Dirigat, und wenn ihr Pech habt, singe ich auch noch.«

»Das ist ja großartig, Kaspar! Nun, deine Haarpracht hat ja auch beinahe wieder Beethovens Länge erreicht. Fehlt nicht mehr viel. Habt ihr schon einen Auftritt geplant?«

»Wir kehren zu den Wurzeln zurück und treten wahrscheinlich nächsten Mittwoch erstmals im Palmengarten auf, schöne kleine Bühne, Platz zum Tanzen, netter Wirt.«

Gustav haut sich auf die Oberschenkel und springt auf, gerät dabei mit einem Bein ins Wasser und zieht einen tropfnassen Schuh aus dem Flussufer. »Mensch, wir eröffnen doch morgen Nachmittag den Bierkeller. Könnt ihr schon was spielen? Kaspar, das wäre toll! Du würdest mir eine Riesenfreude machen. So ein bisschen Musik zur Eröffnung, das wäre nach meinem Geschmack.«

»Was, morgen schon? Wie soll das gehen, wir haben doch noch nicht einmal geprobt. Und wollen uns ganz und gar dem Jazz verpflichten, der ist schwer im Kommen, aber auch schwer zu spielen.«

»Ach, Kaspar, ich bin sicher, ihr könnt schon was.« Er zieht seinen Schuh aus und schüttet das Wasser aus.

Kaspar pfeift eine Melodie, dann sagt er zu. »Ich versuch es und spreche mit den Jungs und Mädels. Vielleicht in kleiner Besetzung. Zur Not nur Helene und ich.«

»Famos, das muss ich Babette sagen. Überhaupt, Freunde, muss ich mal in den Domstern, die ist bestimmt durchgedreht. Ist sie ja schon, als wir verhaftet worden sind. Habt ihr sie gehört? Die stand eine halbe Stunde unten am Tor zum Zuchthaus und hat geschrien. Aber dann ist sie wohl abgezogen.«

Willy nickt: »Eine couragierte Frau.«

Kaspar kehrt zum Thema zurück: »Was ist denn nun mit dem Kerl da oben? Der hat bestimmt schon wieder in die Hose geschissen. Wann erledigen wir ihn denn endlich?«

»Gehen wir halt wieder rauf. Er hat sicher Sehnsucht nach uns«, schlägt Willy vor. »In einer Stunde oben am Eingang? Reicht dir das, Gustav, für einen Abstecher in den Domstern?«

»Eineinhalb, ja. Sie soll bloß wissen, dass alles wieder in Ordnung ist. Nicht dass sie am Ende noch die Eröffnung absagt.«

»Also, um Mitternacht am Stephansberg.«

Gemeinsam gehen sie zur Unteren Brücke, Willy biegt auf den Kaulberg ab, Kaspar zur Langen Straße, und Gustav und Hans gehen gemeinsam bis zur Königstraße, wo sich ihre Wege trennen.

BAMBERG, 1. MAI 1919

Hans hat die Zeit genutzt und war noch einmal im Deutschen Haus, erst bei Anton Edelmayer, nur er und sein Chef, und dann bei Elisabeth. Jetzt steht er in seinem guten Anzug, Hut und Krawatte vor dem Eingang zum Keller und wartet auf seine Freunde. Es ist nach Mitternacht, also schon erster Mai. Auf Geheiß der Nationalversammlung soll dieser Tag ein Feiertag sein, »für einen gerechten Frieden«, wie es heißt. Hans findet das Bamberger Motto besser, Versöhnung. Sehr passend, denkt er und steckt sich seine Pfeife an. Wer weiß, wie lange die anderen noch brauchen. Er setzt sich auf einen Stein und blickt in den klaren Sternenhimmel. Wie oft habe ich im Krieg auf so einen Sternenhimmel gestarrt und mir gewünscht, dass ich woanders bin. Und jetzt bin ich woanders und der Krieg ist vorbei und eigentlich geht's mir doch ganz gut. Ich bin heile durch all die Schlachten des Krieges gekommen, ich bin in Stellung – und nach dem Gespräch mit Edelmayer vorhin spricht alles dafür, dass ich das auch bleiben werde – ich habe ein Zimmer in München und gute Freunde. Schade nur, wirklich zum Heulen schade, dass ich meine Jungens nicht mehr habe. Die fehlen mir schon sehr. Ich habe nicht mal eine Photographie von ihnen. Vielleicht werde ich Anna mal schreiben, ob sie mir eine schickt. Das kann sie mir doch nicht verweigern, ich bin ihr Vater, gewesen. Ja, das wäre schön, ein Bild.

Als Nächstes trifft Willy ein. Er grüßt mit einem »Guten Abend!«, setzt sich zu Hans auf den Stein und schaut ebenfalls in das Sternenmeer über ihnen. Nach einer Weile sagt er: »Du wolltest, dass die Attentäter Kirchner erledigen, stimmt's? Dass wir es nicht tun müssen. Das war dein Plan. Deswegen wolltest du sie erst für dich haben und dann erst hopsnehmen. Habe ich Recht?«

Hans schaut weiter in den Nachthimmel. Nach einem langen Zug an der Pfeife dreht er den Kopf zu Willy und nickt. »Ja.«

»Respekt, Kamerad! Respekt!«

Sie hören Schritte vom Weg, da kommen Kaspar und Helene um die Ecke.

Helene grüßt die beiden fröhlich: »Ich wollte mir das große Finale nicht entgehen lassen, wenn ihr euren Vogel rupft. Wenn er schon beinahe Kaspars Leben auf dem Gewissen und ihn so ruiniert hat.«

Willy lacht. »Ich fürchte, da ist nicht mehr viel zu rupfen, er wird nicht mehr so ansehnlich sein. Um ehrlich zu sein, er wird gräulich aussehen. Wir hatten heute Mittag eine kleine … Auseinandersetzung, … Meinungsverschiedenheit könnte man es auch nennen.«

Kaspar nimmt ihre Hand. »Sie wollte mich nicht mehr gehen lassen, nachdem sie gehört hat, dass ich im Zuchthaus war, also habe ich sie mitgebracht. Ist das in Ordnung, Kameraden? Oh, Hans, so schick heute Abend?«

»Es ist Erster Mai. Nationaler Feiertag. Da wollte ich mich ein bisschen rausputzen.«

»Stimmt, Feiertag. Das Wetter scheint ja auch zu passen. Na ja, ist ja auch ein feierlicher Anlass, so ein Tag.«

»Und? Spielt ihr?«, fragt Willy.

Helene umarmt Kaspar und küsst ihn auf die Stirn. »Irgendetwas werden wir auf jeden Fall spielen. Ich habe kürzlich ein Akkordeon geerbt, vielleicht machen wir ein Duo. Akkordeon und Gesang. Lasst euch überraschen.«

»Bin ja schon da, bin ja schon da«, tönt es vom Weg und Gustavs Kopf erscheint unter dem Torbogen der Einfahrt. »Ihr seid ja alle schon da. Grüß dich, Helene! Auch mit von der Partie? Scheint ja was Größeres zu werden hier.«

Dann stehen sie alle vor dem Eingang, verlegen, unbeholfen, bis Gustav das Wort ergreift: »Warten wir noch auf jemanden oder gehen wir rein?«

»Gehen wir rein«, antwortet Willy stellvertretend für alle.

Wieder steigen sie die dreißig Stufen hinab, gehen den langen Stollen nach hinten, ehe Gustav mit seinem Schlüssel das Schloss aufsperrt. Es ist vollkommen still in dem Raum. Kein Laut dringt nach außen. Hans hält Gustav zurück und mahnt mit einem Finger auf dem Mund zur Vorsicht. Er zieht seine Pistole aus dem Halfter und drückt die schwere Holztür mit ihren großen eisernen Beschlägen mit dem Fuß auf.

»Wo ist der Lichtschalter, Gustav?«

»Gleich rechts hängt er. Warte, ich müsste von außen rankommen mit meinem Arm.«

Gustav bleibt vor der Tür stehen, streckt seinen Arm aus und sucht den Schalter auf der Innenwand. Nichts rührt sich von drinnen. Als das Licht angeht, sehen sie Kirchner auf dem Boden liegen, genau da, wo sie ihn hinterlassen haben, ein Bündel Mensch. Jetzt erst merken sie den Gestank, der ihnen aus dem Raum entgegenströmt. Exkremente, Urin, Schweiß, Blut, alles zusammen. Kirchner bewegt sich nicht. Hans kniet sich vor Kirchner auf den Boden und erschrickt beim Anblick seines Gesichts. Zwei verschwollene rote Augen, blutig geschrammte Backen, völlig verschwitztes, mit Blut verschmiertes Haar, ein offener Schnitt am Kinn. Er fühlt seine Halsschlagader. »Er lebt.«

»Deswegen sind wir doch hier«, sagt Gustav. »Weil er noch lebt. Während all die Guten sterben mussten. Aber das werden wir jetzt endgültig ändern.«

Zu fünft stehen sie um Kirchner herum, auch sein Anzug weist diverse Zeugnisse der Schläge und Misshandlung auf, mit feuchten Stellen, blutverschmiert, dreckig. Helene geht wieder einen Schritt zurück und hält sich ein Taschentuch vor den Mund.

Erneut ist es Gustav, der das Wort ergreift: »Lasst es uns endlich hinter uns bringen. Damit das Leben wieder weitergehen kann, Freunde. Los, wir schütten ihm den Wasserbottich über den Kopf! Vielleicht kommt er dann wieder zu Bewusstsein.«

Gustav steht mit dem Wasserbottich über ihm und leert ihn vollends über Kirchners Kopf aus.

Das kalte Wasser tut seinen Dienst. Kirchner öffnet die Augen und erkennt durch die geschwollenen Lider hindurch seine Entführer. Echte Panik und Angst sprechen dieses Mal aus seinem Blick. Mit kratziger Stimme presst er die Worte heraus: »Gnade, Kameraden, Gnade. Ich bekenne mich schuldig. Ich bin ein schlechter Mensch, ich war gemein und herzlos, ja, aber jetzt, jetzt habt ihr mich genug geschunden, jetzt ist es genug. Genug. Lasst mich frei!«

Gustav stupst ihn mit dem Fuß an. »Aber du bist ja noch am Leben, Kirchner. Das unterscheidet dich immer noch von all den Hundertschaften, die du in den Tod geschickt hast. Und von Johann. Den hast du niedergestreckt. Kaltblütig. Ohne mit der Wimper zu zucken. Nenn mir einen Grund, wieso wir das jetzt nicht auch tun sollten!«

Kirchner schweigt. Oder er ist zu erschöpft. Er schaut Gustav ins Gesicht und sagt nichts. Dafür steht Hans, der bisher neben ihm gekniet hat, nun auf und beginnt ruhig und besonnen zu reden: »Ich nenne euch einen Grund. Weil Frieden ist. Freunde, der Krieg ist vorbei. Der Krieg, der ist ein mieser Würfelspieler, er achtet nicht auf Gut und Böse. Die Bösen töten und die Guten töten, Böse überleben und Gute überleben. Für den Krieg sind alle gleich, für den einen fällt der Würfel so, für den anderen so. Wir haben die vier Jahre überlebt. Aber die Würfel hätten auch jederzeit ganz anders fallen können. Wir hatten einfach Glück. Andere hatten Pech, und wenn es das Pech war, dass sie an einen Bösen geraten sind. Aber jetzt, Freunde, jetzt ist kein Krieg mehr. Es ist Frieden. Es ist doch eine neue Zeit jetzt! Und wir alle arbeiten schon daran, dass sie gut wird. Willy ist politisch tätig, er schreibt und kommentiert und befeuert die Demokratie mit Wahrheit und Aufklärung. Kaspar und Helene wollen wieder für Musik sorgen, für das Schöne im Leben, die Kultur, ohne die eine Gesellschaft leer wäre. Gustav bringt die

Wirtschaft wieder in Schwung, er produziert etwas, und zwar keine Granaten oder Gewehre, auf die alle Produktion ausgerichtet war viele Jahre lang, nein, er produziert Bier, das Getränk, das alle Menschen zusammenbringt an einen Tisch, ob reich oder arm, jung oder alt. Und ich? Ich arbeite für den neuen Staat und will, dass Recht und Ordnung für alle gelten, egal ob Adeliger oder Bauer, Nationalkonservativer oder Sozialist. Sie alle haben ihre Meinung, ihre Überzeugung, aber sie sollen alle gleich sein vor dem Gesetz. Und wer etwas ausfrisst, der kriegt seine Strafe. Dafür will ich sorgen.«

Nichts davon hat er sich vorher überlegt, er redet frei von der Leber weg, aber mit Überzeugung: »Freunde, wir leben in neuen Zeiten. Diesen hier, diesen Mörder selbst hinzurichten, ist nicht mehr richtig, es ist falsch. Wir machen uns damit ebenso schuldig, wie er schuldig ist. Der Mistkerl ist zwar ein Menschenverachter, aber er ist dennoch ein Mensch. Und er wird seiner gerechten Strafe zugeführt werden. Wir selbst haben es in der Hand, ihn seiner gerechten Strafe zuzuführen. Was er mit seiner Maskerade und dem Kreis der Attentäter geplant hat, ist Landesverrat. Darauf steht ohnehin die Todesstrafe. Jedes Gericht wird ihn schuldig sprechen.«

Hans blickt sich um und sieht den anderen ins Gesicht. Alle haben den Blick gesenkt auf den gebundenen, geschlagenen Kirchner. »Ich bin dafür, wir übergeben ihn der Justiz.«

Schweigen.

Dann ergreift Kaspar das Wort: »Hans, du bist mit Abstand der Älteste unter uns. Vielleicht fehlt mir diese Lebensweisheit noch, denn mich juckt es immer noch unbändig, dieses Schwein zu töten. Damit er auch nichts mehr vom Leben hat. Wie die vielen anderen. Du tust dich leicht, Hans, aber ich, ich werde ein Leben lang an dieses Schwein denken müssen, wenn ich kein Klavier mehr spielen kann, wenn ich keine Musik mehr machen kann. Und Gustav, seine ganze Zitterei und die Anfälle, die kommen ja wohl auch von Kirchners Tat, nichts anderem. Und er leidet ein Leben lang darunter. Außerdem denkt er immer an … seine …«, hier stockt er etwas, weil er nicht weiß, wie er es formulieren soll, ist die Situation doch noch neu für ihn, »an seine große Liebe zu Johann, da wird immer dieser Schmerz bleiben, ein Loch, ein sehr schwarzes.«

Gustav stimmt zu: »Ja, Hans, da hat er Recht. Jede Nacht, jede Nacht denke ich an Johann, und ich habe, weiß Gott wie oft die Hinrichtung, ja, es war eine Hinrichtung, in meinen Träumen wieder und wieder erlebt. Und dieser hat sich zum Richter über Leben und Tod aufgespielt. Wieso soll er davonkommen? Leben dürfen?«

»Er wird nicht davonkommen, Gustav«, sagt Willy. »Es gibt Gerichte. Wir können alles bezeugen. Meinst du denn, diese Träume hören auf, wenn wir ihn umbringen? Es bringt nichts, es bringt uns nicht weiter und es macht niemanden wieder lebendig. Hans hat Recht. Stoppen wir den Wagen und hauen die Bremse rein. Jetzt, solange es noch geht.«

»Deine Finger kommen auch nicht wieder, Kaspar, wenn er durch eure Hand stirbt«, wirft Helene, an der hinteren Wand stehend, ein.

»Na großartig, Kaspar. Hast du Helene dafür mitgebracht, dass es jetzt 3 zu 2 steht? Ist das auch eure Demokratie jetzt? Ist das die neue Zeit? Dann können wir ja wieder gehen, wenn die Wahl schon entschieden ist.« Gustav ist wütend und wendet sich von seinen Freunden ab.

Kaspar hält ihn fest. »Warte Gustav, warte! Ich wusste gar nicht, dass wir hier zu einer Abstimmung hergekommen sind. Ich dachte, wir gehen runter, legen den Mistkerl endlich um und gehen wieder unserer Wege. Was ist denn jetzt los mit euch? Hans? Willy? Was soll das?«

Willy zündet sich schon die dritte Zigarette an. »Kaspar, das ist keine Abstimmung wie im Parlament, wo man über Steuern und Sozialgesetze bestimmt. Wir reden hier über ein Menschenleben. Ich mag es mir einfach nicht mehr anmaßen, über

Leben und Tod zu entscheiden. Ich habe lange genug gegen meinen Willen und gegen meine innerste Überzeugung denen das Leben genommen, die ich nicht kannte, und denen den Tod gebracht, die ich nicht sah. Nach all dieser Zeit nach Kriegsende habe ich es endlich geschafft, meinen Frieden zu schließen mit diesen Taten und die Schuld von mir als Person zu lösen und es dem verdammten Krieg aufzubürden und mir selbst zu vergeben. Und jetzt? Jetzt soll ich wieder einen umbringen? Klar, Rache ist süß, aber ich habe keine Lust, mich wieder vor den Karren derer spannen zu lassen, die Gewalt verherrlichen und im Krieg das ultimative Abenteuer sehen. Die Gewalt verändert uns, macht uns innerlich unrein, und sie setzt immer eine Spirale der Gewalt in Kraft, die nie endet. Ich will da nicht mehr rein, in diese Spirale. Und ich will nicht wieder zurück, ich will vorwärts blicken. Reinen Gewissens.«

Helene nimmt Willy die Zigarette aus dem Mund und zieht einmal kräftig daran, bevor sie sie zurückreicht. »Ich will gar nicht Teil eurer Abstimmung sein, sollte es dazu kommen. Ich habe hier kein Stimmrecht. Aber lasst mich nur eines noch sagen, dann bin ich ruhig. Ich bin mit sehr gemischten Gefühlen hergekommen. Seit ich dich aus deiner Drogenhölle geholt habe, Kaspar, war ich lange der Meinung, euer Kirchner sei wohl der Vertreter all dessen, was euch innerlich so zerstört hat. Also gehört er auch zerstört. Und dann ist alles wieder gut. So einfach klang das. Wie Schwarz und Weiß. Er schwarz, ihr weiß. Aber Hans hat schon Recht. Wenn ihr das tut, seid ihr auch ein bisschen schwarz. Es war Krieg, da war alles anders, da galten andere Gesetze. Schau uns an, Kaspar! Selbst wir haben uns entzweit im Krieg. Aber jetzt? Jetzt müssen wir uns wieder einen Kompass geben, eine Moral, und unser Tun danach ausrichten. Unser Gemeinwesen wird auch gerade neu ausgerichtet, Menschenskind, wir sind den Kaiser los, wir haben einen Sozialdemokraten als Reichspräsidenten, Frauen dürfen wählen, das Parlament hat tatsächlich was zu sagen. Dafür müssen wir jetzt kämpfen, dass das so weitergeht und bleibt. Wir haben weiß Gott noch Feinde im Land, und der da ist gewiss einer davon, aber den Hass mit Hass zu bekämpfen, deren Methoden gleichermaßen anzuwenden, läuft meinem neuen Kompass zuwider.« Damit entfernt sich Helene einige Schritte vom Tisch und setzt sich auf das Podest mit den Bierfässern.

Gustav lässt das Gesagte noch ein wenig sacken, dann fasst er zusammen: »Also steht es wieder zwei zu zwei, wenn Helene sich raushält? Willy und Hans, Kaspar und ich. Korrekt?«

Kaspar zögert noch am längsten, aber am Ende nicken alle.

»Ausgerechnet diesem einen Mistkerl gegenüber jetzt Menschlichkeit zu zeigen, und ihn nicht mit seinen eigenen Waffen zu schlagen, den einzigen, die er versteht – das wäre in meinen Augen eine schwere Verfehlung.«

»Solche Typen säen ja auch wieder Unfrieden und bringen die Demokratie in Gefahr, ist es nicht so?«, fragt Kaspar in die Runde.

Willy hält dagegen: »Aber die Demokratie bedient sich anderer Mittel als roher Gewalt, um solche Leute zu bekämpfen.«

»Und du glaubst, dass sich diese Demokratie halten kann bei uns? Wenn solche Typen frei herumlaufen?« Gustav schüttelt den Kopf.

»Ich hoffe es, ich hoffe es sehr. Es gibt Gerüchte, dass uns die Entente im Friedensvertrag die alleinige Kriegsschuld zuschreiben wird und hohe Reparationszahlungen aufbürden will, ganze Landesteile abtrennen wird. Das wäre natürlich Gift für die aufkeimende neue Ordnung. Aber das spornt mich umso mehr an, darüber zu schreiben und zu berichten und für die Demokratie zu kämpfen. Dass Vernunft und Menschlichkeit Einzug halten in unser Gemeinwesen.«

»Vernunft und Menschlichkeit?«, Gustav spuckt auf den Boden in Richtung Kirchner, der die ganze Zeit, ohne einen Laut von sich zu geben, ruhig auf dem Boden liegt. »Mit dem da?«

Hans spricht jetzt ganz leise: »Meinst du, Johann hätte gewollt, dass wir ihn umbringen?« Alle halten den Atem an, als er den Namen erwähnt. »Johann, der Dok, der alle verarztet hat, ob Feind oder Freund? Erinnert ihr euch noch, wie wir bei der alten Frau Quartier bezogen haben und er all die Belgier aus dem Dorf behandelt hat? Darunter waren auch Soldaten, französische.« Hans lacht. »Wisst ihr noch, wie ihr beiden getanzt habt, Gustav, in diesem Schloss, das wir eingenommen hatten, Tastenheini hat Klavier gespielt, ich auf meiner Mundharmonika und dann habt ihr beiden Polka getanzt und habt alle mitgerissen. Das war eine Nummer ... Und ihr habt doch immer Karamell gemacht, ihr zwei, auf Löffeln über einer Kerze, wie die Kinder. Das hat immer gestunken in der Bude.« Zustimmendes Gelächter.

Kaspar ist wieder ganz ernst. »Wenn Johann nicht gewesen wäre, wer weiß, ob ich überhaupt noch meinen Arm hätte. Die hätten doch gleich amputiert.«

»Und wisst ihr noch, als Hans ausgebüchst ist, um von seinen toten Jungs Abschied zu nehmen, keine zwanzig Kilometer von unserer Stellung entfernt?«, erinnert sich Willy. »Da hat Johann alles organisiert, dass das keiner merkt. Und tatsächlich hat kein Schwein was mitgekriegt.«

Gustav sitzt auf einem der Stühle und beginnt zu zittern. Er wippt mit dem Oberkörper vor und zurück. Die anderen stehen zwischen ihm und Kirchner und sind für den Moment in ihren Erinnerungen versunken. Auf einmal spricht Gustav, ganz leise nur, kaum vernehmbar: »›Wir sind Menschen! Menschen! Menschen sind wir!‹, hat Johann gerufen. Ja, genau das waren seine Worte, seine letzten Worte, bevor dieser da abgedrückt hat. Jetzt fällt es mir wieder ein. Ich habe immer nur von dem Schuss geträumt, diese Worte hatte ich vergessen. Aber jetzt, jetzt sind sie mir wieder gekommen, gerade eben, als du von Johann angefangen hast, Hans. Wir sind Menschen.« Gustav fährt sich mit der Hand durchs Haar und blickt verloren und leer auf den Boden. Minuten vergehen, in denen man nur den schweren röchelnden Atem von Kirchner hört und das leise Knistern aus Hans' Pfeifenkopf.

Gustav nickt. Er ist wieder ganz ruhig. Tränen laufen ihm übers Gesicht. »Ihr habt Recht. Johann hätte das nicht gewollt. Nicht gewollt.«

Hans hält Gustav fest im Arm und streicht ihm mit der Hand zärtlich über den Kopf.

Nach einer Weile meldet sich Willy wieder zu Wort: »Was ist mit dir, Kaspar?«

Er zuckt mit den Schultern. »Meine Faust will immer noch in sein Gesicht. Wenn ich ihn so daliegen sehe, würde ich ihn schon gerne erledigen, die Befriedigung wäre immens. Aber gleichzeitig habe ich keine Lust mehr, mir wegen diesem da die Hände dreckig zu machen. Und Hans, deine Einschätzung in Ehren, aber ich teile deinen Optimismus nicht, ich glaube nach wie vor, dass unsereiner schlechtere Karten hat als alle, die gut mit der Obrigkeit stehen. Du glaubst doch nicht, dass alle Richter plötzlich auf der Seite der Revolution stehen, von einem Tag auf den nächsten als lupenreine Demokraten aufgewacht sind. Die würden uns bestimmt aus der Aktion einen Strick drehen. Nein, nein, kein Zuchthaus für mich! Ich will wieder Musik machen, ich will mit Helene leben, frei sein, arbeiten, bis ich umfalle, lieben, bis ich platze. Ich habe vier Jahre meines Lebens verloren, die will ich wiederhaben. Ich habe schon in den letzten Tagen gemerkt, wie der Durst nach Rache in den Hintergrund getreten ist, zurück in die düsteren Ecken meines Selbst. Im Krieg, ja, im Krieg haben wir diese Seite nach außen gekehrt. Da blieb uns ja gar nichts anderes übrig. Wie hätten wir sonst diese vier Jahre überleben sollen? Aber jetzt beginnen neue Zeiten. Wir sind durch Beschuss und Granaten hindurchgekommen, und das muss doch einen Sinn gehabt haben. Lassen wir die dunklen Seiten unserer Seele dort zurück, da sind sie gut aufgehoben.

Mögen sie nie wiederkehren. Nein, nein, es ist schon recht so, meine Stimme habt ihr.«

Hans nimmt seinen Arm von Gustav, klopft seine Pfeife auf dem Tisch aus und steckt sie in seine Rocktasche. Dann kniet er sich neben Kirchner und fängt an, die Knoten seiner Fesseln zu lösen. Der wird schlagartig wach, weiß gar nicht, wie ihm geschieht, windet sich und versucht sich zu wehren. »Was habt ihr jetzt vor?«, ruft er in die Stille des Raums, erhält aber keine Antwort. »Sagt an, was, was wird jetzt mit mir?«, versucht er es noch einmal, seine Augen flackern panisch umher, von einem zum anderen, aber keiner sagt mehr ein Wort. Knoten für Knoten bindet Hans auf, am Ende liegt Rudolf Kirchner vor ihnen auf dem Boden, zerknitterter Anzug, blutverschmiert, voller Schwielen und Wunden. Die Runde, die über ihm steht, starrt ihn an. Schließlich sagt Willy: »Hau ab und verschwinde! Und nimm den ganzen miesen Krieg und deinen Dreck mit dir!« Kirchner dreht sich unter Stöhnen und Ächzen auf den Bauch und drückt sich mit den Armen vom Boden ab. Am Podest zieht er sich hoch, schafft es auf die Beine, dreht sich zum Ausgang, schaut noch einmal zu denen, die ihn festgesetzt hatten, atmet schwer, und auf einmal humpelt er, so schnell er kann, zur Tür, in den Stollen hinaus, Stufe um Stufe die Treppe hinauf, bis er außer Sicht ist.

Keiner hat sich gerührt. Schweigend haben sie ihm nachgesehen, ihn gehen lassen. Jetzt erst deutet Kaspar mit dem Finger auf den Ausgang des Stollens und merkt stockend an: »Aber … wenn er jetzt draußen ist …« Doch Hans schüttelt den Kopf und hebt seine Hände beruhigend vor sich in die Höhe. »Es ist alles vorbereitet.«

»Ja, äh, wollen wir dann vielleicht auch gehen?«, fragt Gustav und fängt an, die Seile zur Seite zu räumen. Er legt die Reste des kaputten Stuhls in die Ecke und fährt mehrmals mit dem Ärmel über den Tisch, als ob er ihn säubern müsste.

Als sie die Treppenstufen hinaufsteigen, denkt Gustav an

Johann, Hans an seine Söhne, Kaspar an den bevorstehenden Auftritt, und Helene an eine Zukunft mit Musik und Kaspar. Und Willy? Willy denkt fieberhaft darüber nach, wie er all das Geschehene in eine Artikelserie für den »Vorwärts« verarbeiten kann.

Als sie draußen vor dem Eingang zum Keller ankommen, sehen sie gerade noch, wie Kirchner zwischen Lohmann und Brandl abgeführt wird, gefolgt von Anton Edelmayer. Der bleibt noch einmal stehen und dreht sich zu Hans um, nickt ihm aus der Entfernung zu und hebt einen Finger an die Hutkrempe zum Gruß. Hans erwidert den Gruß, indem er den Hut hebt und eine tiefe Verbeugung vollführt.

Willy wird von Lissy Edelmayer überrascht, die ihm an den Hals springt und ihn wild und leidenschaftlich küsst. Er lässt es geschehen und erwidert die Küsse, bevor er sich zu seinen Freunden umdreht: »Das ist doch eigentlich ein gutes Ende, oder?«

»Vielleicht auch ein Anfang, je nachdem«, kontert Kaspar und küsst Helene ebenfalls auf den Mund.

Hans und Gustav stehen ein wenig abseits und schauen den beiden Paaren zu, dann sehen sie sich an und müssen plötzlich laut loslachen.

Gustav packt Hans am Arm und zieht ihn zum Tor. »Kommt, ich gebe noch eine Runde aus. Die Nacht ist jung, und schlafen können wir, wenn wir gestorben sind, und gestorben sind wir schon so oft in den letzten vier Jahren. Lasst uns das Leben feiern!«

EPILOG I

München, 4. Mai 1919

»Die Sache in München ist besser gelaufen als wir zu träumen gewagt hätten. Gut, nach der Pleite in Bamberg mussten wir unsere Pläne ein wenig aufschieben, aber es schaut gut aus für uns. Binnen zwei Tagen haben die Reichswehr und unsere Freikorps den Bolschewistenspuk endgültig vernichtet, es war eine helle Freude, dabei zu sein. Sie haben herrlich gewütet und dreingeschlagen. Ein wahres Fest. Ich selbst habe persönlich Rache genommen an einem guten Dutzend dieser vaterlandslosen Gesellen.«

»Und das Beste ist, dass die Regierung Hoffmann nun auf Dauer kompromittiert ist, eigentlich eine jede weitere Regierung dieser Republik. Haben sie es sich doch durch die Befehlsgabe dieser Gewaltorgie gegen die Räterepublik mit ihren ehemaligen und einzigen Freunden, den linken Genossen, verscherzt. Die haben sie nun für immer zum Feind. Stattdessen haben sie sich auf Gedeih und Verderb den Freikorps und der Reichswehr ausgeliefert, angebiedert, und sind in Zukunft auf die Loyalität unseres Militärs angewiesen. Und wem stehen die Freikorps und unser Militär nun mal näher? Diesen Novemberverbrechern, den Vertretern der jüdischen Weltverschwörung und Förderern des undeutschen Parlamentarismus etwa? Oder doch eher uns? Eine Antwort, meine Freunde, brauche ich auf diese Frage wohl nicht zu geben. Die Freikorps und das Militär sind einmal mehr der Schlüssel zur Macht, meine Herren.«

»Die Zukunft ist also ganz auf unserer Seite, die Zeit läuft für uns und für unsere Sache!«

»Hört, hört!«

»Und unsere Kameraden aus Bamberg? Was wird aus denen?«

»Die drei Überlebenden des Aktionskommandos werden wohl um eine kleine Haftstrafe im Zuchthaus nicht herumkommen, aber wir werden dafür sorgen, dass sie ihre Zeit in angenehmer Gesellschaft und mit einigen Bevorzugungen verbringen können. Die Witwe des Gefallenen haben wir mit einer üppigen Summe versorgt.«

»Und unser Mann in der Regierung?«

»Da sehe ich keine Probleme. Ich habe bereits mit dem Polizeipräsidenten gesprochen, man kann ihn kaum belangen, allenfalls wegen Betrugs und Urkundenfälschung, alles andere wird ihm nicht nachzuweisen sein. Solange keine Verbindung zu unserem Kommando aufgedeckt wird, braucht er sich keine Sorgen zu machen. Unsere äußerst strenge Geheimhaltung hat sich für ihn also bezahlt gemacht. Außerdem kenne ich den Richter, das ist ein alter Freund von mir. Die Sache wird glatt und ohne Aufheben über die Bühne gehen. Ein hochdekorierter Frontsoldat und Offizier, nicht vorbestraft. Ich freue mich schon, wenn er demnächst wieder zu dieser Runde dazustoßen wird. Ein guter Mann!«

»Ich habe gehört, dass die Regierung Hoffmann die ganze Sache unter der Decke halten will. Es soll gar nicht an die Öffentlichkeit dringen. Stimmt das?«

»Offenbar ja. Die Bevölkerung soll wohl nicht noch weiter beunruhigt werden, jetzt, wo die Säuberungsaktion in München gerade voll im Gange ist und sich Ruhe und Ordnung über die Gesellschaft breiten sollen. Es war eine Absprache zwischen dem Polizeipräsidenten, dem Bürgermeister von Bamberg und dem Ministerpräsidenten und kommt einem Publikationsverbot gleich. Es gab offenbar nur einen Redakteur des Sozi-Kampfblattes ›Vorwärts‹, der Bescheid wusste und das Verbot unterlaufen wollte, aber Berlin konnte den Druck gerade noch verhindern.«

»Schön, dann können wir uns ja weiter auf den Aufbau unserer Strukturen konzentrieren und auf unsere erfreulichen Maßnahmen wider den undeutschen Geist. Geben wir es zu, eine Machtübernahme wäre wohl noch etwas verfrüht gewesen. Aber die Zeit wird uns in die Hände spielen, Kameraden.«

»Die Zeit, der absehbar harte Friedensvertrag mit hohen Reparationen, die miserable Versorgungslage, eine marode Wirtschaft, all das zusammen arbeitet für uns. Ja, so sehe ich das auch, Kameraden!«

»Auf Deutschland!«

EPILOG II

Bamberg, 8. Juni 1919

Der Wagen hält direkt vor dem Eingang zum Domstern Bierkeller. Alfons Brandl sitzt am Steuer, neben ihm Anton Edelmayer, Arthur Lohmann im Fond. Edelmayer schält sich schwerfällig aus der Tür des Brennabor und streckt am Rand der Straße erst einmal den Rücken durch.

Drinnen im Garten sitzen an einem Tisch mit Blick über die Dächer der Stadt Hans Michel, Helene Spiegel, Kaspar Mohr, Willy Reichel, Lissy Edelmayer und Gustav Grüner.

»Da kommt dein Chef, Hans. Es wird Zeit!«, ruft Gustav, als er den Wagen vor dem Eingang entdeckt.

Hans dreht sich um und winkt Edelmayer zu, der sich unter dem niedrigen Torbogen des Eingangs hindurchgebückt hat und einen suchenden Blick durch den Garten schweifen lässt, ehe er Hans entdeckt. »Tja, dann heißt es jetzt Abschied nehmen, Freunde.«

Alle stehen auf und einer nach dem anderen gibt Hans die Hand und umarmt ihn. Mit beiden Armen klopfen ihm Kaspar und Willy auf den Rücken, Willy umklammert ihn regelrecht und hebt ihn in die Höhe. »Mensch, Hans, ich sehe dich noch genau, wie du in die Gaststätte unten in der Stadt gekommen bist im April, das ist beinahe zwei Monate her. Was habe ich mich gefreut, dich zu sehen. Jetzt hatten wir doch noch eine gute Zeit hier zusammen. Eine schwere Zeit für unser Land, aber mit euch die Zeit, die habe ich genossen.«

Gustav ermahnt sie: »Jetzt macht nicht so viele Abschiedsworte, sonst kommen mir nur die Tränen. Hans, wir treffen uns an Johanns Todestag wieder in Bamberg, wie vereinbart. Im

August. Ich braue ein extra Bier für uns ein, versprochen. Mit echtem Gerstenmalz, wenn ich wieder eines kriege!«

Dann steht Edelmayer vor ihnen am Tisch. »Grüß Gott, die Herren, die Damen, grüß Gott! Servus, Lissy! Herr Michel, wie schaut's aus? Können wir?«

Der nickt und schließt die Abschiedsrunde mit Helene, Lissy und Gustav ab. Helene umarmt ihn lange und haucht ihm ein »Danke für den Lichtblick damals, den du mir gebracht hast!« ins Ohr. Auch Lissy umarmt ihn und spricht in sein Ohr: »Ich danke dir, Hans, dass du dein Versprechen gehalten hast. Ihr habt das einzig Richtige getan, ich bin sicher.« Schnell drückt sie ihm noch einen Kuss auf die Backe. Gustav bricht nun doch in Tränen aus. »Ach Mensch, ich will hier doch keine Szene machen, was sollen meine Gäste von mir denken. Aber ich kann nicht anders. Abschiede gehen mir immer zu Herzen, und dann noch von dir, Hans! Gehab dich wohl, pass auf dich auf in der Großstadt!«

»Mach ich schon, Gustav. Ihr alle, adieu. Bis zum August, wenn wir uns wiedersehen!«

Bevor die Freunde die Träne in seinem Auge sehen, nimmt Hans seinen Koffer auf, der unter dem Tisch steht, und läuft zum Wagen, wo Brandl aussteigt, um ihm den Koffer abzunehmen und diesen auf dem Auto festzuzurren.

Lissy fällt ihrem Vater um den Hals und drückt ihm Küsse auf die Backe, den Hals und die Stirn. »Ich schreib dir, sobald wir in Berlin sind. Und mach dir keine Sorgen! Ich schaff das schon, ich bin ein großes Mädel. Außerdem habe ich ja den Willy bei mir.«

»Das ist es ja, was mir am meisten Sorge macht!«, ruft Edelmayer und lacht dabei laut, ein bisschen zu laut, und klopft Willy fest, ein bisschen zu fest, auf die Schulter. Dann steht er recht unschlüssig vor der verbliebenen Runde am Tisch und küsst seine Tochter einmal auf die Stirn. »Ja, mein Mädchen, du bist schon groß, ich weiß. Aber vermissen darf ich dich schon ein bisschen, oder? Was soll ich denn der Anni sagen, wenn ihr Mädchen jetzt weg ist? Die wird in Ohnmacht fallen und mich einen verantwortungslosen Halodri schimpfen trotz meiner 55 Jahre.« Das hätte es früher nicht gegeben, denkt sich Anton Edelmayer ein letztes Mal. Lange hatte er mit sich gerungen, bevor er Lissy diese Zeit alleine in Bamberg und dann in Berlin zugestehen konnte. Aber es sind ja nun mal andere Zeiten. Und die jungen Leute, die müssen mal raus, da hat sie schon Recht, die Lissy. Immer nur München ist auf die Dauer auch keine aufregende Sache.

Ein halbes Jahr hat Lissy ausgehandelt. Ein halbes Jahr, innerhalb dessen sie sich in Berlin nach einer guten Stellung umsehen soll, und sich in die Obhut von Willy Reichel begeben darf. Dem hat er Tod und Teufel angedroht, sollte er es an dem nötigen Respekt und guten Benehmen seiner Tochter gegenüber fehlen lassen, hat ihn aber doch in den letzten Wochen als gewissenhaften Streiter für die gute Sache, wenngleich mit allen Wassern gewaschen, kennen und schätzen gelernt. Willy hat tatsächlich, über die dankbare Entgegennahme der fast kindlichen Bewunderung hinaus, die sie ihm hatte angedeihen lassen, so etwas wie Liebe entdeckt für die lebenshungrige Lissy. Er hat sich fest vorgenommen, sie in Berlin zunächst einmal gut zu situieren und dann in absehbarer Zeit möglicherweise um ihre Hand anzuhalten. Ganz sicher war er noch nicht, aber ganz ausschließen wollte er es auch nicht mehr.

»Ach Papa, grüß mir die Anni und sag, ich komm euch bald mal besuchen von Berlin aus.«

Anton Edelmayer reicht den anderen rund um den Tisch ebenfalls die Hand. Kaspar und Helene fragt er noch: »Wann geht es bei Ihnen los mit der Tournee?«

»Nächste Woche! Alle Säle sind gebucht, Werbeblätter und Anschläge gedruckt. Wir sind gespannt. Wir haben übrigens auch einen Auftritt in München, im Weißen Bräuhaus im Tal, am 24. Juni. Kommen Sie doch vorbei! Das würde uns freuen!«

Kaspar hatte sich ganz mit der Vorbereitung ihrer Tournee aufgearbeitet. Was früher ein Agent für sie gemacht hatte, machte er jetzt alles selbst, die Not zur Tugend machend, und er war ganz erstaunt, als er merkte, dass es ihm lag, das Organisieren, das Planen. Aber die Proben mit dem Orchester waren trotzdem der Höhepunkt eines jeden Tages geblieben. Bis weit in die Nacht hinein haben sie in den letzten Wochen gespielt und geprobt, die neuen Stücke in ihrer neuen Besetzung, Helene mit der Klarinette als Stimmführerin, Kaspar mit einem erstaunlich ausgereiften Bariton als Sänger. Auf den Dirigenten verzichten sie. Noch hat sich der Jazz nicht überall herumgesprochen, aber Kaspar ist überzeugt, dass er die Musik der nächsten Dekade sein wird, die Musik der jungen Republik.

Anton Edelmayer nickt und lächelt freundlich auf die Einladung hin. Zu Gustav gewandt, mit einem Blick über den Garten und die vollbesetzten Tische, meint er: »Und was Sie in den nächsten Wochen und Monaten vorhaben, kann ich mir denken. Scheint ja gut zu laufen hier.«

Gustav kann seinen Stolz nicht verleugnen, lächelt, und wischt sich dabei die letzten Tränen vom Gesicht. »Ja, wir können nicht klagen. Der Kellerbetrieb wird gut angenommen. Sagen Sie, wissen Sie schon, wann es endlich zum Prozess gegen Kirchner kommen wird?«

Edelmayer schüttelt den Kopf. »Ich werde nächste Woche ein Gespräch mit dem Abteilungskommandanten haben, da werde ich den Stand der Dinge in der Causa Kirchner erfragen. Hans Michel wird Sie sicherlich informieren, sobald wir Näheres in Erfahrung bringen können.«

Er blickt zum Auto und sagt: »Adieu, meine Herren, meine Damen, Lissy, bis zu einem Wiedersehen!«

Zart und beinahe beiläufig berührt er seine Tochter noch einmal mit der Hand an der Schulter und am Nacken, dann schreitet Anton Edelmayer langsam und bedächtig, ja beinahe feierlich zum Ausgang, bückt sich wieder unter dem Torbogen hindurch, setzt sich auf den Sitz neben Brandl und schlägt die Tür zu. Hans kurbelt an und springt in den Wagen, der in der engen Häuserschlucht schnell außer Sichtweite und kaum mehr zu hören ist.

In München ist wieder so etwas wie Ruhe eingekehrt, die ersten Ministerien haben Bamberg schon Richtung München verlassen, allein die Regierung und der Landtag sind noch in Bamberg und arbeiten an der Ausarbeitung der Verfassung. Willy Reichel hat seine Arbeit für den »Freistaat« beendet und begleitet ausschließlich die Arbeit der Verfassungsgremien für den »Vorwärts«. Mit seinem Chefredakteur hat er vereinbart, dass er jederzeit zurück nach Berlin kann.

Als sie schließlich alle wieder sitzen, hebt Willy seinen Krug in die Höhe und ruft in die Runde: »Auf uns und unseren Neuanfang! Und auf ein demokratisches Deutschland und einen langen Frieden!«

»Auf Deutschland!«

QUELLENVERZEICHNIS

Die Weimarer Republik hat mich schon immer fasziniert, dieses Bemühen um den Aufbau eines demokratischen Staatswesens unter enorm schwierigen Bedingungen, verbunden mit dem Wissen um die Vergeblichkeit all dieser Bemühungen und dem scheinbar so unaufhaltsamen Übergang in die große deutsche Katastrophe, die 1933 mit der Machtergreifung der Nationalsozialisten beginnt.

Mir ging es vor allem um die Schaffung eines historischen Umfelds und der richtigen Atmosphäre. Der historische Rahmen und die Verortung der Handlung sind, soweit es mir möglich war, korrekt recherchiert. Aber bitte vergessen Sie nicht, dass dies dennoch ein Roman ist, die Handlung fiktiv und alle handelnden Figuren rein der Phantasie des Autors entsprungen sind. Im Folgenden führe ich die Sekundärliteratur und Originalquellen auf, die ich immer wieder konsultiert habe:

Werner Wagenhöfer, Robert Zink (Hg.): »Räterepublik oder parlamentarische Demokratie. Die »Bamberger« Verfassung 1919«, Bamberg, 1999; darin besonders: Werner K. Blessing: »Was haben wir alles durchgemacht! Unser gutes Land und so viele politische Soubretten – Die November-Revolution in Bayern«; Winfried Theuerer, Robert Zink: »Bamberg 1918/1919 – Regierungshauptstadt auf Zeit«; Klaus Rupprecht: »Die allgemeine Volksstimmung – Aus den Wochenberichten der Regierung von Oberfranken 1918/1919«

Anton Schuster: »Bamberg und Umgebung«, Bamberg, 1918

Rudolf Winziers: »K.B. 5. Infanterie-Regiment«, www.kb5ir.de

Herfried Münkler: »Der Große Krieg – Die Welt 1914 – 1918«, Berlin, 2013

Bernd Ulrich, Benjamin Ziemann (Hg.): »Frontalltag im Ersten Weltkrieg – Ein historisches Lesebuch«, Essen, 2008

Victor Klemperer: »Man möchte immer weinen und lachen in einem«, Berlin, 2015

Guido Knopp: »Der Erste Weltkrieg – Die Bilanz in Bildern«, Hamburg, 2013

Bundeszentrale für politische Bildung (Hg.): Dossier »Das Deutsche Kaiserreich«, Autoren: Wolfgang Kruse, Bernd Ulrich, Bonn, 2012

Bundeszentrale für politische Bildung (Hg.): Dossier »Der Erste Weltkrieg«, Autoren: Wolfgang Kruse, Bernd Ulrich, Bonn, 2013

Haus der Bayerischen Geschichte: »Revolution! Bayern 1918/19«, www.hdbg.eu

Historisches Lexikon Bayerns, www.historisches-lexikon-bayerns.de, darin: »Martin Sabrow: Organisation Consul (O.C.), 1920-1922«, »Bruno Thoß: Brigade Ehrhardt, 1919/20.«, »Johannes Merz: Kabinett Hoffmann I, 1919«, »Johannes Merz: Kabinett Hoffmann II, 1919/1920«, »Johannes Merz: Der Freistaat. Amtliches Organ der bayerischen Landesregierung.«

Reinhard Sturm: »Vom Kaiserreich zur Republik 1918/1919«, in: Informationen zur politischen Bildung Nr. 261/2011

Modris Eksteins: »Deutschland und der Große Krieg«, in: Aus Politik und Zeitgeschichte »1918/1919« Nr. 50-51/2008

Andreas Wirsching: »Die paradoxe Revolution 1918/1919«, in: Aus Politik und Zeitgeschichte »1918/1919« Nr. 50-51/2008

Zeitschrift Flugsport – Jahrgang 1915, Oskar Ursinus (Hg.), darin v.a. »Flug des Flugzeugführers Sielaff und Beobachters Barth am 21. November 1914«, S. 438 – 443

Christian Fiedler: »Bamberg – Die wahre Hauptstadt des Bieres«, Bamberg, 2016

Hubert Wetzel: »Ja, wie sie dalagen«, Süddeutsche Zeitung, 6./7. Februar 2016

Jörg Stuhlmüller: »90 Jahre 1. Weltkrieg – So war es in Bamberg«, in: www.bamberg.guide.de

Katharina Thielen: »Wir warten hier noch, bis Verdun gefallen ist – Feldpost im Ersten Weltkrieg«, in: www.regionalgeschichte.net

www.kriminalpolizei.de

www.Europaeischepresseagentur.eu: 13. Dezember 2013 mediacontact

www.wikipedia.de: »Militärische Ausrüstung im Ersten Weltkrieg«, »Deutsches Heer (Deutsches Kaiserreich)«, »Bayerische Armee«, »Vorwärts«, »Münchner Räterepublik«

Weitere Titel finden Sie auf den folgenden Seiten und im Internet:

WWW.GMEINER-VERLAG.DE